정본 방정환 전집 3

정본 방정환 전집 3: 산문 1_『어린이』『학생』

2019년 5월 1일 초판 1쇄 발행
2021년 4월 8일 초판 2쇄 발행

지은이 ● 방정환
펴낸이 ● 강일우
책임편집 ● 유병록
조판 ● 신혜원 박지현 박아경 황숙화
펴낸곳 ● (주)창비
등록 ● 1986. 8. 5. 제85호
주소 ● 10881 경기도 파주시 회동길 184
전화 ● 031-955-3333
팩스 ● 031-955-3399(영업) 031-955-3400(편집)
홈페이지 ● www.changbikids.com
전자우편 ● enfant@changbi.com

ISBN 978-89-364-7709-7 03810
ISBN 978-89-364-7950-3(전5권)

정본 방정환 전집

산문 1 『어린이』 『학생』

한국방정환재단 엮음

3

창비

그의 삶이 우리에게

이상경 한국방정환재단 이사장

조선 후기 유학자 유한준은 김광국의 화첩 『석농화원(石農畵苑)』 발문에 "알면 곧 참으로 사랑하게 되고 사랑하면 참으로 보게 되고, 볼 줄 알게 되면 모으게 되니 그것은 한갓 모으기만 하는 것이 아니다."라고 썼습니다.

저희 한국방정환재단도 처음부터 전집을 발간하려 한 것은 아니었습니다. 그동안 소파 방정환 선생에 대하여 모르는 사람이 없다고 여겨왔지만, 소파가 사람들에게 제대로 알려져 있는가 하는 질문에는 그렇다고 대답하기가 어려웠습니다. 그래서 연구자들과 연구를 시작했습니다. 벌써 8년 전입니다. 이후 3년 동안 세 분의 연구자와 살펴보았더니, 소파의 활동이, 그의 저작물과 삶이 우리에게 돌아오는 듯했습니다. 이제 그것에 더하여 여기저기 흩어져 아직 미답으로 남겨져 있던 소파 선생의 온 모습을 세상에 드러내야 한다고 확신하게 되었습니다.

최원식 선생님께서 이끌어 주신 간행위원회와 원종찬 선생님께서 이끌어 주신 편찬위원회의 노고로 4년여 간의 대장정이 마무리되었습니다. 위원으로 참여해 주신 여러 선생님과 편찬위원회 간사를 맡아 수고해 준 염희경 박사를 비롯한 실무진 덕분에 소파 방정환의 면모를 우리의 미래 세대에게 제대로 전달할 수 있게 되었습니다. 그 과정에서 새로운 글을 발굴한 것은 큰 성과라 생각합니다. 이 일에 우리 재단이 함께할 수 있었음을 기쁘게 생각합니다.

드디어 『정본 방정환 전집』이 나옵니다. 많이 애썼지만 아직 끝난 것은 아니라고 생각합니다. 첫째는 아직도 발견되기를 기다리는 작품들이 있을 것이란 점에서이고, 둘째로는 소파의 작품들이 오늘날에 맞게 새롭게 태어나길 바라는 점에서입니다. 이제부터는 여러분들에게 맡겨 드립니다. 감사합니다.

소파(小波)라는 원점

최원식 간행위원장, 인하대학교 명예교수

어찌된 셈인지 또 언제부터인지 아동문학은 일반문학으로부터 분리되었습니다. 때론 분리가 좋을 수도 있지만 이 경우 양자 모두에 좋지 않습니다. 아동과 어른이 떨어질 수 없듯이 아동문학도 일반문학과 떨어질 수 없기 때문입니다.

시간을 거슬러 오르면 분리는 관행이 아닙니다. 근대문학 건설이 곧 국민국가의 창출과 긴밀히 연계된 계몽주의 시대는 차치하더라도, 이후 특히 카프와 모더니즘도 아동문학을 중히 여겼습니다. 새로운 역사적 과제는 그때마다 어린이의 재발견을 요구하기 때문입니다.

분리의 관행이 6·25 이후 서서히 자리 잡은 것을 감안하면 이 또한 분단체제의 본격적 전개와 관련이 있을지도 모르겠습니다. 민주화와 탈분단화를 축으로 한 1970년대 민족문학운동의 진전 속에서 이오덕과 창비를 축으로 한 새로운 아동문학운동이 일어나면서 분리의 극복이 비롯된다는 점은 시사적입니다.

그러나 때로 급진적 오류에 빠진 경우도 없지 않았습니다. 소파 방정환의 문학에 대한 평가가 대표적일 겁니다. 어린이를 발견한 동학의 사상적 자장 안에서 아동문학운동을 근대문학운동의 일환으로 추동하신 선생은 또한 어린이의 소수자적 위치 또는 소수자 어린이의 처지에 주목하여 대두하는 민중문학의 호흡을 아우르셨습니다. 말하자면 소파는 그 자신이 민족협동전선입니다.

소파 가신 지 벌써 한 세기가 가까워 오건만 선생의 진면목은 아직도 미명입니다. 다행히 최근 선생의 글들이 속속 발굴되면서 어둠이 급히 가시고 있습니다. 이에 힘입어 한국방정환재단과 연구자들이 발의하여 전집을 발간할 뜻을 모았습니다. 전집 발간 선포식을 치른 지 4년여 만에 3·1운동 100주년을 맞은 뜻깊은 해에 뭇 공덕으로 드디어 전집이 완성되었습니다. 소파가 21세기에 어떤 모습으로 거듭날 것인지에 우리 아동문학의 다른 내일, 또는 우리 어린이운동의 다른 미래가 숨어 있으리란 예감이 종요롭습니다. 감사합니다.

방정환 전집을 새로 펴내며

원종찬 편찬위원장

방정환은 모두에게 친숙한 이름이지만, 그의 행적이 적잖이 가려지고 구부러져 왔기에 줄곧 논란의 중심에 있었습니다. 그를 '어린이 사랑'과 '나라 사랑'의 표본으로 만든 과거의 논의가 전부 틀린 것은 아닐지라도, 국가권력이 필요로 하는 것만을 골라내어 강조한 데에서 빚어진 현상일 것입니다. 한쪽에서는 '동심'과 '애국'의 이름으로 순화된 방정환 상(像)을 만들어 국민 계도의 방편으로 삼으려 했고, 다른 쪽에서는 그와 같은 '방정환 신화'를 부정하는 데 급급했던 게 저간의 사정이었습니다. 어찌 보면 양쪽 모두 실상과는 거리가 먼 방정환 상을 붙들고 있었던 셈입니다.

『정본 방정환 전집』을 새로 펴내는 일은 의미가 매우 크기에 무거운 책임감이 뒤따랐습니다. 다행히 각계를 대표하는 간행위원을 모시고 학계와 시민사회 운동에서 활동하는 전문 편찬위원이 힘을 모은 덕택에 기존 전집을 크게 보완하는 성과를 내올 수 있었습니다. 방정환 전집은 1940년 박문서관에서 처음 발행된 이래 10여 차례 간행돼 왔습니다.

그만큼 방정환의 비중이 컸던 것인데, 그에 비한다면 연구는 초보적인 수준이었고 여건도 매우 열악했으므로 전집다운 전집이 되기에는 여러모로 부족할 수밖에 없었습니다. 그러나 각 분야의 학문이 비약적으로 성장한 오늘날에는 과거에 이뤄 내지 못한 많은 것들을 해결할 수 있었습니다.

이번 전집의 가장 큰 성과는 지금까지 발굴되고 확인된 방정환의 저작과 필명에 대한 새로운 연구 성과를 남김없이 반영함으로써 수록 대상을 대폭 확장한 점입니다. 자료의 수집과 분류에서 연보 작성과 텍스트 확정에 이르기까지 수많은 토론과 검증 과정을 거쳤습니다. 확정을 유보할 수밖에 없는 논쟁적인 자료에 대해서는 글마다 해제를 달아서 추후 사실관계를 따지는 데 도움이 되도록 했습니다. 비단 논쟁적인 자료뿐 아니라 기존 전집과 다른 원칙과 기준으로 분류하거나 제목을 정한 것들에 대해서도 하나하나 해제를 달았습니다. 편찬 원칙과 기준은 워크숍, 세미나, 학술대회 등을 개최하여 도출된 결과에 기초했습니다. '정본'의 이름에 걸맞도록 치밀하고 세심한 고증에 만전을 기하는 한편으로 해석이 필요한 경우에는 해제로 밝혀서 책임의 소재를 분명히 했습니다.

『정본 방정환 전집』의 출간은 방정환에 대한 고정관념을 깨는 커다란 전환점이 되리라고 봅니다. 첫 출발점은 환골탈태로 거듭난 한국방정환재단이 방정환의 뜻에 맞는 교육문화 사업을 펼치고자 기초 자료의 수집과 조사를 신진 연구진에 의뢰한 데에서 비롯되었습니다. 연구진은 재단의 후원으로 2011년부터 여러 차례 학술회의를 개최해 오던 중 제대로 된 방정환 전집을 새로 펴내야 한다는 데 뜻을 모았습니다. 그리하여 2014년부터 재단의 사업으로 전집 간행 및 편찬위원회 활동이 개시되어 오늘에 이르게 되었습니다.

돌아보건대 한국방정환재단이 새롭게 개편된 것은 하나의 사건이 아닐 수 없습니다. 과거의 한국방정환재단은 설립자의 파행적인 운영 행태로 말미암아 명예와 권위가 땅에 떨어진 상태였습니다. 과거였다면 재단의 사업과 인연이 멀었을지도 모르는 신진 연구진으로 편찬위원회가 구성된 것은 결코 예사로운 일이 아닙니다. 출범 당시에 한국작가회의 이사장께서 간행위원장을 맡아 주시고 창비가 전집 출판사로 정해진 것도 하나의 상징이라면 상징일 수 있습니다. 비로소 방정환이 한국방정환재단과 더불어 진보적이고 개혁적인 학술단체와 시민사회 운동 속에 자리하게 된 것입니다.

방정환은 귀여운 어린이를 품에 안은 모습으로 기억되고 있으나 꽃길은커녕 한평생 가시밭길을 걸은 재야 운동가에 속했습니다. 약자를 짓누르는 부당한 권력과 제도를 그냥 보고만 있지 않았으며, 헐벗고 굶주리고 학대받는 어린이의 삶에 바짝 붙어 있었습니다. 모쪼록 『정본 방정환 전집』의 출간을 계기로 우리 시대 '해방' 운동의 길에서 방정환이 새롭게 부활하기를 기원합니다.

차
례

나그네 잡기장

편집후기

2부 『조선일보』『중외일보』 '어린이난' 연재

3부 『학생』

일러두기

1. 『정본 방정환 전집』은 지금까지 발굴된 방정환의 모든 글을 대상으로 삼고, 1권 동화·동요·동시·시·동극, 2권 아동소설·소설·평론, 3권 산문 1(『어린이』 『학생』 편), 4권 산문 2(『개벽』 『신여성』 『별건곤』 편), 5권 산문 3(『별건곤』, 기타, 부록 편)으로 구성해 장르별로 수록하였다.
2. 작품 수록 순서는 창작·번역·번안을 구분하지 않고 발표 순서에 따랐다. 발표 당시의 장르명·기획명·코너명과 번역·번안 여부 등은 각주에 밝혔다.
3. 작품은 처음 발표된 글을 저본으로 삼고, 글의 맨 마지막에 수록 지면을 밝혔다. 한 작품이 개작 후 다시 발표된 경우에는 각주에 달라진 부분과 재수록 지면을 밝혔다. 단, 작가가 독자층이 다른 매체의 특성을 고려해 개작한 경우로 보이는 작품은 모두 수록하였다. 작가가 생전에 유일하게 간행한 동화집 『사랑의 선물』(개벽사 1922) 수록작은 해당 책을 저본으로 삼았다.
4. 작품이 작가의 본명 방정환과 아호 소파(小波) 외에 목성(牧星), ㅈㅎ生, 몽중인(夢中人), 몽견초(夢見草), 깔깔박사, 삼산인(三山人), 雙S 등 필명으로 발표된 경우에는 글의 맨 마지막에 필명을 기재하였다.
5. 동일한 제목으로 시리즈 성격이 강한 글에는 일련번호를 붙였고, 작품의 제목이 긴 경우에는 줄여 싣고 각주에 원제를 밝혔다.
6. 맞춤법, 띄어쓰기는 현행 표기법을 따르는 것을 원칙으로 하되, 작가의 독특한 어휘나 사투리, 독창적 표현은 최대한 존중하여 작품이 본디 품고 있는 원형을 훼손하지 않도록 하였다. 한자는 한글로 바꾸고 필요한 경우에만 한자를 병기하였다.
7. 외래어 표기는 현행 표기법을 따르되, 작품 속 고유한 인물이거나 파악이 불가능한 인물과 지명은 원문대로 표기하였다.
8. 원문 해독이 불가능하거나 작품 발표 당시 검열로 삭제된 부분은 □□로, 원문에서 밝히지 않은 부분은 ○○으로 표시하였다.
9. 설명이 필요한 경우에는 주석을 달았고, 어려운 낱말에는 뜻풀이를 달았다.

1부

『어린이』

어린이 독본•

제1과 한 자 앞서라

옛날 아세아•의 중앙에 파사•라 하는 강국이 있었는데 자기 나라의 강한 것을 믿고 바다를 건너 희랍•을 들이쳤습니다.•

그때의 희랍 남쪽 끝에는 스파르타라 하는 작은 나라가 있었던 고로 그 작은 스파르타 나라가 제일 먼저 파사의 대군을 막아 싸우게 되었습니다.

스파르타는 비록 국토가 넓지 못하고 인구가 많지 못하나 사람 사람이 모두 강용•하기 짝이 없고 또 단결•의 힘이 강하여 나서면 반드시 앞자리를 차지하고 싸우면 반드시 이기고야 마는 놀라운 나라였습니다.

• 방정환은 1927년 1월부터 1930년 12월까지 『어린이』에 '자학(自學) 자습' '어린이 독본'을 연재했다. '어린이 독본'은 일제강점기에 우리 글을 익히고 글에 담긴 뜻을 새기기를 바라는 마음에서 연재한 일종의 읽기 교과서였다. 다른 지면의 글보다 글자 크기가 컸고 낱말(한자어)에 뜻풀이를 달아 놓았다.

• **아세아** 구라파의 이쪽 땅 구덩이를 아세아라 하나니 조선, 노국, 중국, 일본, 인도가 모두 아세아에 있나이다.—원주; 아세아는 '아시아'의 음역어. '구라파'는 '유럽', '노국'은 '러시아'.

• **파사** '페르시아'의 음역어.

• **희랍** '그리스'의 음역어.

• **들이치다** 들이닥치며 몹시 세차게 공격하다.

• **강용** 강하고 용맹스럽다.—원주

• **단결** 여럿이 한데 모이어 합하는 것.—원주

이제 강대하기 짝이 없는 파사의 대군이 미친 물결과 같이 밀려들어 오는 때 그들은 "정의[●]를 위하여 싸우자. 15세 이상의 남자는 모두 나아가 싸우자!" 하고 외치면서 용맹히 일어나 싸웠습니다.

그때에 스파르타의 시골 촌리[●]에 한 부인이 아들 삼 형제를 데리고 단 네 식구가 살았는데 삼 형제가 모두 15세 이상인 고로 어머니 한 분만 남겨 두고 모두 전장[●]에 나아가게 되었습니다.

어머니는 눈물은새로에[●] 조금도 섭섭한 빛도 안 내고

"너희의 아버지도 스파르타 사람을 위하여 목숨을 바쳤으니 너희들도 아버님 부끄럽지 않게 스파르타를 위하여 용감히 나아가 싸워라!" 하고 세 아들을 격려[●]하셨습니다. 그리고 아버지가 남겨 둔 세 개의 칼을 내어 각각 하나씩 주었습니다. 그런데 칼 두 개는 길고 하나는 조금 작은 고로 작은 것은 맨 끝에 아들에게 주었습니다.

"어머니, 이것을 보셔요. 저의 칼은 두 형님의 칼보다 한 자[●]나 작습니다."

셋째 아들이 이렇게 말하니까 어머니는 그 말을 들으시고 정색[●]을 하시고

"이 애야, 스파르타 사람은 칼이 길고 작음을 가리지 않는다. 네 칼이 형의 칼보다 작으면 너는 형들보다 한 자 더 앞에 나서서 싸워라!" 하였

● **정의** 옳고 바른 이치에 적합한 것. — 원주
● **촌리** 마을.
● **전장** 싸움터. — 원주
● **새로에** '고사하고' '그만두고' '커녕'의 뜻을 나타내는 보조사.
● **격려** 칭찬하고 힘을 돋궈 주는 것. — 원주
● **자** 길이의 단위로 1자는 약 30.3cm에 해당한다.
● **정색** 빛을 바르게 한다, 엄정한 낯을 한다는 말. — 원주

습니다.

어머니의 그 말씀은 아들들의 머리에 깊이 박혔습니다. 그들이 남보다 더 앞에서 그중에도 셋째 아들이 항상 맨 앞에 서서 싸운 것은 물론입니다.

_方定煥 편,[●] 『어린이』 1927년 1월호

● '어린이 독본'에 글을 쓰고 엮은 이를 방정환이라고 밝혔다.

어린이 독본

제2과 작은 용사

"전교 학생은 운동장으로 집합하라!"는 교장의 명령이 졸지●에 내렸습니다.

"하학하여● 돌아갈 시간인데 무슨 일일까, 무슨 일일까?" 하고 4백여 명 학생이 궁금해하면서 운동장 복판에 반반●이 열을 지어 늘어섰더니 한 열에 선생 한 분씩이 달려들어 끝에서부터 차례로 학생의 주머니를 뒤기● 시작하였습니다.

학생 중에 흡연●을 하는 악풍●이 있다고 소문이 돌아서 궐련● 가진 학생을 찾아내려고 조사하는 것이었습니다.

각 반 각 열을 일시에 한 고로 조사는 속히 끝났습니다. 그러나 궐련 가진 학생은 한 사람도 들춰나지● 않고, 다만 운동장 한편 담 밑에 누가

● **졸지** 별안간. —원주
● **하학하다** 학교에서 그날의 수업을 마치다.
● **반반** 각 반. 여러 반.
● **뒤다** 뒤지다. 무엇을 찾으려고 샅샅이 들추거나 헤치다.
● **흡연** 담배 먹는 것. —원주
● **악풍** 나쁜 풍습. —원주
● **궐련** 얇은 종이로 가늘고 길게 말아 놓은 담배.
● **들춰나다** 들추어져 드러나다.

던졌는지 아까까지 없던 궐련 한 갑이 떨어져 있는 것이 발견● 된 것뿐이었습니다.

보고와 함께 그 궐련갑을 받아 들은 교장은 엄숙한 말로 "누구든지 이 궐련을 내어던진 사람은 내 앞으로 나오라." 하였습니다. 그러나 아무리 아무리 나오라 하여도 시간만 헛되이 지나갈 뿐이요, 저녁때가 되도록 아무도 나오는 사람이 없었습니다.

기착● 을 하고 서서 두 시간 반. 다리는 부러질 듯이 아프고 석양은 지붕도 넘어갔는데 차차로 어두워 가는 마당에 선 채로 그래도 나오는 사람은 없었습니다.

"어느 때까지든지 궐련을 버린 사람이 떳떳이 나오기 전에는 밤을 새어도 해산● 명령을 안 할 터이다!"

이 엄격한 교장의 말에 학생은 물론이요 선생들까지 놀래었습니다. 누구든지 버린 사람이 얼른 나가야지 한 사람 때문에 모두 벌을 당한단 말이냐고 수군거렸습니다. 그래도 나가는 사람은 없었습니다.

그때 어둑어둑 컴컴해지는 그때에 한 사람 뚜벅뚜벅 교장의 앞에 나아가 "제가 버렸습니다." 하는 학생이 있었습니다.

누구인가 누구인가 하고 그 많은 사람의 눈이 그에게로 쏠리었습니다. 머리 큰 장난꾼 학생일 줄 알았더니 천만뜻밖에 어리디어린 품행 얌전한 소년이었습니다.

"네가 정말 버렸느냐?"

교장은 다정히 물었습니다.

● **발견** 눈에 뜨였다는 말. — 원주
● **기착** 기척. 구령어로서의 '차렷'을 이르던 말.
● **해산** 풀어헤치는 것. — 원주

"네, 제가 버렸습니다."

대답은 분명하였습니다.

"그러면 담배가 몇 개 들어 있느냐?"

"……."

소년은 대답을 못 하였습니다.

"왜 네가 안 버린 것을 네가 버렸다고 하느냐?"

"저 한 사람을 벌을 주시고 여러 학생은 곧 돌려보내 주십시오. 배가 고프고 다리가 아파서 더 오래 섰을 수가 없습니다."

소년의 말끝은 떨렸습니다.

"오오, 귀여운 용사여!"

하고 교장은 달려들어 소년의 손을 쥐었습니다. 그리고 한층 높고 큰 소리로

"이 어린 학생은 다른 여러 학생을 일찍 돌아가게 하기 위하여 남의 죄에 자진해 나온 훌륭한 용사입니다. 여러 사람을 구원하기 위하여 자기 한 몸의 고생을 감수●하는 것을 희생이라고 합니다. 이 세상에 희생의 정신보다 더 거룩한 정신은 없습니다."

하고 곧 해산을 명령하여 돌려보냈습니다.

그때 맨 나중에 혼자 남아서 교장의 앞에 가서 눈물을 흘리는 학생이 있었으니, 그는 소년의 희생의 정신에 감동되어 궐련 버린 것을 자백● 한 학생이었습니다.

_『어린이』 1927년 2월호

● **감수** 달게 받는다.—원주

● **자백** 스스로 고백하는 것.—원주

어린이 독본

제3과 두 가지 마음성

기차 속에는 별별 사람이 한데 섞여 앉아서 먼 길을 갑니다. 신문을 읽고 앉았는 사람도 있고 소설책을 읽는 사람도 있고 팔짱을 끼고 남의 얼굴만 바라보는 사람도 있고 담배를 퍽 퍽 피우면서 옆에 있는 이에게 이야기를 거는 사람도 있습니다.

모두 심심하니까 목소리가 조금 큰 사람이 있어도 모두 재미있어하면서 그 얼굴을 쳐다보고, 앉아서 코를 고는 사람이 있어도 모두 그리로 시선●이 쏠립니다. 기차 속은 재미있는 곳입니다.

한번은 이런 일이 있었습니다. 어느 일본 사람이 귤을 먹다가 차 바닥에 떨어트려서 그냥 내버렸는데, 그 옆에 있던 조선 부인이 허리를 꾸부리고 그것을 집어서 흙을 떨어서 자기도 한 쪽 먹고 아기에게 두세 쪽을 주었습니다.

그것을 보고 일본 사람 내외는 얼굴을 찡그리다가 그냥 웃어 버렸습니다. "조선 사람은 더럽고 불쌍하다."고 하면서 웃었습니다.

그 기차가 다음 정거장에서 쉬었을 때에 양복 입고 안경 쓴 점잖은 일인● 신사가 올라탔습니다. 그이는 나무 갑에 든 점심밥을 사 가지고 서

● **시선** 눈살. — 원주
● **일인** 일본 사람.

너 젓가락 먹었으나 밥이 식어서 차니까 먹을 수 없으므로 도로 덮었습니다.

그러나 그 밥과 반찬을 그대로 내어버리기는 아깝던지 그 옆에 걸상에 앉은 갓 쓴 조선 사람에게 잠자코 내어주었습니다. 보아하니 시골구석에서 조밥이나 보리밥만 먹을 것 같음 직하여서 깨끗한 쌀밥과 좋은 반찬을 주면 비록 식었더라도 달게 먹으려니 하였던 것입니다.

갓 쓴 사람은 아무 말 없이 받아 들더니 반찬 그릇과 밥그릇을 한꺼번에 몹시 내어던져 신사의 얼굴을 보기 좋게 갈기었습니다. "이놈아! 내가 갓은 쓰고 구식 사람일망정 너 같은 놈에게 업신여김은 받지 않는다!"고 소리 질러 꾸짖었습니다.

일인 신사는 자기가 잘못한 일인 고로 아무 말도 못 하고 얼굴에 묻은 밥풀을 뜯고 있었습니다.

[연습]

1. '시선'을 넣어 짧은 말을 만들어 보시오.

2. 이 글 중에 처음 보는 한문 글자가 몇인지 써 보시오.

3. 읽고 나서 생각되는 것을 간단히 적어 보시오.

_『어린이』 1927년 3월호

어린이 독본

제4과 참된 동정●

어느 해 몹시 추운 겨울날이었습니다.

한울●에선 흰 새의 나래●같이 희고도 보드라운 눈송이가 퍽퍽 쏟아져 내리고 땅 위에는 바람까지 홱홱 사납게 불어서 두꺼운 솜옷을 겹겹이 입고 뜨뜻한 방 속에 가만히 들어앉았기에도 추운 생각이 드럭드럭 나는 날이었습니다.

이렇게 추운 날인데 오후가 되니까 눈은 더욱 퍼붓고 추위는 점점 더 해져서 행길●에는 지나다니는 사람조차 많지 않았습니다.

그럴 때인데 서울 종로 네거리에 있는 종각● 모퉁이에는 아까부터 다 떨어진 얇디얇은 홑옷을 입고 발발 떨면서 지나가는 사람에게 "돈 한 푼 줍시오! 돈 한 푼 줍시오!!" 하고 애걸 애걸●하는 불쌍한 어린 거지가 하나 있었습니다.

그러나 지나가는 사람들은 누구 하나 돌아보지도 않고, 또 불쌍하다

● **동정** 불쌍히 여겨서 도와주는 것.—원주
● **한울** 천도교에서 '하늘'을 달리 이르는 말.
● **나래** 날개.
● **행길** '한길'(사람이나 차가 많이 다니는 넓은 길)의 사투리.
● **종각** 종을 넣어 둔 집.—원주
● **애걸** 도와 달라고 비는 것.—원주

고 동정해 주는 사람도 없었습니다.

그때 마츰● ○○여자보통학교에서 하학●을 하고 집으로 돌아가는 소녀 셋이 그 앞으로 지나가다가 이것을 보고 하도 불쌍해서 한 소녀는 10전을 주고 또 한 소녀는 5전을 주었습니다.

그러나 나머지 한 소녀는 구차●한 집 아이가 되어 돈은 한 푼도 없었습니다. 그렇지만 그 거지 아이를 불쌍히 여기는 마음은 다른 두 소녀보다도 더 지극하였습니다.

다른 동무들과 같이 줄 돈은 없고 어린 거지가 추위를 참지 못하여 발발 떠는 것을 보니 차마 발길이 돌아서지를 않아서 그 소녀는 한참 동안 우두커니 서서 불쌍한 거지를 바라보고 있더니 그만 두 눈에 눈물이 글썽글썽해지며 무엇을 생각하였는지, 별안간 거지 아이의 앞으로 와락 달려들어 그 때 묻은 이마에다 따듯이 입을 맞추었습니다.

소녀의 두 눈에 글썽글썽하던 눈물은 불쌍한 거지 아이의 뺨 위로 줄줄 흘러내렸습니다.

그때 어린 거지는 정신 잃은 아이처럼 그 소녀의 얼굴을 물끄러미 쳐다보고 섰더니, 얼른 그 옆에 있는 꽃 파는 집으로 뛰어가서 지금 다른 두 소녀에게서 받은 돈 10전과 5전을 죄다 주고 어여쁜 꽃 한 묶음을 사다가 입 맞추던 소녀에게 주었습니다. 그리고 고개를 푹 숙이고 어린 거지의 때 묻은 얼굴에는 알지 못할 감격●의 눈물이 방울방울 흘렀습니다.

_『어린이』 1927년 4월호

● **마츰** '마침'의 사투리.
● **하학** 학교에서 그날의 수업을 마침.
● **구차** 가난하다는 것.—원주
● **감격** 뜨겁게 느낀다는 것.—원주

어린이 독본

제5과 소년 고수

오태리•와 전쟁할 때 그때의 불란서•의 군대에는 한 사람 17세 되는 소년 고수•가 있어서 사령관의 명령대로 호령 대신에 북을 울리어 군대를 전진•시키고 있었습니다.

그러나 다른 부대와의 연락•이 끊어지고 외롭게 떨어진 군대였는 고로 처음에는 모르고 자꾸 전진하다가 몹시 수많은 오태리의 본군을 만나 큰 변을 당하게 되었습니다.

탄환도 얼마 많이 남지 않았고 연락이 끊어져서 원군•도 올 길이 망연•한 위에 적병 본군의 포탄은 폭풍우•와 같이 쏟아지는지라 사자의 앞에 기어 나가는 작은 토끼 모양이 되어 단번에 전멸을 당하게 되매 연전연승•하여 패해 본 적이 없는 불군•도 이번은 꼼작할 수 없이 얼른

• **오태리** 나라 이름.—원주; '오스트리아'의 음역어.
• **불란서** '프랑스'의 음역어.
• **고수** 북 치는 사람.—원주
• **전진** 앞으로 나아간다는 말.—원주
• **연락** 사이가 끊어지지 않도록 하는 것.—원주
• **원군** 도와주는 군사.—원주
• **망연** 까마득하다는 말.—원주
• **폭풍우** 사납고 무서운 바람과 비.—원주
• **연전연승** 싸우는 족족 이긴다는 말.—원주

퇴군● 하여 다른 부대와 합력하기를● 기다릴밖에 없이 되었습니다.

눈 깜짝하는 동안에도 여러 사람씩 적탄에 쓰러지는 것을 보는 사령관은 원한의 눈물을 머금고 소년 고수에게 퇴군곡● 을 치라고 명령하였습니다.

그때에 소년 고수의 얼굴은 창백● 해지고 눈에는 핏발이 섰습니다. 그리고 부르짖었습니다.

"사령관!! 저는 퇴군곡을 배우지 못하였습니다. 우리 불란서의 군인은 진군곡 외에는 아는 것이 없습니다."

하고 말이 끝나기 전에 두 팔과 전신과 힘을 다하여 돌격● 하라는 군호● 의 북을 두들기었습니다.

평시도 엄하지마는 더구나 전쟁 때에는 상관의 명령을 거역하면 당장 사형● 을 집행하는 것이었습니다. 그러나 이때의 사령관은 소년 고수의 말끝에 다만 미친 사람같이 "오!!" 하고 소리쳤을 뿐입니다.

퇴군곡을 기다리고 있던 전 군대는 이 의외의 돌격곡을 듣자 자기네의 뒤에 응원군● 이 온 줄 알고 기쁨과 자신을 얻어 일시에 "으악!!" 소리를 치면서 용맹스럽게 돌격해 들어갔습니다.

이편을 우습게만 여기고 있던 오태리 본군은 이 꿈밖의 돌격을 받으

● **불군** 프랑스 군대.
● **퇴군** 군사들이 뒤로 쫓겨 물러난다는 말. — 원주
● **합력하다** 흩어진 힘을 한데 모으다.
● **퇴군곡** 물러 나오라는 곡조. — 원주
● **창백** 푸르고 희고 한 것. — 원주
● **돌격** 들이쳐 들어가는 것. — 원주
● **군호** 군대에서 나발, 기, 화살 따위를 이용해 신호를 보냄. 또는 그 신호.
● **사형** 죽이는 형벌. — 원주
● **응원군** 도와주는 군사. — 원주

면서 '이것은 필시 불란서의 대군이 저 뒤에 몰려오는 것이다.' 생각하고 정신을 수습하지 못하고 모진 바람에 마른 잎이 날듯 흩어져 달아났습니다.

소년의 두드리는 북소리는 그칠 새 없이 점점 높이 울리고, 원기를 얻은 불군은 북소리에 따라 더욱 맹렬히 돌격을 하여 쫓기는 적군의 뒤를 몰아 들어갔습니다.

아아 놀라운 북소리! 적은 힘으로 넉넉히 적군의 진지•를 점령•하고 불군이 만세를 부를 때 어린 고수는 북을 안은 채로 군기• 밑에 기절하여 쓰러져 있었습니다.

아아, 이 글을 읽는 동무들이여! 우리는 다 같이 이 아래의 한 줄을 세 번씩 되짚어 읽으십시다.

"우리들 조선 소년은 물러설 줄을 모른다!!"

_『어린이』 1927년 5·6월 합호

• **진지** 군사로 막고 있는 곳. ― 원주
• **점령** 빼앗아 차지한다는 말. ― 원주
• **군기** 각 단위 부대를 상징하는 기.

어린이 독본

제6과 너그러운 마음

한 집에 도적이 들어 손에 칼을 들고 주인이 책을 읽고 있는 방에 가서 "꿈쩍 말고 돈을 내어노라!" 하였습니다. 책에 정신이 쏠리어 처음에는 듣지 못하더니, 두 번째 크게 지르는 소리에 책에서 돌아앉으면서 천천한 말로 "이 밤중에 어데서 오신 손님이시오?" 하는지라 도적이 "잔말 말고 돈을 빨리 내어노라!" 하고 크게 호령하면서 칼을 들어 위협● 하였습니다.

"허허! 당신이 돈을 쓸 일이 있어서 왔구료."● 하도 주인이 태연하니까 도적은 더욱 초조●해져서 "잔말 말고 어서 내놓아라. 쓸 일이 있으니까 왔지!" 하고 바싹 달겨들었습니다.

"쓸 일이 있어서 돈 가진 사람에게 돈을 달라 하는 것이 그리 틀린 일이 아니거든 이렇게 칼까지 들고 올 것이야 무엇 있소. 자아, 지금 내 집에는 돈이 이것밖에 없으니 쓰실 일에 부족하지 않거든 가져다 쓰시오." 하고 책장 밑에서 내어놓는 돈을 도적이 받아서 헤어● 보니 390원

● **위협** 무섭게 으르대는 것. — 원주
● 1931년 8월호 『어린이』 판에서는 "허허! 당신이 돈을 쓸 일이 있어서 왔구료……. 그럼 진작 그렇게 말씀하시지요."라고 고쳤다.
● **초조** 마음이 바짓바짓 탄다는 말. — 원주
● **헤다** '세다'의 사투리.

이라 마음에 흡족●하여 그대로 회중●에 웅쿠려 넣고 급급히 나아가는데, 주인이 "여보, 여보!" 불러 놓고 "아무리 적은 돈이라도 받아 갈 때에는 받은 인사를 하고 가는 것이 좋지 않겠소?" 하는지라 도적이 마지못하여 "고맙소." 하고 한마디 내어던지고 황급히 달아나 버렸습니다.

그 익일● 아츰●에 순사 한 사람이 그 도적을 포박하여 데리고 찾아왔습니다.

"이놈이 붙들리어 자백●하기를 작야●에 이 댁에 칼을 들고 들어와서 돈 390원을 강탈●하였다고 하니 분명히 390원만 빼앗기셨습니까?"

"아니오. 돈은 분명히 390원인데, 빼앗긴 것이 아니라 내가 드린 것이오."

"아니올시다. 이놈이 제 입으로 칼을 들고 협박●을 하였다고 그러는데요."

"실례의 말씀을 하지 마시오. 내가 변변치 못한 위인이로되 칼이 무서워서 싫은 것을 빼앗길 사람은 아니오. 저 사람이 쓸 일이 있다고 달라 하니까 드렸을 뿐이오."

듣고 있던 도적도 주인의 말에 하도 양심이 아파서

"아니올시다. 사실로 강도질을 해 간 것입니다."

"예끼, 이 어리석은 사람아! 어느 세상에 강탈해 가면서 고맙다고 하

● **흡족** 마음에 찬다는 말. — 원주
● **회중** 품속. — 원주
● **익일** 이튿날. — 원주
● **아츰** '아침'의 사투리.
● **자백** 묻기 전에 스스로 사실대로 말하는 것. — 원주
● **작야** 어젯밤. 『어린이』 판에서는 "어젯밤"으로 고쳤다.
● **강탈** 억지로 힘으로 빼앗는 것. — 원주
● **협박** 으르대고 들이조르는 것. — 원주

는 놈이 있단 말이오? 당신은 나에게 돈을 받아 가지고 고맙소 하고 인사를 하고 가지 않았소!"

도적은 물론이요 순사까지 감격●이 극하여 엎더져서● 눈물 흘리는 도적의 몸의 포승을 끌러● 놓았습니다.

그 후 그 도적은 주인의 집 고인●으로 있기를 자원하여 일평생을 사는 동안에 주인보다 못하지 않은 좋은 인물이 되었습니다.

_『어린이』 1927년 12월호●

● **감격** 대단히 감동한다는 말.―원주
● **엎더지다** '엎드러지다'(무릎을 구부리고 상반신을 바닥에 대다)의 준말.
● **끌르다** '끄르다'의 사투리.
● **고인** 부리는 사람.―원주
● 방정환 사후 '고 방 선생 유고, "어린이 독본" 중에서'라는 부제를 붙이고 제목을 「도둑 아닌 도둑」으로 고쳐 『어린이』 1931년 8월호에 재수록되었다. 편집자는 "이것은 방 선생이 생전에 여러분을 위하여 써 주신 유익한 이야기 중에 하나입니다. 방 선생이 쓰신 이야기는 모두 재미있고 유익한 것이나 이것은 그중에도 더욱 유명하게 좋은 이야기입니다. 마치 불란서('프랑스'의 음역어)에 유명한 소설가가 지은 『희무정』(프랑스 소설가 빅토르 위고의 소설 『레 미제라블』을 일컫던 말)을 읽는 거와 같습니다."라고 설명을 덧붙였다.

어린이 독본

제7과 어린이의 노래

하로● 일을 마치고 집에 돌아와
저녁 먹고 대문 닫힐 때가 되면은
사다리 짊어지고 성냥을 들고
집집의 장명등●에 불을 켜 놓고
달음질하여 가는 사람이 있소

은행가로 이름난 우리 아버진
재주껏 마음대로 돈을 모겠지
언니는 바라는 문학가 되고
누나는 음악가로 성공●하겠지

아 나는 이담에 크게 자라서
내 일을 내 맘으로 정케 되거든

* 『개벽』 1920년 8월호에 수록했던 「불 켜는 이」를 다듬은 작품으로, 영국 작가 로버트 루이스 스티븐슨의 시 「The lamplighter」가 원작이다.
● **하로** '하루'의 사투리.
● **장명등** 대문 밖이나 처마 끝에 달아 두고 밤에 불을 켜는 등.
● **성공** 공을 이룬다는 말. 하던 대로 잘된 것. — 원주

그렇다 이 몸은 저이와 같이
거리에서 거리로 돌아다니며
집집의 장명등에 불을 켜리라

그리고 아무리 구차한 집도
밝도록 환하게 불 켜 주리라
그리하면 거리가 더 밝아져서
모두가 다 같이 행복되리라

거리에서 거리로 끝을 이어서
점점점 산속으로 들어가면서
적막● 한 빈촌●에도 불 켜 주리라
그리하면 이 세상이 더욱 밝겠지

여보시오 거기 가는 불 켜는 이여
고달픈 그 길을 설워 마시오
외로이 가시는 불 켜는 이여
이 몸은 당신의 동무입니다

_『어린이』 1928년 1월호

● **적막** 텅 비인 것 같이 쓸쓸한 것. — 원주
● **빈촌** 가난한 마을. — 원주

어린이 독본

제8과● 뛰어난 신의

퍽 오래된 옛날에 사실로 있던 이야기입니다.

마음 착한 김 씨 한 분이 무근●의 죄명을 입어서 감옥에 갇히었습니다. 아무리 변명을 하여도 효과가 없이 마즈막● 재판을 받아 사형●받을 날짜만 기다리게 되어 버린 고로 하는 수 없어서 "그러면 우리 집에 연로하신 부모님이 계시니 죽기 전에 잠깐 돌아가서 최후●의 하직●이나마 하고 오게 하여 주십시오." 하고 울면서 애원하였습니다.

"너를 잠시라도 놓아주면 아주 멀리 도망해 버릴 것이니까 그것도 허락할 수 없다." 하여 먼 시골서 헛되이 기다리고 계신 늙으신 부모께 마즈막 인사도 못 가게 되었습니다.

그때 서울 근처에서 그 소문을 들은 박 씨라는 친구가 있어

"그에게는 그가 무죄백방●이 되어 돌아올 것을 믿고 손꼽아 기다리

● 제7과로 잘못 표시되어 바로잡았다.
● **무근** 사실 없는 일. 근거 없다는 말. — 원주
● **마즈막** '마지막'의 사투리.
● **사형** 죽이는 형벌. — 원주
● **최후** 마즈막. — 원주
● **하직** 먼 길을 떠날 때 웃어른께 작별을 고하는 것.
● **무죄백방** 죄 없는 것이 판명되어 놓인다는 말. — 원주

고 계신 부모님이 계신 것이 사실입니다. 그러고 그는 허언을 할 남자가 아닌즉 한번 온다 하면 죽을 땅이라도 반드시 온다는 날에 돌아올 것입니다. 그것을 못 믿으시면 그가 돌아올 때까지 내가 대신 감옥에 들어가 있겠습니다. 만일 그가 도망하고 다시 오지 않거든 나를 대신 죽이실 셈하고 제발 그를 보내어 마즈막으로 부모님 얼굴을 뵙고 오게 하여 주십시오."

하고 나섰습니다.

"목숨 아깝지 않은 사람이 누가 있겠소? 한번 놓여 가기만 하면 다시 죽으려고 기어들 사람이 어데 있겠소? 암만 친구 간이라도 그런 짓은 그만두시오."

하고 모든 사람이 말리는 것도 듣지 않고 박 씨는 자진•하여 옥에 들어가 있고, 그 대신 김 씨를 열흘 동안 다녀오게 보냈습니다.

10일간이란 참말 속하게• 지나갔습니다. 그러나 10일 안으로 돌아온다던 그는 돌아오지도 않고 아무 소식도 없었습니다. 그래 약속대로 박 씨만 죽게 되었습니다.

"그것 보지. 으레 그럴 줄 알 일이지, 누구인들 죽으러 올 사람이 있겠소? 아무리 친한 친구이기로 박 씨가 어리석은 짓을 해서 목숨을 잃어버리게 되었지."

이런 소리가 빗발치듯 하였습니다.

사형을 하로• 연기하고 기다려도 그는 오지 않았습니다. 또 하로를 기다리어도 소식이 없는 고로 그제는 박 씨를 그냥 집행•하기로 되었

• **자진** 남이 시킨 것이 아니고 자기가 스스로 나아간다는 말. —원주
• **속하다** 꽤 빠르다.
• **하로** '하루'의 사투리.

습니다. 그러나 박 씨는 "그가 돌아오지 못하는 것은 무슨 못 올 까닭이 생긴 것이 분명하오. 그가 그렇게 무신한● 사람은 아니요." 하고 조금도 원망하는 빛이 없이 사형장으로 나아갔습니다.

모든 사람이 박 씨의 죽음을 아까워하면서 차마 보지 못하고 눈들을 가리고 혹은 울기도 하는데 그때 먼 뒤로부터 "잠깐만 참으시오! 잠깐만, 잠깐만!" 하고 소리치면서 허덕허덕 달려오는 사람이 있는 고로 모두 돌아다보니 도망간 줄 알았던 김 씨가 뛰어오는 것이었습니다.

여름철이라 비가 많이 와서 산중으로 돌아오는 중로●에 길이 무너지고 다리가 떠내려가고 물이 막히고 하여 고생고생 돌아오느라고 늦어졌던 것입니다.

금방 사형을 당할 뻔한 친구의 손목을 잡고 고마운 인사를 하고 나서 "자아, 내가 왔으니 나를 죽여 주시오." 하였습니다.

"아니 아니, 그대 같은 사람들을 죽일 수 없소!"

하고 임금은 손수 내려가서 박 씨와 김 씨의 손목을 서로 맞잡아 주고 다시 그 두 어깨에 한 팔씩 얹으면서 "나같이 변변치 못한 사람도 그대들 틈에 한몫 끼울 수 있을는지……. 청컨대 나도 한 친구로 넣어 주소." 하였습니다.

_『어린이』 1928년 7월호

● **집행** 정한 대로 실행하는 것. — 원주

● **무신하다** 신의가 없다.

● **중로** 오가는 길의 중간.

어린이 독본

제9과 시간값

현대● 문명은 전기가 낳았다 하는 것인데, 그 전기를 발명한 이는 미국 사람 프랭클린●이니 현대의 세계 문명은 프랭클린이 낳아 놓았다 할 것입니다.

그 프랭클린이 젊어서 인쇄소를 하는 한편으로 고서적 상점을 경영하는데, 하로●는 서점에 손님 한 분이 와서 1원짜리 헌책을 집어 들고 "이것을 75전에 팔라."고 점원에게 자꾸 졸랐습니다. 원래 신용 세우는 서점이라 정해 놓은 값 외에는 더 받지도 덜 받지도 않는 터인 고로 감해 팔 수 없다 하였더니, 그래도 자꾸 조르다가 나중에는 "그러면 주인을 불러오시오. 주인이 오면 다만 얼마라도 감해 줄 것이 분명하니……." 하고 이번에는 서점 주인을 불러오라고 조르기 시작하였습니다.

한참 후에 인쇄 공장에서 일하던 채로 점원에게 불리어 온 프랭클린을 보고 "여보, 내가 이 서점에 처음 한 번 오는 것도 아닌 터에 이것 한 책 25전만 감하라 하는데 그리 못 할 것이 무어요? 그래서 주인을 청

* 『어린이』 1923년 4월 23일 발행된 통권 3호에 무기명으로 발표한 「이상한 책값」을 개작하여 수록했다.

● **현대** 옛날도 아니고 또 앞으로 올 때도 아니고 지금 바로 이 시대. —원주

● **프랭클린(1706~1790)** 미국의 정치인, 과학자.

● **하로** '하루'의 사투리.

한 것이니 자, 얼마간 감해 파시오." 하니까 프랭클린이 어쩐 생각인지 "네, 1원 20전은 내셔야 팔겠습니다." 하였습니다.

손님은 도리어 정가[●]보다 더 비싸게 내이라 하는 소리에 깜짝 놀래어 "여보, 젊은이가 망령이요? 감해 달라니까 도리어 20전을 더 내라 하니 그게 무슨 말씀이오? 그러지 말고 팔 금[●]을 말하시오. 얼마에 팔겠소?" 하니까 이번에는 또 "지금은 할 수 없습니다. 1원 40전을 주셔야 팔겠습니다." 하였습니다.

"여보, 점점 더 비싸진다 말요! 당신이 책을 팔려고 안 그러고 나를 조롱하노라고 그러는구료!" 하고 손님이 성을 내었습니다. 그러나 프랭클린은 태연하게 "아니올시다. 얼른 사시지 않고 오래 끄시면 그만한 시간의 손해가 나는 것이니 그 시간값은 누가 당합니까? 남에게 손해를 자꾸 보이시면서 값은 감하라 하시니 됩니까? 이제는 벌써 1원 50전 안 주시면 못 팔게 되었습니다."고 공손히 대답하였습니다.

손님은 그 말을 듣고 모자를 벗고 절을 하면서 "네……. 참말 좋은 진리[●]를 배웠습니다. 제 시간도 더 손해나기 전에 얼른 가겠습니다." 하고 1원짜리 책을 1원 50전에 사 가지고 돌아갔습니다.

_『어린이』 1928년 9월호

● **정가** 미리 정해 놓은 값. —원주
● **금** 시세나 흥정에 따라 결정되는 물건의 값.
● **진리** 똑 참되고 똑바른 이치. —원주

어린이 독본

제10과 세계 일가

조선 사람은 조선 사람끼리 왕래● 하고 조선에서 나는 것만 먹고 쓰면서 살거니 외국 사람과 무슨 상관이 있으랴고 누구든지 생각하기 쉽지만 그것은 잘못 생각입니다.

우선 여러분이 손에 쥐고 있는 연필은 동리에 있는 가까운 상점에서 산 것이지마는 연필 속에 있는 까만 납 같은 것은 석묵● 이라는 것인데, 좋은 석묵은 영국에서 가져오는 것이니 여러분이 공부하는 데 쓰게 하기 위하여 수많은 영국 사람이 애를 쓴 것입니다. 그러고 그것을 기선● 에 싣고 동양으로 가져오는 기선은 풀턴이라는 미국 사람이 발명● 한 것이니 미국 사람의 힘을 잊어버릴 수 없는 것이요, 그 기선을 옮겨 오느라고 선부● 중에 이태리● 사람이나 불란서● 사람이 있었다 하면 여러분이 날마다 쓰는 연필 하나에도 벌써 서너 나라 사람의 고생한 공이 들어

● **왕래** 오고 가고. — 원주
● **석묵** 광물 이름. — 원주; 흑연.
● **기선** 기선 발명(121년 전). — 원주
● **발명** 전에 없던 것을 처음 터득해 내는 것. — 원주
● **선부** 뱃사공.
● **이태리** '이탈리아'의 음역어.
● **불란서** '프랑스'의 음역어.

있지 않습니까? 그러고 그뿐이 아닙니다. 여러분의 의복을 짓느라고 어머님이 쓰시는 바늘은 독일에서 나오는 것이니, 여러분이 입고 앉았는 의복 한 벌에도 여러 나라 사람의 공이 들어 있는 것입니다.

여러분은 기차를 타고 왔습니까, 전차•를 타고 왔습니까? 기차는 스티븐슨이라는 영국 사람이 발명하고 전차는 지멘스라는 독일 사람이 발명한 것입니다. 학교 사무실에도 시계•가 걸려 있고 여러분 댁에도 시계가 걸려 있어서 날마다 우리가 긴히• 쳐다보지마는, 그것은 하위헌스라는 화란• 사람이 발명하였고 그것을 만드는 데는 흔히 서서•라는 나라 사람의 손이 많이 간 것입니다.

그러고 여러분 댁에는 성냥•이 없으면 밥도 못 지어 먹고 불도 땔 수가 없지 않습니까? 그 귀중한 성냥은 룬드스트롬•이라는 서전• 사람이 발명한 것입니다.

그러고 세계 각국에서 그중 감사히• 여기면서 그중 많이 그중 긴하게 쓰는 인쇄술 그것은 우리 조선 사람이 고려 때에 발명한 것입니다.

그러니 서로 피차에 인사는 없고 얼굴은 모르고 지내도 날마다 물건을 서로 바꾸어 쓰고 있는 것이 아닙니까. 외국 사람의 불행이 곧 우리

• **전차** 전차 발명(47년 전). —원주
• **시계** 시계 발명(271년 전). —원주
• **긴히** 꼭 필요하게. 매우 간절하게.
• **화란** '네덜란드'의 음역어.
• **서서** '스위스'의 음역어.
• **성냥** 성냥 발명(73년 전). —원주
• **룬드스트롬**(1815~1885) 스웨덴의 화학자.
• **서전** 방정환이 룬드스트롬을 스위스 사람으로 잘못 알고 "서서"라 해서 '서전'으로 바로잡았다.
• **감사히** 고맙게. —원주

에게도 영향● 되고 우리의 기쁨이 외국 사람에게도 곧 관계가 되는 것입니다.

더구나 비행기가 생기고 무선전화가 생겨서 한 달 걸려야 가던 길을 단 하로● 에 가고 먼 나라에서 하는 말은 그 시간에 조선에 앉아서 듣게 되었으니 세계를 다니기가 건넌방에 가는 것처럼 쉽게 되었습니다.

우리는 조선 사람이니 조선 일을 잘 알기에 힘쓰는 동시에 세계 일을 잘 알아야만 하겠습니다.

_『어린이』 1928년 10월호

● **영향** 서로 맞닿아서 비치고 울리는 것. — 원주
● **하로** '하루'의 사투리.

어린이 독본

제11과 고아 형제

몹시 치운● 겨울날 바람 찬 길거리에서 발발 떨면서 오고 가는 사람에게 성냥을 파는 소년이 있었습니다. 얼굴은 퍽 영리●하면서 머리가 귀를 덮도록 깎지 못하고 버선도 신발도 못 신고 맨발로 앙상하게 걷는 것을 보고 아 몹시도 빈한●한 집에 태어난 소년인 것 같습니다.

"성냥 좀 팔아 주십시오. 단 한 갑만이라도 팔아 주십시오." "저는 오늘도 아침을 굶어서 배가 고파 못 견디겠습니다." 모르는 신사 옆에서 애걸하는 그의 눈에는 눈물이 고여서 글썽하였습니다.

아까부터 안 산다고 고개를 흔들던 신사도 그 불쌍한 애원을 듣고 돈 주머니를 꺼내었습니다. 그러나 2전짜리 한 푼을 줄 터인데 5원짜리 지폐●밖에 없는 고로 잔돈이 없어서 못 사 주겠다 하였습니다. "아니요. 가서 바꾸어다가 드리겠습니다." 하고 소년은 다시 애걸하여 5원짜리를 받아 들고 길 건너편으로 뛰어갔습니다.

5분! 7분! 10분이 지나도 소년이 돌아오지 않는 고로 신사는 비로소

● **칩다** '춥다'의 사투리.
● **영리** 똑똑하고 영악하다는 말. — 원주
● **빈한** 가난하다는 말. — 원주
● **지폐** 지전. — 원주

의심이 나기 시작하였습니다. "허허, 내가 잘못하였다. 그따위 아이들은 마음이 불량하여 도적질도 한다는데 5원짜리를 그냥 주었으니 다시 돌아올 리가 있을까." 하고 후회하면서 또 5분 또 10분 기다려 보아도 그래도 돌아오지 않습니다. "에엣, 돈 5원 속았다!" 아주 단념●하고 그냥 가려 하는데 그때에 조꼬만 아주 조꼬만 어린 아기 한 사람이 두리번두리번하면서 오더니 "여보십시오. 당신께서 조금 아까 성냥을 사셨습니까?"고 묻습니다. "그렇다!"고 대답하니까 "옜습니다." 하고 종이에 싼 것을 내어주는 고로 받아서 펴 보니까 잔돈으로 바꾼 것 5원이었습니다.

"아까 그 애는 우리 언니인데 돈을 바꾸어 가지고 오다가 자동차에 치여서 못 오게 되고 제가 왔습니다." 울음이 터질 듯 터질 듯 하면서 하는 말을 듣고 신사는 깜짝 놀라서 "그러면 나하고 같이 가 보자." 하고 자기의 바쁜 시간도 잊어버리고 어린 아기를 덥석 안고 황급●히 뛰어갔습니다.

가 보니 도깨비 집같이 다 쓰러져 가는 집 속에 행랑방 속에 아까 성냥 팔아 달라고 조르던 소년이 자리 위에 쓰러져서 신음●하고 있습니다. 그 불쌍한 얼굴, 그 뼈가 저리는 앓는 소리. 신사는 들어서자마자 눈물 먼저 고여서 아무 말도 못 하였습니다.

"어른은 아무도 안 계시냐?" 한참 후에 이렇게 물으니까 "네, 아버지 어머니가 다 돌아가시고 형님도 아저씨도 없어서 우리끼리만 삽니다." 하고는 다시 "이렇게 다쳐서 못 가게 되는 줄은 모르고 기다리실까

● **단념** 아주 생각을 끊어 버린다는 말. —원주
● **황급** 허둥지둥 급하게. —원주
● **신음** 끙끙 앓는다는 말. —원주

봐 제 동생을 보냈습니다. 기다리고 계시지를 않거나 동생 아이가 찾지를 못하면 어쩌나 하고 걱정하고 있었습니다. 인제 정직하지 않은 아이라는 이름은 듣지 않게 되어서 시원합니다." 하고는 한숨을 내어쉬는데 신사는 그 말을 들을 때 전신●이 아쓱해지는● 것을 느꼈습니다.

이윽고 소년은 어린 동생의 우는 얼굴을 바라보면서 웬일인지 눈물이 비 오듯 흐르기 시작하였습니다. 신사는 참다 참다 못하여 소리쳤습니다.

"오냐, 울지 마라. 네 동생은 내가 보호해 줄 것이니 안심하고 어서 속히 병원으로 가자."

_『어린이』 1928년 12월호

● **전신** 온 몸뚱이. — 원주
● **아쓱하다** 갑자기 무섭거나 차가움을 느낄 때 몸이 약간 움츠러드는 데가 있다.

어린이 독본

제12과 동정

한울●도 슬픈 일이 있는 듯이 음산●하고 치운● 흐린 날이었습니다. 하얀 눈이 푸덕푸덕 내리기 시작하는데 행인도 적은 동리 밖 신작로로 하잘것없이 엉성한 상여 한 채가 지나갔습니다.

몹시 빈한한 집이던지 상여 뒤에 따라가는 사람이라고는 아무도 없고 열세 살쯤밖에 안 된 어린 소년 한 사람이 흰 모자 흰 상복을 입고 울면서 따라갈 뿐이었습니다.

'하다못해 개 한 마리라도 따라오는 게 있었으면 덜 섭섭하겠다.'고 상여 메고 가는 사람은 속으로 생각하지마는 참말 강아지 한 마리도 따라오는 것이 없었습니다.

길거리에서 보는 사람마다

"에그, 얼마나 외롭길래 조 어린 것 하나밖에 따라가는 사람이 없단 말인구."

"아이그, 불쌍하여라! 혼자 따라가는 아이가 좀 가엾은가."

하고 동정하고 그중에도 마나님 같은 이는 눈물까지 글썽글썽하여 소

● 한울 천도교에서 '하늘'을 달리 이르는 말.
● 음산 꾸물꾸물하고 쌀쌀하다는 말. — 원주
● 칩다 '춥다'의 사투리.

매로 눈을 씻고 있었습니다.

가뜩이나 슬픈데 그런 말을 듣는 어린 상주•는 그만 전신이 바시시 으스러져서 땅속으로 들어가는 것같이 슬퍼서 그냥 느끼어 울면서 따라갔습니다.

그때에 그 불쌍한 꼴을 보고 섰는 사람들 틈에 학교에서 돌아오는 소학생 세 사람이 있었습니다.

"이 애야! 아마 저 애의 아버지나 어머니가 돌아가신 모양인데 따라가는 사람이 하나도 없구나."

"오죽 구차하고 외롭길래 그렇겠니."

"오냐, 우리들이라도 따라가 주자. 혼자 가는 애의 마음이 오죽 외롭고 슬프겠니."

책보를 든 채 배고프고 치운 것도 잊어버리고 어린 학생 세 사람은 어른들 틈에서 튀어나와 가엾은 상여의 뒤를 따라 먼 산중에까지 가 주었습니다.

_『어린이』 1929년 2월호

• **상주** 상사를 치르는 주인(맏상제). ─원주

어린이 독본

제13과 적은 힘도 합치면!

어느 숲속에 참새 양주●가 있어서 근처에 있는 개구리와 벌과 딱따구리를 동무 삼아 친하게 지내고 있었습니다.

하로●는 참새 양주가 양식을 구하러 멀리 나갔다가 돌아와 보니, 성질 나쁜 큰 곰 한 마리가 와서 참새 집 지어 놓은 나무 밑둥을 흔들어서 참새 집과 그 속에 낳아 놓은 귀여운 알들을 모두 쏟쳐● 놓고 그 큰 발로 짓밟아 버리면서 자못 유쾌한 듯이 웃고 있었습니다.

집을 흩어 놓은 것도 분하고 원통한데 귀여운 알까지 짓밟아 없앤 것을 보고 기절하게까지 슬프고 분하여 한 주먹으로 때려죽여 원수를 갚아도 시원치 못할 것 같았습니다. 그러나 자기네는 주먹보다도 작고 힘없는 몸이요, 곰은 바위만 하게 크고 힘센 놈이니 어찌하겠습니까. 말 한마디도 하지 못하고 온종일 그 밤이 새도록 울고만 있었습니다.

이튿날 아츰●에 슬프게 우는 소리를 듣고 벌이 먼저 찾아와서 "왜 이렇게 우느냐?"고 물었습니다. 참새 양주가 눈물을 흘리면서 어저께 당

● **양주** 바깥주인과 안주인이라는 뜻으로 '부부'를 이르는 말.
● **하로** '하루'의 사투리.
● **쏟치다** '쏟다'를 강조하여 이르는 말.
● **아츰** '아침'의 사투리.

한 이야기를 모두 하고 "힘이 없어서 그 나쁜 놈을 원수 갚지 못하는 것이 슬퍼서 운다."고 하였습니다.

"염려 마시오. 우리는 모두 몸이 작고 힘이 약하지만 동무들이 있으니까 동무들이 서로 도와서 힘을 합치면 곰이 아무리 크더라도 여럿은 당하지 못합니다." 하고 즉시 날아가서 딱따구리와 개구리를 찾아보고 그 이야기를 다 전하였습니다. "동무가 그런 일을 당했는데 우리가 가만히 있을 수 있느냐." 하면서 개구리도 딱따구리도 모두 나서서 참새에게로 모여 왔습니다.

여럿이 모이면 없던 꾀도 잘 생겨서 당장 좋은 꾀를 내었습니다. 벌이 맨 먼저 곰을 찾아가서 귓속으로 들어가서 쏘지는 않고 귓속을 살살 근질이면서 노래를 불렀습니다. 그러니까 곰은 고요한 꿈 노래를 듣는 것같이 좋아하면서 그냥 솔솔 잠이 들었습니다. 그때 숨어 있던 딱따구리가 나무 쪼기에 졸업한 입부리로 곰의 두 눈알을 쪼아 내었습니다. 곰이 장님이 된 것을 보고 벌은 곰의 귀에서 나와서 이번에는 곰의 머리를 함부로 여기저기 쏘았습니다. 잠자던 곰이 놀라 깨어 보니 두 눈은 캄캄하고 머리는 따갑고 그냥 어쩔 줄을 몰라 펄펄 뛰다가 물속에 머리를 풍덩 잠그면 시원할 줄 알고 냇물을 찾아가기 시작하였습니다. 그때 개구리가 그 근처 구멍이 깊이 뚫린 구렁에 가서 개골 개골 개골 하고 크게 자꾸 울었습니다. 그러니까 눈이 없는 곰은 개구리 우는 소리를 듣고 거기가 시냇가인 줄 알고 깊은 구멍으로 들이대고 머리를 쑥 데밀다가● 그냥 구멍 속에 거꾸로 박혀 깊이깊이 빠져 들어가서 죽어 버렸습니다. (이하 20자 약●)

_『어린이』 1929년 6월호

● **데밀다** 들이밀다. 밖에서 안으로 들어가게 밀다.
● **약** 생략.

어린이 독본

제14과 싸움의 결과

창남이와 창룡이에게 아저씨가 참외를 반 개씩 깎아 주었습니다.

창남이와 창용이는 나이도 동갑이요 무어든지 서로 지기를 싫어하는 터이라 남의 것이 자기 것보다 크지나 않은가 하여 서로서로 참외를 비교해 보더니 창룡이가 먼저 상을 찡그리고

"창남이 것이 내 것보다 더 큰데, 왜 나는 조꼬만 것을 주었어요!" 하고 참외를 내밀었습니다. 아저씨는 미안하게 생각하였으나 작은 참외를 크게 만들 재주가 없는 고로 "그냥 먹으라."고 달래었습니다.

그래도 듣지 않고 똑같이 해 내라고 자꾸 떼를 쓰는 고로 아저씨는 하는 수 없이 창남이의 참외를 조꼼 칼로 베어 내서 자기가 먹고 "자아 이제는 창남이 것도 작아졌으니까 네 것하고 똑같게 되었다." 하셨습니다.

그러니까 이번에는 창남이가 자기 것을 창룡이 것과 비교해 보더니 "응 응, 이번에는 내 것이 창룡이 것보다 작아졌으니까 나는 싫어요. 저 애 것하고 똑같게 해 주셔요." 하고 떼를 쓰기 시작하였습니다.

아저씨는 그냥 먹으라고 달래다 못하여 이번에는 창룡이의 참외를 칼로 조꼼 베어서 자기가 먹고 "자아 인제는 둘이 똑같다." 하셨습니다.

그러나 저울로 달아 보거나 자로 재어 보지 못하고 베는 것인 고로 이

번에는 창룡이 것이 창남이 것보다 다시 작아져서 창룡이가 떼를 씁니다. 아저씨는 창남이 것을 조끔 또 베었습니다. 그다음에는 창남이가 창룡이 것보다 자기 것이 작아졌다고 떼를 쓰는 고로 창룡이 것을 조끔 또 베었습니다.

이렇게 똑같게 하기 위하여 베어 내고 또 베어 내고 일곱 번째 베었을 때에 간신히 둘이 똑같애지기는 하였으나 그러나 그때는 남은 참외가 새끼손가락만큼밖에 남지 않아서 입에 넣을 만한 것이 없었습니다.

그때에야 두 사람은 의논한 드키 "이럴 줄 알았더면 처음에 남의 것 큰 생각 말고 잠자코 그냥 먹을걸! 그랬지……." 하고 후회하였습니다.

그 말을 듣고 아저씨는 이렇게 말씀하셨습니다.

"남이 크거든 나도 그같이 클 생각을 하여야지, 내가 클 생각은 못 하고 남의 큰 것을 깎을 생각만 하면 으레 그렇게 남의 것도 없어지고 자기 것도 없어지느니라."

_『어린이』 1929년 7·8월 합호

어린이 독본

제15과 눈물의 모자값

수철아! 보름날 네가 부친 답장은 그저께 17일 날 아츰•에 반가이 받았다. 다행히 이번 장마에 상한 데 없고 어머님께서도 안녕하시다니 고마운 일이다.

그런데 모자를 보내 주기를 까맣게 기다리고 있을 너에게 이렇게 섭섭한 편지를 하게 되어서 미안하다.

바른대로 말하면 네 모자가 해어지다 못하여 꿰맨 자죽•까지 찢어져서 아주 쓰고 다니지 못하게 되었다는 편지와 또 그 후에 학교 아이들이 놀리는 것이 듣기 괴로워서 못 다니겠다는 편지를 읽을 때 나는 얼마나 울었는지 모른다.

단 1원이면 사 보내 줄 것을 1원이 없어서 어린 너를 울리고 있으니 어머님의 속인들 얼마나 상하시겠니…….

가을 신학기 때에는 기필코 사 보내마 하여 온 것은 결코 헛말로 한 것은 아니었었다. 내가 지금 고용 살고 있는 철물전에서 새벽 일곱 시부터 밤 열 시까지 온종일 심부름을 하고도 삼시• 얻어먹고 한 달에 받는

● 아츰 '아침'의 사투리.
● 자죽 '자국'의 사투리.
● 삼시 아침, 점심, 저녁의 세 끼니. 또는 그 끼니때.

것이 겨우 2원이 아니냐. 내 나이가 이제 겨우 열여섯 살이니 아무 데를 간들 처음부터 더 많이 줄 리가 있겠느냐. 그러니 그 2원 받는 것은 그대로 보내 드려야 먹는 것은 어머니께서 품을 파셔서 얻어먹고라도 네 월사금이며 연필값이 되지 않느냐. 하는 수 없어서 먼 곳에 심부름 갈 때 전차 타라는 돈, 목욕 가라는 돈을 아무리 멀어도 그냥 걸어 다니면서 모으고 모으고 하여 간신히 이 85전이 되어서 15전만 더 채워지기를 그야말로 하로•가 삼추•같이 기다리고 있었다.

그런데 너도 소문을 듣고 놀랬다고 편지에 하였지만, 금년 경성의 수해는 수십 연래•에 처음 보는 큰 수해라 한강 연안에 살던 수많은 사람이 떼거지가 되어 벌써 가을이 되도록 배를 주리고 모래밭 위에서 덮는 것도 없이 지내고 있단다.

오늘이다. 바로 아까 저녁때 가까운 때였다. 주인의 심부름으로 물건 보퉁이를 들고 수송동에 갔다가 돌아오는 길에 나는 고마운 일, 참말 고마운 일을 보았다.

열한 살이나 열두 살, 키가 너만큼밖에 안 된 어린 학생들이 어깨에 수해 구제•라고 쓴 질빵•을 메고 상자들을 하나씩 들고 큰 길거리에서 마다 돈을 모으고 있지 않으냐. 지나가던 어린 학생들도 가다가 말고 쫓아와서 주머니를 털어 넣고 전차 차장도 뛰어내려서 돈을 넣더라. 나는 그것을 보고 웬일인지 가슴이 떨리었다.

● **하로** '하루'의 사투리.
● **삼추** 퍽 오래다는 말. — 원주; '가을이 세 번 지나간 시간'이라는 뜻으로 아주 오래임을 비유하는 말.
● **연래** 지나간 몇 해. 또는 여러 해 전부터 지금까지 이르는 동안.
● **구제** 도와주고 건져 준다는 말. — 원주
● **질빵** 짐 따위를 질 수 있도록 어떤 물건 따위에 연결한 줄.

그렇다. 조선 사람의 불행을 우리끼리 구하지 않으면 누가 구할 것이겠느냐. 수철아! 우리는 아버지도 없고 돈도 없는 가난한 신세이지만, 생각까지야 남만 못 할 수 있느냐. 나는 뛰어 돌아와서 그 85전을 꺼내 쥐었다.

몇 번이나 몇 번이나 낼까 말까 주저•하다가 그냥 뛰어가서 그 귀여운 상자 속에 넣었다.

수철아! 테만 남은 모자라도 조금 더 참고 쓰고 다녀라. 동무가 놀리더라도, 아무리 섧더라도 꿀꺽꿀꺽 참고 다녀라. 수많은 동포가 벌판에서 굶어 죽는 생각을 하면 모자 하나쯤이 무어냐. 동무가 비웃는 것쯤이 무어냐! 다행히 초가 고옥•이나마 물에 떠나가지 않고, 방바닥 위에서 굶지 않고 자는 것을 감사히 여겨야 한다.

나는 너에게 미안한 마음을 금하지 못하나, 그러나 어린 너도 이 일은 기뻐해 줄 줄 믿는다. 그리고 어머니께서도 기뻐해 주실 것이니, 내 대신 네가 자세 여쭈어 주기 바란다. 오늘은 고단하여서 이만 그친다.

_『어린이』 1929년 9월호

• **주저** 망설거린다는 말. — 원주
• **고옥** 오래된 집.

어린이 독본

제16과 형제

농사가 그리 잘되지는 못했으나 가을이 되어 만곡•이 익으매 그래도 농가에서들은 기쁜 마음으로 베를 베느라고 바빴습니다.

성칠이도 동리 사람들의 조력을 얻어 가지고 자기 논에 베•를 베어서 논 두덕•에 널어 두었습니다. 며칠간 햇볕에 말려서 거둬들일 작정이었습니다.

'나는 딸린 식구가 없으니까 염려 없지마는 형님은 식구가 많아서 금년같이 풍년 지지 못한 해는 지내시기가 곤란하실 터인데…….'

하로•는 이런 생각이 나서 '오냐 그냥 갖다 드리면 받지 않으실 것이니까 밤중에 넌지시 내 논의 벼를 옮겨다가 형님 논두덕에 더 놓아 드려야겠다.' 하고 그날 밤에 형님도 동리 사람도 다 잠들기를 기다려서 넌지시 지게를 지고 나가서 자기 논두덕의 벼를 여러 차례 옮겨다가 형님네 두덕에 보태 놓아두고 돌아왔습니다.

그러나 이상한 일입니다. 이튿날 나아가 본즉 훨씬 적어졌을 자기 논

* 발표 당시 목차에는 제목이 「의좋은 형제」로 표기되어 있다.
- **만곡** 온갖 곡식.
- **베** '벼'의 사투리.
- **두덕** '두둑'의 사투리.
- **하로** '하루'의 사투리.

두덕의 벼는 조금도 적어지지 않고 전에 있던 그대로 있습니다.

'아니 내가 분명히 어젯밤에 형님 논으로 여러 짐을 져다 두었는데 이것이 웬일일까?'
하고 형님 논으로 가 보니까 거기도 전보다 별로 많아져 보이지 않습니다.

'아니 내가 꿈을 꾼 것인가?' 하고 그날 온종일 이상히 여기다가 그날 밤에 또 동리 사람이 잠들기를 기다려서 넌지시 나아가 자기 논의 벼를 여러 짐 져다가 형님의 논에 널어 두었습니다.

그리고 이튿날 나아가 보니, 참 이상합니다. 그래도 자기 논에는 벼가 줄지 아니하였고 형님 논에 늘지도 않았습니다.

'이건 참 귀신의 장난 같구나! 대체 어찌 된 까닭을 모르겠다.' 하고 또 그날 밤이 되기를 기다려서 자기 논의 벼를 거둬서 짊어지고 형님 논으로 갔습니다.

마츰● 그날은 날이 흐리어 별 하나도 없어서 몹시 캄캄한 고로 구렁에 빠지지 않으려고 길바닥만 보면서 가는데, 저편에서 무언지 시꺼먼 것이 이편으로 마주 오는 고로 깜짝 놀라서 발을 멈추고 우뚝 섰습니다.

"그 거● 누구요?"

"그 거 누구요?"

둘이 맞닥뜨리자 양편에서 똑같이 이렇게 묻고 보니까 저편에서 오는 것은 형님이었습니다.

형님 역시 동생 생각을 하고 밤에 넌지시 나와서 자기 논의 베를 여러 짐 져다가 동생의 논에 놓아 주었더니 이튿날 보니까 자기 베가 적어지

● **마츰** '마침'의 사투리.
● **거** '거기'를 입말로 이르는 말.

지도 않고 동생의 베가 늘지도 않았으므로 이상히 여겨 밤마다 넌지시 옮기다가 이날은 공교히 둘이 맞닥뜨린 것이었습니다.

그리하여 형제는 서로 저편의 뜻을 감사히 받기 위하여 날마다 옮겨 나르던 베를 서로 교환[•]하여 먹었습니다.

_『어린이』 1929년 10월호

• **교환** 바꾼다는 말. ─원주

어린이 독본

제17과 일기

남의 쓴 것을 읽어도 일기는 재미있는 것입니다. 그러니 자기가 지낸 일을 자기가 기록해 둔 것이면 얼마나 더 재미있겠습니까?

효남이는 똑똑한 사람이라 매일 그날 한 일을 일기책에 적어 두는데, 12월 치에는 이런 구절이 적혀 있습니다.

12월 18일 일요일 쾌청

오늘은 서리가 많이 와서 낮에는 꽤 따듯하였다. 첫차로 떠나신 아버지께서 지금은 벌써 경성 내리셔서 어느 여관에 들어앉으셨겠다.• 내가 전보를 넣은 것이 틀리지 않고 잘 들어가서 언니가 정거장까지 모시러 나왔는지 안 나왔는지 궁금하다.

아버지께서 정거장에서 주고 가신 20전으로 철필•하고 잉크를 샀다. 철필은 생전 처음이건마는 글씨가 잘 써져서 맘이 기쁘다.

인제부터는 학교에서 베껴 가지고 오는 것은 무어든지 다시 한번 철필로 깨끗하게 적어 두겠다.

아버지께서 안 계시니까 밤중에 더 적적하였다. 효순이는 늦도록 자

● **들어앉다** 일정한 곳에 자리 잡다.
● **철필** 펜.

지 않고, 아빠 아빠 하면서 방문 밖을 자꾸 내다보았다. 복습을 얼른 마치고 어머니 앞에 모여 앉아서 수수께끼 내기를 하였다.

12월 21일 목요일 담(曇)●

날이 흐리고 눈이 오실 것 같기에

"눈이 오시면 눈사람을 만들마."

고 효순이하고 약속하였더니 눈은 오시지 않고 온종일 음산하고 춥기만 하였다.

학교에서 돌아오는 길로 아버지께 답장을 써서 넣었다.

오늘같이 치운● 날은 객지 여관에서 주무시기 치우시겠다.

……(차간● 17행은 부득이한 사정으로 약●)……

남의 일기를 읽어도 이렇게 재미있으니 우리도 각각 우리의 일기를 쓰기 시작하십시다.

일기는 그날 하로● 한 일을 그날 밤 자리 펴고 잘 때에 몇 줄씩 써 두는 것입니다.

_『어린이』 1929년 12월호

● **담** 흐리다, 구름이 끼다.
● **칩다** '춥다'의 사투리.
● **차간** '이 사이'를 뜻하는 일본식 한자말.
● **약** 생략.
● **하로** '하루'의 사투리.

어린이 독본

제18과 너절한 신사

구차한 빈한한 사람들만 사는 빈민굴 동리 어귀에서 학교에도 못 가는 가련한 아기들이 버선도 신발도 못 신고 맨발로 나와서 장난감 하나 없이 뛰어놀고 있는데, 그 쓸쓸스럽게 노는 꼴을 아까부터 물끄러미 서서 보는 신사가 한 분 있었습니다.

입은 의복도 너절하고 모자도 신발도 너절하면서 주머니에는 무엇을 넣었는지 통통한데, 여기서도 저기서도 허리를 굽혀서 무언지 자꾸 집어서는 주머니에 넣고 넣고 하였습니다.

어린 사람들은 그가 무엇을 자꾸 집어넣는지 모르고 놀지만 지나가던 순사가 그것을 보고 "하하, 저놈은 분명히 좀도적질하는 놈이로구나!" 하고 와락 달겨들어서 "이놈아! 무엇을 훔쳐서 주머니에다가 넣었느냐? 모두 꺼내 보여라!" 하고 눈을 무섭게 떴습니다.

"아니요. 무엇 그리 대단한 것이 아닙니다." 하고 그는 놀라지도 않고 빙그레 웃기만 합니다. "무어든지 얼른 꺼내 보여!" 하는 꾸짖는 소리에 할 수 없이 자기 손으로 꺼내는 것을 보니까 유리병 깨어진 조각들이었습니다.

순사는 하도 어이가 없어서 "아니 그따위는 집어다가 무얼 하는 게야!" 하니까 "저 불쌍한 아기들을 보시오. 하나도 신발을 못 신고 모두 맨발이 아닌가. 저 아기들이 놀다가 발을 다치면 어찌하오. 지나가다가 잠깐 주워 버리는 것이요." 하고 그는 다시 구부려 나머지 조각을 주웠습니다.

그 너절한 의복을 입은 신사는 한평생 구차한 사람과 불쌍한 어린 사람의 교육에 몸을 바치어 전 세계에 이름이 높은 페스탈로치● 이시었습니다.

_『어린이』 1930년 2월호

● **페스탈로치**(1746~1827) 스위스의 교육 개혁가, 교육학자.

어린이 독본

제19과 동무의 정

두 달 전부터 준비하여 오고 한 달 전부터 연습을 하여 오던 추기● 운동회가 단 하룻밤●을 격●하였을 뿐인 고로, 이날은 벌써 그 넓은 교정이 천막●과 붉은 장막●과 만국기로 덮였습니다. 울긋불긋한 장식으로 그뜩 찬 운동장과 같이 어린 학생들의 가슴도 기쁨에 그뜩하여 공연히 어깨가 으쓱으쓱하고 마음이 조용치를 않아서 저녁밥도 잘 안 먹고 가로●로 나섰습니다.

운동복 사러 가는 사람, 운동화 사러 가는 사람, 과자, 과실 사러 가는 사람, 운동복 속에 입을 내복 사러 가는 사람 제각각 준비하러 돌아다니느라고 분주한 판이었습니다.

성호와 영갑이는 양말과 운동화 사러 가자고 창남이 집으로 찾아갔습니다. 그러나 그 집 대문을 들어서서 채 부르기도 전에 안에서 창남이와 그 어머니의 이야기하는 소리가 들려 나왔습니다.

● **추기** 가을.
● **하룻밤** 하룻밤. '하로'는 '하루'의 사투리.
● **격** 새가 떨어져 있다는 말. — 원주
● **천막** 한울을 가리는 지붕 같은 막. — 원주
● **장막** 둘러치는 막. — 원주
● **가로** 길거리. — 원주

"글쎄 얼른 가지고 갔다 오너라. 운동복 없는 사람은 오지 말란다면서 왜 그러고 있니……. 전당국● 도 시간이 있는데, 문 닫기 전에 얼른 가야지……."

"관계없어요. 내일 하로 결석하면 그만이지요. 그걸 갖다가 잡히면 어머니 병환이 나으셔서 무얼 입고 회사에를 가셔요?"

"이 애야, 빠지는 것이 무엇이냐! 이때까지 몸이 아파도 결석해 본 일이 없다가 운동회 날 빠진단 말이냐? 아무리 집안이 구차하여도 자라가는 아이가 남의 모제● 빠지면 안 된다. 어미야 아무것을 입고 나서면 어떻단 말이냐! 어서 더 어둡기 전에 얼른 갔다 오너라."

아무리 빈한하여도 자기 뼈를 깎아서라도 어린 아들 하나만은 남에게 빠지지 않게 해 주려 하면서도 운동복 한 벌을 못 사 주어 어린 가슴을 울리는 슬픈 신세를 생각하고 어머니는 병석에 울고 계시고, 어린 창남이는 마루 끝에 앉아서 아버지 없는 설움에 눈물만 흘리고 앉았습니다.

"관계없으니 염려 마세요. 운동회 같은 날은 공부 안 하는 날이니까 빠져도 괜찮아요. 안 갈 테여요."

그러나 그 말소리는 복받쳐 나오는 울음에 흔들리어 떨리었습니다.

조금 아까 해 질 때까지 같이 매달려 송문●을 세우고 만국기를 달고 그리고 내일은 안내부 위원으로 뽑히기까지 한 창남이가 저런 말을 하게 될 때, 그 마음이 얼마나 슬프랴 싶어서 두 동무는 차마 부르지 못하고 가만가만히 대문 밖으로 도로 나왔습니다. 그들의 눈에도 눈물이 고

● **전당국** 전당포.
● **모제** 원문 그대로이다. '남에게 빠지면'이라는 뜻으로 보이지만, 같은 글의 아랫부분에 "남에게 빠지지 않게"라는 말이 사용된 것으로 보아 '어떤 행사'라는 뜻의 '모제(某祭)'로, 여기서는 운동회를 뜻하는 것으로 보인다.
● **송문** 솔문. 경축하거나 환영하는 뜻으로 나무나 대로 기둥을 세우고 푸른 솔잎으로 싸서 만든 문.

였습니다.

"이 애야, 창남이가 불쌍하지 않으냐? 아버지는 돌아가시고 어머니는 병환이 나시고……."

"이 애야, 우리 양말하고 운동화 사는 것을 고만두자!"

"그러고 그 돈으로 창남이 운동복을 한 벌 사다가 주자. 우리는 헌 운동화를 그냥 신으면 어떠냐. 양말도 헌 것 그냥 신고 맨발 벗고라도 운동만 잘하면 그만이지."

"그러자! 그러면 제일 병환 중에 울고 계신 창남이 어머니가 좀 좋아하시겠니! 그럼 지금 곧 그렇게 하자!"

"그럼 이 사정을 알기는 동무들 중에도 우리 둘뿐이니 우리가 그렇게 안 해 주면 누가 그래 주겠니……."

그날 밤 창남이 집 중문 안에 하얀 신문지에 싼 보퉁이 하나가 놓여 있었습니다.

웬일일까 하고 창남이가 어머니 앞에 가 펴 보니까 새로 산 운동복 한 벌과 이런 편지가 한 장 껴 있었습니다.

> ……창남아 네가 내일 빠지면 안내 위원을 누가 하며, 첫째 너의 모친께서 병환 중에 얼마나 상심이 되시겠니……. 이것을 입고 너의 모친 보시는 데 활발하게 나오너라. 그래서 고생 많으신 모친을 기껍게 해 드리기 바란다.—너의 가장 친한 두 동무로부터

누가 보낸 것인 줄을 알면 늘 만날 때마다 미안해할 생각을 하고 성명을 적지 아니한 두 동무는 이튿날 맑게 개인 아츰•에 쾌활•히 걸어오는

● 아츰 '아침'의 사투리.

창남이를 누구보다도 더 반갑게 맞아 주었습니다.

_『어린이』 1930년 10월호

● **쾌활** 씩씩하고 시원스럽다는 말.—원주

어린이 독본

제20과 정직

마음 정직한 농부가 이웃집에서 돈 50전을 차용●해● 쓰고 갚겠다는 날에 돈이 없으니까 하는 수 없어서 암탉 한 마리를 돈 대신으로 갖다 주었습니다.

그 후 2, 3일 지나서 농부 내외는 밭에 일하러 나가고 일곱 살 먹은 아들이 혼차● 집을 보고 있는데, 이웃집에 갖다 준 암탉이 와서 전에 알 낳던 둥우리에 올라가서 커다란 알을 낳아 놓고 갔습니다.

정직한 부모에게 길리우는 일곱 살 먹은 어린 아들은● 그 탐스런 알을 곱게곱게 들어다가 이웃집에 갖다 주고 "댁에 갖다 드린 암탉이 저의 집에 와서 알을 낳았기에 가져왔습니다."

하였습니다. 주인은 그 알을 받으면서 "너의 아버지가 가져가라 하시더냐, 어머니가 가져가라 하시더냐?" 하고 물었습니다.

"아니요. 아버지 어머니는 밭에 가고 안 계십니다. 그러나 저녁때 돌

* '무기명'으로 『어린이세상』 8호(『어린이』 1926년 6월호 부록)에 발표했던 「정직」을 약간 고쳐 수록했다.

● **차용** 취해 쓴다는 말. —원주

● 『어린이세상』 판의 "취해다 쓰고"를 독본 성격에 맞게 "차용해"로 바꾸었다.

● **혼차** '혼자'의 사투리. 『어린이세상』 판에 없던 "혼차"를 새로 넣었다.

● 『어린이세상』 판의 "어린애는"을 "어린 아들은"으로 바꾸었다.

아오시면 물론[●] 가져가라 하실 것입니다." 하고 집으로 돌아갔습니다.

이웃집 식구들은[●] 그날 온종일 그 이야기를 하면서 지내다가 그 밤에 그 암탉과 또 다른 암탉과 두 마리를 가져다가 어린애에게 선물로 주었습니다.

다른 사람이 보는 앞에서만 정직한 것은 더 큰 부정직입니다. 다른 사람이 보지 않더라도 우선 자기 자신이 보고 알고 하지 않습니까?[●]

_『어린이』 1930년 12월호

● **물론** 말할 것도 없이. ―원주

● 『어린이세상』 판의 "주인들은"을 "이웃집 식구들은"으로 바꾸었다.

● 마지막 두 문장은 『어린이세상』 판에 없던 문장으로, 독본 성격에 맞게 교훈을 강조하여 추가했다.

처음에

새와 같이 꽃과 같이 앵두 같은 어린 입술로 천진난만하게 부르는 노래, 그것은 고대로 자연의 소리이며 고대로 한울●의 소리입니다.

비둘기와 같이 토끼와 같이 부드러운 머리를 바람에 날리면서 뛰노는 모양, 고대로가 자연의 자태이고 고대로가 한울의 그림자입니다.

거기에는 어른들과 같은 욕심도 있지 아니하고 욕심스런 계획도 있지 아니합니다.

죄 없고 허물없는 평화롭고 자유로운 한울나라! 그것은 우리의 어린이의 나라입니다.

우리는 어느 때까지든지 이 한울나라를 더럽히지 말아야 할 것이며 이 세상에 사는 사람 사람이 모두 이 깨끗한 나라에서 살게 되도록 우리의 나라를 넓혀 가야 할 것입니다.

이 두 가지 일을 위하는 생각에서 넘쳐 나오는 모든 깨끗한 것을 거두어 모아 내이는 것이 이 『어린이』입니다.

우리의 뜨거운 정성으로 된 이 『어린이』가 여러분의 따뜻한 품에 안

* 『어린이』 창간호의 창간사다.

● **한울** 천도교에서 '하늘'을 달리 이르는 말.

길 때 거기에 깨끗한 영●의 싹이 새로 돋을 것을 우리는 믿습니다.

_무기명,● 『어린이』 1923년 3월 20일(통권 1호)

● **영** 영혼.

● 창간호의 창간사로, 방정환이 쓴 것으로 보인다.

걸어가십시오

세계에 모르는 사람 없이 유명한 『이솝 이야기』를 지은 이솝 선생의 어렸을 때의 일입니다.

여행하는 신사 한 분이 해 지기 전에 목적지까지 가게 될는지 몰라서 바쁘게 가던 길을 멈추고 길가에서 놀고 있는 어린이를 보고 "여기서 아무 시까지 가려면 몇 시간이나 걸리겠니?" 하고 물어보았습니다.

그 어린이가 이솝이었는데, 그는 그 말을 듣고 신사의 얼굴을 물끄러미 보면서 다만 한 마디 "걸어가십시오." 하였습니다.

신사가 다시 "걸어가기는 걸어갈 터이지만, 몇 시간 동안이나 가야겠느냐 말이다." 하니까, 그는 또 "어서 걸어가십시오." 할 뿐이었습니다.

신사는 화증• 나는 소리로 "글쎄 걸어갈 터인데 몇 시간 걸리겠느냐 말이야!" 하니까, 그래도 또 "어서 걸어가십시오." 할 뿐이었습니다. 신사는 그만 노기가 벌컥 나서 "에잇 괴악한 놈이로군!" 하고는 그냥 휘적휘적 걸어갔습니다.

그러니까 그는 그 뒤를 좇아가서 "여보십시오. 그곳까지 가려면 한 시간 반쯤 걸립니다."

• **화증** 화.

그 말을 듣고 신사는 눈을 부릅뜨고 돌아서서 "이놈, 누구를 희롱을 하니?" 하고 소리를 버럭 질렀습니다.

그는 놀라지도 않고 서서 하는 말이 "글쎄, 걸어가는 속력을 보아야 몇 시간 걸릴 것을 알지요. 걸음이 빠른지 더딘지 알지도 못하고 어떻게 몇 시간 걸릴 것을 알 수 있습니까?"

신사는 아무 말 못 하고 얼굴만 빨개졌습니다.

_무기명,* 『어린이』 1923년 3월 20일(통권 1호)

* 방정환이 쓴 것으로 보인다.

아라사의 어린이

—제비와 같이 날아다닌다

멀고 먼 북쪽 나라 아라사●(로서아) 모스크바의 시가● 그 넓은 거리의 위를 하얗게 덮고 있는 눈, 그것은 어떻게 훌륭한 얼음판인지 모릅니다.

간신히 전찻길만 한 자● 깊이나 우묵하게 개천처럼 뚫려 있고 다닌대야 자동차나 마차밖에 다니지 못하는 널따란 도로에는 덮여 있는 눈이 바위와 같이 단단하고 얼음 위와 같이 반질반질합니다.

밤이 새고 날만 밝으면 벌써 새벽부터 어린이의 떼가 그 길 위로 쏟아져 나옵니다. 나오는 어린이마다 제각기 얼음 지치는 스케이트용 구두를 신고 나오는데, 그네들의 눈 위를 화살같이 지쳐 가는 모양은 어떻게도 그렇게 빠르게 속하게● 잘 지치는지 모릅니다. 그렇게 빠르게 나가면서도 지나가는 자동차의 마차의 사이를 이리 구불 저리 구불 피하여 가면서 교묘하게도 잘 빠져나가는 것을 보면 그야말로 사람의 짓 같지 않게 놀랍습니다.

* 원제목은 「눈 오는 북쪽 나라 아라사의 어린이」이다. 발표 당시 '세계 소년'으로 소개했다.

● **아라사** '러시아'의 음역어.

● **시가** 도시의 큰 길거리.

● **자** 길이의 단위로 1자는 약 30.3cm에 해당한다.

● **속하다** 꽤 빠르다.

누구라도 꺾어진 골목을 정신없이 돌아가려면 별안간에 그 골목에서 꺾인 것이 팽 하고 나와서 눈앞을 휙 지나갑니다. 깜짝 놀라 멈칫하고 서서 보면 그것은 정해 놓고 얼음 지치는 소년입니다. 그나마 깜짝 놀라서 가슴이 덜렁하기는 이편뿐이고 지쳐 달아나는 소년은 아무 겁도 없이 도리어 뱅글뱅글 웃고 지나갑니다. 아무리 위급하게 맞닥뜨리게 되더라도 금시 금시에 방향을 비켜서 살짝살짝 지나가 버립니다. 참말로 그것을 보면 쫓아가 폭 껴안고 싶게 어여쁘고 귀엽습니다. 눈 위를 지쳐 가는지, 날아가는지, 소리도 안 내고 살짝살짝 달아납니다. 경쾌하고 어여쁜 그 모양을 무엇으로 형용할는지…….•

오오, 꼭 그렇습니다. 제비! 꼭 제비와 같습니다. 제비와 같이 날쌔고 제비와 같이 어여쁘고……. 그중에도 더욱 볼만한 것은 고 어여쁜 제비 같이 날아다니는 소년들이 달아나는 자동차나 마차를 보면 쫓아가서 껑충 뛰어올라서 뒤에 매어달려 갑니다. 속력을 다하여 쏜살같이 달아나는 자동차만 보면 4, 5인씩 소년들이 경주하듯 쫓아갑니다. 그네들은 자동차에 매어달린 채로 정신 놓고 마음 편하게 어데까지든지 갑니다.

그렇게 한참이나 가다가 마음이 내키면 거기서 뚝 떨어져서 돌아서 가지고 눈 위를 쭉쭉 지치면서 제비같이 날아 돌아옵니다.

풀•대로, 기운대로 활활 날아다니는 그 모양은 참말로 자유로워서 구경하고 섰는 사람까지 전신이 부쩍부쩍 커 가는 것 같습니다. 이렇게 자유롭게 이렇게 쾌활하게 자라고 커 가는 것이 아라사 소년들입니다. 세계적으로 큰 인물이 이 아라사에서 많이 생기는 것이 어찌 까닭 없는 일이겠습니까.

• **형용하다** 말이나 글, 몸짓 따위로 사물이나 사람의 모양을 나타내다.
• **풀** 세찬 기세나 활발한 기운.

이 시가에 사람도 마차도 잘 다니지 않는 언덕진 고개가 있습니다. 그 고개는 으레 어린이들의 독차지가 됩니다. 언덕인 고로 여기서는 썰매를 탑니다. 이른 새벽부터 저녁 어둡기까지 한시잠시도 썰매 끊치는• 때가 없습니다. 그네들의 썰매는 대개 얼음 위를 지쳐지기 잘하는 두 개의 나무때기 위에 궤짝을 올려붙여 놓은 것인데, 그 궤짝에 소년이 올라타고 미끄러져 나가는 것인데, 흔히 두 사람 아니면 세 사람씩 타게 되었습니다.

소년들은 우선 그 썰매를 끌고 영치기 하면서 고개 위까지 올라가서 한 소년은 먼저 올라타고 또 한 소년은 썰매 앞으로 두 다리를 내어뻗고 앉아서 어느 때든지 자유로 두 발로 땅을 디딜 수 있도록 차리고 술술 미끄러져 내려갑니다. 언덕의 중간쯤 내려가면 벌써 내려가는 속력이 몹시 빨라져서 걷잡을 새 없이 내려갑니다. 그 언덕에는 앞에서 내려가는 썰매도 몇씩 있고 다시 끌고 올라오는 패들도 많이 있어서 서로 부딪힐 염려가 많건마는 소년들은 조금도 겁내는 빛 없이 태연히 앉아서 발끝으로 방향을 잡아 가면서 이리 슬쩍 저리 슬쩍 썰매와 썰매의 사이를 빠져 내려갑니다.

그러나 가끔가다 너무 빠르게 내리쏠리는 기분에 방향을 비틀지 못해서 썰매와 썰매가 서로 충돌이 되는 때가 있습니다. 그러면 썰매는 엎어지고 두 쪽의 소년들은 엎친 데 덮치기로 모두 위에 쓰러집니다. 눈이 단단하게 얼어서 아프기도 할 것이나, 그러나 소년들은 원기가 단단합니다. 깔깔깔깔 웃으면서 툭툭 털고 일어나서는 다시 엎어진 썰매를 바

• **끊치다** 그치다. 끊어지다.

로 잡아끌고 언덕 위로 올라갑니다.

다만 한 가지 가엾은 일이었습니다. 세상이 다 아는 바와 같이 이 나라에는 크게 흉년이 들어서 이 어린이들도 과자 같은 것은 맛도 보지 못하고 조석으로 먹는 면보•도 가엾게 버석버석하는 껌정 면보입니다.

그러나 이 가엾은 형편은 한때의 일일 것이고, 따뜻한 행복의 날이 이윽고는 그네들에게도 찾아올 것입니다.

어쨌든지 하얀 눈 위에서 하얀 눈과 동무해 놀면서 자유롭게 쾌활하게 커 가고 있는 아라사의 어린이들은 어쩐지 모르게 용장하고• 믿음직스럽습니다.

_무기명,• 『어린이』 1923년 3월 20일(통권 1호)

• **면보** '면포'(개화기 때에 '빵'을 이르던 말)의 사투리.
• **용장하다** 용감하고 굳세다.
• 『어린이』 창간 초창기에 무기명으로 발표된 '세계 소년' 이야기는 방정환이 쓴 것으로 보인다.

봄 소리

봄은 움직이는 철입니다.

3월은 움직이는 달입니다.

긴긴 겨울 동안 죽은 듯이 움츠리고 있던 모든 것이 새로 활개를 펴고 새로 호흡을 하고 새로 소리를 치고 일어나는 때가 봄철이요, 이 봄철의 움직임이 시작되는 것이 3월입니다.

여러분, 산에 가십시오. 골짜기에 흐르는 물에 봄 소리를 들을 것이요. 들에 가십시오. 가지에 날으는 새소리에 봄 소리를 들을 것입니다. 그리고 가만히 땅 위에 귀를 기울이십시오. 넓기나 넓은 대지가 움죽움죽 움직이는 소리를 들을 것입니다.

이 소리를 먼저 듣고 느끼고 그리고 그 소리에 화응하여• 나아가는 사람은 사는 사람, 앞서는 사람일 것입니다.

아마 대지는 움직이기 시작하였습니다. 모든 것이 자라고 크기를 시작하였습니다. 우리도 움직이지 아니하면 아니 됩니다. 뛰고 놀고 새와 같이 새싹과 같이……. 씩씩하게 쾌활하게…….

_무기명,• 『어린이』 1923년 4월 1일(통권 2호)

• **화응하다** 화답하여 응하다. 또는 화답하여 함께 느끼다.

• 방정환이 쓴 것으로 보인다.

독일의 어린이
—매일 한 번씩 낮잠을 재우는 학교

독일 사람처럼 굳건하고 규모 있고 지식 많고 그러면서도 몹시 고상한 성질과 사랑을 가진 사람은 드물 것입니다. 그렇게 훌륭하게 그네는 어떻게 길리우는가……. 이제 여기에 쓰는 독일 어느 유치원의 이야기를 주의해 읽어 주십시오.

어여쁘고 향기로운 각색 꽃이 나란히 피어 있는 마당을 가운데 끼고 좌우에 우뚝 서 있는 커다란 집, 여기서 천사같이 귀여운 어린이들은 씩씩하게 커 가고 있습니다.

맨 먼저 밑층 응접실에서 나와서 그 옆에 방에를 들여다보면, 따로따로 놓인 책상 위에서 제 마음대로 그림을 그리고 있는 이도 있고, 그림보다도 이야기를 듣고 싶은 사람은 한편 구석에 모여서 재미있게 이야기를 듣고 있습니다. 다리는 뻗고 싶은 대로 뻗고 있고 얕고 조그만 걸상에 앉고 싶은 사람은 앉고……. 벌써 어떻게 그네들이 자유롭게 제풀●대로 버쩍버쩍 커 가는 양이 눈에 보입니다. 그러면서도 방 속이 몹시 고요한 것은 희한한 일입니다.

* 원제목은 「불쌍하면서도 무섭게 커 가는 독일의 어린이」이다. 발표 당시 '세계 소년'으로 소개했다.

● **풀** 세찬 기세나 활발한 기운.

그다음에는 연극장 무대 위에 꾸며 놓은 집처럼 간단간단하게 형형색색으로 지어 놓은 방이 여럿이 있는데, 어떤 방은 무슨 누각같이 되고 조그만 유리창을 내인 것도 퍽 어여뻐 보이고 어떤 방에는 그림 그린 발●을 쳐 놓은 방도 있습니다. 방방이 조그만 책상, 걸상, 장난감, 세간살림 기구 같은 것이 놓여 있는데 어린이들은 아무 때나 마음 내키면 그 방에 들어가서 저 혼자 좋을 대로 마음대로 재미있게 놀다 나옵니다. 이렇게 하여 남에 얼싸하거나● 따라가는 것보다도 자기의 뜻을 존중하고 자기의 뜻은 얼마든지 펴 가게 되는 것입니다. 뛰고 싶은 사람은 뛰고, 노래 부를 사람은 높은 소리로 노래를 부르고, 그림 그리고 싶은 사람은 그림을 그리고, 이야기 듣고 싶은 사람은 이야기를 듣고……. 이렇게 무한히 자유로운 중에도 세밀한 점까지 뜻에 맞게 갖추갖추● 배우고 알게 되는 것입니다.

이렇게 자유롭게 제멋대로 지내면서도 일정한 규칙과 약속은 무섭게 잘 지키도록 교육을 받습니다. 딴 방에 들어가 보면 거기서는 일곱 사람의 어린이가 책상 위에 사과 일곱 개를 놓고 그것을 보면서 제각기 진흙을 부비면서 사과처럼 만들고 있습니다. 말도 아니 하고 장난도 아니 하고 그저 열심으로 사과처럼 만들기에만 정력을 쏟고 있습니다. 똑 저대로 만들고야 만다 하는 결심에 어린이의 전 생명의 울림이 들리는 것같이 놀랍고 무섭게 보입니다. 거기에 독일 사람 전체의 성질이 나타나 보이는 것입니다.

진흙으로 사과를 다 만들면 책상 위에 놓인 제 모가치● 사과는 자기

● **발** 가늘고 긴 대를 줄로 엮거나 줄 따위를 여러 개 나란히 늘어뜨려 만든 물건.
● **얼싸하다** 그럴싸하다. 제법 훌륭하게 보이다.
● **갖추갖추** 여럿이 모두 있는 대로.

가 먹게 된다 합니다.

거기에서 옥내 유희장에 가서 보면 거기서는 시간이 되면 여선생 한 분이 피아노를 둥둥 칩니다. 그러면 어린이 한 이십 명이나 되는 한 떼가 남녀 섞여서 달겨들어 모입니다. 그리고 피아노 곡조를 맞춰서 걸음을 걸으면서 저쪽 한편으로 가서 늘어섭니다.

그러면 다른 여선생 한 분이 바닥에 둥그렇게 커다란 금을 그어 놓습니다. 그리고 그 금 안에 보시기를 여러 개 놓고 물까지 떠다 놉니다. 그러면 어린이들은 제각기 그 보시기에 물을 담아 들고 피아노 곡조를 맞춰서 물이 엎질러지지 않도록 그 금 위로 걸어갑니다. 쾌활한 중에도 침착하고 주도한● 주의성을 기르는 좋은 방법입니다.

그다음에는 춤을 추면서 돌아다닙니다. 누가 가르치는 사람도 없고 앞장서는 선생도 없습니다. 그냥 피아노 곡조에 맞춰서 제 마음대로 제멋대로 덩실덩실 추면서 돌아다닙니다. 어느 때까지든지 기운껏 유쾌하게 추도록 피아노는 쉬지 않고 유쾌한 곡조를 쳐 줍니다. 구경하는 사람까지 어떻게 유쾌한지 어린이처럼 춤을 추며 돌아다니고 싶게 됩니다.

2층에는 어린이들이 제각기 마음에 맞는 대로 무엇이든지 배울 수 있는 각 교실이 있고 3층에는 어린이를 지도하는 사람들의 양성소가 있습니다.

어린이들의 세수하는 곳과 변소에를 가 보면 대야, 수건, 비누 같은 것이 가지런히 늘어놓여 있고 모든 신호나 주의 사항이 글씨로 쓰여 있지 아니하고 일일이 그림으로 그리어 있는 것도 퍽 부드럽고 좋아 보입

● **모가치** 몫으로 돌아오는 물건.
● **주도하다** 주도면밀하다.

니다.

맨 나중에 한곳에를 가 보면 삼베 부스러기로 짠 거칠디거치른 멍석 같은 것을 넓은 방에 쭉 깔아 놓고 그 위에 베개 같은 것이 수없이 많이 늘어놓여 있습니다. 여기서 매일 한 번씩 이백 명의 어린이를 낮잠을 재웁니다.

여기서 한잠을 잘 자고 나서 또 오후를 잘 놀고 배우고 저녁때 가깝게야 집으로 돌아갑니다.

아아, 씩씩하게 자유롭게 커 가는 그네들의 앞길이 행복되지 아니하고 어떻겠습니까?

_무기명,* 『어린이』 1923년 4월 1일(통권 2호)

* 『어린이』 창간 초기에 무기명으로 발표된 '세계 소년' 이야기는 방정환이 쓴 것으로 보인다.

이상한 책값

저 유명한 프랭클린*이 젊었을 때 책사*와 신문 경영을 겸해 할 때의 이야기입니다. 책사는 점원에게 보게 하고 자기는 인쇄소에서 바쁘게 일을 보고 있는데 책사에 손님 한 분이 와서 책 한 권을 골라 들고 얼마냐고 하였습니다.

"좀 싸게 깎아 주시오."

"더 싸게 할 수 없습니다."

하고 한참동안이나 승강*을 하다가 손님이 주인을 불러오라 하였습니다.

인쇄소에서 바쁘게 일 보던 프랭클린이 불리어 왔습니다. 손님은 여전히 "이 책을 더 좀 싸게 깎아 달라"고 성가시게 조르니까 프랭클린이 "네 1원 25전에 드리지요."

손님이 깜짝 놀라며 "아까는 저 사람이 1원을 내라고 하기에 깎아 달랬더니 1원 25전이 웬 말이오."

프랭클린 "아까는 1원에 팔 수가 있었지만 지금은 1원에는 못 드립니

- **프랭클린**(1706~1790) 미국의 정치인, 과학자.
- **책사** 서점.
- **승강** 승강이, 실랑이.

다."

합니다. 손님은 허허 웃으면서

"그렇게 우슨 말로 하지 말고 좀 깎아 주시우그려."

하니까 이번에는

"1원 50전"이라 하는고로 손님이 그만 열이 벌컥 나서 눈을 부릅뜨고

"지금 금방 1원 25전이라더니 또 1원 50전이야. 손님을 놀리는 셈이요?"

하고 큰소리를 칩니다. 프랭클린은 까딱 않고 고대로 서서 여전히 공손스럽게

"그러기에 아까 맨 처음 같으면 1원에 드릴 수가 있었지만 아까보다는 시간이 퍽 걸렸으니까요. 1원 50전 안 받고는 못 드리게 됩니다. 시간은 여간 돈을 주고도 못 사는 것이니까."

그제야 프랭클린의 말을 알아듣고 "아아 다. 좋은 가르침을 받았습니다." 하고 1원 50전에 1원짜리 책을 사가지고 갔습니다.

_무기명,• 『어린이』 1923년 4월 23일(통권 3호)

• 방정환이 펴낸 '어린이 독본'의 「시간값」으로 『어린이』 1928년 9월호에 개작하여 수록된 것으로 미루어, 이 글은 방정환이 쓴 것으로 보인다.

꽃놀이

꽃철이 왔습니다. 따뜻하게…….

어여쁘게 향긋하게 빵긋이 웃는 꽃을 당신은 차마 악착스럽게 꺾으시겠습니까?

분명히 그것은 좋지 못한 일입니다. 꺾지 말고 상하지 말고 고대로 귀엽게 사랑하면서 즐길 수 있는 것을 왜 꺾기까지 하겠습니까.

다 각기 마음에 드는 꽃을 조그마한 분●에 옮겨서 책상 위에 놓고 물을 주어 가며 하로하로● 커 가는 것을 보는 재미와 유익은 결코 적지 않은 것입니다.

다 크고 꽃이 피면 각기 자기 꽃을 가지고 한곳으로 모여서 깨끗한 방, 깨끗한 상 위에 올려놓고 누구 꽃이 제일 잘 피었나 내기를 합니다. 모든 사람에게 구경을 시키고 제일 칭찬을 많이 받은 꽃이 이기는 것입니다. 그리고 그 꽃 옆에서 각기 아는 대로 꽃 이야기를 합니다. 그리고 밤에는 그 꽃 위에 오색등을 만들어 불을 켜고 놉니다.

이것을 꽃놀이라고도 하고 꽃 제사라고도 합니다.

_무기명,● 『어린이』 1923년 4월 23일(통권 3호)

● **분** 화분.
● **하로하로** 하루하루. '하로'는 '하루'의 사투리.
● 방정환이 쓴 것으로 보인다.

물망초 이야기

—꽃 속에 젖어 있는 불쌍한 유언

4월에 피는 꽃에 물망초라는 풀꽃이 있습니다.

우리 조선에도 이 꽃이 널따란 들에 조고맣게 피어 있지마는 이름조차 아는 이도 없어, 보아 주는 이도 없고 위해 주는 이도 없이 가엾게 그냥그냥 잡초처럼 버림을 받고 있습니다.

물망초! 물망초!

잊지 말라는 풀! 그 이름부터가 얼마나 사랑스럽고 연연한● 이름입니까?

화려한 색깔도 없고 그렇다고 좋은 향기도 없는 꽃이지마는 물망초라는 애련한 이름을 가진 한울●빛같이 파르스름한 조고만 그 꽃은, 마치 두 손을 가슴에 안고 무언지 홀로 깊은 생각 속에 들어 있는 소녀와 같이 보드랍고 연연한 귀여운 꽃입니다.

아아, 잊지 말아 달라는 풀, 물망초! 이름만 들어도 가련한 색시의 애원을 듣는 것같이 애연하고도● 사랑스럽거든, 그 조고만 꽃 속에 잠겨

* 원제목은 「4월에 피는 꽃 물망초 이야기」이다. 발표 당시 '꽃 전설'이라고 소개했다.

● **연연하다** 아름답고 어여쁘다.

● **한울** 천도교에서 '하늘'을 달리 이르는 말.

● **애연하다** 슬픈 듯하다.

있는 가련한 내력의 이야기를 알면 누가 이 꽃을 귀애하지● 않을 사람이 있겠습니까?

아무 찬란한 색깔도 없고 아무 좋은 향기도 없는 조고만 이름 없는 풀이 세상 사람들에게 "물망초, 물망초!" 하고 불리면서, 귀염을 받게 되기까지에는 옛날 어느 한 사람의 기사의 불쌍한 죽음이 숨어 있는 것입니다.

그것은 멀고 먼 옛적에 독일이란 나라에 곱게 잘생긴 젊은 기사가 한 사람 있었습니다.

어느 일기● 좋은 날 기사는 자기와 혼인할 약속을 정해 놓은 처녀와 함께 여러 가지로 재미있는 이야기를 하면서 다뉴브 강이라는 강가를 산보하였습니다.

기사가 사랑하는 그 처녀는 그야말로 한울 위의 선녀같이 곱고 아름다운 색시였고 그의 입고 있는 푸른 비단옷에는 한울에 반짝이는 별같이 보석이 번쩍거리었습니다.

그리고 그 처녀의 옥 같은 손을 잡고 가는 기사는 참으로 사내답고 풍채가 좋은 데다가 훌륭해 보이는 기사의 복장을 입고 있어서 색시보다 지지 않게 잘생긴 남자였습니다.

두 사람은 서로서로 손목을 잡고 걸어가면서 이야기하는 데 재미가 들여서 어데까지 얼마나 멀리 왔는지 모르게 이야기만 쏘근쏘근하면서 걸었습니다.

이렇게 강변으로 한참 동안이나 가다가 언뜻 보니까 어데서부터 흘러오는지 길고 긴 강물 위에 조그만 파란 풀이 떠서 물결과 함께 흘러

● **귀애하다** 귀엽게 여겨 사랑하다.
● **일기** 날씨.

내려옵니다.

어렸을 때부터 화초를 좋아하는 색시는 그것을 보고 기사의 손을 잡고 발을 멈춰 서서 무슨 풀인가 하고 보고 있었습니다. 물에 뜬 그 풀은 두 사람의 서 있는 곳 가까이 흘러왔습니다. 보니까 그 파란 풀 끝에 엷은 공중색 한울빛의 아름다운 꽃까지 피어 있지 않습니까.

아마 이 강물이 흘러 내려오는 저 꼭대기 사람도 안 사는 들가에 저절로 피어 있던 꽃이 어떻게 물 위에 뜨게 되어서 그대로 그대로 흘러 내려온 것인가 봅니다. 흔히 보지도 못하고 이름도 모르는 그 조고만 어여쁜 풀꽃이 도회에서 자라난 처녀에게 어떻게 신기하고 귀엽게 보였는지 모릅니다. 더구나 처녀는 어렸을 때부터 화초를 좋아하던 터이라 지금 본 그 어여쁜 꽃을 그냥 그대로 물에 떠내려가게 내버려 둘 수는 없었습니다. 그래서 "아이그, 저 꽃을 잡았으면, 저 꽃을 잡았으면……." 하고 안타까워하였습니다.

사랑하는 색시가 잡아 가지려고 하는 것을 보고 기사는 그냥 그 꽃을 잡으려고 강물로 텀벙 뛰어 들어갔습니다. 물속으로 한 걸음 한 걸음 걸어 꽃을 잡으려고 들어가서 기어코 그 공중색 파란 꽃 핀 풀을 잡아 들었습니다. 강가에 서 있는 처녀는 그 꽃 잡은 것을 보고 기꺼워하였습니다.

그러나 애달픈 큰일이 생겼습니다. 기사는 그 꽃을 잡기는 잡았으나 입고 있는 갑옷이 무거워서 물속으로 점점 가라앉아 갑니다. 얼른 다시 나오려고 돌아서려고 아무리 애를 썼으나 갑옷에 싸인 무거운 몸을 어찌지 못하고 그대로 물속에 가라앉게 되었습니다.

물가에서 이 광경을 본 처녀는 놀라서 소리를 질러 구원을 청하였으나 원래 인적 없는 적적한 곳이라 뉘라도 그 소리를 듣고 올 사람이 없었습니다. 처녀는 그만 어찌할지를 모르고 미친 사람같이 날뛰는데 벌써 기사는 몸이 다 잠겨서 인제는 누가 와도 구원할 수 없이 되었습니다.

처녀는 아무래도 하는 수없이 발을 구르며 섰는데, 마지막 가라앉는 불쌍한 기사는 마지막 기운을 들여 손에 쥐었던 그 풀을 처녀 섰는 곳을 향하여 던져 주고, 마지막 마지막 유언으로 "잊지 말아 주십시오." 하는 불쌍한 소리가 자줏빛으로 변한 입에서 간신히 나왔습니다.

이렇게 하여 기사는 영영 물속에 가라앉아 버리고 처녀는 기사가 던져 준 풀을 기르며 울면서 울면서 눈물로만 지냈답니다.

그 후부터는 깊은 푸른빛 잎에서 엷은 공중색의 연연한 눈동자를 끔벅이고 있는 그 꽃을 세상 사람들이 잊지 말라는 풀이라고 부르게 된 것입니다. 그래서 물망초, 물망초 하고 귀엽게 여기며 정다운 동무에게나 사랑하는 사람에게 잊지 말라는 뜻으로 이 꽃을 서로 보내는 것입니다.

아아, 애연한 꽃, 물망초. 조그만 그 꽃에는 지금도 기사의 불쌍한 넋이 맺혀 있을 것입니다.

_ㅈㅎ生, 『어린이』 1923년 4월 23일(통권 3호)

이상한 산술

3이란 수에 3을 자꾸 가해● 가면 3, 6, 9, 12, 15, 18, 21, 24, 27이란 수가 됩니다.

이 3에 37이라는 요술쟁이 수를 승하면● 1자가 조르르 11 나오고 고 다음 6에 승하면 2자가 조르르 나고 9에 승하면 3이 조르르 나오니 신기치 않습니까?

여러분 고다음 12, 15, 18 하여 27까지 자꾸 37 요술을 승해 보십시오. 4자 5자 차례차례 조르르 나올 것입니다.

그런데 또 한 가지 신기한 것은 그 조르르 나온 숫자 셋을 합쳐 보면 다시 맨 처음 모수가 도로 나옵니다. 가령

3×37 답 111인데 1+1+1 답 3 이렇게 111을 합치면 맨 처음의 모수 3이란 수가 다시 나옵니다. 퍽 재미있으니 해 보십시오.

6×37 답 222인데 2+2+2 답이 또 6

_무기명,● 『어린이』 1923년 9월호

● 가하다 보태거나 더해서 늘리다.
● 승하다 곱하다.
● 『신여성』 1923년 9월호의 『어린이』 광고 목차에는 필명이 '잔물'로 되어 있다.

새 바람 불고

새 바람 불고 새 꽃 피고 새 학기 열리고 새 정신 나는 새 가을이 왔습니다.

새 기운 새 마음으로 등불과 함께 서책을 친할 이 때에 여러분의 사랑하시는 동무 『어린이』가 특별호를 내이게 된 것은 크게 뜻있고 또 크게 즐거운 일이라 생각합니다.

특별히 이 책은 조선의 소년운동 위에 커다란 새 금을 그은 색동회와 어린이사 주최의 전선소년지도자대회를 기념하는 뜻으로 그 회에 모이신 지도자 여러 선생님께서 각각 좋은 이야기와 노래와 말씀을 내어 모아 스스로 대회의석을 기념하는 한 편에 대회로서 전선 동무들께 보내드리는 깨끗한 선물로 짠 것입니다. 이 책을 읽으시는 동무는 이 뜻을 알아주시기 바랍니다.

_『어린이』 1923년 9월호

* 본문에는 제목이 없지만, 목차에는 제목이 「새 바람 불고」로 표기되어 있다. '권두'에 실린 무기명의 글이라 방정환이 쓴 것으로 보인다.

생선 알

사람들이 늘 먹는 생선 중에도
대구, 민어와 같이 큰 것도 있고
멸치와 같이 잔 것도 있어
여러 가지 종류가 다 다릅니다.

큰 생선, 작은 생선 가릴 것 없이
배 속에 알 든 것을 주의해 보면
이리●라고 하는 흰 것이 있고
좁쌀같이 누른● 것도 있습니다.

이리가 있는 것이 생선 아빠요,
조 같은 알 든 것이 엄마랍니다.
이렇게 쉬운 것은 아무 누구나
모르는 사람이야 없으시겠지.

* 발표 당시 '이과' '새 지식'으로 소개했다.
● **이리** 물고기 수컷의 배 속에 있는 흰 정액 덩어리.
● **누르다** 황금이나 놋쇠의 빛깔과 같이 다소 밝고 탁하다.

그렇지만 조금 더 조사해 보면
잉어, 은어, 숭어와 같은 생선은
배 속에 든 알이 모두 크고요,
가자미, 조기 알은 잘디잡니다.

강같이 맑은 물에 사는 생선은
밴 알이 모두 다 크디크고요
바다같이 짠물에 사는 생선은
배 속에 든 알이 더 잘답니다.

크고 작기 다른 것뿐만 아니라
까는 철도 다 각각 다르답니다.
큰 알은 겨울에 깨어나고요
잔 알은 여름에 깨어납니다.

겨울에 치운[•] 때는 물 밑바닥이
도리어 물 위보다 따뜻해서요
큰 알은 물속에 가라앉아서
겨울에 알이 깨어 생선 되고요

바다에서 자라는 잘디잔 알은

● **칩다** '춥다'의 사투리.

그 알 속에 기름이 들어 있어서
바다에 둥둥 떠서 돌아다니다
여름 되면 깨어서 생선 됩니다.

무슨 생선 알이 겨울에 깨고
여름에는 어느 게 깨어나는지
여러분이 잡숫는 밥상의 위에
생선 반찬 보시면 알 것입니다.

잔 알을 배인 것은 바다의 생선
그 알은 여름에야 깨일 것이고
큰 알을 배인 것은 강물의 생선
그 알은 물속에서 겨울에 깰 것

이것을 알았으니 이제부터는
밥상에 생선 반찬 먹을 때마다
주의해 알아보는 재미를 붙여
지식 느는 공부를 하여 봅시다.

_三山人, 『어린이』 1923년 10월호

『어린이』 제11호

겨울이 왔습니다. 내가 매일 즐거워하는 겨울이 반갑게도 돌아왔습니다.

겨울! 그는 반드시 하얀 눈을 가지고 오는 까닭으로 아무리 칩고• 아무리 무서워도 역시 기다려지고 역시 정답게 생각되는 것입니다.

인제 겨울철이 되었으니 그 반가운 동무 하얀 눈이 소리도 없이 깜박깜박 내려오겠지요. 아아, 눈이라고 글자만 써도 이렇게 만나고 싶게 가슴이 뛰놉니다. 눈, 눈, 그가 하느님의 아드님이겠습니까, 따님이겠습니까. 아무리 해도 내게는 따님같이 생각됩니다. 하느님의 그 고운 따님, 내게는 그가 더할 수 없이 정다운 동무여요. 눈이란 말만 들어도 가슴이 뛰는 나는 얼마나 눈 많이 오시는 북국•을 그리워했는지 모릅니다. 그리고 서울서도 눈만 오시면 퍽퍽 쏟아지는 눈을 우산도 없이 맞으면서 공연한 길을 얼마나 쏘대였는지• 몰라요.

물은 얼고 나무는 마르고 죽음같이 쓸쓸한 겨울에 이 눈님뿐만은 우

* 발표 당시 목차에서 '권두언'이라고 밝혔다.
● **칩다** '춥다'의 사투리.
● **북국** 북쪽에 있는 나라.
● **쏘대다** '쏘다니다'를 속되게 이르는 말.

리를 즐겁게 해 주는 정다운 동무입니다. 눈은 우리의 친한 동무거니 그 하얀 눈이 먼 하늘에서 깜박깜박 궁글어서● 처마 끝으로 내려올 때 거기에 까닭도 없이 반겨 날뛰는 우리 소년 소녀 여러 동무들을 나는 생각합니다. 눈과 같이 뛰놀고 눈과 같이 춤추는 소년 소녀 들. 그들도 하느님의 귀여운 아드님 아니고 무엇이겠습니까.

풍년이 든다거나 사냥하기 좋다고 반겨하는 외에 진정의 마음속 또 그 속으로부터 눈님을 반기는 사람은 곱고 아름답고 행복된 사람입니다.

겨울은 왔습니다. 즐거운 겨울이 와서 반가운 동무 눈님이 내려옵니다. 다 같이 이 겨울의 눈 나라를 즐겁게 기껍게 씩씩하게 놀아서 눈을 반기는 행복된 기쁨을 마음껏 즐깁시다. (11월 14일 소파)

_『어린이』 1923년 12월호

● **궁글다** '뒹굴다'의 사투리. '구르다'의 사투리.

새해 새 희망
—새해는 왜 기쁜가

새해가 왔다. 경사로운 새해가 왔다.

사람 사람이 새 옷을 입고 집집마다 새 음식 차리고 곳곳이 일을 쉬고 다 같이 새해라 하여 기꺼워하고 즐거워한다. 누구를 보아도 좋은 낯이요, 아무를 만나도 반가운 치하라. 이 세상 곳곳이 또 속속이 새해의 기쁨은 가득이 찼다.

새해는 경사로운 것—기껍고 즐거운 때이다.

● 어저께가 섣달그믐이요, 오늘이 정월 초하로•거니 아츰•에 해가 동편에 솟아 저녁에 서편에 들기 어제와 오늘이 다를 것 없거늘, 어제는 묵은해라 하고 오늘은 새해라 하여 기 요, 새해라 하여 별로 큰 수가 나는 것 없거늘, 사람이 유독 새해라 하여 특별히 기뻐하고 유난하게 즐기는 까닭이 무어뇨.

● 날과 일우•에 별로이 다를 것 없건마는, 사람이 이날을 기다려 즐기고 기뻐하는 것은 오직 새해라 하는 '새' 그것 때문뿐이니 이 새것이

• **초하로** 초하루. '하로'는 '하루'의 사투리.
• **아츰** '아침'의 사투리.
• **일우** 한 번 만남. 또는 그런 기회.

란 '새'는 모든 물건이나 일우에 다시 시초가 되는 까닭이라, 지나간 해 일 년 365[●] 날을 한데 묶어 치워 버리고 다시 시초 잡는 때가 새해인지라, 사람 사람이 이 새해를 즐기고 기뻐하는 것이니 새해라는 그 '새'에 모든 새 계획과 새 희망이 가득한 까닭이다.

● 지나간 일 년에 아무러한 잘못이 있었거나 아무러한 불행이 있었거나 그것은 이미 지나간 것이니 묵은해와 함께 거두어 치워 버리고 이번 해에는 없이 하리라, 그 실패가 없이 하리라, 또 그보다 한 걸음 나아가 이해에는 이러한 좋은 일을 하리라, 이 좋은 일을 반드시 맞추리라 하는 새 계획을 세우고 하여서 되리라 하면은 이루어지리라 하는 새 희망이 있는지라, 새해는 경사로운 것이요 즐겁고 기꺼운 것이다. 바람이 불거나 날이 흐리거나 새해는 경사로운 것이다. 그래서 사람들은 즐겨하는 것이다.

● 이래서 새해는 즐거운 것이거니, 지나간 해나 그 마음이 같고 그 행동이 나아지지 못하는 사람은 새해라고 즐거울 까닭이 없는 것이니, 그래 놓고 설떡을 먹거나 설날이 좋다 하는 사람이 있으면 그는 마치 제 정신 잃은 미친 사람이 남의 음식 도적하여 먹는 것과 다를 것이 없는 것이다. 가장 어리석고 가장 우스운 사람이다.

● 사랑하는 조선 소년들이여, 우리는 남보다 뒤진 것이 많거니, 잘못한 것이 많거니. 그 모든 잘못을 묵은해와 함께 깊이 파묻자. 그리고 그 잘못을 다시 또 짓지 않기로 굳게 결심하자. 그리고 새해부터는 어찌하겠다, 어찌 되리라는 계획을 세우자. 그것을 세워 놓고 나서 그리될 새해를 축복하기 위하여 즐겁게 기껍게 머릿속, 가슴속, 속속들이 즐겁게

● 원문에는 "360"으로 되어 있으나 바로잡았다.

놀자. 기껍게 놀자.

_무기명,* 『어린이』 1924년 1월호

* 새해를 맞아 권두언의 성격이 강한 글로, 글투로 볼 때도 방정환이 쓴 것으로 보인다.

호랑이 잡기 노는 법

● 호랑이 잡으러 갈 사람이 8인인 고로 맨 먼저 종잇조각으로 말 여덟을 만들되 판에 있는 것처럼 네 개는 네모지게, 네 개는 똥그랗게 만듭니다.

● 말을 만든 후에는 노는 사람이 몇 사람 있든지 두 편에 나누어 한 편은 사각 편, 한 편은 원 편을 맡습니다. 가령 두 사람뿐이면 한 사람씩 두 편에 나누어 혼자 한 편, 네 말을 모두 쓰고, 네 사람이 놀 때에는 한 편에 두 사람씩 나누어서 한 사람이 두 말씩 쓰고, 여덟 사람이 놀 때에는 네 사람씩 나누어서 각각 한 말씩 씁니다. (두 편에 가르고 한 사람 남으면 그 사람은 심판관이 되어 말 쓰는 것을 감독하십시오.)

● 말을 만들고 사람도 두 편에 나눈 후에는 원 편은 둥근 말을 판의 한 편 끝 둥근 표 위에 놓고, 사각 편은 네모진 말을 사각 표 위에 놓고 제각각 제 말 앞에 앉아서 시작합니다.

● 말을 쓰는 법은 이편 저편 엇바꿔서 차례를 정해 가지고 돈(1전짜리나 5전짜리, 10전짜리 어느 것이든지) 한 푼을 손가락 끝으로 붙들어 세우고 한 손 끝으로 탁 튀겨서 뺑그르르 돌립니다. 그래서 그 돈이 저절로 쓰러진 후에 보아서 위로 나온 것이 글자(1전이니 5전이니 하는)면 바로 곧장 굵은 금 위로 한 칸 나아가고, 만일 글자가 아니고 그림(돈 뒤쪽에 있는 것)이 나

왔으면 삐뚜로 가는 금 위로 한 칸씩 나아갑니다.

● 이렇게 해서 한 칸씩 자꾸 나가되 되도록 빨리 나가서 한가운데 호랑이가 있고 그 둘레에 사각 네 자리 있고, 원 네 자리 있는 데까지 가서 각각 자기편 네 자리에 얼른 들어가 앉아야 됩니다.

즉, 그 호랑이 둘레를 자기편 네 말이 얼른 에워싸야 호랑이를 사로잡는 것인즉, 그편이 이기는 것입니다.

● 그러니까 한 편이 네 사람이면 네 사람의 네 개가 모두 들어가야 됩니다. 한 편 중에 단 한 말이나 두 말이 먼저 들어가도 나머지 두 말이 마저 들어가지 못하면 지는 것입니다.

● 그런데 말이 나아가다가 ⊕표에 들어가면 그 자리에서는 반드시 글자가 나와야 (똑바로 굵은 줄 위로) 나아가지 그림이 나오면 어느 때까지든지 나아가지 못하고 그 자리에 그냥 쉬어 있습니다.

● 그런데 한 가지 재미있는 일이 있습니다. 먼저 호랑이 옆에 간 말이 일부러 남의 편 자리에 들어가 있어도 좋습니다. 그러면 그 자리에 들어갈 말이 나중에 와도 제자리에 못 들어가고 딴 데로 빙빙 돌다가 어느 때든지 자기 자리가 비어야 들어가게 되는 고로 자칫하면 지게 됩니다.

● 말을 쓸 때에 함부로 나아가면 가깝게 갈 것도 먼 길을 돌아가게 됩니다. 말을 쓰되 되도록 가까운 길을 골라서 빨리 가도록 하는 데 재미가 있습니다.

● 그런데 말을 쓰다가 뒤로 돌아가더라도 남의 말이 있는 곳에는 나아가지 못하고 자기 차례에 아니 하지도 못하는 것입니다. 그런고로 어떤 때는 앞으로 갈 곳은 없고 뒤로 도로 물러가게 되는 고로 재미있습니다.

● 이 외에 더 재미있을 법이 있으면 새로 작정해 가지고 해도 좋습니다.

_무기명,[•] 『어린이』 1924년 1월호

• 『어린이』 1924년 2월호 '독자 담화실'에서 외국 것을 참작하여 소파가 새로 꾸몄다고 밝혔다.

소년 기술 두 가지

사회자: "이번에는 기술이 있겠습니다. 유명한 기술일 뿐 아니라 맨 나중에 하는 법까지 설명해 주신다니 끝까지 조용히 보시기 바랍니다."

(일동 손뼉을 치고 좋아한다.)

사회자: "이제 수남 씨가 나오십니다."

이 말이 끝나자 손뼉 치는 소리 요란한 중에 검정 두루마기 입은 학생이 나와 서더니 모자를 벗어서 책상 위에 제쳐 놓고 나서,

에, 여러분? 나는 기술을 하나 하겠습니다. 기술이라 하는 것은 결단코 요술쟁이나 악마만 하는 것이 아닙니다. 오늘처럼 이렇게 여러 사람이 모여서 즐겁게 놀 때에 한 재미로 또는 한때의 웃음거리로 하는 것인고로 결코 해롭거나 나쁜 것이 아닙니다.

에, 연설은 그만두고 먼저 한 가지 신기한 것을 해 보여 드리겠습니다.

여러분 중에 코 푸는 종이나 또는 학교에서 쓰던 습자지를 가지신 이가 계시면 한 장만 주십시오. 단 한 장만 있으면 됩니다. 네? 당신이 가지셨습니까? 이리 주십시오.

* 발표 당시 '여홍'으로 소개했다.

종이는 얻었는데 이번에는 부채를 가지신 이가 없습니까? 아하……. 겨울이니까 부채를 가지고 다니는 사람은 없겠지요. 그러면 이 집 주인께 얻어 달랄밖에 없겠습니다. 네? 벌써 얻어 가지고 오십니까? 그만하면 훌륭합니다. (하고 한 손에 부채를 들고 한 손에 종이를 들고) 자아, 여러분, 여기 부채 한 개하고 종이 한 장을 얻었습니다. 자세 보십시오. (하고 부채는 젖혀 놓은 모자 위에 얹어 놓고 종이는 왼손에 들고) 자아! 시작합니다. (하고 왼손에 쥔 채로 바른손으로 꼬깃꼬깃 구겨 뭉치면서) 이 종이를 이렇게 꼬깃꼬깃 비벼서 손 속에다 뭉쳐 놓고, 그리고 (바른손으로 부채를 집어 펴 들고) 이 부채를 들고 호령을 합니다. 그러면 이 손 속에 있던 종이 뭉치는 간 곳 없고 조고만 나비 한 마리만 날아갑니다. 자아! 자세히 보십시오. 하나! 둘! 셋! (꼭 쥐었던 왼손을 활짝 펴고 바른손으로 부채질을 하면서) 펄!펄!펄!펄! (하면 조고만 종이 끝이 나비처럼 날아가고 손에는 아무것도 남은 것이 없다.) 자아! 이렇게 날아갔습니다. 자아! 이 손에 종이가 조금이라도 어데 남았습니까! (일동은 손뼉을 치며 웃고 떠들고 신기해한다. 그 큰 종이가 어데 갔을까! 어데 갔을까! 하고 신통해한다.) 재미있게 보셨으면 한 가지 더 해 보여 드리지요. 이번에는 더 신기한 것입니다. 이것은 붓입니다. 털붓이어요. 또 이것은 대통입니다. 그런데 이 털붓을 이 대통 속에 꽂고 내가 요술 노래를 부르면 이 붓이 덩실 춤을 춥니다. 말만 들어도 신기하지 않습니까? 자아! 이제 시작합니다. 자세자세 보아 두십시오. (하고 붓을 번쩍 들어 대통에 꽂아 가지고 왼손에 번쩍 들고 서서) 자아! 이렇게 꽂았습니다. (하고 허리를 조금 굽히고 대통에 꽂힌 붓을 들여다보면서 노래를 부른다.)

여보 여보 붓 도령 춤 좀 추시오
오늘은 일 년에도 정월 초하로•

(노랫소리를 따라 붓이 올라갔다 내려갔다 춤을 덩실덩실 춘다. 일동은 야! 하고 손뼉을 치며 야단을 한다.) 자아! 춤을 이렇게 잘 춥니다.

여보 여보 붓 도령 춤 좀 추시오
오늘은 일 년에도 정월 초하로
새롭고 경사롭고 기쁜 날이니
술 먹고 떡 먹고 춤 좀 추시오

(붓은 여전히 춤을 덩실덩실 자꾸 춘다. 일동은 그대로 좋아하면서 신기하여 떠든다.)

자아! 조용하십시오. 인제 한 것의 하는 법을 설명해 드리고 내려가겠습니다. 지금 한 이것은 여기 나오기 전에 미리 바늘에 검은 실(흰옷 입은 사람은 흰 실) 꿰어서 허리띠나 양복 단추에 매달고 나와서 붓을 통에 넣기 전에 구경꾼에게 이 붓 보시오 하고 보일 적에 넌지시 그 실 끝에 매달린 바늘을 붓 밑구멍 구멍에 꽂아 가지고 통 속에 꽂습니다. 그리고 노래를 부를 때에 허리를 굽실하면서 손에 든 통을 조금씩 내밀었다 들이굽혔다 하면 그대로 허리띠에 매인 실이 켕겨졌다• 늦춰졌다 하는 고로 켕겨지면 붓 속에 숨어서 통 속에 들어간 바늘이 빠져나오려고 하는 고로 그대로 붓도 따라 올라가고 늦춰지면 바늘이 통 밑바닥에

• **초하로** 초하루. '하로'는 '하루'의 사투리.
• **켕기다** 단단하고 팽팽하게 되다.

까지 내려가는 고로 붓도 따라 내려가고 하는 것인데 먼 데서 보니까 검은 실이나 바늘이 안 뵈는 고로 붓이 혼자 춤추는 것처럼 보이는 것입니다. 여러분도 집에 돌아가셔서 해 보십시오. 통은 가는 것일수록 좋고 실은 허리띠에 띠되 팔 하나 쭉 뻗을 수 있을 만한 긴 것이라야 되고, 그 실 끝에 바늘은 미리 손에 들고 나가도 보이지 않습니다. 그리고 아까 먼저 한 것 종이로 나비 만드는 것은 시간이 없으니 요다음 기회에 알려 드리겠습니다. (하고 내려가니까! 지금 알려 달라고 조른다. 수남 씨는 잠자코 허리만 굽실굽실하고 내려가고)

사회자: "이번 수남 씨의 기술은 참말 재미있었습니다. 이번에는…… 고다음 순서에!"

하는데 (잠깐 할 말씀이 있소 하고 일어선 사람이 있는 고로 보니까 양복 입은 학생입니다.)

"나도 요술 하나 하지요."

(하고 섬뻑섬뻑• 걸어 나오는 고로 사회자 비켜서고 일동은 손뼉을 치며 좋아합니다.)

에헴! 이번에는 내가 신통방통하고 이상야릇하고 배가 아프고 침이 꿀꺽꿀꺽 넘어가는 요술을 한 가지 하겠습니다. 여러분, 자세 보십시오. 잘못 보시면 배꼽이 떨어져서 자동차를 타고 도망을 합니다.

여러분? 여러분이 쓰고 있는 모자를 세 개만 빌려주십시오. 네, 고맙습니다. 또 하나, 네! 이리 주십시오. 인제 두 개 얻었습니다. 또 하나, 네! 감사합니다. 이렇게 세 개를 얻었습니다. (이렇게 모자를 세 개를 얻어 놓고 나서)

• **섬뻑섬뻑** 성큼성큼.

그리고 이번에는 저기 저 양반 가지신 저 과자 세 개만 빌려주십시오. 네! 고맙습니다. (이렇게 과자까지 세 개를 얻어 놓고) 인제 준비는 다 되었습니다. 인제 시작하겠습니다. 에헴! (하고 큰 기침을 하고 나서 책상 위에 과자 세 개를 따로따로 따! 로! 떼어 놓고 그 위에 모자를 하나씩 덮어 놓고 나서 두 손을 짝 벌리고.)

자아! 이렇게 과자를 따로따로 놓고 모자를 씌워 놓았습니다. (하고 모자를 다시 한번씩 번쩍번쩍 들어 보이면서) 자세 보십시오. 분명히 모자 밑에 과자 하나씩 있지 않습니까!

자! 지금 보신 바와 같이 따로따로 놓여 있는 과자를 호령 한마디로 어느 모자든지 한 모자 밑으로 감쪽같이 몰아 놓겠습니다. 어느 모자 밑에다 몰아다 놓을는지 그것은 여러분 마음대로 지정하십시오. 자아, 어느 모자, 얼른 말씀하십시오. (하니까! 일동 중으로서 여러 학생이 궁뎅이를 들먹하면서, "가운데 모자요." 하고 소리칩니다. 그러니까!)

가운데 모자요? 네, 여러분이 하라시는 대로 가운데 모자 밑으로 감쪽같이 과자 세 개를 몰아다 놓겠습니다. 자아! 지금 호령을 하겠습니다. 호령만 하면 세 군데 모자 밑에 있는 과자가 모두 가운데 모자 밑으로 모입니다. 자아! (하고 바른손을 번쩍 내어밀어서 가운데 모자 위에 쭉 펴고.)

하나! 둘! 셋 (하고 호령을 부르는 고로 일동은 침도 안 삼키고 눈을 말뚱말뚱 뜨고 보고 있는데 그 학생은 별안간에 그 가운데 모자를 번개같이 집어다 자기 머리 위에 얹고 또 과자 세 개를 후닥닥 몰아다가 자기 입에다 쑥 넣어 버리고 우물우물 씹어 삼키더니) 자아! 어떻습니까! 가운데 모자 밑으로 과자 세 개가 한데 들어가지 않았습니까! (옆에서 보던 사회자는 허리가 끊어지게 웃고 일동은 "에그 싱거워!" 그게 무슨 요술인가! 하고 퍽 웃고 있는데.)

참말 신통방통하고 과자를 잃어버리니 배가 아프고 남의 과자 먹는 것을 구경을 하니 침이 꿀꺽꿀꺽 넘어가는 기술이 아닙니까! (하고 내려가니까 일동이 손뼉을 치며 웃는다.)

_무기명,* 『어린이』 1924년 1월호

* 방정환이 쓴 것으로 보인다.

말하는 도깨비

요전번에 발명왕 에디슨 선생의 이야기를 하지 않았습니까.

그 에디슨 선생이 하로●는 친한 친구들을 '저녁밥을 같이 먹자.'고 청해 왔습니다. 그런데 저녁 준비를 일찍이 해 두지 못했던지, 손님들은 시장해하는데 저녁 잔채●가 밤이 꽤 깊어서야 나왔습니다.

그래서 그 잔채 끝이 날 때는 벌써 밤이 몹시 깊은 때였었는 고로 먼 곳에서 온 사람은 돌아갈 수가 없이 되었습니다. 에디슨은 그 친구들을 자기 집에서 자고 가라고 붙들고 방 하나를 치우고 자리를 펴 놓았습니다.

친구들은 하는 수 없이 그 집에서 자고 가기로 하고 웃옷을 벗고 등불을 가리워 놓고 자리에 펴덕거리고 누워서 잠이 올 때까지 이런 이야기, 저런 이야기 하고들 있었습니다.

그러다가들 잠이 들어 버리고 그중에 한 사람이 잠이 들락 말락 할 때에 열 점● 치는 시계 소리가 뗑뗑 들리는 고로 시끄러워서 돌아 드러누

* 발표 당시 '에디슨 이야기'라고 밝혔다.
● **하로** '하루'의 사투리.
● **잔채** '잔치'의 사투리로, 여기서는 '음식'의 뜻으로 쓰였다.
● **점** 시각을 세던 단위로 괘종시계의 종 치는 횟수로 세었다.

우니까, 그때 어데서인지 이상한 소리가 끽 하고 들리는 고로 이게 무언가 하고 귀를 기울이니까 이번에는 아주 무서운 소리로, "열 점이다! 인제 두 시간 남았다!" 합니다. 그만 벌벌 떨면서 소리도 크게 못 내고 자는 사람을 꾹 찔러 깨워 가지고,

"에그, 여보게 큰일 났네. 어데서 이상스런 소리가 나네."

하였으나 그때는 아무 소리도 들리지 아니하는 고로 그 친구는,

"여보게, 공연한 소리 하지 말고 어서 잠이나 자게. 나기는 무에 난단 말인가!"

하고 도로 누워서 코를 쿨쿨 곱니다.

이 사람도 하는 수 없이 가만히 드러누워 있으려니까 한참 만에 열한 점 치는 소리가 나니까 또 그 이상스런 소리가 끽 하고 나기 시작하는 고로 고만 머리가 쭈뼛하여지면서 겁이 벌컥 나서 가슴이 울렁울렁하였습니다. 그래 얼른 넌지시 잠든 사람을 깨웠습니다.

"열한 점이다. 인제 한 시간 남았다!"

귀신의 소리같이 험상스런 소리가 분명히 장 밑에서 이렇게 들렸습니다.

이번에는 두 사람이 모두 벌벌벌벌 떨면서 간신히 여러 사람을 깨워 가느다란 소리로,

"여보게, 큰일 났네. 이 집에 도깨비가 있네그려. 저 컴컴한 장 밑에서 인제 한 시간 남았다! 그러니 그게 웬일인가?"

"한 시간 남은 게 무언가?"

"글쎄, 분명히 귀신의 소리일세."

하고 숙덕숙덕하고 있노라니까, 이번에는 열두 점 치는 소리가 뗑뗑 났습니다. 여러 사람들은 그만 서로 손목을 꼭 붙잡고 숨도 크게 못 쉬고

있는데, 또 그 끽 하는 이상스런 소리가 나더니 이번에는 더 무서운 소리로,

"열두 점이다. 죽을 준비를 하여라!"

죽을 준비! 고만 큰일 났다고 눈들을 둥그레져서, "사람 살리우!" 소리를 지르면서 제각기 뛰어서 에디슨의 방으로 가서 사람 살려 달라고 야단을 하였습니다.

그러니까 에디슨은, "왜 그러시오. 무슨 일이 생겼소?" 하고 웃으면서 이렇게 말합니다.

"여보게, 무슨 일이 무언가! 그 방에 귀신이 있네. 저승 귀신이 있어."

"저승 귀신이 있어?"

"분명히 저승 귀신이야. 열 점을 치니까 끽 하고, '열 점을 쳤다, 두 시간 남았다!' 그러데."

"분명히 들었나?"

"듣고말고. 분명히 귀신의 소리야."

"분명히 들었겠다. 그러면 그다음엔?"

"그다음엔 '열한 점을 쳤다. 한 시간 남았다!' 그러데."

"그것도 분명히 들었나?"

"듣고말고……. 그러더니 열두 점을 치니까 '열두 점이다. 죽을 준비해라!' 하데그려. 그게 저승 귀신 아니고 무언가!"

허덕허덕하면서 이렇게 수선을 피우는데, 에디슨은 차근차근히 듣고 나서 벙글벙글 웃으면서, "하하, 되었네. 자아, 나를 따라오게. 내가 그 저승 귀신을 보여 줄 것이니 조금도 겁낼 것은 없네……." 하고 겁이 나서 벌벌 떠는 친구들을 데리고 다시 그 방으로 들어갔습니다.

친구들은 문턱에 선 채로 벌벌 떨고만 있는데 에디슨은 불을 밝히고

장 밑에서 조꼬만 궤짝 한 개를 꺼내 보이고, "자아, 여러분을 놀래인 저승 귀신이 이것이오. 자세히 보시오. 이것은 내가 이번에 처음 생각해서 만들어 놓은 말하는 기계올시다. 시험도 할 겸하여 미리 떠들지 아니하고 그리한 것이니 용서하시오." 하였습니다.

친구들은 그제야 달겨들어 에디슨의 손목을 잡고 그의 새 발명을 치하하였습니다.

이것이 에디슨 선생이 유성기●를 처음 발명하여 비로소 세상에 발표하는 첫날이었답니다.

_무기명,● 『어린이』 1924년 2월호

● **유성기** 축음기. 음반에 녹음한 음을 재생하는 장치.
● 방정환이 쓴 것으로 보인다.

럼네 선생의 사랑

불란서[●]에 럼네라 하는 유명한 문학자가 있었습니다. 그가 나라의 미움을 받아 쓸쓸하고 외딴 곳에 귀양살이를 하고 있을 때, 불행히 목병(인후병)이 크게 나서 고생을 하던 때 일이었습니다.

그때 그 동리에 몹시 이 럼네 선생을 좋아하고 따르는 조그만 소녀가 한 사람 있었는데, 하로[●]는 이른 아침에, '오늘은 목 아프신 것이 좀 어떠하신가.' 하고 럼네 선생의 혼자 있는 쓸쓸한 집에 와 보니까 그때 마침 아츰[●] 면보[●]와 우유를 잡숫는 중이었는데 소녀가 보니까 그 우유가 불에 데우지를 않아서 차디찬 대로 있었습니다.

"에그, 선생님! 이 우유가 얼음같이 찹니다그려. 가뜩이나 목병이 나셨는데 왜 우유를 데우지를 않으셨습니까? 목병에 해로운 일을 왜 하십니까?"

하고 그 우유 그릇을 집어 들고 일어서면서,

"여기 난로가 있는데, 난로에 불을 피우고 올려놓으면 금방 더울걸이

● **불란서** '프랑스'의 음역어.
● **하로** '하루'의 사투리.
● **아츰** '아침'의 사투리.
● **면보** '면포'(개화기 때에 '빵'을 이르던 말)의 사투리.

요."

하고 난로 옆으로 갔습니다. 그러니까 럼네 선생은 손짓을 하며 말리었습니다.

"아니, 그만두어라. 인제 내 목병은 좀 나았으니까 괜찮다……."

"안 됩니다. 불만 피우면 잠깐 더울 터이니까요. 선생님은 그렇게 게으르십니까!"

"그래, 내가 게을러서 찬 것을 그냥 먹는 것이 습관이 되었단다. 불은 피우지 마라."

하고 말리었으나 벌써 소녀는 난로 아궁이를 열고 불쏘시개를 넣고 성냥을 들었습니다. 선생은 그만 벌떡 일어서면서,

"에그, 이 애야. 불은 피우지 마라. 이 난로에 불을 피우면 안 된단다."

하고 정성스럽게 말리었습니다. 그러나 소녀는 찬 우유를 목병 앓는 선생이 그냥 잡숫는 것이 해롭겠어서 굳이 안 듣고 성냥불을 드윽 그었습니다.

럼네 선생은 그만 소녀의 팔을 붙들고,

"제발 피우지 말아 다우. 응, 내 소원이니 제발 피우지 말아 다우."

하고 그 성냥불을 끄고 나서,

"제발 불을 피우지 말아라. 내가 정말 이야기를 하마……."

하고 죽게 된 사람이 목숨이나 살려 달라는 것같이 애걸애걸하는 것을 보고 소녀도 하도 이상스러워했습니다. 그래서 "무슨 정말 이야기여요?" 하고 물었습니다.

"응, 저 내 이야기하마. 저 조그만 새가 이 지붕 위로 뚫린 굴뚝 구멍에다가 집을 짓고 새끼를 낳았단다. 나도 그것을 모르고 있다가 엊그저께야 알았어요. 내가 불을 피우든지 연기를 내든지 하면……. 그 새 새

끼들이 견딜 수 있겠니……."

이렇게 고운 마음을 이야기하는 럼네 선생의 얼굴에는 보드라운 웃음이 떠돌았습니다.

소녀는 그날부터 모든 새들을 진정으로 사랑하게 될 뿐 아니라 아츰에 자리에서 일어날 때마다 럼네 선생 댁 지붕 위에 있는 새들이 잘 커가기를 기도하였습니다.

_무기명,● 『어린이』 1924년 2월호

● 방정환이 『조선일보』 1925년 8월 3일자 '어린이 신문'란에 「작은 새」로 제목과 내용을 약간 고쳐 발표한 것으로 미루어, 방정환이 쓴 것으로 보인다.

돌풀이

세월이 지나가는 것처럼 빠르고 속한• 것은 없습니다. 『어린이』 잡지가 태어났다지, 『어린이』 잡지가 생겼다지 하고 어린이들은 물론이요, 어른들 사이에까지 기쁜 소식 떠들썩하던 것이 어저께 일 같은데, 벌써 일 년 열두 달 삼백예순닷새가 지나서 첫 생일, 첫돌이 돌아왔습니다.

이제 가장 귀여운 『어린이』 잡지의 첫돌을 당하매, 다시 작년 이때에 『어린이』 잡지가 처음 나올 때 책사• 책사마다 어리고 어린 남녀 학생들이 꾸역꾸역 모여들고 골목골목마다 어린 동무들이 『어린이』 잡지들을 들고 기뻐하는 것을 보고, '아아, 저들에게도 따뜻한 봄날은 가까이 온다!'고 스스로 어떤 감격을 느끼던 일이 생각납니다.

꼭 일 년 동안을 힘써서 오늘의 이만한 터를 닦고 지금은 조선서 제일 많은 동무(애독자)를 얻고 앉았으니, 숨 한 번 돌려 쉴 사이라도 있게 되었지마는……. 오늘까지 지나온 일을 돌아다보면 참으로 억지의 경우를 많이 넘어왔습니다.

제일 첫째, 맨 처음에는 방 선생님이 그때 일본 동경에 계신 관계로 독자 여러분에게서 모여 온 글과 그 외 여러 가지가 한 번 동경으로 건

• **속하다** 꽤 빠르다.
• **책사** 서점.

너가서 거기서 편집되어서 도로 서울로 나와서 서울서 총독부로 허가를 맡으 ○○○ ○○○○○○○ ○○○○○ 와서야 인쇄를 하였으니, 본사의 일이 어떻게 수고롭고 어려웠던지 짐작이나 해 볼 수 있습니까.

그러나 그렇게 고생스러운 중에도 사랑스러운—또 한편으로 가련한 수많은 우리 어린 동무들이 그 곱고 고운 마음으로 어떻게 『어린이』 잡지를 위하고 기다리는가를 생각할 때에 우리는 몇 번이나 내어팽겨치려던 일을 다시 붙잡고, 다시 붙잡고 하여 왔는지 알지 못합니다.

참말로 몇 번이나 못 하겠다, 못 하겠다고 낙심하던 『어린이』의 경영은 꽃같이, 새같이, 귀엽게 귀엽게 커 가는 어린 동무들을 위하는 정성과 아는 중에 또는 모르는 중에 우리를 도와주고 우리를 잡아당겨 주는 여러분 독자의 지극히 순결하고 고귀한 힘이 아니었다면, 단 일 년 동안에 지금의 이만한 힘을 갖게 되지 못하였을 것입니다.

첫돌의 기쁨! 오늘의 기쁨은 결코 본사 몇 사람뿐의 것이 아니요, 널리 애독자 여러분의 것이요, 또 여러분이 더 기뻐해 주실 줄 압니다. 오늘의 첫돌을 기뻐해 주실 전 조선 수만의 동무 여러분! 오늘까지의 노력과 후원으로 기쁨을 말하는 오늘에 앞날 앞날이 또 이같이 아니 이보다 더 기껍게 할 일을 맹서• 하십시다.

우리가 그냥 덮어놓고 돌날이니까 그저 기쁘다 하는 것보다는 한 걸음 나아가, 지나온 일 년의 일을 저울질하고 그 위에 새 일 년의 새 계획을 세우는 데 값있는 새 의미가 있을 것이라 생각합니다.

그러한 생각에서 나는 지나간 일 년 동안의 아프고 고단스런 고생 중에서 꾸며 난 『어린이』 잡지 열세 책을 다시 한번 들여다보려 합니다.

• **맹서** '맹세'의 원말.

작년 3월에 처음 나온 『어린이』의 창간호는 조선 어린이들 세상에 처음 전한 복음이라, 어느 것이 더 좋고 덜 좋을 것 없었지마는 그중에 「여러분!」이란 짧은 글이 크게 값이 있어서 그 글을 읽고 각 시골 소년회를 새로 조직한 곳이 많았고, 외국 소년 소개 「아라사●의 어린이」와 꽃 전설 「히아신스」 이야기가 있어서 유익했고, 동화극 「노래 주머니」와 방 선생님의 동화가 대호평이었고, 2호에는 「어린이회의 밤」과 「오늘까지」라는 두 가지가 유익한 참고였고, 「독일 어린이」 소개가 유익하고 「아버지 생각」이란 슬픈 이야기와 「황금 거위」란 우스운 이야기가 호평 대호평이었고, 3호에는 「꽃놀이」라는 글과 「귀여운 피」라는 유명한 글이 있었고, 고한승 선생의 동화가 나기 시작하여 방 선생님의 「눈 어두운 포수」와 함께 대호평, 불쌍한 「물망초」 이야기와 「영길이의 설움」이란 글이 독자들을 울게 하였고, 4호는 특별히 '어린이의 날호'로 보통 때보다 갑절이나 더 크게 발행하였는데, 그중에 「씩씩한 소년이 됩시다」와 「영국 어린이」 소개가 유익하였고, 어린 고학생 정판윤 씨의 슬픈 신세 이야기가 재미있었고, 손진태 선생이 처음 역사동화를 내기 시작하였고, 방 선생님의 「백설 공주」 이야기가 나기 시작하여 대호평이었고, 5호부터는 재미있는 그림 이야기가 나기 시작하였고, 「어머니께 가요」라는 동화극이 났고, 6호에는 「푸른 대궐」이 나고 「딸기와 금 상자」란 동화극이 났고, 전선●소년지도자대회를 우리 어린이사에서 주최하는 것이 발표되었고, 7호에는 방 선생님의 「칠월 칠석」 이야기가 났고, 재미있기로 유명한 사진소설 「영호의 사정」이 이달부터 나기 시작하여 호평 대호평, 8호는 지도자대회 기념호요, 또 특별히 이달부터

● **아라사** '러시아'의 음역어.
● **전선** 전 조선.

어여쁘게 책으로 매게 된 고로 썩 어여뻤었고, 색동회 사진과 글 쓰시는 이들의 사진이 모두 나서 책이 나자 금시에 다 팔렸고, 9호에는 안창남 씨 사진과 소식이 있고, 「염소와 늑대」「이과• 이야기」가 처음 나서 호평, 10호에는 유명한 동요 「우는 갈매기」와 「백일홍 이야기」「낙엽 지는 날」 외에 동화극 「토끼의 재판」과 「비행기는 어떻게 뜨나」(안창남 씨 글)가 있어 처음 보는 대호평이었고, 11호에는 방 선생님의 「요술 내기」, 그림 이야기가 재미있었고 사진소설이 끝까지 났고, 12호(신년호)에는 「두더지 혼인」 이야기와 「신상신년대회」가 모조리 재미있었고 특별히 「호랑이 잡기」 장난감이 있어서 야단들이었고, 13호에는 「동요 짓는 법」과 「자유화 그림 뽑기」가 있었고, 방 선생님의 「선물 아닌 선물」과 류 선생님•의 「조고만 복 상자」와 동요 곡조가 둘이나 있어서 대호평이었습니다.

_『어린이』 1924년 3월호

• **이과** 자연계의 원리나 현상을 연구하는 학문.
• **류 선생님** 아동문학가, 언론인 유지영(1896~1947).

4월 4월

4월이 왔습니다. 불그스름한 4월의 세상이 따뜻하게 찾아왔습니다.

겨울이 멀리 가 버리고 벌써 산골짜기의 얼음까지 아주 녹아 버렸습니다.

인제는 아주 봄이여요. 풀싹이 돋고, 샘물이 터지는 봄철입니다. 산을 보십시오. 불그레하게 웃고 있지 않습니까.

들에 가 보십시오. 눈이 부시게 새파란 싹이 솟아나지 않습니까.

솟는 때, 뻗는 때, 크고 자라는 때! 새 세상, 새 4월이 우리를 찾아왔습니다.

훗훗한 솜옷을 벗어 버리고 산에 가십시오. 들에 가십시오. 작은 새우는 소리에도 새 생명은 차 있고, 한 잎의 풀 끝에도 새 생명은 솟고 있습니다.

새같이, 꽃같이 어여쁘게 잘 씩씩하게 커 갈 어린 동무들이여, 산에고 들에 가십시오. 그 귀엽고 힘 있는 새 생명이 당신들의 머리와 가슴에 스며들어서 당신들도 생기 있게 뻗어 가야 할 것입니다. 새 생명에 뛰놀아야 할 것입니다.

* 발표 당시 목차에서 '권두언'이라고 밝혔다.

산으로! 들로! 다 같이 가십시다. 날마다 가십시다.

_무기명,* 『어린이』 1924년 4월호

* 권두언으로, 『어린이』 편집 겸 발행인이었던 방정환이 쓴 것으로 보인다.

어린이의 날 오월 초하로가 되면

우선 한울[●]부터 유록[●]하게 좋아집니다. 가을 한울처럼 매섭게 쌀쌀하지도 않고 첫봄의 한울처럼 흐리터분하지도 않고, 무슨 좋은 것이 가뜩 찬 것같이 듬뿍 차고도 환하게 개어서 그야말로 행복이 가득한, 개인 한울입니다. 5월의 한울과 4월이나 6월의 한울을 주의하여 보시면 알 것입니다.

*

또 햇볕이 좋아집니다. 뜨겁지도 않으면서 탐탁하게 비치는 것이 5월의 햇볕입니다. 제일 마음대로, 제일 점잖게, 제일 밝게 비치는 때가 5월입니다. 그래 세상 모든 것이 5월 달에 제일 크게 자라고 커 가는 것입니다.

*

또 공기(기운이라고 해도 좋습니다.)가 좋습니다. 봄날의 지저분한 데서 세상의 대기(기운)는 이 5월 달에 들어서 처음 깨끗하고 온화해집니다. 춥지도 덥지도 않고, 앙칼지지도 않고 몽롱하지도 않고, 똑 알맞고 똑 좋은 대로 온화하고 깨끗한 것이 5월입니다.

● **한울** 천도교에서 '하늘'을 달리 이르는 말.
● **유록** 봄날 버들잎의 빛깔과 같이 노란빛을 띤 연한 초록색.

*

자연(세상이라 해 두어도 좋습니다.)이 새로워집니다. 검고 쓸쓸하고 죽은 겨울에서 봄철이 되어 새싹이 돋고 나뭇잎이 퍼지기 시작한 것은 좋으나 그것은 금시에 쓰레기통같이 지저분한 곳에 들어가 버리고 맙니다. 산이나 들이나 정말 눈이 부시게 산뜻하게 새 옷을 입고 나서는 때는 5월입니다.

5월! 그달은 참말로 희망에 타는 듯한 신록의 새 세상이 열리는 달입니다. 그러기에 서양 어느 나라에서는 5월을 정월로 쓰고 5월이 오면 새해가 왔다고 기뻐하는 나라까지 있습니다.

한울이 새롭고, 햇볕이 새롭고, 공기가 새롭고, 산천초목이 새로워지니까 사람이 새로워집니다. 어떻게 새로워지지 않고 견디겠습니까. 몸은 솜옷을 입고, 대기는 흐리터분하고 노곤하기만 하던 봄에서 신록의 세상이 열리는 5월에 들어서는—설사 앞에 혹독한 삼복더위가 닥뜨려 온다 할지라도 5월 달은—솜옷을 벗어 버린 때와 같이 몸이 가뜬하고 가슴이 시원하고 정신이 산뜻하여 새 원기와 새 정력이 뻗쳐 나는 때입니다.

*

그러므로 세계에 유명한 시인 쳐 놓고 5월을 찬미하지 아니한 이가 없고, 세계 어느 곳 사람이 5월을 축복하지 않는 사람이 없습니다. 서양서는 예전부터 처처에서 이달 이날(초하로●)에 꽃 제사를 굉장하게 지내어 왔고, 동양에서도 역시 5월 5일을 단오라 하여 복사꽃과 장포● 등을 써서 일종의 꽃놀이를 하여 왔습니다.

● **초하로** 초하루. '하로'는 '하루'의 사투리.
● **장포** 창포.

*

이렇게 좋고, 희망과 새 생명의 상종이라 할 5월의 첫날을 우리가 특별히 어린이의 날로 기념하고 즐기게 된 일은 대단히 뜻깊고 또 무한히 기쁜 일입니다.

5월 초하로, 5월 초하로, 이날에 새로 뻗는 새 힘과 새싹과 같이 우리 어린 동무들도 희망 많게 자라고 커 가야 할 것이고, 몇 만 년 가도 변하지 않을 이날의 행복과 함께 어린이들의 앞길에 영원한 행복이 있어지라고 우리가 특별히 이날을 따로 잡아 어린이의 날로 잡고, 세상의 많은 어른들과 함께 생각하고 일하고 빌자는 날입니다.

*

이 즐거운 어린이의 날을 축복해 주는 동무가 많습니다.

꽃은 피어 어우러졌고, 새들은 노래를 부르고, 나비는 춤을 추고…….

꽃과 같이 새와 같이 어여쁘게 씩씩하게 커 갈 우리 어린이 동무들이여…….

즐겁게 즐겁게 이날을 축복하십시오. 그 즐거움이 머릿속에까지 가슴속에까지 배 속에까지 속속들이 스며 차게 하십시오. 그러함으로써 당신들의 살림을 즐겁게 하셔야 할 것입니다.

_『어린이』 1924년 5월호

금붕어

첫여름이 되었습니다. 조금씩 조금씩 날이 더워 갑니다. 빙숫집(얼음집)보다도 먼저 생긴 것이 금붕어 장사입니다. 날이 더워서 방 속이 훗훗하고 공부하기에도 졸음만 자주 오는 때 책상머리에 금붕어 노는 어항 한 개를 놓아두면 온 방 안이 서늘해지는 것 같습니다. 빨갛고도 황금색으로 빛나는 조고만 어여쁜 몸이 더워도 괴로움도 모르고 물속에 헤엄치며 놀고 있는 것을 보면 사람까지 물속에 헤엄하는 것 같아서 저절로 더위를 잊어버리게 됩니다. 여러분도 이번 여름에는 금붕어를 기르십시오. 퍽 사랑스럽고 귀엽습니다.

금붕어에는 여러 가지 종류와 이름이 있는데 원래는 지금부터 한 400여 년 전에 중국(청국)에서 건너온 거라 하며 그때는 그리 신기하거나 이상하지는 아니하던 것을 그 후에 기르는 사람들의 재주로(인공적) 이렇게도 변하고 저렇게도 변하여 지금과 같이 신기하고 어여쁜 여러 가지 모양이 생긴 것이랍니다. 400여 년 전에 중국에서 건너온 금붕어가 지금은 서양 각국에까지 수출되어 가는 곳마다 귀염을 받고 있습니다.

금붕어가 아가를 나려고 알을 낳기는 4월로부터 6월까지 그사이에

* 발표 당시 목차에서 '지식'이라고 밝혔다.

낳는데 그 금붕어의 아가가 자라서 어떻게 생긴 금붕어가 되려노 하고 길러 보는 것도 몹시 재미있는 일입니다. 금붕어에게 먹이는 것은 흔히 쟁가비•들인데 그것도 많이는 주지 않고 조금씩 주는 것이 좋습니다. 그리고 금붕어가 옆으로 헤엄을 치면 그것은 병이 난 것이니 그런 때는 과히 짜지 않은 소금물에 넣어 주면 다시 기운을 차리게 되는 것입니다. 20분이나 30분쯤 소금물에 넣었다가 기운이 난 후에 다시 맑은 물로 옮겨 주면 좋습니다. 여러분 이번 여름에는 반드시 금붕어와 친하게 지내 보셔요.

_무기명,• 『어린이』 1924년 6월호

● **쟁가비** 장구벌레. 모기 또는 깔따구의 애벌레.

● 『개벽』 1924년 6월호의 『어린이』 광고 목차에는 필자 이름이 'ㅈㅎ생'으로 표기되어 있다. 'ㅈㅎ생'은 방정환의 필명이다.

마라톤 경주 중로●에 큰 사자와 눈싸움을 한 용소년

여러분은 아불리가●라 하면 어떤 곳인 줄 아시겠습니까? 뜨겁고 뜨겁고 불보다 더 뜨거운 햇볕이 들이쪼이는 아주 더운 곳입니다. 그 대신 나무가 무성하여 햇볕을 볼 수 없이 깊은 숲이 많고 그 속에는 사자, 호랑이, 악어, 코끼리 같은 큰 짐승들만 많은 무서운 곳입니다. 그뿐만 아니라 사람을 잡아먹는 기둥만 한 큰 뱀이 많이 있는 곳도 그 아불리가입니다.

그렇게 무서운 곳을 포막집(천막)을 떠짊어지고 이리저리 돌아다니면서 사는 토인들의 떼가 여기저기 있습니다. 그들은 그렇게 포막을 떠짊어지고 돌아다니다가 아무 곳에나 포막을 치고 거기서 살다가 싫증이 나면 또 포막을 뜯어 짊어지고 다른 곳으로 돌아다니고 돌아다니고 하는 사람들입니다.

그러므로 그들이 떼를 지어 이리저리 돌아다니다가 다른 떼와 맞닥뜨리면 으레이● 싸움(전쟁)을 하는 것입니다. 그래 그들 중에는 기운 센

* 발표 당시 목차에서 '기화(奇話)'라고 밝혔다.
● **중로** 오가는 길의 중간.
● **아불리가** '아프리카'의 음역어.
● **으레이** '으레'의 사투리.

사람을 그중 높이 대접하고, 힘센 사람을 제일 잘난 사람으로 압니다. 그런고로 어렸을 때부터 힘세게, 굳세게 자라는 것을 제일 첫째로 여긴답니다.

그런데 내가 이제 이야기할 어느 토인들의 떼 중에 아주 놀랍게 기운 세고, 똑똑하고, 씩씩한 소년이 한 사람 있었습니다. 그는 기운이 세고 걸음이 날쌘 중에도, 제일 짐승과 싸움을 잘하는 소년이었습니다. 어느 때는 들소의 뿔을 붙잡고 씨름도 하고, 어떤 때는 큰 사자를 총 놓아 잡기도 잘하는 터였습니다.

그러나 그러한 모든 일보다도 아주 한 가지, 그 소년이 놀라운 짓을 한 것이 있습니다. 거기 토인들은 지금까지도 그 일을 잊지 않고 이야기하고 있다는데, 이제 내가 그 놀라운 일을 이야기해 드리리다. 어떻게 무섭고 놀라운 일인가, 어떻게 대담하고 씩씩한 소년이었던가……. 조용히 내 이야기를 들어 보십시오.

어느 날 그 소년은 다른 아이들과 함께 마라톤 경주를 하는데, 달음박질을 하여 들을 넘고 숲을 지나서 멀리멀리 내를 건너고 산을 넘어서 돌아오게 되었습니다. 이 경주는 이 토인들 중에 제일 높은 어른(회장)이 시키는 것이요, 먼저 오는 사람에게는 그가 친히 좋은 상품을 주기로 된 것이었습니다.

"하나! 둘 셋!!"

하는 소리에 여러 아이들은 일제히 달아나기 시작하였습니다. 그러나 얼마 가지 않아서 벌써 천천히 가던 소년이 맨 앞장을 섰습니다. 소년은 그 빠른 걸음으로 휘적휘적 한 10리나 달아나서 뒤를 돌아다보니까 얼마나 떨어져 오는지 뒤에 바짝 따라오는 아이가 하나도 보이지 않습니다.

"어이그, 이만큼 앞섰으니까 질 염려는 없으니 우리 집에 잠깐 다녀가야겠다." 하고 길옆에 있는 자기 집으로 뛰어들어가서, "아버지! 물 좀 주십시오." 하였습니다. "오냐! 옜다, 어서 먹어라." 하고 아버지가 물을 떠다 주었습니다. 소년은 차디찬 물을 꿀떡꿀떡 마시고는 곧 또다시 뛰어나가려 하였습니다.

그러니까 아버지가 불러들여서 벽에 걸렸던 총을 내다가 주었습니다. "이 조심 없는 놈아, 산속으로 지나갈 놈이 맨손으로 간단 말이냐! 어서 이 총을 가지고 가거라." 짐승 많은 산속으로 가자면 참말 총을 가지고 가야 하는 것이었습니다.

"아이고, 깜빡 잊어버리고 있었는걸요." 하고 소년은 대답하더니 벌써 어느 틈에 총은 어깨에 둘러메고 총알같이 뛰어 달아났습니다.

*

"아마 조금 늦었나 보다." 하고 소년은 급히 뛰었으나 암만 보아도 앞에 뛰어가는 사람이 없는 것을 보고, "그래도 내가 일등이다. 내가 첫째다." 하고 마음 놓고 뛰어갔습니다.

한참이나 뛰어서 들을 건너고, 내를 건너서 산골짜기 속으로 들어가게 되었습니다. 그때 벌써 해는 지고 날이 저물기 시작하였습니다. 그래도 소년은 겁내지 않고 산속 나무숲 사이로 뛰어갔습니다. 보통 사람이면 어른이라도 혼자 가기 무서운 곳이었습니다. 컴컴한 숲속에서 지금 당장 무서운 사자나 큰 뱀이 와락 달겨들 것 같은 무서운 곳이었습니다.

그래도 소년은 겁내지 않고 단 혼자 터덕터덕 지나가는데 별안간에 숲속 나무가 흔들리면서 버석! 버석! 하는 소리가 났습니다. 깜짝 놀라 소년은 가던 발을 멈추고 우뚝 섰습니다.

"어흥!"

하고 무서운 큰 소리가 났습니다. 그리고 나무가 버석 흔들렸습니다. 분명히 이리로 나오는 것이었습니다.

"짐승이고나!"

하고 소년은 얼른 총을 끌러 손에 들었습니다. 그러자 그때 시커먼 짐승이 후닥닥 튀어나왔습니다.

소년은 약삭빨리 총을 겨누고 방아쇠를 잡아당겼습니다. 그러나 웬일인지 덜그럭! 소리만 나고 총알은 나가지 않았습니다. 큰일 났습니다. 웬일인지 총을 조사해 볼 새도 없이 가깝게 달겨드는 짐승을 보니까 크디큰 사자였습니다.

타오르는 불빛같이 번쩍거리는 두 눈깔을 딱 부릅뜨고 한입에 삼킬 것처럼 아가리를 벌리고 노리고 섰는 무서운 모양!! "아악!" 하고 소년도 모르는 결에 소리를 질렀으나 인제는 도망하는 수도 없고 달겨들어 싸워 보는 수밖에 없었습니다.

그러나 소년은 이때까지 짐승들과 싸워 본 일이 여러 번 있는 고로 그다지 놀래어 황망히 굴지 않았습니다. 그래 거기에 딱 버티고 꼿꼿하게 서서 온몸의 힘이란 힘은 모두 모아서 두 눈을 똑바로 뜨고 사자를 노리어보았습니다. 그러니까 고 매서운 모양을 보고 사자도 두 눈으로 소년을 노리어보면서 딱 버티고 섰었습니다.

사자와 사람과의 무서운 눈싸움이 시작된 것입니다. 사자도 까딱 아니 하고, 소년도 까딱하지 않고 둘이는 어느 때까지든지 노리어보면서 저편에서 두세 걸음 나서면, 여기서도 두세 걸음 나서고, 여기서 두세 걸음 들어서면 저편에서도 두세 걸음 들어서고……. 무서운 눈싸움은 한참 갔습니다.

그러는 중에 해는 아주 져 버리고 컴컴해 오기 시작하였습니다. 그때 소년은 참말로 그야말로 눈 깜짝할 동안에 번개같이 총을 다시 휘어잡고 방아쇠를 잡아당겼습니다. 그러나 이번에도 덜그럭! 소리만 나고 총알은 나가지 않았습니다.

그러니까 사자도 성이 나서 대가리를 들고 와락 달겨들려 하였습니다. 참말 죽느냐! 사느냐! 하는 살판●이었습니다. 소년도 인제는 하는 수 없다, 막다른 길이다! 생각하고 소리를 크게 질러, "자아, 덤벼라!" 하고 총대를 거꾸로 한울●을 향하여 번쩍 들고 딱 버티었습니다.

*

와락 달겨들 줄 알았던 사자는 소년의 무서운 용기에 놀래었는지 어쩐 일인지 그때 뒤로 열 걸음쯤이나 물러서더니 그냥 돌아서서 뒤도 돌아보지 않고 고만 달아나 버렸습니다.

사자 달아나는 것을 보고 소년은 마음을 놓자 아주 기절한 사람처럼 풀밭에 픽 쓰러졌습니다. 몇 분 안 되는 고동안에 몇 달, 몇 해나 고생한 것만치 피곤한 까닭이었습니다.

한참 만에 서늘한 바람이 솔솔 불어와서 소년은 간신히 정신을 차리어 일어났습니다. 일어나서 소년은 그때에야 마라톤 경주 하던 중인 것을 생각했습니다. 다른 소년 같으면 사자에게 죽지 않고 살아난 것만 다행으로 알고 그까짓 마라톤 경주는 아무렇게나 생각도 아니 할 것이었마는 세상에도 씩씩한 소년 그는 벌떡 일어서면서, "경주하던 중이니 질 때 지더라도 달아나 보자!" 하고 또 제비같이 날쌔게 뛰어갔습니다.

가 보니까 이것 보십시오. 다른 소년들은 모두 중간에 쓰러져 버리고 역시 그가 제일 먼저 들어간 제1등이었습니다.

● **살판** 무시무시하고 스산한 판.
● **한울** 천도교에서 '하늘'을 달리 이르는 말.

사자와 싸워서 사자를 이겨 쫓아 보내고 그러고도 경주의 끝을 마치려고 뛰어간 씩씩한 소년의 굳센 뜻(의지)!! 이것이야말로 온 천하 소년들이 만대 두고 배워 내려갈 귀중한 교훈입니다.

여러분!! 이야기는 이것으로 끝입니다마는 그 훌륭한 씩씩한 소년이 누구인 줄 아십니까? 자라서 어떤 인물이 된 줄 아십니까?

사자와 싸워서 사자를 이겨 쫓아 보내고 그리고 뛰어가 경주는 일등상을 탄 씩씩한 소년은 실로 그 후의 남아불리가 트란스발●의 대통령 크루거이었습니다.

크루거는 야만 인종이라고 지목을 받는 토인들 중에서 자라나서 공부는 많이 하지 못하였으나, 그 굳센 뜻과 씩씩한 용기로써 능히 한 나라 대통령이 되어 많은 사람을 지도하였고, 그 어릴 때에 사자와 눈싸움하던 용기는 자라서 미개한 토민●을 거느리고 능히 영국 군대를 싸워 무찌르기까지 하여 그 이름이 세상에 높았습니다.

_三山人, 『어린이』 1924년 6월호

● **트란스발** 남아프리카공화국 북동부의 지역 이름.

● **토민** 토착민.

당신의 손으로 이렇게 만들어 파리를 잡으시오

여름철에는 파리가 많습니다. 그 파리들이 나쁜 전염병을 옮겨 오는 것이니 파리를 힘써 없애야 합니다.

그런데 파리약은 옷에 묻기가 쉽고 돈이 들지요. 파리 항아리는 깨어지기가 쉽지요. 파리채로 두들기는 것이 제일인데, 채로 딱딱 하고 때린즉 그냥 그 자리에 터져서 방바닥에 묻으니까 더러울 뿐 아니라 딱딱 소리가 나는 고로, 늙으신 할머니와 갓난아가가 낮잠을 자다가 깜짝깜짝 놀래입니다. 그리고 제일, 파리들이 딱딱 소리를 듣고는 모두 달아나는 고로 힘이 듭니다.

어떻게 더 좋은 방침이 없는가 하고 궁리궁리 연구연구한 결과에, 돈 안 들고 소리 안 나고 더럽지 않고 어렵지 않고 어린 동생을 주어도 재미 붙여 가면서 잡을 수 있는 것을 터득해 내었습니다. 어린이의 일치고는 큰 발명입니다.

조꼬만 가느다란 댓가지(신척● 1척● 3촌●이나 그보다 조금 긴 것)를 꾸부려 질긴 끈으로 매어서 조꼬만 보통 활을 만듭니다.

● **신척** 새 자.
● **척** 길이의 단위로 1척은 약 30.3cm에 해당한다.
● **촌** 길이의 단위로 1촌은 약 3cm에 해당한다.

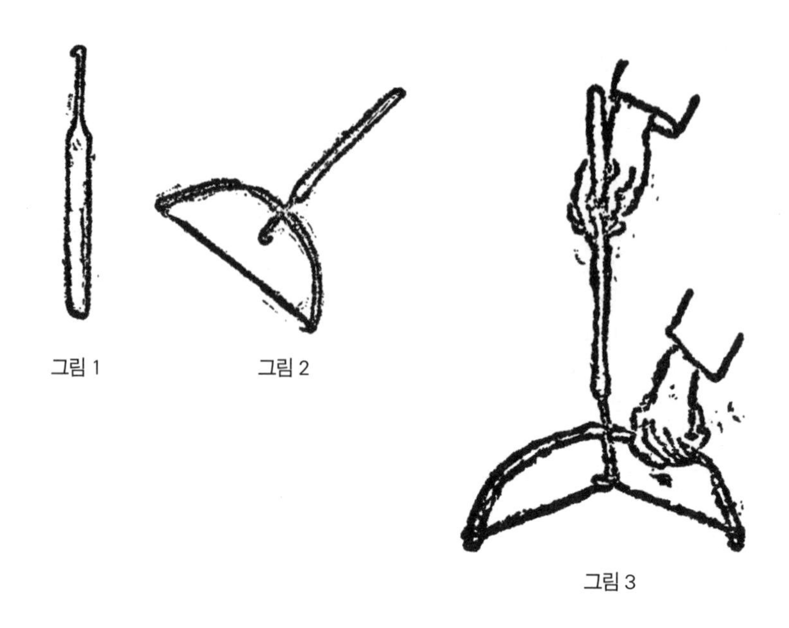
그림 1 그림 2 그림 3

그리고 따로 1척 5촌쯤 되는 긴 나무때기를 손잡이로 쓸 것이니까 동글게 곱게 깎되, 끝은(2척 7, 8분● 쯤) 몹시 가늘게 깎고 맨 끝은 활줄이 걸리도록 갈퀴를 지어 꾸부정하게(제1도● 그림) 만들어서 그것을 활등 한가운데 구멍을 뚫고 그리로 나무때기의 뾰족한 끝을 꽂아서 제2도처럼 해 놓고, ×표 있는 곳에 끈을 단단히 매든지 어떻게 해서 그 나무때기가 구멍으로 들락날락하지 않게 하면 다 만든 것입니다.

잡을 때는 제3도처럼 활 끈을 켕겨서● 나무 끝 갈퀴에다 걸어 놓고 바른손으로 나무때기를 잡고 왼손으로 활을 잡고 파리 앉은 옆에까지 가도 파리는 모르고 있습니다.

● **분** 길이의 단위로 1분은 약 0.3cm에 해당한다.
● **도** 그림. 여기서는 '번'으로 보아도 된다.
● **켕기다** 단단하고 팽팽하게 되다.

파리 근처에까지 가서는 바른손으로 붙잡고 있는 손잡이 나무때기를 왼쪽으로든지 바른쪽으로든지 조꼼 비틀면 그 끝 갈퀴에 걸렸던 활 끈이 놓여서 탁 튀어나가서 파리를 때립니다. 그러면 파리는 거기서 한 간통이나 멀리 튀어 가서 죽어 떨어집니다. 해 보면 퍽 재미있는 고로 누구든지 자꾸 잡으려고 합니다.

당신도 지금 당장 만들어서 잡아 보십시오. 그리고 이 외에라도 더 좋은 의견을 내어 개량하시든지 새로 또 딴것을 발명하시든지 해 보십시오.

_ㅈㅎ生, 『어린이』 1924년 7월호

에스키모의 이야기

—더워서 못 견디는 이 모두 와서 들으시오

덥다고 아무리 더워! 더워! 하여도 서늘해지지는 않습니다. 그러니 이야기만 들어도 아주 서늘한 이야기를 내가 해 드리지요. 어떻게 서늘한가 조용히 앉아 들어 보십시오. 이 이야기는 꾸민 이야기가 아니라 정말 사실 이야깁니다. 그런 줄 알고 들어 주십시오. (소파)

우리가 살고 있는 조선 안에서 북쪽이라 하면 저 압록강, 두만강과 백두산을 가리키겠지마는 그보다도 더 먼 북쪽으로 가면 아주 춥고 눈만 쌓인 아라사●의 시베리아 벌판이 있습니다. 거기는 아무것도 없고 다만 얼음과 눈만 쌓인 무섭게 치운● 곳인 고로 나라에 큰 죄를 지은 죄인의 귀양살이밖에 없는 곳입니다.

그러나 거기서도 또 북쪽으로 멀리멀리 한이 없이 가면, 춥고 춥고 아주 어떻게 형용해● 말할 수 없이 치운 곳 그린란드●라는 곳이 있고, 에

* 원제목은 「말만 들어도 서늘한 에스키모의 이야기」이다. 발표 당시 '북극 신화(새로운 이야기)'라고 밝혔다.

● **아라사** '러시아'의 음역어.

● **칩다** '춥다'의 사투리.

● **형용하다** 말이나 글, 몸짓 따위로 사물이나 사람의 모양을 나타내다.

● **그린란드** 대서양과 북극해 사이에 있는 세계 최대의 섬.

스키모 인종이 살고 있습니다. 그런데 그 그린란드라는 곳이 어떻게 무섭게 춥고, 에스키모 인종이 어떻게 그렇게 추운 곳에서 살고 있는지 내가 그 이야기를 하겠습니다.

첫째, 그곳은 어떻게 몹시 치운지 일 년에 3분의 2는 겨울이랍니다. 즉 열두 달 중에 넉 달만 빼고는 여덟 달 동안이 내리 겨울인 고로 사철 눈하고 얼음 속에 파묻혀 있는 무섭게 치운 곳입니다.

거기까지 가 보고 온 서양 사람의 말을 들으면, 펄펄 끓는 술이나 맥주라도 한울•로 올리치면• 그것이 금방 얼어서 눈이 되어 내려온다 합니다. 그뿐만 아니라 사람이 숨을 쉬면 그 김이 콧구녕• 밖에까지 나갈 사이도 없이 콧구녕 속에서 바늘 끝같이 얼어붙고, 수염도 얼어서 옷에 붙으면 가위로 끊어 내게 된다 합니다.

그러고 그보다도 더욱 신기한 일은 겨울 동안 여러 달이 되도록 도무지 해가 뜨지 않는 고로 늘 캄캄한 밤중으로 지내는데, 허옇게 쌓인 눈빛과 별빛으로 간신히 무엇을 볼 수 있답니다.

*

거기 사는 에스키모 인종들의 하는 일이라고는 사냥질과 고기 잡기, 두 가지밖에 없는데 사냥질을 하여 짐승을 잡아서는 기름은 짜서 불을 피우는 데 쓰고, 가죽은 벗겨서 옷으로 입고, 고기는 잡아서 먹고 사는 밖에 아무 일도 없습니다. 반쯤은 썩은 말린 생선과 고래기름 같은 것을 그들은 제일 좋은 음식으로 알고 있답니다. 그러고 생선 속에서 짜낸 기

• **한울** 천도교에서 '하늘'을 달리 이르는 말.
• **올리치다** 아래에서 위를 향하여 치다.
• **콧구녕** 콧구멍. '구녕'은 '구멍'의 사투리.

름은 등잔불 켜는 데 쓰고, 뼈다귀는 썰매(눈이나 얼음 위에 타고 다니는 것)를 만드는 데 쓴답니다. 그곳에는 나무가 별로 없고, 있대야 키가 납작하여 땅에 달라붙는 것뿐이니까 큰 재목은 도무지 없는 까닭이랍니다.

*

그런고로 그들은 집을 지으려도 나무가 없는 고로 눈집을 짓고 산답니다. 눈을 뭉쳐서 널빤지나 벽돌처럼 만들어서 그것으로 벽을 쌓고 천장도 역시 눈으로 뚱그렇게 만들어 덮고, 남쪽으로 조끄만 구멍을 뚫어서 출입문을 삼고 거기다 짐승의 가죽을 문짝처럼 매어답니다. 그러고 눈 천장에 구멍을 뚫고 엷은 얼음장을 끼워서 유리창을 삼습니다.

어떻습니까, 여러분? 그렇게 눈과 얼음으로만 지은 집에 살았으면 속까지 시원하지 않겠습니까? 지금이라도 그 그린란드에 가시면 그러한 눈으로 지은 집 속에서 서늘하게 살 수 있습니다.

그런데 그렇게 눈으로 지은 집 속에는 역시 눈으로 벽에다 대어서 붙박이 걸상을 만들어 놓고 그 위에 짐승 가죽을 덮고 거기서 잡니다.

눈과 얼음으로만 만든 집인 고로 그 안에서 불을 피우지는 못합니다. 불을 피우면 집이 금세 녹을 것이니까요. 그들이 물을 끓이려면 큰 가죽 주머니에 눈이나 눈 녹은 물을 담아서 주둥이를 벌려 놓고 그 주머니 속으로 불에 뜨겁게 달군 돌멩이를 자꾸 집어넣습니다.

솥도 없고 냄비도 없으니까 그렇게 거북한 짓을 하는 것입니다. 돌멩이를 뜨겁게 달굴 때는 집 밖에 멀리 나가서 고래기름이나 다른 생선 기름에 불을 켜 가지고 생선의 뼈다귀를 장작 삼아 태웁니다. 불뿐만 아니라 물도 그렇게 생선 기름에 불을 켜 가지고 눈을 녹여서 먹을 물을 만들고 있습니다.

*

에스키모 인종은 개가 없으면 살 수 없을 만치 개를 많이 기르고 많이 부려 먹습니다. 그곳에 있는 개는 주인이 사냥을 가면 아무리 눈이 산더미같이 쌓인 속에라도 헤치고 들어가서 짐승을 물어 옵니다. 그러고 그것뿐 아니라 썰매를 잘 끌어 주인을 태워 가지고 먼 길을 잘 갑니다.

썰매 하나에 개를 열두 마리나 열다섯 마리씩이나 매어 끌리웁니다. 그러면 개들은 썰매를 끌고 쏜살같이 눈 쌓인 위를 뛰어갑니다. 타고 앉은 사람은 길을 잃어버려도 개들은 길을 잃어버리는 일도 없이 잘 달려갑니다. 그러고 아무리 캄캄하거나 아무리 함박눈이 퍼붓더라도 무섭게 날카로운 코로 냄새를 맡아 가면서 방향을 잘 찾아갑니다.

그렇게 하여 한이 없이 허옇게 쌓인 눈 위로 하로•에 500리씩이나 여행을 합니다. 여러분, 생각해 보십시오. 그렇게 몹시 치운 곳, 그렇게 넓은 눈벌판 위로 썰매를 타고 바람을 차면서 500리씩이나 쑥쑥 나아갈 때에 얼마나 시원하고 유쾌하겠습니까.

그렇게 500리씩이나 가다가 피곤하여 중간에서 쉴 때에는 주인은 또 눈을 뭉쳐서 벽을 둘러쌓고 또 눈으로 지붕까지 덮고 그 속에서 자고, 개들은 제각각 눈 쌓인 속으로 기어 들어가서 웅크리고 잡니다.

주인이 잠이 깨어서 눈집에서 나와서 소리를 치면 거기 무덤처럼 소복소복 고여 있는 눈 더미들이 부스스 일어납니다. 그것들 모두 개여요. 개가 눈 속에 엎드려서 온 밤중•을 눈 쏟아지는 속에서 자고 있었던 것입니다.

끝도 없는 치운 벌판에 함박눈은 그칠 줄 모르고 오시고, 그 속에 에스키모 인종들의 여행은 날마다 날마다 계속되어 가는 것입니다.

여러분, 가 보고 싶지 않습니까? _『어린이』 1924년 8월호

• **하로** '하루'의 사투리.
• **온 밤중** 온 하룻밤의 깊은 때.

가을 놀이 여러 가지

'가을은 독서하는 철이라.'고 예전부터 말해 옵니다. 영국에서도 '9월은 학교'라는 말이 있어서 가을은 공부하는 철이라고 합니다. 그러나 음악가들은 가을은 음악의 철이다 하고, 운동가들은 가을은 운동의 철이다 합니다. 그리고 여행을 즐기는 사람들은 또 가을은 여행의 철이다 합니다.

그러니까 결국 가을은 한울●이 높게 개이고 기운이 맑고 심신이 상쾌하여서 무슨 일, 어떠한 일에든지 적합한 좋은 철인 것입니다.

우선 가을은 독서의 철이니 글 읽는 재미가 대단합니다. 어느 때든지 등불은 정다운 것이지마는 가을밤의 등불은 더 말할 수 없이 정다운 맛이 있는 것입니다. 부스스 떨어지는 낙엽은 들창●을 스치고 떨어지는데, 깨끗한 방에 등불을 켜 놓고 앉아서 버레● 우는 소리를 들으면서 글을 읽으면 몸은 신선이 된 것 같고, 머리는 맑아서 한 권의 책을 고대로 외일 것 같습니다.

* 원제목은 「기후 좋은 철, 놀기 좋은 철, 가을 놀이 여러 가지」이다.
● **한울** 천도교에서 '하늘'을 달리 이르는 말.
● **들창** 들어서 여는 창. 벽의 위쪽에 조그맣게 만든 창.
● **버레** '벌레'의 사투리.

그러나 이런 말씀은 아니 하더라도 여러분이 먼저 그 흥취를 알고 계시려니와 가을철에 가장 적합하고 흥미 있는 중에 여러분의 취미와 생각을 고상하게 하는 유익한 놀이를 몇 가지 소개하겠습니다.

달맞이

가을에는 무엇보다도 제일 좋은 것이 달 밝은 것입니다. 일 년 중에 가을 달처럼 맑고 서늘한 달은 다시없습니다. 음력으로 9월 보름께쯤 저녁을 일찍 먹고 나서 자기 집에 있는 과실을 밤이든지 배든지 포도든지 감이든지 조금만 싸 가지고, 약속한 시간에 뒷동산이나 앞들•이나 모이자 한 곳으로 모입니다.

물론 그 자리는 단풍나무에 에워싸였거나 그렇지 않으면 다른 무엇에 에워싸인 조그마한 편편한 마당입니다.(아무 곳이고 집에서 가까운 곳은 재미없습니다.) 그 조그만 마당에 미리 준비하여 손바닥만 하게 좁다랗고 손으로 두 뼘만 하게 길쯤하게 종이를 오려서, 그 종이에 울긋불긋하게 물감 칠(잉크 칠을 조금씩 하여도 좋습니다.)을 하고 그 위에 먹으로 '가을 놀이' '9월 보름' '달맞이' 혹은 '달과 같이 둥글게'라 하든지 혹은 '달과 같이 맑게'라 하든지, 자기 마음에 좋다고 생각하는 글귀를 씁니다. 그렇게 한 사람이 석 장 혹은 다섯 장씩 써서 종이 끝에 실을 꿰어서 나뭇가지에 드문드문 매어답니다. 그러면 그것들이 바람에 불려서 나뭇가지 사이에서 펄펄 날으는 것이 퍽 흥취 있습니다.

그렇게 해 놓고 앉아서 아무 이야기나 하고 놀다가 동편 산머리에 달이 오르기 시작할 때 모두 일어서서, 달을 향하고 서서 창가•(여럿이 모

• **앞들** 집이나 마을 앞에 있는 들.
• **창가** 근대 음악 형식의 하나. 서양 악곡의 형식을 빌려 지은 간단한 노래.

두 아는 것)를 합창을 합니다. 그러면 처음 오르기 시작하는 달빛이 합창하는 사람들의 얼굴에 훤하게 비추어 옵니다. 이 합창으로 달맞이는 개회된 것입니다.

합창이 끝나면 모두 둘러앉아서 그중에 달에 관한 이야기를 아는 사람이 가운데 나와 앉아서 조용히 달 이야기를 합니다. 달 이야기가 끝나면 그 사람이 들어앉고 또 다른 사람이 나와 앉아서 달에 관계있는 이야기를 합니다. 이렇게 차례차례 이야기하는 동안에 달은 퍽 높이 올라옵니다. 그러다가 이야기가 끝나면 이번에는 달에 관한 노래를 한 사람씩 나와서 합니다. 가령 '우는 갈매기' '가을밤' '반달' 같은 것을 아는 대로 독창도 하고 합창도 합니다. 만일 단소를 부는 사람이나 하모니카 같은 것을 부는 사람이 있으면 나와서 불어도 좋습니다.

노래가 끝난 후에는 각각 종잇조각에 연필로 달이 얼마만 하게 보인다는 것을 남모르게 써서 모읍니다. 맷방석●만 하게 보인다든지, 동전 한 푼만 하게 보인다든지, 자기 눈에 보이는 대로 쓰고 자기 성명을 써 한데 모읍니다. 다 써 놓고는 다시 자기 자리에 둘러앉고, 그중에 한 사람이 모아 놓은 것을 한 장씩 한 장씩 읽습니다.(물론 불을 켜지 않고 달빛에 읽노라니까 재미있습니다.) 그렇게 읽은 후에 그중 크게 보인다는 사람에게 상으로 밤을 주든지 포도를 주든지 합니다.

그다음에는 책을 한 권 갖다 놓고 달빛에 책을 읽기 내기를 합니다. 한 사람씩 한 사람씩 나와서 그 책 속에 있는 어느 한 구절을 읽어 봅니다. 더듬거리지 않고 얼른얼른 읽는 사람이 안력●이 좋은 사람입니다. 이것이 끝난 후에는 가지고 온 과실을 나누어 먹습니다. 포도 가지고 온

● **맷방석** 매통이나 맷돌을 쓸 때 밑에 까는 짚으로 만든 방석.
● **안력** 시력.

사람, 떡 가지고 온 사람, 감 가지고 온 사람, 모두 내어서 합쳐 놓고 먹습니다. 먹는 동안에는 물론 그 과실에 대한 이야기가 나올 것입니다.

먹기가 끝나면 일제히 일어서서 달을 향하고 늘어서서 소래●를 높여 합창을 합니다. 그 합창이 끝나면 달과 작별하는 인사로 만세를 세 번 부르고 헤어져 갑니다.

물론 이런 놀이를 하는 중에도 간사나 위원을 한 사람 정해 놓고, 그 사람의 말을 잘 듣도록 할 것이요, 또 한 사람 한 사람 노래를 하든지 이야기를 하든지 시작할 때마다 끝날 때마다 손뼉을 쳐서 환영하고 감사하는 뜻을 표하여야 합니다.

여러 사람이 모여서 시끄럽게 떠들기만 하는 것보다는 이렇게 조용하게 질서 있게 노는 데 더한층 깊은 재미가 있는 것이요, 생각이 고상해지는 것입니다.

가을맞이

가을이 되어 단풍이 들어서 산이 빨개지면 학교에서도 가까운 산으로 원족●을 가지마는 따로 소년회원끼리 가거나 또는 동리의 동무들끼리 '가을맞이' 하러 가는 데 특별한 취미가 있는 것입니다.

점심은 싸 가지고 갈밖에 없습니다. 학교에서 갔던 때처럼 그냥 산으로 돌아다니기만 하지 말고 가을꽃, 가을 풀 같은 것을 하나씩 하나씩 발견할 때마다 그 자리에 쭉 둘러서서 그 꽃이나 풀에 대한 이야기를 합니다.

그렇지 아니하면 처음 갈 때에 큰 물병이나 깊숙한 물그릇을 가지고

● **소래** '소리'의 사투리.
● **원족** 소풍.

가서 가을 풀과 가을꽃을 한 가지씩만 구해서 그릇에 꽂습니다. 모두 모아서 꽂아 가지고는 산 둔덕 어느 편 한자리에 가서 자리를 잡아 한가운데 그릇을 놓고 죽 둘러앉습니다. 앉아서 가을에 대한 노래가 있으면 그 노래를 합창을 합니다. 합창이 있은 후에 누구든지 나서서 가을에 관한 이야기를 하고, 그다음에 가을에 관한 감상, 가을꽃에 관한 이야기, 가을 풀에 관한 이야기, 가을에 관한 노래, 이렇게 아는 대로 차례차례 나와서 하고, 그러고 나서 점심을 먹습니다.

점심이 끝난 후에 씨름을 하든지, 그림 그리는 사람은 사생●을 하든지, 밤나무가 있으면 밤을 따든지 하여 화톳불●을 지르고 구워 먹습니다.

코스모스회

이것은 동화동요회입니다. 코스모스란 것은 가을에 피는 어여쁘디어여쁜 꽃 이름입니다. 꽃만 보아도 아주 가을철 같은 꽃입니다. 그래 가을회라는 의미로 코스모스회라고 부르는 것이 좋습니다.

토요일이나 일요일 저녁에 깨끗한 방을 치우거나 깨끗한 마당에서 합니다. 마당에 마침 코스모스 꽃나무가 있으면 더욱 좋습니다. 방에서 할 때는 코스모스 나무를 분●에 심어서 방에 들여다 놓으면 더욱 좋습니다. 그리고 제각각 종이로 조끄맣게 코스모스꽃을 만들어서 가슴에 꽂으면 훌륭합니다.

마당이나 동산에서 할 때에는 미리미리 준비하여 각각 등을 한 개씩,

● **사생** 실물이나 경치를 있는 그대로 그리는 일.
● **화톳불** 모닥불. 한데다가 장작 따위를 모으고 질러 놓은 불.
● **분** 화분.

수박등이든지 마늘등이든지 마음대로 만들어서 초를 꽂아 가지고 와서 불을 켜서 나뭇가지에 매어달고, 그 밑에 둘러앉아서 동화와 동요를 차례차례 나와 합니다. 또 동화나 동요가 아니라도 요술을 부리든지, 다른 재주를 부리든지, 춤을 추든지 또는 짐승의 소리를 하든지, 무엇이든지 재주를 다하여 재미있게 재미있게 가을날의 하롯밤● 을 즐겁게 즐겁게 놀고 지냅니다.

좋은 철 가을날을 어떻게든지 재미있게 노는 것은 우리들의 정신생활을 몹시 풍부하게 또 행복 있게 하는 것입니다. 몇 날이 못 가서 가을도 저물고 말 것이니, 되도록 즐겁게 지내십시오. 그것이 우리의 큰 복입니다.

_『어린이』 1924년 10월호●

● **하롯밤** 하룻밤. '하로'는 '하루'의 사투리.
● 『어린이』 1929년 10월호에 '三山人'이라는 필명에 「재미있고 유익한 가을 놀이 몇 가지」라는 제목으로, '달맞이' 앞부분을 뺀 채 수록했다.

단풍과 낙엽 이야기

가을…….

한울● 높고 물 맑아 가는 가을이 왔습니다.

동리마다 감은 새빨갛게 익고 밤알은 저절로 떨어지는 가을철! 원족●하기 좋은 철! 산에 가기 좋은 철이 왔습니다.

가을 뫼는 공기가 좋고 기운이 맑은 까닭으로 사람들이 많이 올라가지마는 그것보다도 제일 먼저 사람의 눈과 발을 잡아끄는 것은 온 산이 누른● 잎과 붉은 단풍에 덮이어 비단보다도 더 곱게 보이는 것입니다.

보셔요, 감나무 잎과 은행나무 잎 같은 것은 눈이 부시게 노래지지 않았습니까. 그리고 젓나무● 잎과 단풍잎은 노랗고 빨갛게 변하지 않았습니까. 이렇게 가을에 서리가 내릴 때에 아름답게 변하는 것을 상엽●이라 하는데, 예전부터 상엽이 2월 꽃보다 낫다[霜葉勝於二月花]고 칭찬하는 말까지 있답니다. 참말이지 봄에 피는 꽃보다도 더 곱고 아름답답니

* 발표 당시 '가을 지식'으로 소개했다.
● **한울** 천도교에서 '하늘'을 달리 이르는 말.
● **원족** 소풍.
● **누르다** 황금이나 놋쇠의 빛깔과 같이 다소 밝고 탁하다.
● **젓나무** 전나무.
● **상엽** 서리를 맞아 단풍이 든 잎.

다. 그래 봄철에 꽃구경보다도 더 가을에 산에 가는 사람이 많은 것이랍니다. 당신들 학교에서도 이 가을에 어느 산으로 원족을 가지 않습니까?

그런데 여러분! 여러분은 그 파랗던 나뭇잎들이 가을만 되면 왜 그렇게 노랗고 빨갛게 변하는지 그 까닭을 아십니까?

가을이 되어 날이 치워지면● 잎사귀의 모든 작용이 점점 쇠약해지면서 잎사귀 속에 있는 엽록소가 점점 노래집니다. 은행잎이나 감나무 잎뿐 아니라 어떤 나뭇잎이든지 대개는 모두 노래지는 것입니다.

그런데 그중에 단풍잎이나 젓나무 잎같이 특별히 빨개지는 것은 그 잎사귀 속에 빨개지는 액 안토시안●이라는 것이 있어서 일기●가 서늘해질수록 엽록소는 약해지고, 안토시안이 나타나서 빨개지는 것입니다. 날이 별안간에 몹시 치워지면 안토시안이 더 잘 나타나는 고로 잎사귀도 급자기● 더 빨개지는 것이랍니다. 서리가 내리면 단풍잎이 더 좋게 빨개진다고 하지만, 서리 때문에 더 빨개지는 것이 아니라 서리가 내리게까지 치워지니까 안토시안이 더 잘 나타나는 까닭이랍니다.

아셨습니까? 아셨으면 이번에는 낙엽 지는 이야기를 하겠습니다.

낙엽 지는 이야기

단풍잎도 늙기를 시작하고 가을바람이 쓸쓸스럽게 불어오면 나뭇잎들이 풀풀 떨어져 날리는 것이 퍽도 처량스럽습니다. 정말 나무들이 활

● **칩다** '춥다'의 사투리.
● **안토시안** 식물의 꽃, 열매, 잎 등에 나타나는 수용성 색소.
● **일기** 날씨.
● **급자기** 미처 생각할 겨를도 없이 매우 급히.

동하는 것을 그치고 조용히 겨울잠이 드는 때니까 처량스러울 것도 사실입니다. 그러나 나무 자신은 결코 슬프거나 처량하게 생각하지 않습니다. 왜 그런고 하니 도리어 그리되기를 바라는 까닭입니다. 나무는 가을에 잎이 떨어질 때에 벌써 미리 내년 봄에 새싹이 나올 준비를 해 놓고 있는 것이랍니다.

가을날이 하로하로● 치워 오면 얼마 안 해서 겨울이 오고 눈이 쏟아지겠으니까 나무들은 겨울잠을 잘 준비를 하는 것입니다. 그래 나무속에는 여름내 먹을 것을 빨아 놓은 고로 뿌리는 땅속에서 수분을 빨아올리기를 그치고, 또 잎사귀에도 저절로 힘이 없어지기도 하지만 있어서 소용도 없는 고로 잎사귀에 있던 영양분을 가지 속으로 몰아들이고 잎사귀는 떨어뜨려 버리는 것입니다.

어떻게 떨어뜨리는고 하니 잎사귀에 있던 영양분을 모조리 몰아들이고는 잎사귀가 가지에 매어달린 고 사이에 새로 딴 껍질이 생깁니다. 딴 껍질이 생기면 거기에 효소라는 것이 생겨서 고 언저리를 말려 버립니다. 그러면 그만 잎사귀가 거기 붙어 있을 힘이 없어서 바람이 안 불어도 자기가 자기 무게에 못 이겨서 뚝 떨어져 버리는 것입니다.

그래 그 새로 생기는 껍질을 이층●이라고 합니다. 그리고 그렇게 잎이 떨어지면 그 붙었던 자리에는 반달 형상의 자죽●이 남아 있는데 그것을 엽흔이라고 합니다. 그 엽흔에는 물이 들어가지 못하도록 어느 틈에 새 껍질이 생겨 있고 그리고 바로 그 자죽 위에는 보통으로 내년 봄에 나올 새싹이 생겨 있습니다.

● **하로하로** 하루하루. '하로'는 '하루'의 사투리.
● **이층** 떨켜. 낙엽이 질 무렵 잎자루와 가지가 붙은 곳에 생기는 특수한 세포층.
● **자죽** '자국'의 사투리.

나무 중에는 가을에 잎이 떨어지지 않고 그 이듬해 봄까지 마른 잎사귀가 온 겨울 가지에 매어 있습니다. 참나무나 도토리나무가 그렇지 않습니까?

그리고 또 소나무나 전나무, 사철나무같이 영영 잎이 떨어지지 않고 사시장철 파란빛을 가지고 있는 것이 있으나 그것도 잎사귀가 아주 안 떨어지는 것은 아니고 대개 2년이나 3년 만에 잎이 떨어지는데, 그런 나무는 잎이 떨어지기 전에 새 잎사귀가 모두 나오고 헌 잎사귀는 슬금슬금 떨어지는 고로 모르게 되는 것이랍니다.

자상히● 아셨습니까? 자상히 아셨으면 당신 동무에게 이야기를 한번 해 보시고, 모르겠으면 한 번만 더 읽어 보십시오. 그리고 다시 읽어도 모를 곳이 있으면 학교 선생님께 여쭈어보십시오. 자세하게 가르쳐 주실 것입니다.

_三山人, 『어린이』 1924년 10월호

● **자상히** 찬찬하고 자세히.

제비와 기러기

가을철이 되어서 한울●이 높아지고 기운이 쓸쓸하여지면 새들이 이리저리 살림을 옮깁니다. 우선 봄철에 와서 여러분의 집 처마 끝에 집을 짓고 온 여름 동안 드나들던 제비들이 가을만 되면 다시 따뜻한 남쪽으로 옮겨 가 버리지 않습니까. 제비는 치운● 곳을 싫어하는 고로 조선에 겨울이 와서 눈이 덮여 있을 동안은 따뜻한 곳을 찾아서 남양● 섬으로 가는 것이랍니다.

제비들이 섭섭하게 날아가는 대신에 기러기들은 가을이 되면 북쪽에서 조선으로 날아옵니다. 가을날 서늘한 저녁에 저물어 가는 한울을 쳐다보면 기러기들이 체조 배우듯이 나란하게 열을 지어서 북쪽에서 남쪽으로 날아가는 것을 누구든지 볼 수 있습니다.

제비는 가을이 치워서 남쪽으로 가는데 기러기는 가을에 날아오니까, 누구든지 기러기는 치운 곳을 좋아서 찾아오는 줄 알지마는 그런 것이 아니랍니다. 기러기는 여름 동안 저 북쪽 나라 로서아●의 시베리아

● **한울** 천도교에서 '하늘'을 달리 이르는 말.
● **칩다** '춥다'의 사투리.
● **남양** 태평양의 적도를 경계로 하여 그 남북에 걸쳐 있는 지역을 통틀어 이르는 말.
● **로서아** '러시아'의 음역어.

지방에 살고 있는데, 겨울에는 그곳이 너무 치워서 겨울 동안 따뜻이 지내려고 따뜻한 곳을 찾아가는 길에 조선에도 오는 것이랍니다.

날아가는 것을 보면 적어 보이지만, 몸뚱이가 두 자● 5촌●이나 되고, 끼룩 하고 우는 소리는 가을밤에 퍽 처량스럽게 들립니다. 날아갈 때는 병정보다도 열을 잘 짓는데 반드시 이렇게● 늘어서서 갑니다.

그리고 가다가 중로●에 땅에 내려 먹을 것을 찾을 때에는 반드시 한 마리는 파수● 병정처럼 따로 떨어져서 적이 오는 것을 지킨답니다.

이렇게(제비나 기러기와 같이) 철을 맞춰서 옮겨 다니는 새들을 후조● 라고 합니다.

_『어린이』 1924년 10월호●

● **자** 길이의 단위로 1자는 약 30.3cm에 해당한다.
● **촌** 길이의 단위로 1촌은 약 3cm에 해당한다.
● 『어린이』 1928년 9월호 판에서는 "반드시 한 일(一) 자로 늘어서서 갑니다."로 고쳤다.
● **중로** 오가는 길의 중간.
● **파수** 경계하여 지킴. 또는 그 일을 하는 사람.
● **후조** 철새.
● 『어린이』 1928년 9월호에 '三山人'이라는 필명으로 재수록했다.

유익하고 재미있는 하룻밤 강습

—소년회와 학교 선생님께

가을도 저물었고 겨울이 옵니다. 여름 놀이, 가을 운동의 번화하던 것에 비교하여 산과 들이 모두 다 잠자는 소조한• 때이라 기껍게 뛰면서 뻗어 가야 할 어린이들의 마음과 기운도 잘못하면 움츠러지기만 쉬운 때입니다. 소년 소녀 들 자기끼리도 힘써 원기가 상하지 않도록 하여야 하려니와 학교나 소년회에서 지도하시는 분들도 이 점에 마음을 쓰셔서 힘써 그들의 원기를 북돋아 주고 그들의 생활을 즐겁게 풍부하게 하여 주어야 할 것입니다.

조기회,• 설중등산,• 토끼 잡기 이러한 것을 차례차례 그 때와 경우와 기후를 잘 참작하여 해 주는 것도 좋은 꾀일 것입니다.

그런데 거기에 한 가지 더 조선서 흔히 하지 않는, 외국 소학교나 소년회에서 하는 일 한 가지를 좋을 듯싶어서 소개, 권고합니다.

외국에서는 흔히 일야강습•이라 하지마는 이름은 달리 지어도 좋습니다. 동리에 큰 방이 두엇 있는 집을 교섭하여 하롯밤•만 빌리든지, 가

● **소조하다** 고요하고 쓸쓸하다.
● **조기회** 아침 일찍 일어나 함께 운동이나 동네 청소 따위를 하려고 조직한 모임.
● **설중등산** 눈 내린 산을 오르는 것.
● **일야강습** 하룻밤 하는 특강.
● **하롯밤** 하룻밤. '하로'는 '하루'의 사투리.

까운 곳에 사원●이 있으면 사원에(되도록 가까운 곳) 토요일 오후쯤이나 일요일 오후도 좋을 것입니다. 반드시 인원이 많은 것이 좋은 것 아닙니다. 10인도 좋고 20인, 30인도 좋습니다.

첫째, 소년들의 마음을 기껍게 해 주는 것이 큰 이익이요, 둘째, 공동생활에 대한 흥미를 갖게 하고 또 그 지식을 갖게 되는 것이 이익이요, 셋째, 그러한 □별회합(□別會合) 때에 듣는 것, 배우는 것은 보통 때 몇날 며칠의 배움보다 큰 효과를 갖는 것이 큰 이익이요, 그 외 □□, □□의 좋은 것을 □는 것 알게 모르게 여러 가지로 심성에 미치는 이익이 적지 아니한 것입니다.

순서

1. 오후 4시 집합(반미● 식기 침구 휴대)
2. 자 4시 반● 지 6시 반● 취사, 식사.
3. 자 7시 지 8시 강화.●
4. 자 8시 지 9시 잡담.
5. 자 9시 지 10시 오락.
6. 10시 반 소등● 취침.
7. 오전 4시 반 기상.

● **사원** 종교의 교당을 통틀어 이르는 말.
● **반미** 밥쌀. 밥을 지을 쌀.
● **자(自) 4시 반** 4시 30분부터.
● **지(至) 6시 반** 6시 30분까지.
● **강화** 강의하듯이 쉽게 풀어서 이야기함. 또는 그런 이야기.
● **소등** 불을 끔.

8. 자 4시 반 지 5시 반　　창가,• 체조, 훈화.

9. 자 5시 반 지 7시　　취사, 식사.

10. 7시 반　　해산.

—이상—

그중에 조금씩은 때와 경우를 따라서 변경하여도 관계없을 것이고, 오락 시간에는 실내 유희나 수수께끼나 실내극이나 아무것이라도 좋을 것입니다.

그러나 소년회에 소년들끼리 가더라도 지도자 한 분은 청하여서라도 반드시 모시고 가야 합니다. 소년들끼리만은 질서를 잃어버리기 쉽습니다. 그렇다고 소년 이외의 연장자가 2인 이상도 도리어 불가합니다.

침식•을 중심으로 하여 하룻밤 하로아츰•뿐만 시간으로 퍽 유익한 일이 되는 것이니 되도록 실제로 해 보시는 것이 좋겠습니다.

_『어린이』 1924년 11월호

• **창가** 근대 음악 형식의 하나. 서양 악곡의 형식을 빌려 지은 간단한 노래.
• **침식** 잠자는 일과 먹는 일.
• **하로아츰** 하루아침.

밑동이가 말을 타고

밑동이가 말을 타고 사막을 여행하는데 야만인들이 잡아먹으려고 쫓아옵니다.

말 위에 비행기 날개를 매달고 두둥실 떠오르니까 야만인들 입맛만 쩍—쩍—

_무기명,● 『어린이』 1924년 11월호

* 무제목의 만화이다. 글의 첫 구절을 따서 임의로 제목을 적었다.

● 『신여성』 1924년 11월호의 『어린이』 광고 목차에 '編輯人' 「소년 만화(少年漫畵)」라고 밝혔다. 방정환은 서양화를 배워 그림을 그리기도 했는데, 이 글과 그림은 방정환 작품으로 보인다.

생명의 과녁

여러분이 세계 지도를 보면 독일과 불란서●와 오태리●와 또 이태리,● 이 네 나라가 쭉 둘러 있는 한복판에 마치 나파륜●의 모자를 놓은 것같이 보이는 조꼬만 나라가 또 하나 있는 것을 보실 것입니다.

그 나라가 세계에 제일 경치 좋기로 유명한 나라! 세계에 제일 험한 알프스 산에 올라가려면 반드시 지나가는 나라 서서●라 하는 조꼬마한 나라입니다.

이 서서 나라에 유명한 이야기가 전해 오는 것이 있는데 그 유명한 이야기를 내가 여러분께 말씀하겠습니다.

이 서서라는 나라는 지금은 따로 독립한 훌륭한 나라이지만 지금으로부터 600여 년 전에는 독일 나라의 한쪽 구탱이●에 오태리 공●이 거느리는 영토로 붙어 있었습니다. 그런데 그때 그 오태리 공이라는 이가

* 발표 당시 '강화' '유명한 이야기'라고 밝혔다.
● **불란서** '프랑스'의 음역어.
● **오태리** '오스트리아'의 음역어.
● **이태리** '이탈리아'의 음역어.
● **나파륜** '나폴레옹'의 음역어.
● **서서** '스위스'의 음역어.
● **구탱이** '구석'의 사투리.
● **공** 공작.

마음이 좋지 못한 임금이었는데 그 임금의 부하로 명령을 받아 가지고 백성들을 다스리고 있는 대관● 은 임금보다도 더 사납고 괴악한● 못된 사람이었던 고로 서서에 사는 백성들을 못살게 굴면서 빼앗을 것은 마음대로 빼앗고 미운 사람은 함부로 죽이고 하여 못된 짓만 골라 하고 있었습니다. 그래 하도 심하게 하니까 나중에는 서서 백성들도 참다 참다 못하여 난리를 일으켜서 오태리 군대와 싸워서 이기고 기어코 서서는 따로 떨어져서 독립국이 되어 버린 것입니다.

그런데 그때 그 전쟁에 가장 큰 훈공을 세운 사람 텔이라는 사람이 있었는데 지금 할 유명한 이야기는 그 텔과 텔의 어린 아들에 관한 이야기입니다. 텔은 알프스 험한 산속으로 다니면서 사냥질을 직업으로 하는 미륵님같이 크게 생긴 사람인데 특별히 활을 잘 쏘는 것과 인정이 많은 것으로 유명하여 동리 사람들에게 존경을 받고 있는 사람이었습니다.

그런데 이 텔의 사는 동리를 다스리는 겟스라라는 대관도 어떻게 사납고 괴악한지 밤낮 백성들에게 돈을 거두어 가고 또 집이 좋은 것이 있거나 말이 좋은 것이 있거나 무엇이든지 좋은 것만 있으면 잠자코 빼앗아 가는 아주 지독히 나쁜 사람이었습니다.

겟스라는 그렇게 빼앗을 것을 모두 빼앗고는 좀 더 신기하게 백성들을 괴롭게 하고 싶고 또 한편으로는 좀 더 자기의 세력과 위엄을 보이려고 여러 가지로 꾀를 생각하다가 한 가지 꾀를 내었습니다. 그래서 그 동리 사람들이 제일 많이 지나다니는 목장 앞길에다가 길다란 작대기를 세우고 그 작대기 끝에 자기가 늘 쓰고 있던 모자를 씌워 놓았습니다. 그리고 그 밑에 병정 두 사람에게 길다란 창을 들려 세워서 파수● 를

● **대관** 높은 벼슬에 있는 사람.
● **괴악하다** 말이나 행동이 이상야릇하고 흉악하다.

보게 하고 동리 사람들에게 명령을 내리었습니다.

'이 작대기 위에 있는 모자는 대관이 쓰시는 모자이니까 누구든지 이 앞으로 지나다닐 때에는 모자에게 절을 공손하게 하여야 한다. 만약 어기는 놈이 있으면 목을 베이리라.'

이렇게 무서운 명령이 내린 줄은 모르고 동리 아이들과 어른들이 목장 근처로 놀러 가다 보니까 길다란 작대기 끝에 모자를 씌워서 높다랗게 세워 놓고 병정 두 사람이 지키고 있는 고로 우습게 여기면서,

"에그, 이 애야, 저것 보아라. 우습기도 하게 병정들이 모자를 지키고 있고나."

"아니 아니, 아마 누가 잃어버린 모자를 저 병정들이 길에서 얻어 가지고 임자가 찾으러 오기를 기다리고 섰나 보다."

"아니다, 아니야. 분명히 허재비•다."

"어디 가서 보고 오자. 으아!"

하고 떠들고 가깝게 가니까 파수 병정들이 허재비라는 말을 듣고 골이 났습니다.

"요놈들, 목이 베지려고……. 이 모자는 대관님의 모자니까 대관님과 마찬가지란다. 절을 하지 않으면 죽는다!"

하고 창을 들고 소리를 지르는 고로 아이들은 그만 겁이 나서 눈이 둥그레져서,

"아이그, 저것이 대관님이란다. 저 모자가……."

"에그머니, 무서워……. 자, 절을 하자."

하고 제사 지내는 것처럼 쭉 늘어서서 절을 하고는 그만 일제히 도망해

• **파수** 경계하여 지킴. 또는 그 일을 하는 사람.

• **허재비** '허수아비'의 사투리.

갔습니다.

그런지 얼마 안 되어 사냥꾼 텔이 늘 가지고 다니는 활과 화살을 짊어지고 열 살 먹은 아들 와텔의 손목을 잡고 이야기하면서 이 작대기 앞으로 지나가려 하였습니다.

둘이는 지금 와텔의 할아버지께 가는 길이었습니다. 그래 무심코 목장 앞을 지나가려 하다가 열 살 먹은 어린 와텔이 먼저 그 작대기와 모자를 보았습니다.

"아버지 아버지, 저것이 무업니까?"

하니까 텔도 그제야 쳐다보니까 딴은 높다란 작대기 끝에 모자가 씌워 있습니다. 그리고 그것을 지키고 있는 병정들을 보고 속으로 우스웠으나,

"저 모자 말이냐? 무언지 알 수 있느냐. 아마 잃어버린 사람에게 찾아주려고 그러는 것이겠지. 어서 얼른 가자."

하고 아들의 손을 잡고 그 앞을 지나가니까 병정 두 사람이 일시에 창을 들어 찌를 듯이 앞을 막았습니다.

"이놈! 거기 섰거라!"

"왜 그러십니까!"

"너는 임금님 명령을 거역한 놈이니까."

"내가 무슨 명령을 거역하였나요?"

"말 마라! 괴악한 놈, 감옥으로 가자!"

하고 병정들은 텔을 끌고 가려 하였습니다. 그러나 텔이 원래 몸이 크고 기운이 세니까 쉽게 끌리지 않았습니다. 열 살 먹은 와텔은 큰일이 생길 것을 짐작하고 뛰어가서 소리 소리치면서 동리 사람들을 불러 모았습니다.

"큰일 났습니다아! 병정이 우리를 잡아가려 합니다아! 얼른들 오십

시오."

그 소리를 듣고 동리에서 일하던 농군들과 늙은이들이 큰일 난 줄 알고, "에그, 큰일 났군. 그 사람 좋은 텔이 잡혀간다는데 얼른 가 보세." 하고 여기저기서 뛰어들었습니다. 와서 보니까 참말 텔과 그 아들을 끌어가려 합니다.

"여보, 병정님! 무슨 일인지 알 수는 없으나 텔은 사람 좋기로 유명한데 잘못한 것이 있을 리가 있소."

"공연히 착한 사람을 잡아가지 마우."

"이놈들아, 듣기 싫어……. 이놈은 임금님 명령을 거역한 놈이니까 죽여야 해."

"그건 거짓말입니다. 텔이 그럴 리가 있나요."

"말 마라, 이놈들! 너희들도 저 모자에게 무례한 짓을 할 터이냐?"

"무엇? 모자에게 무례하는 게 무어냐!"

"그까짓 모자가 무어란 말이야!"

"너무 나쁜 짓을 하고 공연히 못살게 굴면 우리도 가만히 안 있을 터이야."

"여보게, 여러분들, 우리 이 병정 두 놈을 집어 쳐● 버립시다그려."

"그래그래, 그까짓 놈 집어 치자."

"아니, 그것보다 저놈의 작대기하고 모자를 없애 버리세."
하고 분이 뻗친 여러 사람들은 와 하고 달겨들어서 그 작대기를 쓰러트리고 후딱후딱 꺾어 버리려 하였습니다. 그러니까 이때까지 병정들에게 팔을 붙들리고 있던 텔이 붙들고 있던 병정을 뿌리치고 달겨들어 손

● **치다** 공격하다.

짓을 하면서 뜯어말리었습니다.

"여러분, 아직 좀 참으십시오. 나도 남자입니다. 싸울 때가 되면 가만 있지는 않겠습니다. 아직 좀 참고 계십시다."

하고 점잖게 이르고 나서 다시 병정들을 눈 흘겨보는 것이 보기에도 무서웠습니다. 그 큰 몸, 그 굵은 주먹으로 한 손에 7, 8인씩은 쉽게 해낼 것이었습니다. 병정들은 고만 겁이 나서 저희끼리 눈짓을 하더니 별안간에 두 손을 들고 뛰면서, "여기 역적이 생겼으니 얼른 오시오." 하고 소리치면서 구원을 청하였습니다.

그러자 마침 이 근처에서 병정들을 많이 데리고 매사냥을 하고 있던 대관 겟스라가 그 소리를 듣고 놀래어 병정들을 데리고 말을 달려와 보니까, 기운 세기로 유명하다는 텔이 농군들을 데리고 모자에 절을 하지 않고 싸움을 거는 모양이라, 그것을 보고 겟스라가 골이 머리끝까지 올랐습니다.

"이놈 텔아, 너는 임금님 대신(대리)인 나를 업신여기고 욕을 보였구나!"

"아니올시다. 천만에, 그럴 리가 있습니까! 아무것도 모르고 이리로 지나가는데……."

"아니야. 거짓말 말아! 네가 이놈 나를 업신여기고 그랬지……. 이 죽일 놈아!" 하고 눈을 흘기고 호령을 하더니 벌써 무슨 나쁜 꾀를 생각해 가지고 "이놈아, 너는 활을 잘 쏘기로 유명하다지? 정말이냐?" 하고 물었습니다.

그때까지 아버지가 죽게 되면 어떻게 하나 하고 겁이 나서 발발 떨고 있던 어린 와텔이 아버지가 살게 되는 줄 알고 기쁜 소리로 "네, 우리 아버지는 활을 잘 쏩니다. 저것 보십시오. 저기 능금나무에 능금이 열리지 않았습니까. 저렇게 작은 것이라도 우리 아버지는 50간 밖에 서서 그것을 맞춰 쏩니다." 하였습니다. 그러니까 대관이,

"응, 조놈은 텔의 자식이로구나. 똑똑하게 생겼다. 텔아, 너는 저 애 같은 자식이 몇 놈이 있느냐?"

"네, 저 애 형제밖에 없습니다."

"그럼 두 아이 중에 어느 애를 더 귀애하느냐?●"

"두 애를 똑같이 귀애합니다."

"으음, 그럼 되었다! 너는 활을 잘 쏜다 하니 그 재주를 한번 보여 주려무나. 저기 저 나무 밑에 네 아들을 세워 놓고."

"무, 무어요? 와텔을 쏘란 말입니까?"

"아니 아니, 아들을 쏘라는 것이 아니라 그 어린애 머리 위에 능금 한 개를 놓고 한 40간 되는 여기서 그 능금을 쏘란 말이다. 만일 못 쏘면 그 대신 네 목을 베일 터이다."

밉살스런 얼굴로 이렇게 말하였습니다.

어린 와텔의 목숨

그때까지 숨을 죽이고 섰던 동리 사람들은 그 소리를 듣고 다시 수선하였습니다. 죽이려면 그냥 죽이지 그것이 무슨 짓인가, 40간 밖에서 그 능금이 눈에 보이기나 한단 말인가 하고 숙덕거렸습니다. 그러나 "여기서 무어라고 떠드는 놈이 있으면 당장에 죽일 터이다." 하고 대관은 또

● **귀애하다** 귀엽게 여겨 사랑하다.

소리쳐서 말 한마디 못 하게 하였습니다.

"대관님, 날더러 내 손으로 내 자식을 죽이란 말입니까?" 하고 텔은 주먹을 부르르 떨면서 소리쳤습니다.

"누가 네 아들을 쏘랬느냐! 아들 머리 위에 놓은 능금을 쏘란 말이지……. 자아, 여러 사람들은 어서 준비를 하여라. 그리고 조놈을 갖다가 저기 저 나무 밑에 데려다 세워 놓아라." 하고 재촉하였습니다.

그러자 그때에 그 소식을 듣고 맨발로 뛰어온 와텔의 할아버지(늙은 노인)가 달려들어서 겟스라의 앞에 나와서, "대관님, 그거 용서하시고 목숨만 살려 주십시오. 재물과 천량●을 다 가져가시더라도 그것은 아깝지 않으니 그저 두 사람의 목숨만 살려 주십시오. 40간이나 먼 데서 능금이 보이지도 않을 터인데 어떻게 그것을 쏩니까. 아들을 쏘라는 말씀과 마찬가지지요. 그거 제발 살려 주십시오." 하고 울음 반, 말 반으로 애걸애걸하였습니다. 그것을 보고 동리 사람들은 눈물을 줄줄 흘리었습니다.

그러나 일부러 두 사람을 다 죽게 할 양으로 그리하는 대관이 용서할 리가 있습니까. 늙은 노인도 그만 병정에게 끌리어 한편 구석에 몰려 박혀 버리고 말았습니다.

어서어서 하고 재촉이 성화같은데 텔은 얼굴이 새파랗게 질려서 돌멩이같이 까딱도 아니 하고 섰었습니다.

그때 어린 와텔은 암만 해도 용서하지 아니할 것을 알고 아버지의 앞으로 와락 달겨들면서 "아버지!" 하고 불렀습니다. 아버지는 그때에 두 손으로 와텔을 얼싸안으면서 아무 말도 못하고 눈물만 뚝뚝 흘렸습니다.

● **천량** 개인 살림살이의 재산.

"아버지 아버지, 하는 수 없습니다. 내가 능금을 이고 섰을 터이니 쏘십시오. 저렇게 망하게 생긴 대관 놈이 용서할 듯싶습니까? 자아, 어서 기운을 차려서 쏘셔요. 염려 없습니다."
하고 어린 와텔이 아버지께 말하였습니다. 참말 어른도 갖지 못할 씩씩한 용기가 그에게 가뜩하였던 것입니다.

"요놈 요놈아, 시끄럽다! 이 애들아, 어서 조놈을 잡아 묶어서 저편 나무에다가 비끄러매어 놓아라."

"무엇! 비끄러매기는 왜 비끄러매요. 내가 도망할 줄 압니까. 공연히 나를 비끄러매려면 도리어 가만히 안 있을 테여요."

어리디어린 몸이 딱 버티고 서서 쳐다보면서 이렇게 쏘는 태도는 보통 사람 같지 않았습니다.

"허험, 고놈 당돌하다. 너희 아비의 화살이 네 얼굴을 쏘아 들어올 때에 네가 가만히 섰을 터이냐? 그럼 수건으로 눈이라도 감아야 한다."

"눈은 왜 가려요. 까딱 없이 섰을 터이니 염려 말고 보아요. 까딱 안 하고 있어야 우리 아버지가 능금을 잘 맞히지요. 어서 저기 가서 그중 크고 그중 잘 익은 능금이나 한 개 따다 주시오."

놀라운 용기를 가진 어린 와텔이 따다 주는 능금 한 개를 받아 들더니 아버지 보고, "아버지, 제가 이 능금을 이고 까딱 안 하고 섰을 터이니 염려 말고 겨냥만 잘 대십시오. 가만히 서서 아버지가 능금을 잘 쏘아 맞히게 해 주십사 하고 제가 기도를 하고 섰겠습니다." 하고 아장아장 걸어서 저 건너편 나무 밑에 가서 능금을 이고 오뚝하게 섰습니다.

사냥꾼의 아들이라 입은 옷은 깨끗하지 못하고 신발도 없이 맨발, 맨머리였으나 그 귀여운 얼굴, 빛나는 두 눈을 깜박깜박하면서 차렷하고 섰는 것을 멀리 바라보면서 여러 사람들은 울지 않는 사람이 없었습니다.

얼굴빛이 점점 더 파래지는 텔은 한참 만에 얼굴을 들어 보니까 저편에 까맣게 와텔이 차렷하고 섰는 것이 보였습니다. 그것을 보고 갑자기 원기를 내어, "오오, 와텔아, 내가 쏘마!" 하고 소리치면서 활과 화살을 들고 나섰습니다. 모든 사람의 가슴이 성큼하였습니다.●

텔은 기어코 활을 재었습니다. 그리고 겨냥을 대었습니다. 그러나 하도 멀어서 암만 생각해도 깨알만치 보이는 능금을 맞힐 것 같지 않았습니다. 까딱하면 와텔이 맞고 죽는다 생각할 때에 어린 와텔의 그 귀여운 얼굴에 화살이 박혀 으악 소리를 치면서 쓰러질 꼴이 눈에 자꾸 보였습니다.

"아아, 눈이 캄캄해지고 팔이 떨리는고나……. 대관님, 나는 죽어도 못 쏘겠습니다. 나를 죽여 주십시오." 하고 활을 내어던지고 가슴을 쥐어뜯었습니다.

그러나 대관은 점점 미운 소리로 "너는 평시에도 남의 목숨을 구원을 잘한다니 오늘은 네 재주로 네 아들 목숨과 네 목숨을 살려 보려무나!" 하였습니다.

텔은 그 말을 듣고 분기와 용기가 일시에 치밀어서, '응, 죽어도 쏘아 보자. 만일 못 맞히면 하나 남은 화살로 내 목을 쏘아 죽으면 그만이지…….' 하고 속으로 결심하고 텔은 나중에 자기가 자살할 요량으로 화살 두 개는 넌지시 가슴속에 감추고 일어섰습니다.

"야아, 와텔! 지금 쏘마."

하고 소리를 지르니까 어린 와텔이 목소리가 안 들리겠으니까 그 대신

● **성큼하다** 서늘해지다. 덜컹하다.

손을 번쩍 드는 것이 보였습니다.

활을 재었습니다. 겨냥을 대었습니다.

능금이 맞는가, 와텔이 죽는가.

화살은 솨르르 소리를 치면서 나갔습니다.

여러 사람은 그만 눈을 감고 고개를 돌렸습니다. 그러나 "맞혔다아!" 하는 소리가 나면서 어린 와텔이 두 손을 들고 뛰면서 만세를 부릅니다. 화살은 훌륭히 능금을 뚫어 맞추고 뒤에 나무등걸에 콱 박혔습니다.

"맞았다!"

"능금이 맞았다!"

"만세, 만세!"

하고 여러 사람들은 미쳐 날뛰었습니다. 와텔은 쪼개진 능금을 들고 겟스라의 앞에 내어 보이면서, "자아, 어떻습니까! 맞지 않았습니까?"고 떳떳이 자랑하였습니다.

여러분, 이 용맹한 소년과 희한한 재주를 목격한 겟스라가 어떻게 생각하였겠습니까. 마음에 놀래기는 하였으나 이렇게 재주 있는 사람과 또 용기 있는 어린애를 그냥 내버려 두면 어느 때든지 자기네 목숨이 위태할 것을 생각하였습니다. 그래 아주 죽여 버리려고 생각하였습니다.

그래 트집이 없어서 애를 쓰다가 아까 텔이 자살할 요량으로 화살을 감추는 것을 보았던 고로 그것을, "만일 못 맞추면 그 화살로 대관을 쏘아 죽이려고 감춘 것이다." 하고 억지로 트집을 잡아서 감옥으로 끌고 가기로 하였습니다. 그러니 아무리 부처님 같은 텔이기로 어떻게 성이 나지 않겠습니까. 불같이 노한 텔이 불끈 일어나서 단번에 겟스라를 쏘아 죽여 버렸습니다.

그래 그것이 시초가 되어 서서의 독립 전쟁이 되어 기어코 서서 사람들이 이겨서 훌륭한 독립국이 되게 된 것인데, 그 전쟁 이야기는 이담에 여러분이 서양 책을 보게 될 때 알게 될 것입니다.

아아, 세상에 드문 용소년● 와텔! 그의 용기는 이 글을 읽는 여러분에게도 힘을 주는 것이 많을 것입니다.

_夢中人, 『어린이』 1924년 11월호

● **용소년** 용기있는 소년. 용맹스러운 소년.

명견 이야기

—세계에 다시없는 용맹한 개의 활동 아름답고도, 불쌍한 파리의 죽음

겨울이 와서 하얀 함박눈이 쏟아질 때가 되면 나는 언제든지 이 용맹하고도 불쌍한 개의 이야기를 생각하게 됩니다.

세상에 아름다운 개나 사납고 날쌘 개는 얼마든지 있겠지요. 그러나 높고 깊은 산 속에서 쌓이고 쌓이는 눈 속에 쓰러져 죽게 되는 사람을 구원해 내기에 바삐 돌아다니는 개는 아마도 서서●(서서국)밖에 없을 것이요 그중에도 열두 해의 오랜 세월을 이 구조 사업에 노력하여 40명의 생명을 구원해 내기는 우리 명견 파리밖에 없을 것입니다.

서서 나라라 하면 여러분도 요전번 책에서 와텔의 이야기●를 들으실 때에 들으신 기억이 있을 것입니다마는 세계에 높고 험하기로 제일이라는 알프스 산 밑에 있는 사시장철 눈이 쌓여 있는 나라입니다.

서서에서도 제일 산 많고 험한 곳 그곳에는 여름에도 아츰●저녁으로

* 원제목은 「설중 심산에서 40명의 인명을 구한 명견 이야기」이다.

● **서서** '스위스'의 음역어.

● 방정환은 필명 '夢中人'으로 「생명의 과녁—어린 와텔의 죽음」을 『어린이』 1924년 11월호에 발표했다.

● **아츰** '아침'의 사투리.

는 물이 얼고 1년 열두 달 중에 여덟 달 아홉 달이나 치운● 겨울대로 있는 고로 하얀 눈이 없어질 날이 없고 여행하기에도 제일 위험한 곳입니다.

쏟아지고 쏟아지고 하여 길길이 쌓인 눈이 나무와 집과 언덕을 한꺼번에 덮고 있는데 무서운 사나운 바람이 몰려오던 산 위에 있던 눈이 몰켜서● 아래로 쏟아지는 통에 집이나 나무나 사람이나 모두 그 밑에 치어 죽게 되는 것이고 또 그렇지 않다 하더라도 길인지 바위 위인지 골짜기 위인지 모르고 하얀 눈 위로 가다가 까딱 잘못하면 그냥 눈구덩이 속에 쑥 빠져 들어가서 죽게 되는 것입니다.

그러한 눈 쌓인 산길을 다만 한 개의 지팡이에 의지하여 타박타박 먼 길을 가는 나그네의 마음이 어떻게 겁나고 쓸쓸하겠습니까. 어느 게 길인지 알 수는 없고 한 걸음 한 걸음 눈은 깊어 가고 몸은 피곤하면서 얼어 가고 이런 때 나그네는 그만 눈 위에 쓰러져서 그대로 다시 일어나지 못하고 얼어 죽는 것입니다. 그런데 누구든지 얼어 죽게 될 때마다 길을 가다가 말고 졸음이 생겨서 자꾸 하품이 나면서 자고 싶게 된답니다. 그런데 그 졸음을 물리치지 못하고 눈 위에 쓰러지면 그대로 얼어서 죽게 되는 것이랍니다.

그래 그렇게 죽게 되는 나그네를 구원하기 위하여 그 근처 산중에 있는 절에서 중들이 지금으로부터 800여 년 전부터 구원소를 내고 많은 개들과 함께 눈 속에 죽는 나그네를 구원해 주고 있습니다.

구원소에서는 개를 많이 길러서 아츰마다 두 마리씩 두 마리씩 패를 지어서 각 처로 헤쳐 보내되 내보낼 때에 모가지에 조꼬만 통을 매달고

● **칩다** 춥다'의 사투리.
● **몰키다** 한곳에 빽빽하게 모이다.

그 통 속에 술과 음식을 넣어 둡니다. 그러면 개들은 제각각 눈 속으로 뛰어다니면서. 눈 위에 쓰러진 나그네를 찾아다닙니다. 치운 줄도 모르고 배고픈 것도 잊어버리고 얼마든지 돌아다니다가 눈 위에 쓰러져서 잠이 든 사람을 보면 '그렇게 있다가는 얼어 죽습니다. 어서 일어나시오.' 하는 것처럼 달겨들어서 혀로 그의 뺨이나 이마를 핥아서 잠을 깨워 주고 잠이 깨면 '자아 내 목 밑에 달린 통 속에 술과 음식이 있으니 그것을 꺼내 잡수셔요.' 하는 드키 모가지에 매어달린 통을 끄르라고 나그네에게 발짓을 해 가면서 가리켜 줍니다. 그래 나그네가 통을 끌러서 그 속에 있는 술과 음식을 먹어서 몸이 풀리고 원기가 생기는 것을 보고는 개가 앞장을 서서 길을 인도하여 구원소로 나그네를 데리고 갑니다. 이렇게 하여 죽어 가는 나그네의 목숨을 구원하되 만일 나그네를 암만 깨어도 몹시 피곤하여 일어나지 못할 때에는 개는 목에 달린 통만 내어놓고 그냥 곧 돌아서서 급급히 구원소로 뛰어가서는 중들을 보고

"큰일 났습니다. 저기 다 죽어가는 사람이 있으니 얼른 가보십시다."

하는드키 그쪽을 가리키면서 컹컹 짖습니다. 그것을 보고 중들이 들것을 메고 나서면 개는 또 앞장을 서서 그곳으로 갑니다. 가서 보면 정말 나그네가 다 죽게 되어 늘어져 있는 고로 얼른 떠메어 가지고 돌아와서 구호를 합니다. 그런 때마다 개를 어떻게 신통하게 여기고 칭찬하고 귀여워하는지 모릅니다.

이렇게 하여 개들의 공로로 눈 속에서 구원을 받는 사람이 1년에도 1만 6천 명 이상 많은 때는 2만 명이나 되고 그 구원하는 비용만 2만여 원이나 든다 합니다.

함박 같은 눈은 사철 쏟아지는데 깊은 골 쌓인 눈 속으로 사람의 생명을 구원하러 돌아다니는 개들을 생각하면 우리는 그들에게 경의를 표

하지 않을 수 없습니다.

(2) 용감한 파리의 이야기

그렇게 기특하고 용감한 일을 하는 개들 중에도 가장 날쌔고 가장 사람을 많이 구하기로 유명한 파리라 하는 개가 있었습니다. 몹시도 마음 착하고 일에 부지런한 그는 아츰부터 밤까지 한시잠시도 쉬지 않고 눈비탈로 돌아다니면서 쓰러져 죽는 사람을 구원하였습니다.

눈이 아무리 쏟아지거나 다른 개들은 하도 치워서 웅크리고 기어들 때에도 파리뿐만은 뛰어나가서 반드시 죽게 된 나그네를 구해 왔습니다. 이렇게 하기를 꼭 열두 해! 그 몸이 늙어 가도록 그의 정성은 감하지 않고 40명의 귀중한 목숨을 구원하였습니다.

40명을 구원한 중에 특별히 용맹하고 기특한 일 한 가지를 이야기하지요.

어느 해 겨울이었습니다. 역시 함박눈이 눈을 못 뜨게 펵펵 쏟아지는 날 파리는 이리저리 돌아다니다가 어느 큰 바위 밑에 조꼬만 조꼬만 소년 한 사람이 쓰러져 있는 것을 발견하였습니다. 어찌해서 이렇듯 조꼬만 어린아이가 이렇게 몹시 눈이 쏟아지는 날 이렇게 험한 곳을 지나가게 되는지…… 등에 조꼬만 보통이를 짊어지고 있는 것을 보면 아마 어머니의 심부름 가던 길에 죽게 된 것이거나 그렇지 않으면 어머니 아버지도 다 돌아가시고 혼자 떨어지게 되어 일가친척의 집을 찾아가던 길에 여기서 죽게 된 것인가 봅니다.

파리가 그 아이를 발견하고 가깝게 달겨들 때에는 아이는 까박까박 잠이 들 때였습니다. 얼어 죽게 될 때는 먼저 잠이 드는 법인 고로 이제 파리가 단 10분만 늦게 왔어도 가련한 아이는 얼어 죽은 후였을 것입니다.

파리는 달겨들어서 그 커다란 혓바닥으로 아이의 이마와 뺨을 자꾸 핥았습니다. 그러나 아이는 아주 기운이 늘어져서 얼른 깨지 않았습니다. 파리는 그래도 정성스럽게 핥으면서 나중에는 꼬리로 근질거려서 간질이기까지 하였습니다. 그랬더니 간신이 어린아이는 잠이 깨고 눈을 떴습니다. 아이는 처음에는 깜짝 놀라서 몸을 옴츠렸습니다. 늑대나 다른 무서운 짐승인 줄 안 것이었습니다. 그러나 자세히 보니까 늑대도 아니고 늙은 개인 고로 처음 안심하였습니다. 파리는 아이가 깬 것을 보고 기뻐하면서 "내 목에 달린 통 속에 있는 것을 잡수시오."라는드키 고개를 들고 통을 보였습니다. 아이는 반갑게 달겨들어서 통 속에 있는 술과 음식을 마시었습니다. 그러나 원래 어리고 약한 몸이 피곤할 대로 피곤하고 얼대로 얼어서 한 걸음도 내어딛을 수가 없었습니다. 그것을 본 파리는 곧 아이 앞에 텁석 엎드리면서 '내 등에 업히시오.' 하는드키 등을 흔들었습니다. 아이는 눈치를 알고 그의 등에 업히어 목에 감은 끈을 꼭 붙들고 떨어지지 않게 등 위에서 착 엎드려 붙었습니다.

파리는 아이 업고 눈비탈을 발로 차면서 화살같이 달려서 구원소로 돌아왔습니다.

아무리 어린 아이라도 4, 5관● 의 무게는 있는 것을 파리는 조꼼도 무겁게 생각하지 않고 한달음에 달려서 구원소로 돌아와서 아이는 거기서 따뜻한 구호를 받고 살아나게 되었습니다. 그때에 모든 사람들이 파리의 귀신 같은 활동을 얼마나 칭찬하고 탄복하였겠습니까.

● 관 무게의 단위로 1관은 약 3.75kg에 해당한다.

(3) 불쌍한 죽음

영리하고 용맹스럽고 마음 착한 파리는 불행히 40명의 목숨을 구원하고 그 40명째의 구원해 놓은 사람의 손에 죽어 버리고 말았습니다.

그 슬프고 불쌍한 이야기를 마저 하지요. 맨 마지막! 역시 함박눈 쏟아지는 무섭게 치운 날이었습니다. 파리는 그날도 쉬지 않고 죽게 되는 사람을 구원하려고 눈 속으로 돌아다니다가 한곳에 젊은 나그네가 눈 속에 쓰러져 있는 것을 보고 즉시 달려들어서 잠이 깨라고 얼굴을 핥아 주었습니다. 젊은 나그네는 잠이 깨었습니다. 만일 파리가 그때쯤 핥아주지 않았다면 그만 아주 얼어 죽어 버렸을 것입니다. 그러나 나그네는 눈이 뜨이면서 보니까 자기 옆에 큰 짐승이 혀를 내밀고 덤비는 고로 자기를 잡아먹으려고 그러는 줄 알고 얼른 허리춤에서 육혈포를 꺼내 들고 쏘았습니다.

"탕!!" 하고 쏟아진 탄환은 그때 마침 '이 통 속에 있는 것을 잡수시오.' 하고 고개를 번쩍 들고 있던 파리의 가슴을 쏘아서 퍽 쓰러졌습니다. 시퍼런 피가 하얗게 쌓인 눈을 적시기 시작하였습니다.

불쌍히 총을 맞은 파리는 다시 벌떡 일어나서 구호소를 향하고 뛰기 시작하였습니다. 그러나 가슴에서 흐르는 피는 하얀 눈길 위에 방울방울이 떨어졌습니다. 파리는 간신히 구원소의 문턱에까지 와서 폭 고꾸라졌습니다. 그래 그때 힘없는 소리가 이 세상의 마지막 소리였습니다. 파리의 소리를 듣고 중들이 놀라 뛰어나와 보니까 파리는 붉은 피에 새빨갛게 젖어서 눈 위에 쓰러져 있었습니다.

"파리야! 파리야!"

하고 아무리 불렀으나 파리는 그만 다시 눈을 뜨지 못하고 세상을 떠나 버렸습니다. 보는 사람마다 보는 사람마다 눈물을 흘리면서 진정으로 그의 불쌍한 죽음을 슬퍼하였습니다.

아아 바람 불고 눈 오시는 날에 그의 불쌍한 몸을 장사 지낼 때 모든 사람들이 얼마나 슬픈 눈물을 흘렸겠습니까. 열두 해 동안의 기나긴 세월을 하로• 같이 노력하면서 40명의 귀한 생명을 구원하고 죽기도 사람을 구원하다가 죽은 구호의 신님 파리는 단 한 마리의 개이지만 그 이름은 세계의 모든 사람의 마음에 오래 기억되어있습니다.

_무기명,• 『어린이』 1924년 12월호

• **하로** '하루'의 사투리.
• 『개벽』 1924년 12월호의 『어린이』 광고 목차에는 필자 이름이 '夢見草'로 표기되어 있다.

눈눈눈

● 더운 날 물김(열기)이 한울● 로 올라가서 구름이 되고 그것이 한데 엉켜서는 비가 되고 그것이 치운● 때 얼어서 눈이 됩니다.

● 눈은 보기에 아무렇게나 된 것 같지만 자세히 보면 여섯 모(육각)가 졌습니다. 그래서 육출화라고도 합니다. 그러나 여섯 모로되 똑같은 여섯 모가 아니고, 200여 가지의 다른 형상이 있습니다.

● 눈!이라면 으레 흰빛을 생각하지만 누른● 것, 붉은 것도 있습니다. 송홧가루 같은 것이 바람에 불려서 한울로 올라갔다가 증기가 엉키어 눈이 되는 통에 들어가 섞이면 누레지고, 공중에서 사는 눈에도 보이지 않는 조꼬만 생물들이 섞이면 붉어지기도 하고 푸르러지기도 합니다.

우박이나 비는 무거운 고로 쏜살같이 속히 내려오지만 눈은 가벼운 고로 퍽 느리게 날아 내려옵니다.

독일 학자의 조사에 의하면 비나 우박은 1초(시계가 한 번 똑 하는 고동안)에 16미돌● 의 속력으로 내려오고, 눈은 한 미돌도 못 되는 0.9미돌

● **한울** 천도교에서 '하늘'을 달리 이르는 말.
● **칩다** '춥다'의 사투리.
● **누르다** 황금이나 놋쇠의 빛깔과 같이 조금 밝고 탁하다.
● **미돌** '미터'의 음역어.

의 속력밖에 없다 합니다.

● 그래도 눈이 많이 쌓이면 뜻밖에 무게가 생깁니다. 지붕 위에 쌓인 눈도 보기에는 가벼울 것 같지만 눈이 한 자● 만 쌓이면 1평(6척 4방)뿐의 눈도 17관● 의 무게가 있습니다. 보통 어른의 몸무게도 14, 5관밖에 못 되니 비교하면 퍽 무겁습니다.

● 눈이 와서 쌓이면 눈 위의 찬 기운을 막고 또 해로운 버러지가 죽는 고로 쌓인 밑에서 어린 보리가 잘 자라게 됩니다. 그래 눈이 많이 오시면 보리 풍년이 든다고 합니다.

● 눈 쌓인 때 햇볕이 쪼이면 그 빛이 반사되어 자외선이라는 광선을 발하는 고로 사람의 눈에도 해롭습니다.

_무기명,● 『어린이』 1924년 12월호

● **자** 길이의 단위로 1자는 약 30.3cm에 해당한다.
● **관** 무게의 단위로 1관은 3.75kg에 해당한다.
● 방정환이 쓴 것으로 보인다.

『어린이』 동무들께

여러분! 『어린이』를 읽어 주시는 나의 동무 여러분! 나는 『어린이』를 다달이 꾸며 드리는 나로서 여러분을 단 한 번이라도 만나 보고 싶고 만나서 하고 싶은 말씀이 가지가지로 많이 있었습니다. 그래 늘 여러분을 만나러 가자, 사랑스런 동무를 만나러 가자 하고 벼르면서도 일이 바빠서 별로 나가서 보지 못하고 이날까지 있었습니다. 이제는 금년도 아주 지나가려 하는 때이니 올해의 마지막 편집을 마치고 나서 여러분께 몇 마디 말씀을 하려고 이것을 쓰기 시작하였습니다.

*

나는 제일 먼저 여러분, 조선에 태어난 소년 소녀 여러분을 퍽 가련하다고 생각하게 되어 못 견딥니다. 여러분은 여러분 자신의 생활을 즐길 수 없는 형편에 있는 것을 아는 까닭입니다.

나는 여러분의 생활을 잘 알고 있습니다. 내가 어렸을 때와 조금도 다를 것 없이 여러분은 집에서 퍽 쓸쓸스럽고 맛없이 그날그날을 보내고 있을 뿐 아니라, 심한 때는 몹시 푸대접을 받으면서 살아가는 것을 압니다. 조용히 공부할 방이 없고 마음대로 놀아 볼 터전이 없고 장난감이 없고 읽을 것이 없고 여러분이 자기의 시간이라 할 시간이 없고, 여러분의 속을 알아주려 하는 사람이 없이 내리눌리는 것과 어른의 눈치채기와 맛없는 책 읽기뿐으로 조금도 유쾌해 볼 때가 없이 억지로 억지로 그날그날을 보내고 있는, 더할 수 없이 맛없고 쓸쓸스럽게 살아가는 것을 압니다.

*

어렸을 때의 생활이 그렇듯 한심한 것은 마치 일생의 어린 싹이 차고 아린 서리를 맞는 것입니다. 아무것보다도 두렵고 슬픈 일입니다.

—차간● 28행 삭제● —

*

다른 나라 소년들은 집에는 자기의 방이 따로 있고, 창조력과 취미를 길러 주는 장난감이 많고, 부모가 그들의 뜻을 맞추기에 힘을 쓰고, 그들의 생활에 방해하지 않는 고로 자기의 생활을 즐기게 됩니다. 학교에 가면 선생이 형이나 아저씨같이 친절합니다. 그리고 토요일마다 재미있는 회를 열어서 그들의 마음을 한껏 즐겁게 해 줍니다. 바깥에 나가면 그들뿐을 위하여 소년 연극장이 따로 있고, 그들뿐을 위하여 아동 공원도 따로 있습니다. 거기서 그들은 즐겁게 유쾌하게 한껏 맘껏 커 가고 뻗어 가고 있습니다. 그러므로 그들에게서는 풀● 죽은 소년, 쓸쓸스런 소년을 보기가 드뭅니다.

*

짓밟히고 학대받고 쓸쓸스럽게 자라는 어린 혼을 구원하자! 이렇게 외치면서 우리들이 약한 힘으로 일으킨 것이 소년운동이요, 각지에 선전하고 충동하여 소년회를 일으키고 또 소년문제연구회를 조직하고,

● **차간** '이 사이'를 뜻하는 일본식 한자말.
● 검열로 삭제된 것으로 보인다.
● **풀** 세찬 기세나 활발한 기운.

한편으로 『어린이』 잡지를 시작한 것이 그 운동을 위하는 몇 가지의 일입니다. 물론 힘이 너무도 약합니다. 그러나 약한 대로라도 시작하자! 한 것입니다.

*

가련한 조선 소년들을 위하여 소년운동을 더 널리 선전하고 더 넓게 넓혀 가자. 한 사람에게라도 더 위안을 주고 새로운 기운과 혼을 넣어 주기 위하여 『어린이』를 더 잘 꾸며 가고 더 널리 펴 가자! 우리의 온갖 노력은 전혀 여기에 있을 뿐입니다.

*

그러므로 이 일을 위하여는 하고 싶은 일이 한두 가지뿐이 아닙니다. 우선 지방 지방으로 다니면서 촌촌마다 소년회를 골고루 조직하게 하고, 또 온 조선의 모든 소년회가 한결같이 소년회다운 소년회가 되게 하고, 한편으로 소년 문제를 들어 각 부형과 사회에 강연을 할 것이고, 또 한편으로 소년 문제 연구회를 더 크게 더 많이 조직하여 소년운동을 잘 진전시키게 하고, 한편으로는 동요와 동화를 널리 펴기에 힘을 써야 할 것이고 또 그리하고 싶습니다.

*

잡지로는 첫째, 『어린이』에 그림과 사진을 많이 넣고 둘째, 내용을 더 풍부하게 하고 되도록 각 지방의 소년회 소식과 여러분의 지은 글과 그림을 많이 골라내어 드리고 하여, 여러분의 생각을 많이 돋워 드려야 할 것이라고 생각하고 있습니다.

*

그러나 그리하자면 책이 커야 할 것이고 돈이 많아야 하고 사람이 많아야 하겠는데, 지금 형편으로는 돈도 없고 사람도 적습니다. 책값도 올리자는 동무가 있으나 시골에 있는 어린 동무는 10전을 얻기도 힘이 드는 터인 고로 도저히 더 올릴 수 없어서 그냥그냥 참고 참고 있습니다. 그러나 만일 『어린이』가 팔리기를 많이 팔리면, 지금 팔리는 것도 조선 안에서는 제일 많이 팔리는 것입니다마는 좀 더 팔려서 한 5만 부쯤 팔리게 되면 10전 잡지로도 훌륭히 잘하게 될 것입니다. 만일 여러분이 이 뜻을 잘 짐작해 주셔서 동무들께 『어린이』를 권고해 주신다면 그것이 어렵지 아니한 일이라고 나는 믿고 바라고 있습니다.

*

편집하고 난 끝에 급급히 썼고 또 종이가 모자라서 하고 싶은 이야기의 천의 하나도 못 쓴 것이 섭섭합니다.

_편집인(方), 『어린이』 1924년 12월호

눈이 오시면

나는 겨울을 퍽 좋아합니다.

겨울이 되면 고 하연 눈이 오시니까요. 눈 오시는 것을 보는 것처럼 좋은 것은 없어요.

겨울이 되어서 눈이 오시게 되기를 나는 어떻게 기다렸는지 모릅니다. 깊이를 모르게 흐릿한 한울●에서 고 하얀 눈송이들이 나비같이 춤을 추면서 내릴 때에, 어린 동무들이 길거리로 뛰어나오면서 "눈 오신다 눈 오신다." 하고 손뼉 치는 것을 보면 어떻게 그냥 춤을 추고 싶게 마음이 뛰놉니다. 눈은 다 죽은 겨울에 우리를 찾아와 주는 단 하나뿐인 반가운 손님이고 정다운 동무입니다.

높은 한울에서 눈이 찾아 내려와도 반가운 줄을 모르는 사람, 눈이 쌓여도 즐거운 줄을 모르는 사람, 그런 사람의 마음은 얼마나 쓸쓸스럽고 얼마나 차디찬 사람이겠습니까. 생각하면 불쌍한 사람이라 할 것입니다.

어느 해인가 겨울에는 감기가 들어서 누워 앓다가 아츰●에 밤새도록 오신 눈이 길이나 집이나 전선줄 위에까지 쌓인 것을 보고, 앓는 몸에

● **한울** 천도교에서 '하늘'을 달리 이르는 말.
● **아츰** '아침'의 사투리.

외투를 걸치고 취운정● 꼭대기로 올라가 돌아다닌 일이 있었습니다. 어느 때는 밤일을 마치고 길에 나서니까 잠든 거리에 함박눈이 소리 없이 쏟아지고 있는 고로 그대로 길거리로 새벽 3시가 되도록 돌아다니었습니다. 그렇게 눈은 내 마음에 기쁨을 줍니다. 내가 일본에 가서 있을 때는 겨울이 되어도 일기●가 따뜻한 고로 눈이 오시지를 않아서 마음에 퍽 부족하고 섭섭하였습니다.

그러다가 한번은 의외에 눈이 많이 왔기에 옆집에 있는 청국● 학생들을 충동하여 가지고 여섯 사람이 덤비어 굉장하게 큰 사람을 만들었습니다. 이 책 겉장에 있는 사진이 그것입니다.

그때 다른 일본 사람들은 길거리 거리마다 눈으로 소도 만들고 혹은 개도 만들고 생각대로 별것을 다 만들어 놓고, 서로서로 이 동리 저 동리 보러 다니며 기뻐들 하였습니다. 분명히 겨울 생활의 재미있는 한 가지일 것입니다.

내가 이제 해 보고 싶어 하는 것은 눈 올 때에 눈 많이 오는 북쪽 지방 회령이나 나남 같은 데 가기와 눈을 맞으면서 산에 올라가 보기입니다.

여러분도 이 겨울의 눈 철을 즐겁게 즐겁게 보내십시오. 오신 눈을 뭉쳐서 무엇을 만들어 보는 것도 좋고, 소회●에서 대●를 지어 산에 올라가는 것도 좋고, 눈싸움 같은 것은 더욱 좋습니다.

_方, 『어린이』 1924년 12월호

● **취운정** 서울 종로구 삼청동에 있던 정자.
● **일기** 날씨.
● **청국** 청나라.
● **소회** 참가하는 인원수가 적은 모임.
● **대** 대오. 줄을 지어 늘어선 행렬.

새해의 첫 아츰

옛날 서양에 작고도 강하기로 유명한 스파르타라는 나라가 있었는데 이웃 나라와 싸움하여 불행히 패전하였을 때 싸움에 이긴 이웃 나라에서는 스파르타의 어린 사람 100명을 보내라고 명령하였습니다. 싸움에 졌으니까 아무리한● 소리를 하더라도 거역할 수는 없었습니다. 그러나 생각 깊은 스파르타 사람들은 "죽을지언정 우리나라의 어린 사람은 단 한 사람도 남의 나라의 종으로 보낼 수 없고, 그 대신 우리 큰 사람(장년, 노년) 100명이 가기로 하겠소." 하고 100명의 큰 사람이 어린 사람 대신으로 자진하여 적국으로 갔습니다.

이것은 서양 역사에 관한 지식이 있는 사람이면 누구나 잘 아는 유명한 일입니다.

죽을지언정 우리나라의 어린 사람은 단 한 사람이라도 보내지 않겠다 하고 큰 사람 100사람으로 대신한 스파르타 사람들의 생각이야말로 더할 수 없이 굳세고 영리하고 존귀한 것이라 할 것이니, 싸움에 지고 지고 또 지더라도 오히려 장래를 믿는 자기네의 귀중한 새싹인 어린 사람을 남의 곳에 보내는 것은 자기네 장래까지 죽게 되는 것임을 안 것이

● **아무리하다** 정도가 매우 심하게 하다.

요, 큰 사람 100명이나 200명, 300명으로도 어린 사람 100명은 바꿀 수 없는 것을 안 까닭이었습니다.

사랑하는 조선의 어린 동무 여러분! 당신들은 이 이야기를 듣고 어떠한 느낌이 있습니까……. 우리는 우리들의 장래를 생각할 때, 스파르타의 어린 사람 몇 갑절 이상으로 귀중한 귀중한 몸값이 당신들 몸에 있는 것을 알아야 됩니다. 큰 사람 몇 백 몸으로도 도저히 바꾸지 못할 귀중한 몸인 것을 뼈에 새겨 알아야 됩니다.

스파르타의 아버지와 할아버지 들과 똑같은 마음으로 당신들의 아버님과 할아버님과 또 모든 조선의 어른들이 당신들을 믿고 위하고 아끼고 있는 것을 알아야 합니다.

여러분! 조선의 어린이 여러분! 당신은 당신의 몸값이 어떻게 많고 무거움을 알 때에, '나는 조선의 어린이다!' 생각할 때에 당신의 가슴을 흔드는 기운이 있음을 느낄 것이요, 눈물 나게 몸이 떨리는 것을 느낄 것입니다. 그리고 반드시 이렇게 부르짖을 것입니다.

"훌륭한 조선 사람이 되기에 힘쓰자! 값을 다하는 인물이 되기에 힘쓰자!"고.

새해가 왔습니다. 모든 것이 다 헌 해와 함께 지나가 버리고 새해가 왔습니다. 새해 첫날 첫 아츰●에 다시 한번, 몇 백 명의 큰 사람으로도 바꾸지 못할 귀중한 몸값을 헤아려 볼 것이고, 그것을 똑똑히 앎으로써 새로운 새해가 더한층 기껍고 즐거운 것 되게 하여야 할 것입니다.

사랑하는 어린 동무 여러분! 다 같이 새해를 기껍게 맞이하는 사람이 되십시오.

_『어린이』 1925년 1월호

● **첫 아츰** 첫 아침. '아츰'은 '아침'의 사투리.

천재 소녀 최정옥 양

—공부하기 소원이면서 가난에 쫓기어 필낭●을 들고 거리에 나선 가련한 이야기

소년이나 소녀나 나이 열 살밖에 못 되었으면 아무리 숙성하여도 보통학교 2년급●이나 3년급밖에 되지 못할, 아주 몹시 어린 사람입니다. 그런데 열 살 먹은 어린 몸으로 천하가 놀라게 글씨를 잘 쓰는 천재 소녀가 나타났습니다.

그는 강원도 금강산 밑 강릉군 신리면 주문진이라는 곳 최두집 씨의 집에 태어난 귀엽고 어여쁘게 생긴 소녀 정옥 씨였습니다.

열 살! 단 열 살밖에 못 된 어리디어린 그가 두 달 전에 경성에 처음 올라오자 그의 글씨를 보고 놀라지 않는 사람이 없어서 "귀신의 재주를 가진 소녀 명필이 생겼다!"고 소문은 온 조선에 퍼지고, 경탄하는 소리와 칭찬하는 말이 빗발치듯 하였습니다.

나이가 단 열 살이거니, 배우면 얼마나 배웠고 안다면 얼마나 많이 알겠느냐고 누구든지 생각하지마는, 우리 천재 소녀 정옥 씨는 그야말로 귀신의 조화가 붙었다 하리 만큼 신기한 필력과 비상한 기억력을 가져서 한문 글 중에도 유명한 글귀만 추려서 여간한 서화가●도 따르지 못

● **필낭** 붓을 넣어 차고 다니는 주머니.
● **연급** 학년. 학생의 학력에 따라 학년별로 갈라놓은 등급.
● **서화가** 글씨를 잘 쓰고 그림을 잘 그리는 사람. 또는 그런 일을 직업으로 하는 사람.

할 글씨로 써내이는 것이었습니다.

작고도 가녀린 몸으로 커다란 종이 위로 기어 다니면서 글귀를 써 내리는 것이나, 자기 팔뚝보다도 크고 굵은 붓을 들고 자기 키보다 더 큰 글자를 써내는 것을 보면, 아무리 보아도 열 살 먹은 한 소녀의 힘 같지 않고 귀신이나 다른 무엇의 장난 같아 보여서 보면 볼수록 신통할 뿐이었습니다.

정말 어린 정옥 씨의 재주에는 아무리 유명한 학자 어른이라도 놀라지 않는 이가 없고 칭찬하지 않는 이가 없었습니다.

정옥 씨의 이름과 재주는 날이 갈수록 더 높아져서 세상의 귀염을 혼자 받게 되었습니다. 여기서 저기서 그 귀여운 얼굴과 신기한 재주를 보기 원하는 어른이 날마다 날마다 늘어 갔습니다.

그래서 정옥 씨는 친척 되는 오빠를 따라 이곳저곳 학교와 신문 잡지사는 물론이고 글 잘하는 학자님의 사랑•이나 돈 많은 부잣집 사랑으로 다니면서 여러 어른의 눈앞에서 글씨를 쓰기 시작하였습니다. 그리하여 그 글씨를 보고 놀라 칭찬하면서 어른들은 5원이고 또 10원이고 내어서 정옥 씨의 어린 손에 쥐여 주면서 귀애하는• 것이었습니다.

그러나 그것이 우리 어린 천재 정옥 씨에게는 남모르는 설움이 되는 것이었습니다.

한이 없이 자라고 커 갈 존귀한 천재! 그것이 5원이나 10원의 돈에 팔 수 있는 것이겠습니까? 정옥 씨는 소녀입니다. 존귀한 존귀한 천재를 가진 소녀입니다. 자라고 자라고 한이 없이 크게 자라 갈 천재 소녀입니다. 아아, 그러나 정옥 씨는 불행한 집에 태어났습니다. 구차한 집에 태

• **사랑** 집의 안채와 떨어져 있는, 바깥주인이 거처하며 손님을 접대하는 곳.
• **귀애하다** 귀엽게 여겨 사랑하다.

어난 설움은 어리고 약한 몸이 싹 돋는 천재를 가지고 이 사랑 저 사랑을 찾아서 길거리에 나서지 아니치 못하게 되는 것이었습니다.

여러분! 우리의 동무 어린 정옥 씨는, 학교에 가기가 소원이었습니다. 남같이 책보 싸 가지고 학교에 다니기가 소원이었답니다.

그가 그렇게 놀라운 재주와 성의를 가지고 꾸준한 공부를 하여 나가면 싹 돋기 시작한 천재가 얼마나 위대하게 자라 갈 것이겠습니까마는……. 원수의 돈이 없어서 필낭을 손에 들고 거리로 나선 것이랍니다.

어느 따뜻한 날이었습니다. 소문만 듣고 보고 싶어 하던 정옥 씨가 우리 어린이사에 찾아온 것은…….

빛 낡은 유록빛● 치마에 조끄만 고무신을 신고, 빛 여윈 재킷을 입은 모양이 얼른 보기에도 넉넉지 못한 집 어린 사람같이 보였으나, 그러나 얼굴은 퍽 귀엽고 사랑스럽게 생기고 영롱한 두 눈에는 한없는 재주가 빛나고 있었습니다.

조용한 방에서 내가 그에게 들은 이야기는 이러하였습니다.

시골집에는 아버지와 어머니와 오빠와 정옥 씨와 정옥 씨 동생(여아) 두 사람 하여 사 남매가 자라는데, 집이 구차하여서 아버지는 집에 글방을 내고 동리 아이들에게 글을 가르치고 계셨던 고로 정옥 씨도 여덟 살 되던 해 봄부터 동무들 틈에 끼어서 아버지에게 천자문을 배우기 시작하였고, 그해 겨울부터 글씨를 쓰기 시작하였다 합니다. 그래 지금이 열 살 된 겨울이니 꼭 2년 동안 배운 것이라 합니다.

어떻게 학교에 가고 싶은지 모르겠는데, 학교는 집에서 한 5리쯤 떨어진 곳에 있는 고로 동리 아이들은 날마다 다니건마는 정옥 씨는 돈이

● **유록빛** 봄날의 버들잎 빛깔같이 노란빛을 띤 연초록색.

없어서 못 다녔다 합니다.

한번은 동무 아이들을 따라 학교에 가서 입학하겠다 하였더니 학교 사무실에서 입학시켜 주마고까지 하였는데, 그때 가지고 오라는 돈을 가져가지 못해서 입학이 못 되었다 합니다. 그래 그날은 어린 마음에도 몹시 슬퍼서 혼자 자꾸 울었다 합니다.

그리고 그 후로도 어떻게 학교에 가고 싶은지 두 번이나 동무를 따라서 5리나 되는 곳 학교까지 가서 학교 문 앞에 멀거니 섰다가는 그냥 돌아오고 돌아오고 하였고, 그럴 적마다 집에 와서 학교에 입학시켜 달라고 조르면 "그렇게 조르려거든 집에 있지 말고 나가 버리라."고 대단한 꾸지람을 들었다 합니다. 그럴 때마다 우리 어린 정옥 씨의 마음이 어떻게 슬펐겠습니까?

정옥 씨는 그만 학교에 가고 싶은 마음을 끊기로 하고, 한 푼 두 푼 모아서 여러 날 만에 간신히 10전을 모아 가지고 학교에서 배우는 언문책 한 권을 사 가지고 와서는 아버지에게 글과 글씨 배우는 틈틈이 동무들에게 물어 가면서 언문을 배웠다 합니다. 어린 생각에 '학교에 못 가더라도 학교에서 배우는 책만 배웠으면 그만이지…….' 이렇게 생각하였던 까닭입니다.

그러자 이번 겨울에 아버지가 "자아, 인제 서울로 서화● 나가자!" 하고 정옥 씨를 데리고 서울로 온 것이라는데, 아마도 "서화 나가자." 한 말은 서화로 돈벌이 가자는 말인 것 같습니다.

서울 오던 중에 원산에 들렀을 때 원산 루시여학교 교장 서양 여자가 정옥 씨의 재주를 보고 놀라면서 "이렇게 천재를 가진 아이를 그냥 두

● **서화** 글씨와 그림을 아울러 이르는 말.

면 아까우니 우리 학교에 입학시키면 월사금도 받지 않고 잘 가르쳐 주마."고 간절히 말하는 것을 아버지가 듣지 않고 그냥 서울로 오셨고, 서울 와서도 이화학교장 서양 여자가 일부러 찾아와 보고 "또 천재 있는 아이이니 나에게 맡기면 장담코 좋은 인물이 되도록 가르쳐 드리마."고 간절간절히 청하는 것을 또 아버지가 듣지 않으셨다 합니다.

그런 말을 할 때마다 정옥 씨의 얼굴에는 말할 수 없이 섭섭해하는 빛이 떠돌았습니다.

나는 말끝을 돌리어 "이렇게 날마다, 이곳저곳으로 다니면서 모르는 어른들이 써 달라는 대로 글씨를 쓰노라면 싫증이 나지 않느냐?"고 물으니까 정옥 씨는 "싫증도 나고 팔과 어깨가 아퍼요……. 그렇지만 어찌합니까? 쓰라는 대로 자꾸 써야 하지요." 하면서 고개를 숙일 때, 그의 눈에는 눈물이 어리는 것을 보았습니다.

아아, 가련한 일입니다. 그들은 어린 정옥 씨를 장사치처럼 만들어 놓고 만 것이었습니다. 어린 몸이 고달프고 팔과 어깨가 아프도록 뭇사람의 앞에 장사 물건같이 시달리는 것이었습니다.

"그래도 가는 곳마다 귀애하고 돈을 많이 주니까 마음에 좋은가?"
하고 물으니까 정옥 씨는 사랑스런 얼굴을 두어 번 좌우로 흔들더니,

"지금도 학교에 가고 싶어요. 동덕학교랑 숙명학교랑 여러 학교로 글씨 쓰러 갔을 때 서울 학교 구경을 많이 하였는데, 남들이 모여 서서 체조하는 것을 보고 또 책보 끼고 다니는 것을 보니까 눈에서 눈물이 나요."
하면서 고개를 푹 숙여 버렸습니다. 보니까 푹 수그린 그의 얼굴에서 눈물이 뚝뚝 떨어집니다. 듣고 섰던 우리도 눈에 눈물이 고인 것을 알았습니다.

참다못하여 나는 옆에 섰던 그의 오빠라는 이를 보고 "제발 정옥 씨 아버지에게 잘 권고하여 학교에 입학을 시켜 주도록 해 주시오." 하였습니다. 그러니까 그도 "네, 늘 권고합니다. 아마 이번 봄에는 보통학교에 입학시킬 듯합니다." 하는데, 정옥 씨는 그 말이 끝나기도 전에 손을 들어 오빠의 얼굴을 가리키면서 나를 보고 "무얼, 오빠도 이런 데서만 저렇게 대답하고 집에 가서는 아무 말도 아니 한답니다."고 하소연하듯 하는 말이 우리 가슴에 더욱 불안을 느끼게 하였습니다.

아아, 불행한 집에 태어난 사람, 어린 정옥 씨! 그가 하루라도 더 속히 소원의 공부를 하게 되어지라고 빌어서 될 수 있다면 우리는 정성껏 빌어 드리겠습니다.

_무기명,• 『어린이』 1925년 2월호

• 방정환이 쓴 것으로 보인다.

두 돌을 맞이하면서

도저히 될 것 같지 않은 일을 억지의 우김으로 시작하여 가지고 이 고생 저 고생 겪어 가면서 자라난 우리와 여러분의 『어린이』가 그래도 벌써 두 해 돌을 맞이하게 되니 기쁜 마음, 슬픈 회고, 아울러 감회가 많이 일어납니다.

영구한 세월에 한이 없이 뻗어 갈 무궁한 생명을 가진 『어린이』에게 두어 해의 세월이 그다지 길거나 큰 것은 아닙니다마는, 특별히 가련한 처지에 있는 조선의 어린 사람을 위하여 『어린이』가 겪어 온 두 해는 참으로 신산스럽고● 험난한 재●해이었습니다. 좌우 둘레로써 들어오는 가지가지의 핍박이 어린 발끝을 흔들 때, '정말 못 하겠다.'고 낙망한 적이 한 때가 아니었고, 수 적은 손으로 힘에 넘치는 급한 일을 당할 때 하염없이 눈물만 지은 때가 또한 한때뿐이 아니었습니다.

그러나 그러는 때마다 몰려드는 어린 동무들의 위안과 또 독려는 더할 수 없는 새로운 희망과 원기를 돋워 주었습니다. 그리하여 『어린이』

* 발표 당시 '권두'로 소개했다.

● **신산스럽다** 보기에 사는 것이 힘들고 고생스러운 데가 있다.

● **재** 재앙. 재난.

는 때로 어린 독자께 애소하고● 또 힘을 빌리기 시작하여 비로소 『어린이』는 완전히 여러분—조선 소년 소녀의 '것'이 되게 하여 여러분의 도움과 여러분 자기들의 선전으로 두 돌을 맞이하는 지금은, 『어린이』의 정신이 10만여의 동무들께 미치게 되었습니다. 우리는 소리 높여 말합니다. 『어린이』는 온전히 조선 어린이들의 품에 대궐을 지었다고요. 이 말은 분명히 '새 조선의 어린 사람은 『어린이』와 함께 커 난다.'는 말도 되는 것이니, 우리의 오늘날 기쁨이 과거의 모든 슬픈 기억을 제하고도 오히려 남음이 있는 것도 이 기쁨이 있는 까닭입니다.

『어린이』를 사랑하여 키우는 전 조선 10만여의 어린이 여러분! 두 돌을 기념하는 오늘의 일심!! 협력!! 더 새로운 마음과 새로운 원기로 이보다 더 크고 즐거운 새 돌을 준비하기 위하여 새로운 노력을 시작할 일을 약속하지 아니하렵니까……. 그리하여 온 조선의 소년 소녀 한 사람도 빠지지 않고 한마음 한 정신으로 커 가고 또 일하게 될 날을 더 속히 짓지 아니하렵니까.

두 돌을 기뻐해 주시는 여러분! 이 약속으로 오늘의 기념을 더 값있게 하십시다.

_『어린이』 1925년 3월호

● **애소하다** 슬프게 하소연하다.

감사합니다

이번 각지에 열린 소년소녀대회에 참석하기 위하여 대구, 부산, 마산, 인천 이 여러 곳에 갔을 때에 간 곳마다 뜻밖에 성황을 보게 된 것은 한없이 기쁜 일이었습니다. 치운• 밤에 멀리 와서 참례해• 주신 소년 소녀 여러분과 출연해 주신 애독자 여러분에게 감사하기 그지없고 특별히 여러 가지 주선과 편의를 많이 도와주신

마산 신화소년회

부산 3·1 기독소년회

인천 조선소년군

이 여러 회에 감사를 드릴 말씀이 없습니다. 다못• 이번 길에 짤막한 시간에도 보이지 않는 마음과 마음이 합하는 곳에 무서운 새 힘이 솟는 것을 속 깊이 새겨 알게 된 기쁨을 말씀드려 둡니다. (사•에 돌아와서)

_『어린이』 1925년 4월호

• **칩다** '춥다'의 사투리.
• **참례하다** 예식, 제사, 전쟁 따위에 참여하다.
• **다못** '다만'의 사투리.
• **사** 회사. 여기서는 '개벽사'를 가리킨다.

꽃놀이

● 새로 오는 봄철에 가장 고상하고 유익하고 재미있는 놀이를 가르쳐 드릴 터이니 반드시 실제로 해 보십시오.

● 소년회는 물론이고 소년회 아니라도 칠팔 인 혹은 십오륙 인 그보다 더 많으면 많을수록 좋습니다. 한곳에 모여서 어느 날짜를 정해 가지고 그날부터 제각각 화초분●에 자기 좋아하는 화초 씨를 심어 가지고 서로서로 숨겨 가면서 보이지 아니하고 넌짓넌짓이 물을 주어 가면서 기릅니다. 반드시 분에 심지 않더라도 땅에서 길러서 나중에 화초분에 옮겨 심어도 좋습니다.

● 그러면 서로서로 남의 집에서는 어떤 꽃을 기르는지 또 그것이 얼마나 잘 커 가는지 알고 싶어서 궁금해지는 고로 재미가 있습니다.

● 그렇게 서로 숨겨 가면서 기른 꽃이 상당히 피었을 때, 토요일이나 일요일이나 아무 날이나 적당한 날을 정해서 그날은 일제히 모두 꽃분●을 가지고 모여서 정한 방이나 회관을 치우고 꽃분에 성명을 붙여서 족나란히 보기 좋게 늘어놓고 서로서로 보면서 누구의 꽃이 제일 잘 피었

* 발표 당시 '지식' '권두'라고 밝혔다.

● **화초분** 화초를 심는 화분.

● **꽃분** 화분.

다고 쪽지에 적어서 그 쪽지를 모읍니다. 모은 쪽지를 일일이 조사하여 제일 많이 적힌 사람과 그 꽃이 1등, 그다음으로 많은 사람이 2등, 이렇게 차례를 정하게 됩니다.

● 자기네끼리 쪽지에 적어 넣기가 불공평하면 누구든지 와서 구경하라고 어른이나 아이나 모든 사람에게 구경을 시킨 후에 모든 사람들이 한 장씩 쪽지에 제일 잘 기른 사람의 이름을 써서 놓고 가라 하여도 좋습니다.

● 그리고 그날 밤에는 모두 각각 색등을 한 개씩 만들어 가지고 모여서 그 여러 가지 색색이 오색등에 불을 켜서 방에 꽃 위에 나란히 매달아 놓습니다.

● 그리고 곧 아름다운 등불 밑에서 향긋한 꽃향내를 맡으면서 차례차례 꽃에 대한 전설을 아는 대로 이야기하고, 또 창가[●]들도 하면서 즐겁게 놉니다. 이것을 '꽃놀이'라고도 하고 '꽃 제사'라고도 합니다.

● 이것은 곱게곱게 자라 가는 어린 사람이 자기 품에서 커 가는 어여쁜 꽃의 아름다운 생장을 보는 것이니 크게 유익한 일이요, 자연에 대한 사랑을 기르고 지식을 얻게 되는 것이니 또 유익한 일입니다.

● 재미있고 유익한 중에 고상한 취미를 기르는 일이니 학교와 소년회에서도 힘써 하시는 것이 좋고, 소년회나 학교에 안 다니는 이들끼리도 하는 것이 좋습니다.

● 꽃은 똑같은 때에 일제히 크게 하기 위하여 똑같은 꽃을 한날한시에 심는 것도 좋습니다.

● 그렇게 잘 놀고 난 후에 이튿날 그 꽃들을 가지고 가까운 병원이

● **창가** 근대 음악 형식의 하나. 서양 악곡의 형식을 빌려 지은 간단한 노래.

나, 병원 아니라도 앓는 사람을 찾아다니면서 머리맡에 한 분씩 놓아 주고 위로를 해 드리면 더욱 좋은 일입니다.

_『어린이』 1925년 4월호

개회의 말씀

여러분! '어린이날'이 왔습니다.

새로운 봄과 함께 즐거운 '어린이날'이 왔습니다.

꽃은 웃고 새는 노래하고 나비는 춤추고…… 모든 것이 싹 돋고 온갖 것이 움직이는 새봄과 함께 '어린이날'이 왔습니다.

이 철 이 날에 꽃과 같이 웃고 새와 같이 노래하고 나비와 같이 춤추면서 나무 싹같이 살아갈 여러분의 앞날을 축복하기 위하여 우리 『어린이』는 이에 전선소년소녀대회를 열기로 하였습니다.

이제 개회하고 순서를 따라 소개하겠습니다.

_무기명,● 『어린이』 1925년 5월호

* 본문에는 제목이 없지만, 목차에서 제목을 '개회의 말씀'이라고 표기하고 '인사'라고 밝혔다.

● 목차에는 필자 이름이 '編輯人'으로 표기되어 있다.

해녀의 이야기

나는 이번에 경상도 울산에 갔던 길에 늘 보고 싶어 원하던 해녀의 살림 구경을 하고 왔습니다.

동화에 자주 나오는 인어 아씨와 같이 사시사철 물속에 들어가 살면서 바닷속에 있는 전복, 해삼, 청각, 미역, 문어 같은 것을 따 내오는 해녀 아씨들! 어려서부터 이날까지 나는 어떻게 보고 싶어 하였는지 모릅니다.

이번 울산에 갔던 길에 그곳 성우회 김택천 씨 외 여러 어른의 호의로 이름도 좋은 장생포 물가의 해녀 아씨를 보고 온 것을 한없이 기뻐하고 또 감사합니다.

해녀 아씨들은 조선의 맨맨 끝 제주도라는 섬에서 나서 거기서만 살고 있는데, 거기서는 그들을 '보자기'라고 부릅니다. 그런데 전에는 제주도에서만 꼭 살고 있었는데 지금은 바닷속에 해삼이나 전복 같은 것이 많이 있기만 하면 어데든지 간다고 합니다. 그래 지금은 저어 함경도에도 가고 일본 북해도까지도 많이 가는데, 이곳 울산 근처에도 바닷가에 많이 와서 있다 합니다.

* 원제목은 「사시사철 물속에 살면서 여름에도 오히려 추워하는 해녀의 이야기」이다. 원문에 사진 4점이 실렸으나 화질이 좋지 않아 싣지 못했다.

조고만 나룻배로 물을 건너 고래 잡는 회사를 지나 장생포에 그들을 찾아간 때는 7월 24일! 마침 날 흐리고 물 흐리고 물결 이는 저녁때라, 해녀 아씨들은 한 사람도 물가에 나와 있지 아니하고 집 속에서 저녁밥을 짓고 있었습니다.

파도가 들고 나는 물가에 파출소나 주재소같이 길쭉한 일본 집에 10여 명 해녀가 혹은 눕고 혹은 앉아서, '이랬스꼬마, 저랬스꼬마' 하고 말끝마다 '스꼬마'를 붙여서 주고받고 하는 소리는 우리로는 도무지 무슨 말인지 알아들을 수 없어서, 마치 외국 여자나 아주 물속의 딴 나라 여자를 만난 것 같았습니다.

간신히 그들과 같이 있는 남자 한 분을 청하여 우리의 온 뜻을 말씀하고 잠깐만 물에 들어가는 것을 구경시켜 주었으면 좋겠다 하니까, 오늘같이 물이 흐린 날은 춥기만 하고 물속에 들어가도 캄캄하여 아무것도 보이지 아니하니까 들어가기 어렵다 하면서 특별히 그중의 네 분만 장난삼아 물에 들어가기로 되었습니다.

물에 들어갈 해녀 아씨들은 벌떡벌떡 일어나더니 부끄러움도 안 타고 옷을 훌훌 벗고 턱턱 나서는데, 보니까 살빛이 바닷바람에 쏘이고 물에 부대끼고 하여 검고 붉어 구릿빛 같은데, 머리도 붉고 누르고…….● 그러니까 이가 몹시 희어 보입니다.

그러나 그보다도 더 유난스럽게 눈에 띄는 것은 그이들의 몸이 몹시 잘 발달된 것이었습니다. 가슴이 어떻게 크고 통통하게 쑥 내밀었는지 큰 방구리●나 큰 박(바가지 온통●)만 해 보이고 가슴 밑에서 잘룩하였다가 다시 배가 또 그렇게 통통하게 쑥 내어밀어 있습니다. 그리고 뒤로

● **누르다** 황금이나 놋쇠의 빛깔과 같이 조금 밝고 탁하다.
● **방구리** 주로 물을 긷거나 술을 담는 데 쓰는 질그릇.

는 궁둥이라 하는지 볼기라 하는지 또 큰 박덩이같이 통하게 뒤로 불거져 있어서, 마치 그이들의 몸은 커다란 박덩이 같은 세 개의 둥근 덩이로 되어 있다고 하여도 거짓말이 아닙니다. 몸이 그렇게 발달이 되었으니까 팔과 다리도 몹시 굵고 튼튼하게 된 것은 물론입니다.

그렇게 튼튼한 몸에(머리에는 수건을 감고) 마치 해수욕 복장 같은 간단한 옷을 어깨에 멜빵을 걸어 배와 허리와 볼기만 간신히 가리고 나서서 바다에서 잡은 것 담을 굵은 망태와 속만 훑어 닦아 낸 큰 뒤웅박을 들고, "야, 대맹이를 깨겠구마." 하면서 우리 앞을 지나 바닷물로 걸어갑니다. 오늘같이 날이 흐리고 물이 흐려서는 물속에 들어갔다가 보이지 않아서 바위에 부딪쳐서 대가리(머리)를 깨뜨리기 쉽겠고나! 하는 말이라 합니다.

바닷물에 들어서더니 망태와 박을 먼저 물에 띄우고, 자기도 엎드려 들어가서 쑥쑥 헤엄을 치더니 순식간에 벌써 멀리 헤어● 가서 머리만 하옇고 까멓게 보이는 것이, 마치 오리가 물 위에 뜬 것같이 보였습니다.

그때에 그들은 머리에 감았던 안경을(마치 비행하는 사람이나 자동차 운전수의 커다란 안경과 똑같은 것) 내리어 눈에 쓰더니 눈 깜짝할 동안에 머리가 물속으로 쑥 들어가면서 두 발이 빳빳하게 물 위로 쑥 솟더니, 그대로 물속으로 쑥 들어가 없어지고 말았습니다.

그러더니 입으로 하나, 둘, 셋, 넷 하고 서른다섯까지 헤일 동안, 물속에 있다가 다시 물 위로 불끈 솟아 나타나더니 저 혼자 떠다니는 박과 망태를 쫓아가 붙잡아서 박을 가슴에 안고 물 위에 가만히 엎드려서 쉽니다. 물속에서는 전혀 숨을 쉬지 못하니까, 물속에서 숨이 가쁘게 된

● **온통** 쪼개거나 나누지 않은 덩어리.
● **헤다** 물속에 몸을 뜨게 하고 팔다리를 놀려 물을 헤치고 앞으로 나아가다.

즉 숨을 쉬려고 얼른 나오는 것이라 합니다.

그래 나와서는 한동안 참고 있던 숨을 한꺼번에 쉬는 고로 숨 쉴 때 입에서 "홱!" 하고 기적 같은 소리가 납니다.

끝이 없이 넓은 바다에 푸른 물결만 출렁거리는데, 여기저기 박을 끼고 있는 해녀 아씨들이 "홱! 홱!" 숨 쉬는 소리가 물결 위를 거슬러 오면 몹시 처량하게 들립니다.

물 위에 떠서 잠깐 쉬고는 또 들어가고 한참 만에 또 나와서 "홱!" 하고 또 들어가고……. 이렇게 몇 번인지 거듭하다가 한 30분쯤 지나서 다시 헤엄을 쳐 나오는데, 잠수복은 물에 젖어서 몸에 젖어 착 달라붙고 머리에서는 낙숫물같이 물이 흐르는데, 손에 들고 나오는 망태 속에는 보니까 신기하기도 합니다.

그새에 바다 밑에 있는 청각, 산호 같은 물멍거지,[●] 전복 이런 것들을 많이 잡아가지고 나왔습니다. 전복과 물멍거지는 갓 잡은 것이라 살아서 꿈질꿈질합니다.

그들이 당장에 먹어 보라고 물멍거지를 돌로 깨뜨리고 속에 있는 굴 같고 코 같은 것을 내어주는 고로 얼굴을 찡그리면서 먹어 보니까 다른 이들은 모두 좋다 하는데 내 입에는 비릿한 냄새가 있을 뿐이었습니다.

그들의 이야기를 들으면 물속에 들어가도 물 바깥 세상과 똑같이 무엇이든지 환하게 보이고, 물 바닥 바다 밑은 마치 육지와 같이 바위도 있고, 모래밭도 있고, 빤질빤질한 곳도 있고, 풀 난 곳도 있다 합니다. 그래 안경을 쓰고 입을 다물고, 숨을 안 쉬면서 손에 꼬챙이 같고 칼 같은 연장을 들고 물속으로 들어가면, 바위에 해삼이나 전복이 꼭 붙어 있는

● **물멍거지** 멍게.

것이 보이는 고로 연장으로 떼어서 이편 손에 옮겨 들고 또 다른 것을 떼고 떼고 한다 합니다. 그렇게 다니는 때는 어여쁜 생선들이 이리저리로 헤엄쳐 다니는 것도 눈에 잘 보이고, 제일 물속에서는 몹시 가벼워서 조끔만 몸을 으쓱하면 저쪽 먼 곳으로 떠간다 합니다. 그러나 그러는 중에도 입은 꼭 다물고 호흡을 그치고 있는 고로 금시에 호흡이 터지게 되는 고로, 그 지경이 되면 위험하게 되니까 손에 아무리 가진 것이 많더라도 호흡이 몹시 급하게 되면 모두 팽겨치고라도 그냥 나오게 됩니다.

그런데 그렇게 여러 번 들어갔다 나왔다 하는 동안에 몸은 몹시 추워서 후득후득 떨려 못 견디게 되는 고로 미리 배에 장작불을 피워서 물위에 띄워 놓았다가 물에서 나오는 즉시로 몸을 장작불에 쪼여 말린다 합니다. 그런데 살에 불이 닿도록 쪼여도 뜨거운 줄을 모른다 합니다.

물속으로 아무리 다녀도 별로 무섭거나 겁나는 일은 없지만, 다만 한 가지 '느치'라는 것이 손에 달라붙거나 '쏠치'●라는 것에게 찔리면 대단히 곤란하고 잘못하면 생명까지 위험해진다 합니다.

_『어린이』 1925년 8월호●

● **쏠치** 미역치. 양볼락과의 바닷물고기.

● 방정환 사후 『신여성』 1932년 8월호에 이 글의 첫 문장 "나는 이번에 경상도 울산에 갔던 길에 늘 보고 싶어 원하던 해녀의 살림 구경을 하고 왔습니다."가 빠진 채 재수록되었다.

눈물의 모자값

상철이는 신세 불쌍한 소년이었습니다.

충청북도 청주에서 가난하게 살다가 아버지가 그의 열두 살 되던 재작년에 병환으로 돌아가신 후로는 어머님과 어린 동생 수철이와 세 식구가 그냥 살아갈 길이 도무지 없었습니다.

그래 배를 주리다 주리다 못하여 작년 가을에 다니던 학교도 못 다니고 어린 몸이 혼자서 서울로 올라와 구리개•에 있는 철물 파는 일인•의 집에 하인 노릇을 하고 있게 되었습니다.

아츰•이면 주인들이 아직 잠을 자는 때 밥 짓는 노파와 함께 일어나서 수통 물을 떠 오고, 마당을 쓸어야 하고, 하로• 온종일 나막신을 끌면서 무거운 물건 짐을 짊어지고 이 집 저 집에 심부름을 다녀야 되고, 밤이면 밤이 깊도록 가게에서 심부름하다가 주인들이 잠을 잘 때에 가게 문을 닫아 주고 2층에 올라가는 층계 밑에서 쪼그리고 자는 것이 어린 상철이에게는 더할 수 없이 슬프고 고단한 일이었습니다. 그러나 그

* 발표 당시 '수재미담' '실화'라고 밝혔다.
• **구리개** 서울 중구 을지로의 옛 지명.
• **일인** 일본 사람.
• **아츰** '아침'의 사투리.
• **하로** '하루'의 사투리.

렇게 고생을 하고도 한 달에 받는 돈은 먹는 것 빼고 겨우 2원밖에 되지 못하였습니다.

나이 이제 열네 살이니 남 같으면 학교에 다니면서 잘 놀고 잘 자고 잘 클 때지마는 아버지 없는 설움, 가난한 신세에 쫓기어 어린 몸이 외따로 외따로 뼈가 깎이는 고생을 하고 있는 생각을 하면, 무거운 짐을 지고 가게 문을 나설 때에도 눈물이 하염없이 흘렀습니다.

온종일 심부름하기에 고달픈 몸을 쥐처럼 웅크리고 층계 밑에서 쪼그리고 자다가도 상철이는 제가 생각하여도 신세가 슬퍼서 잠 못 자고 훌쩍훌쩍 우는 때가 많았습니다.

그러나 그보다도 슬픈 일은 시골집에서 늙어 가시는 어머님이 어린 수철이를 데리고 고생하고 계신 것이었습니다. 가끔가끔 수철이의 삐뚤빼뚤한 어린 글씨로 편지가 올 때, "……어저께도 밥이 없어서 어머니는 저녁을 안 잡숫고 주무셨어요. ……그래도 어머니는 언니 생각만 하시고 우십니다." 이런 말을 읽을 때 상철이는 그만 소리쳐 울고 싶으면서 굵다란 굵다란 눈물이 펑펑 쏟아졌습니다.

"아아, 어서 자라서 어머니를 위해야겠다. 어머니하고 동생을 잘 살려야겠다." 이렇게 부르짖으면서 그날 일을 마치고는 눈물에 젖은 베개에 누워 멀리멀리 시골집의 어머니와 수철이의 꿈을 꾸면서 그날그날을 지내었습니다.

*

마침 7월의 19일이었습니다. 무서운 비와 바람이 지구덩이를 휩쓸어 갈 것처럼 무섭게 쏟아져서, 한강 근처의 동리란 동리는 모두 떠내려가고 한강철교가 끊어지고 사람이 얼마나 죽었는지 알 수도 없는데, 간신히 기어 나온 사람이 몇 만 명인지 모르게 강 언덕에서 배를 주리고 떨고 있을 때였습니다. 주인의 심부름으로 굵은 철줄●을 한 짐 메고 자전거를 타고 종로 길로 가노라니까, 아아! 큰길 좌우 옆으로 자기보다도 더 어린 소학생들이 두 사람씩 세 사람씩 짝을 지어 다니면서 집집에 들어가 수재 동포의 위문품을 애걸해 모으는 모양! 불쌍한 동포를 구원하기 위하여는 고달프고 부끄러운 것도 모르는 그들의 정성을 볼 때에 '오!' 하고 상철이의 가슴은 뻐개질 것같이 뻐근하였습니다. 몇 만 명의 목숨이 길거리에 울고 있다! 이런 때에 나도 벗고 나서서 저들이 모아 얻은 물건과 음식을 자기는 자전거로 한강까지 옮겨만 주어도 마음이 기쁠 것 같고, 자기의 할 일을 다하는 것이 될 것 같았습니다.

그러나 아아, 그러나 지금 자기의 등덜미에는 무거운 무거운, 얼른 갖다 주지 않으면 안 될 철줄을 메고 있지 아니합니까. 이것을 얼른 갖다 주고 돌아가지 않으면 주인에게 욕을 먹고 귀를 꺼들리고● 할 것을 생각하니, 다시 슬픈 생각이 나서 자전거 위에서 눈물이 흘러내리는 것을 금하지 못하였습니다.

자기 갈 길도 잃어버린 것처럼 한참이나 그 어린 일꾼들의 뒤를 따라가다가 상철이는 언뜻 생각한 것이 있어서 그길로 다시 자전거를 몰아 자기의 주인집으로 돌아왔습니다. 가다 말고 도로 왔다고 주인이야 꾸짖거나 말거나 상철이는 자기 힘으로 쫓아다니면서 구원은 하지 못할 망정 수철이의 모자를 사 보내 주려고 한 푼 두 푼 저금해 모은 돈 85전을 구원금에 보태어 내려고 급급히 돌아온 것이었습니다.

주인에게는 잊어버린 것이 있어 도로 왔다고 핑계하고, 급급히 자기의 궤짝을 열고 꼭꼭 뭉쳐 모아 둔 85전을 꺼낼 때에는 그래도 시골서

● **철줄** 쇠로 만든 줄.
● **꺼들리다** 잡아 쥐고 당겨서 추켜들리는 일을 당하다.

모자를 기다리고 있을 수철이의 생각이 났습니다.

아아, 벌써 지나간 4월부터 모자가 해지다 못하여 꿰맸던 자죽•이 모두 찢어져서 머리에 쓰고 갈 수가 없으니 모자 하나만 사 보내 달라는 수철이의 편지를 처음 받았을 때는, 수철이가 테만 남은 모자를 억지로 머리에 끼고 학교에 가면 동무 아이들이 흉보고 놀린다는 말을 듣고 울기까지 하였거니……. 그 후부터 2원씩 타서 어머님께 내려보내 드리는 외에 전차를 안 타고 5전 혹은 10전씩, 모자 하나 사 주려고 넉 달 동안을 모아서 간신히 85전을 해 놓고, 이제 1원을 채우려고 기다리는 동안에도 수철이에게서는 편지가 몇 번이나 왔던 것을! 이제 이것을 수해 구제금으로 내면 또다시 여러 달 동안 저금을 해야겠구나…… 생각하니 어린 수철이에게 미안한 생각이 일어났습니다. 어리고 약한 마음은 가슴이 뛰노는 중에도 이럴까 저럴까 주저하지 않을 수 없었습니다.

'에라, 그까짓 모자 하나쯤 동무에게 흉을 잡히거나 놀림을 받거나 넉 달만 더 참아라! 몇 만 명 조선 사람이 모두 죽게 되는 판이다!'

마음속에 부르짖으면서 상철이는 눈물의 저금 85전을 손에 단단히 쥐고 다시 자전거를 타고 급히 아까 그 어린 학생들을 쫓아가서 이 85전이라도 구제금에 넣어서 써 달라고 내어놓았습니다. 그때 그의 목소리가 떨리고 그의 눈에 눈물이 글썽글썽한 것을 보고 어린 학생들도 가슴이 아파지는 것을 느끼었습니다.

그러나 항상 슬프고 괴로운 일밖에 모르고 커 난 상철이에게 그날같이 마음이 기쁜 날은 또 없었습니다.

_잔물, 『어린이』 1925년 8월호

• 자죽 '자국'의 사투리.

사랑하는 동무 『어린이』 독자 여러분께

어떻게 하면 조선의 소년 소녀가 다 같이 좋은 사람이 되어 가게 할까!

실제의 소년운동을 힘써 일으키는 것도 그 때문이요, 온갖 괴로움을 참아 가면서 『어린이』 잡지를 발행하여 오는 것도 오직 그것을 바라는 마음이 뜨거운 까닭입니다.

다행히 우리들의 정성이 헛되게 돌아가지 아니하여 온 조선에 300여의 소년단체가 일어나고, 『어린이』 잡지는 조선 제일가는 많은 책 수를 내어, 적게 잡아도 10만여 명의 동무 독자를 가지게 되었으니, 그 많은 조선 장래의 일꾼이 생각을 같이하고 다달이 좋은 정신을 함께 길러 가는 중인 것을 생각하면 그 어떻게 기쁘고, 어떻게 거룩한 일인지 모릅니다.

그런데 이제 조선 소년들의 유일한 정신 양식인 『어린이』의 책값 10전이던 것을 5전을 더 올려 15전으로 고치는 일은 우리의 가장 섭섭하고 미안하고 또 겁나는 일입니다.

'조선의 소년 소녀 단 한 사람이라도 빼지 말고 한결같이 좋은 인물이 되게 하자.' 하여 돈만 있으면 그냥으로라도 자꾸 박혀서 뿌리고 싶

* 발표 당시 목차에서 '부탁'이라고 밝혔다.

은 우리가, 돈 없는 우리 동무들이 돈이 부족하여 한 사람이라도 더 못 보게 되면 어찌하나……, 생각할 때에 겁이 생기고 또 울고 싶게 몹시 슬퍼집니다.

아무도 소년 문제를 생각해 주는 이 없고, 도와주기는커녕 반대만 많이 듣고, 『어린이』가 억지로 생겨난 지 3년! 남모르는 고생과 설움을 받으면서 그래도 꾸준히 30여 호를 발행해 오는 동안에 여러분과 함께 적지 아니한 진보와 발전을 하여 온 것을 우리는 믿습니다.

그러나 커 가는 몸, 뻗어 가는 여러분의 마음은 그것만으로 만족하지 못하는 것을 압니다. 그래서 '돈을 올리고라도 책을 크게 하여 달라.'는 독촉의 편지가 날마다 날마다 여러분에게서 빗발치듯 쏟아져 오는 것이었습니다. 가뜩 차고 또 넘는 희망은 어떻게든지 더 크게 확장하여야 할 것을 우리 스스로도 알면서, 책값을 10전 이상 올리지 않으려고 이날껏 애써 참아 온 것이었습니다.

『어린이』가 하도 몹시 많이 팔려 퍼지니까 세상에서는 개벽사에서 『어린이』를 팔아 부자가 되는 줄 알고 있습니다. 그러나 실상은 한 달에 『어린이』로만 꼭 230~240원씩 다달이 밑지면서 하여 왔습니다.

처음에 표지도 없이 단 8페이지에 5전씩 하여도 손해되는 것을 40페이지에 앞뒤 표지 붙이고 10전 하였으니, 그것이 벌써 터무니없이 늘린 것이건만 또 4페이지 늘리고 또 4페이지 늘리고 또 4페이지 늘리고 하여 목차까지 52페이지가 되게까지 늘려 놓고 역시 10전씩이었습니다. 그러나 그렇게 분수없이 늘려 놓아도 나가기를 신문 이상으로 굉장하게 많이 나가니까 그렇게 몹시 밑지지 않게 되었는데, 그 후로도 사진 동판을 많이 넣고, 또 세계 일주 사진을 좋은 종이에, 좋은 잉크로 인쇄하여 부록으로 넣게 되자 전혀 분수없이 밑지게 된 것입니다. 사실상 돈 없는 우리가 한 달에 230~240원씩 밑지면서 굴하지 않고 하여 온 것은 힘드는 일이었습니다.

그런데 이제 또 더한층 확장을 아니 할 수 없게 되니, 확장은 기쁜 일이나 인제는 정말 10전 가지고는 도저히 더 움직이지 못하게 되어 하는 수 없이 5전을 더 올려서 15전으로 작정하게 된 것입니다. 페이지를 더 하고, 더 새로운 계획을 자꾸 세우면서 15전으로 올린 후에 전보다 더 밑지게 될는지, 덜 밑지게 될는지 그것은 모르겠으나 이렇게 올리고 확장함으로써 동무가 한 분이라도 떨리지 아니하게 되기를 간절히 간절히 바라고 있습니다.

아아, 나의 사랑하는 동무 여러분! 조선의 소년 소녀 여러분! 나의 이 괴로운 보고를 잘 기억해 주십시오. 그리고 좀 더 이번보다도 더 크게 확장되도록 도와주는 동무가 되어 주십시오. 그리하여 우리들 사이의 생각을 통하는 단 하나뿐인 기관이요, 단 하나뿐인 정신 양식인 『어린이』가 이만큼 크게 확장된 이때에 조선의 소년 소녀 단 한 사람이라도 떨어지지 않고 다 같이 손잡고 나아갈 장래의 같은 일동무가 되게 하기 위하여 『어린이』의 동무를 늘릴 일을 결심하여 주십시오.

그리하는 일은 오로지 조선의 소년운동을 위하는 일이요, 다 같이 맞이할 우리의 장래를 위하는 일입니다.

사랑하는 우리 10만의 동무가 한마음으로 이 뜻을 들어주실 것을 믿고 간절한 마음을 다하여 이것을 씁니다. (8월 12일 밤에)

_『어린이』 1925년 9월호

동무를 늘림은 우리의 힘을 강하게 하는 것입니다. 우리가 다같이 강하게 되기 위하여 좀 더 좀 더 힘을 돕지 아니하겠습니까.

코스모스의 가을

코스모스! 그 가여운 소녀 같은 코스모스가 활짝 피어서 높아 가는 가을 한울●을 쳐다보고 있습니다.

아아, 벌써 가을이 온 것입니다.

산에 가면 감과 밤이 익고 들에 가면 곡식이 황금같이 익는 좋은 철, 가을이 온 것입니다. 바람 맑고 기운 맑고 한울 맑고 물 맑고 사람의 머리까지 맑아지는 때가 왔습니다.

보십시오, 벌써 방구석에 버레●가 울기 시작하였습니다. 운동도 좋고 여행도 좋고 그보다도 더 낙엽 스치는 창문 옆에 등불을 밝히고 버레 소리를 들으면서 책 읽기 좋은 철이 온 것입니다.

_무기명,● 『어린이』 1925년 9월호

* 발표 당시 '권두'로 소개했다.
● **한울** 천도교에서 '하늘'을 달리 이르는 말.
● **버레** '벌레'의 사투리.
● 목차에는 필자 이름이 '編輯人'으로 표기되어 있다.

언양의 조기회

어데인지도 모르는 경상남도 산간에 언양이라는 땅이 있고 거기에 소년단이 있어 아침마다 일찍 일어나는 조기회●를 한다! 하는 소식은 벌써 작년 봄부터 그곳 『어린이』 독자인 신고송 씨 외에 여러분으로부터 지어 보내는 작문과 편지를 늘 보고 나는 재미있게 여겨 오고 있었습니다. 그런데 기쁜 일로는 내가 이번에 그곳에 강연 갔던 길에 그 재미있는 조기회에 참례하고● 온 것입니다.

언양은 퍽 좋은 곳이었습니다. 울산 본부에서 자동차를 타고 태화강 옆으로만 50리를 끼고 올라가니, 언양이 가까울수록 강물이 더 맑고 경치가 아름다운데, 씻은 듯한 산속에, 태화강 흘러내리는 옆에 언양의 깨끗한 동리는 평화롭게 앉아 있었습니다.

조선에 돌멩이 많은 시골이 어데냐 하거든 '경상도 언양'이라고 하십시오! 경기도의 개성도 돌이 많고, 황해도 해주도 돌이 많기로 유명하지만, 그것은 바위를 깨트려 내는 모양 없는 돌이지마는 언양은 참외나 호박만큼씩 한 작고 어여쁘고 물에 씻은 드키 깨끗한 돌멩이가 강에나

* 원제목은 「씩씩한 동무들, 언양의 조기회」이다.

● **조기회** 아침 일찍 일어나 함께 운동이나 동네 청소 따위를 하려고 조직한 모임.

● **참례하다** 예식, 제사, 전쟁 따위에 참여하다.

길에나 마당에나 어데 없는 곳 없이 가뜩가뜩 쌓여 있습니다.

'한울•에는 별도 많다.' 하지만 언양에는 별보다도 돌멩이가 몇 갑절 더 많이 있는 것 같습니다. 그래서 담을 싼 것도 돌멩이뿐이고, 벽을 쌓은 것도 돌멩이뿐이고, 방축을 쌓아도 돌멩이뿐이고, 땅을 패어도 돌멩이뿐이고 아주 흙이 귀한 곳입니다.

산 좋고 바람 좋고 땅 좋고 물맛이 좋으니까 곡식이 좋아서 여기 물, 여기 쌀로 지어 주는 밥맛이 어떻게 그렇게 좋은지 놀래었습니다. 돌멩이 많고 밥맛 좋은 곳이 어데냐 하거든 '경상도 언양'이라고 하겠습니다.

희한하게 맛있는 저녁밥을 한 사발 다 먹고, 공립보통학교 강당에 가서 세 시간 동안 강연을 하고 그곳 여러 어른과 여관에 돌아오니, 시간이 자정 후 새로• 2시가 되었는데, 그곳 어른들이 새벽 5시 소년단 조기회 시간에 일어날 일을 걱정하기 시작하는 고로 나는 반가워 조기회 일을 자세 물었습니다.

언양에는 언양소년단과 불교소년단의 두 소년단이 있는데, 두 소년단에서 모두 다른 곳 소년회와 같이 공일날마다 모여서 토론도 하고 동화회도 하는 외에 새벽마다 5시에는 일제히 일어나서 한곳에 모여서 행렬을 지어 동리 바깥까지 구보(달음질)로 다녀와서 식전 운동을 하고 헤어진다 합니다. 겨울에나 여름에나…….

그런데 새벽 5시만 되면 먼저 임원이 일어나서 나팔을 불고, 그 나팔 소리를 군호• 삼아 골목골목 집집에서 어린이들이 이불 속에서 뛰어나오는데, 원래 조꼬마한 시골 읍이라 나팔 소리가 이른 새벽 공기를 헤치

• **한울** 천도교에서 '하늘'을 달리 이르는 말.
• **새로** (12시를 넘긴 시각 앞에 쓰여) 시각이 시작됨을 이르는 말.
• **군호** 군대에서 나발, 기, 화살 따위를 이용해 신호를 보냄. 또는 그 신호.

고 온 시골집마다 들리는 고로 소년단원 아닌 어른이나 늙은 노인까지라도 일제히 잠이 깨어서 "어린이들이 일제히 일어나는데 우리가 늦게까지 자는 것은 미안한 일이다." 하고 모두 일어나게 된다 합니다.

아아, 그 좋은 이야기를 듣는 내 마음이 어떻게 기뻤겠습니까……. 이야기만 듣고도 내 가슴에 기쁨이 넘쳐서 머리끝까지 우쭐우쭐 커 가는 것 같았습니다. 나는 곧, "어서 얼른 자고 5시에 일어나서 조기회에 참례합시다." 하고 자리에 누웠습니다. 몇 10명의 소년단원들뿐 아니라 온 시골 모든 사람을 일제히 일으키는 그 거룩한 어린이의 나팔 소리가 듣고 싶어서요.

캄캄한 밤, 피곤한 밤, 꿈도 없이 고단히 자던 내가 언뜻!! 눈이 뜨이면서 고개가 들렸습니다. 어두운 방 속에서 시계가 몇 시나 되었는지도 모를 때, 멀리서 씩씩하게 시원스럽게 들려오는 나팔 소리?

"오!" 하고 소리치면서 나는 벌떡 일어났습니다. 창 바깥은 그때에 겨우 밝아 가느라고 동편 한울이 환해지는 중이었습니다.

기침 소리도 나지 않는 꿈나라 어두운 데서 "땃다다, 땃다다 다아—." 하고 끝을 길게 끌면서 기운 나게 들려오는 소리는 기어코 방 속에서 고단히 자고 있는 모든 사람을 깨웠습니다. 안 떨어지는 눈을 비비면서 "응, 나팔 소리가 나는군." 하면서 억지로라도 모두 일어나는 것이었습니다.

과연 나팔 소리는 두 곳에서 일어났습니다. 옷을 입고 단장을 짚고 나팔 소리 나는 곳을 찾아가니까, 길거리 다리목 너른 마당에 벌써 20여 명의 어린 단원이 모여 있어서 이 골목 저 골목에서 뛰어오는 동무를 반겨 맞고 있었습니다. 여기의 패가 불교 소년단이라 합니다.

아아, 나팔을 부는 소년! 그중에 큰 소년이 부는 것인 줄 알았더니 간신히 십이삼 세밖에 안 되는 조꼬만 아주 조꼬만 어린 소년이 다리 위에 서서 힘을 들여 열심으로 불고 있습니다. 몹시몹시 그의 나팔 부는 어린 맵시가 용감하고 쾌활하고 씩씩하여 보였습니다.

거기서 또 저편 보통학교 앞에서 언양 소년단에게 부는 소리를 듣고 발을 옮기어 그편을 찾아가니, 이 언양 소년단은 보통학교 앞 청년회관이요, 소년회관인 자기네 회관 마당에서 나팔을 불어 단원을 깨워 모으고 있고, 한편에는 벌써 일찍 모여 온 단원들이 운동장의 잡풀을 열심으로 뽑고 있었습니다.

새벽 공기 좋은 때 일어나서 이런 일을 하는 것은 대단히 좋은 일이요, 더구나 공공한 생활을 위하여 운동장을 정리하는 것은 더 좋은 일이라고 생각되었습니다. 이렇게 새벽마다 모일 때마다 조꼼씩 뽑은 것이 지금은 훌륭히 테니스(정구) 운동장 한 판은 만들게 되었습니다. 새벽 노동의 소득이라 생각하면 기념할 운동장일 것입니다.

언양의 새벽은 두 소년단의 나팔 소리에 밝아 가는 것 같았습니다. 집집에 들창●과 문이 열리고 날이 투철히 밝았을 때, 두 소년단원은 소년회관 마당으로 한데 모였습니다.(날마다 따로따로 모이는 것인데, 내가 온 것을 기회 삼아 두 소년단이 오늘 처음 한마당에 모였다 합니다.)

모인 이는 모두 60여 명, 그중의 한 분 학생의 호령으로 대●를 지어 가지고 구보(달음질)로 한길로 나아가 동리를 꽤 돌고 하나 둘, 하나 둘 소리를 내면서 읍 바깥 퍽 먼 곳까지 끝끝내 달음질로 뛰어가는데, 그중에 칠팔 세의 어린이들까지 뒤떨어지지 않고 달음질해 가는 것을 볼 때 어떻게 씩씩하고 든든하여 보였는지 모릅니다.

● **들창** 들어서 여는 창. 벽의 위쪽에 조그맣게 만든 창.
● **대** 대오. 줄을 지어 늘어선 행렬.

줄곧 달음질로 날마다 가는 예정의 곳까지 다녀와서 아침 교련 운동을 마치고, 그냥 그대로 마당에 선 채로 나에게 이야기를 청하는 고로 한없이 기쁜 마음으로 인사를 드리고 또 외국 소년들의 지내는 이야기와 조선 소년들이 어떻게 어떻게 커 가야 할 것을 내 정성껏 간단하나마 간절하게 드리었습니다. 그리고 끝으로 이후부터 어느 때든지 두 단체가 연합하여 한데 모여서 하는 것이 좋을 뜻을 말하였습니다. 그때에야 아츰• 해가 동편 산머리에 솟아올랐습니다.

여관에 돌아오니 아츰에 큰일을 한 가지 마치고 온 것 같은데, 그래도 시간은 다른 때 같으면 일어날 때도 멀었었습니다.

이튿날도 또 5시 나팔 소리에 모여서 전날 같은 일을 마치고, 내가 새로운 훈련 유희를 가르쳐 드리고 내려왔습니다.

모든 것이 모두 쇠잔한다 하여도 온갖 것이 모두 망한다 하여도, 언양에는 새로운 싹이 잘 큰다 할 것입니다. 새로운 생명이 뛰면서 커 간다 할 것입니다. 언양의 모든 사람에게 새벽마다 새로운 부지런과 새로운 기운을 넣어 주고 격려하면서 씩씩하게 커 가는 두 소년단의 어린 동무들이여, 꾸준히 꾸준히 씩씩하게 장성하소서. 당신네의 5시 나팔은 지금도 내 귀를 울리면서 내 마음을 자주 채찍질해 주는 것을 감사감사히 알고 있습니다.

_『어린이』 1925년 9월호

● 아츰 '아침'의 사투리.

가을밤에 빛나는 별

차차 가을 기운이 돌기 시작합니다.

저녁밥을 먹고서 서늘한 바람을 쏘이면서 버레● 우는 마당에 내려와 앉았으면, 다른 때보다도 찬란히 빤작이는 가을 별들의 광채가 쏟아지는 소낙비 줄기같이 흘러내리는 것을 보게 됩니다.

별의 수효

"……한울●에는 별이 총총……" 하고 노래로도 부르는 그 총총한 별들은 대체 얼마나 수효가 많기에 그다지 총총한지 아시겠습니까…….

별의 수효가 얼마나 되겠느냐 하는 것은 옛날 옛적부터 알려 하여도 알 수 없는 문제로 이제껏 내려왔습니다. 그러나 지금 세계에 유명한 천문학자의 연구한 바에 의하면 한울에 떠 있는 별 중에도 여러 가지가 있어서 우리들 사람의 눈으로 볼 수 있는 것도 있고, 눈으로는 보이지 않고 멀리 보이는 망원경으로 보아야 간신히 볼 수 있는 것도 있고, 또 그래도 잘 보이지 않는 별이 있다 하는데, 우선 사람의 눈으로 볼 수 있는

* 발표 당시 '과학' '신지식'이라고 밝혔다.
● **버레** '벌레'의 사투리.
● **한울** 천도교에서 '하늘'을 달리 이르는 말.

별만 치면 퍽 안력•이 좋은 사람의 눈에 보이는 것이 5,690여 개인데 그것이 한울에 가득하여 총총히 보인다 합니다. 그리고 그 위에 망원경으로 보이는 것과 망원경 사진에 비추이는 것을 모두 합치면 10억 이상이 된다 합니다.

북두칠성과 북극성

이번에는 우리 눈으로 볼 수 있는 별의 이야기입니다.

우리가 서북쪽 한울을 쳐다보면 다른 별들보다 좀 더 유표하게• 보이는 일곱 개의 별이 이 그림과 같이 조르륵 늘어놓은 것이 있는데, 그것을 '북두칠성'이라 하고, 옛날 사람들은 그 별이 별 중에도 신령한 별이라고 믿고 거기다 절을 하면서 복도 빌고 수명도 빌었습니다.

그림을 자세 보면 아시려니와 북두칠성의 맨 끝으로 첫째와 둘째의 별과의 간격보다 약 다섯 갑절이나 떨어져 있는 별 한 개가 있는데, 일곱 별보다 조꼼 흐리게 보이지마는 그 근처와 중간에 다른 별이 없는 고로 찾기 쉽습니다. 그 별을 '북극성'이라 합니다. 이 북극성은 그 많은 별들이 때와 철을 따라 자리를 옮기지마는 홀로 사시사철 조꼼도 움직이지 않고 꼭 일정한 곳에 빤짝이고 있습니다.

그래 끝이 없는 넓은 바다로 배를 타고 다니거나 가없이 넓은 사막으로 다니는 사람이 방향을 잃어버려서 나갈 길을 찾지 못할 때, 한울에 떠 있는 북극성을 보기만 하면, "오오, 저기가 북쪽이다!" 하고 방향을 찾아 나아갑니다.

한번 북두칠성이 어느 편으로 있는지 초저녁에 방향을 잘 보아 두었

• **안력** 시력.
• **유표하다** 여럿 가운데 두드러진 특징이 있다.

다가 한 두세 시간 지난 후에 다시 나아가 쳐다보십시오. 북극성은 꼭 아까 고대로 있고, 북두칠성의 있는 자리가 반드시 움직였을 것이니까요.

움직이는 별들

북극성을 가운데 두고 움직이는 모든 별들은 동편에서 서편으로 서편으로 천천히 움직이는 고로 초저녁에 동편에 있던 별이 새벽에 보면 훨씬 서편으로 옮겨 가서 있습니다.

이렇게 북극성을 가운데 두고 천천히 서편으로 움직이지마는 대개 다 같이 열과 차례를 어그러뜨리거나 문란하게 하지 않고 꼭 고대로 제자리를 잃지 않고서 죽 옮겨 갑니다.

이 별들을 항성이라고 합니다.

놀러 다니는 태백성

총총히 빛나는 여러 개의 별 중에 제일 잘 반짝거리고 우리 눈에 잘 뜨이는 것은 '태백성'입니다. 저녁에 서편 한울에 노랗게 금색으로 빛나는 별이 그것인데, '금성'이라고도 하고 또 '명성'이라고도 합니다.

그런데 이 태백성과 그 외에도 눈에 잘 뜨이는 몇 개의 별은 움직이기는 움직이되 자기 자리를 변치 않고, 전체를 따라가지 않고 제 마음대로 오늘은 이 별 옆에 있다가 내일은 저쪽 별 옆에 뜨고, 또 다른 날은 또 다른 별 옆에 뜨고 하여, 아주 동무의 집으로 놀러 다니듯 하는 고로 노는 별이라고 유성이라 합니다.

떨어지는 별똥

가끔가끔 한울에서 별 같은 것이 총알같이 흘러 내려오는 것을 보고 여러분은 별똥이 떨어진다고 하지요? 그러나 그것은 결코 별이 아닙니다.

한울에는 별 외에 우리 눈에 보이지 않는 돌멩이나 쇳덩이가 많이 떠 있건마는 이쪽저쪽의 모든 별들이 그것을 서로서로 잡아당기고 있는 까닭으로 이리저리 켕겨서● 떨어지지 않고 있습니다. 그런데 어떤 때 어떤 별 하나가 특별히 힘이 세어지게 되면 그 별 쪽으로 돌이나 쇠가 쏜살같이 빠르게 끌려갑니다. 그것이 우리의 눈에 별처럼 빛나 보이는 것은, 우리가 사는 이 지구 위에 끌려 내려오는 돌이나 쇠가 이 지구를 휩싸고 있는 공기와 스쳐 지나갈 때 마찰이 되어 뜨거운 기운 열과 빛을 내이게 되는 까닭입니다.

그런데 대개는 이 지구 땅 위에까지 떨어지기 전에 중간에서 마찰되는 통에 부서져 없어져 버리고, 실상 땅 위에는 떨어지지 아니합니다. 어쩌 가다 혹시 중간에서 공기와 부딪쳐 채 없어지지 않고 그냥 땅 위에 딱 떨어지는 것이 간혹 있는데, 그것을 '운석'이라고 합니다.

만일 우리가 사는 이 지구에 휩싸고 있는 공기가 없어서 그 돌이나 쇳덩이가 중간에서 부서져서 없어지지 않고 모두 그냥 쏟아져 내려온다 하면, 단 하로● 동안에도 약 1천만 개로부터 많으면 2억 개가 비 쏟아지듯 할 것이니 사람이 살지 못하게 될 것입니다.

_三山人, 『어린이』 1925년 9월호

● **켕기다** 맞당겨서 팽팽하게 만들다.
● **하로** '하루'의 사투리.

눈물의 가을

가을의 입김(호흡)이 만 가지 물건에 스치어 빛을 변해 놓기 시작하였다. 나뭇잎도 변하고 풀잎도 변하고……. 얌전한 가냘픈 빛을 가진 애틋한 꽃들이 피건마는 그래도 가을의 자연은 적막하고 쓸쓸스런 생각을 자아낸다. 어린이의 마음도 말라 가는 나뭇잎과 같이 가을바람에 스쳐서는 애달프게 우는 것이 그 까닭이다.

해가 저물고 저녁 바람이 불어올 때 나무숲에서는 붉은 잎, 누른● 잎들의 애처로운 울음소리가 들리고, 거치른 풀숲에서는 명(생명) 짧은 벌레들의 슬픈 노래가 들린다. 그때에 자기의 가슴속의 울음소리를 듣지 못하는 사람이 누가 있으랴……. 조용한 자연의 그윽한 울음소리를 들을 때, 우리의 가슴속에는 순결하고 천진한 눈물의 항아리의 뚜깨●가 벗겨지는 것이다.

아아, 이야말로 청정한 눈물, 존귀한 눈물이다. 온갖 생물을 사랑하려는 우리의 열정은 그러한 감정의 움직임에서 저절로 저절로 길리워지

* 발표 당시 본문에는 제목이 없지만, 목차에는 제목을 「눈물의 가을」이라고 표기하고 '권두'라고 밝혔다.

● **누르다** 황금이나 놋쇠의 빛깔과 같이 다소 밝고 탁하다.

● **뚜깨** '뚜껑'의 사투리.

는 까닭이다.

아아, 가을…… 쓸쓸하고 구슬픈 이야기를 하여도 좋은 가을은 왔다. 고운 감정을 기르기에 좋은 가을은 왔다.

_무기명,• 『어린이』 1925년 10월호

• 목차에는 필자 이름이 '編輯人'으로 표기되어 있다.

나의 가을 재미

여름의 괴로움에서 소생되어 나는 가을철…….

이때에는 산에 가도 좋고 들에 가도 좋고 풀밭에 누워서 높아 가는 한울●을 쳐다보는 것도 좋고, 또는 마당이나 마루 끝에 따뜻한 햇볕을 쪼이면서 노랗게 피는 국화의 향내를 맡고 앉았어도 좋습니다.

그런데 그중에도 더, 깨끗한 날 초저녁으로부터 밤이 깊어 갈 때 정결히 소제한● 방에 등불을 밝히고 앉아서 책 읽는 것보다 더 재미나는 일은 없습니다. 고요히 깊어 가는 밤에 창밖에는 마른 잎 떨어지는 소리만 간간이 들리고, 방구석에서 가여운 버레●의 우는 소리가 쓸쓸히 들릴 때, 나는 그런 때 책이 제일 잘 읽혀집니다…….

_『어린이』 1925년 10월호

* 발표 당시 '취미'로 소개했다.

● **한울** 천도교에서 '하늘'을 달리 이르는 말.

● **소제하다** 청소하다.

● **버레** '벌레'의 사투리.

계수나무 이야기

일 년 중에 추석 때처럼 달이 밝은 때는 없습니다. 계수나무 박혔다는 둥근 달이 요사이는 몹시도 밝게 보입니다. 그런데 둥근 달 속에 보이는 계수나무는 정말 계수나무일까요. 그 이야기를 합시다.

달 속에 계수나무처럼 보이는 것은 나무가 아니라 실상은 깊은 구렁이랍니다. 달은 우리 눈으로 보기에는 거울 같고 환하고 예뻐 보이지만, 예전에는 큰 불덩이던 것이 차차 식어져서 지금은 우리가 사는 이 지구와 같이 높은 곳은 산이 되고, 깊은 곳은 구렁이 되어 울퉁불퉁한 땅덩어리처럼 된 것입니다.

그런데 그 높은 산은 햇볕을 잘 받아서 하얗게 보이고 깊은 구렁은 컴컴한 고로 꺼매 보이는 것인데, 그 구렁이 우리 눈에는 계수나무같이 보이는 것입니다.

이 말이 미덥지 않거든 이 사진(제1도)을 자세 들여다보십시오. 크디큰 망원경을 대고 박은 달 사진입니다. 하얀 데는 모두 높은 산이요, 검은 데는 모두 구렁입니다. 제일 하얀 데는 '치호산'이라고 하고, 검은 데

* 원제목은 「아름다운 가을 달 계수나무 이야기」이다. 발표 당시 '과학 신지식'이라고 밝혔다.

를 '우해'● '열해'●라고 이름까지 (과학자들이) 지어 놓았습니다.

그런데 이 사진으로 잘 자세히 보기가 어려우면 제2도를 보십시오. 이것은 달 한 구탱이●만 더 크게 박아 놓은 사진입니다.

곰보딱지● 모양으로, 마마한● 사람처럼 얽은 것이 보이지 아니합니까? 그것이 모두 수많은 산들입니다. 그 산에는 대개 산 위에 커다란 구멍이 펑펑 뚫어져 있답니다. 구멍이라도 조꼬만 구멍이 아니고 몇 백 마일씩 되는 크디큰 구멍이라 합니다. 그 구멍으로 예전에는 불기운이 뻗쳐 나왔었던 모양이라 하며, 그러한 산이 달 전체에 10만 개 이상이 있다 하니 굉장히 많지 않습니까?

그런데 달나라에는 물도 없고 공기도 없다 합니다. 그래 바다도 없이 그냥 높은 산들과 구렁뿐인데, 바람도 없고 물도 없으니까 옛날부터 있는 산이 불리고 씻기고 하지 아니하니까 조꼼도 깎이지 않고 밤낮 그대로 있다 합니다.

달이 우리 눈에 보이기는 암만 크게 보아도 큰 맷방석●만 하게 더 크게 보이지 않지만, 실상은 우리가 사는 이 지구의 50분의 1이 된다 하니 그래도 굉장히 큰 것입니다. 그런데 해(태양)에서 멀기는 해에서 지구에 오기까지의 거리와 같다 한즉, 기후는 지구와 같은데 다만 공기가 없는 고로 햇볕이 비칠 때는 몹시 덥고 해만 안 비치면 몹시 춥다 합니다.

더 자세히 이야기하려면 어려워지니까 그만큼 해 두고 그칠 터이니,

● **우해** 비의 바다.
● **열해** 뜨거운 바다.
● **구탱이** '구석' '귀퉁이'의 사투리.
● **곰보딱지** 얼굴이 몹시 얽은 사람을 놀리는 투로 하는 말.
● **마마하다** 천연두를 앓다.
● **맷방석** 매통이나 맷돌을 쓸 때 밑에 까는 짚으로 만든 방석.

달은 보기에는 아름다워도 실상은 지구와 같은 땅덩어리인데 물도 없고 공기도 없고 나무도 없고 사람도 없이 그냥 높은 산들만 자는 드키 가만히 있는 곳인 줄만 알아 두면 좋습니다.

_三山人, 『어린이』 1925년 10월호

방정환 씨 미행기

어저께(금요일) 학교에서 여섯 시간을 마친 후에 또 소제•까지 하고 늦게 돌아가는 길에서 협성학교 앞 교동 길거리에서 다른 아이들이 손가락질을 하면서 소곤소곤하기에 보니까, 거기 소파 방정환 선생님이 걸어가시는 고로 '이제 어린이사에서 댁으로 가시나 보다.' 하고 무심코 뒤에 따라가다가 어느덧 나갈 길을 잃어버리고 당치도 않은 탑골 공원 뒷골목까지 따라갔었다. 그래 거기서 얼른 돌아서서 오려다가 기왕이니 선생님 댁이 어데인지 따라가 보리라 하고 넌지시 실례하면서 뒤를 이어 따라갔었다.(오후 5시)

새까만 양복에 빛 낡은 중절모자에 부유스름하고• 푸른빛 약간 섞인 외투를 입으시고, 한 손에는 언제든지 무슨 책을 들고 반드시 대물부리•에 담배를 피우면서 뚱뚱한 몸으로 천천히 가시는 것을 보면 경성의 어린 학생들은 방 선생님인 줄 모르는 사람이 거의 없는데, 지금은 전에 없던 지팡이 하나를 무슨 나무인지 모르겠으나 뚱그랗고 빤짝빤짝하는

* 발표 당시 목차에서 '소개'라고 밝혔다. 원문에는 전판문의 사진이 실렸으나 화질이 좋지 않아 싣지 못했다.

● **소제** 청소.

● **부유스름하다** 선명하지 않고 약간 부옇다.

● **대물부리** 담배를 끼워서 빠는 대나무로 만든 물건.

새빨간 지팡이를 짚고 가신다.

아무 말 없이 담배만 퍽퍽 피우시면서 속으로 무슨 생각을 하면서 지금 어데로 가시는 모양인고……. 하고 생각하면서 묵묵한 걸음을 따라가노라니 선생님께 관한 여러 가지 일이 생각난다.

천도교 기념관에 치운• 날에도 동화회가 있을 때마다 수천 명 어린 사람이 귀가 아프게 들끓어도 정성스런 이야기로 그 많은 사람을 울리고 웃기고 하시는 재주와 힘, 시골 어린 사람들을 위하여 동화 하시다가도 바로 정거장으로 뛰어나가시고, 시골 가셨다가도 동화회 시간을 대어 바로 정거장에서 달겨드시는 열성과 노력, 어린이날에는 하도 피곤하여서 연단에서 코피를 흘리면서 우리들께 연설해 주시던 일, 『어린이』 잡지를 정성으로 꾸며 십만 명이나 되는 사람에게 읽히시는 성력•과 활동! 모두가 오직 우리들 조선 소년을 위하여 애쓰시는 일인 것을 생각하매, 지금 길을 걸어가시면서도 속으로는 반드시 소년들을 위하여 무슨 일을 계획하고 생각하시는 것 같고, 그 한 걸음 한 걸음도 소년운동을 위하여 걷는 것 같다.

아아, 저편에서 보이스카우트 소년단 복장을 입은 얼굴 예쁜 어른이 선생님을 보고 인사하였다. 저이•는 분명히 종로 청년회관 소년척후대•의 대장이다. 성함은 몰라도……. 방 선생님도 인사를 하시고 그이와 이야기를 하고 서셨는데, 그 뒤로 수송동 학교 학생 두 사람이 방 선생님을 자꾸 쳐다보면서 속살속살하고 지나가면서,

- **칩다** '춥다'의 사투리.
- **성력** 정성과 힘을 아울러 이르는 말.
- **저이** 소년척후대 창설자 정성채(1899~?).
- **소년척후대** 1922년 정성채가 서울에서 설립한 보이스카우트 단체.

"저이가 방 선생님이다."

"이야기를 퍽 잘해!"

한다. 나는 혼자 서서 웃었다.

이야기가 끝나고 조끔 걸어가시더니 경성 도서관으로 들어가셨다. 거기까지는 따라 들어가지 못하고 뒤에 떨어져 서서 보니까, 현대소년 구락부[●]엔지 아동 도서실엔지 좌우간 아동실로 쑥 들어가셨다.

길거리에 그냥 섰기가 싱거워서 나는 조선극장 앞에 그림을 보면서 암만 기다렸으나 나오시지 않는 고로 다시 슬금슬금 가서 그 문 앞에 지키고 있었다.

그런 지도 한참 후에야 아동실 안 문이 열리고 선생님이 웃으시면서 나오시고, 거기서 여자 한 분과 남학생 두 분이 마당에까지 따라 나와 인사를 하고 들어갔다. 무슨 이야기를 하고 나오셨는지 퍽 궁금하였다.

선생님은 거기서 나오실 때에도 담배는 여전히 파란 연기를 뿜고 있었다. 아마 선생님의 입에 담배가 그칠 새가 별로 없는 것 같다.

담배 연기를 뿜으면서 천천한 걸음으로 사동 동아부인상회 앞을 지나 종로 큰길로 나서시는데, 부인상회 건너편 포목상점 앞에서 군밤 파는 아이와 그냥 앉아 있는 아이 세 사람이 선생님을 보고 벙글벙글 웃더니, 다 지나가신 후에 놀리드키 몹시 큰 소리로 "방 선생님, 군밤 사 가지고 가십시오."

그 소리에 방 선생님 깜짝 놀라신 것처럼 휙 돌아다보신다. 저놈들을 혼내시나 보다 하였더니 그냥 싱끗 웃고 그냥 걸어가신다. 그러니까 그 세 아이는 소리 높여 깔깔깔깔 웃고 밤 굽는 아이가 아까보다도 더 큰

● **구락부** 단체, 모임 등을 뜻하는 '클럽'의 일본식 음역어.

소리로 연설하드키 "불쌍한 산드룡의 어머니는 계모입니다. 그런데 그 계모는 코가 뾰죽했습니다."

분명히 방 선생님께 산드룡의 이야기 들은 것을 흉내 내는 것이었다. 방 선생님은 또 한 번 돌아다보고 웃으셨다.

큰길에서 종로 쪽으로 가시다가 우미관• 앞으로 꺾으시기에 '어데로 가시는 모양인가.' 하고 나는 의심하였다. 우미관 광고 그림을 한참 쳐다보시더니 또 천천히 걸어서 몇 걸음 가시다가 조선사진관 좁은 문으로 쑥 들어가셨다. 사진을 박히시나 보다, 한참 될 모양이니 그냥 도로 갈까 보다 하고 망설거리는데 웬일인지 이번에는 금방 도로 나오신다. 아마 『어린이』 표지 사진을 구하러 오신 모양이다. 사진관 주인인지 얼굴 까만 어른이 쫓아 나와 인사하고 들어갔다.

선생님은 거기서 또 남쪽으로 걸어가시면서 물부리에 다 타고 남은 담배 찌꺼기를 뽑어 버리고 새 담배를 곧이어 꽂아서 불도 안 붙이고 그냥 물고 가신다. 분명히 성냥이 없으신 모양이었다.

개천가에 나와 장교•를 지날 때 저편에서 오는 여학생(트레머리•) 두 분, 그중의 한 분이 부끄러운 듯이 얼른 선생님께 인사를 하고 지나서더니, 뒤에 가는 내 옆을 지나갈 때 인사하던 이가 동행에게 "그이가 방정환 씨야!" 하는 것이 들렸다.

구리개• 큰길을 지나 곡마단 자주 노는 동양척식회사 옆길로 들어서시는 고로, '오오, 진고개•로구나!' 하고 짐작하였다.

• **우미관** 1910년 세워진 상설 영화관.
• **장교** 서울 중구 장교동과 종로구 관철동 사이 청계천에 놓였던 다리.
• **트레머리** 신여성을 상징하는 머리 스타일로, 옆 가르마를 타서 갈라 빗어 머리 뒤에 다 넓적하게 틀어 붙인 여자의 머리.
• **구리개** 서울 중구 을지로의 옛 지명.

명치정● 네거리에서 진고개 길로서 휘적휘적 걸어오는, 조선 옷 입고 키 큰 어른을 만나 손을 흔들고 서서 한참 이야기하시더니,

"『어린이』 10월호에 넣을 그림을 고르려고……."

"골라 가지고 새문● 밖으로 가실 터이시지요? 그럼 같이 가십시다." 하고 그 어른도 다시 돌아서서 두 분이 동행하신다. 저 어른이 누구일까 하고 궁금하였으나 알 수 없었다. 한참 가시더니 방 선생님이 좌우편 골목을 자주 기웃기웃하시면서 황급한 모양으로, "나는 여기 오기만 하면 소변 볼 곳이 없어 고생을 하는구먼……." 하십니다. 옳지, 오줌이 매우 마려우신 모양이었다.

"그까짓 것 아무 데나 누시구려."

"글쎄……, 좀 안 되었지……."

"안 되긴 무에 안 돼요. 진고개에 와서야 예사이지……. 싸는 것보다야 낫지요."

점점 급해지는 방 선생님, 자주 이 골목 저 골목을 기웃기웃하시나 모두 조용치 않은 모양이었다. 방 선생님 주변에 오줌 주체를 어찌하시나 하고 재미있어했더니 "옳지……. 얼른 갑시다. 좋은 곳이 있소." 하고 걸음을 급히 걸으신다. 좋은 곳이 어데인고 하고 급히 가시는 두 분을 따라 급히 좇아가니까 그 골목 맨 끝 모퉁이 집, 그림과 그림엽서 파는 집으로 쑥 들어가신다.

어쩌나 보고 섰으니까 일본 옷 입은 점원이 선생님을 보고 "어서 오십시오. 안녕하셨습니까?" 하고 친절히 인사하는데, "나 소변 좀 봅시

● **진고개** 서울 중구 충무로2가의 고개.
● **명치정** 서울 중구 명동의 일제강점기 명칭.
● **새문** '돈의문'(조선 시대에 건립한 한양 도성의 서쪽 정문)의 다른 이름.

다.” 하고 상점 한구석 저 속으로 아는 집같이 쑥 들어가 버리셨다. 잠깐 후 시원한 얼굴로 나오시면서 빙글빙글 웃으시더니 점원도 웃고 동행하신 이도 웃었다.

사진을 이것저것 고르시다가 『어린이』에 낼 만한 것이 없던지 점원을 시켜 궤짝 속에 있는 것까지 샅샅이 고르시더니 그래도 없어서 입맛을 쩍쩍 다시고, 미안한 값으로인지 엽서(분명히 ‘가을의 칠초’●라는 것이었다.) 한 봉투를 사 가지고 나오셨다.

거기서 대판옥● 책사●로 가시더니 여러 사람 일본 사람들 틈에 끼어 서서서, 다리도 아니 아프신지 잡지라는 잡지는 거의 모두 한 번씩 들어서 내용을 훑어보시고야 만다.

여기서 『과학 세계』라는 잡지와 『금의 성』●이라는 잡지 두 권을 사 가지고 나오시더니, 이번에는 다른 것은 거들떠보시지도 않고 동행의 어른과 함께 경성 우편국 앞으로 나와 전차를 기다리고 서셨더니, 무슨 이야기가 생겼던지 다시 돌아서서 앞서서 가는 동행 어른의 뒤에 끌려 우편국 아래 골목으로 가시기에, ‘어데를 또 가시나.’ 하고 따라가려 하니까, ‘사해루’라는 집으로 쑥 들어가셨다. 보니 거기는 커다란 중국요릿집! 나는 주춤하고 돌아서서 집으로 돌아오면서 방 선생님도 술을 잡숫는지 안 잡숫는지 그것이 몹시 궁금하였다. _長沙洞 一記者,● 『어린이』 1925년 11월호

● **가을의 칠초** 일본에서 옛적부터 가을을 대표하는 일곱 가지 풀꽃인 등골나물, 칡, 여랑화, 싸리나무, 참억새, 도라지, 패랭이꽃을 이르는 말.
● **대판옥** 오사카야고서점(대판옥호 서점)으로 1914년 경성 지점을 개업함.
● **책사** 서점.
● **『금의 성』** 킨노호시(金の星). 1919년 10월 창간한 킨노후네(金の船)의 후신인 일본 아동잡지로, 1922년 6월 『킨노호시』로 잡지명을 변경했다.
● 방정환이 독자로 가장하고 자신의 행적을 쓴 글로 보인다.

가을의 이별

나뭇잎: "안녕히 계십시오. 저는 가겠습니다."

나무: "벌써 작별하게 되었습니까? 섭섭합니다그려. 아직 이르니 좀 더 있다 가십시오그려."

나뭇잎: "아직이 무엇입니까? 벌써 내 몸이 다 마른걸이요. 기러기도 다 지나가고 이웃 나무 동무들도 다 가지 않았습니까?"

나무: "그래도 너무 섭섭합니다그려."

나뭇잎: "벌써 눈 올 때도 가까웠습니다. 일찍 돌아가 땅속에서 잠을 이루어야 내년 봄에 다시 기어올라 당신의 가지에 피어나게 되지 않습니까? 자아, 가겠습니다. 안녕히 계십시오."

나무: "……."

눈물만 글썽글썽.

_무기명,● 『어린이』 1925년 11월호

* 발표 당시 희곡 형식으로 쓴 '권두'이다.
● 목차에는 필자 이름이 '編輯人'으로 표기되어 있다.

글 지어 보내는 이에게

● 이번 호는 독자호로 꾸민 것이니 편집 여언● 대신에 투서●에 대한 몇 가지 주의를 말씀하겠습니다.

● 여러분의 작문과 동요와 동화가 한 달에도 근 천여 가지씩 들어오는데, 그것을 추리기에만 꼭 하로● 꼬빡 걸립니다. 그리고 그것을 세 번씩 내리읽어 뽑기에 일주일이 걸립니다.

● 그렇게 많은 것 중에서 단 7, 8편을 골라내이니 뽑기도 힘들거니와 뽑히기도 어려운 것이라, 그 대신 『어린이』에 뽑혀 나는 글은 참말 상당히 잘된 글입니다.

● 그래서 뽑히지 못하여 내지 못하는 글에도 상당히 잘된 것이 많이 있습니다. 못 싣게 되는 원고를 만질 때마다 미안한 생각이 한이 없습니다마는 어찌하는 수가 없습니다. 그 대신 『어린이』에 자꾸자꾸 투서하시는 중에 글은 몹시 늘어 갑니다.

● 책에 나고 못 나는 것을 헤아리지 말고 안 나더라도 자기 공부이니

* 발표 당시 목차에서 '주의'라고 밝혔다.
● **편집 여언** 편집후기.
● **투서** '투고'를 이르던 말.
● **하로** '하루'의 사투리.

자꾸자꾸 잘 지어 보내면 저절로 재주가 늘어서 뽑힐 수 있게 됩니다. 마음을 느긋이 먹고 자꾸 지어 보내십시오. 그래야 글이 늘어 갑니다.

● 책에 못 내더라도 일일이 잘잘못을 일러 드렸으면 좋겠는데, 세 번씩 읽어 뽑기에만 일주일이나 걸리니까 도저히 틈이 없어서 못 합니다. 아직 더 참을 수밖에요.

● 글을 지어 보낼 때, 다 쓰고 나서 봉투에 넣기 전에 한 번 두 번 다시 읽어 보고 틀린 자를 고쳐 써 보내십시오. 여러분의 글 중에는 글자 빠진 것, 잘못 쓴 것이 퍽 많이 있습니다. 다시 한번 읽어 보면 그런 것을 고치게 될 것 아니겠습니까.

● 일기를 써 보내시는 것 중에는 정말 일기책 속에서 써 보내는 것이 아니고 임시로 꾸며서 써 보내는 것이 많아서 아니 뽑습니다.

● 이후부터는 1행 16자 꼭 30행 이내라야 뽑겠습니다. 좀 더 주의하여 주십시오.

_무기명,● 『어린이』 1925년 11월호

● 목차에는 필자 이름이 '一記者'로 표기되어 있다. 방정환이 쓴 것으로 보인다.

이것도 전기

학교에서 과학 시간에 전기를 일으킬 때에는 에보나이트● 방망이를 털조각(수건)에 문지르거나 또는 유리 방망이를 비단 헝겊에 문지릅니다. 그러나 그런 것이 없이 더 간단하게도 전기를 일으킬 수 있습니다.

1. 차차 겨울이 되니까 여러분이 다니는 학교에나 사무실에도 난로를 놓겠지요. 빳빳한 양지●를 조꼼 찢어서 난로 연통 가깝게 대어 조꼼 누른빛●이 나게까지 따뜻해졌을 때, 얼른 그 종이를 머리에 대고 두어 번 몹시 비벼 문지르다가 뺨에 대든지 손바닥에 대든지 하면 떨어지지 않고 붙어 있습니다. 종이에서 전기가 일어난 까닭으로 붙는 것입니다.

2. 난로 연통 아니라도 좋으니 공책 찢은 종이나 도화지 찢은 것을 화롯불에 쪼여서 따뜻하게 해 가지고 머리에 비벼 문지르다가 뺨에나 손바닥에 대면 붙어 있고, 또 손이나 뺨에 대지 말고 재 위에 대면 재가 종이에 붙습니다. 종이에 전기가 있으니까요.

3. 조꼬만 가느단 나무때기를 불에 대어 끝을 태우다가 얼른 재 속에

● **에보나이트** 신축성이 적고 단단한 고무.
● **양지** 서양에서 들여온 종이. 또는 서양식으로 만든 종이.
● **누른빛** 황금이나 놋쇠의 빛깔과 같이 다소 밝고 탁한 빛.

푹 찔러 불을 꺼 가지고 얼른 그 타던 끝을 머리에 문지르다가 담뱃가루 같은 데 대면 가벼운 가루가 나무에 묻어 오릅니다. 이것도 전기가 생긴 까닭입니다.

4. 유리 등피[•]나 유리 고뿌[•]나 아무것이라도 유리로 만든 놈을 불에 잠깐 쪼였다가 마른 종이로 잘 문지르면 그 문지른 자리에 가벼운 물건이 붙습니다.

● 무엇이든지 몹시 문지르면 거기에 전기가 일어납니다. 축축한 것은 잘 문질러지지 않고 전기도 잘 안 일어나니까, 유리나 종이나 나무때기 같은 것을 불에 쪼여서 축축한 기운을 없애 가지고 머리에 문지르는 것입니다.

● 기름 바른 머리는 축축하니까 부숭부숭하지[•] 않아서 문질러도 소용없습니다.

● 물기는 전기를 도망하게 하는 고로 전기를 일으키는 데는 큰 질색입니다. 무엇이든지 부숭부숭한 것을 문질러야 하는 것입니다.

● 양지[•]나 유리를 불에 쪼이고 나무때기를 불에 태우라는 것은, 축축한 기운을 없애고 부숭부숭해지라는 것입니다.

● 자아, 누구든지 실험하여 전기를 일으켜 보십시오.

_三山人, 『어린이』 1925년 11월호[•]

● **등피** 등불이 꺼지지 않도록 바람을 막고 불빛을 밝게 하기 위하여 남포등에 씌우는 유리로 만든 물건.
● **고뿌** '잔'이나 '컵'을 뜻하는 일본식 외래어.
● **부숭부숭하다** 잘 말라서 물기가 없고 부드럽다.
● **양지** 서양에서 들여온 종이. 또는 서양식으로 만든 종이.
● 방정환 사후 필명 '三山人'으로 『별건곤』 1934년 3월호에 1~3번 문장이 빠진 채 재수록되었다.

두 팔 없는 불쌍한 소년

—가마다 마술단의 전판문 씨

내가 이번에 시골 갔다가 보고 온 불쌍한 팔 없는 소년의 슬픈 이야기입니다.

충청남도 홍성! 나의 본집●이 그곳이어서 이번에도 10여 일이나 가서 있었지만, 그곳은 이제 간신히 철도가 개통하였을 뿐인 아주 한적한 곳입니다.

보잘 만한 거리도 없고 놀 만한 경치도 없고, 심심하고 쓸쓸한 신작로에 햇볕만 환하게 비치는 곳이라 명절 때에도 하도 심심하여서 촌부인들은 쓸쓸한 정거장에 기차 다니는 구경이나 하는 것밖에 아무것도 없는 심심한 곳입니다.

그런데 이번 추석 명절이 지난 지 며칠 후에 심심하고 한적한 홍성읍에 울긋불긋한 요술 구경(마술단) 광고가 두어 곳에 걸리고, 예전 학교터 너른 마당에 높다랗게 포막집●을 짓기 시작하는 것이 눈에 띄었습니다.

아무런 구경이고 1년에 한두 번밖에 보지 못하는 곳이라 희한한 구경

* 발표 당시 목차에서 '소개'라고 밝혔다. 원문에 전판문의 사진이 실렸으나 화질이 좋지 않아 싣지 못했다.

● **본집** 본가.

● **포막집** 천막집.

이나 오는 드키,

"요술 구경이 온다지!"

"궤짝 속에 처녀를 넣고 칼로 찌른다지."

"어느 날부턴가……? 구경 표는 40전씩이라지……."

촌마다 집마다 그 요술 구경의 소문으로 사람들의 마음은 들떴습니다.

웬일인지 서울서는 그런 것을 시들하게 알아 눈도 떠 보지 않던 나의 마음도 그 요술단의 오는 날이 은근히 기다려졌습니다.

언제인가 여러 해 전에 경성 명치정● 동양척식회사 앞에 포막집에서 곡마단(말광대) 구경을 하였을 때, 거기서 말 타고 재주 부리던 가여운 소년! 그가 일본 사람이 아니고 조선 소년이 어릴 때부터 곡마단에 팔려 다니는 것인데, 주인이 조선 사람이라는 말을 못 하게 한다는 말을 듣고 마음에 몹시 불쌍하고 가엾게 생각한 일이 있었습니다. 그 후로부터 나는 어데서든지 곡마단의 구슬픈 나팔 소리만 들으면 반드시 그 ― 말 위에서 위험한 재주를 부리던 ― 가여운 소년을 생각하게 되었습니다.

아버지 어머니도 없이 어린 몸이 무지한 말광대 틈에 끼어서 조선 사람이란 말도 못 하고, 이 시골 저 시골 정처 없이 다니는 그 소년이 반드시 높다란 그네 끝에서나 말 등 위에서 구슬픈 나팔 소리에 맞추어 재주를 부리다가 혼자 눈물짓는 때가 많이 있을 것이고, 지금도 어느 나라 어느 시골에인지 가서 눈물 나는 재주를 부리고 있겠거니! 하고 생각되어 몹시 궁금해집니다.

이런 맘 저런 생각 하여 지금 이 한적한 시골 홍성으로 돈 벌러 오는

● **명치정** 서울 중구 명동의 일제강점기 명칭.

그 종류의 일행이 오는 것을 저절로 기다려지는 것이었습니다.

왔습니다. 그 요술 구경패의 일행이 홍성에 와서 골목마다 길다란 기를 꽂아 놓고, 다 지어 놓은 포막집에서 구슬픈 음악을 불기 시작하였습니다. 10월 14일 저녁, 나는 우리 집의 어린 사람들과 함께 구경하러 갔습니다. 시골이건마는 구경꾼이 남녀 한 500여 명, 넓은 포막집이 가뜩하였습니다.

손수건이 변하여 비둘기가 되어 날아가고, 금시계가 변하여 하얀 재가 되어 나오고, 어여쁜 여자가 공중에 떠서 가만히 있고, 궤짝 속에 묶어 넣은 여자가 남자로 바뀌어 나오고, 짚으로 만든 인형이 나팔을 불면서 걸어가고, 사람의 해골이 춤을 추고, 가지가지로 신기한 요술이 여러 가지 끝나고 중국 여자의 접시 돌리는 재주도 재미있었습니다.

그러나 그런 것들이 모두 끝이 난 후에 두 팔이 아주 없다 하는 소년이 모자를 쓰고 나오더니 발을 번쩍 들어 모자를 벗어 들더니 인사를 꾸벅합니다.

처음에 나는 일부러 팔을 감추어 두고 우습게 요술을 하려나 보다 하였습니다. 그러나 그 소년도 입을 벌려 어린 목소리로 "여러분, 나는 날 적부터 두 팔이 없었습니다. 자세 보시게 하기 위하여 웃옷을 벗겠습니다." 하고 그 말을 일본 말로도 한 번 하더니, 일어선 채로 자기 발을 번쩍 들어 발가락으로 저고리 고름을 풀어서 홀딱 벗어 던졌습니다.

아아, 참말이었습니다. 어깨만 산머리같이 오뚝하고 두 팔은 자죽• 도 흔적도 없이 뻔뻔하였습니다. 그 비참한 꼴을 눈앞에 보자 나는 그만 못 먹을 음식을 먹은 것같이 가슴이 듬뿍하게 무겁게 눌리었었습니다.

• **자죽** '자국'의 사투리.

휘장 뒤에서 청승스럽고 구슬픈 음악 소리가 나기 시작하더니, 불쌍한 팔 없는 소년은 마룻바닥에 털썩 주저앉아서 음악에 맞추어 발가락을 놀리어 여러 가지 동작(발재주)을 보이기 시작하였습니다.

팔 없는 설움엔 발가락과 발가락으로 밥그릇을 들고 젓가락질을 하여 밥을 먹고, 발가락으로 주전자를 번쩍 들어 물을 따라 먹고, 발가락으로 담뱃갑과 성냥갑을 집어서 발가락으로 담배와 성냥개비를 빼어 불을 그어 불을 붙여 먹고, 모든 일에 손 대신으로 발가락을 묘하게 쓰고 있었습니다. 그러나 그보다도 신기한 일은 왼발 발가락에 바늘을 쥐고 바른발 발가락으로 실을 풀어 실 끝을 부벼 꼬아서 발가락으로 그 실을 그 바늘구녁•에 꿰어 가지고, 또 발가락으로 그 실 끝을 매듭까지 지어 들더니 발가락으로 손수건에 바느질을 훌륭히 하였습니다. 그다음에 가위(가새•)와 종이를 주니까 두 발가락으로 가위질을 하여 잠깐 동안에 종이를 오렸으되 훌륭한 무늬 그림을 새겨 놓았습니다.

꿈밖의 일, 꿈밖의 재주에 감탄하는 손뼉 소리가 여기서 저기서 일어나고 구슬픈 음악 소리도 그치지 않고 일어나고 있습니다. 아아, 슬픈 일이었습니다. 이러한 일을 이러한 곳에서 보는 일은 참으로 슬픈 일이었습니다. 나는 그 밤에 구경이 끝나고 구경꾼들이 모두 헤어져 간 후에 주인과 그 소년을 찾아 약간의 동정을 표하고 돌아와서, 그 이튿날 아침에 그들이 묵고 있는 여관집에 불쌍한 동무를 다시 찾아갔습니다.

팔 없는 불쌍한 소년! 그는 이제 열네 살이고, 경상남도 거창군 마리면 대동리라는 곳에서 낳은 전판문 씨였습니다. 어머니 아버지가 모두 튼튼한 몸이었건마는 판문 씨는 날 때부터 두 팔이 없이 낳았고, 몸이

• **바늘구녁** 바늘구멍. '구녁'은 '구멍'의 사투리.
• **가새** '가위'의 사투리.

아프거나 어데가 거북한 데도 없고 밥도 잘 먹고, 총기도 좋고, 다만 다른 사람과 다른 것은 젖이 셋이 있을 뿐입니다. 둘은 보통 있는 곳에 있고 또 하나는 가슴 바른편 젖 가까운 곳에 조꼬맣게 있는데 세 살 때부터 발가락으로 밥을 먹기 시작하였다 합니다.

집안은 넉넉지 못하였으나 굶을 지경도 아니었고, 판문 씨 아래로 일곱 살 되는 순딸이라는 여동생이 있어 정을 붙이고 살았으나, 일곱 살 되던 해에 아버지는 어데로 갔는지 영영 돌아오지 아니하고, 열세 살 되던 작년 여름에 어머니는 동리 김 서방이란 사람에게 판문 씨를 돈 받고 팔아넘기고 순딸이만 데리고 어데인지도 모르게 넌지시 살림(개가)하러● 가 버렸습니다.

이렇게 아버지에게도 버림을 받고, 어머니에게도 버림을 받은 판문 씨의 어린 마음이 갖추갖추● 슬픈 신세를 생각하고 혼자서 얼마나 외롭게 울었겠습니까.

울면서 울면서 불행한 몸을 탄식하는 그를 김 서방이란 자는 서울로 데리고 올라와서 이 집 저 집 구걸을 시키기 시작하였습니다. 팔 없는 병신 몸을 동무에게도 보이기 싫어하던 판문 씨가 서울 장안에 아침부터 밤까지 돌아다니면서 하로● 5원도 벌고, 10원도 벌어서 김 서방에게로 가지고 가면 그 돈은 모두 다 김 서방이 빼앗아 갖고, 이튿날 이른 아츰●부터 또 벌어 오라고 내어쫓고 쫓고 하였습니다.

바람이 불거나 비가 오거나 죽기보다 싫은 구걸을 하여 오기 꼭 두

● **살림하다** 한 집안을 이루어 살아가다.
● **갖추갖추** 여럿이 모두 있는 대로.
● **하로** '하루'의 사투리.
● **아츰** '아침'의 사투리.

달, 그동안에 번 돈이 퍽 많이 되었건마는 김 서방이란 자는 그 돈을 다 가지고 판문 씨 몰래 어데로 도망해 가고 말았습니다.

넓으나 넓은 장안에 아는 사람조차 없이 외따로 외따로 떨어진 어린 병신 몸이 길거리 처마 밑에 밤이 새도록 슬프게 울고 있으나, 누구라도 불쌍히 거들떠보아 주는 이도 있을 리 없었습니다.

하로 또 하로 슬픔과 원한만 쌓여 가는데, 차차로 날까지 치워지는• 고로 하는 수 없이 한 푼 두 푼 다시 모아 가지고 바랄 것 없는 시골을 그래도 고향이라고 더듬어 내려갔습니다.

가 보니 어머니까지도 도망간 후라 몸 하나 붙일 곳이 없어서 먼촌• 되는 아주머님 댁을 찾아가 있었더니, 원수보다 더 미워하면서 날마다 때마다 구박이 성화같아서 나중에는 밥도 주지 않고 자기 식구만 돌아앉아 먹는지라, 이틀 사흘 주린 배를 참다못하여 죽기를 결단하고 어두운 밤에 우물을 찾아간 일도 있었습니다. 그러나 그렇게 쉽게 죽어지지도 아니하고 아무것보다 쓰라린 배고픈 생활을 끌어가는 중에, 금년 봄 3월에 일본 사람 가마다 마술단이 그곳에 왔을 때에 판문 씨를 보고…… 무슨 생각을 하였든지…… 같이 가자고 하는 고로 당장에 밥만 먹여 준다면 아무 데라도 가고 싶던 터이라 즉시 따라나섰더니, 이번에는 어데든지 데리고 다니면서 판문 씨를 그림으로 그리어 내어걸어 놓고 500명 600명씩 구경꾼이 모인 앞에 나가 웃통을 벗고 구경을 시키라 하는 고로 부끄럽고 서러워서 못 견디겠으나, 그냥저냥 참아 가면서 그 노릇을 하며 돌아다닌다 합니다.

아아, 무엇이라 말하면 좋겠습니까? 사람의 세상에는 왜 이렇게 불행

• **칩다** '춥다'의 사투리.
• **먼촌** 촌수가 먼 일가. 또는 먼 친척.

이 많으며 불행한 사람을 왜 이렇게 박대만 하게 됩니까?

아버지 어머니에게 버림을 받고 그래도 어린 동생 순딸이를 보고 싶어 하면서 이 시골 또 저 시골 끌려다니는 판문 씨는 내가 이 글을 쓰는 지금도 또 어느 시골엔지 가서 그 구슬픈 음악 소리에 맞춰 눈물의 재주를 부리고 있을 것을 생각하면 눈물이 납니다.

_夢見草, 『어린이』 1925년 11월호

새롭고 재미있는 눈싸움법

—소학교, 중학교, 소년회 어데서든지 할 수 있는 것

벌써 눈 올 때가 되었습니다. 저 높고 높은 허공에서 그 하얀 눈이 깜박깜박 내려오는 말할 수 없이 좋고 아름다운 모양을 기쁜 마음으로 구경하다가, 그 눈이 다 내려 쌓인 후에는 씩씩한 소년은 누구든지 눈싸움을 해 보고 싶어 합니다.

눈싸움! 이 소리에 어린 사람의 기쁨은 뻗치고 가슴은 뛰놀아 아무런 추위라도 오히려 이기고 뛰어놉니다.

그러나 우리가 작년까지 하여 오던 눈싸움은 아무 절차도 없고 조직도 없이 그냥 눈뭉치를 들어 저편의 아무나 때려 맞히는 것밖에 아무 재미 없고 약속도 없어서, 흥미가 적을 뿐 아니라 사람 때리기에 애쓰는 좋지 못한 장난이 생기기 쉽습니다. 이제 여기에 소개하는 싸움법은 더러 미리부터 알고 있는 이도 있을는지 모르나 매우 질서 있고 흥미 있는 것입니다.

눈이 많이 쌓이면 적백이나, 동서로 두 편을 갈라 가지고 이편저편이 서로 싸움터에 나아가 싸움터 이곳저곳에 작정한 시간 안으로 눈으로 성을 쌓든지 탑을 쌓습니다. 쌓되 무너지지 않도록 되도록 높게 쌓고,

* 발표 당시 목차에서 '흥미'라고 밝혔다.

그 성이나 탑 위에 기를 만들어 꽂아 놓습니다.

미리 뽑아 둔 심판원들이(심판원은 3, 4인이 되어야 합니다.) 작정한 시간보다 5분 미리 예비 호각을 불면 채 다 쌓지 못하였더라도 얼른얼른 끝을 마치어 나머지 시간 5분 동안에 끝을 마치고 손을 떼어야 합니다. 심판원은 정한 시간에 또 한 번 호각을 불어 아주 손을 떼게 합니다. 이렇게 하여 성 쌓는 준비가 끝나면 다시 싸움을 시작하는 호각을 불기 전에 얼른얼른 탄환(눈뭉치)을 될 수 있는 데까지 많이 만들어서 쌓아 놓습니다.

심판원이 싸움터 중간 가에 서서 싸움을 시작하라는 호각을 불면, 좌우편이 고함을 치면서 눈덩이를 던져 싸움을 시작하는데, 저편 눈덩이에 맞든지 내 편 눈덩이에 맞든지 맞으면 맞은 사람은 죽은 사람으로 쳐서 심판원이 싸움터에서 퇴장을 시킵니다. 그래 되도록 남의 편 사람을 맞히도록 던지고, 또 저편 눈에는 맞지 않도록 묘하게 피해 가면서 싸우다가 어떻게든지 기회를 엿보아 저편 성 위에 올라가서 저편의 기를 뽑아 던지든지, 그렇지 않으면 그 성을 무너 놓든지, 또는 먼 데서 눈으로 기를 몹시 때려서 기가 저절로 쓰러지게 하든지, 어떻게든지 기를 쓰러트리기만 하면 이기는 것입니다.

그래 어느 한편 기가 쓰러지면 심판원이 호각을 불고 그 호각 소리가 나면 일제히 눈 던지기를 딱 그쳐야 됩니다.

이 싸움을 할 때에 다만 이기고 지고 하는 것만이 목적이 아니니까 가장 질서 있게, 유쾌하게 하기 위하여 심판원의 심판에는 절대로 잠자코 복종하여야 할 것은 물론이고, 싸우는 두 편은 미리미리 비밀히 회의하여 어떻게 하면 자기편이 많이 죽지 않고 살아 있어 내 편 성을 잘 지키는 동시에 저편의 성벽에 가깝게 갈 수가 있을까 하는 꾀를 내어야 할 것입니다. 눈덩이 속에 돌멩이나 무엇을 섞은 것을 발견한 때에는 단 한 개가 있었더라도 심판원이 싸움을 중지하게 하고, 그편이 진 것을 선언할 것이고 눈덩이에 맞고도 죽지 않고 살았노라고 고집하는 사람이 있으면, 그때도 심판원이 곧 그편이 진 것을 선언합니다. 그만큼 엄정하게 하여야 질서를 지키게 될 것이니까요.

처음에 성을 쌓을 때에는 되도록 단단하고 빤빤하게 쌓아서 저편 사람이 잘 기어 올라가지 못하게 하여야 합니다.

대체로 이렇게만 말씀하고 말 것이니 이 외에 더 연구하여 재미있는 조건을 더 붙여 해도 물론 좋고, 인수•와 거리와 기타 여러 가지는 그때 그때 형편에 따라서 좋도록 정할 것입니다. 처음 해 보는 이는 처음 한 번 재미있게 되지 않더라도 두 번, 세 번 경험을 얻으면 저절로 재미있게 될 것입니다.

하얀 동무, 한울• 손님이 내려올 때가 되었습니다. 천하 사람이 모두 웅크려 엎드리더라도 우리 『어린이』의 동무 여러분! 눈 속에 얼음 위에 더 씩씩한 기운을 기르시기 바랍니다.

_무기명,• 『어린이』 1925년 12월호

• **인수** 사람 수.
• **한울** 천도교에서 '하늘'을 달리 이르는 말.
• 목차에는 필자 이름이 '三山人'으로 표기되어 있다.

오― 새해가 솟는다! 높은 소리로 노래하라!

우리는 가난한 사람들이다. 슬픔 많은 사람들이다. 그러나 우리는 소년들이다. 뻗어 가는 사람이다. 새해 새 아츰• 지금 솟아 오는 찬란한 햇발과 같이 우리는 기쁨 많게 씩씩하게 뻗어 가야 된다. 가난한 사람인 만큼 더 씩씩하게 더 굳세게 뻗어 가야 한다.

새해 1년 두고 찬란히 뻗어 갈 씩씩한 걸음을 우리는 이날 아츰부터 걷기 시작하여야 한다.

_무기명,• 『어린이』 1926년 1월호

* 발표 당시 '권두'로 소개했다.
• 아츰 '아침'의 사투리.
• 목차에는 필자 이름이 '編輯人'으로 표기되어 있다.

겨우 살아난 하나님
—한 비행가의 이야기에서

가린은 비행기를 잔뜩 높이 띄워 가지고 캄차카반도●에 있는 페트로파블롭스크● 시로 향하여 갔습니다. 떠난 지 얼마 못 되어 벌써 목적지에 이르러 비행기가 점점 땅에 내리기를 시작할 때에 별안간 큰 바람이 일어났습니다. 바람도 어찌 모질었던지 기계가 전 속도를 다하여 돌아갔으나 끝내 이기지 못하여서 비행기는 높이높이 떠 그냥 휩쓸려 날아갔습니다.

가린은 할 일 없이 바람 그칠 때를 기다릴 예산만 하고 무엇이나 크게 잘못됨이 없도록만 단단히 주의할 뿐이었습니다.

바람은 퍽 오랜만에야 잠잠하여졌습니다. 이제는 다시 페트로파블롭스크로 향하여 걸음을 펴야 될 터인데, 어데까지나 왔는지 가린은 퍽 알고 싶었습니다. 그래서 아래를 자세히 내려다보니 일생에 처음으로 보는 눈과 얼음의 세계가 보였습니다. 여기가 어떤 곳이며 또 어떤 사람들이 모여 사는지 잘 알고 싶은 생각이 불붙듯 일어났습니다.

* 발표 당시 '명화'라고 밝혔다.
● **캄차카반도** 러시아 극동 동북쪽에 있는 반도.
● **페트로파블롭스크** 러시아 극동부 캄차카 주의 주도 '페트로파블롭스크캄차츠키'의 옛 이름.

그래서 비행기를 속히 땅에 내려 붙여 놓고 자기도 내렸습니다. 사방이 모두 반듯하고 한없이 넓은 눈이 꽉 덮어 놓은 벌판이었습니다. 멀지 않은 곳에 눈으로 쌓아 만든 집들이 여러 개가 널려 있었습니다. 그중에 혹 어떤 것은 풀로도 조금씩 덮어 놓았었습니다. 문 대신에는 조고만한 구멍이 있었습니다.

비행기가 내리는 것을 보더니 거기서 사는 사람들이 떼를 지어 우르르 쓸어 왔습니다. 모두 키가 작고 또 짐승의 가죽을 입었었습니다. 가린은 인제야 축치• 인종이 사는 곳인 줄을 알고, 혼잣말로 "아, 오기도 왔다. 축치들이 사는 곳이면 서북방의 가장 끝이로구나." 하였습니다. 기계 옆으로 거의 오더니 그들은 무릎을 꿇고 이마를 대고 가린에게 절을 하였습니다.

가린은 가죽 저고리를 입고 붉은 별을 커다랗게 하여 붙인 가죽 모자를 썼었습니다. 일변• 춥기도 한데 또 배까지 심히 고팠습니다. 허나 누구와든지 말해 볼 데가 없었습니다. 모두 하나님에게처럼 절만 굽석굽석하고• 있었습니다. 가린은 우습기도 하였고 갑갑하기도 하였습니다.

그중에 가장 뚱뚱하고 키가 큼직한 축치인 하나는 가린의 옆에 와서 북을 주먹으로 탕탕 치며 춤추고 소리하면서 굿을 하였습니다. 그것이 조선에서 무당이라 이름하는 것이었겠습니다. 그 무당이 춤을 그치고 축치들에게 향하여 무엇무엇이라고 몇 마디 긴 말을 하더니, 모두 기어 와서 가린의 팔을 조심스러히 잡아 가지고 곱다랗게 제일 큰 집으로 모셔 갔습니다. 그 집은 무당의 집이었습니다.

• **축치** 러시아 극동에 있는 자치구.
• **일변** 한편.
• **굽석굽석하다** 자꾸 몸을 크게 숙였다 들다.

가린은 일변 재미있는 일을 당한 듯도 싶고, 또 일변으로는 무섭기도 하였습니다.

무당은 가린에게 물개 가죽을 씌우고 각가지• 노리개, 돌쩌귀, 고기 뼈들을 잔뜩 걸어 놓았습니다. 그러고는 또 춤을 추며 굿을 하였습니다.

가린은 그대로 견디다 못하여 입을 벌리면서 손짓으로 먹고 싶다는 뜻을 표하였습니다. 입을 벌릴 때마다 축치들은 눈이 둥그레지면서 어찌할 줄을 모르다가 나중에는 알아맞혔습니다. 몇이 밖으로 나가더니 물개 고기와 또 재가 가득히 발린 무슨 떡 같은 것을 많이 들여왔습니다. 주린 즈음에 음식이 입에 맞든지 아니 맞든지 그냥 자꾸 먹었습니다. 무당이 무엇이라고 또 말을 몇 마디 하더니 축치인들은 다 집으로 돌아갔습니다. 무당은 마음에 매우 상쾌한 모양인지 얼굴에 기쁜 빛을 띠고 가린을 보면서 제 손을 쓰다듬었습니다.

그 후로는 축치들이 날마다 와서 절하며 기름, 고기, 가죽, 별별 것을 다 가져다 바쳤습니다. 가린은 자기가 하나님으로 된 줄을 알았습니다. 날마다 가져오는 물건은 매우 많았습니다.

무당은 처음에는 물건을 고르게 나누어 가지더니 차차 자기가 좋은 것을 골라 가지고 또 더 많이 가지었습니다. 나중에는 아주 대접을 박하게 하였습니다. 무엇이나 가져오면 절은 절대로 하나, 먹을 것은 입에 발라 주기만 하였습니다. 모두 저 혼자 먹어 버리고 나머지는 감추어 두었습니다. 그러더니 마지막에는 절도 하지 않았습니다. 다만 사람들이 옆에 있을 때에만 굿하고 절하고 하였습니다.

한번은 어느 축치에게 고기를 잘 잡게 하여 달라고 무당이 가린에게

• **각가지** 각기 다른 여러 가지.

청하였습니다. 그러나 별로 그날에는 고기가 하나도 잡히지 않았습니다. 무당은 가린을 한 대 때려 보았습니다. 만약 기운이 튼튼한 사람이 아니었다면 매 맞는 놀음까지 늘 생길 뻔하였습니다. 때리려고 들던 손목을 한 번 단단히 잡아 주니까 다시는 그런 버릇을 하지 않았습니다.

무당의 집 문 어귀에는 축치가 몇 사람씩 늘 교대하여 파수•를 보았습니다. 파수는 매우 단단히 보았습니다. 이렇게까지 되니 가린은 도망을 하든지 무슨 별일을 하든지 하지 않으면 이곳을 벗어나기 어렵게 되었습니다.

마침 좋은 기회가 생겼습니다. 한번은 무당이 비행기 옆에 가서 빙빙 돌아다니다가 가솔린(기계 돌리는 기름) 통을 보고 술인가 하여서 취하도록 잔뜩 마셨습니다. 축치들은 본래 술을 매우 좋아합니다. 파수 보던 자들까지 얼른 뛰어가서 무당이 하던 대로 하였습니다.

가린은 기쁜 즈음에 몸에서 얼른 '하나님의 거룩한 옷'을 다 벗어 버리고 달음박질하여 나아가 기계에 올라앉았습니다. 급히 기계를 풀어 떠나기 시작하니 축치들은 울며 또 무어라 소리를 치면서 비행기에 매어달렸습니다. 하나님이 저들을 버리니까 겁이 났던 모양입니다.

비행기가 점점 떠오르자 매달렸던 축치들은 하나씩 둘씩 다 떨어졌습니다. 그리 높이 뜨지 않았을 때에 모두 떨어졌으므로 죽은 자는 하나도 없었습니다.

이렇게 우연히 왔던 하나님은 고생의 며칠을 몇 해같이 지내다가 비행기 신세에 겨우 살아갔답니다.

_길동무, 『어린이』 1926년 2월호

• **파수** 경계하여 지킴. 또는 그 일을 하는 사람.

전화 발명자 알렉산더 그레이엄 벨

전화를 발명한 알렉산더 그레이엄 벨● 박사는 지금으로부터 77년 전 (서력● 1847년) 3월 3일에 영국 나라의 소속인 스코틀랜드의 에든버러라는 곳에서 태어났습니다.

벨은 어렸을 때부터 선천적으로 발명의 천재를 가졌기 때문에 그가 소학교를 마치고 겨우 중학교에 다닐 때부터 재주가 비상하여 어른들도 생각지 못한 일을 턱턱 만들어 냈습니다.

벨이 사는 시골에 조그만 물레방앗간이 하나 있었는데, 날이 가물든지 하면 물이 적어서 맷돌이 잘 돌지를 않는 때가 많았습니다. 그럴 때면 물방앗간을 맡아보는 늙은 영감은 물 기운으로도 겨우 돌아가는 그 무거운 맷돌을 손으로 돌리느라고 땀을 뻘뻘 흘리며 애쓰는 것을 벨은 보았습니다.

벨은 남의 일이나마 이 애처롭고 가여운 정경을 보고는 너무도 불쌍한 생각이 나서, 꼭 일주일 동안 밤에 잠을 안 자고 연구에 연구를 거듭

* 발표 당시 목차에서 '과학'으로 소개했다.

● **알렉산더 그레이엄 벨(1847~1922)** 미국의 과학자, 발명가. 최초의 '실용적인' 전화기의 발명가로 널리 알려져 있지만 전화를 최초로 발명한 사람은 이탈리아의 안토니오 메우치다.

● **서력** 예수가 태어난 해를 기원으로 하는 책력.

한 결과, 우선 물레방아의 중심이 되어 있는 맷돌을 무척 가볍게 고쳐 만들게 하였습니다. 그랬더니 과연 벨이 생각한 대로 맷돌이 가벼워져서 아무리 물이 적더라도 사람의 힘을 요하지 않고 잘 돌아갈 뿐 아니라 밀이 그전보다도 더 곱게 잘 갈아졌습니다. 그래서 방앗간 영감님뿐 아니라 동리의 여러 어른들까지 크게 칭찬하면서 나이 어린 벨의 놀라운 천재를 무한히 탄복하였습니다.

그런 일이 있은 지 얼마 후에 벨이 고등학교를 마치자 그 아버지는 즉시 그를 그곳에 있는 에든버러대학에 입학시켰습니다. 벨의 아버지는 일찍이 음성학을 연구한 일이 있었던 고로 그의 아버지는 벨을 대학에 입학시키자마자 자기가 전공하던 음성학을 연구케 하였습니다. 벨이 나중에 전화를 발명하여 영원히 전 세계 인류의 은인이 된 것은 전혀 그때에 있어서 음성학을 전문으로 연구한 것이 큰 도움이 되었다 합니다.

벨이 대학교를 마치던 때 벨의 형님 두 분이 불행히도 폐병으로 죽은 고로 자손을 몹시 사랑하는 그 아버지는 에든버러에서 살기가 싫증이 나서 집안 식구를 이끌고 바다를 건너 미국 캐나다의 온타리오라는 곳으로 이사를 하였습니다.

벨은 아버지를 따라서 미국으로 온 후에도 끊이지 않고 음성학을 열심히 연구한 고로 그 소문이 널리 퍼져서 1869년 스물두 살 먹던 해, 미국 나라에서도 유명한 보스턴대학교의 초빙을 받아 음성학의 교수가 되었습니다.

마침 그때는 전신•의 응용이 한창 왕성하던 때라 '전신' 하면 벌써 신속하게 통신할 수 있는 것이라고 세상 사람들이 몹시 신기하게 생각

• **전신** 문자나 숫자를 전기 신호로 바꾸어 전파나 전류로 보내는 통신.

하여, 전신 이상으로 좀 더 빠르고 좀 더 편리한 기관은 꿈도 못 꿀 때였습니다. (전신이라고 하는 것은 전기가 통해 있는 전선으로 전파를 보내서 아무리 먼 곳에라도 통신을 한다는 것입니다.)

그때 벨은 음성학을 전문으로 연구하고 또 교수까지 하던 때라 전신을 생각할 때에 문득 이러한 생각이 났습니다. '전기를 통한 전선으로 전파를 전하여 거북하게 부자유하게 통신을 하는 것보담 어떻게 음성(목소리)을 가지고 직접 음파를 전해서 좀 더 빠르게 좀 더 편하게 통음을 할 수는 없을까…….' 하는 생각을 하였습니다.

그러나 벨은 그때 전기에 관하여는 아무 지식이 없었기 때문에 늘 생각은 있어도 실현할 기회를 얻지 못하다가, 마침 학교의 일로 워싱턴 시까지 갔던 길에 그 당시 미국에 유명한 전신 기사●를 방문하고, 자기가 늘 머릿속에 생각하고 있던 전선을 이용해서 직접 소리를 전할 수 있을 만한 계획을 토설해● 보았습니다.

그러니까 기사는 첫마디에 벌써 코웃음을 치며 "당신의 이야기를 들으니 아마 전기에 대한 상식이 조금도 없는 모양이로구려……. 적어도 전기에 대한 지식이 조금이라도 있는 사람이면 그런 당토 않은 말은 하지 않을 터인데. 그런 어림없는 소리는 하지도 말고 어서 가서 전기에 관한 지식을 먼저 좀 연구해 보시오." 하고 조롱하는 대답을 했습니다.

전기에 대한 지식이 아무리 충분한 전문 기사라도 지금으로부터 50년 전인 그때는 전선에 의해서 음파를 전한다(즉 지금의 전화)는 것은 전혀 되지 못할 헛생각(공상)이라고 픽 웃어 버릴 때였습니다.

그렇지만 그렇게 조롱을 받던 사나이 — 전기에 대해서 아주 무식하

● **기사** 관청이나 회사에서 전문 지식이 필요한 특별한 기술 업무를 맡아보는 사람.
● **토설하다** 숨겼던 사실을 비로소 밝히어 말하다.

던 벨의 머리와 손으로써 그렇게 큰 사업이 성공된 것을 생각한다 하면 정성처럼 무서운 것은 다시없습니다.

벨은 그 기사의 조롱하는 말을 듣고 한편으로 실망도 없지 않았으나 그러나 벨은 그만 일에 낙심을 하고 그대로 물러설 겁쟁이는 아니었습니다.

워싱턴에서 돌아온 벨은 즉시 연구하는 방향을 고쳐 전기학 연구에 온 정신과 노력을 바쳤습니다. 그래 그 연구가 차차 깊어 갈수록 이전에 워싱턴 전기 기사에게 듣던 바와는 정반대로 점점 전선으로써 음파를 확실히 보낼 수 있을 것같이 생각이 들었습니다. 그래서 벨은 그때부터 기어코 전화를 발명하리라는 굳은 결심을 하게 되었던 것입니다.

미국 보스턴대학의 교수라면 미국 천지에서는 물론이요 전 세계에서도 부러워할 만치 명예 있는 지위였으나, 그것을 헌신짝같이 버린 후 벨은 자기 집 조그만 연구실에서 문을 꼭 닫고, 토마스 왓슨이라는 젊은 조수 한 사람과 단둘이서 큰 포부를 가슴에 품고 괴롭고도 신산스러운• 발명의 사업을 시작하게 되었습니다.

낮은 물론이요 밤에도 잠을 안 자 가면서 벨은 여러 가지로 연구도 해 보고 고안도 해 보고 설계도 해 보고 그림도 그려 보고, 그러다가 되지 않으면 지워 버리기도 하고, 또 왓슨은 벨의 설계를 기준해서 기계를 만들고. 그래서 두 사람은 잠을 못 자면서 고심노력을 하였으나 벨의 설계가 틀렸든지…… 왓슨이 기계를 만드는 솜씨가 서툴렀든지…… 그렇지 않으면 워싱턴에서 벨을 조롱하는 전기 기사의 말이 맞았든지…… 어쨌든지 두 사람이 일에 착수한 지가 햇수로 두 해라는 긴 세월을 보냈건

• **신산스럽다** 보기에 사는 것이 힘들고 고생스러운 데가 있다.

만 이때까지 죽기로써 노력하던 것은 물거품으로 돌아가고, 몸뚱이도 마음도 정신까지 피곤할 대로 피곤해진 두 사람은 아주 절망의 구렁 속에 빠져 버렸습니다.

6월의 뜨거운 여름 해가 조그만 오막살이집의 들창●을 꿰뚫고 들어와서 여러 가지의 약품 냄새! 기계에 쓰는 기름 냄새! 때가 낄 때로 낀 작업복이 함빡 젖도록 흘리고 또 흘린 땀 냄새가 구역이 나도록 흠뻑 나는 연구실에서 아직도 두 사람은 쉬지 않고 기계 제작의 정신을 있는 대로 쏟고 있었습니다.

이마에서 구슬같이 흘러내리는 땀을 씻으려고도 아니 하고 마치●를 들고 뚝딱거리는 두 사람은 아주 최후의 노력으로써 제작을 하는 것이었습니다. 아츰밥●이라고는 빵 두 조각과 커피차 한 잔으로 지내고, 점심은 먹을 겨를도 없이 기계를 고치기도 하고 뜯어서 맞추기도 해서, 지금에야 벨과 왓슨 두 사람은 2년 동안이나 피와 땀을 짜 가면서 고심해 오고 연구해 오던 기계의 마지막 실험을 해 보려는 것입니다.

겨우 만들어진 기계를 한 개는 벨의 연구실에, 또 한 개는 왓슨이 가지고 뒤곁으로 돌아가서 뒤 광 속에다 장치해 놓고, 그 두 사이에는 가는 두 개의 전선으로 연락을 시켰을 때는 벌써 저녁 해가 서산으로 기울어지기 시작할 때였습니다.

뒤곁 광 속에다 기계를 달아 놓고 그 옆에서 비 오듯 하는 땀을 씻을 생각도 없이 가슴을 태우는 왓슨은 떨리는 손으로 수화기를 떼어서 귀에 댔습니다. 그때에 벨은 연구실에서 송화기를 입에 대고 떨리는 소리

● **들창** 들어서 여는 창. 벽의 위쪽에 조그맣게 만든 창.
● **마치** 망치. 못을 박거나 무엇을 두드리는 데 쓰는 연장.
● **아츰밥** 아침밥. '아츰'은 '아침'의 사투리.

로 "왓슨?" 하고 불렀습니다.

두 해라는 긴 세월을 세상 사람들의 조롱만 받아 가면서 괴롭고 쓰고도 참담한 노력만을 다해 온 것이! 그리고 몇 십 번, 몇 백 번이나 실패를 하였던 것을 마지막으로 실험을 하려고 할 때 두 사람의 가슴은 몹시도 뛰놀았던 것입니다.

이 마지막 실험마저 실패가 된다면 벨은 돈으로나 힘으로나 연구를 더 계속할래야 계속할 수 없이 된 것입니다.

"왓슨?"

하고 부르는 벨의 소리는 뒤곁 광 속에서 숨을 죽여 가며 수화기를 귀에 대고 있던 왓슨의 귀에 또렷이 들렸습니다. 지옥에서 부르짖는 악마의 사나운 소리와도 같이 천국에서 부르는 신령의 부드러운 소리와도 같이 두 사람의 귀에는 그 소리가 들렸던 것입니다.

벨의 소리를 들은 왓슨은 즉시 송화기를 입에 대고,

"선생님?"

하고 불렀습니다.

왓슨의 소리는 벨의 귀에도 똑똑히 들렸습니다. 미칠 듯이 좋아하는 두 사람의 말소리는 갈피를 찾을 수 없을 만치 어수선해졌습니다.

기쁨과 감격에 넘치는 전화기를 그곳에 둔 채 연구실로 달음질해 오고 벨도 어떻게 기쁜지 들고 있던 기계를 내던지고 왓슨이 있는 광 속으로 달음질했습니다. 가고 오고 하던 두 사람은 뜰 앞에서 맞닥뜨리게 되었습니다.

"아! 선생님?"

"오! 왓슨?"

감격의 넘치는 기쁨으로 두 사람은 서로 껴안고, 아무 말도 없이 뜨거운 눈물이 파리할 대로 파리해진 그들의 뺨 위로 흘러내렸습니다.

때는 지금으로부터 49년 전(서력 1876년) 6월 2일의 석양이 이 위대한 역사적 기념의 하로를 섭섭하게 남기고 서산으로 기울어질 때였습니다.

이렇게 해서 세계 최초의 전화기가 발명된 것입니다. 벨은 그때에 겨우 스물여덟 살이었습니다. 기계는 이렇게 해서 완성이 되었지만 그 기계가 우리들의 일상생활에 어떠한 편리를 주는 것인가를 널리 알리기 위해서 그는 또다시 분투하지 않으면 안 되게 되었던 것입니다.

그래서 기계가 완성된 뒤에도 벨과 왓슨은 오랫동안 쓰라린 고통 속에서 지냈습니다. 그리하여 세상 사람들도 전화에 대한 편리를 느끼게 되어 서로서로 다퉈 전화를 사용하게 된 것입니다.

그 후 벨은 즉시 전화기계 제조회사를 설립하고 여러 해 동안 활동한 결과로 연구하기 위해서 쓴 돈의 몇 만 배나 더 많은 돈을 모았습니다. 그러나 원체 천성이 순후하고• 인정이 많은 벨은 그 많은 돈을! 여러 해 동안 피와 땀을 짜낸 눈물의 결정을 조금도 아깝게 생각지 않고 여러 가지 공익사업을 위하여 자선사업을 위하여 써 버렸습니다.

전화로 해서 세계 몇 천만 인류에게 끼쳐 준 그 편리는 이로 말할 수도 없거니와, 그렇게 꾸준한 열성으로써 명예와 지위까지 헌신짝같이 버리고 발명에 힘쓴 사람은 드물 것입니다.

그 까닭으로 세계 각국 대학교에서는 벨에게 명예스러운 학위와 상금을 많이 진정하였고,• 특히 불란서• 정부에서는 불란서 최고의 명예 훈장을 진정하여 이 인류의 대은인인 벨 선생에게 감사한 뜻을 표하였

• **순후하다** 온순하고 인정이 두텁다.
• **진정하다** 물건을 자진해서 드리다.
• **불란서** '프랑스'의 음역어.

다 합니다.

"따르릉! 따르릉!! 여보, 여보!"

라고 전화를 할 때나 받을 때는 반드시 무척 편리한 그 기계 속에도 알렉산더 그레이엄 벨 박사의 이렇듯 참담하고도 눈물겨운 고심담이 숨겨 있다는 것을 잊지 말고 기억해야 합니다.

_三山人, 『어린이』 1926년 2월호

가장 작은 금년 역서

여러분은 돌아오는 어느 달, 어느 날이 무슨 요일인지 알고 싶었을 때가 자주 있었을 터입니다. 그럴 때마다 옆에 역서•가 얼른 없으면 퍽 답답하였겠습니다. 이에 요일을 알아내는 가장 간단한 방법을 소개하려 합니다. 이러한 표를 수첩에 똑똑히 적어 놓고 그 사용하는 법을 잘 기억해 두십시오.

정월 5, 이월 1, 삼월 1, 사월 4, 오월 3, 유월 2,
칠월 4, 팔월 0, 구월 3, 시월 5, 십일월 1, 십이월 3

사용하는 법은 이러합니다. 가령 3월 18일이 무슨 날인가 우리가 지금 알려고 한다 합시다. 이 위에 써 놓은 표를 보면 3월은 1입니다. 그 1을 18에 먼저 가하여야• 됩니다. 그러면 19가 됩니다. 그 19를 7(한 주일의 날수)로 제합니다.• 그러면 2가 되고 또 남는 것이 5입니다. 남은 5가

* 발표 당시 목차에서 '실익'이라고 밝혔다.
● **역서** 일 년 동안의 월일, 해와 달의 운행, 월식과 일식, 절기, 특별한 기상 변동 따위를 날의 순서에 따라 적은 달력 책.
● **가하다** 더하다.
● **제하다** 나누다.

곧 요일을 가리키는 숫자입니다. 한 주일의 첫날은 일요일로 잡고 일곱째 날(마지막 날)은 토요일로 잡았으니까 닷샛날은 곧 목요일일 것입니다. 우리가 알려던 3월 18일은 꼭 목요일입니다.

(18+1)÷7=2……잔● 5인데, 제5일은 목요일.

만약 남는 것이 0이라면(남는 것이 없다면), 그날은 토요일일 것입니다. 만약 날수가 일곱보다 작다면 그것은 곧 잔(제하고 남은 것)과 같이 헤아려야 되는 것입니다. 어떻습니까? 신통하지요? 꼭 베껴 가지고 따져 보십시오.

_길동무, 『어린이』 1926년 3월호

● **잔** 나머지.

3월 1일 창간 3주년 기념

기념! 3주년 기념! 오늘이 『어린이』의 탄생 세 번째 기쁜 기념 날이외다. 생일 기념은 누구에게나 있는 것이요, 또 해마다 있을 것이로되 불과 3년의 세월에 10만여 명의 동무와 함께 이 기념을 맞이하는 오늘, 우리의 기쁨을 얼마나 크다면 좋으오리까? 그보다도 더 처음 창간하던 때의 힘의 10만 갑절 되는 힘으로 새로운 앞길을 헤쳐 나아갈 일을 생각할 때에, 우리의 기쁨과 용기가 더욱 얼마나 크다면 좋으오리까……. 우리는 이 더할 수 없이 기쁜 날을—지나온 3년의 경험을 밑천 하여—앞날의 새로운 경륜과 새로운 활동을 계획함으로써 기념하는 동시에, 그것을 즉시부터 실행하기 위하여 이달 이날에 새로운 기자 두 분을 더 맞아 왔습니다.

우리 10만의 독자 여러분! 이날에 『어린이』가 또 한 번 커진 힘으로써 전보다 더한 새 활동을 시작할 것을 기뻐하는 동시에, 더한층 『어린이』를 위하여 전보다 더한 조력과 후원을 아끼지 않으실 일을 결심하시기 바랍니다.

_『어린이』 1926년 3월호

* 창간 3주년을 기념해 잡지에 광고문처럼 들어간 글로, 방정환이 같은 호에 쓴 「세 번째 돌날에」와 같은 내용인 것으로 보아, 방정환이 쓴 것으로 보인다.

세 번째 돌날에

우리 10여 만의 『어린이』 독자 여러분! 오늘이 3월 1일,* 『어린이』의 세 번째 돌날입니다. 우리가 원처*에 한 사람씩 흩어져 있더라도, 10여 만의 마음과 마음이 다 같이 기뻐하고 또 축복하는 날입니다. 기념의 날입니다.

기꺼운 이날에 한이 없이 기쁜 마음으로 4년 동안의 『어린이』 30여 책을 앞에 놓고 지나온 길을 돌아다볼 때에 여러분! 책망하지 마십시오. 나는 스스로 감격의 눈물이 고임을 금하지 못합니다. 4년이나 되는 동안, 나와 개벽사와 또 독자 여러분이 일심협력 얼마나 지극한 마음의 피를 여기에 바쳐 왔는가 생각할 때에 눈물이 납니다.

4년 전 3월 1일, 그전에 『어린이』 잡지를 시작해 보자는 의논을 할 때마다 모든 사람이 한결같이 못 될 일이라고 반대하건마는, 그래도 억지의 고집과 억지의 주선으로 창간호를 내었을 때, 모든 사람이 비웃는 가운데서 우리는 홀로 기뻐하였습니다.

* 발표 당시 목차에서 '인사'라고 밝혔다.

● 『어린이』는 1923년 3월 1일 창간 예정이었지만, 일제의 사전 검열과 압수 등으로 지연되어 3월 20일에 발행되었다.

● **원처** 먼 곳.

그러나 여러분! '누구든지 개벽사로 주소 성명만 통지하면 『어린이』 한 권씩 거저 보내 준다.'고 신문에 크게 광고하여도 『어린이』 보겠다는 이가 단 20명이 못 될 때에 얼마나 낙망하여 얼마나 상심되었겠습니까……. 작은 힘이나마 우리의 정성이 헛된 데 돌아가고 실패 낙망만이 닥쳐올 때에, 참말로 우리는 몇 번이나 몇 번이나 울었는지 모릅니다.

그러나 설움과 고생은 그것뿐만이 아니었습니다. 허가는 잘되지 아니하고, 어떤 편의 방해 운동은 나날이 심하여 가고, 그 모든 것과 싸워서 나가는 중에도 밑지는 돈이 너무 많아서 중간에 못 하게 된 적이 여러 차례였고……. 그러나 그러나 우리는 그것을 견디어 왔습니다. 이겨 왔습니다. 거저 주어도 받아 가는 이가 없던 것을 견디고 견디어 오늘은 10수만의 독자를 가지고 힘찬 걸음을 걸어가게 된 것을 생각할 때에 우리의 기쁨이 어찌 한이 있으며 우리에게 어찌 감격이 없겠습니까?

아아, 사랑하는 독자 여러분! 오늘 우리 『어린이』를 손에 쥐고 읽는 동무는 온 조선에 적게 잡아도 10만 명 이상의 수효인 것을 여러분께 분명히 말씀합니다. 그리고 『어린이』 4년 동안의 노력이 여러분께 드린 바 유익이 결코 한두 가지뿐이 아닌 것을 장담합니다. 『어린이』 4년의 생장과 함께 여러분의 가슴에 귀중한 생장을 있게 한 것을 우리는 믿습니다. 그리고 그것이 새 조선을 낳아 놓을 가장 귀중한 생장일 것을 믿습니다.

다만 나와 또 우리의 가슴에 생각하는 바 있는 그대로를 이야기하고 의논하는 자유가 아직 우리에게 없음을 한탄할 뿐이요, 『어린이』가 가고 싶은 길을 기탄없이 걸어가지 못하는 그것이 안타까울 뿐이요, 오늘날까지의 우리의 힘과 정성으로 쌓고 익혀 온 그 기운, 그 형세로 또 앞길을 열어 나아갈 것을 생각할 때, 한층의 기쁨이 더함을 느낍니다.

여러분! 우리의 힘이 4년 전 첫 힘의 10만 갑절입니다. 전의 10만 갑절 힘으로 소리치며 싸워 나갈 기쁨과 맹세를 받으면서 오늘의 돌날을 기념합시다. 우리의 기쁨이 이에서 더할 것 없고, 조선의 새로운 기쁨이 또한 이것일 것입니다.

_『어린이』 1926년 3월호

유리창 사건

십사오 년 전 일입니다.

서울 수송동에 있는 사범부속보통학교에 이상한 동무 한 분이 입학하였습니다. 이상한 동무라 해야 별달리 이상한 것이 아니라 조선말을 그리 잘 알지 못하는 조선 소년 한 분이 입학한 것이었습니다.

그의 아버지 어머니가 그때로부터 10여 년 전에 아메리카에 건너가서 사는 중에 거기서 아들을 낳아서 거기서 미국 아이들같이 기르다가 조선으로 처음 데리고 나온 이가 그 소년이었습니다.

그래 미국에서 나서 미국에서 길리운 고로 조선 풍속은 물론이요 조선말도 잘 모르고, 얼굴은 서양 사람같이 하얗고 눈은 우리들보다 파랗고 얼굴에도 잔털이 많았습니다.

그래 모든 학생들은 그 사람을 '서양 애' '서양 애' 하고 부르면서 신기한 구경거리처럼 떠들기는 물론이요 사무실 선생님들도 특별히 신기해하고 주의하는 눈으로 늘 보고 계셨습니다.

그 서양 애가 말이어요, 똥이 마렵다 하기에 동무 아이들이 변소를 알려 주니까 들어가다 말고 도로 나오면서, "그게 어디 변소냐?" 하고 저의 집으로 도망해 가 버렸습니다.

나중에 들어서 알고 보니까 서양 변소에는 으레 걸상이 있고 걸상 바닥에 구녁•이 뚫어져서 거기 그냥 걸터앉아서 똥을 누었는데, 학교 변소에는 걸상이 없고 그냥 마룻바닥에 구녁이 뚫려 있기만 한 고로, 그것이 변소 아니라 하고 똥이 급한 것을 억지로 참으면서 저의 집에까지 뛰어간 것이었습니다.

그런데 그 애는 성질까지 조선 안에서 길리운 우리들과는 아주 다른 것이 많았는데 남에게 지려고 아니 하는 성질과 거짓말할 줄 모르는 것과 또 자기가 옳다고 믿는 것은 절대로 믿고 고집해 나가는 것 같은 것은 그중에도 특별히 유표한• 것이었습니다.

우리들은 어릴 때에 동무들과 술래잡기를 할 때 늘 자기 혼자만 술래가 되면 그다음부터는 "밤낮 해도 나 혼자 술래가 되니까 아니 하겠다." 하고 입을 비쭉거리고 스스로 축•에 빠져 버렸습니다.

그러나 그 애는 아무리 자기만 술래가 되거나 늘 축에 빠져도 결코 자기 입으로 약한 소리를 하고 빠지는 일은 없었고, 운동회 때 경주할 때에도 "벌써 남들은 1, 2, 3등까지 모두 상을 탄 후이니 나는 더 뛰어갈 것 없이 중간에서 고만두어 버리겠다."고 중로•에서 떨어져 버리고 마는 일이 결코 없었습니다. 앞서간 사람이 벌써 모두 상을 타 가지고 제자리로 돌아가 버린 후에라도, 단 혼자서라도 애초의 목적지까지는 뛰어가고야 마는 성질이었습니다.

한번은 이러한 일이 있었습니다. '유리창 사건'이라고 유명한 이야기입니다.

• **구녁** '구멍'의 사투리.
• **유표하다** 여럿 가운데 두드러진 특징이 있다.
• **축** 일정한 특성에 따라 나누어지는 부류.
• **중로** 오가는 길의 중간.

그 애가 하도 거짓말을 할 줄 모르고 하는 짓이 모두 이상하기만 한고로 동무들이 서로 넌지시 약속을 하여 가지고 그 애를 속였습니다.

"이 애야, 너 우리하고 돌멩이질을 누가 잘하나 내기해 보자."

하니까 그 애는 "그래그래, 해 보자. 해야 내가 꼭 이기지." 하고 속는 줄은 모르고 뽐내었습니다.

"우리 여기서 저 2층 위 4년급•의 이쪽 끝 유리창을 맞히기로 하자. 우리가 먼저 해 보마……." 하고(미리 약속한 대로) 유리창을 맞히는 체하고 딴 데로 팽개쳤습니다.

한 사람 두 사람 모조리 다른 데로 던지니까 그 애는 신이 나서 "에라, 못난이들! 그까짓 것을 한 사람도 못 맞힌단 말이냐? 보아라, 내가 제꺽 들어맞힐 터이니……." 하고 팔을 부르걷더니• 돌멩이를 들어 휘휘 저으며 벼르고 별러서 휙 던졌습니다.

왜 안 맞겠습니까? 제꺽! 하더니 유리창이 들어맞아서 산산조각이 되어 와르르르 쏟아졌습니다.

이 의외의 일에 사무실에서 선생님들이 깜짝깜짝 놀랐습니다. 유리창을 드르륵 열더니 "누구냐! 어느 놈이 깨트렸느냐?" 하고 소리를 쳤습니다. 우리들의 애초의 계획대로 성공을 하기는 하였으나 일을 당하고 나니 겁이 났습니다.

모두들 사무실로 끌려 들어가서 선생님의 조사를 받을 때,

"저희는 안 그랬습니다."

"저는 모릅니다. 저희는 보지도 못했습니다."

하고 동무들은 모두 안 그랬다고만 버티었습니다.

• **연급** 학년. 학생의 학력에 따라 학년별로 갈라놓은 등급.
• **부르걷다** 옷의 소매나 바지를 힘차게 걷어 올리다.

그랬더니 그중에 그 애가 조금도 겁이 없이 "내가 깨트렸습니다. 저 애들하고 돌팔매질 내기를 했는데, 저 애들은 못난이니까 하나도 못 맞히고 내가 맞혔습니다. 내가 1등이여요."

선생은 어이가 없어서 "아무리 내기라도 학교 유리창을 맞히는 내기가 어데 있단 말이냐?" 하니까, "유리창이야 내가 내 돈으로 사다가 끼면 그만이지요. 내기를 하였으니까 1등은 하여야지요." 하고 조금도 미안해하거나 두려워하는 빛은 없고, 도리어 싸움에 이긴 장군과 같이 아주 자랑하는 빛뿐이었습니다.

선생님은 대단히 좋은 성질이라고 기특하게 생각하였으나 일본 사람 교감은 그것을 모르고 성이 잔뜩 나서, "집에 가서 너희 아버지를 불러오너라." 호령호령했습니다. 그 애는 그만 울면서, "내가 아무 잘못한 일이 없는데, 왜 우리 아버지를 오래요! 나는 이까짓 나쁜 학교에는 아니 다닐 테여요." 하고 집으로 가더니 그 후부터는 영영 다시 학교에 오지 않았습니다.

같은 조선 사람이라도 길리기를 자유롭게 활발하게 길리운지라 질 줄 모르고 속일 줄 모르고, 또 자기가 옳은 일이라고 믿는 데는 몹시 강하게 믿는 마음으로 아무것이라도 두려워하지 않는 그 씩씩하고 강하고 정직한 태도에 선생님들뿐 아니라 동무들도 몹시 탄복하였습니다.

_夢中人, 『어린이세상』 5호(『어린이』 1926년 3월호 부록)

봄맞이—봄을 배우라

봄! 봄이 왔습니다. 온갖 것이 움직이는 철이 왔습니다. 나뭇가지마다 풀뿌리마다 새싹이 돋고 골짜기마다 새물이 흐르기 시작하고……. 추위 밑에 눌려 엎드렸던 모든 것이 고개를 들고 활개를 펴고 새로 호흡을 하면서 소리 치고 일어나는 새봄이 왔습니다.

이 거룩한 소생의 봄 기쁨의 봄을 맞이하려 다 같이 나아가십시다. 동리 밖으로 봄을 맞으러 나아가십시다.

마른 나뭇가지 끝에도 봄은 움직이고 나는 새소리에도 봄소리는 들리고 아무것도 없는 땅바닥에서도 대지의 움직이는 소리가 들립니다.

움츠리고만 있던 방 속에서 튀어 나아와 봄빛을 맞이하는 일은 한때의 심신상 상쾌한 것을 얻을 뿐만 아니라 대지 자연의 온갖 것이 추위의 우름을 물리치고 고개를 들고 뻗고 뛰는 거룩한 생명의 움직임을 배우는 데에 귀중한 값이 있는 일입니다. 다 같이 봄을 맞이하러 동리 밖으로 나아가십시다. 그리하여 봄의 거룩한 움직임을 배웁시다.

_무기명,* 『어린이세상』 5호(『어린이』 1926년 3월호 부록)

* 글투로 미루어, 방정환이 쓴 것으로 보인다.

이번 봄에 학교를 졸업하는 이들께—특별한 생각이 있으라

우리 십만 명의 『어린이』 독자 중에는 이 봄에 다니던 학교를 졸업하는 이가 많을 것이요 또 온 조선 소년 소녀 들 중에는 더 많은 졸업생이 있을 것입니다. 그러나 우리는 그들 중에 돈 없는 까닭으로 하여 윗 학교에 입학하지 못하는 이가 입학하는 이보다 더욱 많을 것을 생각할 때에 마음이 슬퍼지는 것을 금하지 못합니다.

이렇게 이렇게 하여 우리들 중에 배우는 사람 아는 사람이 적어지게 되는 일은 우리의 일꾼이 적어지는 것이요 힘이 적어져 가는 것이니 이보다 슬픈 일이 또다시 없다 할 것입니다.

사랑하는 우리의 동무 여러분 우리는 이때에 많이 생각하는 것이 있어야겠습니다.

윗 학교에 입학하는 이도 이때에 당신의 조선에는 고등학교에 입학하지 못하는 동무가 더 많이 있는 것을 생각하여야 할 것이요 입학 못 하는 이는 학교에 가려도 갈 수 없는 처지에 있어서 어떻게 하여야 남에게 지지 안 하는 사람이 되어 오늘날의 처지를 뒤바꿔 놓을 만한 좋은 일꾼이 될 수 있을까 그것을 많이 또 잘 생각하여야 할 것입니다.

윗 학교에 가지 못한다고 곧 낙심하여서는 아주 멸망하게 되는 것입니다. 아주 썩는 사람이 되고 마는 것입니다.

학교에 가지 안 하고라도 오히려 이 세상사람 이 세상 일꾼이 되기에 상당한 지식과 생각을 얻고 길러 갈 길을 생각하여야 합니다. 여기에 길게는 말씀할 수 없거니와 좋은 서책과 잡지를 꾸준히 읽어 가는 것도 그 한 길이요 좋은 단체에 입회하여 자주 듣고 생각하는 것도 또 한 길입니다.

윗 학교에 못 간다고 결코 낙심하지는 마십시오.

졸업과 입학을 앞에 두고 이때에 많고 깊은 생각이 여러분께 있어야겠습니다.

_무기명,• 『어린이세상』 5호(『어린이』 1926년 3월호 부록)

• 방정환이 쓴 것으로 보인다.

봄! 봄!!

종달새

점점 동편 한울[●]이 밝아졌다.

태양은 우선 검푸른 한울에 새벽별을 싸고 있는 부드러운 구름에 맨 첫 번 빛을 보냈다. 보리밭 컴컴한 고랑에 무언지 움직이고 있다. 종달새 양주(부부)가 어젯밤 거기서 자고 있었던 것이다. 남편 종달새가 먼저 높은 공중에 날아올랐다. 아내도 뒤를 따라 올라가서 아츰[●] 인사를 하고, 고향에 돌아온 기쁜 인사도 하였다.

종달새는 바로 어저께 돌아온 것이었다. 작년 10월에 동무들 틈에 끼어서 남쪽의 따뜻한 나라에 갔었다가…….

아직 숲속에서 노래를 부르는 패들은 아무도 돌아오지 않았다. 꾀꼬리는 물론이요, 제비도 아직 오지 않았다. 종달새만이 먼저 온 것이다.

이제 종달새는 노래 부르면서 공중으로 올라갔다. 기운 좋게 빙빙 돌면서 점점 높이 올라간다. 높이높이 훨씬 높이 구름 속에까지 올라가서 보이지 않는다. 그러나 그 귀여운 노랫소리는 분명히 들려 나온다.

해가 솟는다. 그 따뜻한 광선은 들을 비추면서 봄이 온다는 것을 외치

● **한울** 천도교에서 '하늘'을 달리 이르는 말.
● **아츰** '아침'의 사투리.

는 것 같다. 종달새는 봄의 앞잡이 전령군이다.

봄

부는 바람도 부드러워졌습니다. 해도 점점 길어집니다. 눈은 사라지고 얼음도 녹았습니다.

풀은 새싹을 트고, 꽃은 피기 시작했습니다. 꿀벌은 그 집에서 나와서 꽃을 찾아다니며 꿀을 만들려고 꽃물을 빱니다.

새끼 양은 기쁜 듯이 풀밭으로 뛰어다닙니다. 색시들은 꽃씨를 뿌리고, 농부는 과목나무를 가꾸어 주고, 밭에는 여러 가지 씨를 뿌립니다.

제비도 돌아왔습니다. 새들은 모두 보금자리를 새로 짓습니다. 그리고 그것들이 모두 좋은 소리로 노래를 부르는 것을 들으면 봄처럼 좋은 때는 없다고 하고 싶게 됩니다. 자, 우리들도 봄을 맞으러 나아갑시다.

꽃 재배

"자아, 봄이다! 꽃씨를 뿌려야지……!"

이 집 저 집에서 모두 이런 말을 하면서 봄비에 땅이 누그러지기를 기다리고 있습니다.

비가 왔습니다. 비단실같이 고운 비가 한나절 와서 지붕도 축이고, 나뭇가지도 축이고, 잔디도 축이고, 땅도 축였습니다. 기다리던 사람들이 모두 나서서 비 뒤의 햇볕을 쪼이면서 자기가 각각 좋아하는 꽃씨를 심었습니다. 뒷집 할머니도 심으시고, 앞집 색시도 심고, 우리 집 어머니도 오빠와 함께 마당 앞에 심으셨습니다.

전에 없던 재미와 기쁨이 꽃 심은 사람들에게 생겼습니다. 오늘 조꼼, 내일 조꼼, 파랗게 자라나는 어린 싹을 보느라고 바쁜 일도 잊어버릴 지경입니다.

그 파란 싹이 얼마나 자라서 어떤 꽃이 피일는지, 그것을 기다리는 데에 그들의 기쁨이 있고 그들의 희망이 있습니다.

따뜻한 봄볕이 날마다 그 싹을 비추어 주고 가끔가끔 봄비가 그 싹을 축여 줍니다.

얼마 아니 있어서 그들의 사랑하는 꽃이 어여쁘게 피어지겠지요. 자기가 심고, 자기가 길러서, 자기가 피워 놓은 아름다운 꽃의 향내를 맡게 될 때, 그들의 마음이 얼마나 기쁘고 즐겁겠습니까?

우리도 단 한 포기라도 우리의 꽃을 심으십시다.

_무기명,[•] 『어린이』 1926년 4월호

● 목차에는 필자 이름이 '編輯人'으로 표기되어 있다.

봄철에 가장 사랑하는 꽃

—나는 이런 꽃을 사랑합니다. 이렇게 사랑하며 좋아합니다

곱게 피는 꽃이면 모두 좋지만 봄에 피는 꽃 중에 내가 제일 좋아하는 꽃은 히아신스와 복사꽃입니다.

산이나 들에 산보를 가거나 공원이나 동물원 잔디밭에 가서 노근하게 누워 있고 싶게 햇볕이 좋은 봄날, 조용한 동리를 지나다가 길갓집 울타리 안에 복사꽃 몇 가지가 활짝 피어 있는 것을 보면 세상에 그보다 더 아담하고 귀여운 것은 없어 보입니다. 마치 시집가게 된 처녀가 분홍빛 새 치마를 입고 뒤꼍에 나서서 봄볕을 쏘이는 것 같다 할까요. 그래 그 집에 좋은 처녀라도 있는 것 같고 그런 집이 두어 집 있으면, 그 동리가 온통 깨끗하고 조출한 좋은 동리같이 생각됩니다.

지금은 봄철의 꽃구경! 하면 으레 벚꽃(사쿠라)을 생각하지만, 복사꽃같이 깨끗하고 아름다울 수는 도저히 없습니다.

우선 꽃빛이 곱고 좋아서 먼 산에 몇 나무 핀 것만 보아도 온 산이 방끗이 웃는 것 같습니다. 과목밭● 복사꽃을 찾아가면 잎 하나 섞이지 않은 붉은 꽃이 한편으로는 낙화 지고, 또 한편으로는 새로 피고 하여 땅

* 발표 당시 목차에서 '취미'라고 밝혔다.

● **과목밭** 과수원.

도 꽃으로 덮이고, 한울● 도 꽃으로 가리어, 그야말로 몸이 꽃 속에 든 것 같아서 나는 생각만 하여도 지금이라도 뛰어가서 뒹굴고 싶습니다.

나뭇가지의 맵시가 벚나무는 보기 좋게 모양 좋게 뻗어 있지만 복사 가지는 아무 모양 없이 된 대로 생긴 대로 싱겁게 뻣뻣합니다. 그러나 그것이 복사나무의 남달리 귀여운 점입니다. 사쿠라 가지의 맵시가 기생이나 여광대의 맵시라 하면, 복사 가지는 시골집에서 곱게 길리운 순실한● 처녀의 맵시입니다.

울타리에서 보는 복사꽃, 떼 지어 핀 복사꽃도 이야기하였지마는 제일 복사꽃이 복사꽃답게 사랑스럽기는 시골집 보리밭 둔덕이나, 우물가 언덕이나 울타리 바깥, 보잘것없는 둔덕에 외따로 한 나무 뻣뻣한 버성긴● 가지에 환하게 피어 있는 것입니다.

흙내 나는 꽃, 시골집 울타리를 생각게 하는 꽃, 순실한 시골 소녀같이 사랑스러운 복사꽃! 나는 이 사랑스러운 꽃이 이 봄에도 어서 피어 주기를 지금부터 기다리고 있습니다.

_『어린이』 1926년 4월호

● **한울** 천도교에서 '하늘'을 달리 이르는 말.
● **순실하다** 순박하고 참되다.
● **버성기다** 벌어져서 틈이 있다.

봄철을 맞는 '어린이 공화국'

추위가 유명한 시베리아지마는 그래도 여기는 좀 남쪽인 고로 벌써부터 봄 냄새가 제법 나기 시작합니다.

일기●는 따뜻하여졌습니다. 길은 눈이 몹시 녹아내리는 바람에 매우 질어졌습니다. 어떤 언덕에는 풀까지 푸르스름하게 올려 밀기 시작합니다. 집에 박혀 있기가 정 소원 아닌 시절이 돌아왔습니다.

오래간만에 캡을 제켜● 쓰고 어깨를 좍 펴고 다니게 되니, 길이야 어떻게 되었든지 멀리멀리로 걸어가 보고 싶었습니다. 그래서 나 있는 곳에서 가장 멀리 있는, 내가 자주 놀러 다니는 '어린이 나라'로 산보 겸 방문 겸 찾아갔습니다.

이 나라는 큰 나라가 아닙니다. 인구라고는 겨우 팔구 세로부터 십사오 세까지의 남녀가 한 이삼백 명 되고, 삼사십 세씩 된 생활 인도자가 10여 명이 있을 뿐입니다. 차지하고 있는 것은 커다란 2층 벽돌집 한 채와 그 집에 붙은 공원과 널따란 운동장 하나뿐입니다. 그러나 그 안의 생활은 별로이 분주하게 항상 끓고 있습니다.

* 이 작품은 번역이라 밝혔지만 원작을 알 수 없다. 발표 당시 '소개'라고 밝혔다.

● **일기** 날씨.

● **제키다** 젖히다.

내가 여기에 다다른 때는 오후 1시쯤 되었습니다. 이때, 마당 안과 대문 밖에서는 어린이 100여 명이 괭이, 비, 별별 기구를 다 들고 눈을 치며, 땅을 파며 한창 야단을 하는 판이었습니다.

"안녕하십니까?"

"다녀오셨습니까?"

"네, 네, 오늘은 왜 이리 야단들인가요?"

"봄철이 되니까 눈이 녹아내리면서 마당을 매우 어지럽게 합니다. 이때에 마당을 닦지 않으면 여러 가지로 안된 일이 많기 때문에, 위생부에서 그저께 우리 총회에다가 이대로 그냥 있으면 어떠어떠한 해가 있다는 것을 보고하고 청결을 시작하자는 제의를 하면서 청결 시행 방법까지 자세 말하였답니다. 말이 옳은 데야 무슨 시비가 있겠습니까. 총회에서 그러자고 결정하고 인도자들의 승낙까지 받았습니다. 그래서 오늘부터 이렇게 공동 노동을 시작하였답니다. 이 위생부야 말이지, 그것은 중앙 기관에 정하여 놓은 위생부가 아닙니다. 위생에 대한 연구를 하고 싶은 사람들을 수효 제한 없이 다 모아 가지고 만들어 놓은 것입니다. 이렇게 되는 부는 위생부뿐이 아닙니다. 그 밖에도 연예부, 미술부, 신문부, 운동부, 수학부, 별별 부가 다 있습니다. 각 부는 연구한 결과를 자기의 사회에 벽신문●을 통하여서든지, 강연으로든지 여러 가지 방법으로 드러내어 놓습니다. 그래서 일반이 실시해야 될 것은 총회에 반드시 문제가 일게 하고, 그렇지 않은 것은 지식을 늘임에 도움만 되고 맙니다."

나는 공동 노동을 하게 된 이유를 자세히 듣고 이어 벽돌집으로 들어

● **벽신문** 신문 체제로 편집한 벽보.

갔습니다.

집 안도 그다지 조용하지 못하였습니다. 한 방에서는 음악부에서 창가• 연습을 하고, 한 방에서는 미술부에서 벽에 붙일 표어를 쓰고, 한곳에서는 문에다 "들어오지 마시오."라 써 붙이고 연예부에서 연극 연습을 하였습니다. 그리고 앞뒤로 분주히 갔다 왔다 하는 이도 적지 않았습니다. 무슨 큰일 준비를 하는 것 같았습니다. 생활 인도자 한 분을 얼른 만나서 무슨 일이 있느냐고 물어보았습니다.

"별일이 없습니다. ○○ 기념 준비를 그리 분주히 한답니다."

이때 집합실에서는 툭툭 와, 소리가 굉장히 났습니다. 무슨 일일까 하고 얼른 그리로 뛰어 들어가 보니, 수십 명의 어린이들이 사다리를 끌고 이리저리로 다니면서 써 놓은 표어들과 그림들을 붙이느라고 그리 떠들었습니다.

나는 이전 습관대로 (그 집에 들어만 가면 꼭 그러니까) 벽신문을 내려읽어 보았습니다. 이번 호에는 '동무 재판'란에 글이 전보다 많이 쓰여졌습니다. 그리고 판결도 다른 때보다 좀 이상하게 되었습니다.

[동무 재판]

지난 25일 하오 4시에 재판장 김○○(늘 쓰는 투대로 사실을 다 쓰고, 검사, 변호사의 말까지 다 쓰고) 이렇게 결정하였다.

"박○○는 추악한 말로 남을 욕함으로써 남의 명예를 손상시켰으며, 자기의 본분을 잃었다. 이 죄는 공동 견책•에 상당하나, 3월 ○○ 임시

• **창가** 근대 음악 형식의 하나. 서양 악곡의 형식을 빌려 지은 간단한 노래.
• **견책** 허물이나 잘못을 꾸짖고 나무람.

이매, 피고의 자복•이 깊이 진정으로 우러나와 크게 회개할 희망이 보이므로 용서하기로 결정함."

벽신문 읽기를 마치고는 집합실에서 돌아 나왔습니다. 이때에 어린이 한 분이 뒤에서,

"신문에서 광고를 읽어 보셨습니까?"

하고 물었습니다.

"무슨 광고요?"

"모레 오후 2시에 여기서 기념을 굉장히 한답니다. 그 준비를 하노라고 우리는 날마다 꼭 하는 네 시간, 다섯 시간의 공부도 오늘은 세 시간밖에 더 하지 않았습니다."

"밖에서 일하는 이들도요?"

"그이들은 청소를 급히 하기 위해서 세 시간씩 공부하고 말았습니다."

"그렇다면 내일 일요일에도 청소도 하고 준비도 하는가요?"

"그거야 물론이지요. 그런데 모레는 여기로 꼭 와 주십시오, 네? 그날은 우리와 꼭 함께 지내야 됩니다, 네?"

꼭 온다고 진정으로 대답해 주었습니다. 그러고는 여기저기 휘휘 들러 집으로 돌아왔습니다.

'어린이 나라'는 별로 그리 항상 분주합니다. 봄철을 당하여서는 더 분주하여졌습니다. 더욱 3월에 와서는 큰 기념 준비를 세 번씩이나 하게 됩니다.

이렇게 분주한 '어린이 공화국'의 본이름은 '의회 학교'라고 한답니다.

_길동무, 『어린이』 1926년 4월호

• **자복** 저지른 죄를 자백하고 복종함.

잡기장

이번 『어린이』 책에 내가 쓴 「벚꽃 이야기」• 는 재작년 봄에 벚꽃이 피었을 때 김기전 씨에게 들은 이야기입니다.

_夢見草, 『어린이세상』 6호(『어린이』 1926년 4월호 부록)

• 「벚꽃 이야기」 방정환이 필명 '夢見草'로 『어린이』 1926년 4월호에 발표한 동화.

어린이날

돈 없고 세력 없는 탓으로 조선 사람들은 이때까지 내리눌리고 짓밟히어 아프고 슬픈 생활만 하여 왔습니다. 그러나 그 불쌍한 사람 중에서도 그 쓰라린 생활 속에서도, 또 한층 더 내리눌리고 학대받으면서 무참하게 짓밟혀만 있어 온, 참담한 중에 더 참담한 인생이 우리들 조선의 소년 소녀였습니다.

학대받았다 하면 오히려 한몫 사람값이나 있었다 할까. 갓 낳아서는 부모의 재롱감 장난감 되고, 커서는 어른들 일에 편하게 쓰이는 기계나 물건이 되었을 뿐이요, 한몫 **사람**이란 값이 없었고, 한몫 **사람**이란 수효에 치우지● 못하여 왔습니다.

우리의 **어림**(幼)은 크게 자라날 **어림**이요, 새로운 큰 것을 지어 낼 **어림**입니다. 어른보다 10년, 20년 새로운 세상을 지어 낼 새 밑천을 가졌을망정 결단코 결단코 어른들의 주머니 속 물건만 될 까닭이 없습니다. 20년, 30년 낡은 어른의 발밑에 눌려만 있을 까닭이 절대로 없습니다.

새로 피어날 새싹이 어느 때까지든지 내리눌려만 있을 때, 조선의 슬픔과 아픔은 어느 때까지든지 그대로 이어만 갈 것입니다.

* 발표 당시 목차에서 '권두'라고 밝혔다.
● **치우다** 쳐 주다.

*

그러나 한이 없이 뻗어 날 새 목숨, 새싹이 어느 때까지든지 눌려 엎드려만 있지 않았습니다. 5년 전의 5월 초하로!● 몇 백 년, 몇 천 년 눌려 엎드려만 있던 조선의 어린이는 이날부터 고개를 들고 이날부터 외치기 시작하였습니다.

가린 것은 헤치고, 덮인 것은 벗겨 던지고, 새 세상을 지어 놓을 새싹은 우쭐우쭐 뻗어 나가기 시작하였습니다. 그 기세는 마치 5월 햇볕같이 찬란하고, 5월의 새잎(신록)같이 씩씩하고, 또 5월의 샘물같이 맑고 깨끗하였습니다. 어린 사람의 해방 운동이 단체적으로 500여 처에 일어나고, 어린 사람의 생명 양식이 수십 가지 잡지로 뒤이어 나와서 어린이의 살림이 커지고 또 넓어졌습니다.

아아, 거룩한 기념의 날 5월 초하로! 기울어진 조선에 새싹이 돋기 시작한 날이 이날이요, 성명도 없던 조선의 어린이들이 새로운 생명을 얻은 날이 이날입니다.

엄동은 지나갔습니다. 적설은 녹아 없어졌습니다. 세상은 5월의 새봄이 되었습니다. 눌리우는 사람의 발밑에 또 한 겹 눌려 온 조선의 어린 민중들이여! 다 같이 나와 이날을 기념합시다. 그리하여 다 같이 손목 잡고 5월의 새잎같이 뻗어 나갑시다. 우리의 생명은 뻗어 나가는 데 있습니다. 조선의 희망은 우리의 커 가는 데 있을 뿐입니다.

_무기명,● 『어린이』 1926년 5월호

● **초하로** 초하루. '하로'는 '하루'의 사투리.
● 목차에는 필자 이름이 '편집인'으로 표기되어 있다.

이태리 소년

여러분, 이태리[●]라는 나라를 아십니까? 이태리는 서양의 조선이라고 하여도 좋을 만큼 경치가 좋고 땅덩이 됨됨이가 조선처럼 삼면이 바다인 반도 나라입니다. 그리고 사람들도 서양 사람 치고는 키가 그리 크지 않아 조선 사람 키만 하건만 그래도 구라파[●]에서 땅은 작아도 몹시 강한 나라입니다. 그 나라 소년의 이야기를 하지요.

이태리 소년은 대개 얌전하고 숙성합니다.[●] 일본 소년보다 조선 소년이 숙성하고 의젓한 것처럼 이태리 소년은 조선 소년보다도 더 숙성하고 의젓합니다. 이태리는 따뜻한 나라이니까 어린 사람이 일찍 되어 가기도 하지만 기르기를 잘 기르는 관계가 많이 있습니다.

조선이나 일본 어린아이는 대개 어른 등에 업혀서 자라고 크지마는 이태리의 아이들은 결코 업혀 다니지 아니하고, 간신히 아장아장 걷기 시작할 때부터 내처 저 혼자 걸어 다닙니다. 이 일은 작은 일 같아도 그 마음에 대단히 큰 관계가 있는 일입니다. 이렇게 어려서부터 남의 힘을

* 발표 당시 목차에서 '소개'라고 밝혔다.
● **이태리** '이탈리아'의 음역어.
● **구라파** '유럽'의 음역어.
● **숙성하다** 나이에 비하여 지각이나 발육이 빠르다.

빌리지 않고 저 할 일은 저 혼자 제힘으로 하고, 저 갈 길은 저 혼자 걸어가는 버릇을 기르는 것은 대단히 좋은 일입니다.

그래 저 혼자 달음박질을 하게 될 때부터는 어른의 옆에서 빙빙 돌지 아니하고 제 마음대로 저 혼자 공원에 가서 뛰고 닫고 운동을 쾌활하게 하면서 놉니다. 결코 남의 집 처마 밑이나 남의 상점 앞에 쭈그리고 섰거나 길거리에서 운동을 하는 법이 없습니다.

그러니까 성질도 퍽 쾌활하고 시원스럽습니다. 싫은 것은 딱 싫다고 분명히 말하고 좋은 것은 좋다고 춤추며 기뻐합니다. 결코 우물쭈물하거나 비실비실하지 아니합니다. 모르는 사람의 앞에서 또는 많은 사람 앞에 가서 부끄럽다고 주저주저하지 않고, 인사를 안 하고 슬슬 피하는 못난 짓도 아니 합니다.

몹시 정이 많고 또 그 정이 뜨거워서 사랑하면 죽도록 사랑하고, 위하면 죽도록 열정으로 위합니다. 모르는 동무나 모르는 어른보고도 친절하게 씩씩하게 이야기를 걸고 껴안을 드키 반갑게 정답게 달겨듭니다.

이태리 소년은 경치 좋은 나라에서 자라는 고로 그러한지 자연(경치)을 끔찍이 좋아하며 사랑하고 음악을 즐겨합니다.

어느 나라 소년이든지 경치 좋은 것을 좋아하고 음악을 즐겨 하지만 이태리 소년들처럼 그것을 좋아하는 사람은 없습니다. 산이나 냇가에 좋은 경치를 친하러 다니지 않는 소년이 없고, 또 소년들이 노는 곳에 음악 소리 안 나는 곳이 없습니다. 공원은 물론이요, 처처에 열리는 음악회마다 어린 소년들이 많이 참례하여• 어른들보다도 더 열심으로 듣고 있습니다. 그리고 좋은 음악을 들으면 견디지 못하여 춤을 덩실덩실

• **참례하다** 예식, 제사, 전쟁 따위에 참여하다.

추는 일이 흔합니다.

이태리 소년은 정이 많고 뜨거워서 남을 위하고 사랑하는 마음이 강하고 불쌍한 사람에게 동정하는 마음이 많습니다. 그리고 그만큼 자기 나라를 위하고 사랑하는 마음이 불같이 뜨겁습니다. 그래서 작은 일에나 큰일에나 나라를 위하여 죽고 또 싸운 훌륭한 어린 사람의 이야기를 얼마든지 가지고 있습니다.

_三山人, 『어린이』 1926년 6월호

따끈한 햇볕에 앵두 익는 첫여름—이 철에 배워 가질 것

벌써 무릇 장사가 다니기 시작하니 버찌와 앵두가 가게 앞에 놓일 때도 오래지 않았습니다. 해마다 그해의 열매로 제일 먼저 우리를 찾아오는 것이 앵두와 버찌이겠습니다.

뒤곁 햇볕 바른 동산에 새빨간 앵두가 익는 철 이때가 첫여름입니다. 바람에서도 향긋한 내가 나는 좋은 철입니다.

첫여름의 좋은 점은 싱싱한 데에 있습니다. 풀도 싱싱하고 나무도 싱싱하고 산도 물도 싱싱합니다. 굵어 가는 열매를 넌지시 키워 가면서 어데까지든지 싱싱하게 원기 있게 너울대는 때가 이 철입니다.

온갖 어린 생물이 성충이 되느라고 노력하는 때도 또한 이 철입니다.

그렇습니다. 분명히 첫여름은 성숙의 철입니다. 이 세상 온갖 것이 완성을 향하고 가장 많이 지어 나가는 때입니다. 우리가 이 철의 자연에서 배워 가질 것은 '원기 있는 노력'입니다. 그리하여 활발한 운동으로써 원기를 기르고 그 씩씩한 원기로써 학생은 공부에 일꾼은 그 일에 부지런히 덤비어들어야 할 것입니다.

보십시오. 싱싱한 녹음에는 작은 열매가 부지런히 커 가고 꽃밭 놀이터에는 벌떼의 부지런이 굉장합니다. 그뿐입니까 햇볕이 내리쪼이는 땅바닥에는 개미의 겨울 준비가 또한 굉장합니다.

아아 첫여름, 새빨간 앵두 익는 철이 왔습니다. 일층의 원기와 일층의 부지런을 내어야 할 때가 온 것입니다. 당신은 금년 여름에 어떤 일 어떤 유희로 원기와 부지런을 기르시겠습니까.

_무기명,[●] 『어린이세상』 8호(『어린이』 1926년 6월호 부록)

● 방정환이 쓴 것으로 보인다.

울지 않는 종

불그레한 꽃송이같이 어여쁘고 탐스럽던 빼시의 얼굴은 몇 달이나 앓고 난 사람처럼 양초 빛같이 파랗고 해쓱하였습니다.

그리고 눈물에 부은 두 눈이 산머리에 넘어가는 저녁 해를 원망스럽게 바라보면서 한숨만 덧없이 쉬고 섰었습니다.

"아아, 저 해가 넘어가면 저녁 종이 울리고, 저녁 종소리만 나면 감옥에 갇힌 오빠가 끌려 나와 죽겠고나……."

혼자서 중얼거릴 때 그의 전신은 그냥 녹아 아스러지는 것 같았습니다. 울어도 소용없고, 뛰어도 시원치 않고, 가슴만 바작바작 타 가는데, 무심한 저녁 해는 벌써 산머리에 걸쳐서 얼마 남지 아니한 빛으로 멀리 뾰족집 꼭대기의 종 달린 다락을 빨갛게 비추고 있었습니다.

아앗!! 하면서 넋 없이 섰던 빼시 소녀는 전기에 찔린 사람같이 깜짝 놀랐습니다. 저기 저편, 어두워 가는 밤길로 종 치는 노인이 검은 옷을 길게 입고, 뾰족집으로 걸어가는 것을 본 까닭이었습니다.

노인은 마음이 좋고 정성이 대단한 이였습니다. 나이 육십이 넘어, 귀가 어둡고 허리가 굽도록 20년 동안이나 기나긴 세월을 눈이 오거나 바

* 발표 당시 '미담'이라고 밝혔다.

람이 불거나 하로● 한날같이 조석으로 종을 울려 온 이였습니다.

귀가 어둡고 허리가 아파도 아츰●과 저녁으로 저 높은 데 달린 종을 울리어 여기에 사는 사람들에게 시간을 알리고 또 그들의 마음을 종소리로 깨끗하게 해 주는 것이 자기의 가장 귀중한 천직으로 알아, 지금도 저녁 종을 울리려 고개 위의 뾰족집을 향해 가는 것이었습니다.

"아이그, 여보셔요! 저를 좀 보셔요. 여쭐 말씀이 있습니다!"

미친 사람처럼 소리치면서 빼시는 급히 뛰어 쫓아갔습니다.

노인은 귀가 어두워서 듣지 못하고 그냥 타박타박 가다가 옆에까지 가서 팔을 붙잡은 후에야 알았습니다.

"호호, 빼시로구나. 나는 저녁 종을 치러 간다. 같이 가련?"

"아니여요. 급한 일이 있어서 그럽니다. 제발제발 오늘 저녁만 종을 치지 말아 주세요. 종소리만 나면 아무 죄 없이 잡혀 갇힌 저의 오빠가 그만 죽게 됩니다. 오늘 저녁만 치지 말아 주세요."

귀를 기울여 간신히 알아들은 노인은,

"그런 줄도 알지만 어떻게 종이야 아니 칠 수가 있느냐. 내가 죽기 전에야……."

"그렇지만 무죄한 목숨을 살려 주시려면 오늘 저녁 한 번만 치지 말아 주세요. 뒷마을 다리 밑에서 사람을 죽인 것이 저의 오빠라고 그러지만, 그때 그 시간에 오빠는 저하고 저희 집에 있었어요. 그런데 공연히 잡혀 갇혀서 오늘 저녁 종소리만 나면 공연히 공연히 무죄하게 죽는답니다. 제, 제발 오늘 저녁 한 번만……."

애걸 애걸하는 소리에 노인의 눈에서는 굵다란 눈물이 뚝뚝 떨어졌

● **하로** '하루'의 사투리.
● **아츰** '아침'의 사투리.

습니다.

"그렇지만 이 애야, 내가 종을 안 칠 수는 없지 않으냐. 아츰과 저녁에 시간을 맞추어 종을 치는 것이 늙은 나의 직책이란다. 이 종소리가 들리지 않는 날은 내 생명이 없어진 날이라고 할 것이다. 그리고 종소리 때문에 너의 오빠가 죽는 것이 아니니까, 종을 안 친다고 곧 살아나게 되는 것이 아니란다. 빼시야, 나를 원망하지 말아라."

어깨를 흔들면서 느껴 우는 빼시의 머리를 만져 주고 자기도 눈물을 씻으면서 노인은 시간에 늦지 않으려고 터벅터벅 언덕길을 걸어갔습니다.

빼시는 아주 절망되었습니다. 그러나 노인의 말이 그르다고는 할 수 없었습니다.

'아아, 어쩌면 좋을까. 어쩌면 좋을까. 저 노인이 저 언덕을 기어 올라가서 저 높은 다락에서 늘어져 내려온 줄을 잡아만 다리면● 종소리가 울려 나겠구나…….'

생각하고, 걸어가는 노인을 바라보고, 또 언덕 위의 뾰족집을 쳐다볼 때 한울●을 찌를 듯이 높다랗게 솟은 종각●은 귀신같이 무서워 보였습니다.

그때 그때!! 높다란 뾰족집 종각을 바라보던 그때, 빼시는 무슨 생각을 하였는지 후닥닥 뛰어서, 제비같이 다람쥐같이 날아가듯 하여 앞서 가던 노인을 지나쳐 놓고 쏜살같이 언덕을 기어올라서 대궐 문같이 컴컴한 뾰족집 문 속으로 쑥 들어갔습니다.

● **다리다** '당기다'의 사투리.
● **한울** 천도교에서 '하늘'을 달리 이르는 말.
● **종각** 큰 종을 달아 두기 위해 지은 누각.

어찌 급히 왔는지 숨은 탁탁 막히는데 쉬일 사이도 없이 허둥허둥 어두컴컴한 층계를 기어 올라갔습니다. 2층 위에서 3층, 4층 층계는 종각으로 올라가는 층계라 소나무 사닥다리처럼 엉성한데, 여러 해 두고 한 번도 오르내린 사람이 없어서 몬지●만 켜켜이 쌓여 있었습니다.

한숨에 뛰어오를 듯이 허덕허덕 기어올라서 맨 꼭대기 캄캄하고 냄새나는 헛간에 귀신 같은 큰 종이 매달린 곳에까지 이르니 갑자기 가슴이 더 뛰놀았습니다.

그때 언뜻 조꼬만 유리창으로 내려다보니까 저 아래 넓은 마당에 그제야 걸어오는 노인이 조꼬만 강아지만 하게 작게 내려다보였습니다.

오오, 온다! 온다!! 부르짖으면서 빼시는 사닥다리에서 펄쩍 뛰어 종 속에 매달린 쇠뭉치를 붙잡고 찰싹 달라붙어 쇠뭉치와 함께 종 속에 대롱대롱 달렸습니다.

이렇게 종 속의 쇠뭉치를 얼싸안고 매달렸으면, 저 밑에서 노인이 줄을 잡아다리더라도 쇠가 종에 닿더라도 소리가 나지 않으리라고 생각한 짓이었습니다.

그러나 너무도 위험한 짓이었습니다. 종 밑에는 저 아래 밑층까지 바로 뚫린 층계 놓인 구녁●이 있으니, 까딱! 놓치기만 하면 그대로 내리떨어져서 가루가 되어 버릴 것입니다. 그리고 어린 팔로 그 높은 데서 매어달려 있으니, 무슨 팔심으로 오래 매달려 있을 수가 없는 것이었습니다.

그러나 빼시는 앞뒤 정신없이 그냥 뛰어 붙어 매달린 것이었습니다.

큰일 났습니다. 과연 몇 분이 못 지나가서 빼시의 가늘고 약한 팔은

● **몬지** '먼지'의 사투리.
● **구녁** '구멍'의 사투리.

칼로 찍는 듯이 아파서 도저히 그 몸을 달고 매달려 있을 수 없게 되었습니다.

내려다보면 까마득한데 손만 놓으면 그냥 떨어져 가루가 될 판인데, 불행히도 그 팔이 아파졌습니다. 아아, 아슬 또 아슬!

그때 감옥에서는 벌써 빼시의 오빠를 끌어내어다가 목을 졸라 죽이는 널판 위에 올려 세우고, 이제 종소리가 어서 들리기만 기다리는 중이었습니다.

이를 악물고 죽을힘을 다하여 매달려 있는 빼시의 몸은 갑자기 그 큰 종과 함께 흔들렸습니다. 밑에서 귀먹은 노인이 종 줄을 잡아당기기 시작한 것이었습니다.

종 줄에 매달려 한 번 잡아당기면 뗑, 다시 늦춰 놓으면 뗑, 또 잡아다리면 뗑, 종소리가 크게 날 터인데, 오늘뿐만은 그럴 적마다 빼시의 몸이 종에 닿는 고로 종소리가 나지 않았습니다. 그래도 노인은 귀가 어두워 종소리가 전처럼 나는 줄만 믿으며 자꾸 잡아당기었습니다.

가여운 빼시의 이마에서는 땀이 비 오듯 쏟아지고 머리는 흩어져 늘어졌습니다. 오냐, 조끔만 더 참자! 빼시는 흔들릴 적마다 떨어질 듯 떨어질 듯 하여 이를 악물고 두 눈을 딱 감고 죽을힘을 다하여 놓치지 않으려 했습니다. 그러노라니 그 약한 팔이 저절로 툭툭 터져서 시뻘건 피가 주르르 흘러내렸습니다.

아무 영문도 모르는 노인은 종을 다 친 후에 오늘 하로의 직책을 무사히 마친 것을 기뻐하면서 저녁기도를 올리고 기쁜 마음으로 천천히 돌아갔습니다.

그러나 온 동리, 온 거리는 종소리가 나지 않았다고 벌컥 뒤집혀서 와글와글하였습니다. 그중에도 감옥에서는 종소리를 기다리다 못하여 오빠를 다시 들여다 가두어 두고 윗관청에 보고한 고로 윗관청에서는 곧 사람을 보내어 종소리가 나지 않은 이유를 조사하게 하였습니다.

"그럴 리가 있습니까? 내가 분명히 종을 치고 내려오는 길인데요."

하고 영문 모르고 이상해하는 노인과 조사원들이 촛불을 켜 들고 종각 속을 층층이 조사할 때에 발견된 것은 맨 꼭대기 몬지 많은 층계 위에 송장같이 쓰러져 있는 뻬시 소녀였습니다.

뻬시 소녀는 관청으로 업혀 가서 거기서야 소생되었습니다. 거기서 눈물을 흘려 가면서,

"그날 그 밤에 오빠는 분명히 우리 집에서 저에게 옛날이야기를 해주고 있었습니다. 그런데 그런데 오빠를 죄인이라고……."

느껴 울면서 하는 이야기를 듣고,

"오냐, 뻬시의 말에 거짓말은 없다. 그를 살려 놓아주어라!"

명령이 내리어 오빠는 무사히 살아 나왔습니다.

세상에도 아름다운 이 일이 있은 후로부터 너나없이 이 종을 '뻬시의 울지 않는 종'이라 부르면서 이 마을 사람들은 해 저무는 저녁때마다 거룩한 종소리를 들으면서 어린 사람들에게 뻬시의 이야기를 전해 들려서 지금까지도 동리의 자랑으로 전해 내려옵니다.

_夢見草, 『어린이』 1926년 6월호

소년 탐험군 이야기

노서아•에 온 사람은 어데로 가든지 촌이나 도시에서나 학교나 구락부•나 길가에서나 붉은 넥타이를 매고 분주히 앞뒤로 날치는• 소년 소녀 들을 자주자주 만나게 됩니다. 그이들을 가리켜 '소년 탐험군'이라 (노서아 말로 '피오네르'•) 합니다. 이제 슬슬 뒤를 따라다니면서 그이들의 생활을 자세자세히 살피면서 그 재미스럽고 좋음은 제하여 놓고, '군인들이 아닌가?' '사상단체의 사람들이 아닌가?' 하는 생각부터 자연히 나게 됩니다.

우선 그 조직을 보면, 입대의 연령을 11세로 15세까지 정하여 놓고 10여 명의 남녀를 모아 한 분대•를 지으며 네 개의 분대로써 한 대•를 만들어 놓습니다. 분대에는 분대 지휘가 있고, 대에는 대 지휘가 있어 그 대와 분대를 지휘하며, 또 전대•의 사업을 지도하기 위하여 '대 의

* 보빈스카야의 글을 번역한 작품이다. 발표 당시 '특별 기사'로 소개했다.
- **노서아** '러시아'의 음역어.
- **구락부** 단체, 모임 등을 뜻하는 '클럽'의 일본식 음역어.
- **날치다** 자기 세상인 것처럼 날뛰며 기세를 올리다.
- **피오네르** 보이스카우트와 비슷한 공산권 국가의 소년단.
- **분대** 보병 부대 편성에서 가장 작은 단위.
- **대** 소대, 중대, 대대 따위의 편제 부대.
- **전대** 부대 전체.

회'를 조직합니다. 대 의회는 지휘와 그의 부관들로써 조직하는 것인데, 거기서 재판까지 맡아 합니다. 그러고 군• 하면 군의 중앙 기관이 되는 '군 총국'이 있고, 도에는 '도 총국', 전 러시아 범위로는 '전 러 중앙총국'이 있습니다. 이렇게 조직된 피오네르의 수효는 전 러시아에 한 200만여 명가량(그중에 조선 소년은 4천 명)이 됩니다. 그런데 조직만 이렇게 하여 놓은 것이 아니라, 각 피오네르가 지휘의 명령에 잘 복종하며 아랫기관이 윗기관에 잘 복종하여 서로 기율을 엄하게 지키고 있습니다.

하는 사업은 대개 어른들의 일반으로 하는 사회적 사업을 극력•으로 도우며 탐험대에 들지 않은 소년들을 입대되게 하는 일과 자기의 신체 건강 및 지식 발달에 힘쓰는 일입니다. 이러한 여러 가지 일을 하면서 피오네르는 탐험대에 있는 동안에 아주 단정하고 의무를 잘 감당하고 시간 잘 지키고 위생 잘하고 사회사업을 잘하는 사람이 되도록 훈련을 받아, 장래에 아주 건전한 일꾼이 될 준비를 하고 있습니다.

언제든지 보통 이러한 방향으로 모든 일을 시가•나 농촌 안에서 하고 있습니다. 그러다가 특별히 여름이 돌아오면 멀리 들과 산에 나아가 맑은 공기 속에서 야영 생활을 합니다. 이 야영 생활기가 가장 흥미 있는 때입니다.

그런데 이 야영 생활을 어떻게 하는지 또 일반 사업은 어떻게 하는지! 자세히 써 놓아야, 참으로 좋고 반가운 사람들을 조선의 여러분에게 잘 아시도록 소개하는 법이 되겠습니다. 그것은 이 뒤끝을 달아 그냥

• **군** 행정 구역의 하나로 도 아래 단위.
• **극력** 있는 힘을 아끼지 않고 다함. 또는 그 힘.
• **시가** 도시의 큰 길거리.

쓰기보다 그이들의 생활을 가장 잘 그려 낸 이야기를 써 보냄이 반드시 더 나을 것입니다. 그래서 보빈쓰까야 씨의 탐험군 이야기를 이번 호부터 번역하여 놓기를 시작하였습니다.

조고마한 이야기

재판

일기●는 매우 좋았습니다. 별로 상쾌하였습니다. 그런데 별안간에 이게 웬일입니까? 도끼등●으로 머리를 부셔 내듯이 쥬크의 일이 튀어져 나왔습니다. 아츰●으로부터 온종일은 피오네르들이 연조통●을 둘러메고 거리거리로 매우 분주히 돌아다니었습니다. 연조통과 함께 어깨에 걸쳐 멘 좁고 기다란 흰 헝겊에는 '독일 노동자 아이들에게'라 써 놓은 붉은 글자들이 멀리서부터 보이었습니다. 곳곳에마다 그들의 붉은 넥타이가 보이었고, 쇠통의 쩔렁거리는 소리가 들리었습니다. 온 시가는 피오네르의 천지였습니다. 그래서 돈을 많이 거두었습니다. 독일 노동자의 아이들을 위하여 많이만 거두었습니다.

오후 4시가 되자 '운동 구락부' 안에는 제1대의 각 분대가 전부 집합되었습니다. 보통 이런 때에는 지휘들이 암만 애를 써도 질서를 유지하기가 심히 어려운 것입니다. 분대 분대마다 이 구석 저 구석에 몰려가서

● **일기** 날씨.
● **도끼등** 도끼날의 반대쪽.
● **아츰** '아침'의 사투리.
● **연조통** 군사 단련에 필요한 물품을 넣는 통.

서로 저희 분대가 돈을 더 많이 거두었다고 자랑하는 판입니다. 그 커다란 방 안에서 어떻게 몹시 떠들어 댔던지 귀를 틀어막는대도 무슨 별수가 생길 것 같지 못하였습니다. 그러자 별안간에 눈을 머리에 퍼붓듯 어데서 터졌는지 — 땅속에선지 — 쥬크가 돈을 통에서 털어 내었다는 소문이 쫙 퍼졌습니다.

방 안은 형용할• 수 없이 요란해졌습니다.

"그건 남을 훼방하는 말이다."

"그건 거짓말이다!"

하며 여기저기에서 소리를 질렀습니다.

와냐는 사다리를 타고 높게 올라서서, 있는 목소리를 다 내어 "증인이 누구냐? 누가 보았느냐?"고 물었습니다.

이때에 말니놉쓰끼가 방 가운데로 뛰어나오면서, "내가 보았다!"고 크게 말하였습니다.

그 소년의 뒤를 따라, "나도 보았다." 하면서 월로지까가 또 나섰습니다.

모두 조용하게 서 있었습니다. 그러더니 무심간•에 누가, "피오네르의 단정한 말로 하느냐."고 물었습니다.

말니놉쓰끼는 목소리를 크게 하여 얼른 대답하기를,

"응, 피오네르의 단정한 말로 한다. 내가 내 눈으로 쥬크가 나뭇가지를 쇠통에 넣어서 돈을 끄집어내는 것을 보았다. 월로지까도 그러는 것을 보았다. 우리는 그때에 마침 울타리 뒤에 서 있었기 때문에 그 애가 우리를 보지는 못하였느니라."

• **형용하다** 말이나 글, 몸짓 따위로 사물이나 사람의 모양을 나타내다.
• **무심간** 무심결. 아무 생각이 없어 스스로 깨닫지 못하는 사이.

월로지까도 '피오네르의 단정한 말로' 확실히 보았노라고 대답하였습니다.

그러니까 모두 머리를 쥬크 있는 곳으로 향하였습니다. 쥬크는 이때에 목마를 타고 있었습니다. 얼굴은 붉어지고 또 붉어져서 자기의 넥타이보다도 더 붉게 되었습니다. 슬쩍 목마에서 내리더니 띠를 풀어 다시 단정히 매고는 그냥 우두커니 서 있었습니다. 그 얼굴에는 어찌하면 좋을는지 몰라 하는 빛이 환히 보이었습니다.

까짜라는 소녀가 옆으로 가까이 가까이 오더니 눈을 바로 들여다보며, "이 애! 지금 저 애들이 하는 말을 들었니? 그게 정말이냐?" 물었습니다.

쥬크는 머리를 푹 수그리고 있었습니다. 그러더니 별안간 특별한 용기를 내면서 머리를 번쩍 들고, "정말이다!"라고 대답하였습니다.

"네가 그래 돈을 도적질해 냈단 말이냐?"

이렇게 물어보는 까짜의 목소리는 가슴의 뛰놂을 금치 못하여 떨리면서 나왔습니다.

"으응……."

거친 목소리로 쥬크는 대답하였습니다.

"많이?"

"1원……."

쥬크의 머리는 또다시 낮게 낮게 수그러졌습니다.

"네가 글쎄 어찌 그런 짓을 한단 말이야? 응?"

이렇게 다시 물으면서 까짜는 쥬크의 어깨를 잡아 흔들었습니다. 까짜는 울 것 같았습니다.

사방에서는 또다시 끓어 댔습니다.

"대에서 내쫓아라!"

"넥타이를 벗겨라!"

"그 애가 전대의 명예를 더럽혀 놓았다!"

"쫓아라!"

"쫓아라!"

점점 더 빽빽이 쥬크를 둘러쌌습니다. 이제로부터 쥬크의 얼굴은 붉어져 있지 않고 수건처럼 아주 하얗게 되어 버렸습니다. 벌써 어느 소년이 목을 틀어잡고 넥타이를 풀어 내기 시작하였습니다. 이때에 키 크고 힘센 까짜가 쥬크의 앞을 가려 서며,

"비켜라, 모두! 출대• 시키는 권리는 대 의회밖에 없다. 이제부터는 누구든지 이 애를 조금도 다치지 못한다!"

라고 아주 지휘자의 태도를 내이어 말하였습니다. 까짜의 목소리가 이렇게 우러나와 보기는 이때에 비로소 처음이었습니다.

이 말을 듣고 처음에는 조용하게 모두 있더니 얼마 못 되어서 다시 전보다 더 크게 떠들기를 시작하였습니다.

"대 의회를 속히 모아라! 속히! 어서! 밀리지 말고!"

"지휘들이 없다!"

"있다! 이 방 안에 모두 있다!"

"전대 지휘가 없다!"

"일없다!• 대 지휘 없이도 할 만하다!"

"그런데 책상이 있어야지? 걸상도 있어야지?"

"상들이야 사무실에 가서 내오지 무얼!"

• **출대** 대오에서 나감.

• **일없다** 필요 없다. 문제없다. 괜찮다.

"그럼 가지러 가자!"

"가자!"

까짜와 말니놉쓰끼는 전대 지휘도 없는데 재판을 내일로 미루자고 권하였습니다.

"또 이렇게 급히 재판을 어찌 한다더냐?"

고 많이 말하나 다른 피오네르는 그런 말은 들은 체도 하지 않았습니다.

"미루다니? 미룰 일도 따로 있지, 이런 일을 미뤄 두어?"

"오늘로 이 일은 끝을 내야 한다!"

"이제로부터 쥬크는 1분 동안이라도 우리 대에 더 있어서는 안 된다!"

방 안에서 일변● 이렇게 다투는 동안에 벌써 한편에서는 책상 걸상들을 들고 들어왔습니다.

"이 애들아! 종이 없구나, 종이!"

누가 종 대신에 쇠로 만든 조고마한 잔을 들고 들어왔습니다.

"종이가 없다!"

"종이와 잉크는 사무실에 가서 또 내오렴!"

"주지 않을걸, 아마."

"안 주기는 왜! 준다, 어서 가져오너라!"

좀 있더니 종이와 잉크까지 들어왔습니다. 쏜냐가 주머니칼을 쥐고 쇠잔을 덩덩 두드리며, "이 애들아! 자리를 차지하고 모두 앉아라!"고 청하였습니다.

기다란 걸상에는 와냐, 까짜, 월로지까, 로자 하여 지휘 네 사람이 늘

● **일변** 한편.

어앉았습니다. 쥬크에게는 조고마한 의자를 가져다주었습니다. 다른 피오네르들은 전나무 잎이 가득한 마루에 그냥 모두 앉았습니다. 어제가 '청년 데이'였으므로 온 방 안을 전나무 가지로 잘 장식하여 놓았었습니다. 마루에는 나뭇가지들이 아직까지 많이 흩어져 있었습니다. 온 방 안의 공기는 아주 산속과 같아졌습니다.

"회장을 선거하자!"

회장 선거는 보통 손을 내어두르며 떠들어 대는 분주한 판에서 얼른 됩니다.

다수를 따라 까짜가 선거되었습니다.

그다음에는 서기 선거이었습니다.

"쏜냐! 쏜냐."

일치가결로 쏜냐가 서기로 선거되었습니다.

조고마하고 통통한 쏜냐는 걸상 끝에 나앉아 종이를 자기 앞으로 끌어당겨 놓고 골을 이쪽저쪽으로 굴리며 혀로 조금씩 도우면서 글쓰기를 시작하였습니다.

회장은 "이제는 대 의회의 회의를 열겠다."고 광고하였습니다.

푸른빛으로 장식하여 놓은 커다란 방 안에 조고마하게 한 모퉁이를 차지하고 아주 토이기● 식으로 피오네르들이 마루에 걸터앉았습니다. 책상 옆으로 조금 비키어서 조고마한 의자에 외롭게 불쌍하게 쥬크가 앉아 있었습니다. 온몸을 잔뜩 쫑그리고● 될 수 있는 대로 더 작게 되어 보이려는 것 같았습니다. 지휘들도 쳐다보지 않고 다른 피오네르들도 들여다보지 않고 넥타이 끝만 부지런히 주무르고 있었습니다.

● **토이기** '터키'의 음역어.
● **쫑그리다** 긴장하여 몸을 잔뜩 쪼그리다.

그러나 피오네르들은 모두 그 소년만 들여다보고 있었습니다. 마치 그 둥글둥글한 얼굴, 감자코, 누릿누릿한 머리를 처음 보는 듯이 명심하여 들여다보고 있었습니다. 실상이야 그들 가운데서 쥬크를 모를 사람이 누구겠습니까? 쥬크는 여섯 주일 동안을 그들과 같이 그냥 야영 생활을 하였습니다. 모두 그 소년을 사랑하였습니다. 가장 우스운 양을 잘하고 가장 쾌활한 소년이었습니다. 그리고 인내성이 있고 힘 있고 용감 있어야 될 곳에는 반드시 쥬크가 처음으로 뛰어나갔습니다.

무진 비가 우물을 덮어 놓아서 새로 다른 곳에 또 파 놓아야 되겠는 때에, 온종일 꾸물거리면서 쥬크가 일하던 것을 누구나 다 잊지 못하였습니다. 아뉴따가 보트를 타고 달아났을 때에도 그 무서운 소낙비를 돌보지 않고 "속히 구원해야 되겠다." 하면서 쥬크가 제일 먼저 배에 뛰어올랐었습니다. 그러고 뽈냐나 촌에 새로 탐험대를 조직하여 놓은 피오네르는 누구였습니까? 그도 쥬크이었습니다. 그렇던 그 쥬크가 도적놈이 되었습니다. 통에서 돈을 끄집어내임으로써 피오네르의 명예를 더럽혔습니다. 이제는 다시 그 소년을 사랑할 수 없으며 또 그 소년의 장난을 보고 웃을 수 없게 되었습니다.

그러므로 이런 일을 쥬크가 꼭 쥬크가 하여 놓은 것이 얼마나 안타까운지 모르겠습니다.

서기가 일어서더니 "오늘 회의 순서에는 독일 노동자의 아이들을 위하여 걷어 놓은 돈을 연조통에서 끄집어내인 쥬크에게 대한 문제 하나뿐이라."고 광고하였습니다.

"이 애들아! 지금은 내가 말하겠다." 하면서 까짜가 쥬크를 향하여 "돈을 네가 얼마나 가졌느냐?" 물었습니다.

"1원을 가졌다."

"지금 그 돈이 네게 있느냐?"

쥬크는 없다는 뜻으로 머리를 내둘렀습니다.

"그러면 그 돈을 어찌했느냐?"

쥬크는 아무 대답도 하지 않았습니다.

"쥬크야! 네 아직까지는 그대로 피오네르가 아니냐? 바른대로 다 말을 해라!"

"빵과 콜바사●를 사 먹었다."

마루에 앉았던 피오네르들 속에서 웃음이 터졌습니다.

회장이 잔을 두드리며, "이 애들아! 좀 조용해 주기를 바란다!"고 청하였습니다.

웃음이 그쳤습니다.

"그건 왜 네가 그리했느냐?"

고 까짜가 계속하여 물었습니다.

"일찍이 아츰부터 종일 돌아다니고 나니까 하도 배가 고파서……."

"꽤 어물한데.●"

라고 누가 소리쳤습니다.

"우리도 다 배가 고팠지마는 그래도 도적질은 안 했다."

"정 배가 고프면 집에 가서는 왜 못 먹어!"

이때에 쥬크가 처음으로 머리를 들어 피오네르들을 향하여 보면서,

"내게는 집이 없다."

고 온순히 대답하였습니다.

"그럼 누구 집에 지금 있느냐?"

● **콜바사** 러시아식 햄. 또는 소시지.

● **어물하다** 말이나 행동 따위를 시원스럽게 하지 못하고 꾸물대다.

고 회장이 물었습니다.

"목기[●]를 만들어 파는 어떤 영감의 집에서 유한다.[●]"

"부모는 안 계시냐?"

"응……, 안 계시다."

"학교에는 다니느냐?"

"못 다닌다. 어머니 살아 계신 동안에는 두루두루 다니었던 것이 벌써 이태[●] 동안이나 학교에 가 보지 못했다."

"그럼 무슨 일을 하면서 지금 살아가느냐?"

"목기를 장에 나가 팔아먹고 산단다."

이 말은 조용히 대답하였습니다.

피오네르들이 웃을 것 같았습니다. 그러나 방 안은 무한히 조용했습니다.

"책은 보느냐?"

까쨔가 또 물었습니다.

쥬크는 못 본다는 뜻으로 머리를 흔들고,

"장에 나가서는 그릇을 도적질해 간다고 영감이 책을 조금도 못 보게 한다. 또 집에 온대야 불을 켜야 책을 보지? 그저 구락부에서 돌아가기만 하면 드러누워 자는 것이 일이다."

한참 동안이나 모두 잠잠하여 있었습니다. 서기가 글 쓰는 철필[●] 끝에서 빠각빠각하는 소리만 들리었습니다. 쏜냐는 머리를 이쪽저쪽으로

● **목기** 나무로 만든 그릇.
● **유하다** 어떤 곳에 머물러 묵다.
● **이태** 두 해.
● **철필** 펜.

돌리며 혀로 빰을 불면서 열심으로 모두 회록●에 올렸습니다.

나중에는 까짜가 다시 계속하여 말을 시작하였습니다.

"쥬크야! 네가 무슨 일을 해 놓았는지 짐작하겠니? 누구에게서 네가 도적질했는지 아느냐? 너는 그 불쌍한 굶주리고 다니는 독일 노동자 아이들에게서 도적질해 냈다. 너는 그 아이들을 위하여 거둔 돈을 가졌다. 또 네게 돈 주는 사람들은 누구더냐? 양반들이더냐? 부자들이더냐? 네가 친히 돌아다니면서 거두어 보았으니까 어떤 사람들이던 것을 잘 알겠지, 물론. 응? 그 넉넉지 못한 생활을 하면서도 그래도 독일 아이들이 자기 아이들보다 더 굶으리라 생각하면서 있는 대로 주머니에서 노동자들이 돈을 털어 우리를 줄 때에 이 돈이 독일 아이들에게 꼭 가 주리라 믿으면서 준 것이 아니냐? 그런 것을 너는 피오네르가 되어 가지고 빵과 콜바사를 사겠다고 도적해 냈구나, 글쎄……."

"대에서 내쫓아라!"

"그런 아이는 우리 가운데 두지 말아라!"

회장은 있는 힘을 다 내어 잔을 두드렸습니다.

"만약 우리 회의에 방해하는 아이가 있으면 여기서 내쫓겠다."

다시 조용하여졌습니다. 까짜가 다시 쥬크를 향하여,

"쥬크야! 그래 네 허물에 대한 변명은 어떻게 하려느냐? 어서 말해라. 들어 보자!"

쥬크는 얼굴에 조금도 피색●을 띠지 못하고 서 있었습니다. 빨간 넥타이는 퉁소 대처럼 말려졌습니다. 눈가죽은 쇳덩이를 씌운 듯이 저절로 눈에 내려졌습니다. 그러나 눈을 들어 까짜를 한 번 쳐다보았습니다.

● **회록** 회의록.
● **피색** 핏기. 붉은빛.

그의 시커먼 눈과 붉어진 얼굴에는 노여움과 안타까워하는 빛이 함께 보였습니다. 그러나 미워하는 빛은 조금도 없었습니다.

쥬크는 용기를 모았습니다. 급히 급히 누가 말을 끝까지 못 하게 방해할 것처럼 하면서 말하기를,

"나는 이렇게 생각했다. 독일 아이들은 매우 많고 또 우리가 거둔 돈도 매우 많으니까, 내가 거기서 1원을 쓴대야 그리 관계될 것이 없을 듯한데 나는…… 나도 대단히 배고팠었다……."

또다시 우레가 터졌습니다.

"잘도 헤어• 보았구나!"

"어물하기는 또!"

"대단히 영리한걸!"

회장이 간신히 질서를 회복시켰습니다. 이제는 와냐 판사가 말을 시작하였습니다.

와냐는 밉고 약하게 생긴 아이지마는 전대가 대단히 그 소년을 존중히 여겼습니다. 그 날카로운 혀끝은 가장 큰 주먹보다 더 무서워하였습니다.

와냐는 일어나서 간단하게 순순한 어조로 말하기를,

"쥬크의 말은 조금치도 변명이 못 된다. 공공한 돈에서 일 원을 도적질했든지, 3천 원을 도적질했든지 도적질하였기는 일반이다. 우리가 거둔 돈이 물론 적지는 않다. 그러나 그 많은 돈은 1전 1전씩 모아 된 돈이다. 만약 각 노동자가 자기가 주는 몇 전이 무슨 도움을 주랴 하고 모두 생각하였다면 우리는 1전도 못 거두었을 것이다. 그러나 그이들은 자기

• **헤다** 헤아리다. 짐작하여 가늠하거나 미루어 생각하다.

가 내는 1전이 다른 노동자의 1전과 합하고 또 합하면 천 원도 되고 만 원도 되리라 생각하였으며, 또는 그 돈이 꼭 독일 노동자들의 손에 떨어지려니 하고 믿었다. 쥬크는 그 믿음을 속인 사람이다. 피오네르의 맹세를 어긴 사람이다. 그러므로 쥬크는 다시 피오네르가 될 수 없다."

"옳다! 옳다! 출대시켜라!"

이때에 땅에 앉았던 피오네르 속에서 똘냐라는 소녀가 일어섰습니다. 동그랗고 통통한 그 얼굴에는 맨 웅덩이 천지였습니다. 두 뺨에도 웅덩이가 있었고 턱에도 웅덩이가 있었습니다. 말할 때에는 별로 얼굴이 빨개졌습니다. 눈까지 붉어지는 것 같았습니다.

모두 조용하여질 때까지 똘냐는 손을 위로 들고 그냥 서 있었습니다.

"이 애야! 내가 지금 말을 몇 마디 하겠다. 내가 말하려는 것은 별말이 아니다. 쥬크의 한 일이 물론 잘못된 일이다. 그렇지 않다고 할 사람은 하나도 없다. 그러나 왜 그 애가 집도 없고 학교에도 못 다니는 외로운 아인 줄을 안 사람은 우리 가운데 하나도 없었느냐? 우리가 온 여름 동안 함께 야영 생활을 하면서 그 애의 장난을 보고는 웃으면서 왜 어떻게 사느냐고 물어보지는 않았느냐? 그 애가 어떻게 사는 것을 누가 아느냐? 목기를 장에 나가 파는 줄은 누가 아느냐?"

"내가 알았다!"

고 누가 말하였습니다.

똘냐는 그 소리가 나는 편으로 돌아서면서,

"만약 알면서도 남과 말하지 않았다면 더구나 잘못된 일이지! 쥬크는 외로운 사람이었다. 만약 외롭지 않았다면 이런 일을 하지 않았을는지 모르지 않느냐? 이 애들아! 우리가 서로 이렇게까지 모르고 지내는 일은 대단히 좋지 못한 일이다. 그러기에 나는 생각기를 쥬크가 이번에 해 놓은 일에는 우리에게도 얼마만큼 한 잘못이 있다고 생각한다."

말을 마치고 머리끝까지 붉어진 똘냐는 급히 제자리에 앉는다.

"자! 누가 쥬크에게 대한 말을 하려느냐?"

까짜가 물었습니다.

"그만큼 욕을 했으니 이제는 편을 들어서 또 말을 해야지."

걸상에서 로자가 슬그머니 일어나더니 그 시커먼 눈으로 휘 한번 둘러보고,

"쥬크가 대단히 잘못했다. 어떤 피오네르든지 그렇게는 자기 명예를 더럽히지 않을 것이다. 우리가 이미 여러 가지 재판을 많이 해 보았다. 담배를 피웠다든지 어쨌다든지 하는 여러 가지 죄로 출대시킨 일도 여러 번 있었다. 지금 당하는 쥬크의 일은 더 시비를 캘 것 없이 출대시켜야 마땅한 일이다……."

"물론!…… 1분 동안이라도 우리 대에 두지 말아야 된다!"

다시 조용하여질 때를 기다려서,

"그렇지마는 우리는 그렇게 하지 못한다. 쥬크를 결코 출대시키지 못한다."

또다시 요란해졌습니다. 회장은 맹렬히 잔을 두드렸습니다.

"글쎄 너희는 생각해 봐라! 저 애가 어데로 간단 말이냐? 저 애의 일이 어떻게 된단 말이냐? 물론 저 애가 이번에 한 일이 대단히 잘못한 일이다. 그러나 이 일이 있기 전까지는 우리 가운데서 저 애가 가장 좋은 피오네르였고 가장 좋은 동무가 아니었느냐? 그것은 누구나 다 아는 바다. 만약 우리가 지금 출대시킨다면 아무 도움도 받지 못하고 외로이 외로이 저 애가 있게 될 것이다. 그러나 우리가 저 애를 도와준다면 저 애는 많이 고쳐질 것이다. 그러기 때문에 나는 저 애를 우리 대에 그냥 두

자는 의견을 제출한다."

또다시 방 안이 분주해졌습니다. 회장은 잔을 두드리고 서기는 연필로 상을 두드렸습니다.

"또 누가 말하겠느냐?"

회장이 물었습니다.

그러나 말하자는 사람은 하나도 없고 모두 제자리에서 일어나서 팔을 내두르며 남보다 서로 목소리를 더 높이면서 굉장히 떠들었습니다. 한쪽 모퉁이 조고마한 의자에는 쥬크가 외로이 앉아 있었습니다.

쏜냐는 상 위에 올라서서 두 손을 입에 대이고,

"좀…… 조용……해……다……구……!"

소리쳤습니다. 나중에는 다시 고요해졌습니다.

"자! 지금 두 가지 의견이 들었다. 하나는 출대시키자는 의견이고, 또 하나는 쥬크가 외로운 아이니까 우리가 여기서 내어던진다면 그냥 아무 데나 막 내던지는 모양이 되므로 탐험대에 여전히 두어 두자는 의견이다. 나도 둘째 의견을 찬송한다.● 또 누구에게 무슨 의견이 없느냐?"

피오네르들 속에서 또다시 똘냐가 일어났습니다. 그 소녀는 쥬크를 편들어 말다툼을 하다가 어느 소년과 싸움까지 할 뻔하였습니다. 붉어진 얼굴에 떨리는 목소리로,

"내게 또 한 가지 의견이 있다. 지금 이 자리에서 위원 몇을 뽑아서 쥬크를 학교에 붙이도록 힘쓰게 하고, 쥬크에게 대한 일반 사정을 우리 전대가 맡자는 그런 의견이다."

"똘냐의 의견이 가하다고● 하는 아이들은 손을 들어라!"

● **찬송하다** 찬성하여 칭찬하다.

● **가하다** 옳거나 좋다. 안건이나 문제 따위가 자기의 뜻에 맞아 좋다.

손을 여럿이 들었습니다.

"다수다……. 내려라!"

"내 말을 한마디 하겠다."

하면서 옆에 앉은 동무들을 부지런히 손으로 밀치면서 뚱뚱이가 일어서더니,

"내 생각에는 쥬크를 탐험대에 그냥 두어 두거나 학교에 붙여 주거나 하는 것은 부족하다고 한다. 우리는 그 애의 허물까지 씻어 주어야 하겠다. 그러려면 반드시 그 애가 써 버린 그 1원을 독일 아이들에게 꼭 보내 주어야 하겠다. 내일 누구든지 힘 있는 대로 돈을 몇 전씩 가져다가 그 없어진 1원을 채우자는 의견을 하나 제출한다."

피오네르들은 모두 서로 보면서 싱글싱글 웃었습니다. 별일도 많지요! 얼마 전까지 내쫓으라고 가장 떠들던 뚱뚱이가 이런 걸 다 궁리해 냈습니다. 더구나 뚱뚱이가 사탕을 기막히게 좋아하고 1전을 쥐고 벌벌 떠는 줄은 누구나 다 아는 바였습니다.

"뚱뚱이가 호걸이야!"

다른 피오네르들도 물론 그 소년만 못하지, "이 애! 울지 마라! 일없다……. 그 돈은 우리가 모아 준다. 아까 너 들었지." 하며 무한히 달래었습니다.

"이애 쥬크야! 무얼 흑흑하고 이러니?"

이렇게 말을 하면서 쥬크의 손을 끌어안았습니다. 모두 뚱뚱이의 의견이 옳다고 손을 들었습니다. 그러다가 쥬크를 탐험대에 둬 두겠느냐 하는 근본 문제를 들어 물어볼 때에는 그냥 손 삼림•이 무심간에 솟아

• **손 삼림** 손이 나무숲처럼 많이 올라왔다는 뜻으로 쓴 비유.

났었습니다. 모두 가편●에 손을 들고, 반대에는 하나도 없었습니다.

"이제는 폐회했다! 쥬크야! 너는 탐험대에 그대로 있게 되었다!" 고 회장이 광고하였습니다.

쥬크는 의자에서 벌컥 뛰어 일어났습니다. 그 얼굴은 붉어도 지고 희어도 졌습니다.

"이 애들아……! 나는…… 나는 정말 돼지 짓을 했다……. 그러나…… 너희는……."

입술이 떨리기 시작하여서 더 말은 하지 못하고 그냥 밖으로 내달아 갔습니다. 피오네르들도 그 뒤를 따라 왁 쓸려 나갔습니다. 옷걸이 뒤에서 벽에 붙어 흑흑 느끼면서 우는 쥬크의 어깨도 잡아당기고 옷깃도 잡아당기면서 얼굴에서 떼려고 애쓰는 똘냐는 자기 얼굴 오목오목한 웅덩이에마다 눈물이 어느덧 가득히 차고 있는 것도 깨닫지 못하였습니다.

조고마한 이야기 2

생각해 냈다

제 5, 6대의 소년 탐험군 웨라와 싸샤는 대단한 근심을 하면서 대 회의로부터 집으로 돌아왔습니다. 그들의 꼭 해 놓아야 될 일이 참으로 헐치● 않은 일인 까닭이었습니다.

내일은 3월 8일이었습니다. '어느 탐험군이든지 이날에는 자기의 어머니를 꼭 모시고 와야 된다.'고 3월 8일에 대한 담화를 끝마칠 때에 전

● **가편** 회의에서 안건을 표결할 때 찬성하는 편.
● **헐치다** 가볍게 하다. 허름하게 하다.

대 지휘가 말하였습니다.

"말은 쉽게 잘하더라마는……."

이렇게 웨라는 혼자 걱정을 하고 있었습니다. 내일 명절에 대한 이야기를 하기만 하면 어머니는 생야단을 할 것이었습니다.

실상 그렇습니다. 웨라가 말을 끄집어내기도 전에,

"이 애! 이 애! 걷어치워라, 좀! '노동 여자의 날'•이라는 게 다 뭐냐? 어느 책력•에 그런 명절이 있더냐? 명절이라고 하면 '카잔 성모•의 절일•'이라든가 '성모 사망하신 날'이라든지 이런 것이겠지, '노동 여자 날'이란 것은 다 어데서 난 것이냐? 별것을 다 궁리해 내 가지고……. 그런 날이 아니라도 명절이 실컷 많단다. 그나마 가뜩이나 바쁜 때, 또 부디 토요일 날에……. 속옷도 다려 놓지 않고 마루도 닦아 놓지 않고 누가 구락부고 무엇이고 흔들고 돌아다닌다더냐? 이 계집애는 이왕에는 좀 나를 도와주던 것이 지금은 원, 밤낮 구락부요, 회의요, 무어요, 그래 무슨 크게 먹을 일이나 생기니?"

조금도 돕지 않는다는 말이 웨라의 가슴을 특별히 찔렀습니다. '노동 여자'라는 분대(대와 분대마다 제 명칭이 있음)의 지휘로 뽑힌 이후로는 참말 한가한 때가 별로이 없었습니다. 그러나 어머니를 아주 돕지 않지는 안하였습니다. 움직여진 자기의 양심을 안정시키기 위하여 분주히 수저

• **노동 여자의 날** 여성 노동자의 날. 여성의 정치적 자유와 평등을 위하여 해마다 3월 8일에 여는 국제 기념일.

• **책력** 1년 동안의 월일, 해와 달의 운행, 월식과 일식, 절기, 특별한 기상 변동 따위를 날의 순서에 따라 적은 달력 책.

• **카잔 성모** 러시아 볼가강 중류에 있는 도시 카잔의 수호성인.

• **절일** 축일. 하느님, 그리스도, 성모 마리아, 성인 등에 특별한 공경을 드리기 위하여 교회에서 제정한 날.

를 이리저리 벼려● 놓으면서 정성으로 저녁상을 차렸습니다.

저녁밥을 다 잡순 후에 아버지는 곧 모자를 집어 쓰고 일어났습니다.

"또 구락부로 가야 되겠군. 신문이나 좀 더 읽어 보게."

"어서 가시오! 누가 당신을 붙잡습니까? 아버지도 구락부, 아들도 구락부, 딸도 구락부……. 이년은 그저 아츰●부터 밤중까지 개처럼 앞뒤로 날치고만 있고, 이건 일요일이 있겠나……, 명절이 있겠나……."

웨라는 어머니가 이렇게 혼자 노여워하시는 시간을 가장 선전하기 좋은 기회로 알고 얼른 "어머니는 왜 구락부에 못 가세요?" 하고 시작하였습니다.

"옳다, 일은 잘되겠다. 나까지 구락부로 밟아 다녔으면 아이들은 밥상 밑에서 그냥 자빠져 자도 일없는가?"

이때에 참말 다섯 살 먹은 만냐는 그 뿔긋뿔긋한 뺨을 밥그릇 가에 대고 한 손에는 채 먹지 않은 빵 조각을 쥔 채로 벌써 잤습니다. 그리고 와냐는 걸상에 그냥 엎드려 코를 골았습니다.

어머니는 자리를 펴 놓기 시작하였습니다. 웨라는 잠든 만냐에게서 옷을 살살 벗기면서 어떻게 하면 내일에 대한 의무를 다하겠는가(어떻게 하면 어머니를 모시고 갈까) 하고 머리를 깨고 있었습니다. 벌써 만냐의 웃옷을 벗기어 놓았습니다. 구두를 다 벗기고 버선을 벗기려 시작할 때에 별안간 머릿속에서 한 가지의 생각이 버쩍 튀어나왔습니다.

그 생각난 바를 싸샤의 귀에다 대고 침실 쪽을 흘깃흘깃 보면서 한참 동안이나 벽에 붙어서 이야기하였습니다. 침실에서는 이때에 와냐의 졸리는 목소리로 나오는 기도 소리가 들리었습니다.

● **벼르다** 일정한 비례에 맞추어서 여러 몫으로 나누다.
● **아츰** '아침'의 사투리.

"주 그리스도의 천사여, 나의 몸과 영혼을 두호하여• 주시는 자여! 오늘 하로• 동안에 죄지은 것이 있거든 용서하여 주시고……."

*

웨라가 깨어난 때는 아직도 깊은 밤이었습니다. 싸샤와 서로 약조한 일을 실행하려고 얼른 일어나 조심스러이 옷을 입었습니다. 큰 침대에서는 아버지의 코 고는 소리가 들리었습니다. 모두 깊이 잠들어 있었습니다. 이때에는 누구든지 깨어나지 말아야지 그렇지 않으면 계획은 다 틀리고 만다!

웨라는 발을 벗은 대로 침대에서 조용히 내려섰습니다. 싸샤를 또 깨워야 될 것이었습니다. 발끝을 들고 가만가만히 난로 옆 싸샤 누운 곳으로 향하여 걸어갔습니다.

"이 애! 싸샤! 싸샤! 일어나거라."

하며 어깨를 잡아 흔들었습니다. 싸샤는 파리를 모는 듯이 팔을 이리저리 휘 휘두르며 잠결에 무어라고 중얼거렸습니다. 웨라는 싸샤의 귀에 입을 바짝 대고,

"이 애! 일어나, 글쎄! 네 한 말을 잊었니? 야, 좋다! 피오네르!"

나중에는 싸샤가 자리에 일어나 앉으면서 보지 못하는 눈으로 사방을 휘 둘러보면서,

"왜 깨웠니? 무슨 일이 났니?"

"쉬……."

하며 싸샤의 입을 손으로 틀어막고 또 귀에다 무어라고 한참 소근거렸습니다.

• **두호하다** 남을 두둔하여 보호하다.
• **하로** '하루'의 사투리.

이때에야 무슨 일인 것을 깨달았습니다. 웨라는 얼른 부엌간으로 나아가 문을 조용히 닫고 남포[●]에 불을 켰습니다. 가까이 있는 어느 탁자에서 시계 종소리가 났습니다. 웨라는 남포를 손에 든 대로 그냥 서서 헤었습니다.[●]

"하나…… 둘…… 셋…… 넷 4시다. 어머니가 7시에 깨어나시니까 우리 앞에는 세 시간밖에 더 없구나……."

뒤미처 싸샤가 부엌으로 나와 남포 불빛에 눈을 쫑그리며 서고 있었습니다.

"우리는 일을 아주 조직적으로 해야 된다. 그 문을 단단히 닫아 놓아라! 그리고 무엇이나 퍽 조용히 해야 된다. 어머니가 깨시면 일은 틀렸다는 게다. 나는 지금 옷을 다릴 터이니까 너는 가마들을 밖에 들고 나아가 잘 닦아 놓아라. 여기서 닦으면 분주해서 틀린다. 밖에 나가서도 그릇 닦는 소리가 될 수 있는 대로 아니 나도록 해라. 그런데…… 가만 있거라, 내 지금 초를 얻어 주마. 또 무얼 태우지는 마라."

"응, 응……. 글쎄 걱정 말아라. 내가 와냐인 줄 아니?"

웨라는 싸샤보다 두 살 더 먹었습니다.

"겨울에 콤소몰[●](청년회)로 넘어가게 되니까, 바로 대단하게 아는 모양이로군."

싸샤는 가마와 닦을 그릇들을 밖으로 조용조용히 들어 내오면서 이렇게 혼자 중얼거렸습니다.

● **남포** 남포등. 램프.
● **헤다** '세다'의 사투리.
● **콤소몰** 소련에서 사회주의 정치 교육을 위해 15~26세의 남녀를 대상으로 조직한 청년 단체.

웨라의 청년회는 싸샤의 아주 아픈 자리였습니다. 자기의 나이 아직 열세 살이 못 된 것이 누구의 탓이었던지요? 어쨌든 웨라가 청년회원이 되면 자기를 지휘하리라는 그 말이지요!

'일없다. 이태만 지나면 너나 내나 평등이 될 터이니까. 어디 그때에 보자.'

생각하면서 싸샤는 혼자 위로를 받았습니다.

그러나 웨라의 청년회에 대한 생각은 속히 잊어버려졌습니다. 가마를 광채 나게까지 닦음과 밤에 하는 그 모든 일에 기쁨이 속히 그 생각을 집어먹었습니다.

"어쨌든 어머니만 깨어나지 말아라."

그릇 소리가 조금만 요란스러이 나도 싸샤는 영! 죽을 것 같아 하였습니다.

그동안 웨라는 일반 준비를 다 해 놓고 옷 다리기를 시작하였습니다. 밖에 나아가 다리미에 불을 피워 놓고는 다시 들어와 옷 다릴 널을 상 위에 갖추어 놓고 그 위에 옷을 쭉 펴 놓았습니다. 타지 않는가 먼저 종이에다 한 번 다리미를 밀어 보았습니다. 웨라의 일도 민첩하게 잘되어 나갔습니다.

드문드문 다리미에 숯을 더 넣으려고 웨라가 현관으로 나아가는 때마다 두 음모객의 눈이 서로 마주치었습니다. 싸샤가 별로 채가 나게 닦아 놓은 그릇들을 볼 때마다 웨라는 기이해하는 표정을 감추어 둘 수 없게 되었습니다. 더욱이 아주 금처럼 번적거리는 사모바르(차 끓이는 그릇)는 싸샤의 큰 자랑거리로서 있었습니다.

"이제 어머니가 보시면 퍽 신기해하실 터이야!"

"어쨌든 미리 깨나시지 말으셔야 된다."

탑에서 시계 종소리가 들리었습니다.

"하나, 둘, 셋, 넷, 다섯, 여섯……. 벌써 6시다!"

웨라는 이때에야 자기가 매우 자고 싶어 하는 것을 느끼었습니다. 다리는 벌써 구부러질까 말까 하였습니다. 그러나 아직도 남아 있는 옷들을 슬몃슬몃 들여다보면서 열심으로 아버지의 적삼을 다렸습니다.

'또 마루를 닦아 놓아야 되겠지.'

이것이 또 생각될 때에 웨라는 무심간에 자기가 내일 아츰 대 집합•에 가야 되며 또 저녁에 기념회에 참여하여야 될 웨라인 것을 잊어버리고 아주 어머니가 되어 보였습니다. 그는 와냐의 바지가 벌써 찢어진 것, 만냐가 기침하는 것, 방세를 아직 물어 주지 않은 것, 상점네 빚이 자라는 것, 감자가 없어진 것, 명절이 닥쳐오니까 집을 청결해 놓아야 할 것, 옷을 다 다려 놓아야 될 것, 이런 것 저런 것의 근심을 늘 하여야 될 것이었습니다.

이때에 처음으로 부엌과 빨래 그릇과 아기의 요람 사이에 늘 있으며 보이지 않는 승리와 누구에게나 알려지지 않는 고뇌에 파묻혔는 그 불쌍하고도 조고마한 어머니의 생활을 웨라가 깨닫게 되었습니다.

이 분망한• 속에서 어머니의 청춘은 모름지기 사라져 버린 것이었습니다. 아직까지도 침실에는 흰 예복을 입고 박힌 어머니의 사진이 그대로 걸려 있었습니다. 그 사진에 그대로 남아 있는 아름다운 까짜의 어여쁜 눈, 즐거운 웃음은 어데로 가 버렸습니까. 왜 겨우 35세에 벌써 얼굴에 주름이 잡혀지고 눈에는 항상 근심의 빛이 보입니까?

'그거야 이런 생활에서 모두…….'라고 웨라는 생각하였습니다. 어머

• **대 집합** 소년단 집회.
• **분망하다** 매우 바쁘다.

니 생활에 대한 가련한 생각은 그의 목을 눌러 주었습니다.

어머니가 늘 하시던 것처럼 손가락에 침을 발라 다리미에 대어 볼 때에 웨라는 이를 악물고 눈에 불을 일으키며 무슨 단단한 맹세를 혼자 하였습니다.

*

가장 어려운 일은 마루 닦는 일이었습니다. 대단히 조심하여야 되겠고, 솔도 못 쓰고 헝겊으로 닦게 되며 물을 묻힐 때에는 밖에 나아가서 해야 되겠기에 그리 어려운 일이었습니다.

이제부터는 서로 속살거려 하던 이야기도 아주 거두었습니다. 필요한 때에는 손짓, 고갯짓으로만 서로 해석하였습니다. 마루 닦기를 마치고 그릇들을 다 집에 들여다가 제자리에 쌓아 놓을 때에 벌써 새벽빛이 언 창문으로 희미하게 들여다보이기 시작하였습니다. 부엌간은 태양빛처럼 광채가 찬란하였습니다. 웨라는 인제 금방 다려 놓은 상보로 상을 덮어 놓고 그 위에 조반● 먹을 때에 쓸 그릇들을 늘어놓았습니다. 싸샤는 붉은 연필을 끄집어내어 종이에다,

'3월 8일은 노동 여자 데이다.'

라고 써서 상 위에 펴 놓고 네 귀를 핀으로 꼭꼭 누질러● 놓았습니다.

이 마지막 준비를 필하자마자● 침실에서 말소리가 들리었습니다.

"어머니가 깨어나셨다."

두 어린이의 가슴은 망치로 치듯이 툭탁거리며 뛰놀았습니다.

"이 애! 숨어라, 어서!"

● **조반** 아침밥.
● **누지르다** '누르다'의 사투리.
● **필하다** 마치다.

하고 싸샤가 먼저 상 밑으로 기어들어갔습니다.

웨라는 그릇 궤[●] 뒤에 숨었습니다.

먼저 어머니가 부엌으로 나오더니 손을 펴 들며 깜짝 놀라 사방을 휘휘 둘러보았습니다. 웨라는 궤 뒤에서 이것을 다 보았습니다.

"주 예수여! 이것이 웬일입니까?"

그러다가 반이나 벗은 아버지가 그냥 침실에서 내달아 오고, 어린 누이와 아우까지 맨 적삼만 입고 뛰어나와서,

"이것 봐! 이것 봐!"

하며 떠들어 댈 때에는 '뜻밖의 선물'을 갖추어 놓은 범인들이 '피난처'에 더 숨어 있을 수 없었습니다.

온 방 안은 더 혼란하여졌습니다. 싸샤는 사모바르 있는 데로 모두 끌어다가 얼마나 빛나는가 자랑하며, 웨라는 옷을 한 개도 태우지 않았다고 열심으로 떠들어 댔습니다.

"그래 이걸 모두 너희가 밤을 새워 했단 말이냐? 왜 자지는 않고 이걸 다 이래 놓았느냐?"

하며 어머니의 가슴은 걱정을 하였습니다.

이때에 싸샤가 '청년회원'을 한번 앞서게 못 하노라고, 얼른 기다란 연설을 새빨개진 얼굴로 시작하였습니다.

"오늘은 '노동 여자의 날'입니다. 그러므로 각 피오네르는 이날에 자기 어머니를 돕는 자며, 또 그의 동무라는 것을 증명하여야 되며, 또한 어머니는 투쟁에 그 해방⋯⋯ 해방⋯⋯ 해방⋯⋯."

여기에서 그만 쩔쩔매게 되었습니다. 이때에 얼른 웨라가 가로맡아

● **궤** 물건을 넣도록 나무로 네모나게 만든 그릇.

서[●] 도와주었습니다.

"어머니는 옷을 다려 놓지 않고 방 안을 닦아 놓지 않았으니까 구락부에 못 간다고 그러셨지요? 인제는 옷도 다려 놓고 마루도 닦아 놓았으니까 인제는 천하 없어도 우리와 같이 구락부에 꼭 가셔야 됩니다. 네? 가시지요, 꼭? 어머니!"

"가다 뿐이냐! 왜 안 가겠니!"

얼른 어머니가 대답하였습니다.

"이런 고집통이들과야 어쩌는 재주가 있나, 어디……. 그럼 내일 땔 나무는 누가 팰 터인가?"

"아버지가 굵게 굵게 패 놓으시면 제가 또 잘게 잘게 패 놓지요."라고 싸샤가 대답했습니다.

"오늘은 '노동 여자의 날'이기 때문에 엄마는 아무 일도 못 하십니다."라고 또 웨라가 싸샤의 뒤를 이어 댔습니다.

이날은 그 어린이들의 집안에 무슨 '피오네르 특권' 같은 것이 실시되어 있었습니다.

어머니는 밥상 뒤에 앉히어 가만히 웨라가 커피 끓이는 것이나 보게 하고, 싸샤는 열심으로 털 베개를 들고 이모저모 주먹으로 우겨 댔습니다.

"이 애들이 미친 애들이 아닌가." 하며 어머니는 눈물 섞인 기쁨의 웃음을 빙그레 웃었습니다.

"싸샤야! 네 너무 그러지 말아라. 털이 다 빠질라. 이 애 웨라야! 웬 커피를 그리 많이 넣느냐."

● **가로맡다** 남의 할 일을 가로채서 맡거나 대신해서 맡다.

살림살이에 잠긴 어머니의 마음이 이때에도 쉬지 못하였습니다.

그러나 어머니는 무한히 즐거워하였습니다. 그 어린 것들의 부드럽고 사랑스런 동작에는 깊이깊이 감동되었습니다. 어찌 안 그러겠습니까? 어린 만냐와 와냐까지 저희 형들의 본을 받아 앞뒤로 왔다 갔다 하면서,

"엄마, 이 하지 마우……. 우이 다 하끼……."

하며 바로 정숙하게 지껄였습니다.

"허허허……."

못 이기는 체하면서 어린이들의 특권에 복종하면서 아버지는 이렇게 웃었습니다.

*

그날 저녁입니다. 푸르스름한 명절 옷을 입고 구락부 맨 앞 상에 바로 연단을 향하여 어머니는 앉아 있었습니다. 푸른 솔잎, 붉은 깃발 틈으로 레닌의 그 궁리 많은 눈이 바로 그의 얼굴을 들여다보고 있습니다.

시뻘겋게 장식하여 놓은 연단에 붉은 수건을 머리에다 두른 젊은 노동 여자가 올라섰습니다. 그의 입으로서 말이 몇 마디가 나오자 어머니의 눈은 그 연사에게서 조금도 떨어지지 않았습니다. 어머니의 생각에는 그가 다만 자기를 위하여서만 말하는 것 같았습니다. 그가 하는 말은 가슴속에서 깊이 우러나오는 말이었습니다.

"……우리는 해방을 받았습니다. 우리에게는 선거할 권리, 선거될 권리, 배울 권리, 자기의 재산과 자기 개인에 대하여 임의로 하는 권리, 이런 여러 가지의 권리가 다 있습니다. 우리는 자유로운 사람이 되었습니다. 그러나 우리 여자들이 그 자유를 제값대로 써 보았습니까? 아직까지도 꿈짝 못 하고 집 안에 옛날처럼 틀어박혀 있는 이가 한둘입니까?

우리는 아직도 가마 너머를 보지 못하고 소경 말처럼 그저 부엌과 요람 사이에서 답보를 하고 세월을 보냅니다."

"옳은 말이야! 옳은 말이야!"

하고 어머니는 열심으로 그 말을 찬조하였습니다.

"……그러나 생활은 앞으로 자꾸 나아갑니다. 남편은 조금이라도 가정에 마음을 둘 사이 없게 되었습니다. 회의니 대표회니 무슨 연구회니 또 무엇이니 언제 집안일을 돌볼 사이 있겠습니까? 아이들도 지금 가만히 있지 않습니다. 모두 새 생활에 달음박질하여 나아갑니다. 어찌 우리만 불쌍하게 늘 옆에 가만히 앉아서, 새끼들은 벌써 콱콱 헤엄을 치며 달아나는 때에도 암탉처럼 어쩌지 못하고 있을 터입니까……."

"참으로 옳은 말이야."

하며 어머니는 한숨을 휘 쉬었습니다.

"그러면 우리는 어찌하여야 되겠습니까? 다른 모든 것보다 먼저 집안에 꼭 박혀 있어 부엌간 파수•만 보지 말고 함께 자주 모여 보도록 합시다. 그래서 늘 어쨌으면 좋겠는가 하는 방법을 서로 의논하여 봅시다. 그러면 무슨 생각이든지 반드시 쏟아져 나올 것입니다……."

터지는 박수 소리는 집안을 들어 놓을 것 같았습니다. 어머니의 가슴은 무한히 감동되어 있습니다. 이때에 웨라가 슬쩍 연단에 뛰어올랐습니다. 흰 적삼에 붉은 넥타이를 맨 그 '어머니'의 딸 웨라 말입니다. 그의 두 뺨은 새빨개지고 두 눈은 별같이 번적거리었습니다.

"저 애도 말할 터인가……?"

딸을 위한 겁과 자식에게 대한 자랑의 마음이 마치•로 치듯이 쉴 사

• **파수** 경계하여 지킴. 또는 그 일을 하는 사람.
• **마치** 망치. 못을 박거나 무엇을 두드리는 데 쓰는 연장.

이 없이 어머니의 가슴속에서 툭탁거리었습니다.

"피오네르 동무들!"

활발히 나오는 그의 목소리는 그 큰 방 안에서 다 들리도록 높았습니다.

"우리 어머니들로 하여금 옛날의 쇠그물, 옛날의 습관에서 벗어 나오게 함에 도와줄 사람들은 누구냐? 오직 우리 피오네르들이다. 누가 도움의 손을 내어밀어야 되겠느냐. 만약 우리가 아니라면? 그러나 어떠한 회의석상에서 말을 곱게만 하는 것이 만족한 일이 아니다. 우리 탐험군은 다 같이 어머니가 집안일 걱정 속에 폭 잠겨 있게 되지 말도록 힘써야 된다는 것을 꼭 기억해야 된다……."

"연설을 언제 저렇게 잘하게 되었던가!"

어머니는 흥이 났습니다.

"……그러고 힘 있는 대로 도와 드려야 된다. 그래서 만약 어머니가 자기 아들이나 딸이 자기의 조력자이며 동무인 것을 느끼게 되는 때에는 그이가 우리의 하는 일을 방해하지만 않을 것이 아니라 도리어 우리의 새 생활을 짓는 모든 사업에 크게 도와줄 것이다……."

이때에 청중은 박장●을 하였습니다.

"동무들! 오늘 국제 노동 여자 데이에 피오네르의 어머니들을 위하여 만세를 부릅시다!"

"우라(만세)!"

하고 모두 높게 만세를 불러 주었습니다.

어머니도 틈틈이 눈물을 슬몃슬몃 씻으면서 손뼉도 치고 만세도 불

● **박장** 두 손바닥을 마주 침.

렀습니다.

웨라는 말을 그치고 연단에서 내려섰습니다. 그의 눈은 은연중에 어머니의 눈과 마주쳤습니다. 그 항상 마음을 펴지 못하고 근심 속에 폭 잠겨 있는 어머니의 눈은 어데로 가 버리고 침실에 걸려 있는 사진에 '아름다운 까짜'의 쾌활하고도 푸르스름한 눈이 별로 환하게 보이어졌습니다.

_길동무, 『어린이』 1926년 6~7월호

피터팬 활동사진 이야기

연극장에서 구경시키는 활동사진●에는 어린이들이 보아서는 안 될 아주 좋지 못한 사진이 많이 있는 고로 어린 사람이 활동사진 구경 다니는 것은 나쁜 일이라고 학교에서든지 집안에서든지 말리는 것입니다. 그러나 가끔가다가 썩 좋은 사진—특별히 어린 사람에게 보여서 유익한 훌륭한 사진도 있습니다. 이제부터 우리 어린이사에서는 그런 좋은 사진이 있을 때마다 그 이야기와 사진을 책에 내어서 우리 10만 명 독자께 재미와 유익을 드리기로 하였습니다.

이번 처음 소개하는 「피터팬」은 영국 문호 제임스 매슈 배리● 선생이 지은 유명한 동화인데 그것을 활동사진으로 박은 유명한 것입니다.

어여쁘고 천진스러운 피터팬은 꿈나라에 사는 소년이었습니다.

욕심도 모르고 싸움도 모르는 평화한 꿈나라에서 천년만년 가도 늙지 아니하는 영원의 소년이었습니다.

그리고 이 꿈나라에서는 다른 조꼬만 어린 사람들도 많이 있는데 모두 사람의 세상에서 살다가 유모가 한눈파는 동안에 잠자리에서 떨어

* 원제목은 「영원의 어린이, 피터팬 활동사진 이야기」이다.
● **활동사진** '영화'의 옛 용어.
● **제임스 매슈 베리(1860~1937)** 영국의 극작가, 소설가.

져 굴러서 이 꿈나라로 온 것이었습니다. 그래서 저희들의 부모와 집을 잊어버리고 여기서 사는 고로 지금은 어머니도 아버지도 없습니다.

그러나 부모는 없어도 어린 사람들끼리 이 꿈나라에서 재미있게 활발하게 놀고 있습니다.

*

어느 달 밝은 밤에 피터팬은 꿈나라에서 공중으로 날아서 사람 사는 세상으로 놀러 왔습니다.

피터팬이 놀러 온 집은 따링이라는 이의 집이었는데, 따링은 변덕이 많고 말썽이 많은 사람인 고로 하인과 유모 들이 오래 견디지 못하고 도망해 나가고 없는 고로, 지금은 나나라 하는 늙은 개가 이 집의 삼 남매 아이의 동무 겸 유모가 되어 친절히 뒤를 거두어 주고 있습니다.

이날도 밤이 되니까 나나가 목욕통에 물을 붓고 삼 남매 아이들을 차례차례 목욕시키고 각각 자리에 뉘인 후에 그들의 잠들기를 기다리고 있는데, 또 주인 따링이 공연히 화증[•]을 내고 나나를 끌어내여, "개는 마당에서 자는 법이지." 하고 마당 구석에다 비끄러매어 놓고 자기 내외는 이웃집 잔치에 음식을 먹으러 가 버렸습니다.

그래 늙은 개 나나는 마당 구석에서 쓸쓸히 울고 있고, 삼 남매 아이들은 심심하게 누워 있다가 잠이 들었습니다.

바로 그때에 꿈나라의 피터팬이 조꼬만 선녀를 데리고 달 밝은 한울[•]로 날아서 들창[•] 밖에까지 왔습니다.

선녀는 몸이 어여쁜 제비같이 작고, 날아다닐 때에는 온몸이 파란 불

• **화증** 화.
• **한울** 천도교에서 '하늘'을 달리 이르는 말.
• **들창** 들어서 여는 창. 벽의 위쪽에 조그맣게 만든 창.

로 변하는 고로 선녀가 먼저 창문 틈으로 새어 들어가서 창문을 열고 그리고 피터팬이 들어왔습니다.

피터팬은 요 2, 3일 전에 이 집에 놀러 왔을 때에 자기의 그림자를 잊어버려 두고 갔었는 고로 오늘은 이 집에 들어오자마자 그림자 먼저 찾으러 돌아다녔습니다. 그래 선녀가 서랍 속에서 피터팬의 그림자를 발견하여 찾아냈습니다. 그러나 암만해도 그림자가 자기 몸에 다시 붙지를 않아서 피터팬은 훌쩍훌쩍 울었습니다.

그 울음소리를 듣고 삼 남매 중의 첫 누이, 소녀 '웬데이'• 가 잠이 깨어 눈이 뜨였습니다. 벌떡 일어나 보니 보지 못하던 어여쁜 소년이 자기 그림자를 붙들고 울고 있는지라 곧 바늘을 꺼내어 실을 꿰어 가지고 그 그림자를 피터팬의 몸에 붙여 주었습니다.

피터팬은 더할 수 없이 기뻐서 춤을 덩실덩실 추고 나서 웬데이에게 재미있고 평화한 꿈나라의 이야기를 하여 주었습니다. 그리고 공중으로 날아가는 법을 가르쳐 주마 하였습니다. 웬데이 소녀는 어찌나 기쁜지 두 사내 동생을 깨워 가지고 피터팬에게 나는 법을 배웠습니다.

쓸쓸하게도 부모 없이 잠자던 세 남매의 몸은 후루룩후루룩 날기 시작하여 들창을 넘고 지붕을 지나서 달 밝은 한울로 두둥실 떠올라 갔습니다. 그리하여 영원의 소년 피터팬의 뒤를 따라 그에게 듣던 꿈나라로 꿈나라로 날아갔습니다.

*

꿈나라에서 놀고 있던 어린 사람들은 새로운 삼 남매를 몹시 반겨하고 기뻐하였습니다. 그래서 소꿉질하듯 웬데이를 어머니로 정하고 피

• 웬데이 웬디.

터팬을 아버지로 정해 가지고 날마다 날마다 재미있게 유쾌하게 놀고 있었습니다.

따뜻한 날은 바닷가에 나가서 인어들과 놀고, 피곤한 때에는 나무 그늘에 앉아서 이야기들을 하면서 놀았습니다. 거기는 어른들의 구박이 없는 어린이들만의 한없이 평화스러운 나라였습니다.

*

그러나 꿈나라에서 여러 날을 지내는 동안에 삼 남매는 집 생각이 나기 시작하였습니다. 유모와 같이 친절히 거두어 주던 늙은 개 나나가 그립고, 어머니 아버지가 보고 싶었습니다. 그래 자기 삼 남매는 사람의 세상으로 돌아가겠다고 하였습니다.

그러니까 다른 부모 없는 어린아이들도 저마다 사람의 세상으로 가고 싶다 하였습니다. 삼 남매는 그 부모 없는 아이들까지 데리고 가기로 하였습니다.

이때까지 꿈나라 어린이의 나라에서 즐겁게 놀던 아이들이 모두 사람의 세상으로 돌아간다는 일은 피터팬의 가슴에 몹시몹시 슬픈 일이었습니다. 그중에도 더 웬데이 삼 남매가 돌아간다는 일이 더할 수 없이 슬픈 일이었습니다.

그러나 굳이 붙들어 말리지도 못하고 섭섭한 작별을 하게 되었을 때…… "피터야, 너도 우리와 함께 우리 집에 가서 살자."고 소녀 웬데이가 간절히 말하였습니다. 그러나 쓸쓸한 피터는,

"나는 싫다! 쓸쓸하더라도 나는 여기서 혼자 살겠다. 사람의 세상에 가서 살면 나이를 먹어 어른이 되게 되니까, 나는 어른 되는 것이 죽기보다 싫단다! 어느 때까지든지 나는 어린이대로만 살겠다!" 하고 혼자 쓸쓸히 떨어졌습니다. 그리고 조꼬만 선녀(불덩이)를 불러서 "아이들을

안내하여 데려다주고 오라."고 일렀습니다.

그러나 큰일이 생겼습니다. 이 꿈나라 섬 밖의 바다에 배 타고 다니는 불한당—해적의 떼가 있는데 그 무서운 해적의 떼가 어린이들을 잡으려고 우르르 몰려들었습니다.

해적의 떼의 괴수는 피터팬을 원수로 아는 놈이었습니다. 일전에 그 괴수가 피터팬의 앞에서 나쁜 짓을 한 고로 피터팬이 그놈의 바른손 손목을 잘라서 바다에 있는 악어의 입 속에 넣어 먹인 일이 있었습니다. 그래 그 분풀이를 하고 원수를 갚기 위하여 지금 몰려오는 것이었습니다.

호랑이 떼와 같이 크고 사나운 해적 놈들이 손에 손에 칼과 몽둥이를 들고 어린 사람들을 잡으러 올 때에 그들의 앞을 막아 기어 나온 것은 악어였습니다. 악어는 맨 앞에 서서 오는 해적 괴수를 보고 맛있는 손목 하나를 마저 먹으려고 기어 나온 것이었습니다.

악어를 보고 마적의 괴수는 깜짝 놀라 뒤로 주춤주춤 물러섰습니다. 어찌할 줄을 모르고 벌벌 떨기만 하다가 한 꾀를 내어 목침만 한 똑딱 시계를 품에서 꺼내어 악어에게 먹였습니다. 그래 악어는 그것이 시계인 줄은 모르는 고로 괴수의 왼편 손목인 줄 알고 그대로 꿀꺽 삼키고 만족하여 물러갔습니다.

악어를 속여 물려 보내고 해적 떼는 곧장 뛰어 몰려오는 고로 피터팬은 큰일 났다고, 섬에 사는 흑인종들에게 해적을 막아 달라고 부탁하였습니다. 그리고 어린 사람들은 모두 바위틈으로 들어와서 가슴을 두근거리고 숨어 있었습니다.

"제발제발 흑인종이 해적을 이기게 해 주십소서."

하고 발발 떨면서 빌었습니다.

그러나 큰일 났습니다. 밖에서는 흑인종들이 힘껏힘껏 싸웠으나 불행히 힘이 약하여 해적의 떼에게 지고 말았습니다. 무서운 해적 놈들은 어린 사람들을 꼬여 내노라고 흑인종들이 가졌던 큰 북을 집어 들고 둥둥둥둥 자꾸 울렸습니다.

숨어 있던 어린 사람들은 그 북소리를 듣고 "옳지, 저 북소리는 흑인종의 북소리다. 흑인종이 이겼다." 하고 좋아하면서 다시 피터팬과 마지막 작별을 하고 밖으로 아장아장 걸어 나갔습니다. 밖에서 무서운 해적 떼들이 기다리는 줄은 모르고 기뻐하면서 삼 남매와 또 다른 모든 아이들이 나아갔습니다.

둥둥둥둥 하고 해적 놈의 떼들이 두들기는 북소리를 흑인종들이 치는 것인 줄로 잘못 알고 기뻐하면서 피터팬과 작별하고 나아가던 웬데이의 삼 남매와 모든 어린 사람들은 꼼짝 못 하고 해적 떼에게 붙들려서 감옥보다도 더 무서운 해적 떼의 배 속으로 끌려가 갇혔습니다.

이 불행한 소식을 듣고 피터팬은 깜짝 놀래어 어린 동무들을 구원하러 나아가려 하였으나 그보다도 먼저 해적 놈의 괴수는 피터팬이 먹을 약 그릇에 독약을 풀어 놓고 갔습니다.

그런 줄은 모르고 피터팬이 급히 약을 마시고 나아가려 할 때, '저것을 입에 대기만 하면 피터팬이 그만 즉살당하겠구나!' 생각하고 몸 작은 파랑 불빛 선녀가 그 독약을 얼른 마시어 버렸습니다. 그리하여 다행히 피터팬은 죽음을 면하게 되었으나 이번에는 선녀의 몸에 파랑 불빛이 꺼져지기 시작하였습니다.

"웬일이냐? 파랑 불빛이 사라지면 너는 죽는 것인데, 이게 웬일이냐? 웬일이냐?"
하고 아무것도 모르고 있는 피터팬은 애가 타서 급급히 물어보았습니다.

"도, 독, 독약, 당신 대신 독약을 먹었습니다."

하고 간신히 이어 하는 말을 듣고야 피터팬은 비로소 까닭을 알고 마음 착한 동무 선녀의 몸이 죽지 않게 하여 주십사고 눈물을 흘리면서 한울을 우러러 부르짖어 빌고 빌고 하였습니다. 그리고 아무나 보는 대로 같이 빌어 달라고 애걸하였습니다.

피터팬의 정성으로 다행히 작은 선녀는 다시 피어나게 되어 그의 몸에 파란 광채는 다시 빛나기 시작하였습니다.

"오오, 살았다, 살았다! 다시 살아났다! 인제 어서 어린 동무들을 구원하러 가자!"

피터팬은 미친 사람같이 기뻐 날뛰면서 해적의 떼에게 잡혀간 웬데이의 삼 남매와 어린애들을 구원하러 뛰어 나아갔습니다.

해적의 배 속에서 해적 떼들은 우선 어린 사람 여섯 사람을 바닷물에 던져서 죽이고 나머지 아이들은 배에 두고 심부름을 시키려고 작정하였습니다.

그래 죽일 아이 여섯 사람과 살려 두고 심부름 시킬 아이들을 따로따로 뽑아 놓았습니다. 그러나 심부름 시킬 아이들이 "우리는 죽어도 도적놈의 심부름은 하기 싫다."고 말을 듣지 않은 고로 해적 놈들이 골이 나서 아이들을 모두 묶어서 곳간 속에 가두어 두고, 그 대신 웬데이를 묶은 채로 끌어내었습니다.

"네가 이 배에서 우리들의 밥을 지어 주고 빨래를 해 줄 터이냐? 그럼 살려 주겠다."고 달래고 으르대고 하였습니다.

"싫다, 이놈들아! 죽이면 죽어 버리지, 누가 너희 같은 놈들의 일을 해 줄 듯싶으냐? 이 더러운 놈들아!" 하고 발악하였습니다.

"고년의 계집애를 죽여 버려라!"

성난 소리로 무서운 명령이 해적 괴수의 입에서 떨어졌습니다.

놈들은 웬데이의 몸을 번쩍 들어 배 끝에 높직이 걸쳐 놓은 널판때기 끝에 세웠습니다. 이제 그 널판때기만 삐끗하면 웬데이는 그대로 떨어져서 바닷물 속으로 들어가게 되었습니다.

"죽여라! 어서!!"

명령이 또 한 번 거듭 칠 때 해적들은 널판때기를 흔들려고 덤볐습니다. 그러자 가련한 소녀 웬데이는 눈을 딱 감았습니다.

삐끗! 하기만 하면 바다로 떨어져 들어가게 될 고때에, "앗!!" 하고 괴수는 소리치면서 뒤로 주춤하였습니다. 괴수의 그 무서운 두 눈이 둥글해서 노리고 쏘아보는 곳에는 아아, 영원의 소년 피터팬이 곳간에 가두어 둔 어린 사람들을 데리고 긴 칼을 휘두르면서 달겨들지 않습니까.

피터팬은 불빛의 선녀와 함께 이 배에 기어 올라와서 먼저 곳간에 갇혀 있는 어린 사람들의 묶인 것을 풀어서 데리고 배 위로 쫓아 올라온 것이었습니다. 그 의외의 일을 보고 해적들은 어쩔 줄 모르고 말뚝같이 우뚝우뚝 서서 괴수의 입만 보고 섰습니다.

"어린 용사들아! 저기 있는 칼들을 빼어 가지고 도적과 싸워라!"

피터팬의 그 어여쁜 입에서 이렇게 날카롭고 씩씩한 말이 떨어지자, 어린 사람들은 별안간에 이상한 기운을 얻어 와락와락 뛰어가서 뱃가에 나란히 놓여 있던 칼들을 빼어 들고 일제히, "자아, 덤벼라!" 소리치면서 용맹하게도 해적에게로 달겨들었습니다.

단풍잎같이 귀여운 어린 손에 칼자루를 잡고 덤벼라, 덤벼라 외치면서 싸우는 씩씩한 맵시! 이상스럽게도 그들의 팔은 굳세고 칼결은 날쌔었습니다.

"앵! 앙!" 하고 사랑스러운 입으로 힘주는 소리가 날 때마다 해적 한 놈씩이 어린 용사의 칼끝에 거꾸러지고, 거꾸러져서는 괴로움을 못 이겨 데굴데굴 굴다가 바다에 풍덩 빠져서 죽고 죽고 하였습니다.

다섯 놈, 여섯 놈, 일곱 놈, 아홉 놈, 해내고 나니 이제는 해적이라고는 모조리 죽고 괴수 한 놈밖에 남지 않았습니다. 이겨 넘긴 기쁨에 날뛰는 어린 용사들은,

"또 없니?"

"인제 고만이냐?"

하고 죽일 놈을 찾다가 아무도 남은 놈이 없는 것을 알고 일제히 괴수에게로 칼을 모으고 찍으면서 덤벼들었습니다.

그때 웬데이를 구원하여 배 속 안전한 곳에 두고 온 피터팬이 "이 애들아, 그놈은 그냥 두고 비켜나거라! 그놈은 내가 해내마." 하고 칼끝을 들고 덤벼 한참이나 싸워 기어코 괴수를 쓰러뜨렸습니다. 그래 괴수는 상처를 잡고 일어나서 웬데이를 죽이려던 널판때기 끝으로 기어 나가서 스스로 바다에 빠져서 죽었습니다.

그러니까 괴수를 원수같이 알고 있던 악어가 기다리고 있었던 듯이 바닷물 속에서 나와서 그 몸뚱이를 맛있게 먹었습니다.

무서운 해적 괴수를 이겨 넘긴 것을 보고 웬데이는 뛰어나와서 춤을 추며 기뻐하였습니다.

"어쩌면 당신은 그렇게 힘이 많습니까? 아주 옛날 나파륜• 장군 같은 걸요."

웬데이의 칭찬하는 말에 피터팬은, "네, 나는 나파륜이여요. 나파륜 장군도 처음에는 역시 우리와 같은 어린이였으니까요." 하였습니다.

그의 생각은 어린이, 어린이뿐으로만 가득하였습니다. 어린이로 있

• 나파륜 '나폴레옹'의 음역어.

는 것만이 더할 수 없는 기쁨이요, 자랑이요, 행복이었습니다.

“자아, 인제는 해적도 다 죽었으니 어서 우리들의 세상으로 돌아가야지요.”

웬데이와 그 동생들과 모든 어린애들이 이 배에서 어서 돌아갈 일을 걱정하는 것을 보고, 피터팬은 자기가 배의 고동●을 잡고 앉았습니다.

이상도 하지요. 피터팬이 그 큰 배의 고동을 틀자 배는 물결을 차면서 몇 간●쯤 나아가더니 점점점점 물 위로 솟아올라서 한울로 한울로 비행선같이 떠올라 갔습니다. 뱃전에 묻었던 물방울만 낙숫물처럼 뚝뚝 바다 위로 떨어뜨리면서 그 큰 배는 두둥실 높이 떠서 구름 속으로 구름 속으로 날아갔습니다.

웬데이의 집에서는 어머니 아버지가 아이들을 잃어버린 후로 날마다 밤마다 울고 있었습니다. 개 나나는 아츰●과 저녁으로 아이들의 침상을 붙잡고 울고 있고 아버지와 어머니는, “다시는 아이들을 구박하거나 천대하지 않기로 맹세하였사오니 제발 아이들이 다시 돌아오게 하여 주십소서.” 하고 시시로 꿇어 기도를 올리고 있었습니다.

이날도 밤이 되어 나나는 뜰에서 울고 있고, 어머니 슬픈 노래를 부르면서 눈물을 흘리고 있을 때, 아이들은 여러 날 만에 집을 향하여 공중을 날아 돌아왔습니다.

그러나 웬데이보다도 모든 아이들보다도 제일 먼저 피터팬이 선녀와 함께 먼저 방으로 들어와서 방문을 안에서 걸어 잠갔습니다.

그것은 이렇게 문을 잠가 버리면 웬데이와 그 동생들이 아주 내어쫓

● **고동** 작동을 시작하게 하는 기계 장치.
● **간** 길이의 단위로 1간은 약 1.8m에 해당한다.
● **아츰** ‘아침’의 사투리.

긴 줄 알고 못 들어오고 도로 자기의 꿈나라로서 영구히 영구히 자기의 동무가 될 줄 알고 그러한 것이었습니다. 그렇게까지 피터팬은 웬데이와 여러 아이들과 이별하기를 섭섭해하였습니다.

그러나 그러나 피터팬은 웬데이와 그 동생들을 그리워서 울고 있는 나나와 그 부모를 보았습니다. 그리고 웬데이의 어머니가 울면서 부르는 슬픈 노랫소리도 들었습니다.

'아아, 웬데이와 아이들을 못 들어오게 하면 저들이 언제까지든지 슬퍼하겠구나……. 아아, 안 되겠다. 안 되겠다. 내가 이별을 해야겠다…….' 하고 피터팬은 다시 방문을 열어 놓았습니다.

그리로 웬데이와 두 동생과 또 다른 부모 없는 아이들이 우르르 날아 들어와서, "아버지, 어머니!" 부르면서 그의 품에 안겼습니다. 아버지 어머니가 기뻐하시는 것을 말할 것도 없거니와 나나가 어떻게 기뻐 날뛰는지 형용할● 수 없었습니다.

"어머니, 이 아이들은 꿈나라에서 저희와 같이 있던 아이들이여요. 그런데 집도 잊어버리고 부모도 아주 잊어버린 애들이니 우리 집에서 모두 아들딸을 삼아서 같이 길러 주세요. 네? 어머니!"

웬데이는 데리고 온 어린애들을 가리키면서 이렇게 어머니에게 애원하였습니다.

"오냐, 그렇게 하자. 인제는 너희들의 하는 일이면 무슨 일이든지 잘 들어주마. 저 애들도 너희와 같이 이 집에서 살게 하고 학교에도 다니게 해서, 모두 이담에 좋은 사람이 되게 해 주마……."

어머니의 승낙하시는 대답을 듣고 웬데이와 아이들은 펄펄 뛰면서

● **형용하다** 말이나 글, 몸짓 따위로 사물이나 사람의 모양을 나타내다.

좋아하였습니다. 그러나 그러나 오직 한 사람, 들창에 가만히 앉아서 그들의 기뻐하는 것을 바라보고 있는 피터팬의 눈에는 쓸쓸스런 눈물이 하염없이 고였습니다.

이때까지 즐거운 꿈나라에서 재미있게 같이 놀던 아이들이 모두 자기와 이별하게 되는 것이 슬픈데, 더구나 그 애들은 한 해, 두 해 나이를 먹어서 어른들이 되어 가고 말 일을 생각할 때에 피터팬의 마음은 한이 없이 쓸쓸하였습니다.

그때 웬데이는 피터팬의 일을 이야기하고 같이 있게 하여 달라 하였습니다.

"그래라, 피터팬아! 우리 웬데이하고 우리 집에서 같이 살려무나……. 그러면 공부도 하고 이담에 자라서 훌륭한 사람이 되게까지 해줄 터이니, 응? 피터팬아! 우리 집에서 같이 살자……."

웬데이의 어머니는 간절히 간절히 말씀하였습니다.

그러나 피터팬은 "아니요, 그만두셔요. 나는 글도 배우고 싶지 않고, 훌륭한 어른이 되는 것도 원치 않습니다. 어느 때까지든지 어른이 되지 않고 영원히 영원히 어린이대로만 있어서 유쾌하게 살고 싶어요." 하면서 쓸쓸스럽게 머리를 좌우로 흔들었습니다.

이번에는 그 말을 듣고 웬데이의 마음이 슬퍼졌습니다.

"아이고, 그러지 말고 우리들하고 언제까지든지 이 집에서 살아요, 응?"

피터팬의 목을 안고 웬데이는 애걸애걸하였습니다. 그러나 "아니, 아니, 어른만 되지 않을 수 있으면 같이 있어도 좋지만 여기서 살면 저절로 어른이 되게 되니까 나는 가야 한다."

쓸쓸한 소리로 거절하고 돌아서서 나아갈 때 웬데이의 눈에서는 눈물이 흘렀습니다.

눈물을 씻고 웬데이는 나아가는 피터팬을 붙들어 세우고 다시 어머니에게 이렇게 청하였습니다.

“어머니, 그러면 피터팬이 꿈나라에서 혼자 살기가 너무 쓸쓸하겠으니 1년에 꼭 1주일 동안씩만 제가 꿈나라로 위로하러 가게 해 주세요, 네? 어머니……. 1년에 꼭 1주일 동안씩만 피터팬에게 가서 같이 놀고 오게요.”

이 웬데이의 정성스러운 애원에 아버지 어머니의 마음은 감동되어 곧 승낙하셨습니다.

“아이그, 좋아라! 그럼 내 1년에 꼭 한 번씩 1주일 동안씩만 놀러 갈게.”

“그래, 그럼 꼭 와요.”

한이 없이 섭섭한 것을 억지로 억지로 참고 마지막 인사를 한 후에 피터팬은 들창에서 날아서 훨훨 영원의 어린이 나라 재미있는 꿈나라로 돌아갔습니다.

*

그 후로 1년에 한 차례씩 웬데이가 피터팬을 위로하러 찾아갔을 것은 물론이요, 사랑스러운 피터팬은 지금까지도 쾌활하고 귀여운 어린이대로 있어, 죄 없고 욕심 없는 꿈나라에 재미있게 살고 있을 것입니다.

_一記者, 『어린이』 1926년 6~7월호

20년 전 학교 이야기

내가 소학교에 입학하던 때

옛날 옛날 아주 가까운 옛날, 웃지 마십시오. 지금으로부터 20년 전만 하여도 지금 생각하면 아주 태곳적● 같은 옛날이어서 그때에 학교에 다니면서 보고 들은 일, 내 몸으로 당하고 겪은 일을 생각하면 지금도 가끔 혼자 웃는 때가 많습니다.

어느새 어릴 적 이야기를 하는 것은 늙은이 투 같지만 하도 재미있는 일이 많기에 옆에서 권고하는 대로 몇 가지 이야기를 씁니다.

나는 서울 야주개● 큰길가에서 자란 고로 가끔 말굽에 채여서 집안에 소동을 일으키던 일이 지금도 생각납니다.

일곱 살 되던 해 봄에 천자문을 읽어 "하늘 천, 따 지" 하던 것이 "온 호, 이끼 야"까지 졸업하고, 다시 첫머리로 돌아가 "천지 현황이요, 우주 홍황이라." 하고 소리쳐 읽으면 사랑에 오는 손님들이 2전 5리짜리

* 발표 당시 목차에서 '취미' '실화'로 밝혔다.
● **태곳적** 아득한 옛적.
● **야주개** 서울 종로구 당주동과 신문로1가에 걸쳐 있던 낮은 고개.

백동전 한 푼씩을 주던 때였습니다.

따뜻한 봄날이었는데, 하로●는 서당에 다니던 나보다 두 살 위(9세)인 아저씨가 서당을 그만두고 오늘부터는 학교에 간다고 자랑을 하기에, 학교가 무엇인지도 모르면서 "나도 학교에 넣어 달라."고 졸라 보았더니, "너는 이담에 가라."고 조부님이 말리시는 고로 넌지시 밖에 나가 숨어 있다가 아저씨의 뒤를 따라 학교라는 곳에 가 보았습니다.

물론 그때는 머리를 깎으면 죽는 줄 아는 때였으니까 아저씨도 머리를 땋고 댕기를 드리고, 나도 딴 머리에 댕기꼬리를 달았고, 집안 어른도 모두 상투가 있었습니다. 새문안● 거지바위(지금의 경성중학교 정문 건너편) 언덕에 큰 우물이 있고, 그 우물 뒤에 큰 대문이 있고, 그 대문에 보성소학교(사립 보성소학교)라는 커다란 문패가 있었습니다.

그리로 들어가니까 그 안 큰 마당에 갓 쓴 사람, 초립 쓴 사람, 머리 땋은 어린 사람들이 몇 백 명인지 모르게 모여서 놀고 있었습니다. 그러다가 어데서인지 '땡땡땡땡' 하고 종 때리는 소리가 나니까 "으아" 하고 편쌈판●같이 소리들을 지르면서, 그 많은 사람들이 이 방 저 방으로 우르르르 몰려 들어가고 나 하나만 너른 마당에 혼자 남았습니다.

무얼 하나 하고 그 들창● 가깝게 가 서서 발돋움을 하고 들여다보니까, 하얀 나무로 만든 책상과 걸상에 한 상에 두 사람씩 갓과 초립을 쓴 채로 앉아서 『소학』이라는 한문책들을 펴 놓고 앉았습니다. 그리고 선생님이라는 얼굴 뺄겋고 수염 세 갈래로 난 어른이 갓을 쓰고 서서 길다

● **하로** '하루'의 사투리.
● **새문안** 새문(서대문)의 안쪽 지역이라는 뜻으로, 서울 종로구 신문로 일대를 이르던 이름.
● **편쌈판** 편을 갈라 하는 싸움판.
● **들창** 들어서 여는 창. 벽의 위쪽에 조그맣게 만든 창.

란 담뱃대를 입에 물고 빨다가 그 담뱃대로 칠판을 딱딱 때려 가면서 글을 가르치더니, 나를 내다보고 "요놈!" 하고 웃기에 나는 얼른 도망했습니다.

사무실도 없습니다. 하학할• 때가 되면 갓 쓴 선생님이 몸시계(회중시계)를 호주머니에서 꺼내 보고, 자기 손으로 종을 땡땡 치고 상투배기 학생들을 마당으로 내보내 놓고, 선생님은 제각각 자기 반에서 그냥 그 칠판 밑에 갓을 쓴 채 드러누워 있습니다.

그러다가 어떤 이는 그냥 칠판 밑에서 잠이 들면 옆의 방 선생님이 놀러 왔다가 슬그머니 칠판에 있는 분필 가루를 집어서 자는 선생 입에다 발라 주고 가기도 합니다.

그러다가 다시 상학• 시간이 되면 학생들이 우르르 몰려 들어오는 통에 잠이 깨어 벌떡 일어서서 담배를 피워 물고, 아까 배우던 것을 이어 가르치곤 하였습니다.

나 혼자 빈 마당에서 돌멩이를 가지고 놀고 있는데, 점심때가 가까워오니까 별안간에 온 학교가 떠들썩하면서 공부하던 학생들이 이 방 저 방에서 우르르르 몰려나오고, 선생님도 부지런히 갓을 바로 쓰면서 나왔습니다.

"교장님이 오신대, 교장님이 오신대!"

하고 야단들 하면서 대문까지 마중(환영)을 나갔습니다. 그때의 교장은 김중환 씨라고, 그때 일곱 살 때 보기에도 점잖고 얼굴이 환하고 잘생긴 이었습니다. 그이가 좌우 옆에 사람들을 3, 4인 데리고 들어오더니 마당 동산 층계 위에 올라서서, 그 많은 학생들의 절을 받고 아무 연설도 하

• **하학하다** 학교에서 그날의 수업을 마치다.
• **상학** 학교에서 그날의 공부를 시작함.

는 것 없었습니다. 그 대신 데리고 온 사람을 시켜서 그 많은 학생들에게 일일이 양지●(백로지) 두 장과 왜붓(연필) 한 자루씩을 나누어 주었습니다.

그때의 학교에서는 학생들에게 먹 주고 붓 주고 벼루 주고 종이까지도 주는 법이었습니다. 그런데 이것은 가외●로 교장님이 가끔가다 학교에 한번씩 다녀갈 때 특별히 주는 것이었습니다.

학생들은 아들딸도 낳았을, 수염 난 학생들까지도 그것을 타 가지고 다시 글 배우러 자기 반으로 모두 들어갔습니다.

교장님은 이 방 저 방 차례차례 돌아다니면서 글 배우는 것을 시찰하고 나오더니, 마당 동산으로 올라가서 몇 번 왔다 갔다 하다가 (사무실이 없으니까) 동산 위에 그냥 쭈그리고 앉았습니다. 한참 후에 동산 위에서 내려와서 마당에서 혼자 놀고 있는 나를 보고, "이놈, 너 웬 놈이냐!" 하였습니다.

깜짝 놀라 돌멩이를 놓고 쳐다보니까 "그놈 똑똑하게 생겼다. 너 몇 살이냐?" 합니다.

"일곱 살이여요." 하니까 성이며 이름, 집이 어데며 아버지도 계시냐고 별것을 다 묻더니 내 뺨을 만지면서, "그놈 귀엽다! 너 학교에 안 다니련?"

잠자코 있으니까 또, "학교에 안 다니련, 그래야 좋은 사람이 되지." 하면서 내 뺨을 자꾸 주무르기에, "다닐 테여요." 하였습니다.

그랬더니 교장님도 기뻐하면서, "그래, 학교에 다녀라. 그런데 학교에 다니려면 머리를 깎아야지. 자아, 나를 보아라. 나처럼 머리를 깎아

● **양지** 서양에서 들여온 종이. 또는 서양식으로 만든 종이.
● **가외** 일정한 기준이나 정도의 밖.

야지. 머리를 깎을 테냐? 응?"

나는 '머리를 깎아야 공부가 되나요?' 하거나, '이 학교에는 아무도 머리 깎은 이가 없는데요?' 하지도 못하고 그냥 철모르고, "네." 하였습니다.

교장은 무슨 큰 수나 난 듯이 나를 번쩍 안아다가 인력거 위에 안고 타고서 새문 밖 자기 집으로 가서 식혜를 한 그릇 준 후에, 하인을 시켜 내 머리를 댕기 달린 채 가위로 썩둑썩둑 자르고, 다시 기계로 빨갛게 깎고 그리고 "그놈 잘생겼으니 대장 모자를 씌워 주라."고 하니까 하인이 어데서인지 울긋불긋한 테를 여러 개 두른 비단 모자를 씌워 주었습니다. 지금 생각하니 요새도 모자점에서 파는 젖먹이 아이가 쓰는 비단 색동 모자였습니다.

그리고 교장이 조끄만 단장을 주면서, "대장이니깐 이것을 짚으면서 내일부터 학교에 오너라." 하는 고로 그 조끄만 단장을 짚고 베인 머리를 파 단 들듯 대롱대롱 들고 집으로 혼자 돌아가니까, 나 머리 깎은 것을 보고 '큰일 났다.'고 난리가 난 것같이 집안이 벌컥 뒤집혀서 나는 조부님께 종아리를 맞고, 증조모님과 조모님께서는 밤이 새도록 내 머리를 붙들고 통곡을 하셨습니다.

상투에 학교 이름 붙이던 때

머리만 깎으면 꼭 죽는 줄로 아는 때였는데, 일곱 살 먹은 어린애가 넌지시 나가서 머리를 홀라당 깎아서 댕기에 달린 머리를 파 단같이 대롱대롱 들고 집에를 들어가 놓았으니, 집안 어른의 눈에는 귀여운 손자가 모가지를 댕강 잘라서 손에 들고 들어오는 것같이 보였을 것이 분명합니다.

그래 그만 나는 조부님께 피가 나도록 종아리를 맞고, 증조모님과 조모님은 밤새도록 베어 놓은 머리를 붙들고 통곡을 하시면서, "어떤 몹쓸 놈이 남의 집 어린애의 머리를 깎아 놓았단 말이냐!"고 고함을 치시고, "그래 그런 몹쓸 놈을 가만둔단 말이냐?"고 하시면서 당장에 하인들을 시켜 원수나 갚는 듯이 분풀이를 하러 보내실 형세였습니다.

그러나 그것만은 조부님이 듣지 않으셔서 싸움하러 쫓아가지는 않고 말았습니다.

천자문 끼고 유치반에

이튿날이 되어 삼촌이 학교에 갈 때 나도 따라가야 하겠는데 도저히 가게 할 것 같지 않아서, 나는 아츰밥*도 안 먹고 그 좋아 보이는 대장 모자도 못 쓰고 몰래몰래 바깥에 나가 길가에 숨어 있다가 맨머리로 삼촌의 뒤를 따라 학교로 갔습니다.

학교에는 거의 300명이나 되는 학생들이 모두 상투쟁이거나 머리 땋은 학생들이었었는 고로 빨갛게 중대가리처럼 깎고 간 나를 보고 퍽들 이상스레 여겨 "머리 깎은 애, 머리 깎은 애." 하고들 부르고 어떤 사람들은 나를 보기만 하면 쫓아와서 정성스럽게 내 반질반질한 머리를 어루만져 주었습니다.

그때의 그 학교에는 반이 모두 여덟 반이 있었습니다. 맨 처음 천자를 배우는 반이 유치반이고, 고 위에 계몽편을 배우는 곳이 반년급,* 즉

* **아츰밥** 아침밥. '아츰'은 '아침'의 사투리.
* **연급** 학년. 학생의 학력에 따라 학년별로 갈라놓은 등급.

1년급의 한 토막쯤 되는 정도라는 말입니다. 이 반년급을 마치고야 비로소 초등과 1년급이 되어 『동몽선습』을 배우고, 초등과 2년급, 3년급을 마치면 또 고등과 1년급, 2년급, 3년급까지 마쳐야 졸업장을 타 가지고 보성전문학교로 넘어가는 것이었습니다.

나는 그때 높은 반이 좋은지 낮은 반이 좋은지, 그것도 알지 못하고 손목을 잡고 갖다 앉히는 대로 앉았는데, 물론 그 반은 맨 밑에 밑에 반 토막 연급도 못 되는 유치반—천자 배우는 반이었습니다.

그 반에 있는 선생님도 갓 쓰고 담뱃대를 가지고 있는 이인데 나를 보고, "어, 그놈 귀여운 놈이니 맨 앞에다 앉혀야지." 하고 그중 제일 어린 애니까 맨 앞에 바로 선생님 앞에 앉혀 주었으나, 나는 그 선생님의 코가 유난히 빨간 것과 글 가르치다 말고 코딱지를 후비는 것 때문에 늘 우스워 못 견뎠던 것을 지금도 잊지 않습니다.

책상 위에 엎어 놓고 볼기

소학교라야 정도만 소학교이지, 학생들은 거의 모두가 아들딸을 한 사람이나 두어 사람씩 낳은 상투 달린 어른들이었는 고로 선생님보다도 수염이 많이 난 사람도 있고 담배(궐련)는 저마다 비단 조끼에 넣고 있어서, 하학종●만 치면 칠판 밑에서는 선생님의 긴 담뱃대에서 연기가 피어오르고, 운동장 담 밑에서는 학생 서방님들이 피우는 궐련 연기가 밥 짓는 연기처럼 무럭무럭 피어올랐습니다.

그러나 그런 일보다도 제일 우스운 일이 있었습니다. 이름만 학교이지 배우는 것이 한문 서당에서 배우는 것과 똑같고, 선생님이라는 이도

● **하학종** 학교에서 그날의 수업을 마치는 시간이 되었음을 알리는 종.

글방 선생님과 별로 다를 것이 없는 똑같은 양반인 고로 매사에 하는 것이 글방 선생님의 짓과 별로 다르지 않았습니다.

어느 반에서든지 아침 첫 시간에는 으레이• 한 사람씩 한 사람씩 차례차례로 어저께 배운 것을 모조리 외워 보라고 하여, 잘 외이나 못 외이나 '강'•을 받았습니다.

그래 만일 너무 외이지 못하는 사람이 있으면 불러내어 맨 앞의 책상에 엎어 놓고, 허리띠를 끄르고 바지를 헤치어 볼기짝을 내어놓고, 버드나무 굵은 가지로 볼기를 때리는 법이었습니다.

그런데 어느 반에서든지 나이 어린 사람은 총기가 좋아서 잘 외이지만, 늘 못 외우고 볼기를 맞는 사람은 상투 짜고• 수염터가 꺼멓게 잡힌 아들딸 낳은 어른 학생인 고로, 바지를 헤치고 맞기를 죽기보다 싫어하였습니다. 그런데 어떤 선생님은 때려도 자기가 자기 손으로 때리지 않고,

"이놈아, 어린애도 다 잘 외이는데 너는 아들딸 낳고 애비 노릇 하는 놈이 이까짓 것을 못 왼단 말이냐! 그 시커먼 볼기짝을 어린애 손에 맞아 보아라. 그래야 부끄러운 줄 알게……."

하고는 굳이 유치반에 가서 어린 사람을 불러다가 그 볼기를 때리게 하였습니다. 그래 나도 공부하다 말고 고등과 2년급, 3년급으로 끌려가서 수염 난 어른의 시커먼 볼기를 내 손으로 때린 일이 퍽 여러 번 있었습니다.

• **으레이** '으레'의 사투리.
• **강** 서당이나 글방 같은 데서 선생이나 시관 또는 웃어른 앞에서 외던 일.
• **짜다** 머리를 틀어 상투를 만들다.

갓 위의 학교 이름

그때의 보성전문학교는 서대문 밖 경구다리 옆 기와집(지금의 고양 군청 옆 죽첨보통학교의 서쪽 교사●가 그 집)이었습니다.

소학교 8년을 졸업하고야 그리로 넘어가는 고로 전문학교에 다니는 학생들은 참말 늙은이라 하여도 좋을 만치 젊은 사람 같지 아니한 샌님 학생들이었는데, 소학교에서는 별로 그렇지 아니하였으나 전문학교에 다니는 샌님 학생들은 궐련갑을 손가락만 하게 가늘고 길쯤하게 오려서 거기에다 '사립보성전문학교'라고 한문 글자 여덟 자를 먹으로 길다랗게 써서 갓 앞에다 떡 문패 붙이듯 붙이고 길다란 수염을 쓰다듬으면서 책보를 들고 여덟팔자걸음을 걷고 다녔습니다.

그때는 학교가 처음 생긴 때인 고로 학교에 다니는 것이 큰 세력이었었습니다. 일반 사회에서 학교에 다니는 학생을 벼슬하는 사람이나 닯지● 않게 대접하였고, 학생이 조끔쯤 잘못하는 일이 있어도 순사가 감히 말을 하지 못하던 터이었습니다. 그런 판이니 학교 중에도 보성전문학교라는 제일 높은 학교에 다니는 것이 큰 자랑이고 또 큰 세력이니까, 그렇게 갓 위에다 길다란 문패를 써 붙이고 거만스럽게 팔자걸음을 걷고 다닐 만도 하였던 것입니다.

이번에는 이만큼 하고 그때 학교에서 아주 우습고도 놀라운 큰 소동이 났었던 재미있는 이야기를 요다음 호에 하지요.

● **교사** 학교 건물.
● **닯다** '다르다'의 사투리.

벌거숭이 300명

백주• 대로에 일어난 대변괴

변괴, 변괴 하여도 그보다 더한 변괴는 없을 것이고, 우스워 우스워 하여도 그보다 더한 우스운 일은 없을 만치 굉장히 우스운 변괴스러운 대소동이 그때의 학교에서 일어났습니다.

내가 아홉 살 때인가 싶습니다. 간신히 유치반과 반년급을 마치고 초등과 1년급이 되었었을까 말까……. 여전히 커다란 상투 달린 학생들을 앉혀 놓고, 갓 쓴 선생님이 담뱃대로 칠판과 상투 대가리를 탁탁 두드리면서 『동몽선습』이나 『효경』을 가르치던 때였습니다.

나는 그때 나 혼자 깎은 머리에 테 많은 색동 모자를 대장 모자랍시고 쓰고, 타오르는 듯한 분홍 두루매기•를 입고 다닐 때였는데, 그때 나와 한 반에 키도 나만 하고 머리는 안 깎아서 댕기를 땋아 늘였지만 나와 똑같은 분홍 두루매기를 입고 오는 김효남이라는 아이가 있었습니다.

갓 쓰고 코 빨간 선생님이 "어, 고놈들 쌍둥이같이 귀엽구나." 하고 효남이를 일부러, 내 책상에 같이 앉았던 아이를 다른 데로 비켜 치고 내 옆에 앉히었습니다. 그러고는 특별히 나와 그 애를 귀애하면서• 글을 가르치다가도 심심만 하면 우리의 뺨을 어루만졌습니다.

기다리던 교장 영감이

전에도 이야기하였지만 그때는 학교라고 사무실도 없이 선생들은 갓

• **백주** 대낮.
• **두루매기** '두루마기'의 사투리.
• **귀애하다** 귀엽게 여겨 사랑하다.

을 쓴 채로 칠판 밑에서 낮잠을 자고, 학교 임자는 교장님인데 그 어른은 한 달에 한 번이나 두 번쯤 학교 구경 오드키 휘휘 들러 가는 것밖에 일이 없었습니다.

그리고 우스운 일은 학교 안에서 상투 달린 점잖은 학생을 볼기까지 때리면서 호랑이 노릇을 하는 갓쟁이 선생님들이, 교장님 오신다는 소리만 들으면 그만 깜짝깜짝 놀래어 담뱃대를 팽개치고 뛰어나가서 상전이나 만난 것처럼 허리를 굽실굽실하면서 말소리도 크게 못 내었습니다.

그러나 "오늘 교장님이 오신다." 하면 학생들은 한이 없이 기뻐하였습니다. 그것은 교장이 오기만 하면 으레 양지(백로지)와 연필을 가지고 와서 그 많은 학생에게 일일이 양지 두 장, 연필 한 자루씩 나눠 주고 가는 까닭이었습니다.

하로는 날이 흐린 날이었는데 그날 "교장님이 오신다!" 하는 고로 선생님도 망건들을 바로 고쳐 쓰고, 학생들은 반을 정결히 치우고 기다렸습니다.

교장님이, 그 얼굴 환한 교장님이 옥색 비단 두루매기를 입고 양지와 연필을 하인들께 들려 가지고 왔습니다.

더러워진 책상

그때의 학교는 퍽 어수룩하고 미련하였던 것이지요. 하얀 나무때기 책상에 아무 칠도 하지 않고 그냥 하얀 채로 두었던 고로 먹이 단 한 점만 묻어도 눈에 잘 띄었습니다.

그런 데다가 벼루든지 먹이든지 붓이든지 종이든지, 달라는 대로 얼마든지 학교에서 대어 주는 고로 쓰고 싶은 대로 쓰는 판이었습니다.

붓이나 종이를 자꾸 더 달래 쓴 것은 고사하고 벼루를 가지고 네 것이 좋으니 내 것이 좋으니 하고 싸우다가는 서로서로 마음에 부족하여 공연히 벼루를 돌에 던져 깨트리고 다시 달라고 다시 달라고 하였습니다.

그러니까 종이든지 먹이든지 아낄 줄을 모르고 쓰니깐 그 하얀 책상에는 먹이 더 잘 묻어서 나중에는 까만 칠이나 한 것같이 새까매졌습니다.

자아, 그것을 교장님이 보셨습니다.

얼굴은 점잖고 인자한 것 같아도 성질은 몹시 엄격한 양반이라 당장에 거기 있는 선생님과 학생들을 번갈아 보면서 호령호령하였습니다.

"이놈들아, 살림하는 여자가 세간 아끼듯이 공부하는 놈들이 글 제구•를 아낄 줄 알아야지……. 책상 하나도 깨끗이 간직하지 못하는 놈이 공부는 아무리 잘한들 무슨 소용이 있느냐!"

교장님이 불같이 노하니까 갓 쓴 선생님이 온 얼굴이 코같이 빨개져 가지고 벌벌 떨기만 하고 대답도 못 하였습니다.

"당장에 닦아 놓아라! 그것도 공부다."

호령이 하도 무서우니까 선생님들이,

"네, 인제 곧 닦이겠습니다."

하고 굽실굽실하였습니다. 그러나,

"인제가 아니라 지금 당장 내 눈으로 보는 데서 닦아!"

추상같은 호령을 어기지 못하여 온 학교 여덟 반 거의 300명이나 되는 학생에게 동원령이 내렸습니다.

"각각 자기 책상과 걸상을 학교 문 앞 우물 옆에 가지고 나가서 물과

• **글 제구** 글을 쓰는 데 필요한 여러 가지 기구.

모래로 문질러서 하얗게 닦아 놓으라!"고.

학교 문 앞은 바로 새문(서대문) 큰길이었고, 학교 문 앞에 있는 우물은 그 근처 동리 사람들이 모두 퍼다가 먹을 뿐 아니라, (수통이 없는 때니까) 웬만한 빨래와 김칫거리를 거기서 씻어 가노라고 부인네들이 퍽 많이 모여드는 곳이었습니다.

그러나 교장의 명령이니 하는 수 없이 두 사람씩 두 사람씩 자기 책상과 걸상을 메고 나가서 300명이 일시에 닦아 놓아야 하게 되었으니 새문턱 그 번화한 큰길이 학생들로 꽉 막히게 될 지경이었습니다.

비가 와요, 비가 옵니다

그런데 마침 그때 잔뜩 흐리던 한울●에서 비가 오기 시작하였습니다.

비가 오니까 학생들은 옳다구나 하고 움직이기 시작하던 책상을 다시 내려놓고 벗었던 두루매기를 다시 입었습니다.

"오늘은 비가 오니까 내일 시키지요."

선생님들이 교장께 청을 하였더니 웬걸,

"비가 온다고 못 할 일이 무언가. 학생들이 비가 그렇게 무서운가? 이다음에 군인이 되어 전쟁에 나가서도 비가 오면 가만히 있겠나……. 비가 와도 닦아!"

그러나 학생들은 거의 모두 수염터가 잡힌 어른들이라 마음대로 호사한 비단옷이 아까워서 한 사람도 마당에 나서지 않았습니다.

"학생들이 옷을 버리겠다고 못 하겠답니다. 내일은 저희가 꼭 시키겠습니다."

● **한울** 천도교에서 '하늘'을 달리 이르는 말.

하고 선생님들이 애걸복걸하였습니다. 그러나 교장은 점점 더 불쾌하여 화를 몹시 내었습니다.

그때는 모두 다 군인의 기질을 숭상하는 때였는 고로 학교에서도 교장은 학생들을 군인같이 훈련하려 하였습니다. 그러니 학생들이 비단 옷이 아까워서 못 하겠다는 말이 얼마나 불쾌하였겠습니까? 불같이 노한 교장의 입에서 전쟁터에 나간 장군의 호령같이 무서운 호령이 내렸습니다.

"모두 벌거벗어라, 벗고 닦아라!"

자아, 큰일 났습니다. 모두 나 같은 여덟 살이나 아홉 살짜리 어린애 같으면 도리어 재미있어하지만 스물두 살, 스물대여섯 살씩 되어 아들딸 낳은 학생이 더 많은 편이니 벌거벗으려 할 리가 있습니까? 더구나 벌거벗고 큰 행길•가로 나갈 수가 있겠습니까?

"얼른 벗고 나서라!"

하고 호령은 자꾸 내리고 선생들은 벌벌 떨면서 어서 벗으라고 자꾸 재촉을 하고……. 하는 수 없이 학생들은 투덜투덜하면서 벗기를 시작하였는데, 그중 머리 굵은 학생 두 사람이 담을 뛰어넘어서 도망해 버렸습니다.

그러니까 다른 큰 학생들도 벗었던 옷을 다시 주워 입으면서 달아나려 하는 고로, 그때 왜 나같이 어린애들은 철도 모르고 교장께 가서 "모두 담을 넘어서 달아나요." 하고 일렀습니다.

교장은 점점 더 노하였습니다. 그래서 그때 보성소학교 앞집 큰길가에는 조선 헌병대가 있었는데, 교장이 담 너머로 넘어다보면서 헌병대

• **행길** '한길'(사람이나 차가 많이 다니는 넓은 길)의 사투리.

대장에게 말을 하니까, 금시에 헌병들이 나와서 학교 대문과 담을 지키고 있었습니다. 그래 구름다리 위로 기어 올라가 달아나다가 헌병에게 붙들려 온 사람이 서너 사람이나 있었습니다.

달아나지도 못하고 꼼짝 수 없이 벌거벗고 나섰습니다. 수건 하나도 가리지 못하고 벌거벗은 학생 300명이 책상과 걸상을 메고 큰 행길가로 나가 놓았으니 어찌 되었겠습니까?

지금의 서대문 안 경성중학교 정문 앞 큰길(그때는 큰길이라도 몹시 좁았습니다.)은 그 보기 흉한 벌거숭이 학생들로 그뜩하였습니다. 그러니까 한동안 그리로 지나다니던 사람들은 다른 길로 피하여 돌아다니고, 부인들은 멋모르고 오다가 소리를 지르며 도망해 달아났습니다.

비는 이슬비가 가늘게 오지마는 선뜻선뜻하고 추워서 입술들이 파랬습니다. 여러분, 웃지 마십시오. 하도 추우니깐 오줌이 저절로 나와서, 새끼에 모래를 묻혀 가지고 책상을 문지르고 섰는 벌거숭이 300명은 오줌까지 그냥 선 채로 일을 하면서 질질 누어 버렸습니다.

하도 더운 때니까 여러분이 웃으면서 읽으라고 이번에는 이렇게 우스운 일을 이야기를 하였습니다마는, 지금으로부터 십팔구 년 전에는 그런 짓을 하여도 아무 문제가 생기지 않을 만큼 그만큼 세상도 어두웠지만, 학교의 세력이 많고 학생의 위엄이 있었던 것이 사실입니다. 학교에 다니는 '학생'이라 하면 엔간한 벼슬이나 하나 한 것만 하였으니까, 학생이 조꼼쯤 잘못한 일은 순사도 말 못 하였습니다.

그러기에 학교 교장의 한 번 부탁에 헌병대에서도 그렇게 당장에 학교 부탁을 잘 들어준 것이었습니다.

그리고 이 한 가지 일로 보아도 그때 교장이 '그렇게 점잖은 구식 양반이었건마는' 얼마나 학생을 군대처럼 강하게 규율 있게 훈련시키려고 하였었는지를 알 수 있는 것입니다.

홍수가 져서 홍제원 냇물이 강물같이 쏟아져 흐르는데도, "군대는 물속이라도 전진하는 법이라."고 하낫 둘, 하낫 둘 호령하면서 여러 백 명 학생을 고대로 물속으로 전진시킨 일도 있었으니까요.

강제로 머리 깎이던 때

옛날이건만 양력 정월 열 며칟날•이라고 기억합니다. 별안간에 학교 마당에 300여 명 학생을 모아 세우니, 주먹만 한 상투에 갓 쓴 학생이 4분의 3이나 되고, 나머지는 머리를 땋아 늘인 아이들이었습니다.

"무슨 일로 모아 세웠노?" 하고 섰노라니까,

"과세•도 하였고 교주•님을 뵈온 지도 오래되었고 하여 오늘은 교주님 댁으로 세배를 데리고 가는 것이니, 가거든 교주님 앞에 실례되는 일 없도록 호령을 맞추어 절을 잘해야 된다."

고 학감•님이라는 술 잘 먹는 이가 연설을 길다랗게 하더니,

"유치반에서부터 앞으로 갓!"

소리를 질러 그 300여 명 갓 쓴 학생들을 인솔해 가지고 하낫 둘, 하낫 둘 호령해 가면서 큰길 한복판으로 행진해 나아갔습니다.

갓들을 쓰고 큰길에서 하낫 둘, 하낫 둘 발을 맞춰 가는 꼬락서니야

• **며칟날** '며칠'의 본말.
• **과세** 설을 쇰.
• **교주** 사립학교를 설립하거나 경영하는 사람.
• **학감** 학사에 관한 사무 및 학생을 감독하는 일을 맡은 사람.

지금 보면 허리가 아프게 우습겠지마는, 그래도 그때는 그것이 세력 당당한 행진이라 길 가는 사람들은 입을 헤벌리고 구경하노라고 야단들이었습니다.

"교주님에게 세배 가니까 과자 한 봉지씩은 주겠지……."

"그럼, 그거야 물론이지……. 교주님인데."

우리들은 하낫 둘, 하낫 둘에 발은 안 맞추고 먹을 궁리만 하면서 따라갔습니다.

그때의 교주(이종호 씨)댁은 지금 서울 매일신보사 뒷동리에, 그때의 평양 병정들이 있는(영문● 같은) 집이었습니다.

좁은 골목으로 들어가서 그 평양 병정들 죽 늘어서 있는 큰 대문으로 들어가 보니까, 보성소학교뿐 아니라 갓에 문패 써 붙인 전문학교 학생들도 미리 와서 섰었습니다.

교주님이 대청에 나오셨다고(우리는 얼굴도 못 보았습니다.) 일제히 경례를 한 후에 큰 대문이 열리더니, 무언지 지게에 산더미같이 우뚝한 짐을 흰 보를 덮어서 몇 짐이나 되는지 자꾸 날라 들여오는 고로 우리는 "옳지! 과자다, 과자다!" 하고 기뻐했습니다.

"과자를 주거든 나는 먹지 않고 가지고 갈 테다. 집에 가서 먹게……."

이렇게 속살거리면서 암만 기다려도 과자는 주지 않고 큰 대문, 중대문을 덜걱덜걱 걸어 잠그더니 학감과 평양 병정 두 사람씩이 문을 지키고 섰습니다.

그제야, '무슨 일인가? 무슨 일로 우리를 가두고 대문을 잠그나?' 하고 우리들은 눈이 둥글해서 난리 난 것처럼 두리번거리는데, 그때 별안

● 영문 병영의 문.

간에 대청 가까운 편에서부터,

"아이그머니!"

"아이그머니!"

하고 부르짖는 소리가 요란하게 일어나면서 그 많은 사람이 와르르 하고 문간 쪽으로 쏠려 나왔습니다. 그러나 대문은 꽉 걸어 잠겼고, 저마다 저마다 눈이 뒤집히듯 되어 허덕허덕하면서,

"에구!"

"에구!"

하고 달아날 구녁•을 찾습니다. 우리는 그때 너무도 어린 때라 큰 난리가 난 줄 알고 어머니를 부르면서 발버둥을 치며 울었습니다.

"아이그머니, 아이그머니! 사람 살리오. 사람 살려 주!"

하는 부르짖음은 점점 더 커지면서 그 큰 집 안이 물 끓듯 하였습니다.

대체 왜 그 요란이 났는고 하니, 대문을 닫아 건 후에 평양 병정 여러 사람이 손에 손에 가위를 쥐고 나와서 대청 앞에서부터 모조리 붙잡아 가면서 상투를 덥썩 잘라 놓거나 귀밑머리를 덥석덥석 자르는 고로, 머리 깎으면 모가지가 떨어지는 줄 아는 학생들이라 그렇게 당장 죽는 것처럼 살아나려고 야단을 하였던 것입니다.

까닭을 알고 보니 나는 벌써부터 머리를 깎고 있었던 터이라 겁날 것도 없고, 울 까닭도 없었습니다. 그러나 다른 학생들은 수염이 길다란 전문학생들도 얼굴이 파랗게 질려 가지고 '어쩌면 살까, 어쩌면 살까?' 하고 피난하는 사람같이 허둥거렸습니다.

어찌도 머리를 안 깎으려고 극성스럽게 발광을 했던지, 기어코 한 놈

• **구녁** '구멍'의 사투리.

이 변소 똥 누는 구녁으로 기어서 행길로 뛰어 도망한 놈이 있었고, 당장에 눈이 뒤집히어 안채로 뛰어 들어가서 뒤곁 담을 뛰어넘어 남의 집 안채로 하여 도망하다가 잡힌 사람도 있었습니다.

뒷간으로 도망한 놈이 금방 소문을 퍼쳐● 놓아서 이 집 저 집 학부형, 대개 어머니, 아주머니 들이 짚신도 채 못 신고 장옷● 속에서 머리가 풀어져 산발이 된 것도 모르고 곤두박질로 뛰어와서 대문을 두드리면서 통곡 통곡하였습니다.

"남의 아들을 왜 그 꼴을 만든단 말이요. 차라리 나를 죽여 주시오!" 하고 넋두리를 하면서 목을 놓아 우는 이도 있었습니다. 골목이 빡빡하게 모여 온 부인네들이 소리소리 지르면서 울어 놓으니 참말로 지옥 속 같이 야단이 났습니다. 안에서는 그와 같이 머리를 반쯤 잘린 학생들이 어머니를 부르며 울고 부르짖고, 참말 귀가 아파 죽을 지경이었습니다.

그러나 조꼼도 용서 없이 들은 체 만 체 하고, 안에서는 몸부림하는 놈을 붙들어서 여러 10명 병정이 밤까지 다 깎았습니다.

아까 과자인 줄 알았던 것은 과자가 아니고 새까만 학생 모자였습니다. 아주 깎아서 선뜻선뜻한 머리에 아무거나 맞는 대로 하나씩 골라 쓰고, 엉엉 울면서 길거리로 나설 때는 자정 가까운 밤중이었습니다. 그래도 그 큰길은 어머니 아버지 들이 아들의 중대가리를 만지면서 통곡하는 이로 가뜩하였습니다.

_『어린이』 1926년 6~10월호

● **퍼치다** '퍼뜨리다'의 사투리.

● **장옷** 여자들이 나들이할 때에 얼굴을 가리느라고 머리에서부터 길게 내려쓰던 옷.

바람과 번갯불

바람

“여러분! 여러분 중에 바람을 잘 아시는 분이 계십니까?”

“흥! 그까짓 것을 몰라. 공기의 유동—즉, 공기의 움직이는 것이 바람이지!”

하고 얼른 대답하실 분은 계실 것이나 공기는 어째서 움직이는지! 이것을 얼른 대답하실 분은 많지 못할 것입니다.

“그것은 쉽게 말하자면 이러합니다. 대기 가운데는 따뜻한 공기와 차디찬 공기의 두 가지가 생겨지는데, 따뜻한 공기는 몹시 가벼운 고로 항상 위로 올라가 버리고 그 가벼운 공기가 있던 자리에는 무겁디무거운 찬 공기가 흘러옵니다. 이것이 공기의 움직이는 증거이며 그것이 곧 바람입니다.

여기서 한 가지 기억해 둘 것은 어째서 따뜻한 공기와 차디찬 공기가 생겨지는가 하는 것입니다. 그것을 얼른 생각하면 뜨거운 태양이 있으니까! 물론 태양의 열이 공기를 따뜻하게 만드는 것이겠지! 하시겠지만 절대로 그렇지 않습니다. 따뜻한 공기는 태양의 열! 그것이 직접 공기

* 발표 당시 ‘과학’이라고 밝혔다.

를 따뜻하게 하는 것이 아니고, 태양의 열은 공기와 맞닥뜨리더라도 공기를 그냥 꿰뚫고 나가게 되는 까닭에 그 열은 공기를 꿰뚫고 나와서 땅에 닿아서 땅을 따뜻하게 만듭니다. 그러면 그 따뜻해진 땅 위에 서리었던 공기는 땅으로 인해서 따뜻해지는 것입니다."

"그러면 따뜻한 공기의 뜻은 대개 알았지만! 따뜻한 공기가 있던 자리에 흘러오는 차디찬 공기—즉, 무거운 공기—는 어데서 어떻게 오는 것이냐?"고 물으시겠지요. 그 까닭은 이렇습니다.

태양은 결코 지구의 표면 전체를 꼭 같이 따뜻하게 맞출 수는 없는 것입니다. 예를 들면 나무가 빽빽이 나 있는 숲속에는 나무와 나뭇잎이 태양의 볕을 막는 고로 대체로 숲속에 있는 땅은 보통 그냥 땅—즉, 햇볕이 잘 내려쪼일 수 있는 땅—보다는 물론 차디찰 것이 아닙니까? 다시 말하면 잡풀이 우거져 있는 들판은 그냥 빨가숭이 같은 모랫바닥보다는 차디찰 것은 말할 것도 없지 않습니까? 또 햇볕을 구름이 가리는 때는 가려진 구름의 바로 밑 땅은 따뜻해지지 않고 식은 대로 있습니다…….

"그러면 태양이 물 위를 비추는 때와 땅 위를 비추는 때와 비교하면 물 위는 땅 위보다도 덜 따뜻해지겠습니다그려!" 하실 분이 있겠지요.

"그렇습니다. 물론 그렇습니다. 그런고로 지금 물으신 분의 말씀과 같이 큰 내[川]나 큰 호수나 바다 위에 있는 공기는 땅 위에 있는 공기보담은 무척 차갑습니다. 그래서 바닷가에는 아무리 더운 여름낮이라도 서늘한 바람이 불어오는 것도 이 까닭입니다. 그렇지만 밤에는 이와 반대입니다. 왜 그러냐? 하면 물은 땅보담은 열이 오래가는 까닭입니다. 땅은 얼른 따뜻해지는 대신에 얼른 식어 버리는 까닭에 속히 차지는 것입니다.

그리고 바람은 항상 한곳에 머물러 있는 것이 아니라 항상 떠돌아다니는 까닭에, 지금 이곳에 불던 바람이라도 갑자기 다른 곳으로 불어 가고 불어 가고 하는 것입니다. 그것을 알려면 높다란 뾰죽집이나 산꼭대기에다 기를 꽂아 놓고 보면 어느 때는 가만히 있다가도 별안간 펄펄 날리는 것을 보면, 떠돌아다니는 바람에게 부딪치는 것을 잘 알 수 있습니다. 그러기에 바람은 한이 없이 멀고 먼 곳이라도 불어 가고 불어오고 하는 것입니다.

그리고 한 가지 더 이야기할 것은, 지금 여기 있는 이 땅 위에 있는 공기가 바다 위에 있는 공기에 비해서 몹시 따뜻하면 따뜻할수록 그 바람은 퍽 강하게 혹독하게 불어오는 것입니다……."

"어째서요?" 하고 물으실 분이 있겠지요.

"그것은 공기가 몹시 따뜻해지면 따뜻해질수록 위로 올라가는 형세도 몹시 빠른 고로 그 자리에 오게 되는 차디찬 공기—즉, 바다 공기나 숲속의 공기나—무척 빨리 오지 않으면 안 되게 되는 까닭입니다."

번갯불에 대한 재미있는 이야기는 다음 달에 하겠습니다.

2. 번갯불

여름이 되면 이따금 소낙비가 퍼붓습니다. 별안간 이쪽저쪽에서 검정 구름이 삽시간에 몰려와 금방 새파랗던 한울*을 시커멓게 덮고, 싸늘한 바람이 설렁설렁 지나가며 쏴싸르르! 쏴싸르르! 퍼붓는 것이 소낙비입니다.

낮도 아니고 캄캄한 밤중에 양철 지붕이나 장독대를 뚜들기면서 쏟

* 한울 천도교에서 '하늘'을 달리 이르는 말.

아지는 비는 참말이지 무섭기도 하고 상쾌하기도 합니다.

그럴 때에 가끔 한울이 번쩍하며 와르르, 와르르! 하는 소리가 나는 것은 여러분도 잘 아시는 번갯불과 우렛소리입니다.

그러나 이 번갯불과 우렛소리가 어떻게 생겨난 것이며, 무엇인지! 그 내력과 정체를 가장 똑똑히 아시는 분은 많지 못합니다.

*

이것을 쉽게 말하자면 이러합니다. 한울에는 양전•이라는 것이 있고, 땅에는 음전•이라는 것이 있는데 그들은 언제든지 한울과 땅에서 서로 쌓이고 모이었다가 둘이 맞부딪칠 때는 번쩍하고 불이 나며 소리가 납니다.

한꺼번에 똑같이 생긴 불이요, 소리이지만 우리가 보기에는 번갯불이 먼저 보이고 우렛소리는 나중 들립니다. 어째서 불이 먼저 번쩍하고 소리는 한참 후에야 들리는가 하면, 빛(광선)은 걸음(속도)이 빠르고 소리는 걸음이 느린 까닭입니다.

가까운 곳에 있는 물건을 볼 때에는 그 걸음의 차이를 분명히 알 수 없으나, 멀리 있는 물건은 그 거리가 멀면 멀수록 분명한 차이가 있습니다. 쉽게 예를 들면, 깊은 산속에서 나무장수가 도끼로 나무를 찍는 것을 보면 도끼가 먼저 나무에 박히고 한참 있다가야 '딱' 하는 소리가 들리게 됩니다.

이와 똑같은 이치로 번갯불과 우렛소리도 한꺼번에 똑같이 생기는 것이지만, 불이 먼저 보이고 소리는 나중 들리는 것입니다.

그러나 불빛은 얼마나 빠르고 소리는 얼마나 느린가 하면 불빛은 1초

• **양전** 양전기.
• **음전** 음전기.

동안에 지구를 일곱 번이나 돌아갈 수 있는 것이고, 소리는 공기 중에 있어서는 1초 동안에 겨우 160칸쯤밖에 못 갑니다.

그러니까 만일 서울서 터진 대포 소리를 대구나 평양서 들으려면 20분 동안이나 걸려야 될 것입니다.

이 속도를 알면 번갯불이 번쩍할 때부터 우렛소리가 들릴 때까지 몇 초 동안이나 걸리는지 시계를 놓고 계산해 본다면 그 번개질•이 — 즉, 양전과 음전이 — 얼마나 먼 데서 맞부딪친 것도 잘 알 수 있습니다. 불빛이 보이는 데는 1초도 채 걸리지 않지만 소리가 들리는 데는 10리에 3초씩은 걸리니까, 이것으로 똑똑히 계산할 수 있습니다. 즉, 번갯불이 보인 지 4초 만에 우렛소리가 들렸다면, 그것은 13리가량 되는 곳에서 번개질한 것을 알 수 있다는 것입니다.

번개질이 공중에서 할 때는 별로 두렵지 않으나 그것이 한번 땅으로 내려오게 되면, 집이든지 나무든지 사람이든지 무엇을 물론하고• 벼락을 때려서 부서트리거나 죽이거나 합니다.

옛날에는 이것을 한우님•이 죄 있는 사람에게 주는 벌이라고 하였으나 그것은 멀쩡한 거짓말이고, 벼락이라고 하는 것은 다른 것이 아니고 무엇이든지 우연히 음전과 양전이 맞부딪히는 그 새 틈에 끼우기만 하면 그 불에 부서지거나 타 죽는 것입니다.

번갯불은 본디 뾰죽한 곳으로 잘 통하는 고로 번개질할 때는 넓은 들에 섰는 나무 밑이나 남의 집 처마 끝에는 서지 않는 것이 좋습니다. 그리고 번개가 자주 할 때는 그냥 서서 걸어가는 것도 몹시 위험하니까 그

• **번개질** 번개가 계속 세차게 번쩍번쩍 일어나는 일.
• **물론하다** 말할 것도 없다.
• **한우님** 하느님.

런 때는 밭고랑이나 풀숲 사이에 엎드리거나 드러눕는 것이 제일 안전합니다. 그리고 번개는 쇠를 잘 통하는 것인 고로 쇠 대 있는 우산 같은 것은 그렇게 위험한 때는 내버리는 것이 좋습니다.

여러분! 큰 양옥집을 주의해 보십시오. 반드시 지붕 꼭대기마다 뾰죽한 쇠가 달리고 그 밑으로 굵은 철 줄이 땅바닥까지 늘어져 있을 것입니다……. 그것은 피뢰침이라 하는 것이니, 글자 뜻대로 벼락을 피하는 바늘입니다. 번갯불은 본디 뾰죽한 곳과 쇠를 잘 통하는 까닭에 번갯불이 피뢰침을 때리면 그대로 피뢰침의 쇠줄을 통해서 땅속으로 들어가 버리고 양옥집은 통하지 않는 고로 벼락을 면하게 되는 것입니다.

*

이렇게 무서운 번갯불이지만 우리 사람들은 이 번갯불을 붙잡아서 여러 가지 필요한 것을 만들었으니, 즉 전등, 전화, 전신, 전차, 무선전화 등이 이 번갯불을 이용해 만든 것입니다.

밤에 전차가 빨리 달아날 제 보면 바퀴 밑이나 트롤리•가 닿는 곳에 퍼런 불이 지끈지끈하면서 나지요. 또 궂은 날 밤에 고양이 등을 거슬러 쓸어 주면 역시 지끈지끈하고 불꽃이 보입니다. 또 전지를 사다가 음극과 양극에 쇠줄을 매고 그 끝을 가까이 가져다 대면 역시 불꽃이 일어납니다. 이 모든 것은 죄다 적은 번갯불입니다.

그러나 번갯불이 사람의 손에 잡혀서 쓰이게 되면 이것을 번갯불이라고 하지 않고, 전기라고 합니다.

여러분이 큰 길거리나 혹은 철도 길에 가 보면 길가에 우뚝우뚝 선 기둥이 있고, 그 기둥에는 여러 개의 쇠줄을 건너 맨 것이 있지 않습니까?

• **트롤리** 전차의 지붕 위에서 전기를 통하게 하는 쇠막대기인 폴 꼭대기에 달린 작은 쇠바퀴.

그 기둥을 전기선대●라 하고 그 줄을 전깃줄이라 하는 것은 다 아시지 않습니까? 그러나 그 줄의 종류는 잘 모르실 것입니다.

그 줄도 여러 종류가 있으니, 그중에서도 제일 가느른 줄은 전보와 전화 줄이요, 가장 굵은 줄은 전기를 한곳에서 다른 곳으로 보내는 송전선이요, 그 밖에 전등선● 같은 것은 그리 굵지도 가늘지도 않은 줄입니다.

전선줄이 위험하다는 것을 몰라서 이따금 강한 전기에 맞아 죽는 이도 있고, 또 어떤 이는 전기라면 공연히 무서운 것으로만 알다가 봉변하는 이도 있으나, 집 안에 있는 전선줄은 그리 위험치 않습니다.

전기의 강하고 약한 것은 전압력이 많고 적은 것으로 상관되는 것인데, 사람의 몸에는 300볼트 이상이면 위험하고 그 이하는 별로 관계없습니다. 보통 전등 줄은 100볼트 이상 220볼트까지니 혹시 그 줄을 잘못 만지더라도 몸에 위험은 없습니다. 전보·전화·전등 줄은 전압이 극히 적은 고로 위험치 아니하나, 큰 거리에 있는 전찻줄은 천 볼트 이상이요, 먼 거리에 전기를 보내는 유송선은 만 볼트까지 올라가므로 만일 잘못 그것을 만졌다가는 즉사합니다. 큰 바람이 불어서 전선줄이 끊어진 다음에 거리에 늘어진 전선줄 같은 것은 대단히 위험하니까 절대로 만지지 말아야 할 것입니다.

한울에서 번개질하는 것은 10만 볼트 이상인 고로 제아무리 강한 것이라도 부서지거나 깨지고, 사람이 맞으면 까맣게 타 죽는 것입니다.

_三山人, 『어린이』 1926년 7~8·9월 합호

● **전기선대** 전봇대.
● **전등선** 변전소에서 전력을 수용자에게 보내는 전선로 가운데 전등이나 냉장고 또는 세탁기의 소형 전동기 따위에 전력을 공급하는 전선.

라디오 이야기

무선전화! 줄도 없이 몇 백 리, 몇 천 리 밖에 말을 전하는 전화, 라디오!

그것은 지금 세상에서 제일 새롭고, 제일 유익하고, 또 제일 속히 퍼져질 큰 발명입니다.

그런 것이 발명되었다는 소식을 우리 『어린이 신문』에 소개한 지 석 달이 지나지 못하여 벌써 조선에도 그것이 시작되어, 지금 굉장히 퍼져 가는 중에 있으니 얼마나 속히 유행되는지를 우리는 알 것입니다.●

그러니까 이 앞으로는 누구든지 라디오를 듣게 되고, 누구든지 라디오와 친하게 될 것이겠는 고로, 지금 이때에 라디오에 대한 지식을 얻어 두는 것은 대단히 필요한 일입니다. 그래 이 조꼬만 잡지에 어려운 말을 쓸 수는 없으나, 간단하고 알기 쉽게 그 근본 이치만 이야기하기로 하겠습니다.

제일 첫째, 여러분은 '어째서 공중으로 말이 날아오는가.'고 그것을 알고 싶어 하실 것입니다. 내가 이제 그 이야기만 하면 라디오의 이치

* 발표 당시 '최신 지식'이라고 밝혔다.

● 『어린이』 1926년 4월호 부록 『어린이세상』 6호에 「공중으로 말이 전하는 라디오(무선전화)」가 실렸다.

설명이 다 되는 것입니다.

고요하고 잔잔한 연못 물에 돌멩이 하나를 던지면 금방 큰 물결이 생겨 가지고, 그것이 둥그렇게 사방으로 점점점점 커지다가 연못가에까지 가서 흐지부지 없어지고 다시 전처럼 고요해지고 맙니다. 이것은 여러분도 잘 아시겠지요.

작은 돌을 던지면 일어나는 물 테도 적고, 큰 돌을 던지면 크게 일어나는 것은 물론입니다. 그런데 그 물결이 퍼져 나갈 때에는 한 번 높았다가 다시 낮았다가, 또 높았다가 이렇게 늠실늠실 나아가는데, 한 번 높았다가 다시 높아지는 고 높이까지의 사이를 물결의 길이, 즉 '파장'이라고 합니다.

그런데 이제 그 고요한 연못 물가에 조꼬만 나무때기를 띄워 두면, 연못 물이 고요한 고로 그 나무때기도 움직이지 않고 가만히 있습니다.

그러나 이제 그 물 복판에 큰 돌을 하나 던져서 물결이 생겨 가지고, 그것이 둥그렇게 사방으로 퍼져 나가면, 그 물결 둘레가 나무때기 있는 곳에까지 이르면 나무때기도 그 물결만큼 흔들리고 맙니다.

무선전화도 그와 마찬가지입니다. 말을 보내는 것은 연못에 돌을 던지는 셈이요, 말이 들리는 것은 그 나무때기가 움직이는 셈입니다.

알기 쉽게 한 가지 이야기를 더 하지요. 밤중에 모두 자리에 누워 고요히 잘 때에 먼 절에서 종을 치면 그 종소리가 10리라도 지나서 우리들의 귀에까지 잘 들립니다. 어째서 그렇게 먼 곳에서 치는 소리가 멀리멀리까지 전해 오는고 하니, 종을 때리면 종이 흔들려(진동)서 공기를 흔들어 놓는 고로 그 공기가 끝까지 흔들려서 우리 귀에까지 오는 까닭입니다.

만일 종을 아무리 때려도 종 둘레에 공기가 없으면 소리는 전해지지 않을 것입니다. 물에도 돌을 던져도 물이 없으면 물결이 못 일어나는 것 아닙니까. 종소리도 물결처럼 소리의 물결이 되어 전해 가는 것인데, 소리의 물결(음파)은 공기가 없으면 조꼼도 못 전하는 것입니다.

그래 종과 우리의 귀 사이에는 아무 전화 줄도 없건만 소리의 물결이 있어 공기를 헤엄쳐 오는 고로 무선전화처럼 줄 없이 우리 귀에 들려오는 까닭을 아실 것입니다.

그러면 인제 라디오 이야기를 하지요.

연못 물에 돌을 던져 물결을 일으키는 것과 같이 한 개의 가느다란 철줄로 뒤흔들리는 전기를 공중에 흘려 놓으면, 그 전기는 철 줄에서 흘러나와서 물결 둘레같이 사면팔방으로 퍼져 나갑니다. 소리 물결을 음파라 하는 것처럼 이 전기 물결을 전파라고 부릅니다.

물결을 전하는 데는 물이 있었고, 소리 물결을 전하는 데는 공기가 있었지만 전기 물결을 전해 주는 것은 물도 아니고 공기도 아닙니다. 공중으로 퍼져 가니까 공기의 힘인 줄 아실는지 모르지만 결코 그렇지 않습니다. 공중으로 퍼져 헤어지는 전기의 물결은 공기처럼 이 세상에 우리의 둘레에, 없는 구석 없이 빽빽하게 차 있는 에테르*라는 것 때문에 헤엄해 퍼지는 것입니다.

에테르란 것은 공기처럼 눈에 보이지도 않고, 손에 쥐어지지도 아니합니다. 그러나 빛이 전하는 것이든지, 열이 전하는 것은 모두 에테르의 덕입니다. 즉, 태양의 더운 기운이 우리에게까지 오고, 또 해나 달의 빛이 땅 위에까지 오는 것도 에테르의 덕이란 말입니다.

전기의 물결, 전파가 전해 가는 속력은 1초 동안 시계가 한 번 똑딱!

● **에테르** 전자기장의 매체로 가정한 매질.

하는 고동안에 3억 미돌[●]이나 된답니다. 한 번 똑딱하는 고동안에 이 지구 덩이를 일곱 바퀴 반이나 핑핑 도는 폭이니 어떻게 놀랍게 빠른 것인지 말도 못 할 일입니다.

전기의 물결도 높았다 낮았다 하면서 헤엄해 가는 것인데, 한 번 높았던 곳에서 다시 솟는 높이, 거기까지의 사이를 파장이라 하는 것도 물결과 다르지 아니합니다.

그같이 빠른 전기 물결이 공중에서 사면팔방으로 퍼져 나가다가 중간에 무엇에 맞닥뜨리면 구부러져 가기도(굴곡) 하고 또는 돌아서기(반사)도 하지만 유리창, 바람벽 같은 것은 거침없이 그냥 뚫고 나아갑니다. 그런고로 중간에 엔간히 높은 집이나 담이 가로막았더라도 막 뚫고 나갑니다. 그러나 그렇게 함부로 뚫고 나가다가도 쇠, 철물을 만나면 그만 그 쇠 속으로 모조리 빨려 들어가고(흡입) 맙니다.

그런고로 라디오는 그것을 이용한 것입니다. 방송국(말 보내는 곳)에서 음악 소리나 동화나 연설이나 보통 소리에 전기를 넣어서 높은 공중에서 흘려 버립니다. 그러면 그것이 공중으로 날아서 사면팔방으로 퍼져 갑니다.

그것을 잡으려고 시골 시골 집집에서 지붕 위에 작대기 두 개를 뻗치고, 철 줄을 가로 매어 놓는 고로 달려가던 전기의 물결이 그만 그 철 줄에 닿기만 한즉 수루룩 빨려 들어가 버립니다. 그 빨려 들어오는 소리(전기 물결)를 수화기로 듣는 것입니다.

전기가 한 군데나 두세 군데의 철 줄에 빨려 들어간다고 다 없어지느냐 하면, 결코 그렇지 아니하고 얼마든지 그냥 조금씩 빨려도 그래도 제

● **미돌** '미터'의 음역어.

몸은 여전히 달아나는 것입니다. 다만 물결이 멀리까지 가서는 점점 힘이 약해지는 것과 같이 전기 물결도 멀리 갈수록 힘이 좀 약해지는 것은 사실입니다.

그러므로 조선에 앉아서 일본에서 오는 것이나 중국 상해에서 오는 것이나, 해삼위●에서 오는 것은 들려도 아직 미국 것이나 구라파● 것을 듣지 못하는 것이 그 까닭입니다.

라디오를 듣는 기계를 준비하는 데는 대개 15원이면 됩니다. 그러나 그것은 단 한 사람씩밖에 못 듣는 것이요, 집안 식구가 여럿이 한꺼번에 듣자면 소리를 크게 늘리는 확대기라는 것이 있어야 하는 고로 여러 백 원이 듭니다.

_一記者, 『어린이』 1926년 8·9월 합호

● **해삼위** 러시아의 도시 블라디보스토크.
● **구라파** '유럽'의 음역어.

방송해 본 이야기

체신국에 있는 '라디오' 방송소에서 동화 방송을 해라 하는 권고를 여러 번 '못 하겠다'고 사절하다가, 기어코 끌리어간 것이 7월 중순의 목요일 저녁이었습니다.

순서가 소녀들의 동요 합창의 다음에 동화라 하여, 합창을 마치고 나온 방에 안내되어 들어가 보니까 탈 났습니다.

텅텅 빈 방에 소리가 울리지 말라고 장막을 둘러쳐서 보통 하는 소리도 잘 울리지 않아 말하기에 퍽 힘이 드는 것을 우선 느꼈습니다.

그러나 그 방 한가운데에 조꼬맣고 독한 화초 탁자 같은 탁자 하나를 놓고, 그 탁자 위에 젖 먹는 아기의 얼굴만 한 둥근 쇠 합•에 1전짜리만 한 구녁•이 퐁퐁 뚫어진 것을 올려놓았는데, 그것이 마이크로폰이라는 방송 기계라 합니다.

그 앞에 가 서든지, 앉든지 하여 그 조꼬만 쇠 합을 향하고 말을 (보통으로) 하면, 그 말이 몇 천 리, 몇 만 리 밖에서도 들린다 하니, 너무 신기하여 정말 같지 않고 기계가 너무 간단하여 도리어 싱거운 것 같았습니다.

• **합** 음식을 담는 놋그릇의 하나. 여기서는 접시처럼 둥근 모양의 마이크를 뜻한다.
• **구녁** '구멍'의 사투리.

텅텅 빈 방에 혼자 서서 이야기를 하노라니까 어떻게 싱겁고 힘이 드는지, 제일 내가 이렇게 하는 이야기가 여러 사람에게 잘 들리는지 안 들리는지 그것이 궁금하고, 듣는 이의 얼굴에 재미있어하는 것이 보이는지 재미없어서 얼굴을 찡그리는지 그것이 몹시 궁금하지만, 그러나 하는 수 없이 그냥 빈방에서 한 시간 동안이나 혼자 떠들면서 이야기하였습니다. 꼭 맛을 모르고 먹는 음식과 같았습니다.

_『어린이』 1926년 8·9월 합호

독자 여러분께

신문지를 보시고 다 아셨겠습니다마는 우리 사(개벽사)에서 발행하던 큰 잡지 『개벽』은 불행히 지난 8월 1일에 조선 총독으로부터 발행 금지의 처분을 받아 영영 발행 못 하게 되고 말았습니다. 일곱 해 동안이나 꾸준히 싸워 온 생명이 하로아침●에 없어지고만 쓰라린 이야기야 어찌 여기에 기록할 수 있겠습니까마는, 그 수선한 통에 꼭 12일에 발행될 『어린이』 이 책이 이렇게 몹시 늦어진 것을 사죄합니다.

참으로 뜻밖에 불행을 당한 때라 어쩔 수 없는 사정이었지마는 어쨌든 이미 이렇게 늦어진 것이라 요다음 달부터나 꼭꼭 1일에 발행되도록 하기 위하여 이달 치 이 책을 8월호 겸 9월호를 삼고 9월 그믐께 10월호를 발행하기로 하였습니다. 꼭꼭 어김없이 1일에 발행되게 하기 위하여 그렇게 하는 것이오니 널리 짐작해 주시기를 바랍니다.

『개벽』이 없어진 대신으로는 곧 두 가지 새로운 잡지를 시작하기로 하였고, 『어린이』 편집실에는 기자를 또 한 분 더 늘려서 일이 속히 되도록 하는 동시에 전보다 더 많은 활동을 하게 되었사오니, 기뻐하여 주시기를 바랍니다.

* 발표 당시 '사고'(회사에서 내는 광고)라고 밝혔다.

● 하로아침 하루아침. '하로'라는 '하루'의 사투리.

개벽사 어린이부

(그동안 개벽사 일이 수선한 통에 여러 가지 현상 상품도 보내 드리는 것이 늦었사오니 용서하시기 바랍니다. 이제 곧 일일이 보내 드리겠습니다.)

_어린이부, 『어린이』 1926년 8·9월 합호

물나라 이야기

—고래와 싸우면서 바닷속에서 17년 산 사람의 경험 이야기

나는(우산청장[宇産淸藏]이라는 일본 사람) 잠수부가 되어 바닷속 물속에서 17년 동안이나 살았는 고로 지금은 그 깊은 바닷속이 내 고향의 정든 본집과 같습니다.

그 무겁고 퉁퉁한 잠수복을 입고 무엇 하러 바닷속에 들어가는고 하니, 커다란 기선이 파선되어● 물속에 잠겨 버린 것을 꺼내러 들어가는 일이 제일 많습니다. 그 노릇을 17년 동안이나 하노라고 그동안에 일본 가까운 바다치고 어느 바닷속에 아니 들어가 본 곳이 없고, 별별 놀라운 고생도 때때로 하여 왔습니다.

굉장한 큰 낙지에게 잡혀

지금으로부터 아홉 해 전인가? 대정 6년● 때에 조선 금강산 있는 강원도 바다에서 조선우선회사●의 '전라환'이라는 기선이 바닷속에 잠겼

* 원제목은 「서늘한 바닷속 물나라 이야기」이다. '우산청장'이라는 일본인 잠수부의 이야기를 번역 소개한 것으로 보인다.

● **파선되다** 풍파를 만나거나 암초 따위의 장애물에 부딪쳐 배가 파괴되다.

● **대정 6년** 1917년. '대정'은 일본의 연호.

● **조선우선회사** 대한제국기 보조를 받아 연안항로를 운항하던 부산기선주식회사, 목포항운회사, 요시다회조점 등 중소 항운업자들이 1912년 3월에 합병하여 설립한 해운회사.

을 때, 그것을 끌어내는 공사에 나도 참례하였었습니다.●

그래 바닷속에 들어가서 물속에 귀신같이 시꺼멓게 가라앉은 기선을 어루만지면서 뚫어진 구녁●을 조사하고 있는데, 별안간에 뒤에서 무엇인지 달겨드는 것 같은 고로 흘깃 돌아다보니까 큰일 났습니다. 낙지가 굉장히 큰 낙지가 달겨듭니다.

"에그머니!" 소리를 치면서 나는 깜짝 놀랐으나, 그러나 그때 벌써 낙지는 내 다리(정강이) 뒤에 휘휘 감기어 찰싹 달라붙었습니다.

참말 나는 바닷속 살림을 여러 해 하였어도 그렇게 큰 낙지에게 붙들리기는 처음이었습니다. 별안간에 붙잡힌 것이라 아무 꾀도 나지는 않고……, 이러다가는 꼭 죽겠다 싶어서 얼른 숨 쉬는 줄(공기 드나드는 줄)로 낙지의 둥그런 대가리를 친친 감아 놓고, 줄을 잡아당겨 물 위에 있는 배로 통지를 하였습니다. 그 통지를 보고 배 위에서는 나를 잡아당겨 올려 주고, 그 통에 낙지도 대가리가 감긴 채로 나를 따라 올라왔습니다.

배 위에 올려놓고 본즉, 참말로 어찌 몹시 큰지, 큰 술통(네 두●들이) 하나에 그뜩 차고, 무게가 10관●이나 되어, 열두어 살 되는 아이 무게만이나 하였습니다. 그래 그 낙지 발, 단 두 오라기를 잘라 가지고 그날 밤에 30명 사람이 나눠 먹었습니다.

● **참례하다** 예식, 제사, 전쟁 따위에 참여하다.
● **구녁** '구멍'의 사투리.
● **두** 부피를 재는 단위로 1두는 약 18리터에 해당한다.
● **관** 무게의 단위로 1관은 3.75kg에 해당한다.

큰 고래가 머리 위로

잠수부에게 제일 위험하고 무서운 것은 고래입니다. 커다란 학교 집채만 한 고래를 만나기만 하면 꼼짝 못 하고 먹혀 버리는 까닭입니다.

그런데 나는 한 번도 그런 일을 당해 보지 않았으나, 우리 친구 중의 한 사람이 이런 일을 당하였습니다.

일본 방주●라 하는 곳 가까운 바닷속에 들어가서 일을 하고 있는데, 별안간에 머리 위가 캄캄해지는 고로 언뜻! 보니까 몇 간통이나 되는지 모르게 큰 고래가 자기의 머리 위로 지나가더랍니다.

"에그머니!" 소리도 못 하고 그냥 죽은 드키 바다 바닥에 쭈그리고 있었더랍니다. 물론, '인제는 죽었다.' 하고 정신 잃고 미리 죽어 앉았었더랍니다. 그러니까 다행히 죽지는 않고 고래는 그냥 멀리 지나가고 말았으나, 또다시 큰일 난 것은 바다 위에 떠 있는 배와 바닷속에 있는 자기와의 사이에 늘어져 있는 숨 줄(공기 통하는 줄)이 고래의 그 큰 입에 걸려서 그냥 툭 끊어져 버렸더랍니다.

잠수부는 숨 줄만 끊어지면 그만 나올 수도 없고 숨도 못 쉬고, 금방 죽고 마는 것인 고로, '인제는 아주 죽었다.' 하고 절망하였답니다.

그랬더니 어찌 된 셈인지 자기도 모르게 그 몸이 저절로 떠올라서 물 위에 둥둥 떴더랍니다. 그래 배에서 얼른 구원을 하여 살아났답니다.

가라앉은 배 건지는 법

잠수부에게 제일 재미있는 일은 큰 기선을 건져서 끌어올리는 것입니다. 조선 전라남도 목포 바다에서 '갑주환'이라고 하는 2,500톤이나

● **방주** 보슈. 일본 지바현에 있는 지역 이름.

되는 큰 기선을 끌어올린 일이 있었는데, 그때도 퍽 재미있었습니다.

'갑주환'은 기선의 한편 끝을 바다 위에 쑥 내밀고 거꾸로 박힌 듯이 물에 잠겨 있었는데, 그 배를 건져 낼 때에는 먼저 우리들 잠수부가 물속에 들어가서 기선 거죽을 조사하여 깨어졌거나 뚫어진 곳을 찾아내어서, 그것을 막아 다시 물이 못 들어가게 하는 방수 공사를 하였습니다.

그렇게 흠집부터 막아 놓고는 다음에는 기선 밑으로 휘돌면서 기둥같이 굵다란 쇠사슬로, 드문드문 여덟 매끼[●]를 얽어 놓았습니다. 그리고 그 굵은 쇠사슬 여덟 매끼의 좌우 끝, 열여섯 갈래를 물 위에 떠 있는 다섯 채의 기선에 비끄러매고, 그 다섯 채의 기선의 힘으로 끌어서, 물속에 잠긴 큰 기선을 끌어올리었습니다. 물론 그때 그 공사에는 조선 사람 노동자가 200명이나 끌어올리는 일을 하였습니다.

육지나 다름없는 바닷속

누구든지 우리를 보면 바닷속은 어떻게 생겼더냐고 묻습니다. 어린 사람들은 더욱 그것을 궁금해합니다.

바닷속은 우리가 살고 있는 육지 위와 조금도 다르지 않고 꼭 같습니다. 이 육지 위에 산이 있고 골이 있고 벌판이 있는 것처럼, 바닷속에도 산도 있고 바위도 있고 편편한 넓은 벌판도 있습니다. 그리고 육지 위에 풀이 있고 나무가 있는 것처럼, 바닷속에도 여기저기 간 곳마다 하얀 풀도 있고, 또 산호 같은 빨간 풀도 있습니다. 여러분이 국 끓여 잡숫는 미역도 바닷속에 있는 풀이요, 김치에 넣어 먹는 청각도 바닷속에 있는 풀이고, 값비싼 산호는 바닷속에 있는 나뭇가지를 꺾어 온 것입니다. 나는

● 매끼 '매듭'의 사투리.

그런 것들을 바닷속에서 늘 밟고 다닙니다.

저 남양● 같은 곳에서는 가끔가다 바닷속에서 큰 생선을 만나서 넓적다리를 잘리어 먹힌다는 말을 들었으나, 일본이나 조선 가까운 바다에서는 아직 그런 일이 없었고, 다만 고래를 만날까 봐 그것이 겁날 뿐입니다.

우리가 물속에 들어갈 때에 입는 그 옷(잠수복)은 큰 어른의 몸무게보다도 훨씬 더 무거워 20관이나 되는 고로 육지에서는 그것을 입고 마음대로 움직일 수가 없으나, 그러나 물속에 들어가서는 그다지 거북하지 않은 고로 자유로 움직이어 무슨 일이든지 편히 할 수 있기가 육지 위에서 맨몸으로 하는 것과 똑같습니다.

잠수복도 입지 않고 공기를 통하는 숨 줄도 없이 맨머리, 맨얼굴로 바닷속에 들어가는 해녀들은 물속에서 숨을 못 쉬니까 기껏 오래 있어도 10분을 못 있다 나오지마는, 우리는 잠수복에 달린 숨 줄이 있어서 물속에서도 밖으로대로 숨을 쉬는 고로 한 열 길●(15척●) 깊이쯤 되는 속에서는 아츰●부터 밤까지 온종일이라도 있습니다. 그래도 조금도 거북하거나 갑갑하거나 피곤하지를 않으니까요. 그러나 한 열다섯 길쯤 되는 깊은 속이면 물의 누르는 압력이 있어서 쉬이 피곤해지는 고로 그리 오래 있지 않고 한 세 시간쯤 일하고는 곧 나와서 쉽니다.

그리고 바닷속은 희한하게도 육지 위와 똑같이 밝고 환하여서 무엇이든지 잘 보입니다. 바닥에는 푸른 풀, 하얀 풀, 빨간 풀이 아름답게 피

● **남양** 태평양의 적도를 경계로 하여 그 남북에 걸쳐 있는 지역을 통틀어 이르는 말.
● **길** 길이의 단위로 1길은 약 2.4m 또는 3m에 해당한다.
● **척** 길이의 단위로 1척은 약 30.3cm에 해당한다.
● **아츰** '아침'의 사투리.

어 있어서 바람에 나붓거리듯이 물결에 나부끼고 있는데, 그 위로 금붕어보다도 어여쁘고 깨끗한 물고기들이 헤엄쳐 다니고 있는 것을 보면 어떻게 시원하고 어떻게 아름다운지 그만 내 몸이 용궁의 용왕이 된 것 같습니다.

바깥세상에 해가 지면 바닷속도 어두워집니다. 육지 위에서 희미하게 보일 때면 바닷속에서도 희미하게 보입니다. 어쨌든지 밝기나 어둡기나 모두 육지 위와 같습니다. 다만 열다섯 길, 열여섯 길씩 깊이 들어가는 때는 잘 안 뵈는 때도 있는 고로 100촉이나, 200촉 되는 수중 전기등을 들고 들어갑니다.

한번 저 조선 함경북도에서 더 북쪽으로 가서 아라사● 땅 해삼위●에 갔었을 때에 네 치● 두께나 되는 얼음을 깨고 그 물속에 들어가 일할 때에는 어찌도 추운지 물속에서 벌벌 떨면서 일을 하였습니다. 그리고 따뜻한 곳이라도 깊디깊은 바닷속은 몹시몹시 말할 수 없이 찹니다.

일본 산구현●은 항상 따뜻한 곳이건마는 '나일호'라는 큰 배가 가라앉은 것을 건져 내려고 바닷속에 들어간즉, 어찌도 깊은지 40길이 더 되는 곳에까지 들어갔었는데, 어떻게나 추운지 몸이 당장에 얼어붙는 것 같고 이가 딱딱 떨려서 참말 죽을 뻔하였습니다. 그때에 같이 일하던 친구 중에 세 사람이나 얼어 죽었습니다.

무섭고도 재미있는 바닷속 생활도 벌써 17년이 되니까 나는 지금은 아무것도 무서운 것이 없고 한이 없이 재미있을 뿐이고, 지금은 바닷속

● **아라사** '러시아'의 음역어.
● **해삼위** 러시아의 도시 블라디보스토크.
● **치** 길이의 단위로 1치는 약 3cm에 해당한다.
● **산구현** 일본의 야마구치현.

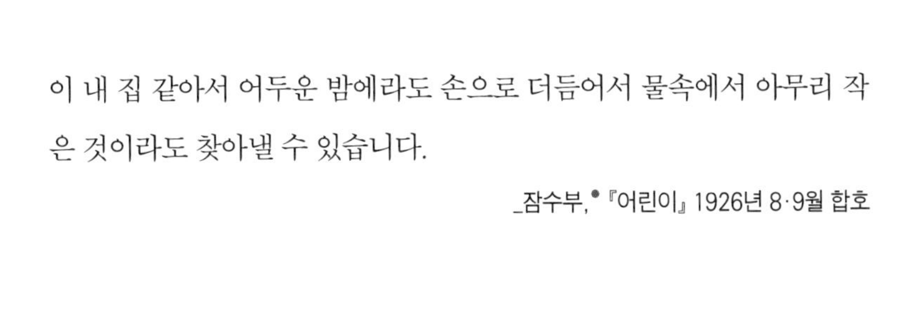

이 내 집 같아서 어두운 밤에라도 손으로 더듬어서 물속에서 아무리 작은 것이라도 찾아낼 수 있습니다.

_잠수부,* 『어린이』 1926년 8·9월 합호

* 일본인 잠수부 우산청장의 이야기를 번역 소개하면서 사용한 필명으로, 글투로 미루어 방정환이 쓴 것으로 보인다.

깔깔박사의 피서하는 맵시

일기[•]가 더우십시다고 소학교는 방학을 시켜 놓고 깔깔박사의 하시는 짓……. 삼각산 같이 뾰족한 머리에 얼음주머니를 쓰십시고 바다 위 절벽 위의 가는 나뭇가지에 널을 매달아 놓고 그 위에 누워서 얼음을 잡수십니다.

얼음주머니도 시원하고 아이스크림 맛도 시원하고 바닷바람도 시원하지만은 가는 가지에 매달은 끈이 끊어질까 봐 가슴이 두근두근한 맛이 쾌 시원하여 소름이 끼쳐서 몸이 떨리고 추워지는 것이 박사의 특별한 피서 방법이시랍니다.

_무기명,[•] 『어린이세상』 10호(『어린이』 1926년 8·9월 합호 부록)

● 일기 날씨.

● '깔깔박사'의 더위 피하는 법에 대한 이야기로, '깔깔박사'가 방정환의 필명이니 방정환이 쓴 것으로 보인다.

가을, 가을의 재미

여름의 괴로움에서 소생되어 나오는 가을철…….

이때에는 산에 가도 좋고, 들에 가도 좋고, 풀밭에 누워서 높아 가는 한울•을 쳐다보는 것도 좋고, 또는 마당이나 마루 끝에 따뜻한 햇볕을 쪼이면서 노랗게 피는 국화의 향내를 맡고 앉았어도 좋습니다.

그런데 그중에도 더, 깨끗한 날 초저녁으로부터 밤이 깊어 갈 때, 정결히 소제한• 방에 등불을 밝히고 앉아서 책 읽는 것보다 더 재미나는 일은 없습니다. 고요히 깊어 가는 밤에 창밖에는 마른 잎 떨어지는 소리만 간간이 들리고, 방구석에서 가여운 버레•의 우는 소리가 쓸쓸히 들릴 때, 나는 그런 때 책이 제일 잘 읽혀집니다.

_方定煥,• 『어린이』 1926년 10월호

* 발표 당시 목차에서 제목은 「가을철의 재미」이고, '권두'라고 밝혔다.

• **한울** 천도교에서 '하늘'을 달리 이르는 말.

• **소제하다** 청소하다.

• **버레** '벌레'의 사투리.

• 목차에는 필자 이름이 '편집인'으로 표기되어 있다.

바이올린의 대천재

—단 열네 살의 어린 몸으로 세계에 자랑할 놀라운 기술

서울 남대문 밖 정거장 뒤의 만리재● 산턱에 있는 양정고등보통학교에 씩씩하고 활발한 여러 백 명 학생 중에 불쌍하게도 한 다리를 절뚝거리면서 다니는 어리디어린 소년 한 사람이 있었습니다.

빛깔 흰 얌전한 얼굴과 총기 있는 눈은 한없이 재주 있어 보이고 희망 많아 보이건마는, 다리 하나를 마음대로 쓰지 못하는 탓으로 병신이란 이름을 듣고 절뚝발이라는 놀림을 받고 자라서, 가엾게도 빛깔 흰 귀여운 그 얼굴에는 어딘지 모르게 쓸쓸스런 빛이 떠나지 않았습니다.

아츰●이면 아츰마다 시간이 늦을까 봐 남보다 고생되는 걸음걸이로 절뚝거리며 언덕길을 올라가는 소년! 하학● 시간이나 체조 시간마다, 외따로 떨어져서 불행한 신세를 슬퍼하며 눈물짓는 소년! 이 불쌍한 어린 1년생이야말로 온 학교, 아니 양정학교뿐 아니라 온 경성, 온 조선에 따를 이가 없는 귀신같은 재주를 가진 음악계에 처음 보는 천재 소년이었습니다.

● 원제목은 「가여운 병신 몸으로 바이올린의 대천재」이다.
● **만리재** 서울 중구 만리동2가에서 마포구 공덕동으로 넘어가는 고개.
● **아츰** '아침'의 사투리.
● **하학** 학교에서 그날의 수업을 마침.

아직 나이 열네 살이고 금년 봄에 처음 입학한 어린 사람인 고로 한 학교 안에서도 그의 위대한 천재를 아는 이가 별로 없으나, 그가 학교에서 돌아와서 바이올린을 들고 서면 참으로 아무러한 전문가가 듣더라도 놀랄 만한 귀신 같은 연주를 하는 이었습니다.

결단코 결단코 '어린 사람치고는 잘한다.' 해서 칭찬하는 말이 아니라, 아무라도 처음 듣고는 거짓말이라고 할 만치, 사실로 조선 안에서는 아무 유명한 음악가에게도 지지 않는다 할 만치 놀라운 기술을 가진, 세상에 드문 어린 천재입니다.

어떤 바이올린 전문가는 그의 연주를 듣고 탄복하면서 조선서는 물론이요, 중국이나 일본에도 이러한 천재는 없은즉, 서양 일은 몰라도 적어도 동양에서는 처음 보는 천재라고 말씀하였습니다.

그리고 또 조선호텔에 있는 독일 음악가 헤스● 씨는, "지금으로부터 10여 년 전에 로서아● 소년으로 대가에게 지지 않을 만한 천재를 보았었고, 그 후로는 조선에 와서 처음 이렇게 놀라운 천재 소년을 보았노라."고 더할 수 없이 찬양해 말씀하였습니다.

단 열네 살의 어린 소년으로 이렇듯 훌륭한 재주를 가진 것도 우선 놀라운 일이거니와 그 비상한 재주가 단 1년 동안의 공부로 얻은 것이요, 그나마 1년 동안도 전문으로 한 것이 아니고 학교에 다니는 여가에 조끔씩 배운 것이니 이 어찌 범상한 재주꾼이라고만 할 것이겠습니까……. 참으로 새 조선의 텃밭에 싹 돋아 가는 여러 방면의 어린 천재 중에도 가장 신기로운 천재라 할 것입니다.

● **헤스** 독일 바이올리니스트, 바이올린 교사 빌리 헤스.
● **로서아** '러시아'의 음역어.

두 살 때에 병신이 되어 바이올린을 배우기까지

독자 여러분! 기뻐하십시오. 적어도 지금 동양 천지에서는 단 한 사람이라고 자랑할 만한 이 음악의 천재 소년은 우리 『어린이』 잡지의 독자 안병소 씨입니다.

그는 서울서 출생하여 시골 가서 자라났는데, 그의 할아버지는 조선 서화•계에 이름이 높으시던 심전 선생 안중식• 씨였고, 그의 아버지 안명호 씨는 실업계에 활동하시는 이어서 집안이 그리 가난하거나 적막하지는 않았건마는, 불행하게도 병소 씨는 난 지 여덟 달 되어 이질 같은 병을 앓아 10여 일이나 젖도 잘 못 먹고, 고통을 하고 나더니 하도 몹시 쇠약하여 두 다리가 명주 고름같이 늘어졌더랍니다.

그 후 한참이나 정성을 써서 겨우 회복이 되기는 하였으나 웬일인지 바른편 다리는 힘을 쓰지 못하고 그냥 앓던 대로 힘이 없이 늘어지는 고로 점점 의심이 생겨서 가지가지로 치료를 하였으나 이내 효험이 없었고, 나중에는 서울로 올라와서 총독부 의원에 갔더니 척수 마비증이라 하면서 젖먹이 어린애가 이렇게 한 다리만 쓰게 되는 고로 자라 갈수록 쓰는 다리와 안 쓰는 다리의 차이가 많아져서 심한 절뚝발이가 되리라 하더랍니다.

그러나 어떻게든지 병신은 되지 않게 하여야겠다고 이 방법 저 방법, 좋다는 대로 골라 가면서 치료에 힘쓰기를 10년을 계속하여 나중에는 전기 기계를 사다 놓기까지 하고 열두 살 되는 재작년까지 하였으나, 이내 투철한 효험을 얻지 못하고 말았다 합니다.

• **서화** 글씨와 그림을 아울러 이르는 말.
• **안중식**(1861~1919) 화가.

이리하여 그 부친의 한없는 정성도 허지•에 돌아가고, 영영 불구(병신)의 몸이 된 가련한 병소 씨는 날 때부터 이날 이때까지 한 번도 마음대로 뛰어 보지도 못하고, 유쾌하게 동무들과 놀아 보지도 못하고, 도리어 절뚝발이, 절뚝발이라고 놀림만 받으면서 쓸쓸히 쓸쓸히 살아왔습니다.

그러나 그 가엾고 불쌍한 불구의 몸에 이윽고는 천하를 울릴 대음악가일 천질•이 남모르게 뿌리를 박고 싹 돋아 있었던 것입니다.

그가 여덟 살, 아홉 살 때 수안군 공립보통학교에 다닐 때에 다른 과정보다도 특별히 창가• 성적이 제일 나을 뿐 아니라, 자기 스스로도 제일 흥미 있어 하는 모양인 고로, 그 부친이 그것을 마음 여겨 보시고 조꼬만 풍금 하나를 얻어다 주셨더니, 저녁마다 장난하기를 한 사흘도 못되어 넉넉히 학교에서 배운 노래 곡조를 치기 시작하였습니다.

부친은 더욱 그의 이상한 재주에 놀라셨으나, 그러나 그때 나이 불과 아홉 살 되는 어린아이라 그냥 그대로 두었습니다.

그 후 이태•를 지나 열한 살 되던 해에 동리에 일본 사람의 집에 고용하고 있는 아이 한 사람이 헌 바이올린을 얻어 가진 것을 보고, 그것을 여러 날 두고 조르고 졸라서 빌려 오더니 한울•에 별이나 딴 것처럼 기뻐하면서 이 줄 저 줄 만지더니, 이번에는 단 이틀 저녁 만에(생후 처음 만져 보는 것이건마는) 창가 곡조를 훌륭히 해내었습니다.

아무것도 모르는 집안사람은 물론이요, 그 아버지의 놀라심이 참말

• **허지** 힘은 들였으나 아무 성과도 거두지 못한 형편을 비유적으로 이르는 말.
• **천질** 타고난 성질.
• **창가** 근대 음악 형식의 하나. 서양 악곡의 형식을 빌려 지은 간단한 노래.
• **이태** 두 해.
• **한울** 천도교에서 '하늘'을 달리 이르는 말.

로 적지 않았습니다.

'이것은 분명히 음악에 특별한 재주를 가진 것이다.'

생각하시고 그 후로는 늘 마음에 생각하시는 것이 있는 터에 또 당자•도 몹시 조르는지라, 그 후에 서울 오셨던 길에 일부러 진고개• 악기 상점에 찾아가서 바이올린을 사 가지고 내려가셨습니다.

병소 씨의 기쁨이야 이루 말할 것이 있겠습니까마는 이제는 바이올린을 정식으로 배워 줄 선생이 없어서 한탄이었습니다.

그러자 아버지의 경영하시는 사업 관계로 수안에서 황해도 평산으로 집을 옮기게 되어, 그는 남천공립보통학교 3년급•에 다니게 되었는데, 그해 여름(재작년 열두 살 때)에 그 골 군수 댁에 동경 가서 음악 연구하시는 최호영 씨가 방학 동안에 나와 있다는 소문을 듣고, 아버지는 곧 찾아가서 머리를 숙이고 사정을 이야기하여 잠깐 동안이라도 바이올린을 가지는 법뿐만이라도 좀 가르쳐 주십사고 간청하여, 승낙을 얻은 결과 비로소 우리 천재 소년은 처음 음악 선생님을 만났고 처음 바이올린의 줄 고르는 법을 정식으로 배워 보게 되었습니다.

그러나 애처로운 일로는 최 선생도 방학 동안에 귀국하였던 터이라, 단 한 달도 채 되지 못하여 섭섭한 손을 놓고 다시 동경으로 가시니 병소 씨는 또다시 선생 없는 한탄에 쓸쓸한 날을 헛되이 심심히 보내게 되었습니다.

다리도 마음대로 못 쓰는 가여운 어린 몸이 한없는 재주를 헛되이 묵히면서 쓸쓸히 선생을 그리워하는 것을 보고 남모르게 마음을 졸이고

• **당자** 당사자.
• **진고개** 서울 중구 충무로2가의 고개.
• **연급** 학년. 학생의 학력에 따라 학년별로 갈라놓은 등급.

계시던 그의 아버지는 기어코 서울로 올라오셔서 경성악대의 대장 백우용 씨를 찾아보고, 이 사정을 이야기하고 어떻게 하면 좋은 선생을 만나 그 재주를 잘 길러 주겠느냐고 의논하셨습니다.

그때에 백 씨가 조선호텔에 음악 지휘로 있는 독일 음악가 헤스 씨를 말하면서 그이에게 배우게 하라고 소개한 고로 병소 씨의 부친은 곧 병소 씨의 공부를 위하여 집을 서울로 옮기기까지 하려고 결심하고 내려가셔서 (집은 올라와서 차차 정하고 옮기기로 하고), 우선 병소 씨만 데리고 올라오셔서 먼저 중동학교 속수과•에 입학시키고, 즉시 조선호텔 안 헤스 씨에게 데리고 가서 가르침을 청하여 승낙을 얻어 주셔서 처음 정식으로 음악 공부를 하게 되었으니, 이것이 작년 여름—그의 열세 살 때의 6월이었습니다.

어른도 못 따를 재주

—다 같이 감사할 아버지의 정성

잉어가 물을 만났다 할는지……. 우리의 천재 병소 씨는 중동학교 속수과 공부를 부지런히 하여 우등 성적으로 졸업을 하고, 올봄에 양정고등보통학교 입학시험에 합격이 되어 어려운 과정을 치러 가면서 그 여가에 그나마 매일 몇 시간씩이 아니요 일주일에 단 두 시간씩 교수를 받는 것이건마는 원래 범상치 않은 재주를 가진 터이라 한 시간 한 시간씩 늘어 가는 기술이 기어코 단 1년을 지난 오늘에 헤스 씨로 하여금 "인제

• **속수과** 속성과.

는 내가 가르칠 것은 다 가르치고 더 가르칠 것이 없소. 이런 무서운 천재는 동양에서 처음 보았소. 인제는 더 가르칠 것이 없으니, 독일이나 오태리• 같은 나라에 가서 한 1, 2년만 있다 오면 아주 세계적 음악가가 되겠소." 하기까지 하였습니다.

지난 9월 15일 저녁에 병소 씨가 우리 어린이사에 와서 시험 연주 하는 것을 듣고, 모든 사람이 그저 심취한 것은 물론이고, 바이올린 선생님 최호영 씨는 그때에 그 비범한 기술에 감탄하기를 마지아니하여, "참말 놀라운 일이외다. 거의 조선에서 아무도 따를 수 없는 기술입니다. 아직 나이가 어리니까 연주에 예술적 감흥은 적지마는 그것은 나이가 늘어 가면 차차 훌륭히 생길 것이요, 기술은 참으로 더할 나위 없이 좋습니다. 도리루• 같은 것은 아무라도 그렇게 오래 못 하는 것인데, 이 소년은 큰 사람같이 손가락 마디가 굳지를 않은 데다가 기술까지 좋아서, 그것을 비상히 오래하는 것도 처음 본 재주입니다."고 말씀하였습니다.

*

단 1년 동안의 공부로 열네 살의 어린 몸이 이렇듯한 성적을 낸 일은 실로 그가 천품으로 타고난 천재가 아니면 도저히 도저히 될 수 없는 일인 것은 다시 말씀할 것이 없거니와, 우리는 다시 병소 씨의 아버지의 남다른 감사한 성의를 잊어버릴 수가 없습니다.

오늘날까지의 조선 소년의 아버지라는 아버지가 어떻게 어린 사람의 생명을 짓밟아 왔습니까? 얼마나 어린 생명을 학대하여 왔습니까…….

• **오태리** '오스트리아'의 음역어.

• **도리루** 떤꾸밈음. 어떤 음을 연장하기 위하여 그 음과 2도 높은 음을 교대로 빨리 연주하여 물결 모양의 음을 내는 장식음 '트릴'의 일본식 외래어.

대발명가가 될 소질을 가진 아들을 보면, '곰상스럽다'[●]하여 꾸짖고 때리어 그 재질을 죽였습니다. 한 사회, 한 나라, 온 세계라도 잡아 흔들 듯싶은 용맹한 ○○가적 소질을 가진 아들을 보면, 사나워 못쓴다고 꾸짖고 때리어 그 용맹성을 죽였습니다. 미술가가 될 천재가 있으면, '환쟁이가 되려느냐.'고 꾸짖어서 그 천재를 죽였습니다. 더구나 음악 공부가 될 말이겠습니까?

"이 녀석아, 무엇을 못 해서 깡깡이를 배운단 말이냐!" 하고 그 집안 망할 일 생겼다고 야단야단이 일어나는 것은 정해 놓은 일이었습니다.

아아, 이리하여 조선의 모든 것은 말랐습니다. 시들었습니다. 조선을 빛내고, 세계를 더욱 빛나게 할 천재라는 천재가, 조선의 위대한 천재가 나면 나는 대로 그 부형의 손에 죽고 죽고 하여 왔습니다. 아아, 그 모든 천재만 살았었으면! 조선의 천재들이 나는 족족 그 활개를 폈었다면, 아아, 아아, 얼마나…….

울어도 울어도 시원치 않은 아버지가 많은 틈에 우리 병소 씨의 아버님이야말로 드물게 보는 감사할 어른이었습니다. 여덟 살 먹은 아들이 창가한다고 소리만 빽빽 지르는 것을 보고 다른 아버지면, "에라, 시끄럽다." 하거나, "이담에 광대가 되려느냐."고 꾸짖을 때, 그이 아버지는 시골서 백방으로 주선하여 풍금을 얻어다 주셨고, 그가 동리 아이의 바이올린을 빌려 잠도 안 자고 요란히 굴 때에, 아버지는 꾸짖지 않고 도리어 귀를 기울여 그것이 그의 남다른 천재인 것을 발견하고 20여 원짜리 바이올린을 사 주셨습니다.

더구나 어린아이의 음악 공부를 위하여 살림을 서울로 옮기기까지

● **곰상스럽다** 성질이나 행동이 자잘하고 꼼꼼한 데가 있다.

하는 일이 아무나 다 못 할 일이거든, 한 달에 단 여덟 시간이나 많아야 열 시간 배우는 데 25원씩의 비싼 월사금을 전당을 잡히고 빚을 얻어 가면서 내고, 아무리 바빠도 아들의 손목을 잡고 교사의 앞에까지 같이 가서 배우고 나오는 시간까지 열심히 지켜 앉았다가야 데리고 돌아오고 하는 정성이야 어떻다고 말씀할 길이 없는 것이었습니다. 우리는 이 말을 들을 때 스스로 눈물이 흐름을 금하지 못하였습니다.

아아, 조선은 새로워 옵니다. 각 방면으로 어린 천재가 고개를 들고 나타나옵니다. 이때에 우리는 더 많은 조선의 천재와 함께, 이러한 거룩한 아버지가 더 많이 나오게 되기를 바라는 마음으로 이 영광 있는 소개를 쓰게 된 일을 감사합니다.

끝으로 우리는 우리 10만의 독자 동무와 함께 마음과 뜻을 합하여 병소 씨의 병약한 몸과 그 부친의 바쁘신 몸에 건강과 행복이 끊임없으시기를 간절히 빌고 있겠음을 특별히 붙여서 적습니다.

_무기명,* 『어린이』 1926년 10월호

* 목차에는 필자 이름이 '一記者'로 표기되어 있다.

나뭇잎이 왜 붉어지나

가을이 되면 왜 나뭇잎이 빨개지나, 그것은 누구나 궁금해하는 일입니다.

『어린이』 작년 10월 치와 재작년 10월 치를 읽은 사람은 대강 짐작하시려니와,● 원래 나무 잎사귀에는 엽록소라는 것이 있어 잎사귀의 빛이 푸른 것인데, 가을이 되면 잎사귀에 당분이 많아지는 관계와 햇볕 관계와 기온이 얕아지는 관계 등 여러 가지 관계로 화청소●라는 것이 바깥 변화를 받아 가지고 엽록소의 푸른빛을 덮어 버리는 까닭입니다.

다시 말하면 화청소의 변화로 인하여 빨개진 물 때문에 원래의 파란빛이 잠시 안 보이는 것이지, 근본 제빛이 아주 변하거나 없어지는 것은 아닙니다.

화청소가 누렇게 변하는 수도 있으니, 은행나무 잎이나 아카시아 나뭇잎이 그것이요, 또 갈색으로 변하는 수도 있으니 밤나무 잎, 참나무 잎이 그것입니다.

● 방정환은 필명 '三山人'으로 『어린이』 1924년 10월호에 「단풍과 낙엽 이야기」를 발표했다.

● **화청소** 안토시안. 식물의 꽃, 열매, 잎 등에 나타나는 수용성 색소.

실험

그런데 여러분이 손쉽게 실험해 볼 수 있는 방법이 있습니다.

새빨간 단풍잎이나 다른 것이라도 빨갛게 변한 잎을 따서 그릇에 담고 물을 부어 끓이면, 잎 속에 있던 화청소가 뜨거운 물에 풀어져서 끓는 물이 빨개지고 그 대신 빨갛던 잎사귀는 다시 파래집니다. 이것은 파랑빛을 덮었던 화청소가 벗겨져 없어진 증거입니다.

_무기명,● 『어린이』 1926년 10월호

● 목차에는 필자 이름이 '三山人'으로 표기되어 있다.

콜럼버스의 알

콜럼버스는 아메리카 큰 땅을 처음 발견한 서반아[●] 나라의 큰 탐험가였습니다.

그이가 망망한 바다 저편에 그렇게 큰 육지가 있는 것을 발견하려고 결심하기 시작한 때로부터 하고많은 고생과 비방을 무릅쓰면서 기어코 그 큰 땅을 발견하기까지에는 참말 보통 사람으로는 겪을 수 없는 고생을 많이 겪었고 몇 번이나 몇 번이나 죽을 뻔하기까지 하였습니다.

그러나 그렇게까지 고생을 하면서 그 큰 육지를 발견해 놓고 난즉 다른 사람들은 그 공로를 치하하거나 위로하기는커녕 코웃음을 치면서 비웃기만 하였습니다.

"그까짓 일이 무에 그다지 신통할 것 무엇 있나. 이 세상에 없던 땅덩이를 새로 만들었다면 훌륭한 일이지만……. 전부터 있었던 땅을 배 타고 가서 구경하고 온 것쯤이야 누구든지 할 수 있는 일이지……."

자기네는 그런 일은 꿈도 못 꾸고 있었으면서도 남이 죽을 고생을 하여 발견한 것을 이렇게 코웃음 쳤습니다.

콜럼버스는 그런 말은 들은 체도 아니하였으나 그러나 상당한 지식

● 서반아 '에스파냐'의 음역어.

이 있다는 학자들까지 남의 영광을 시기하여 그렇게 비웃는 것을 보고 마음에 한없이 섭섭하게 생각하고 있었습니다.

그러자 하로[●]는 여러 학자들이 모여서 음식을 같이 먹는 자리에서 또 그 말이 나왔습니다. 아무 대답도 않고 자기를 비웃는 말을 다 듣고 앉았던 콜럼버스는 아무 말 없이 벌떡 일어서더니 한번 빙긋 웃으면서 거기 상에 놓여 있는 달걀 한 개를 집어 들고 "여러분! 여러분 중에 이 달걀을 상 위에 오뚝 세워 놀 사람이 계십니까?" 하였습니다.

그러나 아무도 내가 세워 본다고 나서는 사람이 없었고 한 사람은 닭알을 세워 보았으나 자꾸 이리 데굴 저리 데굴 구르기만 하고 세워지지 않는 고로 얼굴만 빨개졌습니다.

"아무도 못 세워 보시겠습니까?"

또 한번 다져도 아무도 대답하지 못하고 앉았습니다. 그것을 보고

"나는 이렇게 세울 수 있습니다."

하고 콜럼버스는 그 달걀을 들어 몹시 상 위에 부딪혀 놓은 즉 달걀 밑이 조금 깨어져 으스러지면서 고대로 우뚝 섰습니다.

그것을 보고 이때껏 잠자코 앉았던 학자들은 일제히 "그까짓 것이야 누가 못 하겠소. 깨트려서 세우기야 아주 쉽지……." 하였습니다. 콜럼버스는 그때에 다시 일어서서 아주 엄숙한 말로

"남이 해 논 것을 보면 모두 싱겁고 쉬운 법입니다. 달걀 밑을 깨트려서 세우기는 쉬운 일이요 싱거운 일입니다. 그러나 왜 당신들은 먼저 그 생각을 못 했습니까? 무슨 일이든지 자기가 못 하는 일도 남이 해 논 후에 보면 아주 쉬워 보이는 것입니다."

● 하로 '하루'의 사투리.

하고 훈계하듯 말하였습니다.

그 뒤부터 그들은 남의 한 일을 쉽게 가볍게 보는 버릇이 없어졌답니다.

_『어린이세상』 10호(『어린이』 1926년 10월호 부록)●

● 방정환 사후 필명 '夢中人'으로 『어린이』 1932년 12월호의 '재미있는 한 페이지 이야기'난에 조금 바뀌어 수록되었다.

눈 오는 거리

눈! 우리들의 동무, 하얀 눈이 올 때가 되었습니다.

눈은 쏟아질 때도 좋고 쏟아진 후도 좋습니다. 함박 같은 눈이 펄펄 날려 내려오는 것을 내다보고 앉았으면 마치 무슨 곱고 재미있는 다정한 이야기를 고요히 듣고 있는 것 같아서, 나중에는 자기도 그 이야기 속에 나오는 한몫이 되어 보고 싶어집니다. 그래서 나는 공연히 나아가서 눈 오는 거리를 눈을 맞으면서 걷습니다.

눈 오는 날은 마음이 고와집니다. 먼 데 있는 사람이 그리워집니다.

아무라도 껴안고 싶게 다정해지는 눈 오는 날! 퍼붓는 눈 속에 저무는 거리를 혼자서 걸어가는 재미. 아아, 나는 어릴 때부터 얼마나 눈 쏟아지는 북국•의 거리를 그리며 컸는지 모릅니다…….

_小波,• 『어린이』 1926년 12월호

* 발표 당시 목차에서 '권두'라고 밝혔다.
● **북국** 북쪽에 있는 나라.
● 목차에는 필자 이름이 '편집인'으로 표기되어 있다.

과세 잘하십시다

이제 12월호의 편집을 마치고 나니 우리는 이 해의 마지막 일을 마친 것이라 아직도 실상은 11월이건마는 우리에게는 선달그믐날입니다.

*

해마다 생각나는 말이지마는 우리는 잡지 열두 번만 발행하면 한 살 더 먹게 됩니다. 심하게 말하면 우리에게는 1년이 단 열이틀밖에 안 되는 것입니다. 이 글을 쓰면서 생각하면 저절로 처량스런 생각이 납니다. 너무도 덧없는 생각이 나서요.

*

한 살 더 먹는 설움! 나는 참말로 울고 싶게 그것이 싫습니다. 그런데 이렇게 쉽게 나이가 늘어 가면 어찌하겠습니까. 아아, 11월에 과세● 인사를 쓰는 사람의 가슴은 한이 없이 쓸쓸합니다.

*

그러나 『어린이』의 편집, 십수만의 어린 동무와 동무해 나아가는 이 『어린이』의 일은 나의 전력을 다 바쳐 하는 일입니다. 세상이 세상이라 내 마음대로 되지 못하고 마는 일이 반이나 되지마는 그래도 나로서는

* 발표 당시 목차에서 '여언'이라고 밝혔다.

● 과세 설을 쇰.

나의 재주와 나의 정성을 고대로 다 바치어 하는 일입니다. 그래서 이 밖의 일은 모르고 살고, 관계 안 하고 살고, 또 알아도 쉬 잊어버리고 맙니다. 그런 생각을 하면 더욱더 쉽게 나이만 늘어 가는 것 같아서 마음이 안타깝습니다.

*

더구나 금년 1년은 아주 불쾌하고 불행한 1년이었습니다. 국상● 으로 인하여 '어린이날' 기념도 못 하고, 공연한 시기심으로 이유 없는 시비를 만드는 소년운동자가 생기고, 『개벽』 잡지가 없어지게 되고, 개벽사의 일이 한동안 엉클어지고, 나 개인으로는 큰 병을 앓고……. 집이 없어 이리저리 쫓겨 다니고……. 아아, 금년 1년은 참말로 억지의 힘으로 간신히 그것들과 싸워 왔습니다. 지금 생각하면 그동안에 『어린이』를 궐하지 않고 발행해 온 것이 무던하다고 생각됩니다.

*

그렇게 우리 십수만의 동무들도 일일이 모르는 고생 중에서 허빗대어● 오느라고 금년의 일이 얼마나 밀려졌는지 모릅니다. '세계아동작품 전람회' '명승 탐방'이 모두 밀리게 되었고, 현상 상품도 늦어져서 많은 꾸지람도 받아 왔습니다. 그리고 그 외에 발표는 아니 하였으나 꼭 하려고 계획하였던 일이 모조리 밀려지게 되었습니다.

그런 것을 생각할 때에 우리들의 가슴은 참말로 쓰라렸습니다. 아무리 아무리 애를 태워도 그 복잡스런 재앙의 속에서 『어린이』 하나뿐도 죽을힘을 들여 한 판이라, 그 외의 일까지는 도저히 힘이 미치지 못하였습니다. 참말로 참말로 말로도 시원히 할 수 없는 눈물겨운 경우를 우리

● **국상** 왕실의 초상. 여기서는 순종의 서거를 가리킨다.
● **허빗대다** 손톱이나 날카로운 물건 따위로 자꾸 가볍게 긁어 헤치다.

는 금년에 여러 고비를 지나온 것입니다.

*

그러나 고생은 지나갔습니다. 그 복잡스런 중에도 우리는 힘을 다하여 모든 일을 정돈하였습니다. 늦어졌으나 현상 상품도 모두 발송하였고 잡지는 새것이 자꾸자꾸 창간되게 되었습니다. 이 12월호를 보십시오. 정돈된 새 힘으로 우선 『어린이』 이 책에도 새로 힘들인 것이 많이 있습니다.

*

신년호부터는 더욱 새롭게 굉장하게 할 수 있게 되었습니다. 온갖 새로운 힘이 신년호로부터 나타나기 시작할 것이니 기쁜 마음으로 기다려 주십시오. 우리도 한없이 기껍습니다.

*

과세나 잘하십시다! 이 말은 새해를 보라, 새해를 보라고 하는 자랑의 말같이도 됩니다. 여러분! 과세나 잘합시다. 신년 일은 다 장만되었으니 과세나 잘하십시다! 나는 외치고 싶습니다.

_『어린이』 1926년 12월호

토끼

● 토끼는 집토끼와 들토끼●의 두 가지 종류가 있습니다.

● 토끼는 귀가 다른 짐승보다 유독히 길다랗습니다. 그것은 본디 약한 동물이기 때문에 자기를 해하려는 적의 기척을 예민하게 알고 자기의 몸을 민활하게 피하는 보호의 특징을 가졌기 때문이랍니다.

● 토끼는 앞발이 뒷발보다 짧기 때문에 적에게 쫓길 때에 산등성이같이 높은 곳은 잘 올라갈 수가 있어서 아무리 날랜 짐승이라도 당하는 재주가 없지만, 높은 데서 아래로 내리 쫓길 때에는 앞발이 짧기 때문에 기어코 붙잡히는 고로 한편으로는 유익하기도 하고 한편으로는 손해도 됩니다.

● 토끼 중에 겨울이 되면 털빛이 눈빛같이 하얗게 변하는 토끼가 있습니다. 이것은 들토끼 종류로 산이나 들 같은 데서 눈 속에 파묻혀 있으면 아무리 눈 밝은 짐승이나 똑똑한 포수들도 찾아낼 수가 없답니다.

● 토끼는 다른 동물보다도 유독 똥이 똥그랗습니다. 이것은 토끼 배 속에 있는 대장 옆에 똥그란 주름살이 많이 있어서 길다란 똥이 그곳에 오면 똑똑 잘라져서 똥글똥글하게 덩어리가 되어 나오는 까닭이랍니다.

* 발표 당시 '신년 과학'이라고 밝혔다.
● **들토끼** 산토끼.

● 토끼의 고기는 집토끼나 들토끼나 모두 단백질이 많고 소화가 쉽게 될 뿐 아니라 자양분이 몹시 많습니다. 그리고 고기가 연한 것은 꼭 닭고기와 같아서 때때로 토끼 고기를 닭고기라고 파는 못된 음식 장사가 많답니다.

● 토끼 고기를 잘 먹고 좋아하기는 구라파•나 미주•의 사람들인데, 매년 4월 22일로부터 1주일 동안 야소• 씨의 부활제 날이면 이 토끼의 고기와 달걀로 만든 음식을 먹는 습관이 있습니다. 이것은 4월 달이 되면 마르고 시들었던 각색 초목이 다시 새싹을 트는—부활하는—때라 토끼들은 새로 트는 그 새싹을 뜯어 먹는 고로 토끼를 잡아서 먹는 것이랍니다.

● 토끼가 우리 사람에게 주는 이해•는 이렇습니다.

(가) 해로운 것

밭에 심거• 놓은 곡식(농작물)과 산과 들에 심거 놓은 나무와 풀의 순을 잘라 먹는 것.

(나) 유익한 것

고기를 먹고 털은 좋은 모자의 원료가 되고, 또 색시들의 분 바르는 분솔도 털붓도 되고, 병리 연구의 시험 재료로 많이 쓰게 되는 것.

_三山人, 『어린이』 1927년 1월호

● **구라파** '유럽'의 음역어.
● **미주** '아메리카'의 음역어.
● **야소** '예수'의 음역어.
● **이해** 이익과 손해를 아울러 이르는 말.
● **심구다** '심다'의 사투리.

새해 인사

● 여러분 과세● 잘하셨습니까? □□□□□□□□ □□□□□□□□□□□ □□□ □□□□□□□□□□ □□□□ □□□□□□□□□□□□□ □□□□ □□□ □□□ □□□□□□□□□● 우리는 각각 흩어져 혼자 있어도 결코결코 혼잣몸이 아니라고 믿어집니다.

● 과세 잘했느냐 하는 말은 새해부터 어찌어찌하겠다는 계획과 결심이 있느냐 하는 말입니다. 우리는 우리 독자는 다 각각 적거나 크거나 좋은 계획과 좋은 결심을 가지셨으리라고 믿습니다. 10만 명 사람이 이날 이 아츰●에 좋은 결심을 한 것을 생각하면 얼마나 거룩하고 얼마나 힘 있는 일이겠습니까. 우리는 스스로 기쁨을 이기지 못합니다.

● 반드시 큰 것만이 좋은 계획이 아니요, 큰 결심만이 결심이 아닙니다. 새해부터는 일기를 꼭꼭 쓰리라 하는 것도 큰 계획입니다. 새해부터는 잡지를 꼭 읽으리라, 새해에는 소년회를 조직하리라 하는 것도 좋은 계획이요 또 큰 결심입니다. 다시 한번 적어도 우리 『어린이』 독자 10만 명의 한 사람인 당신은 좋은 계획, 좋은 결심을 가지고 ○○○ 새해를 맞

● **과세** 설을 쇰.
● 검열로 삭제된 것으로 보인다.
● **아츰** '아침'의 사투리.

이하였으리라고 우리는 믿습니다.

● 이번 신년호는 꼭 섣달그믐날 안으로 발행하려고 애쓴 결과 퍽 일찍이 발행되었습니다. 그러느라고 좋은 사진 좋은 그림을 많이 장만해 놓고도 재판이 늦어서 모두 못 넣고 말아서 섭섭합니다.

● 「칠칠단의 비밀」은 새해부터 굉장히 재미있어지는데 2월호에 납니다. 「천일야화」와 '소년 미담'도 2월호에 납니다. 2월호는 1월호보다 더 굉장할 것 같습니다.

_무기명,[●] 『어린이』 1927년 1월호

● 방정환이 쓴 것으로 보인다.

작년에 한 말

저 북쪽 눈 많이 오는 나라에서는 겨울 한동안 지붕까지 눈 속에 묻혀서 지내게 되는 고로 눈 오시기 전에 가을부터 미리 이 집 들창●에서 저 집 들창까지 새끼줄을 건너 매어 두었다가 눈이 쌓여서 행길●과 지붕까지 덮어 버리면 그 새끼줄을 잡아 휘젓는답니다. 그러면 새끼줄 매었던 데만 굴뚝 속같이 이 집 들창에서 저 집 들창까지 구멍이 펑 뚫립니다.

그래 놓고는 서로 할 말이 있으면 그 구멍으로 서로 건너다보면서 "여보시요!" "네, 왜 그러십니까?" 하고 이야기를 한답니다.

그런데 날이 하도 몹시 추운 때는 그 말이 구멍 속으로 건너가다가 중간에 얼어붙어 버린답니다. 그랬다가 이듬해 봄이 되어 눈이 녹아 스러질 때가 되면 겨울에 얼어붙었던 이야기 소리도 녹아 떨어지는 고로, 긴긴 겨울 동안에 두고두고 얼어붙었던 "여보시요." "네."가 한꺼번에 녹아서 아무도 없는 행길 허공에서 온종일 "여보시요." "여보시요." "여보시요." "네." "네." "네." 하는 소리가 온종일 요란하게 난답니다.

_『어린이』 1927년 2월호●

* 발표 당시 목차에서 '소화'라고 밝혔다.

● **들창** 들어서 여는 창. 벽의 위쪽에 조그맣게 만든 창.

● **행길** '한길'(사람이나 차가 많이 다니는 넓은 길)의 사투리.

● 무기명으로 『별건곤』 1927년 2월호에도 수록했다.

땅덩이의 온도

겨울에 치웁고● 여름에 더운 것은 누구나 다 알고 느끼는 자연의 변화입니다. 그러나 이 치웁고 더운 것의 변화는 우리 사람이 살고 있는 땅덩이 거죽에만 있는 변화지 결코 땅덩이 속속들이 변화하는 것은 아닙니다. 다시 쉽게 말하면 겨울에는 아무리 두꺼운 버선을 신어도 발이 시렵지만 여름에는 아무것도 신지 않은 맨발이라도 견딜 수 없이 뜨거운 것은, 우리 사람이 밟고 사는 땅 위에만 한하여 생기는 온도의 변화이지 깊은 땅속까지 치웠다 더웠다 하는 것은 아니라는 것입니다.

그런 까닭에 식물 중에도 백합이나 파와 같은 구근류●와 달리아나 감자와 같은 괴근류●는 모두 땅 위에 나와 있는 웃둥 즉 잎과 줄기가 마르고 시들어 죽어도 그 뿌리뿐만은 언제든지 땅속에 파묻혀 산 채로 치운 겨울을 나는 것입니다.

식물은 그만두고 동물 중에도 개구리나 뱀이나 달팽이 같은 것은 겨울이 되면 땅속에 구멍을 파고 들어가서 먹지도 않고 잠만 자면서 한겨

* 원제목은 「사철 변하지 않는 땅덩이(대지)의 온도」이다. 발표 당시 '과학 지식'이라고 밝혔다.

● **치웁다** '춥다'의 사투리.

● **구근류** 알뿌리 식물.

● **괴근류** 덩이뿌리류.

울을 나는 것입니다.

따뜻한 봄에 나와서 겨울에 죽는 풀도 그 씨(종자)뿐은 땅 위에 떨어져 이리저리 굴러다니다가 저절로 땅속에 묻혀지면 그 생명만은 죽지 않고 영구히 살아 있는 것이며, 땅 위에 사는 버레● 중에도 비교적 목숨이 짧은 매미나 방울버레나 반디버레의 알과 새끼들도 땅 위보다는 땅속에서 오래 사는 것입니다.

이렇게 땅덩이는 춘하추동 사시를 두고 조금도 변화가 없는 고로, 땅위(지상) 세상이 아무리 치워서 견딜 수 없는 겨울이라도 땅속(지중) 세상은 도리어 따뜻한 까닭에 풀의 씨나 나무의 뿌리나 버레의 알 같은 것이 치운 겨울이라도 죽지 않고 잘 살 수 있는 것입니다.

여러분! 여러분은 치운 겨울날 아츰●에 길어 오는 우물물을 가만히 보십시오. 끓인 물과 같이 하얀 김이 무럭무럭 나지요. 그것은 땅 위 세상은 아무리 치웁더라도 땅속 세상은 언제든지 따뜻하다는 명백한 증거이올시다. 그런 까닭에 땅속에 있는 물은 자연히 따뜻합니다. 그래 그 따뜻한 물에서 솟는 수증기가 우물 밖에 나와서 갑자기 치워지니까 그 추위 때문에 얼어서 하얀 김으로 변하는 것입니다. 그렇지만 이와 반대로 여름에는 땅 위의 세상이 몹시 더워지는 고로 그 대신 땅속의 세상은 전과 마찬가지로 있건만 땅 위보다 치웁게 느껴집니다.

그러기 때문에 여름에는 우물물이나 땅속에서 저절로 솟아나오는 샘물 같은 것이 손이 시려울 만치 차갑습니다. 그러나 그렇다고 이것이 땅속의 온도가 변하는 것은 결코 아닙니다. 오직 변화되는 것은 땅 위의 온도뿐인 고로 사람들이 자기의 손이 더운 때는 차게 느껴지고 자기 손

● **버레** '벌레'의 사투리.
● **아츰** '아침'의 사투리.

이 찬 때는 덥게 느껴지는 것입니다. 땅속에서 솟아 나오는 물은 겨울이나 여름이나 사시를 두고 꼭 같은 온도를 가지고 있는 것입니다.

이와 같이 땅덩이는 치웁거나 덥거나 손톱만 한 변화가 없는 까닭에 아무리 치운 겨울이라도 땅속을 깊이 파고, 즉 움●이라는 것을 파고 무나 파나 과일 같은 것을 습기만 없게 잘 넣어 두면 어는 법이 없고, 아무리 뜨거운 여름이라도 썩거나 곰팡이 나는 법이 없는 것입니다. 그러기에 움 속이란 겉을 두껍게 만들면 두껍게 만들수록 겨울에 따뜻하고 여름에 서늘한 것입니다.

그렇다면 우리가 사는 집도 그렇게 움 속같이 만들고 살면 추위와 더위를 모르고 살 터인데 왜 그렇게 못 하고 사느냐고 생각하실 분도 계시겠지요. 그렇습니다. 우리 사람도 만일 그렇게만 하고 산다면 물론 치웁고 더운 괴로움은 당하지 않고 살 수가 있겠지요. 그러나 땅속—즉 움 속—은 어두워서 살 수가 없습니다. 밝은 빛을 떠나서는 잠시도 살 수 없는 우리 사람이 캄캄한 땅속에서 어떻게 살 수가 있겠습니까?

하여간 땅덩이의 따뜻한 기쁨도 좋을 것이나 우리는 그보담도 더 위대한 조화를 가진 해님(태양)의 따뜻한 품속에 안겨 사는 기쁨이 얼마나 더 크고 좋은 것을 알아야 하겠습니다.

_三山人, 『어린이』 1927년 2월호

● **움** 땅을 파고 위에 거적 따위를 얹어 비바람이나 추위를 막아 겨울에 화초나 채소를 넣어 두는 곳.

창간 4주년 기념일에

우리 10만의 동무와 함께 기념할 날이 왔습니다.

『어린이』가 이날로 네 번째의 생일을 맞이하오니 나이는 다섯 살! 사람 같으면 이 책 겉장 사진에 있는 아기들만큼 컸을 것입니다.

차고 어두운 속에 눌리고 짓밟혀 있는 조선의 어린 사람들을 위하여 홀로 『어린이』가 외로이 소리치고 나올 때는 참으로 한없이 비참한 것이었습니다마는, 다섯 해 동안의 고생스러운 싸움은 드디어 10만여의 동무와 함께 즐거이 생일을 맞이하는 오늘의 기쁨이 있게 되었습니다.

우리의 동무가 10만 이상입니다! 10만의 동무와 함께 이날을 즐거워하는 우리의 기쁨은 실로 그칠 길이 없습니다. 거저 준다 하여도 가져가는 이가 20인도 못 되던 처음을 돌이켜보고 오늘의 이 끔찍한 기세를 생각할 때에 우리는 벌써 어린이의 천하라!고 크게 크게 외치고 싶습니다.

그러나 우리의 기쁨은 거기에 그치지 아니합니다. 나이로 다섯 살, 이제야 걸음을 자유로 걷고 간신히 유치원에 가기 시작할 나이입니다. 움직이고 크기는 이제로부터인지라 정말 이제로부터 어떻게 몹시 속하게● 커

* 발표 당시 목차에서 '권두'라고 밝혔다.

● **속하다** 꽤 빠르다.

갈까를 생각할 때에 더욱 기껍습니다. 10여 인의 적은 독자가 힘을 합하여 10만의 동무를 만든 것과 같이 10만의 많은 독자가 힘을 합하여 놀랍게 많은 힘을 지어 갈 일을 생각할 때에 우리는 뛰고 싶게 기껍습니다.

세상은 어린이의 천하입니다. 10만의 독자여, 소리를 크게 하여 다 같이 우리의 세상을 축복하십니다. 그리하여 더욱 번화할 앞날의 생명을 축복하십시다.

_『어린이』 1927년 3월호

몸에 지닌 추천장

어느 회사에서 어린 사람 한 명을 뽑는데 여러 곳에서 10여 명의 소년이 각각 유명한 신사의 편지를 한 장씩 맡아 가지고 왔습니다. 편지마다,

"이 소년은 공부도 잘하여 우등으로 졸업하였고 품행이 얌전하여 잘못 없이 일을 잘 볼 사람인 것을 내가 보증하오니 꼭 뽑아 주기를 바랍니다."는 말이 씌어 있는 것이었습니다. 그러한 편지를 추천장이라고 합니다.

그런데 어찌한 일인지 지배인은 그 유명한 이의 추천장을 가지고 온 소년은 모조리 돌려보내고 추천장도 아무것도 없이 빈손으로 온 소년을 뽑았습니다.

옆에 있던 이가 그것을 보고 이상히 여겨 "어찌하여 훌륭한 명사가 보증하는 사람을 안 뽑고, 보증도 추천도 없는 근본 모를 소년을 뽑았소?" 하고 물었습니다.

지배인은 그 말을 듣고 껄껄 웃으면서

"허허, 그 소년이 아무 보증도 없고 추천장도 없다는 말은 잘못 생각하신 말입니다. 그 소년은 왔던 소년들 중에 제일 유효한 추천장을 가지

* 발표 당시 목차에서 '명화'라고 밝혔다.

고 왔습니다.

첫째, 그 소년은 문에 들어서기 전에 구두에 흙을 떨고 들어왔고, 들어와서는 돌아서서 문을 고요히 꼭 닫았으니 그것은 그가 주의성 많고 차근차근한 성질을 가진 증명이요, 들어와서 기다릴 때에 절름발이 소년이 들어오는 것을 보고 즉시 앉았던 자리를 내어주었으니 그의 성질이 착하고 친절한 증명이요, 말을 물을 때에 모자를 벗고 대답을 속히 하면서 똑똑히 대답을 하였으니 그것은 그가 민첩하고 머리가 똑똑한 증명이요, 내가 미리 방바닥에 책을 한 권 내려트려 두었었는데 아무도 그것을 치우는 사람이 없이 보고만 다니는데, 그 소년은 보자마자 얼른 집어 책상 위에 올려놓았으니 그의 머리가 주도하고 엽엽한• 증명이요, 그의 옷을 보니 몬지•가 묻어 있지 아니하고 손톱이 길지 아니하니 그가 정결한 사람인 증명입니다.

그리고 나아갈 때에도 복잡한 데에 섞여 앞사람을 밀거나 하지 않고 뒤에 물러섰다가 천천히 나아갔으니, 그것은 그가 항상 덜렁대지 않고 침착하고 여유가 있는 증명이라. 그만하면 더 좋은 증명이 어데 있으며, 더 훌륭한 추천장이 어데 있습니까. 다른 명사의 추천장 몇 십 장, 몇 백 장보다 더 나은 추천장을 자기 몸에 지니고 다니는 것이 아닙니까. 그러니 그를 뽑지 않고 누구를 뽑겠습니까?" 하였습니다.

아무래도 이것은 옳은 말이라고 믿습니다.

_三山人, 『어린이』 1927년 3월호

• **엽엽하다** 기상이 뛰어나고 성하다.
• **몬지** '먼지'의 사투리.

첫여름

아아 상쾌하다! 이렇게 상쾌한 아츰•이 다른 철에도 또 있을까?

물에 젖은 은빛 햇볕에 상긋한 풀 내•가 떠오르는 첫여름의 아츰! 어쩌면 이렇게도 상쾌하랴. 보라! 밤사이에 한층 더 자란 새파란 잎들이 새맑은• 아츰 기운을 토하고 있지 않느냐. 가는 바람결같이 코에 맡이는 것이 새파란 상긋한 풀 내가 아니냐.

그리고 그 파란 잎과 그 파란 풀에 거룩히 비치는 물기 있는 햇볕에서 아름다운 새벽 음악이 들려오지 않느냐.

아아, 복된 아츰. 그 신록의 향내를 맡고 그 햇볕의 음악을 듣는 때마다 우리에게는 신생의 기운과 기쁨이 머릿속, 가슴속, 핏속에까지 생기는 것을 느낀다.

_무기명,• 『어린이』 1927년 5·6월 합호

● **아츰** '아침'의 사투리.
● **내** 내음. 냄새. 향기.
● **새맑다** 아주 맑다.
● 목차에는 필자 이름이 '편집인'으로 표기되어 있다.

편지 소동

내가 아직 학생으로 있을 적—일본 가서 대학에 다니고 있을 때의 일입니다.

쌀쌀스런 여관에 있기가 싫어서 동무 학생 네 사람이 돈을 합하여 따로이 집을 한 채 세 얻어 가지고 살면서 우리 손으로 밥 짓고 우리 솜씨로 김치, 깍두기 담가 먹으면서 살 적인데, 그렇게 자취하면서 사는 것이 재미스럽다고 토요일마다 일요일마다 정해 놓고 놀러 오는 동무들이 많이 있었습니다. 그중에는 영어 공부하는 이, 불란서● 말 공부하는 이들도 있고 미술 학교에 다니는 이, 음악 학교에 다니는 이들도 있어서 모두 조선을 새롭게 하는 데에 유조한● 일꾼이 되려는 새로운 청년들이어서, 기운들도 새롭고 생각들도 퍽 새로운 좋은 이들이었습니다.

그런데 그중에 단 한 분 충청북도에 사시는 이로, 일본 와서 와세다대학에 다니는 백 씨라는 이가 젊은 유학생치고는 어떻게 샌님 노릇을 하는지, 늘 동무들 사이에 우스운 눈총을 맞고 있었습니다.

* '자학 자습 자유학교'란에 실린 글로, 발표 당시 '작문 교실' '재미있는 이야기'라고 밝혔다.

● **불란서** '프랑스'의 음역어.

● **유조하다** 도움이 있다.

충청도 고향에 있을 때에 한문 공부를 많이 하여서 아무 소용 없는 글이지마는 예전 글치고는 별로 모르는 글이 없었습니다. 그러나 예전 묵은 글을 공부하기는 그이 한 사람뿐이 아니고 다른 사람들도 다 많이 공부하였지마는 묵은 것이고 또 별로 소용이 없으니까 아는 체를 아니 하는데, 이이는 자기 혼자 한문 공부를 많이 하였다고 늘 그것을 내어세우면서 혼자 어깨를 으쓱 내밀고 지내는 고로 도리어 남들의 비웃음을 받고 지냈습니다.

"글이야 한문 글이 글이지 시체•에 언문을 섞어 쓴 것이야 그것이 글인가……."

"한문 글이라야 참말 맛이 깊고 점잖고 공부할 맛이 있는 것일세. 자네들은 한문을 못 배웠으니까 맛을 몰라 그러지 배워만 보게. 어떻게 좋은가."

이 따위 완고 소리를 탕탕 합니다.

"예끼, 이 사람아! 자네가 머리가 그렇게 썩어서 어쩌겠나." 하고 동무들이 비웃어 주면 "흥, 글쎄 자네들은 맛을 모르니까 그러이." 하고 도리어 주제넘게 비웃습니다.

그러고 어떤 때 술이나 몇 잔 마시며 객지의 외로운 몸에 흥이 일어나면 모두 조선 노래를 부르고 조선 창가•를 합창을 하면서 기운 좋게 뛰노는데, 그이는 반드시 시를 읊는다고 양복 위에 일본 옷을 걸쳐 입고 방석 위에 꿇어앉아서 옛날 시를 꺼내어 이 앓는 소리를 하는 고로, 보는 사람마다 깔깔깔깔거리고 허리가 아프게 웃습니다.

그렇게 웃으면서 놀려도 그치지를 아니하고 샌님 노릇을 하는 고로

• **시체** 그 시대의 풍습·유행을 따르거나 지식 따위를 받음. 또는 그런 풍습이나 유행.
• **창가** 근대 음악 형식의 하나. 서양 악곡의 형식을 빌려 지은 간단한 노래.

나중에는 발길로 차서 쓰러트려 버리는 것이 의레입니다. 그럴 때마다 "선비의 놀음을 모르는 놈들뿐이니까……." 쓰러지면서도 이따위 소리를 합니다.

그 젊은 유학생 샌님이 토요일 날 낮에 우리 집에 와서 나와 함께 있는 김도현이란 학생을 만나러 왔다고, "만나서 할 말이 있는데……." 하면서 혀를 자꾸 채더니 저녁때까지 놀면서 기다리다가 아무 말 없이 그냥 돌아가 버렸습니다.

그 이튿날(일요일) 아츰● 에 그 백 씨에게서 김 씨에게로 봉투 편지가 왔기에 우리는 속으로 아마 무슨 긴급한 일이 있는가 보다 — 생각하였습니다. 그랬더니 그 김 씨가 자기 방에서 편지를 뜯어 보는 모양이더니 한참 만에 편지를 가지고 우리들 여럿이 앉았는 방으로 왔습니다.

"망할 녀석이 순 한문으로 써 놓아서 알 수가 있어야지……. 무슨 말인가 좀 보아 주시우."

우리는 저절로 흥! 하고 콧소리가 나왔습니다. 받아서 보니까 두루마지● 에 먹글씨로

> 阻濶頗久悵歉何極昨有緊急仰諮之件進叩 仙局
>
> 適値御者駕外未免題鳳而歸尤覺悵然幸須歸駕即
>
> 以明午刻勿嫌坐屈倘賜 貴枉否延頸而竢不戩
>
> 月 日

● 아츰 '아침'의 사투리.
● 두루마지 가로로 길게 이어 돌돌 둥글게 만 종이 '두루마리'의 사투리.

이렇게 쓰여 있습니다. 그 편지 내용을 김 씨에게 알려 주려고 하니까, 내 옆에 있던 윤 씨라는 이가 내 허리를 넌지시 꾹 지르면서 알려 주지 말라고 눈짓을 하는 고로 나도 입을 다물었습니다.

자기는 글 자랑일는지 몰라도 첫째, 편지 받는 이가 못 알아볼 것을 쓰는 것은 실례이요, 자기의 가볍고 속 옅은• 광고가 되는 것입니다. 그러나 그 실례는 고만두고라도 편지를 써 보낸 소용이 없어지지 않습니까? 받는 사람이 알아보지 못할 편지가 무슨 편지입니까? 이제 백 씨의 편지 내용인즉,

오랫동안 뵈옵지 못하여 그리운 생각이 얼마나 간절한지 모르겠습니다.

아까 급자기• 상의할 일이 있어서 일부러 댁에까지 갔었다가

마침 어데 나가셨다고 해서 그저 돌아왔으나 더욱 섭섭합니다.

미안하오나 내일 점심때쯤 오너라 가너라 하였다고 노엽게 생각 마시고 저의 집에까지 와 주실 수 없겠습니까.

꼭 기다리겠고 이만 씁니다.

이런 말이올시다. 이렇게 우리말로 써 보내면 어때서 남이 알지 못하게 순 한문으로 써 보내 놓아서 자기는 긴급히 만나야 하겠다는 말인데, 편지 받은 사람은 그게 무슨 소리인지 전혀 모르고 있으니 긴급, 긴급 아무리 긴급이라도 헛일이 아닙니까?

김 씨에게는 미안한 일이지만 우리가 일부러 편지 내용을 알려 주지 않아서, 백 씨가 혼자 일요일 온종일 눈이 멀거니 헛기다리고• 있다가

• **옅다** 생각이나 지식 따위가 깊지 아니하다.
• **급자기** 미처 생각할 겨를도 없이 매우 급히.

그 일은 그냥 낭패하고 말았습니다.

그 후에 여러 사람이 모였을 때에 그렇게 머리에 영감님이 들어앉은 사람은 무슨 방법으로든지 고쳐 줄 도리를 해야겠다고 의논이 생겨서, 한 가지 방법으로 편지로 잘못한 사람은 편지로 고쳐 줄밖에 없다고 되었습니다.

그래서 곧 종이를 내어놓고 순 한문으로 편지를 쓰되 그 백 씨의 고향 친구가 하는 것처럼 하고, "물건을 사러 동경에 왔다가 급히 어머니가 위급하시다는 전보가 와서 급히 도로 귀국하느라고 자네를 찾아보지 못하고 그냥 나아가니 섭섭하다." 하고 그 끝에 "그런데 자네에게 주려고 모처럼 사 가지고 왔던 물건 두어 가지를 자네에게 주지 못하고 그냥 여관에 맡겨 두고 가니 틈 있는 때 나 있던 여관에 와서 찾아가기 바란다."고 썼습니다. 그리고 그 물건 이름은 옥편을 내놓고 한문 글자 중에도 제일 획수 많고 이상야릇한 글자만 골라서 써넣었습니다.

그리고 겉봉 뒤편에는 동경 아무 동리 야마도 여관에 묵다가 귀국하는 이제(李弟)라고 써서 우표까지 붙여서 우체통에 넣었습니다.

그 이튿날 아츰에 그 편지가 백 씨 손에 들어갔을 것이니까 일부러 다른 동무에게 부탁하여 그의 동정을 보살피니까 그 편지를 받은 날부터 대단히 기뻐하는 모양이 나타나면서 옥편을 자꾸 구하러 다니더랍니다. 아마 그 편지 속에 있는 물건 이름 글자가 하도 괴상한 자니까 그것을 찾아보려고 그러는 것이었겠지요.

아무도 옥편 가진 사람이 없어서 한 사흘 동안 만나는 사람마다 보고 옥편이 있느냐고 하더니 나중에는 찾기는 찾았지마는, 이번에는 일본

● **헛기다리다** 목적한 것을 이루지 못하고 헛되게 기다리다.

말로 무어라고 하는지 그것을 알려고 분주히 애를 쓰더랍니다.

나중에는 대학교 선생에게까지 적어 가지고 가서 물어보았더니(선생인들 박사인들 알 이치가 있습니까? 글자는 있어도 그런 물건이나 말은 원래 없는 것을.) 선생도 그런 글자는 자기도 처음 본다고 가지고 가서 며칠 동안 연구해 보아 주마고 수첩에 적어 가지고 가더니 나중에는 암만 구해 보아도 그런 것은 모르겠다고 하더라고……. 백 씨가 머리를 짜고 애를 쓰더랍니다.

그러다가 나중에는 물건 이름은 알든지 모르든지 우선 그 사람 있던 여관에 가서 찾아오기나 하겠다고 그 편지에 적힌 동리를 찾아가더랍니다. 그러더니 그날 온종일 돌아다니다가 밤중에야 돌아와서 기운 하나도 없이 피곤하여 하는 말이, 그 동리에 가 보니까 야마도 여관이 있기는 있는데 그런 물건은새로에● 조선 사람이 묵고 간 일도 없다더랍니다.

그래서 그 근처 동리까지 온종일 해가 지도록 돌아다녀 보니까 야마도라는 여관이 그 외에도 둘이나 있더라는데, 두 군데에서 모두 그런 일 없다고 하면서 웃기만 하더라고 낙심된 말을 하는데, 다른 이가 그것이 모두 장난이라고 일부러 속이려고 그런 것이라 하니까 그만 저녁밥을 먹다 말고 눈물이 글썽글썽해지더랍니다. 그 후부터 그의 한문 샌님 행세는 씻은 드키 없어졌습니다.

이야기는 그냥 우습게만 하였지마는 실상은 이제로부터 새로운 편지 쓰는 법에 대한 이야기를 자주 해 드리기 위하여 우선 시초로 이야기를

● **새로에** '고사하고' '그만두고' '커녕'의 뜻을 나타내는 보조사.

소개한 것입니다. 편지는 누구든지 알아보기 쉽게 똑똑하게 쓰는 것이 잘 쓰는 것이지, 결코 어렵게 편지 투대로만 쓰거나 못 알아보게 쓰는 것이 잘 쓰는 것이 아닙니다. 더 자상한 이야기는 이다음 달부터 시작하지요.

_『어린이』 1927년 12월호

소리는 어데서 나나

눈 오는 어느 날 밤이었습니다.

흐린 한울•에선 흰 새의 나래같이 희고도 보드라운 눈송이가 소리 없이 앞마당과 뒤뜰에 고요히 고요히 내리쌓일 때, 방 안에서 화롯불을 쪼이며 손장난을 하고 있던 복남이가 갑자기 무슨 생각을 하였는지 손벽을 한 번 딱 쳐 보더니 신문을 보시는 아버지에게 이렇게 물었습니다.

"아버지, 손바닥을 마주치면 어째서 소리가 날까요?"

신문을 보시던 아버지는 빙그레 웃으시면서 그 대답은 안 하시고, 그 옆에 앉아서 바느질을 하시는 복남이 어머니에게 "당신은 그게 무슨 까닭인지 알우……?" 하고 물으셨습니다.

"참, 나도 몰라요. 그게 무슨 까닭일까요?" 하시며 그 어머니도 아시고 싶은 듯이 바느질하시던 손을 잠깐 멈추셨습니다.

"우리 집에는 모두 바보들만 있구나!" 하시며 아버지는 껄껄 웃으시더니 보시는 신문을 내려놓으시고, 그 까닭을 자서하게• 말씀하셨습니다.

"손바닥을 마주치면 소리가 왜 나는고 하니, 그것은 손과 손 사이에

* '자학 자습 자유학교'란에 실린 글로, 발표 당시 '이과 교실'이라고 밝혔다.

● **한울** 천도교에서 '하늘'을 달리 이르는 말.

● **자서하다** '자세하다'의 사투리.

공기라는 게 있어서 이쪽 손과 저쪽 손을 마주치면 그 손 사이에 있던 공기가 갑자기 사방으로 홱 퍼지면서 손 둘레에 있던 다른 공기를 강하게 누르며 맞부딪치는 까닭에 소리가 나는 것이야…….”

“아버지! 그러면 손바닥을 쪽 펴서 치지 않고 조금 오그려 가지고 치면, 그냥 쪽 펴서 칠 때보다도 더 크게 강하게 울리는 것은 무슨 까닭입니까?”

“그것두 또 까닭이 있지……. 손바닥을 쪽 펴서 칠 때에는 손 사이에 있는 공기가 제아무리 세게 친다 하더라도 사방으로 쫙 퍼지면서 다른 공기를 건드리는 것이니까! 그 맞부딪치는 힘이 몹시 약해서 그 소리까지도 자연히 작게 나는 것이지마는, 만일 손바닥을 오그려 가지고 치게 되면 손 사이에 있는 공기가 사방으로 퍼지지를 못하고 갑자기 한편으로만 잔뜩 몰켜서• 뛰어나오며 다른 공기를 건드리는 까닭에 그 맞부딪히는 힘도 몹시 강해서 그 소리까지도 크게 들리는 것이란다.”

“그러면 아버지, 피리나 퉁소를 불 때에 소리가 나는 것도 역시 한 까닭이겠습니다그려!”

“그렇지, 그렇지! 피리나 퉁소를 불 때에도 주둥이에다 입을 대이고 불게 되는 것이기 때문에 그 대 속에 있는 공기와 입에서 나가는 입김과 맞부딪혀서 그 대 속이 몹시 울리(진동)는 까닭이지! 그러기에 좀 강하게 불면 그 소리가 크게 나고 약하게 불면 그 소리가 작게 들리지 않던……?”

“그러면 바이올린이나 거문고도 그 이치는 이것과 똑같겠구먼요?”

“암 같다마다! 거문고는 손가락으로 뜯고 바이올린은 줄로 타는 것이지

• **몰키다** 한곳에 빽빽하게 모이다.

마는 각기 그 공기를 진동시켜서 소리를 내는 까닭은 똑같은 것이지……."

"그러면 풍금이나 피아노도 그 이치가 같습니까?"

"옳지, 그렇지! 그 이치야 물론 같지! 그러나 이 두 가지는 소리를 내는 그 방법이 좀 다르지! 풍금은 저 피리나 퉁소와 똑같이 풍금관이라는 것이 있어서 그것을 발로 젓기 때문에 그 속에 있는 공기가 울려서 소리가 나는 것이지만, 피아노는 이 풍금과는 전연히● 다르게 피아노에는 풍금과 같은 발로 젓는 것이 없이 그 속을 전부 강철 철사로 만들었기 때문에, 위에서 손으로 누르면 밑에 철 줄을 저절로 딱 때리게 되어 그래서 소리가 나는 것이란다."

"그러면 아버지 인제 마즈막●으로 꼭 하나만 더 묻고 그만두겠습니다. 거문고나 바이올린 말이여요. 그것을 탈 적에 손가락으로 그 줄을 자꾸 누르면서 하면 어째서 그 소리가 모두 다르게 날까요?"

"그것은 그 줄을 길게 누르면 그 울리는 것도 그에 따라 더디어지는 것이고, 그 줄을 짧게 누르면 그 울리는 것도 그에 따라 빠른 까닭이란다. 그러기에 그 울리는 속도가 더디면 그 소리도 그에 따라 작게 들리고, 울리는 속도가 빠르면 그 소리도 따라 크게 들리는 것이란다."

*

밖에는 아직도 눈송이가 그치지 않고 소리 없이 내리는데, 방 안에서 세 식구의 코 고는 소리만이 눈 오는 고요한 밤의 적막한 공기를 가늘게 가늘게 흔들었습니다.

_三山人, 『어린이』 1927년 12월호

● **전연히** 전혀.
● **마즈막** '마지막'의 사투리.

소년 감화원 이야기

이태리●의 나폴리 항구!

여러분 중에는 이 나폴리 항구의 이름을 아시는 분도 있고 혹 모르시는 분도 있겠지요. 그러나 여러분은 그 이름이야 아시거나 모르시거나 지금 나와 함께 큰 기선을 타고 이 나폴리 항구에를 도착하여 내렸다고 가정하십시다.

자아, 저것 보십시오. 저기서 맞은편에 검은 연기가 뭉게뭉게 피어올라 한울●을 덮는 높은 산이 보이지 않습니까? 저것이 이 나라에 유명한 베수비오라는 산화산입니다. 그리고 그 산 밑에는 그야말로 유명한 폼페이라고 하는 큰 시가●가 있었는데, 그 동리는 옛날 아주 오래된 옛날 저기서 화산이 크게 터지(대분화)는 바람에, 그 유명하던 동리는 물론 사람째 뜨거운 잿더미 속에 파묻히어 천여 년 동안이나 내려오다가, 우연히 요 몇 해 전에 발견되어 파내었다는 정말 유명한 거리가 있습니다.

그러나 여러분, 나는 이 조용하고 깨끗한 나폴리 항구에서 당신들에

* 원제목은 「군함 속의 사랑 나라 소년 감화원 이야기」이다. 발표 당시 목차에서 '소개'라고 밝혔다. 원문에 사진 2점이 실렸으나 화질이 좋지 않아 싣지 못했다.

● **이태리** '이탈리아'의 음역어.

● **한울** 천도교에서 '하늘'을 달리 이르는 말.

● **시가** 도시의 큰 길거리.

게 진심으로 보여 주고 싶은 것은 저기서 베수비오 화산도 아니며, 또는 새로이 파내었다는 폼페이 동리도 아닙니다. 물론 그것도 잘 보아 두시는 것이 좋지 않은 것은 아니겠으나 그것보담도 더 필요한 더 중요한 것이 있으니, 그것은 저기 보이는 저것입니다.

여러분, 보이지 않습니까? 저기서 항구 맨 끝으로 닻을 내리고 우뚝 서 있는 헌 군함 말이어요. 그 군함이 보기에는 저렇게 헌 것이고 해서 아주 보잘것없는 것같이 보이나, 그러나 나는 저 유명한 베수비오 화산보담도 폼페이 거리보담도 여러분에게 기어이 보여 드리고 싶다는 것이 저기 저 헌 군함입니다.

"아니, 저까짓 케케묵은 헌 군함이야 아무 곳에를 가면 없을라고……." 할 분이 있을는지도 모르나 과연 그냥 보기만 하여서는 헌 군함이요 아주 보잘것없는 한 폐물이 아닌 것은 아니에요. 그렇지만 저렇게 케케묵은 그 군함 속에서 하고 있는 사업! 그리고 그 사업을 하고 있는 분의 자서한● 이야기를 들으시면, 그야말로 여러분은 감격에 넘치는 눈물을 흘리시지 않고는 못 견디실 것입니다.

자아, 그러면 내가 그 이야기를 하지요.

저기 저 헌 군함 속에서 누가 무슨 일을 하고 있느냐 하면, 그것이야말로 이태리 나라가 세계에 향하여 크게 자랑하는 마담 티비타의 소년 감화원입니다.

이 마담 티비타란 한 연약한 부인의 손으로 경영되는 소년감화사업인데, 지금 전 세계 사람을 경복시키고● 있습니다.

이 세상에 무엇무엇이 불쌍하다 가엾다 하여도, 어버이가 없어서 혹

● **자서하다** '자세하다'의 사투리.
● **경복하다** 존경하여 복종하거나 감복하다.

은 어버이가 있으면서도 교육에 관해서는 전혀 생각도 아니 하는 까닭으로 인하여 글도 못 배우고 저대로 쓸쓸히 자라고 있는 어린이들처럼 가엾은 사람은 없습니다.

마치 흰 조희[●]와 같이 맑고도 깨끗한 어린 사람들의 마음을, 부모가 없거나 있어도 무심한 탓으로 저절로 나쁜 방면에 이끌려 들게 하여 불량 소년 소녀를 만들어 놓는 일이 많습니다. 그래서 그들은 아무도 붙잡아 주는 사람이 없이 점점 더 악화만 되어 나중에는 그 몸을 망치게까지 되니, 세상에 이보다 더 불쌍하고 가여운 일이 어데 있겠습니까?

그래서 마담 티비타 부인은 일찍이부터 이것을 대단히 유감으로 생각하는 동시에 어떻게 하였으면 그들을 구하는 한 방책이 될까 하고 여러 가지로 생각한 결과, 우선 자기가 몸소 그 방면으로 뛰어들어서 누구 하나 돌아보아 주지도 않는 그 불쌍한 악소년[●]들을 모아, 그들의 친어버이 이상의 친절한 마음으로 무한히 자애롭고 무한히 온정 있게, 좋은 사람을 만들기에 전력을 기울이고 있는 거룩하신 분입니다.

그래서 이 마담 티비타 부인의 이 거룩한 사업은 날이 갈수록 부인의 그 무서운 노력으로 인하여 꽃이 피고 열매가 맺어, 아주 어떻게 할 수 없을 만치 악화되었던 악소년들도 모두 훌륭한 점잖은 신사가 된 예가 대단히 많습니다.

그래서 이태리 나라의 정부에서도 특히 이 부인의 거룩한 사업을 돕기 위하여 벌써 두 번씩이나 큰 군함을 기부한 고로, 그들은 언제나 땅 위와는 아주 떨어진 바다를 자기네의 집으로 삼고 위에서도 말씀하였습니다마는 자기네를 낳아 준 친어버이보다도 더 사랑 많고 부드러운

● **조희** '종이'의 사투리.
● **악소년** 불량 소년.

마담 부인의 무릎에서 좋은 교훈을 받고 있답니다.

여러분! 그러나 생각해 보십시오. 우리 조선서는 저 마담 부인의 하는 일에 절반은커녕 몇 십 분의 하나라도 꿈이나 꾸는 분이 있는가? 이것을 생각하면 얼마나 한심한지 마담 부인의 이야기를 할 적마다 나는 나도 모르게 눈물이 고입니다.

그러나 나는 그렇다고 결단코 낙망을 하지 않습니다. 왜? 여러분이 있으니까요!

자아, 여러분! 여러분 중에서는 반드시 장래에 저 마담 부인과 같이 거룩한 사업을 하는 분이 많이 생기십시오. 그러면 그것은 단순히 우리 조선을 위하여 행복될 뿐이 아니라, 전 세계 인류의 행복으로 보아 얼마나 의의 있는 일이 되겠습니까?

자아, 여러분! 여러분은 저 군함을 똑똑히 보아 두십시오. 사람을 죽이고 쌈 싸울 때만 쓰이던 군함이 사람의 귀중한 정신을 살리는 한없이 거룩한 군함으로 변한 것을 세 번, 네 번 똑똑히 뜻있게 보아 두십시오.

_三山人, 『어린이』 1928년 1월호

'명산 대천 일주 말판' 노는 법

● 이번 말판은 특별히 조선 '윷'으로 놀게 하였습니다. 큰 윷이든지 작은 윷이든지 다 좋으나 큰 윷보다 작은 윷이 좋습니다.

● 맨 먼저 말판 그림이 쉽게 찢어지지 않도록 뒤에 백지를 한 겹 발라 놓고 나서 놀기를 시작해야 합니다.

● 놀 사람이 둘이든지 셋이든지 아홉이든지 열이든지 얼마든지 좋으니 각각 자기 말을 만들어서 출발이란 곳에 모아 놓고 차례대로 윷을 놀아 톡갱이면 한 칸 나가고 개(둘 젖혀진 것)면 두 칸 나가고, 걸(셋 자빠진 것)이면 세 칸, 윷(다 자빠진 것)이면 네 칸, 모(모두 엎어진 것)면 다섯 칸씩 나아갑니다. 그렇게 가서 제일 먼저 조선지도 있는 '승'에 들어가는 사람이 이기는 것입니다.

● 토•는 1이라 하고 개는 2, 걸은 3, 윷은 4, 모는 5라 하기로 합니다.

그런데 이 말판의 특색은 어데든지 나가게 된 그 곳의 도 이름을 얼른 불러야 하는 것입니다. (가령 한강에 나가게 되었으면 한강이 있는 도의 이름을 '경기도!' 하고 크게 불러야 합니다.) 만일 틀리게 부르거나 다른 사람이 대신 부르기 전에 부르지 못하면 그 칸에 나가지 못하고

* '이번 책에 하나씩 거저 껴 드리는 대부록'이라고 밝혔다.
• **토** 윷놀이에서 '도'를 이르는 말.

그냥 그 차례는 쉬이게 되는 것입니다. 그러니까 놀기 전에 지도를 자세 보고 어느 도 어느 도를 잘 익혀 두는 것이 필요합니다.

● 나가다가 대동강 지나서 그 옆에 '여비진'•이라 하고 소년이 드러누운 곳이 있는데 거기 들어간 사람은 고 다음 차례가 와도 놀지 못하고 한 차례 쉬입니다. 그리고 언제든지 1이나 4를 쳐야 나가지 그 외엣 것은 못 나가고 언제까지든지 거기 머물러 있게 됩니다. 그리고 만일 5가 나오면 출발로 도로 돌아가게 됩니다. '병원'에 들어간 사람도 이와 마찬가지입니다.

● '□□□'란 곳에 간 사람은 곧 되짚어서 두 번 거푸 또 윷을 놀 수 있습니다. 어데든지 '또' 라고 쓴 데는 이와 마찬가지입니다.

● 어데서든지 뒤에서 딴 말이 또 쫓아와서 한 칸에 같이 있게 되면 먼저 있던 말이 쫓겨서 출발로 돌아가서 다시 돌아 나와야 합니다.

● 가다가 급히 가고 싶은 사람은 윷을 놀기 전에 '나는 비행기 타고 간다'고 하고 자기 말을 엎어 놓고 윷을 놉니다. 그렇게 하면 나갈 수효의 갑절을 나가는 법입니다.

그 대신 1이나 2를 치면 못 나가고 그냥 머물러 있습니다. 어느 때든지 그렇게 하고 싶으면 '비행기 타고 간다'고 하고 놀아야지 윷을 노른 후에 말을 하면 무효입니다.

● 어데든지 '휴'라고 쓴 곳에 간 사람은 한 차례 못 놀고 쉬입니다.

● 모를 쳤다고 거푸 노는 법은 없습니다. '또'라고 쓴 곳에 가야만 거푸 노는 법입니다.

'승'에 들어갈 때 만일 승을 지나가게 되면 지나갈 수효만큼 뒤로 물

• 여비진(旅費盡) 여비(여행 경비)가 다 떨어졌다는 뜻.

러나오게 됩니다. 가령 금강산에서 3이 나와야지 꼭 승에 들어가지 4나 5가 나오면 승까지 갔다가 4면 섬진강으로 5면 오대산까지 도로 물러나옵니다.

특별 방법

● 노는 사람이 둘이나 셋밖에 안 되어서 조용한 때는 한 사람이 말을 두 필이나 세 필씩 놓고 놀 수 있습니다. 그런 때는 한 말씩만 써서 '승'에 갔다가 놓고 또 한 말을 내가든지 이 말 저 말 갈아 쓰든지 자유입니다.

● 이렇게 놀 때에 자기 말과 자기 말이 한 칸에 있게 되어도 쫓겨 떨어지지 안 합니다.

● 윷을 한 번 놀고 두 말을 겹쳐 쓰지는 못하는 법입니다.

● 정히 나이 어린 사람이 섞여 할 때에는 여러 사람 공론으로 특별히 그 어린 사람에게만 도 이름 부르지 않아도 좋다고 허가해 주어도 좋습니다.

● 큰 사람들이 놀 때에는 여러 번 놀아서 도 이름이 익숙해진 때에는 도 이름을 부르지 말고 그 산 높이를 부르든지 그 강 깊이를 부르든지 하기로 하면 더욱 좋습니다.

이 외에 여러분이 실지로 놀아 보다가 더 좋은 방법을 정해 가지고 놀아도 좋습니다.

_『어린이』 1928년 1월호

『어린이』를 사랑하시는 동무들께 고합니다

여러분의 『어린이』를 너무 오래 기다리시게 하여서 죄송합니다.

『어린이』 신년호가 굉장히 소문이 좋아서 팔리고 팔리고 어떻게 몹시 팔리던지 금방 모자라겠어서 다시 또 더 박히기를 시작하는데, 뜻밖에 총독부 경무국으로부터 압수의 명령이 내리어 본사와 경성 50여 책사•는 물론이요, 온 조선 300여 처에서 책을 모두 몰수당하였습니다. 『어린이』에 내지 못할 말을 냈다는 이유입니다.

책을 압수당한 것뿐 아니라 그 후에 자꾸 말썽스러운 문제가 거듭하여 『어린이』로서는 참말 위험한 경우를 지내었습니다. 그러는 동안에 시골 각처에서는 『어린이』가 아주 다시 못 나오게 되었다는 헛소문까지 돌아다니게 되었습니다. 그러나 그것은 잘못 알고 생긴 소문이요, 한동안 늦어졌으나마 여전히 발행하게 되었습니다.

수선한 중에 편집한 것이 되어 엉성한 점이 있는 것도 같으나 이렇게 책을 내놓게 되었으니 여러분도 기꺼워해 주시겠지만 우리도 기껍습니다. 여러분이 가장 사랑하시는 『어린이』는 여러분이 모르시는 중에 이렇게 괴로운 고생을 겪고 나오는 것을 짐작해 주시고, 오래 궁금하시게

* 발표 당시 '사고'(회사에서 내는 광고)로 소개했다.

● **책사** 서점.

한 것 용서하여 주시기를 바랍니다. 고생을 겪을수록 더욱 꿋꿋이 나아가는 『어린이』가 요다음 달부터 어떻게 더 새롭고 더 좋아질는지 기다려 주시면서 동무들에게 널리 광고하여 주시기 바랍니다.

_무기명,* 『어린이』 1928년 3월호

* 방정환이 쓴 것으로 보인다.

우리 뒤에 숨은 힘

어떤 학교에서 이과● 시간에 선생님이 학생들에게 이렇게 물었습니다.

"태양하고 달하고 비교하면 어느 것이 더 훌륭하겠느냐?"

그러니까 한 학생이 손을 번쩍 들더니 이렇게 대답하였습니다.

"그것은 물론 달이 더 훌륭합니다."

"어째서?"

"태양은 언제든지 환하게 밝은 데를 쓸데없이 또 밝게 비추어 주지만, 달은 언제든지 캄캄하고 어두운 데를 가장 필요하게 밝게 비추어 주는 것이니까 그렇습니다."

그러니까 또 한 학생이 손을 번쩍 들더니

"그렇지 않습니다. 태양이 더 훌륭합니다."

"어째서?"

"달이 밝게 비치는 것은 태양이 있기 때문입니다. 태양의 반사작용이 없으면 달은 조금도 밝은 빛을 내비칠 수 없습니다. 그러니까 만일 태양 하나만 없으면 이 세상은 언제까지든지 캄캄할 것입니다."

* 발표 당시 목차에서 '우화'라고 밝혔다.

● 이과 자연계의 원리나 현상을 연구하는 학문.

여러분, 여러분은 이 두 가지 대답 중에 어느 것이 옳다고 생각하십니까? 물론 나중 대답이겠지요! 그렇습니다. 확실히 나중 대답이 만점입니다. 그러면 우리는 여기서 달의 밝은 빛은, 보이지 않는 태양의 숨은 힘인 것을 알았습니다.

*

여기 꽃병이 하나 있습니다.

꽃병 속에 꽂혀 있는 이 어여쁜 꽃은 여러분이 잘 아시는 목단•꽃입니다. 이 얼마나 향기 좋고 아름다운 꽃입니까?

그러나 이 꽃을 볼 때 사람들은 이 꽃의 아름다움과 향기만을 사랑하고 칭찬하였지, 이 꽃을 그렇게 아름답게 어여쁘게 만들어 주는 병 속의 물은 조금도 생각지 않는 것이 보통입니다.

만일 이 꽃병 속에 들어 있는 물을 죄다 쏟아 버리고 빈 병에다 이 꽃을 꽂아 보십시오. 아무리 아름답고 어여쁜 꽃이기로서니 단 한 송이의 꽃을 피울 수 있으며, 단 한 번이라도 꽃향기를 날릴 수 있겠는가?

우리는 여기서 아무리 본바탕이 좋고 아름다운 꽃이라도 보이지 않는 물의 숨은 힘이 없으면 도저히 그 빛과 향기를 자랑할 수 없는 것을 알았습니다.

*

이태리•에 유명한 센트피나드라는 절 속에는 수십여 층 되는 높다란 돌탑이 하나 있는데 그 탑 맨 꼭대기 층은 순전히 보석으로 지어서 그 웅대하고도 아름다움은 입으로 붓으로 도저히 형용할• 수 없을 만치

• **목단** 모란.
• **이태리** '이탈리아'의 음역어.
• **형용하다** 말이나 글, 몸짓 따위로 사물이나 사람의 모양을 나타내다.

훌륭한 탑입니다. 그래서 하로•에도 구경 오는 사람이 수백 명씩이나 되는데, 보는 사람마다 칭찬이 빗발치듯 하였습니다.

그런데 하로는 멀리 다른 절에 있는 노승 하나이 우연히 그 절에 들렀다가 수많은 사람이 한결같이 그 높은 돌탑을 쳐다보며 칭찬하는 소리를 듣고, 웬일인지 한숨을 휘 쉬면서 이렇게 중얼거렸습니다.

"사람들은 돌탑 맨 꼭대기 층의 보석만 알았지 땅속에서부터 웅장한 저 돌탑을 이루기까지 한 개 한 개의 아무 값없는 돌이 쌓이고 또 쌓이고 해서 그 아름다운 보석탑을 훌륭하게 버티고 서 있다는 것은 조금도 생각지 않는 모양이로군!"

여러분, 여러분은 이 말의 뜻을 아시겠습니까?

우리는 여기서 또한 아무리 아름다운 보석이 얹힌 훌륭한 돌탑이라도 아무 칭찬도 받지 못할 보통 돌멩이가 한 개 한 개 쌓아 준 그 숨은 힘이 없었으면 도저히 지금의 그 유명한 이름을 보전해 갈 수 없다는 것을 잘 알았습니다.

*

그러면 여러분!

밝은 달빛도 태양의 숨은 힘이 없으면 도저히 빛날 수 없으며!

아름다운 꽃도 물의 숨은 힘이 없으면 도저히 꽃을 피울 수가 없으며!

기묘한 보석 돌탑도 한 개 한 개 돌멩이의 숨은 힘이 없으면 도저히 그 이름을 보전치 못하는 것!과 같이, 여러분을 좋은 사람 만들고, 여러분을 훌륭한 사람 만들기 위하여, 여러분의 등 뒤에 어떠한 보이지 않는

• **하로** '하루'의 사투리.

숨은 힘의 노력이 있는지 이것을 아시는가 말입니다.

자아, 여러분!

우리는 손을 머리에 얹고 가만히 생각해 보십시다.

_三山人, 『어린이』 1928년 3월호

선생님 말씀

한 산속 암자에 덕이 높은 선생님이 있어서 각처에서 그 제자가 되기를 바라고 따라와서 공부를 하고 있는 젊은이들이 아홉 분이 있었습니다. 그런데 그중에 한 사람이 공부가 아직 부족하고 욕심이 많아서, 남의 붓이나 주머니칼 같은 것을 넌지시 집어 가지는 버릇이 있었습니다. 처음에는 다른 여덟 친구들이 알면서도 선생님께 말씀하지 않고 내버려 두었으나 점점 더 심해지는 고로 한번은 남의 돈을 넌지시 가져갔을 때에 선생님께 말씀하였습니다.

"그러한 나쁜 사람과 함께 있고 싶지 아니하오며 그런 사람이 있는 것이 선생님 명예에도 좋지 못하겠사오니 속히 그 사람을 내어보내 주옵소서." 하고. 그러나 선생님은 듣기만 할 뿐이고 아무 대답이 없으시고 며칠을 지나도 그를 내어쫓지 않았습니다.

한 10여 일 지나서 또 돈을 가져다 쓴 고로 여덟 제자는 또 선생님께 "이번에는 용서하지 마시고 내어보내 줍소사."고 말씀하였습니다. 그러나 선생님은 듣기만 할 뿐이고 대답도 없고 내보내지도 않았습니다.

그후 세 번째 그런 짓이 있었을 때 여덟 제자는 아주 결단하고서 "이번에도 내어보내 주시지 않으면 황송한 말씀이오나 저희 여덟 사람이 나가겠습니다." 하였습니다.

그렇게까지 하면 얼른 그 한 사람을 내어보내 줄 줄 알고 그런 것입니다. 그러나 선생님은 태연하게 "그대들이 정말 나가겠는가?" 하고 묻습니다.

"네. 이번에도 그 나쁜 사람을 안 내보내 주시면 저희들이 모두 나가기로 결심하였습니다."

"그러면 잘들 돌아가게! 아무쪼록 몸성히 지내기를 바라네." 하고 태연히 작별의 말씀을 합니다. 제자들은 너무도 뜻밖에 말에 놀라서 "선생님, 어찌하여 행실 나쁜 사람을 안 내보내시고 저희 여덟 사람을 내보내십니까?" 하고 물었습니다.

그때에 대답한 선생님 말씀.

"자네들은 다행히 그런 나쁜 행실을 아니 하는 좋은 사람들이니 여기서 나가서 아무 곳에 가더라도 훌륭한 대우를 받겠지마는, 그 사람은 아직도 행실이 고쳐지지 아니하니 나에게 더 있어서 더 배워야 할 것이 아닌가. 그 사람의 행실이 고쳐질 때까지는 자네들을 다 내보낼지언정 그 사람을 내어보내지는 못하겠네."

여덟 제자는 그 깊은 말씀에 감동하여 선생님 앞에 절을 다시 하였고 나중에 그 말을 듣고 그 한 사람의 행실은 아주 그 시간부터 고쳐졌습니다.

_『어린이』 1928년 3월호

나의 어릴 때 이야기*

내 나이가 아직 '어릴 때 일'이라고 따로 잡아내어서 자랑하거나 후회하게는 되지 않았습니다. 또 그리 특별난 생활을 하여 온 것이 없으니 이렇다고 재미있게 말씀할 이야기도 없습니다.

그런데 전일에 십칠팔 년 전 옛날 학교의 이야기●를 계속하였더니 지금도 그 이야기를 하여 달라는 이가 너무도 많이 있습니다. 그렇다고 한 번 한 이야기를 또 할 수 없는 것이고……. 여러분이 하도 조르시니 학교 일, 집안 일, 동무 일을 모두 한데 뒤섞어서 어릴 때의 일을 하나씩 둘씩 추려 보기로 합니다. 지금이 몹시 바쁜 때라 이 일 저 일로 내 신변이 너무 어수선하여서 조용히 차서●있게 추려 낼 겨를이 없는 것은 이 글을 쓰는 데에 너무 섭섭한 일입니다. 순서 없이 그러나 하는 수 없이 생각나는 대로 쓰겠으니 미리 짐작하고 읽으시기 바랍니다.

이 글을 쓰기 시작하면서 내가 어릴 때에 남의 어릴 때 이야기를 듣고서 퍽 재미있어하던 일이 생각납니다. 그리고 그것이 무한히 재미있는 한편으로 또 적지않이 유익한 것으로 생각됩니다. 다행히 내가 쓰는 내

* 발표 당시 목차에서 '취미'라고 밝혔다.
● 『어린이』 1926년 6~10월호에 발표한 「20년 전 학교 이야기」를 가리킨다.
● **차서** 차례.

어릴 때의 심심한 일이 여러분에게 더러라도 재미있을는지…… 그것이 궁금해집니다.

철난 후 배고프던 이야기

내가 지금 어릴 때의 일로 기억할 수 있기는 일곱 살에 혼자 몰래 나가서 소학교에 입학하고 오던 그때부터 이후의 일입니다.

그때 우리 집은 서울 야주개●에 있었는데 장사를 크게 하였었는 고로 돈도 넉넉히 있어서 지금 생각하여도 대단히 큰 기와집을 하나 가지고는 부족하여서 두 집을 사서 사이를 트고 한 집을 만들어 쓰고 있었습니다. 그래 집 속에서 이쪽 끝에서 저쪽 끝까지 가려면 한참 동안을 잊어버리고 가야 하였습니다.

그 집에서 어느 때인지 몇 살 적인지 큰고모님이 시집을 간다고 작은고모님이 나를 업고 이웃집으로 숨으러 가던 일과 증조부님 상청● 앞에 친척들이 모여서 통곡들을 할 때에 처마 앞에 쌓아 놓은 쌀섬 위에 기어 올라가서 깔깔거리면서 웃다가 굴러떨어지던 일과 길가에서 놀다가 무장사의 말굽에 채여서 집안이 들썩거리던 일과 깍쟁이●들이 개구리를 잡아 가지고 온 것을 나를 먹인다고 조부모님께서 사셔서 화롯불에 굽는 것을 보고 안 먹겠다고 떼쓰다가 매 맞던 일, 일곱 살 먹기 전 일로는 그런 일이 꿈같이 동강동강 나는 것밖에는 지금 기억되는 것이 별로 없습니다.

지금 들으면 나는 그때에 야주개 일판●으로 뛰어다니면서 어느 가게

● **야주개** 서울 종로구 당주동과 신문로1가에 걸쳐 있던 낮은 고개.
● **상청** 상가에서 죽은 사람의 혼백을 모시는 자리와 그에 딸린 모든 것을 차려 놓는 곳.
● **깍쟁이** 깍정이. 구걸을 하거나 장사 지낼 때 상주에게 돈을 뜯어내던 무뢰배들.

에든지 빈손으로 가서 엿이나 왜떡•이나 과실이나 마음대로 집어 먹고 다녔다고 합니다. 가게에서는 내가 무엇을 집어 먹든지 먹기만 바라고 있다가 치부책•에 적기만 한답니다. 그랬다가 그믐께 집에 와서 조부모님께 말씀하면 얼마든지 적힌 대로 내어주셨다고 합니다.

그러나 내가 혼자 도망하여서 몰래 머리를 깎아 버리고 학교에 입학을 한 것은 일곱 살 일이요, 간신히 아홉 살 될 때에 무엇 때문에 어떻게 망하였는지 모르나 별안간에 그 큰 집에서 쫓겨나듯 나와서 저 사직골 꼭대기 도정궁• 밑에 조꼬만 조꼬만 초가집으로 이사를 하게 되었습니다. 그 큰 가게에 가뜩하던 물건은 모두 어데로 누가 가져갔는지 하나도 옮겨 오지 않았고, 그 큰 집 두 채에 방방에 가뜩하던 번적거리는 세간도 다 가져오지 아니하였습니다. 생각해 보면 아마 별안간에 큰 빚에 몰리어 세간 물건을 모두 집행을 당했던지 그런 눈치였습니다. 그러나 나는 너무 어린 때라 그저 영문 모르고 짐 구루마• 뒤에 따라다니는 것만 기뻐하였습니다.

그 큰 집에서 살다가 그 조꼬만 집으로 와 놓으니 마치 온 집 안 세간을 부엌 속에 몰아넣어 놓고 고 속에서 살림하는 것 같았습니다. 그러나 그것보다도 더 괴로운 일은 그 후 한 달도 못 지나서 가끔가끔 콩나물죽을 억지로 먹어야 하게 되는 일이었습니다. 어떻게도 그렇게 먹기가 싫던지……. 몇 번이나 없는 밥을 달라고 떼를 쓰다가 매를 맞았는지 모릅

• **일판** 어떤 지역의 전부.
• **왜떡** 밀가루나 쌀가루를 반죽하여 얇게 늘여서 구운 과자.
• **치부책** 돈이나 물건이 들고 나고 하는 것을 기록하는 책.
• **도정궁** 중종의 7남이자 선조의 아버지인 덕홍대원군 사저. 조선 중기부터 후기까지 왕실의 본궁으로 쓰였다.
• **구루마** '수레'의 일본어.

니다. 그러나 그것보다도 더 괴롭고 서러운 일이 생겼습니다.

사직골 꼭대기에서 야주개로 돌아서 서대문으로 가서 서대문 바로 안에 있는 보성소학교에를 다니니 어린 생각에 10리나 되는 것 같았습니다. 그러나 그보다 더 걱정되는 일은 학교에 싸 가지고 갈 벤또밥•이 없는 것이었습니다. 집에서 아츰•에 밥을 먹는 날보다 죽을 먹는 날이 더 많으니 벤또밥을 싸 가지고 갈 것이 있었겠습니까…….

없는 밥을 싸 내라고 떼를 쓰면서 울다가 어머니에게 얻어맞고 비로소 대문을 나서다가 흘낏 돌아다보면 마루 끝에 서셔서 때리던 어머니도 울고 계셨습니다. 열 살도 되지 못한 어린 아들이 배를 곯고 학교에 가는 것을 보는 어머니의 가슴이 어떻겠습니까? 한 손에는 나를 때리던 매를 들고 어머니는 울고 계셨습니다. 그럴 적마다 안방에서 증조모님이 수건으로 콧물을 씻으시면서 "저것을 배를 곯릴 줄이야 누가 알았단 말이냐." 하시면서 따라 울고 계셨습니다.

그때에 대고모님(아버지의 고모님) 한 분이 야주개 영성문• 앞에 넉넉히 살고 계시었던 고로 '아츰마다 빈 그릇을 싸 가지고 가다가 집으로 오면 점심밥을 담아 주겠다.'고 하여서 어린 마음에 아무 철없이 어찌 반갑던지 친척 할머니 중에 그이가 제일 잘나 보이고 다정해 보였습니다.

지금은 벤또 그릇이 따로 있지마는 그때는 그것이 없이 장기• 주머니같이 노끈으로 짠 망태 속에 둥그런 밥주발을 뚜껑 덮어 넣어서 그것을 디룽디룽 들고 다녔습니다. 아츰이면 죽을 먹고 빈 밥그릇을 들고 디

• **벤또밥** 도시락. '벤또'는 '도시락'의 일본어.
• **아츰** '아침'의 사투리.
• **영성문** 덕수궁의 북문.
• **장기** 붉은 글자와 푸른 글자가 각각 새겨진 말을 두 편으로 나누어 판 위에 벌여 놓고 둘이 서로 공격과 수비를 하여 승부를 가리는 놀이.

룽디룽 가다가 대고모님 댁에 가면 거기서 더운밥을 또 먹여 주고 점심밥을 담아 주고 담아 주고 하였습니다. 그래서 그때부터는 남들이 점심 먹을 때에 변소 뒤에 숨어서 놀지 않고 한몫 끼어 앉아서 먹게 되었습니다.

그러나 그 집 대고모부 되는 어른은 지금은 돌아갔지만 퍽 무섭고 말 많은 이가 되어서, 그 어른이 아츰에 일찍 바깥으로 나가지 않으면 점심밥을 담아 내기가 어려웠습니다.

그럴 줄은 모르고 집에서 아츰 죽도 조꼼만 먹고 점심 그릇을 디룽디룽 들고 갔다가 대고모님이 눈짓을 하시면서 넌지시 가만한 말로 "이 애야! 오늘은 그냥 가거라." 하는 소리를 들을 때 내 얼굴은 그냥 천근이나 만근이나 되어서 푹 수그러지고 다시 들어지지 않았습니다. 아츰도 적게 먹고 믿고 있던 점심밥이 틀어질 때, 내 집이 아니니 달라고 말조차 하여 볼 수 없이 그냥 돌아서서 그 집 문을 나서기는 나섰으나, 그 대문 문지방을 넘어설 때에 눈물이 펑펑 쏟아져서 앞이 보이지 않던 것을 나는 지금도 잊지 아니합니다.

걸리지 않는 걸음으로 학교에까지 눈물을 흘리면서 기운 없이 가던 생각, 텅텅 비인 밥그릇을 들고 갔다가 점심때는 나 혼자 넌지시 나와서 변소 뒤에 숨어 있던 일 생각하면 어릴 때에도 눈물의 날이 내게는 어떻게 많았는지 모릅니다.

그러나 제일 제일 몸이 저리게 슬픈 일이 있었습니다. 온종일 배를 굶고 있다가 해 지기 가까워서 배고픈데 지쳐서 두 눈이 옴쏙 들어가 가지고 빈 밥그릇을 들고 집에 가면, 어머님이 밥그릇을 펴 보시고 "밥그릇이 오늘은 어째 이렇게 말짱하냐?" 하실 때 어린 나의 몸은 바르르 떨리었습니다. 온종일 배고프던 어린 하소연! 울음이 목에까지 나오는 것을 억지로 참을 제, "왜, 할머니께서 안 싸 주시던?" 하고 물으시는 어머니의 말씀에 억지로 "네." 하는 소리가 그만 울음소리가 되고 눈에 고였던 눈물이 뚝뚝 떨어졌습니다.

"배가 몹시 고팠겠구나……."

떨려 나오는 어머님 말씀에 나는 그만 참지 못하고 쓰러져 울었습니다.

남의 집에 가서 밥을 얻어먹어 가면서 배고픈 것을 참아 가면서 학교에를 다니니, 학교에서 돌아오면 집에서 하는 일이 많았습니다. 구차한 집이라 하인이 따로 있는 것이 아니고 내가 학교에 갈 때면 어머니가 쌀자루를 착착 접어 주시면서

"공부 다 하고 집으로 올 때에 이모 아주머니 댁에 가서 쌀 두 되만 꾸어 줍시사고 그래 가지고 오너라. 그믐에 보내 드린다구……."

하는 것이 한 달이면 정해 놓고 일고여덟 번씩 되었습니다. 어린 생각에 굶으면 그냥 앉아서 굶지 왜 남의 집에 가서 그런 싫은 소리를 하라는고…… 싫어서 안 가지고 가겠다고 떼를 쓰면, "그러기에 이다음에 너는 이런 꼴 아니 하는 사람이 되어라." 하면서 어머니의 눈에는 눈물이 고이십니다.

나는 무엇보다도 어머니의 눈에 눈물을 보는 것이 슬펐습니다. 그래서 아무리 싫다고 떼를 쓰다가도 어머니의 눈물을 보면 그만 거기 더 있지 못하고 얼른 그 쌀 주머니를 집어 들고 나서고 나서고 하였습니다. 어머니의 눈물을 보고 내 눈에 고이는 눈물이 당장 쏟아져 흐를 것 같아서 그것을 어머니에게 보이지 않으려는 까닭이었습니다.

그렇게 쌀자루를 가지고 나서는 날은 학교에서 하학• 시간 가까와

오는 것이 큰 걱정이었습니다. 아츰도 변변히 못 먹은 몸이 점심시간은 또 남의 눈을 피하여 변소 뒤에서 눈물만 지었으니 배가 고파서 머리가 휭하건마는 그것도 잊어버리게 되고, 어떻게 쌀자루를 들고 그 집 대문을 들어설까 하는 것만이 큰 걱정이었습니다.

처음 들어가서 무어라고 말을 시작할까……. 그 집의 나만 한 아이들이 쌀 꾸러 왔다고 웃으면 어쩌나, 그런 부끄럼 저런 부끄럼 다 무릅쓰고 말을 하였다가 "우리도 마츰• 쌀이 없다."고 하면 펴 들었던 쌀자루를 어떻게 다시 접어 들고 돌아서서 나올까, 걱정걱정하노라고 걸음이 잘 걸리지 않는 것을 억지로 걸어서 그 집의 대문 앞까지 가서는 몇 번이나 들어갈까 말까 하고 망설거리면서 대문턱을 딛고는 돌아서고 또 가서 딛고는 돌아서고 하였습니다.

그럴 때에는 그 집 대문이 무서운 경찰서나 감옥 문같이 원망스러워 보였습니다.

해가 산머리에 질 때가 되도록 밖에서 망설거리기만 하는데, 마츰 그 집의 아저씨가 밖에서 돌아오다가 나를 보고 "너 학교에서 인제 돌아가니?" 하고 묻고는, "왜 집에 들어가서 놀다 가지, 밖에서 그러니?" 합니다.

별안간 어리둥절한 판에도 '아니여요. 쌀 꾸러 왔어요.' 소리는 나오지도 않고, "아니여요. 얼른 가야 해요. 집에서 일찍 오라고 그러셨어요." 하고는 그냥 꾸뻑하고는 급히 걸어갔습니다.

골목골목에는 두부 장사, 석유 장사가 분주히 다니고, 집집에는 저녁밥 짓느라고 야단인 때에 집에를 들어가면, 마루 끝에 넋 없이 앉으셨던

• **하학** 학교에서 그날의 수업을 마침.
• **마츰** '마침'의 사투리.

어머니께서 "이 애야, 왜 쌀을 안 가지고 오니?" 하십니다. "가서 그랬는데 쌀이 없다구 그래요." 급한 대로 이렇게 꾸며 대기는 하였으나 그때에 말할 수 없이 처량한 어머니의 얼굴……. 그것은 지금까지도 잊혀지지 아니합니다.

그러고는 그날 날이 어두워 인쇄소에서 아버지와 삼촌이 돌아오실 때까지 온 식구가 고스란히 앉아서 기다리는 것을 볼 때에, 나는 그만 뛰어나가 너른 행길•의 전기선대• 밑에서 혼자 자꾸 울었습니다.

쌀 꾸러 다니기, 전당국•에 다니기, 그런 것 외에 또 한 가지 고생스러운 일은 물 길어 오기였습니다. 하인도 없고 어른들은 활판소•에 가시고 또 삼촌 한 분은 남의 상점 점원으로 가시고, 물을 길어 올 사람은 열 살 먹은 나하고 여덟 살 먹은 사촌 동생하고밖에 없었습니다.

집이 사직골이었으니까 우리 집에서 두어 마장•쯤 떨어진 곳에 사직 뒷담 밑에 성주 우물이란 우물이 있는데, 학교에만 갔다 오면 물통(석유통) 하나를 들고 가서 물을 길어 가지고는 열 살짜리, 여덟 살짜리가 둘이 들고 배틀배틀하면서 집으로 옮겨 나르기에 어떻게 힘이 드는지……. "인제 여덟 번째다." "인제 아홉 번째다." "인제 세 번 남았다." 하면서 헤어• 가면서 걸었습니다.

그나마 여름에는 별 고생이 없지마는 겨울이 되면 물이 나오지 않고 맨 밑바닥에 조금씩밖에 안 나오는 고로 물난리가 날 지경이어서, 우물

• **행길** '한길'(사람이나 차가 많이 다니는 넓은 길)의 사투리.
• **전기선대** 전봇대.
• **전당국** 전당포.
• **활판소** 인쇄소.
• **마장** 거리의 단위로 1마장은 5리나 10리가 못 되는 거리이다.
• **헤다** '세다'의 사투리.

앞에 차례로 온 대로 물그릇을 조루루 늘어놓고 기다리어서 자기 차례가 되어야 바가지를 들고 우물 속에 기어 들어가서 떠 가지고 나오게 되는 고로, 우물 앞에는 물통, 물동이가 골목 밖에까지 체조하는 병정처럼 늘어놓이고, 자기 차례 오기를 기다리자면 두 시간씩이나 기다리게 됩니다.

날은 차고 바람은 뺨을 벨 듯이 부는데, 배는 고프고 몸은 떨리고……. 우물 옆에서 두 발을 동동 구르고 울던 일이 해마다 겨울마다 몇 백 번씩인지 모릅니다. (차간● 22행 삭제●)

지금 태평통에 있는 덕수궁의 대한문 맞은짝에 최 씨라는 우리 동무의 집이 있는데, 그 집 방에 석유 궤짝을 뜯어서 거기다가 먹칠을 한 조고만 칠판(흑판)을 걸고 거기다가 토론 문제를 써 놓고 하나씩 차례대로 나가 서서 옳으니 그르니 하고 힘써 토론을 하였는데, 코를 조르르 흘리고 다니는 열 살짜리, 많아야 열세 살, 열네 살짜리 들이 그때 무슨 소리들을 하였었는지 지금은 도무지 생각이 나지 않습니다.

공일날마다 공일날마다 빠지는 법 없이 하였는 고로 나중에는 토론 문제가 없어서 새 문제를 얻어 오기에 퍽 고생이 되었습니다. 그래서 나중에는 아무 문제나 생각나는 대로 걸어 놓고 토론을 하였습니다. (요 전번에 이 『어린이』 잡지에 '현상 토론' 문제로 내었던 "벙어리가 나으냐, 장님이 나으냐" 하는 것과 "물이 나으냐, 불이 나으냐" 하는 것 같은 것은 모두 내가 어렸을 때에 그 소년 입지회에서 하던 것 중에 생각난 것이었습니다.)

● **차간** '이 사이'를 뜻하는 일본식 한자말.
● 검열로 삭제된 것으로 보인다.

회원이라야 열 명도 못 되는 단 여덟아홉 명뿐이었건마는 우리들의 정성은 대단하여서 공일날 되기 전에 문제를 열심으로 연구하여 골라 놓고, 공일날만 되면 아침에 일찍 그날 물 길을 것을 미리 부지런히 길어 놓고, 그길로 뛰어가고 가고 하였습니다.

가난한 집에서 배고파 울고만 자라면서도 그렇듯 정성으로 모이는 소년 입지회가 가여웁게도 안타까운 경우를 당하였으니, 그것은 그 대한문 앞에 최 씨 집이 다른 먼 곳으로 옮겨 가게 되어서 방을 쫓겨나게 된 것이었습니다.

아무 주선성• 없는 코 흘리는 어린애들이었으니 방이 없어졌으면 그만 저절로 해산해 버리고 말았을 터이었건만, 그래도 맹랑한 일로는 그대로 헤어지지 않고 고 조꼬만 칠판을 손에 들고 행길로 나서서 아무 집이나 이 집 저 집을 기웃기웃하고 돌아다니기 시작하였습니다. 사랑방이 있는 집을 보기만 하면 덮어놓고 방을 좀 빌려 달라고 떼를 써 보려고요.

_『어린이』 1928년 3~5·6월 합호

● **주선성** 일이 잘되도록 여러 가지 방법으로 힘쓰는 성질이나 재간.

이 책을 기다려 주신 동무들께

이 책은 실상은 5월 1일에 발행할 것인 고로 4월 보름께 편집하되 '어린이날 기념호'로 특별 편집하여 전에 못 보던 새로운 기사를 많이 실었고 '어린이날 선물'로 장난감 그림도 준비하였었는데 그것이 불행히 (모두 온건치 못하다는 이유로) 압수를 당하여서 인쇄를 못 하게 된 고로, 다시 곧 새로 편집을 고쳐 하여서 다시 허가를 맡느라고 날짜가 많이 걸려서 5월 달에는 발행이 되지 못하고 이제야 간신히 발행되게 되어서, 오늘까지 궁금히 기다려 주신 여러분에게 미안하기 그지없습니다. 이렇게 괴로운 사정을 짐작하시고 너그러이 용서해 주시기 바랍니다. 그리고 이번에 기자를 세 분●이나 늘이어 일이 몹시 속하게● 되었으므로 이다음 달부터는 특별히 더 내용이 좋아지고 반드시 제날짜에 나오게 될 것을 기쁜 마음으로 말씀드려 둡니다.

_『어린이』 1928년 5·6월 합호

* 발표 당시 '사고'로 소개했다.

● **세 분** 최경화, 손성엽, 최의순.

● **속하다** 꽤 빠르다.

움 돋는 화분
—당신도 만드십시오

화분에 심어 놓은 꽃나무나 다른 나무에 싹이 돋고 꽃이 피는 것은 조금도 신통스러울 것이 없지마는, 그 화분 즉 나무를 심은 그릇에서 싹이 돋는다든가 잎이 난다면 여러분은 '그럴 리가 있나.' 하고 퍽 신기해하실 것입니다. 그러나 여기 움 돋는 이상한 화분을 만드는 수가 있습니다. 지금 그것을 가르쳐 드릴 터이니 당신도 만들어 보십시오.

먼저 너무 굵지도 가늘지도 않아 만들기에 알맞을 수양버들이나 포플러 같은 나무의 작은 가지(싹 나올 봉오리가 많은 것)를 길이 다섯 치● 쯤 되게 찍어서 몇 십 개고 되리 만치 똑같은 길이로 골고루 만듭니다. 그러나 그중에 한 개만은 길다랗게 찍으셔야 합니다. 그것은 손잡이가 되는 것입니다.(그림과 같이)●

찍은 가지들은 위와 아래 두 곳쯤을 철사로 엮어서 화분을 만들되 길다란 가지는 가운데 넣고 엮어야 합니다. 그리고 나서는 그 속에다 보드라운 흙을 적당히 넣고 씨를 뿌리든가 꽃나무나 다른 작은 나무를 심든가 꽃나무나 다른 작은 나무를 심거도● 좋습니다. 이렇게 하고는 대야

● **치** 길이의 단위로 1치는 약 3cm에 해당한다.
● 원문에 사진 1점이 실렸으나 화질이 좋지 않아 싣지 못했다.
● **심구다** '심다'의 사투리.

나 바케쓰● 같은 데다가 물을 담아서 화분 밑으로 한 치쯤 잠기게 대야 속에 올려놓습니다. 그러나 매일 물에만 담가 두면 심은 식물이 썩어지는 까닭에 하로●씩 걸러 담가 놓고 볕이 좋은 날은 햇볕 잘 쪼이는 영창문 밖 같은 데 얹어 두는 것이 좋습니다. 그렁그렁 며칠 지내노라면 화분을 이루고 있는 가지가지들이 모두 파란 움을 돋치게 됩니다. 철조차 좋은 요사이에 다 하나씩만 그리해 보십시오. 재미있고 유익한 장난입니다.

_三山人,『어린이』 1928년 5·6월 합호

● **바케쓰** '양동이'(한 손으로 들 수 있도록 손잡이를 단 통)의 일본어.
● **하로** '하루'의 사투리.

영국의 어린이 생활
—넓은 세상을 자기 마당으로 안다

영국의 본토는 사면이 모두 바다에 에워싸여 있는 섬나라올시다. 그런고로 영국 사람들이 무슨 큰일을 하려면 반드시 그 바다를 건너 저쪽 넓은 세상에 가서 하게 됩니다.

그래서 그들은 어렸을 때부터 넓고 넓은 바다 위에 떠서 이 나라 저 나라로 시원스럽게 돌아다니기를 좋아합니다.

세계지도를 펴 놓고 보면 영국의 본토는 한 귀퉁이에 따로 떨어져 있는 섬나라이지만, 그 나라가 차지한 땅은 여기도 있고 저기도 있고 이 넓은 세상에 없는 데가 없습니다. 그것은 그 나라 사람들이 어렸을 때부터 바다 위로 위험을 무릅쓰고 널리 다니기를 좋아하는 성질을 가진 고로 다른 나라 사람들보다도 부지런히 시원스럽게 나돌아 다니며 차지해 놓은 까닭입니다.

영국에는 '라레의 어렸을 때'라는 아주 유명한 그림이 있는데 그 그림은 넓다란 바닷가 모래밭에 늙은 어부 한 사람과 조그만 어린이 한 사람이 앉아서 바다 저쪽의 이야기를 하는 그림입니다. 모래밭에는 햇볕이 따뜻하게 비치고 넓으나 넓은 바닷물은 출렁출렁하면서 어데로 흘

* 원제목은 「쾌활하면서 점잖게 커 가는 영국의 어린이 생활」이다. 발표 당시 '세계 어린이 소개 (2)'로 소개되었다.

러가는지도 모르게 흐르고 있는데, 늙은 어부는 팔을 쭉 뻗어서 바다 건너 저쪽을 가리키면서 이야기를 하고, 조그만 어린이는 눈을 말뚱말뚱 뜨고 앉아서 타는 듯한 희망을 품고 일심으로 정성껏 듣고 앉았습니다.

이것은 늙은 어부가 라레에게 멀디먼 바다 저쪽 나라의 이야기를 들려주는 것인데, 세계에 유명한 영국의 해외 사업가 라레 씨가 어렸을 때에 어부의 이야기를 듣고 이담에 해외로 다니면서 큰 사업을 하리라고 뜻을 세우던 때의 모양을 그린 것이라, 영국서는 아주 유명한 것입니다.

영국 어린이들의 가슴속에는 이때의 라레의 마음속에 타던 것과 똑같은 무서운 희망과 모험을 즐기는 피가 뛰고 있습니다.

이렇게 어렸을 때부터 바다와 친근하게 되는 고로 영국 사람의 성질은 바다와 같이 침중하고도• 바다와 같이 씩씩하고 시원스러워서 넓고 넓은 세상을 자기 집 마당같이 알고 있습니다.

그들은 그렇게 씩씩하고 모험을 즐기는 그만큼 운동을 또한 즐깁니다. 소학교 학생들도 학교에서 하학•만 되면 으레 그 근처 벌판에 가서 공을 차든지 달음박질을 하든지 하면서 기운껏 운동을 합니다. 그 나라 서울 런던 시가•에는 처처에 넓은 벌판이 많은데, 어느 벌판이든지 매일 오후나 공일날에는 운동하는 어린이들로 그뜩그뜩합니다. 결코 조선의 서울 장충단이나 훈련원이나 연병장같이 쓸쓸스럽게 텅 비어 있는 때가 없습니다.

그런데 그들은 그렇게 운동을 즐겨 하지만 운동을 위하여 운동을 하지 결코 내가 이기고 지는 것만 싸우기 위하여 운동하지 않는 것이 탄복

• **침중하다** 성격, 마음, 목소리 따위가 가라앉고 무게가 있다.
• **하학** 학교에서 그날의 수업을 마침.
• **시가** 도시의 큰 길거리.

할 일입니다. 운동은 어데까지든지 이기기만 하면 제일이라고 생각하는 것을 영국 어린이들은 제일 나쁜 일로 알고 있습니다.

풋볼을 차든지 무엇을 하든지 편을 갈라 할 때에라도 진 편에서 결코 이긴 편을 미워하거나 총•을 놓으려고는 생각도 아니 합니다. 그러니까 욕을 하거나 비웃지를 아니합니다.

진 편에서는 다른 여러 패와 함께 이긴 편을 위하여 만세를 불러 주고 "과연 당신네 패는 우리 패보다 잘합데다." "당신네 하는 것을 보고 배운 것이 많소이다." 합니다.

이것은 과연 영국 사람의 좋은 성질의 하나입니다. 영국 어린이들은 쾌활하고 씩씩하면서도 결코 남의 일에 방해되게 하는 일이 적습니다.

그림을 그리는 이가 길거리에 앉아서 그 근처의 경치를 그리고 있으면 어른들도 가깝게 모여들어서 그림에 방해가 되는 줄도 모르고 시끄럽게 수군거리건만, 영국의 어린이들은 보고 싶으면 가다가 말고 멀찍이 서서 봅니다. 그리고 저희끼리 하던 이야기도 나직하게 소곤소곤합니다. 그림 그리는 것을 보지 않고 지나가는 사람이라도 결코 그 그림을 그리는 이가 경치를 보는 데 가려지지 않도록 슬슬 피해 주면서 가는 것은 참말 탄복할 만치 훌륭한 행동입니다.

그렇게 점잖고도 얌전하게 하면서도 저희끼리 놀 때에는 개천에 뛰어 들어가 물장난도 하고 흙장난도 하고 자유롭게 함부로 뛰놉니다. 어떻게 그렇게 그들은 좋은 성질만 추려 가졌는지 모릅니다.

그리고 그들은 또 동물을 끔찍이 사랑하고 위해 줍니다.

공원이나 사람 드문 길거리에서 가끔가끔 어린이의 한 떼가 몰켜서•

• **총** 눈총.

웃고 떠들고 재미있어하는 것을 봅니다. 무엇들을 하나 하고 가 보면 저희들이 집에서 가지고 온 땅콩이나 면보• 부스러기를 숲속에 사는 조그만 즘승•들에게 뿌려 주느라고 그럽니다.

조그만 다람쥐, 비둘기, 참새가 제일 많은 데고 즘승들은 몹시 어린이들과 친해져서 조금도 무서워하거나 달아나거나 하지 않습니다. 호주머니에서 땅콩 부스러기를 꺼내 주면, 다람쥐나 비둘기 들은 어린이들의 어깨 위에 올라앉아서 주는 것을 기껍게 받아먹습니다. 참새들까지도 다섯 마리, 여섯 마리씩 어린이들의 손에서 손으로 이리저리 날아다니며 친하고 정답게 주는 것을 받아먹습니다.

영국 어린이들은 결코 참새를 보고 돌을 던지거• 그 겁 많은 참새들도 조금도 겁내지 않고 정답게 가깝게 와서 노는 것입니다. 나비나 잠자리를 보고도 결코 잡으려 하거나 쫓아다니거나 하지 않습니다.

다람쥐나 비둘기나 참새나 나비나 잠자리나 무엇이든지 저의 장난감으로 알지 않고 친한 동무로 압니다. 쫓거나 잡거나 죽이거나 하는 것이 아니라, 정든 동무처럼 반가워하고 친절히 해 주고 합니다. 그러니까 즘승들도 저희를 잡거나 죽이거나 하는 무섭고 미운 사람이 아니고, 위하고 사랑해 주는 친절한 동무로 알고 가깝게 와서 같이 노는 것입니다.

이러는 중에서 그네들은 남을 위할 줄 아는 사람의 어여쁜 정을 기르고 하여 친절하고 부드러운 정과 마음을 길러 가는 것입니다.

겨울이 되면 런던교라는 서울 종로 광충교 같은 다리 근처에 바다에

• **몰키다** 한곳에 빽빽하게 모이다.
• **면보** '면포'(개화기 때에 '빵'을 이르던 말)의 사투리.
• **즘승** '짐승'의 사투리.
• 다음 내용이 이어지지 않는 것으로 보아 인쇄할 때 한 줄 정도가 빠진 듯하다.

있는 갈매기가 날아옵니다. 그것을 보고 다리 위에 지나가던 사람들이 기뻐하면서 "야야, 갈매기 보아라! 갈매기가 왔다!" 하고 오래간만에 정든 친구나 만난 것처럼 반가워하면서 과자 부스러기를 던져 줍니다.

그러면 갈매기들도 사람을 피하지 아니하고 가깝게 날아와서 공중에서 던져 주는 과자 부스러기를 꿀떡꿀떡 받아먹습니다.

그러는 중에도 구차한 집 어린이가 해진 옷을 입고 자기가 먹는 면보를 조각조각이 떼어서 갈매기에게 던져 주면서 기뻐하는 것을 보고 알지 못하게 눈물까지 납니다.

아아, 귀엽고 착한 영국의 어린이!

'남에게는 부드럽게 스스로는 굳세게, 어데까지든지 조용하게 참을성 좋게 나가자.'

이것이 영국의 어린이의 누구나 다 지키고 있는 약속이고 신조입니다.

_三山人, 『어린이』 1928년 7월호

눈물의 작품*

이번에 열린 전람회는 동양에서는 처음 되는 세계적 전람회인 만큼 온 조선 어린이들의 가슴을 뛰놀게 하고 또 정성을 끌게 하는 것이었습니다. 그래서 이번 전람회에 모여 온 가난한 조선 어린이들의 그림 중에는 참으로 눈물겨운 불쌍한 이야기가 많이 잠겨 있습니다.

기막히게 훌륭한 재주를 가지고도 가난하기 때문에 산골짜기에서 그냥 쓸쓸히 묻히어 가는 어린이가 조선에는 어떻게 많은지…… 생각하면 크게 크게 소리쳐 울어도 다하지 못할 큰 설움입니다. 그 설움 많은 불쌍한 어린이들의 애달픈 솜씨로 그리어 온 눈물겨운 그림, 그중의 한 가지를 여기에 소개하여 나는 여러분과 함께 이 거룩한 이야기를 마음에 깊이 간직하고 싶습니다.

전람회의 제4호실 남편● 벽에 진열되어 있는 경상도 어린이들의 그림 중에 바위와 버드나무와 개천만 그린 수채화가 한 장 붙어 있어, 심사할 때에 또 잘 그렸다고 뽑혀서 가작이라는 표까지 붙어 있는데, 우리도 모르고 있다가 개회한 지 사흘째 되는 날 처음 이야기를 듣고 감탄하

* 발표 당시 '전람회 미담'으로 소개했다. 원문에 이석규의 얼굴과 작품 사진이 실렸으나 화질이 좋지 않아 싣지 못했다.

● **남편** 남쪽 편.

기를 마지아니하였습니다.

이것을 그린 경상북도 성주군 초전면 대장동에 사는 이석규 씨는 불행히 어릴 때 병신이 되어 등을 펴지 못하는 등 꼽추가 된 가련한 소년이었습니다.

어려서 젖 먹을 때 나어린 누이가 업고 다니다가 허리가 뒤로 넘어간 것을 그냥 모르고 놀다가 아주 허리가 휘어서 그 후 병원에를 두 번이나 들어갔으나 이내 고치지 못하고, 그 빌미로 등 꼽추가 되어 가련하게도 말 배울 때부터 병신 몸으로 일평생을 슬프게 지내게 되었습니다.

어머니 아버지는 그것이 가엾어서 '아무리 구차하여도 이 애는 공부를 시켜서 설움을 잊어버리고 살게 해야겠다.'고 촌에서 거의 30리 길이나 되는 읍내 공립보통학교에를 다니게 하였습니다. 30리 길을 걸어 다니자니 성한 몸이라도 고단한 것을 등 굽고 허리 못 쓰는 병신 몸에는 너무도 힘드는 일이었건마는, 그래도 학교에 다닐 수 있는 것만 기뻐서 "꼽추야!" "꼽추야!" 하고 놀리는 소리도 참아 가면서 눈이 오거나 바람이 불거나 쉬는 날 없이 부지런히 다니었습니다.

"요놈의 꼽추야! 네 등에는 짐을 이기가 좋겠구나." 하고 성질 나쁜 동무들이 구부러진 등 위에 돌멩이를 얹으면서 놀릴 때는 설운 신세를 혼자서 울기도 여러 번 하였습니다. 그리고 점심밥을 못 싸 가지고 가서 저녁때 돌아올 때는 배가 고파서 울기도 많이 하였습니다.

그러나 배가 아무리 고파도 동무들이 아무리 놀려도 그래도 참으면서 다니던 공부를, 원수의 돈이 없어서 월사금 다섯 달 치를 못 내었다고 학교에서 퇴학 명령을 받고 쫓기어 나왔습니다.

월사금을 못 내어서 쫓겨나는 일이 누구엔들 슬픈 일이 아니겠습니까마는 몸은 노동조차 할 수 없는 병신이 되어 오직 글공부 하나에 평생의 소원을 붙이고 살아가는 우리 불쌍한 동무 이석규 씨가 학교에서 쫓겨난 일이야말로 어떻게 악착스럽게 서러운 일입니까.

울고 울고 울고……. 어리고 병든 몸에 한울●이 무너진 것같이 아뜩하여 눈물의 30리 길을 울면서 울면서 온종일 걸었습니다.

울다가는 걷고, 걷다가는 울고……. 해질 때에 돌아온 아들을 붙들고 어머니며 아버지께서는 얼마나 가슴이 아프셨겠습니까? 아버지는 뒤꼍으로 가셔서 울고 계시고, 어머니는 마루 끝에 앉으셔서 그냥 소리를 내어 좍좍 우시었습니다. 그리고 누구보다도 더 서러워서 누님은 부엌문 옆에서 훌쩍이며 울었습니다.

그러나 슬픈 일이었습니다. 한번 쫓겨난 길은 돈이 없이는 다시 찾아갈 길이 없는 것이었습니다. 한 많은 설움을 가슴에 안고 어린 석규 씨는 구부러진 등 위에 지게를 지고 논두렁으로 산골짝으로 풀이나 베이러 다니었습니다. 남다른 천재를 가지고도 설움이 많아서 쓸쓸히 산길을 헤매일 때, 방울방울 흐르는 그 가엾은 눈물이 풀잎에 떨어질 때, 아아, 이름 없는 풀이라도 마음이 있으면 소리쳐 울었을 것입니다.

학교에서 쫓겨나서 이번에는 나무꾼 아이들에게 놀림을 받아 가면서 산골짜기로 풀이나 베이러 다니는 석규 씨는 다시는 글자나 책 구경을 하는 수가 없이 되어서, 그때부터 『어린이』 잡지를 주문해 보기 시작하여 한 달에 한 번씩 『어린이』 기다리는 것만이 이 세상 단 한 가지뿐의 재미였었다 합니다. 그래서 『어린이』가 늦게 발행되면 30리 길을 왕래하면서 우편국에 가 보고 가 보고 하면서 기다리어, 오는 날이면 그 밤으로 한 권을 다 읽어 버리고, 그러고도 그 책을 놓지 못하여 품에 품고

● **한울** 천도교에서 '하늘'을 달리 이르는 말.

다니면서 풀을 베다가도 읽고 밭일을 하다가도 또 내어 읽고 읽고 하면서 살았답니다.

그런데 석규 씨는 웬일인지 학교에 처음 다닐 때부터 다른 공부보다도 그림 그리기를 제일 즐겨 하여 잡기장 끝이라도 조금 남은 구석만 있으면 반드시 그림을 그리고 그리고 하였답니다. 누가 특별히 가르치지도 아니하는 고로 잘되는 그림인지 잘못되는 그림인지 알지도 못하면서, 그래도 종이 끝만 보면 연필 끝을 얻어 가지고 혼자서 눈에 보이는 대로 그리고 그리고 하였습니다.

그러다가 학교에도 다니지 못하게 되니 이제는 종이도 얻을 수가 없고 연필이나마 마음대로 구하지 못하게 되어 어린 석규 씨의 설움을 더욱 많게 하였습니다.

그러는 중에 불쌍하게도 한 가지 남은 위로와 희망까지 끊어지게 되었으니, 그것은 한 달에 단돈 10전씩도 없어서 이 세상에 그를 위하여 단 하나뿐인 동무 『어린이』 잡지를 계속해 보지 못하게 된 것입니다.

몸의 충실도 얻지 못하고 학교 공부도 얻지 못하고 굽어진 등에 지게를 메고도, 그러면서도 단 한 가지 위로를 얻고 동무로 여기는 『어린이』도 얻어 보지 못하게 될 때 아아, 그의 설움이란 어떠하였겠습니까? 이 책을 읽는 동무들이여, 우리는 이 책을 걱정 없이 계속해 읽을 수 있는 것을 다행히 여겨야 하고 감사해야 합니다. 그리고 이 세상에는 그렇게까지 불쌍한 동무가 많이 있는 것을 생각해야 됩니다.

그런데 바로 금년 여름입니다. 여름방학 때 경성제국대학에 다니는 대학생 주병환 씨라는 이가 쉬기도 할 겸 약도 먹을 겸 조용하고 공기 좋은 곳을 골라 절간을 찾아가서 여러 날 유련해• 있는 곳이 바로 이석규 씨 집이 있는 그 뒷(산) 속에 있는 조꼬만 절이었습니다.

조용한 절간에 고요히 있어서 책을 읽다가 절 바깥마당에 나아가서 거닐면서 본즉, 여러 나무꾼 아이들 중에 등 굽은 아이가 있고 그 등에도 지게를 지고 나무를 하는 고로 '누구 집 아이인지, 등 구부러진 아이에게 지게를 지어 내보낸 것을 보면 꽤 구차한 집인가 보다.' 하고 동정하는 마음으로 눈여겨보고 있었더니, 풀을 한 짐씩 다 벤 후에 다른 아이들은 씨름을 하는 둥 장난을 하는 둥 수선스럽게 노는데, 그 병신 아이만 혼자 떨어져서 저편 바위 위에 앉아서 뜯어진 책장 종이를 무릎 위에 놓고 조꼬만 연필 끝을 내어 가지고 그림을 그리더랍니다.

그래서 뒤로 슬금슬금 가깝게 가 본즉 종이는 찢어진 종이로되 연필은 남이 내어버린 밑둥뿐이로되, 그리는 솜씨는 그 앞에 보이는 버드나무라든지 물 흐르는 개천이라든지 멀리 보이는 바위라든지 배운 일 없는 그림치고는 대단히 잘 그리더랍니다.

그것을 보고 마음속에 대단히 의아하여 가깝게 가서 손목을 잡고 여러 가지 일을 물으니, 그는 자기가 어릴 때 누이에게 업혀 다니다가 허리를 상한 이야기, 학교에 다니다가 월사금을 못 내어서 쫓겨 나온 이야기, 그림은 따로 배운 일이 없으나 저절로 그림만 그리고 싶어진다는 이야기, 그러나 종이와 연필이 없어서 그것도 그려 보지 못하는 이야기와 그렇게 정들여 읽던 『어린이』 잡지도 돈 10전이 없어서 못 대어 보게 되어 "나는 아마 한평생 글자도 모르고 한평생 무식하게 살다가 죽을까 봅니다." 하고 눈물을 뚝뚝 흘리더랍니다.

그 이야기를 듣고 대학생은 사정도 사정이려니와 첫째, 배운 일 없이 그림을 그렇게 잘 그리는 것이 확실히 천재를 가진 사람이라고 믿었고,

● **유련하다** 객지에 묵고 있다.

그럴듯한 귀여운 천재가 이렇게 무참히 파묻히어서 쓸쓸히 썩어 가는 것을 울고 싶은 마음으로 아까워하면서 진정을 다하여 위로의 말을 하여 주었습니다.

생후 처음 빈말로라도 위로의 말을 들으면서 기뻐하던 것도, 몇 날이 못 되어 방학도 끝나고 가을 머리●가 되어, 언니나 아저씨보다도 친하게 고맙게 알던 대학생은 고만 다시 서울로 가 버리고 말았습니다. 그래서 어린 석규 씨는 새삼스레 쓸쓸히 혼자 떨어진 것 같은 생각을 가지게 되었습니다.

그러나 서울로 돌아온 대학생 주 씨는 작별하고 오기는 왔어도 이내 그 불쌍한 어린 동무 산골짜기에 쓸쓸히 썩는 어린 천재를 잊어버릴 재주가 없었습니다. 어떻게 무얼로 어떻게 위로를 하여 줄까 생각던 끝에 『어린이』 9월호를 한 책 사서, '슬프고 쓸쓸한 생각이 날 때 혼자서 울지 말고 이 책을 읽으시라.'는 편지와 함께 내려보냈습니다.

그것을 받은 이석규 씨의 기쁨이 얼마나 하였겠습니까? 돌아갔던 형님이나 누이를 만나는 것처럼 기뻐 날뛰면서 한숨에 내리읽을 듯이 책을 뒤적이는데, 그때에 그의 눈을 이끌고 그의 가슴을 뛰놀게 한 것은 부록 신문 『어린이세상』에 '세계아동예술전람회를 10월 2일부터 열겠으니 조선 소년들도 그림을 속히 그려서 9월 25일 안으로 개벽사 어린이부로 보내시오.' 하는 광고였습니다.

'세계 각국에서 잘 그린 그림만 모으는 판에 뽑혀 볼 줄이야 꿈도 못 꾸지마는 그래도 남처럼 종이나 있고 채색이나 있으면 그려 보내 보기나 할 것을…….' 하는 생각이 나서 다시 신세 한탄에 눈물 먼저 고였습

● 머리 어떤 때가 시작될 무렵.

니다. 그래서 자기는 그려 볼 생각도 못 한다고, 할 곳 없는 하소연을 엽서에 적어서 서울 대학생께로 보내었습니다.

그 편지를 받은 대학생은 그길로 곧 뛰어나가 상점에 가서 두껍고 빳빳한 좋은 종이 두 장을 골라 사서 내려보내 주었습니다.

가련한 천재 석규 씨는 그렇게 좋은 종이를 만져 보기도 처음이라 종이를 가슴에 안았다가 얼굴에 대었다가 하면서 기뻐하였습니다. 그러나 종이는 생겼으나…… 채색이 있어야 그리지를 아니합니까. 이렁저렁하다가는 9월 25일 기한 안에 보내지도 못하겠고, 촉급한 마음에 안타까운 마음에 생각다 못하여 동무의 집에 가서 채색을 잠깐 빌려다가 그릴밖에 없다고 생각하고 앞마을 동무의 집을 찾아갔습니다. 가 보니까 동무 아이는 학교에 가고 없으니 밤중에나 돌아올 모양인데, 그의 책상 위에 채색감이 놓여 있었습니다.

'모르는 사이도 아니고 시간은 바쁘고 하니 그냥 가져다가 그리고 이따가 밤에 임자가 돌아오거든 인사하면 그만이겠지.' 하고 그냥 무심코 채색을 가지고 와서 그날로 당장에 두 장을 그렸습니다. 한 장은 나어린 소년이 소를 끌고 밭에서 일하는 것이고, 또 한 장은 바위와 개천과 버드나무 두 장을 그리었는데, 그 그림을 그리어 놓고 스스로 기뻐서 그날 밤으로라도 우편국에 가서 부쳤으면 좋겠다 들먹거릴 때, 그때 저편 채색 임자의 집에서는 "등 꼽추 아이가 채색을 도적질해 갔다."고 뒤떠들고● 돌아다니기 시작하였습니다.

일이 공교하게● 되느라고 함경도에는 금년에 비가 많이 와서 물난리가 났지마는 경상도에는 도무지 비가 오지를 않아서 흉년 들었다고 눈

● **뒤떠들다** 왁자하게 마구 떠들다.
● **공교하다** 공교롭다.

물만큼 한 물만 있어도 내 논으로 끌겠다, 내 밭으로 가져다 대겠다 하고 처처에서 싸움이 크게 난 판이었는데, 마츰• 석규 씨 집하고 그 채색임자 집하고는 물싸움으로 크게 싸우고 난 판인 고로 서로 원수같이 여기면서 인사도 안 하고 지내는 중이었으므로, 다른 때 같으면 아무 말 없이 지낼 일이건마는 트집거리가 잘 생겼다고 "그놈의 집이 도적놈의 집이니." "부모가 그러니까 자식도 고웁지 못하지." 하고 온 동리를 들먹거리도록 "등 꼽추 애가 도적질하여 갔다."고 광고하고 돌아다녔습니다.

그러니 석규 씨 집 식구가 오죽이나 마음이 괴로왔겠습니까? 귀여운 아들이 병신 된 것도 불쌍하고 학교에 못 다니는 것도 슬픈 일인데, 도적놈이란 말까지 들으니 오죽이나 슬프고 분하였겠습니까? 화풀이를 할 곳이 없어서 그냥 매를 들고 가련한 석규 씨를 두들기기 시작하였습니다.

"너 같은 병신이 살아 있으면 무슨 영광을 보겠느냐. 애저녁에 죽어 버리지 왜 살아서 어미 아비까지 도적 성명•을 잡히게 하느냐!"고 때리는 이도 울음, 맞는 애도 울음, 가슴에 맺힌 설움은 매끝•으로 쏟아져서 어린 병신 몸에 휘휘 감겼습니다. 맞다 못하여 불쌍한 석규 씨는 그만 밖으로 뛰어나가 산꼭대기로 도망을 해 가고, 그렇게 안타까운 정성으로 그리어 놓은 그림 두 장은 어머니가 찢으려다가 두꺼워서 찢지 못하고 그냥 건넌방 아궁이 속에 넣어 버렸습니다.

그런데 그 밤에 오래 기다리던 비가 쏟아지기 시작하였습니다.

• **마츰** '마침'의 사투리.
• **성명** 떨치는 이름.
• **매끝** 때리는 매질의 형세.

비는 쏟아지는데 그림 임자는 산으로 도망가서 돌아오지 아니하고, 비나 맞지 않는지 어데서 저녁밥이나 얻어먹었는지 집에 있는 누이는 건넌방 속에서 혼자 느끼어 울고 있었습니다.

그러나 처녀의 가슴에 더욱 슬픈 일은 동생이 그렇게까지 안타깝게 그린 그림이 전람회에 가기는커녕 그냥 무참히 아궁이 속에 들어간 일이었습니다. 그린 사람은 뭇사람에게 욕을 먹고 산으로 도망가고 없고 그가 그린 그림은 헛되이 아궁이 속에 있고, 내일 아츰•에 부쳐 보내지 못하면 9월 25일 안에 도착되기는 바랄 수 없는 일인 고로 그것이 더욱 안타까웠습니다.

비는 쏟아지고 밤은 그냥 자꾸 깊어 갔습니다.

생각다 생각다 못하여 처녀는 아버지 어머니의 잠 들으시기를 기다려 몰래몰래 기어 나가서 아궁이 속에 있는 그림을 집어내어서 재를 털어서 보자기에 싸 가지고 치마 속에 감추어 달고는 그길로 나서서, 무서운 줄도 모르고 쏟아지는 비를 맞으면서 지옥길같이 어두운 속을 30리를 걸어갔습니다.

사나운 비, 무서운 밤 그래도 무릅쓰고 처녀가 혼자 도망하기는 동생의 그림을 전람회에 보내 주려는 까닭이었습니다. 읍으로 읍으로 30리 길을 걸어가서 간신히 이튿날 새벽에 읍에를 찾아들었는데 그때는 물 속에서 기어 나온 미친 여자 같았습니다.

그러나 동생의 정성 하나를 위하는 일편단심은 그대로 우편국을 찾아가서 그 정성의 그림, 눈물의 그림을 서울 어린이사로 보냈습니다.

여러분, 이 글을 읽는 독자 여러분 눈물을 씻고 기뻐하십시오. 그 그

• **아츰** '아침'의 사투리.

림이 9월 22일에 본사에 도착이 되어서 이번 굉장한 전람회에 진열되었습니다. 그리고 그중에 한 장은 더욱 잘 그린 그림으로 뽑히어 가작이라는 표까지 붙어서 명예 있는 상을 받게 되었습니다.

이 이야기를 듣고 그 그림을 볼 때에 우리는 그 석규 씨의 누님 되는 처녀에게 백 번 천 번 절을 하고 싶습니다. 그 거룩한 노력이 어찌 자기 동생 한 사람만의 감사할 일이겠습니까?

이 그림과 이 그림 속에 잠겨 있는 아름답고도 눈물겨운 이야기는 영구히 영구히 어린이들의 세상에서 찬란히 빛날 것임을 우리는 굳게 믿습니다. 이 이야기를 듣고 우리들에게 더욱 생각되는 일은 조선에는 얼마나 많은 천재가 가난함 때문에 그냥 묻히어 썩고 있느냐 하는 점입니다. 이런 일을 생각할 때에 우리는 그냥 소리쳐 울고 싶습니다.

그냥 끝까지 모르고 지나갔을 이 이야기를 우리가 듣게 된 동기는 전람회 준비할 때에 너무 복잡하여 밤을 새워 하는 통에 잘못되어 그 그림이 경상도 부분에 진열되지 않고 당치도 않게 멀리 떨어져서 황해도 부분에 진열된 것을 우리도 모르고 있었는데, 그 대학생 주 씨가 '첫날 둘째날 이틀 동안을 찾아도 그림이 보이지 않는다.'고 어린이사 사무실에 찾아와서 질문하시는 고로 본사에서도 곧 조사하여 황해도 부분에 끼어 있는 것을 발견하였는데, 그때에 주 씨에게서 이 이야기를 듣고 그 후에 이석규 씨에게서도 편지가 와서 자세히 알게 되었습니다.

_夢見草, 『어린이』 1928년 10월호

세계아동예술전람회를 열면서

밥을 먹어야 산다 하여 반찬도 간장도 없이 그냥 맨밥만 꾸역꾸역 먹고 살 수 있느냐 하면 그렇게는 안 되는 것입니다. 좋은 반찬을 많이 먹지는 못한다 하더라도 좋지 못한 반찬이라도 밥에 섞어 먹어야 밥을 먹을 수도 있고 또 먹은 밥이 소화도 되어서 비로소 몸에 유익한 것입니다.

그와 마찬가지로 우리에게 유익한 지식이라 하여 수신●과 산술만 꾸역꾸역 먹고 좋은 사람이 될 수 있느냐 하면, 그것만 가지고는 좋은 사람 — 빠진 구석 없이 완전한 좋은 사람 — 이 될 수 없는 것이요, 예술이라 하는 좋은 반찬을 부지런히 잘 구해 먹어야 비로소 빠진 구석 없이 완전한 좋은 사람(전적● 생활을 잘 파지해● 갈 수 있는 인물)이 되는 것입니다.

예술이라는 것을 자세 설명하자면 여러분에게는 대단히 알아듣기 어려운 말입니다마는 듣기 쉽게 말하면, 여러분이 동요를 짓는다든지 그림을 그린다든지 좋은 소설을 짓거나 읽는다든지 좋은 동화나 동화극

* 발표 당시 목차에는 '훈화'로, 본문에는 '인사 말씀'이라고 밝혔다.
● **수신** 악을 물리치고 선을 북돋아서 마음과 행실을 바르게 닦아 수양함.
● **전적** 하나도 남김없이 모두 다인 또는 그런 것.
● **파지하다** 꽉 움키어 쥐고 있다.

을 생각한다든지 그런 것들이 모두 '예술'이라는 세상의 것입니다. 모두 여러분의 예술입니다.

그런데 이때까지 조선에서는 그것을 전혀 모르고 또는 알 만한 사람도 잊어버리고 지내 왔습니다. 그래서 딱딱하고 뻣뻣한 글을 한평생 배워도 글은 글대로 있을 뿐이지 사람의 생활에 이렇게 저렇게 응용해 쓰지 못해 왔습니다. 그러니까 실상은 배우면 배운 것이 사람의 살림과는 딴청으로 있어서 글 배웠다는 사람일수록 뻣뻣하고 딱딱하고 장승처럼 움직이지 않는 사람이 많이 되었습니다.

이래서는 안 되겠다고 일찍부터 조선의 교육에도 새로운 과정이 자꾸 늘어서 도화●도 가르치고 창가●도 가르치고 하게 되었습니다. 그러나 그것만 가지고도 안 되겠어서 이마적●에는 동화다, 동요다, 무어다 무어다 하고 예술 방면의 교육에 힘을 더 써 오게 된 것입니다.

우리는 이 점에 크게 생각되는 점이 있어서 아직 대단히 유치하고 미미한 중에 있는 조선의 아동 예술 생활에 크게 참고가 되게 하고, 또 우리도 그렇게 하고 싶다 하는 충동이 생기게 하고, 아직도 아동 예술이 무언지 알지 못하는 부형께는 이러한 것이 이렇게 필요합니다, 벌써 남의 나라에서는 이렇게 굉장히 하고 있습니다, 하는 것을 실지로 보여 드리기 위해서 '세계아동예술전람회'를 계획한 것입니다.

남다른 정성으로 계획은 하였으나 이 일은 세계적으로 큰일인 만큼 너무도 돈과 힘과 날짜가 많이 드는 일이어서, 우리들의 조꼬만 힘에는 너무도 벅차는 일이었습니다.

● **도화** 미술.
● **창가** 근대 음악 형식의 하나. 서양 악곡의 형식을 빌려 지은 간단한 노래.
● **이마적** 지나간 얼마 동안의 가까운 때.

3년 전부터 시작한 일이 1년이 걸리고 2년이 걸려도 다 들어서지를 않아서 중간에 그만두자는 의논까지 났었으나, 그래도 그래도 하고 억지의 힘을 들여서 햇수로 4년이 걸려서 이번에 간신히 20여 나라의 출품을 모아 가지고 전람회를 열게 된 것입니다.

우리는 이제 우리의 조꼬만 힘임에 불구하고 세계 각국에서 좋은 출품을 많이 보내 준 호의를 감사하고 또 기뻐하면서, 이번 전람회가 한 분에게라도 더 많은 참고와 자극을 드리어 우리 조선의 아동 예술이 한층 뛰어남이 있게 되기를 간절히 간절히 바라고 있을 뿐입니다.

_『어린이』 1928년 10월호

겨울과 연말

은행 잎사귀가 황금 비늘처럼 내리덮인 뜰에는 아침마다 찬 서리가 하얗게 내리고, 살얼음 잡힌 강물 위로 쌀쌀한 저녁 바람이 스쳐 지날 때마다, 그윽한 숲속에서 까치가 구슬피 울부짖습니다. 잎 떨린 감나무 가지마다 새빨간 감이 도롱도롱 매달리어 머지않은 운명을 슬퍼하는 듯하고, 기러기 울고 지나는 쓸쓸한 달밤에 오동잎이 하나씩 둘씩 떨어집니다.

벌써 첫눈이 내렸습니다. 더 높은 국화꽃의 후미한● 향내가 한울● 끝까지 사무쳤습니다. 이리하여 겨울이 오고 금년이 또 저물기 시작하였습니다.

우리는 봄의 새싹과 같이 우쭐우쭐 커 가는 사람, 자라 가는 사람이거니, 살을 에어 갈 듯이 치운● 날에도 펄펄 내리는 눈 속에서라도 씩씩하게 뛰어놀며 춤추고 운동하는 가장 용감한 사람이 되어야 합니다.

그리고 고요한 밤에는 새끼도 꼬고 신도 삼으며 공부도 하여야겠습

* 발표 당시 목차에서 '권두'라고 밝혔다.
● **후미하다** 진하다.
● **한울** 천도교에서 '하늘'을 달리 이르는 말.
● **칩다** '춥다'의 사투리.

니다. 겨울이라 하여 병신같이 들어앉았을 때가 아닙니다. 해 있을 동안은 반드시 밖에 나가서 추위와 싸워 견디는 힘과 대항하는 힘과 싸워 이기는 힘을 길러야 하고, 기나긴 밤에는 손이 부르트도록 부지런히 일하고 책상머리에 앉아 열심으로 공부하여 독서에 재미 붙여 속으로 겉으로 꼭 같은 힘을 지어 가야겠습니다.

다른 동물들은 모두 땅속과 깃 속에 숨고 모든 식물은 죽은 모양으로 있으되, 우리 조선 소년은 다른 때보다도 겨울에 더 몸이 빙산같이 튼튼히 자라나고 마음이 눈같이 깨끗이 키워 나며 아는 것이 많아져야 합니다. 그리하여 한 해 두 해 겨울과 연말을 보낼 적마다 새봄의 나라를 세울 일꾼으로서의 있어야 할 것들을 길러야 할 것입니다. 이것이 영원의 봄나라를 우리 것이 되게 하는 한길이며, 해마다 겨울과 연말을 맞이하는 우리로서의 반드시 깨달아야 할, 깊이 느껴야 할 생각입니다.

_무기명,• 『어린이』 1928년 12월호

• 목차에는 필자 이름이 '編輯人'으로 표기되어 있다.

즘생도 말을 합니다

—유명한 학자들의 새로운 연구

우리 사람이 만일 동물들의 말을 알아들을 수가 있다면 처마 끝이나 나뭇가지에서 짹짹거리는 참새의 소리를 듣고도 '옳지, 이것은 저희끼리 무턱대고 재잴거리는 것이 아니라 어느 곳에는 먹을 것이 많고 어느 곳에는 먹을 것이 하나도 없더라.'는 말이로구나 하고 얼른 그 참새들의 짹짹거리는 소리의 의미를 곧 알 수 있을 것이며, 낯선 사람을 만날 때마다 컹컹 짖는 강아지의 소리를 듣고도 '옳지, 이것은 처음 만나는 사람이라 자기에게나 또는 주인에게 해로움이 돌아갈까 봐서, 너는 알지 못하는 놈인데 무엇 하러 찾아왔느냐?' 하고 호령하는 소리로구나 하고, 그 강아지의 컹컹 짖는 소리의 의미를 곧 알 수 있을 것이니 (기타 어떠한 즘생● 이든지……) 이 얼마나 재미있는 일이겠습니까?

그러나 우리는 불행히 그러한 즘생들의 말소리를 곧 알아듣고 해석할 만한 청각을 갖지 못했고 또 그에 대한 지식도 갖지 못했습니다. 그리고 그런 것은 알려고 해야 알 수도 없을 것으로 믿어 왔고 또 애써 알려고도 하지 않았습니다.

그러나 이것은 영영 모를 것이라고 우리는 낙망하고 그만둘 것인가,

* 발표 당시 목차에서 '과학'이라고 밝혔다.

● **즘생** '짐승'의 사투리.

또 알려면 알 수가 있을 것일까! 여기 대해서 다년간 연구한 이들의 이야기를 들어 보는 것도 결코 무익한 일이 아니리라고 믿는 동시에, 몇 분 학자님의 말씀을 소개합니다.

*

"새들이 짹짹거리는 것을 우리는 이때까지 노래하는 것으로만 알아 왔습니다. 그러나 새들이 주둥이를 벌리어 짹짹거리는 것은 결코 그것이 노래가 아니요, 우리 사람으로 치면 말을 하는 것입니다."

이것은 미국 컬럼비아대학의 언어학 교수로 있는 윌리엄 패터슨 박사가 유명한 심리학자들만 모인 자리에서 「동물의 언어에 대한 신연구」를 공표할 때에 머리말로 한 말입니다.

*

패터슨 박사는 원래 동물 중에도 새소리를 전문으로 연구하는 학자로 한 2, 3년 전에 멀리 아프리카에서 흰빛과 회색빛의 얼룩 털을 가진 이름 모를 작은 새 한 마리를 구해다가 열심히 연구한 결과, 그렇게 작은 새라도 능히 3천 어(語) 이상의 말을 할 수 있는 것을 알았습니다. 말의 조자•는 그 범위가 넓어서 어떻게 형용해• 말하기 어려우나, 대개 사람의 말의 모음과 자음과 비슷하고, 이것을 만일 문자로 표시한다면 7종의 모음과 17종의 자음으로 도합 24종이 되는데, 이 모음과 자음이 합하여 한 말을 형성하는 것이 우리 사람과 꼭 같답니다.

그리고 특별히 감탄할 일은 이 새는 우리 사람들같이 말을 함부로 쓰는 법이 없이 꼭 일정한 경우 이외에는 절대로 쓰지 않는답니다. 그 한

• **조자** 가락.
• **형용하다** 말이나 글, 몸짓 따위로 사물이나 사람의 모양을 나타내다.

예로는 매일 아츰•마다 일정한 시각에 깨면 잠깐 동안 재잘거리는 것이 정칙•인데, 그 시각은 언제나 14초 이상을 더 넘기는 법이 없으며 그 재잘거리는 소리도 아츰에는 꼭 같은 소리를 날마다 되풀이한답니다.

*

개는 기쁘거나 유쾌한 때에는 반드시 꼬리를 흔들고, 성이 나거나 불유쾌한 때에는 반드시 으르렁거리며 몹시 짖습니다. 또 고양이는 기쁘거나 유쾌한 때에는 반드시 사람의 손이나 발을 핥든지 몸뚱이를 비비적거리고, 성이 나거나 불유쾌한 때에는 반드시 뾰죽한 발톱으로 박박 할퀍니다. 이것은 그들의 표정과 행동을 보아서 우리가 잘 알 수 있는 일이지만, 그들이 그들 동지 간에 서로 의사를 통할 때에 쓰는 말은 우리 사람이 도무지 알 수 없는 한 수수께끼입니다.

그러나 한 가지 재미있는 일은, 여러분 중에도 개나 고양이를 길러 보신 이는 다 각각 당해 보셨겠습니다만 그들 중에 좀 영특한 놈은 저를 길러 주는 주인의 말은 아무러한 말이라도 대강 짐작하고 이해하는 놈이 많습니다. 개 같은 것은 몇 번만 가게에 데리고 가서 그가 보는 앞에서 꼭 일정한 물건을 여러 번 사고 그 후에 돈만 입에 물려 주면 저 혼자라도 넉넉히 그 물건을 사 오는 것은 우리가 흔히 볼 수 있는 일이며, 또 그에게 어떤 친구를 보여 주고 그 이름을 몇 번만 가르쳐 주면 그 후에는 아무리 많은 사람이 모인 자리에서라도 그 사람의 이름만 부르면 즉시 그 사람을 발로 가리키는 등, 여러 가지 영특한 행동을 우리는 흔히 볼 수 있습니다.

• **아츰** '아침'의 사투리.
• **정칙** 일정한 규칙이나 법칙.

*

미국 남캘리포니아대학의 동물심리학 교수로 있는 칼우와 씨의 실험에 의하면, 어떤 말에게 자주 찾아오는 방문객의 이름을 그가 보는 앞에서 여러 번 글자를 써서 가르쳐 주었더니, 그 후에는 그 손님이 찾아오기만 하면 반드시 앞 굽으로 그 사람의 이름을 땅바닥에다 한 자도 틀리지 않게 써 놓더랍니다.

이렇게 모든 동물은 사람이 가르치면 가르치는 대로 무엇이나 그 흉내를 잘 낼 수가 있지만, 단지 사람의 말뿐은 어떠한 동물에게든지 가르치기가 여간 어려운 일이 아니어서 이에 대한 재미있는 연구가 학자 간에 대단히 성행하고 있습니다.

역시 미국에 큰 대학의 심리학 교수로 있는 로바도 약쓰라는 학자가 오랫동안 사람과 비슷한 원숭이에게 사람의 말을 가르쳐 본 결과, 그들의 정신뿐만은 상당히 영리한 것을 알았으나 그의 발성기관의 조직이 기계적으로 사람의 말을 발할 수 없는 것을 알았습니다. 그러나 그들이 우리 사람과 꼭 같이 조자를 맞추어 숨을 들이쉬고 내쉬면서 입을 놀릴 수 있는 것을 알았답니다.

그리고 이분의 연구에 의하면 사람과 비슷한 원숭이는 서른두 가지의 다 다른 발음을 하는데, 그중에도 검은 성성이• 같은 것은 저희 두 양주(부부) 사이에 그 발음을 합해서 고통, 유쾌, 기아 등의 의사를 잘 표시하고, 그 발음 끝에는 반드시 사람들이 그런 경우에 쓰는 말과 같이 "오!"라든지 "아!" 하는 감탄사를 쓴답니다.

그리고 이분은 특히 이 성성이에게 사람의 말을 가르치기 위하여 그

• 성성이 오랑우탄.

들이 제일 좋아하는 바나나를 궤짝에 넣어 그것을 이용해 왔는데, 그 궤짝의 뚜껑을 열기만 하면 그들은 반드시 사람의 말을 흉내 내려고 애를 쓴답니다.—(이것은 사람의 말을 흉내 내지 않으면 바나나를 주지 않기 때문입니다.)—그래서 그 한 예로는 바나나를 "바나나"라 하지 못하고 "바 바"라고 하는데, 이나마 가끔 잘되지 않을 때에는 바나나를 얼른 먹기 위하여 박사의 발음하는 표정을 열심히 흉내 내려 한답니다.

그리고 조금 어려운 말이면 그것을 능히 표시하지는 못하나마 표정뿐만은 그럴듯하게 한답니다. 이 발견은 비록 말은 통하지 못하나마 얼굴의 표정뿐만으로도 능히 동물과 회화할 수 있다는 귀중한 연구입니다. 그래서 박사는 말하기를, 그들은 마치 사람 중에 귀머거리나 벙어리가 말을 하지 않고도 그 의사를 자기의 수족으로 잘 표시하는 것과 꼭 같은 것이라고 하였습니다.

*

이와 같이 동물언어학, 동물심리학의 발달은 사람과 동물의 다른 점은 그 말에 의한 의시•를 교환할 수 있는 능불능•에 있다는 정의가 근본으로 깨지고, 결국 동물도 사람과 마찬가지로 그 의시를 교환할 수 있다는 새로운 정의가 세워지게 되었습니다.

_三山人, 『어린이』 1928년 12월호

● **의시** 암시. 뜻을 보여 줌.
● **능불능** 할 수 있는 일과 할 수 없는 일.

겨울에 할 것

—겨울방학에 무엇을 할까!

눈맞이

우선 눈을 많이 맞으십시오. 겨울에 제일 반갑고 좋은 것은 눈 오시는 것이니 눈이 오시거든 책을 덮어 놓고 뛰어 나아가서 눈을 맞으십시오. 비 오시는 것은 구슬프지만 눈 오시는 것은 정답고 재미있습니다. 눈 오시는 것을 보면 아무라도 마음이 고와지고 생각이 부드러워집니다. 1년 내 그리던 눈이 당신의 집 마당에 찾아오면 어떻게 당신이 유리창으로 내다보고만 앉았습니까? 뛰어나가서 그 깨끗하고 반가운 눈을 맞으면서 돌아다니십시오. 동리 집 동무의 집을 찾아다니고 그리고 동리 바깥 벌판에도 나가 보고 또 뒷동산에 올라가서 눈 속에 파묻히는 동리를 내려다보기도 하십시오. 그러면 눈과 한울●과 동리와 벌판과 겨울이 모두 한 뭉치가 되어 당신의 가슴속에 삼켜집니다. 그리하는 것이 당신이 자연을 집어삼키는 것이 됩니다.

눈이 우연만큼● 쌓이거든 두 편을 갈라서 눈싸움을 (꼭 규칙을 정해 가지고) 규모 있게 하고, 눈이 대강 그치거든 눈을 뭉쳐서 사람을 만들

* 발표 당시 목차에서 '훈화'라고 밝혔다.

● **한울** 천도교에서 '하늘'을 달리 이르는 말.

● **우연만하다** 웬만하다. 그저 그만하다. 어지간하다.

되 사람만 만들지 말고 송아지, 코끼리, 돼지, 앉은 토끼, 오리, 닭, 쥐, 우체통, 삼층탑, 자동차 무어든지 만드십시오. 집집이 잘 만들기 내기를 하거나 동리와 동리가 편 갈라 가지고 내기를 하여도 좋습니다.

눈과 함께 사십시오. 눈 속에서 뒹굴면서 지내십시오. 눈을 싫어하거나 눈을 피하는 사람은 죽을 날 가까운 노인들뿐입니다.

화초분●

전에도 말씀하였지만 이번 겨울에는 방 속 책상 위에 반드시 화초분이나, 꽃이 없으면 풀이나 나무라도 반드시 하나 놓고 키우십시다. 그것도 없으면 배추 뿌리를 심거나 무를 사발에 심어서라도 그 싹을 키우십시다.

초목은 물론이요 사람들까지 짐승들까지 이 세상 온갖 것이 추위에 눌려 얼드려서 하나도 생기 있는 것을 보지 못하고 살게 되는 때, 배추 잎이라도 무 싹이라도 책상 위에서 파랗게 커 가는 것을 볼 수 있는 것은 그 파랗게 생기를 내 몸에 옮겨 가지게 되는 고로, 늙은이에게도 좋지만 자라 가는 어린 사람에게는 더할 수 없이 유익하고 재미있는 일입니다. (차간● 60행 삭제●)

원족●회

원족이라면 반드시 봄철이나 가을철 경치 좋은 때 하는 것인 줄 알지

● **화초분** 화초를 심는 화분.
● **차간** '이 사이'를 뜻하는 일본식 한자말.
● 검열로 삭제된 것으로 보인다.
● **원족** 소풍.

만, 그렇지 않습니다. 겨울방학 때 40리나 50리 바깥에 전부터 소문만 들으면서 가 보지 못한 곳을 찾아가 보는 것이 얼마나 좋은 일이겠습니까? 이름만 듣고 가 보지 못하던 절(사원), 아츰저녁[•]으로 멀리 바라보기만 하고 가 보지 못한 높은 산, 30리나 40리 밖에 있는 동리에서 재미있게 하여 나간다는 소년회, 그런 데를 뜻 맞는 동무 5, 6인이나 7, 8인이 점심 차려 가지고 갔다 오는 것이 어떻게 유익하고 재미있는 일입니까. 잠을 안 자고 새벽 3시나 4시에 떠나는 것도 재미요, 밤이 들어 10시, 11시에 돌아와 보는 것도 또한 재미입니다. 더욱 눈이 쏟아지는 때 눈을 맞으면서 창가[•]를 높이 부르면서 먼 길을 걸어 높은 산에 올라가는 것은 씩씩하고도 기쁜 일입니다.

일야강[•]

동리에서 조금 떨어진 곳에 방을 얻을 수 있으면 그곳에 장소를 정하고, 저녁 먹고 그리로 모이되 공책 하나와 연필 하나를 가지고 모입니다. 모여서, 가령 7시에 모인다면 7시부터 30분까지 창가 합창, 8시 반까지 한 시간 동안 역사 이야기(어른더러 하여 달랄 것), 9시까지 독창, 독주 또는 재담 소리, 9시로부터 10시 반까지 토론, 10시 반부터 11시 반까지 반 시간 동안 밖에 나아가서 동리 순경[•]을 돌고, 11시 반부터 12시까지 자유로 팔씨름, 다리씨름, 몸 재주, 수수께끼 각각 자기 맘대로 하고 자정을 치면 일제히 누워서 잡니다.

● **아츰저녁** 아침저녁. '아츰'은 '아침'의 사투리.
● **창가** 근대 음악 형식의 하나. 서양 악곡의 형식을 빌려 지은 간단한 노래.
● **일야강** 하룻밤 동안 놀고 배움.
● **순경** 순찰.

새벽 5시에 일제히 일어나서 합창 3회 하고, 뛰어나가서 샘물로 세수하고, 뒷동산에 올라가서 동천을 향하고 체조, 합창 30분 동안 하고 내려와서 6시에 한 시간 동안 역사 이야기 듣고, 7시 반까지에 소견껏 장래 일을 약속하고, 7시 반에 흩어져 내려와서 8시에 아츰을 먹습니다.

이것도 크게 유익한 일이요, 겨울방학에 하기 좋으니 꼭 한번 실행해 보십시오. 자꾸 하게 됩니다.

영년회●

12월 31일 밤 각각 자기 집에서 과세하지● 말고, 한 방을 치우고 이날은 특별히 석유 등잔을 치우고 촛불을 밝히 켜고, 벽 정면에는 '송구영신'이라 크게 써 붙이고 모여 앉아서 창가도 하고, 신년부터 실행하고 싶은 일을 각각 적어 가지고 와서 차례차례 일어서서 그것을 크게 읽고, 음악회처럼 담화회처럼 재미있게 놀다가 새벽에 흩어져 돌아가면 혼자 자기 집에서 과세하는 것보다 더 재미있고 더 의미 있습니다.

_『어린이』 1928년 12월호

● **영년회** 송년회.
● **과세하다** 설을 쇠다.

새해 두 말씀

새해! 새해! 기꺼운 새해가 왔습니다. 고생 많은 사람에게나 슬픔 많은 사람에게도 새해는 기꺼운 것이니 고생 없는 사람이 되려 하고 슬픔 없는 사람이 되려 하는 사람에게 그 날이 한 해 한 달 가까워 오는 까닭으로 새해는 우리에게도 기꺼운 것입니다. 슬퍼도 슬픈 대로 그냥 있고 고생되는 대로 그냥 지내려 하면 더 잘되어 나가려 하는 마음이 없으면 새해라고 특별히 기꺼울 것이 무엇이겠습니까…….

우리(10만 독자들)는 나이는 어릴망정 오늘 살림은 구차한 것이 많을망정 다 같이 한마음같이 앞날의 희망을 가지고 지내 오거니 어찌 우리에게 새해가 기껍지 않습니까. 한 해 한 해 굵어 가는 우리의 팔뚝을 볼 때에 한 해 한 해 굳어지고 커지고 하는 우리의 정신을 생각할 때에 "오오 용맹히 활동할 날이 도 한금 다가왔구나." 하고 크게 크게 외치고 싶습니다. 우리의 생각같이 환하게 우리의 기운같이 씩씩하게 솟아오르는 새해 첫날의 아츰해 아츰해•를 바라보고 우리는 키가 단번에 버쩍 늘어나도록 기운껏 외치고 또 뛰고 싶습니다. 우리의 힘이 10만입니다. 우리의 팔뚝이 20만입니다. 이것이 모두 한마음 한뜻으로 뛰놀거니 어

• **아츰해** 아침해. '아츰'은 '아침'의 사투리.

찌 기껍지 않습니까? 동무여 우리 10만의 동무여! 집에서나 산에서나 또는 바다에서나 1월 1일의 아츰해를 바라보면서 크게 크게 소리치십시다. 그러면 고때 고 시간에 일어나는 10만 동무의 소리가 한테● 어우러져서 삼천리 왼 조선의 한울●을 울릴 것입니다. 그리하는 것이 우리의 세상을 어떻게 행복하게 하는 것일지 모릅니다. 꼭 그리하십시다. 다 같이 그렇게 하기로 하십니다.

이 기꺼운 새해를 당하여 여러분의 『어린이』는 한층 더 새로워 나갈 것을 선언합니다. 우리의 소년운동이 처음 시작된 것이 아홉 해 전 봄이요, 어린이날을 처음 시작한 것이 여덟 해 전 봄이요, 『어린이』가 처음 생긴 것이 일곱 해 전 이른 봄이었는데 그때에 소년회에 다니고 그때에 『어린이』를 읽던 어린 동무들이 지금은 많이 시집가고 장가를 갔고 또 벌써 고등학교를 졸업하게 되었고 속한● 이는 벌써 보통학교 선생님, 여선생님도 되었습니다. 그리고 시집을 가서도 정든 『어린이』를 놓지 못하고 학교 선생님이 되어서도 그리운 『어린이』와 떨어지지 못하고 정성스러이 읽고 있습니다. 아름다운 꿈 많은 어릴 때의 세월을 여기서 보냈고 자칫하면 울기 쉬운 어린 넋(혼)을 여기서 키워 온 그이들과 우리는 영구히 영구히 늙은 후까지라도 『어린이』를 떠나지 못할 것입니다. 『어린이』 잡지와 『어린이』 기자인 우리도 여기서 꿈을 꾸면서 여기서 어린 넋을 길러 간 그이들을 영구히 영구히 잊어버리지 못하고 그의 가는 길이 행복되기를 바라고 있고 또 따라가면서 밝은 빛을 비추어 드리고 싶어 하고 있습니다. 『어린이』 잡지에는 넋이 있어서 책장 속에

● **한테** '한데'(한곳이나 한군데)의 사투리.
● **한울** 천도교에서 '하늘'을 달리 이르는 말.
● **속하다** 꽤 빠르다.

글자 속에 혼이 있고 따뜻한 피가 있어서 한 번 거기 닿아 본 혼은 아무런 일이 있어도 얼른 떨어지지 못하는 것입니다.

그러나 이 뒤에 새로이 커 오는 새 어린 동무들을 어찌합니까. 그이들을 못 본 체할 수 있겠습니까. 『어린이』는 7년 전에 사귀인 정든 동무들을 따라서 같이 크고 같이 자라 온 까닭에 새로 따라오는 어린 동무에게는 좀 어려워졌습니다. 새로 따라오는 동무들이 지금 『어린이』를 따라오기에 너무 힘이 들어서 벅차게 되었습니다. 여러분! 여러분! 우리는 될 수 있는 대로 뒤를 돌아보아 저 뒤에 새로 따라오는 동무들의 손목을 잡고 같이 나아가십시다. 저 뒤에 따라오는 어린 동무들도 『어린이』가 손잡고 나가지 않으면 누가 돌아보아 줄 이가 없습니다. 『어린이』에 쓰는 것을 더 재미있고 더 새롭고 더 유익하게 하면서 훨씬 알기 쉬웁게 아주 몹시 어린 동무라도 알고 읽을 수 있게 하여 가기로 하십시다. 그리하여 우리의 『어린이』로 하여금 더 한층 새로운 값이 있게 하고 더 새로운 생명이 있게 하십시다.

_『어린이』 1929년 1월호

지상(誌上) 연하장

즐거운 새해오니 기운차게 맞이하소서.

날마다 먼저 일어나서 새해를 맞이하소서.

가만히 있지 말고 걷고, 걷지 말고 뛰소서.

그리하여야 정말 좋은 해가 되겠습니다. (方定煥)

소문만복래(笑門萬福來)라

웃는 집에 복이 많이 온다 하오니 새해 1년

건강하게 많이 웃으십시오.

자아, 다 같이 웃으십시다.

깔깔깔깔 깔깔깔깔 킥 에구 배야, 그만그만 쉬어서. (소학교장[•] 깔깔 박사)

_『어린이』 1929년 1월호

• **소학교장** 『어린이』에 우스운 이야기를 주로 싣는 난이었던 '깔깔소학교'의 교장.

13도 고적 탐승* 말판 노는 법

ⓒ동아옥션

● 이번에는 13도 고적을 찾아다니는 말판이니 이것 가지고 노는 동안에 저절로 조선 역사를 알게 됩니다. 그리고 그 그림에 나타난 곳을 달마다 『어린이』에 자세히 소개할 터인즉 지금 잘 눈 익혀 두었다가 이다음에 그것을 읽으면 더욱 유익합니다.

● 제일 먼저 '말판 그림' 뒤에 찢어지지 말라고 백지를 한 겹 구기지 않게 잘 바르십시오. 그다음에는 조꼬만 윷을 만드십시오. (큰 윷은 안 됩니다.)

* 원제목은 「이번 책에 하나씩 거저 껴 드린 대부록 13도 고적 탐승 말판 노는 법」이다.
● **탐승** 경치 좋은 곳을 찾아다님.

● 그다음에는 노는 사람이 각각 자기 말[馬]을 만들되 성냥 개피나 콩이나 팥이나 아무 것이나 다른 사람과 바뀌지 않을 것을 골라 정해서 '출발'(남대문)에 놓고 차례대로 윷을 놀아서 하나만 재처지면 한 칸 나가고 둘 재처지면 두 칸 넷이 다 재처지면 네 칸을 나가되 '화살' 그린 곳으로 나갑니다.

● 모두 엎어지면(모가 나오면) 나가지 못하고 그냥 그 자리에 있어야 합니다.

● 이렇게 나가다가 만일 자기 말이 '또' 자 쓰인 곳에 가게 되면 금방 되집허서 또 한 번 윷을 놀아서 나온 수대로 또 나가게 되고 만일 '휴(休)' 자 쓰인 곳에 가게 되면 그다음 차례 한 차례는 윷을 놀지 못하고 그냥 앉았습니다.

● 다 가서 '백두산'에 올라가게 되면 바로 들어가는 것이 아니라 '첫'에서부터 산 둘레를 한 바퀴 돌아서 '끝'이라고 쓴 데까지 지나서야 백두산으로 들어갑니다. 백두산에 제일 먼저 들어가는 사람이 이기는 것입니다.

● 그런데 백두산 둘레를 돌다가 윷 떨어지는 수효가 마침 '끝' 칸을 지나서 백두산에 똑 떨어지게 되어야지 만일 지나치게 나오면 다시 저쪽으로 가서 또 돌다가 들어가야 합니다. 가령 '끝'에 있던 말이 하나를 처야 하고 '끝' 앞자리에 있던 말이면 둘이 나와야지 백두산에 떨어지지 셋이 나오면 지나치는 고로 '끝'에서 바로 '첫'으로 넘어가서 다시 또 돌게 됩니다. 넷이 나오면 첫을 지나서 둘째 칸으로 갑니다.

● 자기 말 있는 칸에 다른 사람의 말이 쫓아오면 먼저 있던 말은 쫓겨서 '출발' 남대문으로 다시 내려갑니다.

별법(別法)

(위와 같이 놀다가 싫증이 나거든 이 아래 법대로 노십시오.)

● 놀 때에 어린 동생이나 글자 모르는 부인이 섞였으면 그냥 놀지만 학생끼리 놀 때는 자기 말이 가게 된 곳 그 고적이 있는 지방 이름을 '어느 도(道) 어느 군(郡)' 하고 크게 불러야만 하는 법으로 정하십시오.

그때 만일 잊어버려서 얼른 부르지 않고 어물어물 하거든 다른 사람이 얼른 부르십시오. 다른 사람이 부르기보다 먼저 부르지 못하면 못 나가고 잘못 불러도 못 나가고 그 자리에서 한 차례 묵어야 합니다. (이것은 대단히 유익한 일이니 꼭 그렇게 하십시오.)

● 그리고 여러 사람이 아니고 단 2~3인이 놀 때는 한 사람이 말을 두 필씩 쓰기로 하면 재미있습니다.

두 말이 모두 백두산에 들어가야 하는 것인데 한 말만 먼저 써서 백두산에 갖다 놓고 나서 또 한 말을 쓰기 시작하든지 처음부터 두 말을 다 쓰기 시작하든지 그것은 자유입니다. 그러나 한 번 윷 놀고 두 말을 한꺼번에 겹쳐 쓰지는 못 합니다. 그런데 한 사람 말 두 필이 한 자리에 겹쳐 있는데 다른 사람의 말이 또 오면 나중 온 말이 도리어 쫓겨 내려갑니다.

● 한 사람이 말을 세 필씩 써도 좋습니다.

● 이 외에 놀아 보아서 더 재미있는 법을 새로 정해 가지고 노십시오.

_무기명,* 『어린이』 1929년 1월호

● 특별 부록으로 발행된 「조선 13도 고적 탐승 말판」을 보면 "방정환 선생 안(案) 김규택 선생 화(畵)"라고 되어 있다. 이것으로 미루어 이 설명글은 방정환이 쓴 것으로 보인다.

외딸은[●] 선생님

내가 지금 열네 살이나 열다섯 살이면 해 보고 싶은 일이 많습니다. 그러나 그중에 꼭 한 가지 중요한 일은 학교에 다니는 외에 튼튼이 좋은 선생님 댁에 찾아가서 좋은 가르침의 말씀을 듣겠다 하는 것입니다.

지금 우리 집에 밤이나 저녁으로 찾아오는 학생들을 볼 때마다 내가 어릴 때는 너무 어리석었었다 하는 생각을 금하지 못합니다. 내가 열네댓 살 때에 소문도 듣고 그 이의 글을 많이 읽어서 마음으로 사모하고 존경하면서도, 길거리에서 그이가 지나가는 것을 보고는 반갑고 좋아서 공연히 뒤를 따라가기까지 하면서, 인사를 할 용기가 없었습니다.

그리고 그 댁에 찾아가 보고 싶은 생각도 있었지마는 '그런 어른은 대단히 바쁠 터이고, 또 바쁘지 않더라도 나 같은 어린애가 찾아가면 실례도 되려니와 내어다보기나 할라고…….' 하고서 스스로 가지 못하였습니다. 이것은 여간 큰 손해가 아니었습니다.

학교에 가서 산술도 체조도 다 잘 배워야 합니다. 그러나 그것만 가지고는 정말 좋은 사람이 되기에 부족합니다. 어떠한 좋은 선생님을 마음에 한번 정하고 시시로 자주 찾아가서 그이가 과히 바쁘지 않은 때에는

* 기획 '내가 지금 십사오 세면 무엇을 할까'에 포함된 글이다.

● **외딸다** 다른 곳과 동떨어져 홀로 있다.

좋은 말씀을 자주 듣는 것이 대단히 필요합니다. 한 번 두 번만 들어도 소용없고 자주자주 듣고 스스로도 생각하여야 합니다. 찾아가면 그 어른도 속으로 기뻐하면서 좋은 마음으로 진정껏 좋은 말을 다 하여 줍니다. 나는 그것을 못 한 것이 지금껏 큰 유감입니다.

_『어린이』 1929년 1월호

최신식 팽이 만드는 법

—당신도 이렇게 만들어 가지십시오

조선 어린이들의 겨울 장난감의 한 가지로 팽이(핑구)가 요사이 한철 한참 성하는 때입니다. 서울 소년보다도 시골 소년의 친한 동무로 한겨울 얼음 위의 즐거운 동무가 되는 것입니다.

장난이라면 장난, 운동이라면 운동, 땅 위에서나 얼음 위에서나 어린 사람의 손끝에서 맵시 있게 돌아가는 팽이는 예전 우리나라를 고려라고 부르던 때, 고려의 군인들이 만들어 가지고 놀던 유희구인데, 지금까지 전하여 올 뿐 아니라 차차로 외국에도 퍼져 나아간 것입니다.

어찌하여 팽이가 쓰러지지 않고 돌아가는가, 그 이유는 어려워서 여러분께는 말씀하여도 잘 알아듣기 어려우니까 이치 설명은 그만두기로 하고, 나는 이제 새로운 팽이, 신식 팽이를 몇 가지 가르쳐 드릴 터이니 그대로 재미 붙여 만들어 보시고, 또 여러분의 의견으로 이보다도 더 새롭고 재미있는 것을 터득해 내도록 하십시오.

달걀 팽이

마분지를 넓이가 3촌● 2분●쯤 되게 둥글게 오려서 한복판에는 그림

* 발표 당시 '소년 수공'이라고 밝혔다.

● **촌** 길이의 단위로 1촌은 약 3cm에 해당한다.

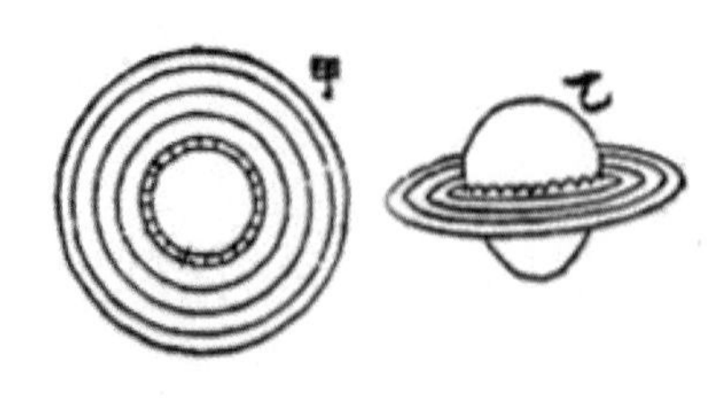

과 같이 달걀 둘레보다 조꼼 작게 금을 둘러 그어 오려 버리고, 그 속 테에다 밖으로 빵 돌아 가며 가위로 1분 길이 되게 가위 자죽● 을 내어 두고, 그리로 삶은 달걀을 쑥 들이밀고 그림 '갑'처럼 1분 길이쯤 가위로 썰어 두었던 것을 일일이 꺾어서 풀칠을 하여 달걀 허리에 붙여 버립니다.

이렇게 만든 달걀 팽이를 책상 위에서 돌리면 재미스럽게 돌아갑니다.

마분지 위에 채색 칠을 하면 더욱 좋습니다.

팽이 손님

팽이의 기둥머리 위에나 보통 팽이 위 한복판에 송곳으로 구녁●을 뚫어 놓고, 가느다란 철사를 조꼼 끊어서 그림의 갑처럼 꼬부려서 팽이 머리 구녁에 꽂고 돌리면, 철사가 어린아이처럼 보이고 그림의 을처럼 꼬부려 돌리면 난간처럼 보이는 고로 재미있습니다.

● **분** 길이의 단위로 1분은 약 0.3cm에 해당한다.
● **자죽** '자국'의 사투리.
● **구녁** '구멍'의 사투리.

부는 팽이

팽이를 만들되 얇다란 나무때기로 만들든지, 혹은 두꺼운 마분지를 여러 겹 합쳐 발라서 만들든지, 둥글게 오려 놓고 또 가장자리를 그림과 같이 칼로 뺑 돌아 가며 삼각으로 후벼 팝니다.

그래 복판에 기둥을 단단히 박아 빙그르르 돌려 놓고, 대통이나 유리관이나(가느다란 붓대(모필● 대)도 좋습니다.) 가느다란 통을 입에 물고 팽이 한 모퉁이에 대고 자꾸 불면 어느 때까지든지 쓰러지지 않고 돌아갑니다.

이것은 재미도 있거니와 가슴속 폐를 강하게 하는 유익이 있는 고로 위생 팽이라고도 합니다. 몸에 유익하고 만들기 쉬운 것이니 많이 만드십시오.

통팽이

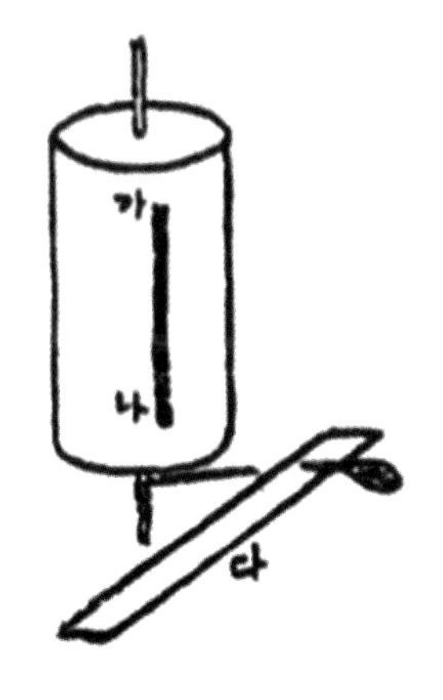

폭이 1촌 5분쯤 되는 대통을 길이가 2촌 5분 되게 잘라서 아래위 구녁을 나무때기나 두꺼운 마분지를 둥글게 오려서 꼭 막고 그림과 같이 4촌쯤 되는 기둥(심봉)을 아래위로 꿰뚫어 박으면 보통 팽이가 됩니다.

그런데 대통에 그림과 같이 '가'에서 '나'까지 길게 구먹●을 뚫어 놓고, 팽이 밑기둥

● **모필** 짐승의 털로 만든 붓. 털붓.
● **구먹** '구멍'의 사투리.

에 노끈을 감아 놓되, 노끈 끝에는 '그림 다'와 같은 나무쪽을 달아 둡니다.

돌릴 때 팽이 기둥머리를 손가락 끝으로 가늘게 누르고 '다'를 손에 쥐고 몹시 잡아당기면 '웅' 소리를 치면서 돌아갑니다.

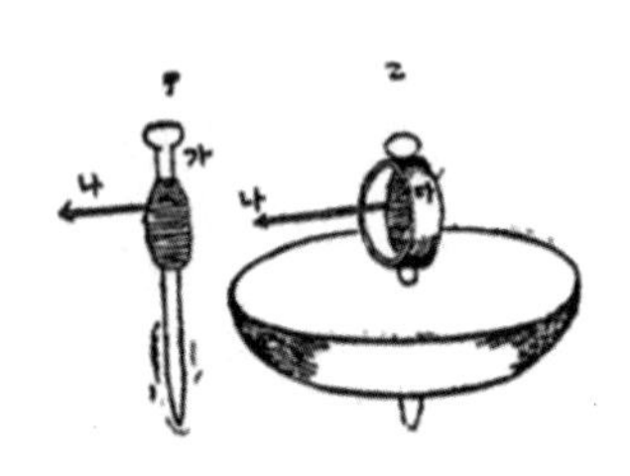

끈팽이

그림과 같이 팽이를 만들되 팽이 위 기둥에 대(竹)로 넓이 8분쯤 되게 조꼬만 테바퀴를 만들어 끼웁니다.(기둥에 꽂혀서 테바퀴가 자유로 돌아갈 수 있게 꽂아야 합니다.)

그래 가지고 그림과 같이 테바퀴 속 기둥에 노끈을 감아 가지고 테만 한 손으로 쥐고, 한 손으로 끈을 잡아당기면 팽이는 기운차게 돌아갑니다.

자아, 여러분! 직접 만들어 해 보시고 또 이보다도 더 새로운 것을 터득해 만드십시오. 일요일이나 토요일 오후의 노는 때, 재미있게 할 수 있는 유익한 연구요 또 수공입니다.

_무기명,• 『어린이』 1929년 2월호

• 목차에는 필자 이름이 '三山人'이라고 밝혔다.

남의 나이 맞혀 내기

먼저 다음 있는 표와 같이 다섯 개를 만드시오. 그리고 아무 소리 말고 '네 나이가 어느 표에 있니?' 하고 물어서 그 있다고 하는 표의 왼쪽 첫머리에 있는 수를 합하여 나오는 수가 그 사람의 나이가 됩니다.

지금 열두 살 먹은 사람의 나이를 묻게 되었다면 12는 셋째 표와 넷째 표에만 있으니까, 그 표의 왼쪽 첫머리 수 4와 8을 합치면 열둘이 되지 않습니까? 이와 같이 해서 알아내는 것입니다.

또 한 가지는 먼저 알아낼 사람의 나이를 3으로 쪼개고 남는 수효를 묻습니다. 그다음에는 5로 쪼개고 남는 수효를 묻습니다. 그리고 또 한 번 7로 쪼개고 남는 수효를 묻습니다. 그러면 그 사람의 나이를 알아낼 준비는 다 되었습니다. 그러고 나서 3의 잔●에다 70을 승하고● 5의 잔에다 21을 승하고 7의 잔에다 15를 승하고 그 답에서 105를 감하면● 그 사람의 나이가 나옵니다.

그런데 아래의 몇 가지 주의를 보고 하십시오.

● **잔** 나머지.
● **승하다** 곱하다.
● **감하다** 빼다.

1. 잔이 없는 때는 0으로 하십시오.

2. 그 사람 나이가 7이나 5나 3보다 적을 때 가령 4라고 하고 7로 쪼갠다면…… 4÷7=0 잔 4 이렇게 계산하십시오.

3. 합계가 105가 못 될 때에는 105를 빼지 않습니다.

4. 105를 한 번 뺐었는데도 그 수효가 105보다 크거든 105를 자꾸 뺄 수 있는 데까지 빼십시오.

그리고 이 장난은 성냥개비를 가지고 해도 재미있습니다. 100개가량이 넘으면 답이 둘 이상 나오게 되니까 100 아래가 좋습니다. 3의 잔에 70을 승하고 5의 잔에 21을 승하고 7의 잔에 50을 승하는 것이 방문●이니까, 꼭 외워 두고 105는 빼는 것이라고만 기억해 두면 됩니다.

첫째 표

1	3	5	7
9	11	13	15
17	19	21	23
25	27	29	31

둘째 표

2	3	6	7
10	11	14	15
18	19	22	23
26	27	30	31

● 방문 방법.

셋째 표

4	5	6	7
12	13	14	15
20	21	22	23
28	29	30	31

넷째 표

8	9	10	11
12	13	14	15
24	25	26	27
28	29	30	31

다섯째 표

16	17	18	19
20	21	22	23
24	25	26	27
28	29	30	31

이것은 나이뿐 아니라 다른 사람이 생각하고 있는 수를 알아낼 수 있는 데도 쓸 수 있습니다.

_一記者, 『어린이』 1929년 2월호

여섯 번째 돌날을 맞이하면서

묵은해가 가고 겨울이 가고 얼음까지 녹아 버렸습니다. 그리고 봄이다, 봄이다, 새로 살아나는 봄이다! 하고 이 세상 만 가지 생명이 살아 일어나는 새봄이 왔습니다. 세상에 기쁜 일이 아무리 많기로 죽었던 목숨이 새로 살아나는 것처럼 기쁜 일이 또 어데 있겠습니까? 어느 하나나 둘뿐의 목숨이 아니고 이 세상에 있는 온갖 것의 목숨이란 목숨이 일제히 살아 일어나는 때인 고로 봄철을 가장 좋은 철이라 하는 것입니다.

*

이 기쁜 봄철에 이 좋은 생명의 철에 생일잔치를 맞이하는 우리 『어린이』의 기쁨은 참말로 기쁜 속에 또 기쁨이 있습니다. 더구나 한 돌 두 돌이 아니고 여섯 번째의 돌이요 일곱 살 되는 돌이니, 이제는 저 혼자 제 이름을 쓰고 저 혼자 걸음으로 소학교에 가게 되는 가장 기쁜 해의 즐거운 돌입니다.

일곱 살이 그리 많은 나이가 되어 끔찍한 것은 아니지마는 『어린이』가 이날까지 걸어온 길은 너무도 허무하고 너무도 험난하였던 까닭으로 고생이 많았던 그만큼 그동안이 퍽도 오래된 것 같습니다. 해마다 이 달이면 생각나는 일이지마는 7년 전 봄에 처음 『어린이』 잡지를 시작할 때에는 옆에 있는 모든 친구들이 굳이굳이 시작하지 말라고 말리었습니다. 어른 잡지도 되어 가지 못하는 세상인데 어린애 잡지를 누가 거들떠보기나 할 듯싶으냐고, 정성뿐만은 좋은 일이지마는 아무리 애를 써도 안 될 터이니 하지 말라고 누구든지 정성스럽게 말리었었습니다. 안 될 일일수록 우리가 하지 않으면 누가 손대는 사람이 있겠소, 안 되어서 낭패하더라도 낭패하는 그날까지 억지로라도 시작해야지요! 하고 고집을 해 가면서 시작한 것이 우리 『어린이』의 창간호입니다. 6년 전 3월달에 처음 나온 『어린이』 제1호입니다.

그랬더니 참말 말리는 사람들의 하던 말이 들어맞아서 돈을 내고 사지 않기는 고사하고, 사는 동리와 성명 석 자만 적어 보내면 거저 보내 준다고 신문지에 크게 광고를 하여도 보내 달라고 통지한 사람이 온 조선에서 겨우겨우 열여덟 사람밖에 없었습니다. 우리들은 참말 울고 싶었습니다. 어쩌면 이렇게까지 어둡고, 이렇게까지 어린 사람의 일을 모른 체하는가 싶어서 그냥 땅바닥에 몸부림하면서 울어도 시원치 않을 것 같았습니다.

처음에 말리던 사람들이 손뼉을 치면서 그것 보라고, 하지 말라는 일을 왜 시작했느냐고 고맙게 해 주는 소리가 더욱 듣기 괴롭고 더욱 마음에 아팠습니다. 그러나 그래도 더 나아갈 수 있는 데까지 나아가고 말리라고 결심한 우리는 거저 주어도 가져가는 사람이 20명도 못 되는 일을 그대로 계속하였습니다.

모르는 사람은 거들떠보지도 않고, 아는 사람은 정성을 다하여 말리고 하는 일이니 정성 하나만 가지고 억지를 써 가지만, 참말로 그것은 남모르는 고생과 슬픔이 많은 일이었습니다. 치운● 때 더운 때가 없이

● **칩다** '춥다'의 사투리.

한 달이면 절반이나 넘어 인쇄소 직공 노릇을 하였습니다. 한 사람에게라도 더 선전을 하기 위하여는 우리들이 글을 쓰다 말고 길거리에 나서서 광고를 뿌렸습니다. 편집이 늦은 때는 며칠 밤이고 계속해 새웠습니다. 그저 어린이를 키우자, 어린이를 잘되게 하자, 그것 하나를 위하여는 아무런 짓이라도 우리는 하여 왔습니다.

그렇게까지 고생 들여 하는 일이 매달 200여 원씩 손해가 나고, 그나마 잘못되었다고 압수를 당하고, 심한 때는 경찰서에 끌리어가기도 한두 때가 아니었습니다. 이번에야말로 정말 고만두겠다 하고 붓대를 집어던지고 일어선 때가 몇 번인지 알지 못합니다. 그런 때는 참말로 눈에 눈물이 고이고 고이고 하였습니다.

*

나이 일곱 살이 되었다고 그 모든 험악한 고생이 이제는 없어졌다 하는 것이 아닙니다. 어린이가 잘 자라면 잘 자라는 그만큼 닥쳐오는 고생이 더 많을 것을 우리는 알고 있습니다. 그러나 다만 한 가지 그 고생 중에 위로가 되고 돕는 힘이 되는 것은 『어린이』의 독자가 지금은 십수만을 헤이고도● 오히려 더 넘는 것입니다. 거저 주어도 20명도 없던 동무가 십 수만을 더 넘게 된 것, 그것뿐만이 우리로 하여금 고생을 이기고 나서게 하는 것이요, 한이 없이 고달픈 몸에 감사한 위로가 되는 것입니다. 우리의 동무가 10여만 명이요, 우리와 같은 책을 읽고 같은 생각을 가지고 걸음 맞추어 나아가는 동무가 10여 만이니 이것이 기쁘지 아니하고 어쩌겠습니까? 새로 자라 가는 새 조선 사람들이 『어린이』 잡지로 하여 한데 엉켜지고 생각이 같아지고 걸음이 맞추어진 것을 생각하면,

● 헤다 '세다'의 사투리.

단 일곱 살 된 『어린이』가, 더구나 아무도 거들떠보지도 않던 가엾은 몸으로 무던히 애썼다 할 것이요, 큰일 하였다 할 것입니다.

*

그러나 우리의 기쁨은 결코 거기에 있는 것이 아닙니다. 6주년이 되었다는 데 있는 것이 아니요 십수만 명이 되었다는 데에 있는 것이 결코 결코 아닙니다. 6주년을 맞이한 기쁨으로 7년째의 일을 더 잘해 갈 것이 기쁜 것이요, 20도 못 되는 동무로 십수만 명 동무를 만들었으니 십수만 명의 힘으로는 얼마나 많은 동무를 얻게 될까 하는 거기에 기쁨이 있는 것입니다. 생각해 보십시오. 우리가 다 같이 한마음 한뜻으로 힘을 합친다 하면 십수만의 힘으로 못 할 일이 없습니다. 그것을 생각할 때 우리 십수만 명 동무가 이 책을 손에 받아 쥐는 날, 다 같은 마음으로 즐겨 하는 것이 어떻게 기쁜 일입니까. 나는 기쁘고 기쁘고 또 기뻐서 그냥 뛰고 싶습니다.

*

자아, 여러분! 우리는 이 기쁜 잔치에 더욱 기쁘고 씩씩한 기운으로 7년째의 해를 걸어 나가기 위하여 이달 치를 특별히 '조선 자랑호'로 하고 조선 사람으로서 기운이 저절로 나는 자랑거리만 모았습니다. 누가 조선 사람을 업신여깁니까? 누가 감히 조선 사람을 어리석다 합니까? 우리에게는 이렇듯 자랑할 역사가 많이 있으니 우리는 이것을 알고 자라야 하고, 우리의 피와 몸도 자랑할 만한 고귀한 것인 줄 알고 나가야 합니다.

자아, 기쁜 마음으로 이 기운 나는 우리의 자랑을 읽으십시다.

_『어린이』 1929년 3월호

우리의 음악 자랑

조선 사람으로서 구라파• 악단에 명성이 높을 뿐 아니라 현재 독일 국립음악학교에 명예교수로 있는 천재 제금가•가 있으니, '바이올리니스트' 그는 계정식 씨입니다.

그는 평양 출생으로 일찍이 동양음악학교를 마치고 그해 가을로 독일에 건너가 만 5개년 동안 형설의 공을 쌓은 후 지금은 그 학교 교비생• 으로 연구를 거듭하고 있으면서 교수를 한다는데, 씨의 이름은 독일뿐 아니라 구라파 각국에서도 널리 알게 되어, 얼마 전에는 이태리•에서도 씨의 묘기를 듣고자 초빙을 하여다가 이태리의 주요한 도회에서 여러 번 연주를 하여 비상히 상찬을 받은 일까지도 있으며, 금년에는 학교의 주선으로 미국으로 연주 여행을 떠난다 합니다.

또 같은 독일에 있으면서 성악과 피아노로 그 이름이 높은 이가 있으니, 그분은 정석호 씨라는 분으로 독일 성악 비평가 중에 대가로 꼽는

* 『어린이』 1929년 3월호는 '조선 자랑호'로, '조선 사람의 가지가지 자랑'란에 실린 글이다.

● **구라파** '유럽'의 음역어.

● **제금가** 바이올리니스트.

● **교비생** 학교의 경비로 공부하는 장학생.

● **이태리** '이탈리아'의 음역어.

쉐라 씨에게 대단한 호평을 받았습니다.

_무기명,• 『어린이』 1929년 3월호

• 목차에는 필자 이름이 '삼산인'으로 표기되어 있다.

조선의 특산 자랑

자랑, 자랑, 조선의 자랑, 그 여러 가지 자랑 속에는 조선에서만 나는 조선 독특의 특산물도 또한 그 자랑 중의 하나가 될 것입니다.

우선 삼면이 바다로 둘러 있으니 그 바닷속에 풍부한 물고기도 자랑할 만하고 삼천리를 뻗쳐 있는 산악에 울창한 나무며 거기에 깃들어 사는 별별 이상스럽고 진기한 새와 짐승들이며 거기에 숨겨 있는 금, 은, 동, 철 같은 것도 역시 자랑할 만한 것입니다. 또 우리 조선의 호랑이 가죽이 중국이나 기타 다른 나라 황실의 옥좌(임금이 앉으시는 자리)위에 올라앉게 된 것은 벌써 오래전 옛날부터이지만, 요즘에는 평양의 개가죽까지도 미국 여자들의 귀중한 목도릿감으로 소용이 된다니 이것도 역시 자랑이 아니면 무엇이겠습니까?

또 강원도와 함경도의 살찌고 굳센 소는 서반아●의 투우사를 능히 거꾸러뜨릴 만하고, — 서반아 나라에서는 사람과 소와 싸움을 시키는 것이 옛날부터 있어 왔는데, 소와 쌈 싸우는 사람을 투우사라고 합니다 — 전라도 김제 만경의 기름이 짤짤 흐르는 쌀은 (22자 삭제●) 함홍

* '三神山人'(목차에는 '三山人')이라는 필명으로 『별건곤』 1928년 5월호에 발표한 「천하 영약 고려 인삼」의 개작이다.

● 서반아 '에스파냐'의 음역어.

과 평양의 석탄은 중국 남방의 오직 하나밖에 없다는 무순탄•을 능히 물리칠 만한 위력을 가졌으며, 경상, 충청 두 곳에서 나는 견사•는 날로 일본과 불란서•의 유명한 견직물을 능히 누르고 누에가 뽕잎 먹듯이 잘라 먹어 들어가고 있으며, 전주의 태극선•은 일본 사람은 물론이요 서양 사람들의 새빨간 수염을 날리기 시작한 지도 이미 오래이며, 채운들—충청도 당진에 있는 들 이름—의 백학•의 털이 서양 여자들의 모자 위에서 춤을 추게 된 것도 한때의 호기심에서 나온 것으로만 볼 것이 아니거니와, 경상도의 통영과 전라도 순천의 자개칠 공품과 담양과 나주의 댓개비• 세공품이 점점 외국 사람들의 가정 기구를 정복하고 있는 것도 그렇게 이상스러운 일이 아닐 것입니다.

그리고 옛날의 고려 사람을 까닭 없이 욕 잘하던 중국의 유명한 문장• 소동파도 고려의 견지•를 보고는 입에 침이 마르게 칭찬을 하였거늘, 우리 조선을 동방예의지국이니 동방군자지국이니 하고 한없이 숭배하는 보통 중국 사람으로서야 조선의 지물•을 얼마나 칭찬하였을 것입니까? 그뿐 아니라 지금에 와서는 세계 사람이 다 일치하게 조선의 지물을 귀히 여기고 소중하게 생각하는 것이 사실입니다.

● 『별건곤』 판에는 "일본 사람의 주린 창자를 배불리 한다."라고 서술되었다. 삭제된 부분을 풀어 쓴 것으로 보인다.
● **무순탄** 중국 랴오닝성에 있는 무순탄전에서 나오는 석탄.
● **견사** 비단실. 누에고치에서 켠 천연 섬유.
● **불란서** '프랑스'의 음역어.
● **태극선** 태극 모양을 그린 둥근 부채.
● **백학** 두루미.
● **댓개비** 대를 쪼개 가늘게 깎은 오리(실, 나무, 대 따위의 가늘고 긴 조각).
● **문장** 문장가. 글을 뛰어나게 잘 짓는 사람.
● **견지** 고려 시대에 닥나무를 원료로 만들었던 종이.
● **지물** 온갖 종이를 통틀어 이르는 말.

또 충청도 천안의 호두는 자래로● 중국요리계에서 특별한 대우를 받았을 뿐 아니라 근래에는 일본 약학계에서 이를 크게 환영하고 있습니다.

또 우리 조선의 명산인 금강산의 실백잣●은 이름만 들어도 외국의 어린아이들이 울음을 그칠 만치 유명하며, 역시 충청도 충주의 황색 연초●는 냄새만 맡아도 세계의 담배 잘 먹는 이들의 비위를 움직일 만치 훌륭하다는 것은 우리보다도 외국 사람들이 더 잘 아는 사실입니다.

또 함경도, 강원도의 녹용과 웅담은 전 세계가 죄다 아는 명약 중에도 명약이요, 관서 그중에도 평양의 사탕이 장차 세계에 제일이라는 대만의 사탕을 능히 능가시키겠다는 평판도 있으며, 남조선의 면화가 오래지 않아서 인도의 그것과 백중●을 다투겠다는 것도 결코 헛말이 아니라고 믿습니다.

또 경상도의 대구, 함경도의 덕원, 평안도의 진남포, 황해도의 황주 등지의 사과는 세계대전 때에 벌써 각국 군대의 주린 배를 채워 주어, 우리 조선의 사과라면 구세주 이상으로 사모하게 되었고, 경기도 양주와 평양 등지의 밤은 각국 사람이 모여서 노는 국제 사교장에서도 부끄럽지 않게 특별 선물로 대우를 받고 있는 지도 이미 오래입니다.

또 압록강의 목재가 아니면 일본과 중국 사람들은 토굴 속이나 석굴 속에서 낮잠만 잘 것이요, 또 강원도의 목탄이 아니면 엄동설한 때에 (25자 삭제●) 이 얼마나 소중한 특산이겠습니까?

● **자래로** 예로부터 내려오면서.
● **실백잣** 겁데기를 벗긴 알맹이 잣.
● **연초** 담배.
● **백중** 재주나 실력, 기술 따위가 서로 비슷하여 낫고 못함이 없음. 또는 그런 형세.
● 『별건곤』 판에는 "발가숭이 일인의 수족이 오리발이 되고 말 것이다."라고 서술되어 있다.

이와 같이 우리 조선의 특산을 죄다 들어서 자랑하자면 참으로 그 수를 이루 헤일● 수가 없지만 바쁜 시간과 제한이 있는 지면에 어찌 그것을 일일이 다 말할 수 있겠습니까. 여간 것은 이만해 두고 우리 조선 특산물 중에는 제일 대표적이라고 할 만한 인삼에 대한 자랑을 쓰기로 하겠습니다.

이 인삼은 식물학상에 소위 숙근성 식물(즉 다년생 식물)로 오가과●에 속하는 것이니, 학명은 영어로 '파낙스 진셍'(Panax ginseng)이라는 것입니다. 명칭은 산지·재배·제조 등을 따라서 여러 가지의 종별이 있으니, 깊은 산속에서 싹이 나서 거기서 저절로 크게 자라는 것을 '산삼', 혹는 '야삼'이라 하고, 그것을 옮겨다가 밭에 심은 것을 '포삼', 또는 '가삼'이라 하며, 포삼 중에도 약토●로 기른 것을 '양삼' 혹는 '양직'이라 하며, 또 삼을 가마에 넣고 쪄서 다시 만든 것을 '홍삼'—포삼—이라 하고, 땅에서 캐서 아직 깎지 않고 또 말리지도 않은 것을 '수삼'이라 하며, 그냥 말리기만 한 것을 '백삼'이라 하고 또 삼의 꼬리를 '미삼'이라 하는데 이 외에도 지명을 따라서 그 이름이 다 각각 다른 것입니다.

우선 개성서 나는 것을 '송삼'이라 함과 같이 금산에서 나는 것을 '금삼', 강계에서 나는 것을 '강삼'이라는 등의 여러 가지 이름이 있습니다.

그런데 이 여러 가지 삼 중에서 산삼은 약효가 가장 신통한 것으로, 옛날부터 우리 조선이나 중국에서 제일 귀중한 것으로 여겨 오던 것이었는데, 지금은 일반적으로 이 인삼에 대한 가치를 알게 되어 세계적으로 그 성가●가 한껏 높아 있는 것입니다. 그리고 특히 동서양의 유명한

● **헤다** '세다'의 사투리.
● **오가과** 오갈피나무과.
● **약토** 낙엽 같은 것이 썩어서 이루어진 흙.

의학 대가들이 이 인삼을 연구 발표하여 세계 의학계에 일대 파문을 일으킨 일이 적지 않은 것만 보아도 이 인삼이 얼마나 세계 사람들에게 자랑, 가장 신뢰의 과녁이 되어 있는 것을 짐작할 수 있는 것입니다.

인삼은 이와 같이 세계적으로 그 성가가 높으므로 그 판로도 역시 세계적으로 확대되어 중국과 일본은 물론이요 근래에는 구라파• 각국에까지 건너가 가장 많은 값으로 팔리게 되는데, 그래도 해마다 수출이 늘어서 아무리 많이 심어도 모자라는 것으로 미루어 본다면 이 앞으로 재배만 좀 더 장려를 하면 우리 인삼이 세계의 시장을 한몫 단단히 정복할 것은 분명한 사실이라, 이 어찌 한국 특산 중에도 가장 뛰어나는 자랑이 아니고 무엇이겠습니까.

_三山人, 『어린이』 1929년 3월호

• **성가** 사람이나 물건 따위에 대하여 세상에 드러난 좋은 평판이나 소문.
• **구라파** '유럽'의 음역어.

북극성 선생의 탐정소설

북극성 선생의 탐정소설이라면 조선의 소년 소녀치고 기뻐하지 않는 이가 없는데, 이번 신년호부터 써 주시기 시작한 「소년 삼태성」은 더욱 더 우리들의 피를 끓일 좋은 것이었었으나, 불행히 지난달에 경무국[•]으로부터 금지(삭제)를 당하여 계속해 내지 못하게 된 것은 무어라고 말할 수 없이 섭섭한 일입니다. 그것은 두었다가 후에 다시 고쳐 써 주시기로 되었고, 지금 새로이 새 탐정소설을 써 주시기로 되었으니까 기쁘게 기다려 주시기 바랍니다.

_『어린이』 1929년 3월호

● **경무국** 일제강점기에 총독부에 속하여 경찰 사무를 맡아보던 관청.

재미있는 인형 만들기

어른들이 다 잡숫고 내어버리는 해태표 담뱃갑이나 여러분이 가끔 사 먹는 '미루꾸'●의 빈 갑을 얻어서, 겉껍데기는 벗기고 속껍데기만 꺼내어 접힌 곳을 쭉 펴 놓으면 마치 사람의 형상과 비슷해 보입니다.

위로 동그스름한 것은 머리, 양쪽 끝으로 늘어진 것은 팔, 밑으로 늘어진 것은 아랫도리 여기다 가위를 가지고 두서너 번만 — 그림과 같

* 발표 당시 '수공유희'라고 밝혔다.

● **미루꾸** 우유가 섞인 캐러멜 상품 '밀크캬라멜'을 흔히 이르던 말.

이 ― 베어 내면 팔과 다리가 더 분명하여집니다. 그리고 거기다 먹으로 얼굴과 옷 입은 것을 그린 후에 여러 가지의 색칠을 하면 훌륭한 인형이 됩니다.

귀여운 귀여운 아가씨도 되고, 훌륭하게 좋은 양복을 입은 점잖은 신사도 되고, 또 무섭게 생긴 순사도 되고, 호호 늙은 할머니도 됩니다.

이 외에도 그리는 대로 그 형상이 이렇게 저렇게 딴 사람이 될 수 있습니다. 그리고 무서운 싸움개(투견)도 될 수 있습니다. 또 양복을 입고서 있는 것이 거북해 보이면 무릎과 허리만 접으면 어느 곳에든지 걸터앉게 됩니다.

*

또 빼어놓은 겉껍데기는 예쁘게 오려서 쉰석 장(53매)만 되면 조고만 서양 화투 ― 트럼프 ― 를 만들 수도 있습니다.

또 박쥐 형상과 같이 오리고 그 좌우편 날개 끝에다 실을 매 그 실 끝에다 은지●를 동그랗게 뭉쳐서 달아 놓으면, 연필 끝이나 손가락 끝이나 코끝에도 고 대롱대롱 매어달리게 됩니다.

그리고 또 속껍데기를 많이 모아서 아랫도리만 베어서 그것을 차곡차곡 그림과 같이 그 끝만 풀로 붙이면, 탁상 비망록도 되고 일기장도 될 수 있습니다. 또 조고만 명함도 될 수 있습니다.

또 은지는 손으로 비벼서 칠면조나 낙타도 만들 수 있으며 기타 무엇이든지 생각하는 대로 만드는 대로 될 수 있습니다.

_一記者, 『어린이』 1929년 3월호

● **은지** 은종이. 은가루나 은박 따위의 은빛 나는 재료를 입힌 종이.

'자랑 말판' 노는 법 설명

이번에는 조선 자랑호이니까 '조선 자랑 말판'을 만들었습니다. 자랑의 설명은 이 책 속에 쓰여 있는 것이 모두 그것이니까 책을 읽으면 그림 설명을 저절로 알게 됩니다.

이것을 가지고 말판을 놀려면 '윷'으로 놀아도 좋고 '주사위'(이렇게 생긴 것)로 놀아도 좋습니다. 윷이면 하나 젖혀지면 한 칸 나가고, 둘이 젖혀졌으면 두 칸, 넷이 제쳐졌으면 네 칸, 다 엎어져서 모가 되었으면 다섯 칸씩, 그림 칸을 헤어● 나가고 주사위로 놀면 천공을 향한 수대로 한 점이면 한 칸, 석 점이면 세 칸, 여섯 점이면 여섯 칸씩 나아갑니다. 가다가 자기 말이 '휴'라고 쓴 데 가면 고다음 한 차례는 자기 차례가 되어도 쉬고 앉았고, 만일 '또'라고 쓴 간에 들어가게 되면 금방 되집어서● 또 한 번 놀아서 나온 수대로 또 나갑니다.

한 칸에 두 사람의 말이 마주치게 되면 먼저 있던 말이 나중 온 말에게 쫓겨서 첫째 칸 '은진미륵'으로 내려갑니다. 이렇게 나아가서 제일 먼저 금강산에 들어가는 사람이 이기는 것입니다. (만일 금강산에 들어가고도 더 나아갈 수가 있어서 지나치게 되면 지나치는 수만큼 뒷걸음

● **헤다** '세다'의 사투리.
● **되집다** 다시 집다.

쳐서 도로 물러섭니다. 윷 수가 꼭 알맞게 금강산에 들어가게 되어야 합니다. 그런데 이렇게 한 번 금강산에 들어갔다가 넘쳐서 뒤로 물러선 말은 뒤에서 딴 말이 와도 쫓겨 가지 않고 그냥 있습니다.)

모르겠으면 어른께 읽고 가르쳐 달라 하고, 또 놀아 보아서 다른 새 법을 정해 가지고 놀아도 좋습니다.

_무기명,* 『어린이』 1929년 3월호

* 방정환이 쓴 것으로 보인다.

어느 해 몇 해 전에 어떻게 되었나

전차

지금으로부터 30년 전—광무 3년●—서력● 1899년 5월 20일에 처음으로 개통되었는데, 이것을 부설하기는● 그 전년 2월 1일에 고 이태왕● 전하께서 미국인 콜부란, 보쓰● 두 사람과 더불어 한미전기회사를 창립하시고, 일변● 기사●를 고빙하고● 기계를 사들여서 전등을 가설하고 수도를 설치하는 외에, 그해(9월)에 이 전기 철도를 기공하여 서대문과 청량리 사이의 선이 먼저 통하게 되고, 그 후 융희● 3년(서력 1909년) 8월에 한미전기회사에서 이 전 철도와 전등에 관한 일체 전권을 당시 일한 와사● 주식회사에 팔아 버린 후로 점차 확장되어 오늘과 같은 대

* 발표 당시 '알아 둘 지식'이라고 밝혔다.
● **광무 3년** 1899년. '광무'는 대한제국 고종 때 사용한 연호.
● **서력** 예수가 태어난 해를 기원으로 하는 책력.
● **부설하다** 다리, 철도, 지뢰 따위를 설치하다.
● **이태왕** 1910년 국권 피탈 때 일제가 상왕(上王)인 고종을 이르던 말.
● **콜부란, 보쓰** 콜브란과 보스트위크.
● **일변** 한편.
● **기사** 관청이나 회사에서 전문 지식이 필요한 특별한 기술 업무를 맡아보는 사람.
● **고빙하다** 초빙하다.
● **융희** 대한제국 순종 때 사용한 연호.
● **와사** 가스.

발전을 보게 되었으며, 서력 1915년에 비로소 경성전기회사로 그 이름까지 고쳤습니다.

기차

조선에서 기차가 처음으로 놓여지기는 지금으로부터 29년 전—광무 4년—서력 1900년 8월 8일에 경인철도의 개통으로부터 비롯하였습니다.

이 선은 건양 원년[●] 3월 29일—서력 1896년—에 당시 한국 정부에서 미국인 모르스라는 사람에게 그 부설권을 허가하였더니, 그는 그 이듬해 3월 22일에 인천 우각동에서 기공한 후 그해 12월 1일에 어떠한 사정으로 인하여 채 준공을 못 하고 그 부설권을 일본 정금은행에 전당을 잡히었다가, 광무 2년 12월 31일에 그 부설권 전부를 일본 기업조합에다 넘겨준 고로, 그 조합에서는 합자로 경인철도 합자회사를 조직하고 광무 3년 4월에 그 공사를 계속 착수하여, 그해 9월에 인천과 노량진 간에 준공이 되자 즉시 손님을 실어 나르기 시작하다가, 얼마 후에 한강철교가 마저 준공된 고로 경성 인천 간의 전선[●]이 개통되었던 것인데, 광무 7년 10월—서력 1903년—에 경부철도 합자회사와 합병 경영을 하다가 그 후에 관영[●]이 되었습니다.

그 후 광무 8년 11월에 경부철도가 개통되고 광무 9년 2월 1일에 경의철도가 개통되었고, 그 뒤를 따라 각 선이 죄다 개통하게 되었습니다.

_一記者, 『어린이』 1929년 5월호

● **건양 원년** 1896년. 대한제국 고종 때 사용한 연호.
● **전선** 철도 따위의 모든 선로.
● **관영** 국가 기관에서 경영함.

여름과 『어린이』

6월이외다. 여름이 바야흐로 시작되는 6월이외다. 산과 들에는 벌써 싱싱한 녹음이 우거졌고 가겟집 목판에는 앵두와 버찌가 벌려진 지도 오래입니다. 햇볕도 제법 뜨거워졌고 여름방학도 이제 한 달 남짓하게 남았습니다.

해마다 여름을 맞을 때이면 거듭거듭 드리는 말씀이지만 첫여름은 분명히 성숙의 철입니다. 이 세상의 온갖 것이 자기완성을 위하여 가장 많이 노력하는 때가 이때입니다. 누가 이 철을 한가롭게 편안하게 쉬는 철이라 합니까? 보십시오, 싱싱한 녹음에는 작은 열매가 부지런히 커 가고 꽃밭 놀이터에는 벌 떼의 부지런이 굉장합니다. 그뿐입니까 따갑게 내려쪼이는 땅바닥에는 개미의 부지런이 또한 수월치 않습니다.

여러분! 여러분은 이 의의 있는 때에 있어 어떤 일, 어떤 부지런으로써 다른 것에 지지 않을 특별한 노력을 하겠습니까? 다 같이 머리를 숙이며 생각해 보십시다.

_무기명,● 『어린이』 1929년 6월호

* 발표 당시 목차에서 '권두'라고 밝혔다.
● 목차에는 필자 이름이 '編輯人'으로 표기되어 있다.

재미있고 유익한 유희 몇 가지

콩 옮기기

몇 사람이라도 좋으니 모인 사람마다 접시 두 개와 성냥개비 두 개와 콩 열 개씩만 준비해 가지고 제각기 자기 앞에다 간격을 똑같이 맞추어 벌리어 늘어놓습니다. 그리고 오른쪽 접시에다(왼쪽은 빈 대로 두고) 콩 열 개를 담아 놓고 성냥개비로 그 콩을 집어다가 왼쪽 접시에다 담았다가, 다시 오른쪽 접시로 옮겨다 담는 유희입니다.

그런데 이 유희를 하려면 먼저 누구든지 지휘하는 사람을 따로 내든지, 하는 사람 중에서 뽑든지 해서 그 사람에게 시작을 부르게 하고 똑같이 시작을 하여야 합니다. 그래서 제일 먼저 마치는 사람이 이기는 것입니다.

굴레 벗기

먼저 사람 수대로 노끈이나 가느다란 새끼로 제각기 자기의 몸뚱이가 겨우 빠져나올 만치 끝과 끝을 맞이어● 놓습니다. 그것이 다 되었으면 제각기 삥 둘러앉은 후 자기 앞에다 그 둥그렇게 만든 끈을 벌려 놓

* 발표 당시 목차에서 '유희'라고 밝혔다.

● **맞잇다** 서로 마주 잇다.

습니다. 그리고 지휘하는 사람이 없으면 이 유희를 하는 사람 중에서 누구든지 "시작!" 하고 호령을 합니다. 그러면 유희하는 사람은 일제히 그 끈을 집어 가지고 머리에서부터 끼워 가지고 좌우편 어깨를 넘기고 팔죽지• 밑을 지나서 허리까지 내려와 가지고는 곧 벌떡 일어나서 넓적다리 아래로 해서 밑으로 빼어내는 것인데, 제일 먼저 빼내는 사람이 이기는 것입니다.

그런데 한 가지 주의할 것은 그 둥그런 끈이 허리까지 내려간 뒤에라야 벌떡 일어나지 거기까지 못 내려갔거나 더 내려간 후에 일어서면 그 사람은 규칙 위반으로 경기를 마치기 전에 미리 진 사람으로 간주하게 됩니다.

종이 떼기

폭이 5분,• 장•이 2촌• 되는 종잇조각을 다섯 장만 만든 후 여럿이서 짱껨뽀•을 하든지 제비뽑기를 해서 그중에 진 사람에게 그 종이를 주어 한쪽 끝에다 침칠을 하여 콧등과 이마와 양편 뺨과 턱에다 붙이고, 술래 아닌 사람 중에서 시작을 부르면, 술래는 곧 그 종이를 입으로 한 장씩 한 장씩 불어서 떨어트리는 것인데, 조건은 콧등에 붙은 것을 제일 나중에 떨어트려야 하는 것입니다.

그런데 이 유희는 그 술래가 콧등에 종이를 맨 나중에 떨어트려야 하겠으니까, 그것을 조심해서 부노라고 애를 쓰는 것이 퍽 재미있습니다.

• **팔죽지** 어깻죽지에서 팔꿈치 사이의 부분.
• **분** 길이의 단위로 1분은 약 0.3cm에 해당한다.
• **장** 길이.
• **촌** 길이의 단위로 1촌은 약 3cm에 해당한다.
• **짱껨뽀** '가위바위보'의 일본어.

만약 다른 것보다 콧등에 종이가 먼저 떨어지면 위 약속대로 되기까지 몇 번이라도 다시 시키고 시키고 합니다.

때려 맞히기

먼저 수건 한 개와 보시기나 대접 한 개와 젓가락 한 개를 준비한 뒤, 에 모인 사람이 다 같이 짱껨뽀나 제비를 뽑아서 술래 한 사람을 뽑아 놓습니다. 그리고 여러 사람이 삥 둘러앉은 뒤에 술래를 가운데로 몰아 넣고 먼저 준비한 수건으로 눈을 가린 후 술래에게 보시기와 젓가락을 줍니다. 그러면 술래는 그것을 받아 가지고 그중에 보시기는 자기 무릎 앞에다 놓고 젓가락만 들고 벌떡 일어나서 뒤로 세 발걸음만 물러 나갑니다. 그러면 술래 아닌 사람 중의 하나가 그를 뺑글뺑글 돌리다가 얼른 '시작'을 부릅니다. 그러면 술래는 어느 방향으로든지 자기가 짐작해 가지고 앞으로 세 발걸음만 나가서 들고 있는 젓가락으로 그 보시기를 딱 때려 맞춰야 하는 것입니다. 이것도 물론 똑바로 맞힐 때까지는 얼마든지 거듭 시킵니다.

_一記者,● 『어린이』 1929년 6월호

● 목차에는 필자 이름이 '三山人'으로 표기되어 있다.

소년 사천왕

요전번에 「소년 삼태성」의 제1회를 발표해 놓고도 그다음을 계속하지 않고 지금 달리 새로운 탐정소설을 쓰기 시작하게 되는 때 한 말씀 쓸 것이 있습니다.

탐정소설은 퍽 재미있고 좋은 것입니다. 그러나 어른들과 달라서 어린 사람들에게는 자칫하면 해롭기 쉬운 위험이 있는 것입니다. 그것은 마치 나쁜 활동사진●을 보고 나쁜 버릇이 생겨져서 위험하다는 것과 꼭 같이 자칫하면 탐정소설이 잘못되어 그것을 읽는 어린 사람의 머리가 거칠고 나빠지기 쉬운 까닭입니다.

그런데 우리 『어린이』에 탐정소설을 내어서 대단한 호평을 받기 시작한 후부터 다른 잡지에도 여러 가지의 탐정소설이 생기게 된 것은 퍽 기쁜 일이나, 가만히 보면 억지로 탐정소설을 만드노라고 나쁜 활동사진보다도 더 나쁜 탐정소설을 내이는 고로 그런 것을 읽혀서는 큰일 나겠다고 염려하게 되는 때가 많았습니다.

우리 『어린이』에 맨 처음 발표하여 10만 독자의 끓는 듯한 환영을 받

* '신탐정소설'이라고 밝혔다. 소설 첫 회분(『어린이』 1929년 10월호)에서 엽서 보낸 사람을 알아맞히면 상금 10원을 주는 문제를 냈다.

● **활동사진** '영화'의 옛 용어.

은 「동생을 찾으러」는 어린 누이동생을 잃어버리고 그 오빠가 고생하면서 찾으러 다니는 것이라 아슬아슬하고 재미있는 중에도 한 줄기 눈물 나게 따뜻한 인정이 엉키어 움직여서 읽는 사람의 가슴을 더욱더욱 곱게 하는 것이었으며, 더욱 그 남매가 다니는 학교 교사가 교수하다 말고 튀어 나가는 데라든지 인천소년회에서 동화회를 하다 말고 응원하려 몰려 나가는 데 같은 것은 보통 수신● 교과서로도 가르치지 못할 좋은 것을 길러 주는 것이었습니다.

그다음에 또 1년간 계속하여 독자들의 피를 끓리운 「칠칠단의 비밀」도 역시 돈을 도적질하거나 보물을 훔쳐 가고 찾아내고 하는 것이 아니라, 어려서 곡마단에 붙들려 간 남매가 자기 부모를 찾느라고 고생고생하여 아슬아슬한 경우를 수없이 치러 넘어가면서도 한기호라는 학생이 따라나서는 데라든지, 봉천● 조선인 단체에서 나팔을 불어 회원을 모아 가지고 몰켜● 나서는 데라든지, 모두 더할 수 없이 곱고도 굳센 힘을 길러 준 것입니다. '탐정소설의 아슬아슬하고 재미있는 그것을 이용하여 어린 사람들에게 주는 유익을 더 힘 있게 주어야 한다' 이런 생각으로 주의하여 쓴 것이라야 된다고 나는 언제든지 생각하고 있습니다.

요전번에 쓰기 시작한 「소년 삼태성」은 그러한 생각으로 전에 썼던 것보다 더 재미있고 더 유익한 것을 쓰려고 한 것인데, 불행히 그 2회 것이 전부 삭제를 당하여 책에 내지 못하게 된 고로 이내 더 계속하지 못하게 되었습니다. 고쳐서 써 가지고는 그 본래 목적하던 것을 묘하게 써 나갈 수가 없는 까닭입니다. 그래서 그것은 아주 중지하여 두었다가 다

● **수신** 도덕 과목.
● **봉천** 중국의 도시 '선양'의 옛 이름.
● **몰키다** 한곳에 빽빽하게 모이다.

음 이다음에 다시 쓰기로 하고, 이번에는 아주 생판 다른 것을 시작해 보기로 합니다.

위에 말한 것처럼 곱고도 재미있는 것, 아슬아슬하면서도 어린이들께 유익한 것을 쓰자니 쓰기가 퍽 곤란한 것인데 이번에 시작하는 것이 얼마나 재미있게 될는지 미리 모를 일입니다마는 남남끼리면서 어린네 동무가 못된 사람들의 한 떼와 어우러져서 번갯불 같은 활동을 하면서 깨끗한 우정과 굳센 의리를 세워 나가는 이야기를 곱게곱게 짜아 나가려 합니다.

아무쪼록 동무들께 많이 소개하여 요다음 달부터 재미 붙여 읽어 주시기를 바라 둡니다. 그리하여 여러분도 이 탐정소설 속에 나오는 소년들과 같이 씩씩하고도 날쌔고 믿을 만한 일꾼이 되어야 아니 합니까.

_北極星, 『어린이』 1929년 9월호

연하장 쓰는 법

연하장은 일 년 중에 잘못된 것을 사하고● 새해에는 더욱 잘 지내자는 인사로 하는 것인 고로 따듯한 맛이 있어야 합니다. 보통 연하장에는 엽서를 쓰지마는 친한 동무끼리는 손수 그린 그림이나 손수 지은 글을 쓴 그림엽서로 하거나 봉투로 하는 것이 피차 공경하는 뜻으로나 친애함에 있어서 좋습니다.

그리고 연하장은 될 수 있는 대로 빨리 보내는 것이 좋으니 반드시 1월 1일에 받을 수 있게 하는 것이 가장 좋습니다. 1월도 벌써 20일이나 지나갔는데 연하장을 보내거나 받는다면 우습지 않습니까?

또 한 가지, 연하장에 쓰는 말에 대해서 근하신년이니 공하신년이니 무어니 하고 흔히 씁니다마는, 이것은 너무 어렵고 또 점잖으며 한갓 형식에 지나지 못하는 것이라 따듯한 맛이 적습니다. 대개 아래와 비슷한 투로 쓰는 것이 좋을 것 같습니다.

'삼가 새해를 축 하옵나이다. 여러분이 모두 건강히 묵은해를 보내고 새해를 맞이하셨다니 기쁜 마음을 금할 수 없사오며 아울러 새해에 행복을 비옵나이다.'

* 발표 당시 목차에서 '실익'이라고 밝혔다.

● **사하다** 자기의 잘못에 대하여 용서를 빌다.

'새해에 다복하시기를 축 하나이다. 새로이 걸어 놓은 일력●에 한 장이라도 후회함이 없는 생활을 하여 나가시옵소서.'

'신년을 축 하오며 금년은 일층 더 친밀하게 참된 길을 걸어 나가십시다.'

하여간 연하장에는 따듯한 정이 흐르는 말을 쓰는 것이 좋습니다.

_무기명,● 『어린이』 1929년 12월호

● **일력** 그날의 날짜, 요일, 간지 따위를 각각 한 장에 적어 날마다 한 장씩 떼거나 젖혀 보도록 만든 것.

● 목차에는 필자 이름이 '三山人'으로 표기되어 있다.

소년 진군호를 내면서

새해외다. 찬란하고도 거룩한 새해 첫 아츰●이외다.

저 어둠을 쫓으면서 솟아오르는 아츰 햇발과 같이 씩씩하게 더 씩씩하게 나아가지이다 하고 바라는 마음으로 우리는 이 책을 짜 여러분의 앞에 보냅니다.

여러분! 남달리 구차한 우리 조선 소년 소녀 여러분! 아무쪼록 이 책을 읽고 씩씩하게 나아가는 사람이 되어 주십시오. 한 사람도 빠지지 말고 그리되어 주십시오. 이 세상에 큰일을 한 사람은, 좋은 일을 한 사람은 여러분과 같이 구차하고 세력 없는 사람 중에서 더 많이 났습니다.

좀 더 좀 더 씩씩한 사람이 되어 주십시오. 씩씩하게 더 씩씩하게 이를 악물고라도 이 고생스러운 중에서 씩씩하게, 꺾어지지 말고 구부리지 말고 정말 씩씩하게 자라서 다 같이 출세하여 주십시오. 우리는 그것 한 가지를 바라는 정성으로 이 책을 짰습니다.

우리의 가슴에 가뜩 찬 정성에 비하면 이 책에 실려 있는 것은 반의반도 못 됩니다마는 이 책에 있는 것만이라도 자세자세 씹어 가면서 읽어서 다 같이 한 사람도 빠지지 말고 씩씩하게 나아가 주십시오. 간절하고 간

* 발표 당시 목차에서 '권두'로 밝혔다.
● **첫 아츰** 첫 아침. '아츰'은 '아침'의 사투리.

절한 마음으로 진군의 호령을 대신하여 이 책을 여러분의 앞에 보냅니다.

_方,* 『어린이』 1930년 1월호

* 목차에는 필자 이름이 '方定煥'으로 표기되어 있다.

위인들의 신분 조사

● 독일 나라에서 제일 큰 철공장을 가지고 있는 크루프라는 사람은 본디 가난하기 짝이 없는 대장장이였습니다.

● 노예 해방의 은인으로 그 이름이 지금까지 빛나고 있는 미국의 제16대 대통령 에이브러햄 링컨은 본디 어렵디어려운 나무 장사였습니다.

● 기차를 발명하여 우리 세상에 더할 수 없이 큰 이익을 준 대발명가 조지 스티븐슨은 본래 이름 없는 화부●의 아들이었습니다.

● 역사상 세계에 제일 공로 많은 발명가인 미국의 토머스 에디슨은 본래 기차 속에서 과자와 신문을 팔던 불쌍한 아이였습니다.

● 세계에 유명한 사상가 영국의 토머스 칼라일은 근본이 스코틀랜드에서 거지와 같이 가난한 석수장이의 아들이었습니다.

● 사진 기계와 사진 필름을 만든 사진왕 조지 이스트먼은 본디 어느 은행에 심부름꾼(급사)으로 있던 소년입니다.

● 큰 정치가이고 겸하여 대전기학자인 미국 벤자민 프랭클린은 조고만 인쇄소에서 온몸에 잉크 칠을 하고 노동하던 소년입니다.

* 원제목은 「세계적으로 유명한 위인들의 신분 조사」이다. 발표 당시 목차에서 '상식'이라고 밝혔다.

● **화부** 기관이나 난로 따위에 불을 때거나 조절하는 일을 맡은 사람.

● 『로빈슨 크루소의 표류기』를 써서 세계적으로 그 이름이 높은 영국 문호 대니얼 디포는 본래 소 잡는 이의 아들이었습니다.

● 아메리카의 큰 땅덩이를 발견한 콜럼버스는 본래 이태리• 나라에 어려운 나무 장사의 아들이었습니다.

● '해가 지구의 둘레를 돈다.'던 옛날 묵은 학설을 근본으로 없애 버리고 '지구가 해의 둘레를 돈다.'는 새 학설을 주창하여 세계에 이름이 난 파란• 나라의 코페르니쿠스는 본래 불쌍한 종(노예)의 아들이었습니다.

● 커티스식 비행기를 발명하고, 수십 군데에 비행 학교를 경영하는 미국의 대비행가 글렌 커티스는 본래 시골구석에서 신문 배달하던 사람입니다.

● 미국의 제17대 대통령 앤드루 존슨은 본래 조고만 시골 어느 재봉소에서 일하던 나어린 직공이었습니다.

● 전 세계에 유명한 대철학자인 장 자크 루소는 본래 불란서•에서 가난뱅이로 헌 시계 고치는 직공이었습니다.

● 이솝 이야기(우화)를 지어 세계적으로 유명한 이솝은 본디 희랍• 나라의 한 종(노예)의 아들이었습니다.

● 풍경화가로 세계의 제일이라는 대천재 화가인 터너는 본래 영국의 한 이발장이 집에 고용살이하던 사람입니다.

무기명,• 『어린이』 1930년 1월호

• 이태리 '이탈리아'의 음역어.
• 파란 '폴란드'의 음역어.
• 불란서 '프랑스'의 음역어.
• 희랍 '그리스'의 음역어.
• 목차에는 필자 이름이 '一記者'로 표기되어 있다.

말 이야기

말은 영리한 동물입니다. 잘 달래 주기만 하면 얼마든지 온순하게 말을 잘 듣습니다. 말 잘 부리기로는 서양 사람이 유명합니다. 시베리아 벌판에는 지금도 야마●가 있습니다마는 말의 선조는 야마가 아니랍니다. 야마는 본시 사람에게 길리우던 말이 달아나서 야마가 된 것이라 합니다.

그러면 맨 처음 말은 어디서 생겼을까요? 아마 석기시대보다도 훨씬 더 먼 옛적인 것 같습니다. 말의 선조는 처음에는 고양이만 하던 것인데 차차 개만 하게 되고 점점 진화되어서 지금과 같이 크게 되었답니다. 그리고 말은 맨 처음에 발가락이 다섯씩이던 것이 지금과 같이 하나로 변했다 합니다. 그리고 몸은 작고 머리가 크며 갈기는 짧고 곧바로 서서 다녔답니다.

말은 맨 처음 중앙아세아●에서 널리 세계로 퍼졌다 합니다. 서양서 맨 처음 말을 길들여 가지고 전쟁에 쓰기는 지금으로부터 한 2400년 전쯤 됩니다. 승마술의 학교가 생기기는 16세기인데 이태리● 나폴리에 피

* 발표 당시 목차에서 '지식'이라고 밝혔다.

● **야마** 야생마.

● **중앙아세아** 중앙아시아. '아세아'는 '아시아'의 음역어.

● **이태리** '이탈리아'의 음역어.

나텔리라는 사람이 시작했습니다.

세계에서 제일 체격이 좋기로는 아라비아 말입니다. 그다음으로는 영국 말과 아라비아 말 사이에 낳은 서러브레드라는 말이고, 그다음에 영국에 본래부터 있던 해크니라는 말도 꽤 좋습니다.

당나귀는 여러분이 잘 아시는 것처럼 토끼와 같이 큰 귀를 가지고 있습니다. 말보다 크지는 못하나 성질이 순하고 힘이 단단하므로 일 시키기에 좋습니다. 그 가죽으로 북과 구두를 만들고, 또 젖이 사람의 젖과 비슷하므로 어린아이 기르는 데 먹이기도 합니다. 노새의 아버지는 당나귀요 어머니는 말입니다. 역시 말보다 그 몸이 작으나 힘이 세고 거친 식물로도 살이 찌는 것인 고로 농가에서 잘 사용합니다. 노새는 1대뿐으로 다시 자식을 낳지 못합니다.

얼럭말•(지부라)은 아프리카 대륙에 사는 말입니다. 흰빛 또는 누런 바탕에 검은빛 또는 갈색 줄기가 있는 옷을 입어서 호랑이 비슷합니다. 성질이 몹시 사나와서 사람에게 잘 길들여지지 않습니다. 얼럭말은 여러 마리가 떼를 지어 산과 들을 달려 돌아다닙니다. 그 눈과 귀가 꽤 발달이 되어서 곧 적을 발견하고 도망을 치는 까닭에 산 채로 잡기가 퍽 어렵습니다.

그런데 영국에 이 얼럭말을 사로잡아 가지고 길들인 사람이 있었습니다. 지금 영국 황제 폐하의 대관식 때에 훌륭한 얼럭말의 마차를 사용하였습니다.

여러분도 말을 사랑하시고 될 수 있는 대로 말 타는 재주를 배우십시오.

_무기명,• 『어린이』 1930년 1월호

• **얼럭말** 얼룩말.
• 목차에는 필자 이름이 '三山人'으로 표기되어 있다.

이순신의 어릴 때 이야기

세계에서 처음으로 거북형 철갑선을 발명하신 이는 우리 이순신 어른이십니다.

어른은 지금부터 385년 전 이조● 인종 원년 을사 3월 18일에 서울 건천동(지금 삼청동)에서 나셨습니다. 그는 어려서부터 재질이 영특하고 생각이 비범하여 어린 동무들과 장난을 할 때에도 매양 진을 치고 쌈 싸우는 장난을 하는데, 자기는 대장이 되고 여러 아이들은 병정을 삼아 호령하고 지휘하되 조금이라도 령을 어기는 자면 용서치 않고 처벌하고, 잘하는 아이면 과실을 사다가 상을 주니 보는 사람들이 모두 감탄하며 그 아이는 장래에 대장감이라고 칭찬을 하였습니다.

그리고 동리에 있어도 누가 조금이라도 잘못하는 일이 있어 불쾌를 느끼게 되면 기어이 그것을 들어서 책하고● 고치게 하니, 동리 사람들이 모두 그를 꺼리고 무서워하였습니다. 그는 성질이 공손하고도 매우 엄숙하여 종일 가도 실없는 말이 없으며, 글 읽기를 부지런히 하더니 차

* 원제목은 「만고명장으로도 유명하고 철갑선 발명으로 유명한 이순신의 어릴 때 이야기」이다.

● **이조** 일제가 조선을 '이씨 조선'이란 뜻으로 줄여 한 말.

● **책하다** 책망하다. 잘못을 꾸짖거나 나무라며 못마땅하게 여기다.

차 자라나매 이 세상에 있는 글만 읽어 가지고 될 수 없다 생각하고, 다시 무예를 힘쓰게 되었습니다. 그리하여 어렸을 때에 벌써 말타기와 활쏘는 재주가 남보다 뛰어나서 누구나 대적이 없었습니다.

그뿐만 아니라 그는 어려서부터 무엇을 보든지 심상히 보지 않고 무슨 물건을 보면 연구를 하고 생각을 많이 하였습니다. 그가 거북선을 발명한 것도 누구에게 배운 것이 아니요, 자기 혼자가 독창적으로 연구하여 낸 것입니다.

그가 한번은 어떤 연못가에를 놀러 갔었는데, 그 연못 물에는 조고마한 버레●(시속●에 소위 '물무당'이란 버레)가 있는데 모양이 동그란 놈이 물속으로 올라갔다 내려왔다 하는데 몸에는 물이 한 점도 묻지 않고, 또 빠르기가 번개 같아서 아무리 큰 고기라도 감히 따르지 못하고 다른 작은 버레를 자유자재로 잡아먹는 것을 보고, 한참 생각하다가 혼자 탄식하여 가로되, 만일 이 세상에 저러한 군함을 하나 발명한다면 그야말로 천하에 대적할 자가 없을 것이라고, 그날부터 남모르게 연구를 하고 또 연구하여 그 유명한 거북선을 발명하고, 그 거북선으로 임진란 때에 큰 공을 이루었습니다.

만일 임진란 때에 이 어른이 없었으면 우리 조선은 멸망을 당할 뻔하였습니다. 자래로● 조선에 거룩한 인물이 많지마는 이 어른과 같이 전 국가로나 전 민족으로나 은공이 많은 이는 없습니다. 아니 우리 조선뿐 아니라 전 세계를 통하여 그와 같이 갸륵한 인물은 드물 것입니다. 우리는 언제나 그를 숭배하여 잊지 말고 그 어른의 모든 일을 모방해야만 될

● **버레** '벌레'의 사투리.
● **시속** 그 당시의 속된 것. 그 시대 풍속.
● **자래로** 예로부터.

것입니다.

_무기명,[•] 『어린이』 1930년 1월호

[•] 목차에는 필자 이름이 '三山人'으로 표기되어 있다.

불친절인 친절

몹시 치운● 겨울이었습니다. 며칠인지 오셔서 쌓인 눈까지 얼어붙고 그 위로 스쳐 오는 바람은 빰을 베어 가는 것처럼 아프고 차고 하였습니다. 이 치운 날, 깊디깊은 산속 길로 달음쳐 가는 마차(나그네를 태워 가지고 다니는 마차) 한 채가 얼음길 위로 미끄러져 내려가듯 빠르게 달아나고 있었습니다.

그때 그 산속 길에서 젊은 여자 한 사람이 젖먹이 아기 한 사람을 안고 눈 위에 쓰러져 앉아 있다가 마차가 지나가는 것을 보고 간신히 일어나서 '몸이 얼어서 당장 죽을 지경이니 그 마차에 좀 태워 달라.'고 애걸하는데, 마차꾼이 보니까 그 부인은 몹시 얼어서 금방 죽을 것 같아 보였습니다. 마차에 태운다 해도 그냥 죽을 것같이 생각되었습니다.

마차꾼은 무슨 생각을 하였는지 마차에서 뛰어내리더니 여자의 가슴 속에 껴안은 어린 아기만 뺏어서 마차 속에 있는 다른 부인에게 맡기고, 쫓아 오르려 하는 여자는 등덜미를 잡아 밀어 내려서 그냥 길거리에 팽개쳐 놓고 마차를 몰아 가지고 달아났습니다.

이 의외의 일에 놀란 여자는 눈이 뒤집힐 지경이 되어 미친 여자처럼

* 발표 당시 '1인 1화'(한 사람의 한 가지 이야기)로 소개되었다.
● **칩다** '춥다'의 사투리.

달아나는 마차를 쫓아가면서 "이놈아! 이 죽일 놈아! 아기나 내어놓고 가거라!" 하고 악을 악을 썼습니다.

그래도 마차꾼은 뒤를 자꾸 돌아보기만 하면서 마차를 쉬지 않고 그냥 자꾸자꾸 달리었습니다. 그러나 이상한 일로는 그 부인이 거의 거의 마차를 쫓아올 만큼씩 마치 골을 올리는 것처럼 조금씩 조금씩 달아났습니다.

그러다가 한 3리쯤 가서야 마차를 우뚝 세우고 부인이 쫓아오기를 기다려서 "자, 인제 올라타십시오. 당신은 몹시 얼어서 그냥 태우면 당장 죽을 것 같기에 당신이 기운을 내서 다시 몸이 더워지고 피가 돌기 시작하게 하려고 일부러 걸어서 쫓아오게 한 것입니다. 보십시오, 당신은 한참 뛰었으니까 이렇게 땀이 흐르고 얼굴에 화색이 돌지 않았습니까? 인제는 살아나셨습니다." 하였습니다.

급한 때에 얼른 태워 주기만 하는 것이 동정이 아닙니다. 이런 때 마차꾼의 의견이 아니었다면 그 부인은 마차 속에서 얼어 죽었을 것입니다. 이런 것을 임시응변이라고 합니다.

_方小波, 『어린이』 1930년 2월호

발명가의 고심

발명왕으로 유명한 에디슨이 자기 부인과 혼인 예식을 할 때의 일입니다. 식장에는 벌써 중매쟁이와 그의 친척과 또 동무들이 구름같이 모여 섰고, 목사는 지금 막 두 사람 사이에 아주 부부가 되는 맨 마지막 맹서를 시켜 주려 할 때인데, 그때 돌연히 에디슨의 머릿속에는 이때까지 영영 생각이 나지 않던 무슨 기계 발명에 대한 좋은 고안이 머리에 떠올랐습니다.

그러니 조금 웬만한 사람이면 아무리 급해도, 체면상으로 보든지 일의 경우로 보든지 예식이나 끝내고 어떻게 하더라도 할 터인데, 그는 그 생각이 머리에 떠오르자마자 갑자기 "오!" 소리를 치면서 그곳에 모인 사람에게 아무런 말도 없이 그냥 자기 집 연구실로 줄달음질을 쳐 왔습니다. 그리고 방문을 굳이 닫은 후에 이틀 낮 이틀 밤을 먹지도 자지도 않고 열심히 연구한 결과, 크디큰 발명을 또 하나 하게 되었답니다.

—(『위인일화집』에서)—

_무기명,● 『어린이』 1930년 2월호

* 발표 당시 목차에서 '권두'라고 밝혔다.
● 목차에는 필자 이름이 '編輯人'으로 표기되어 있다.

7주년 기념을 맞으면서

지금 이 책장을 펴신 동무여, 당신도 기뻐해 주십시오. 오늘이 『어린이』 여덟 살째의 생일 기념입니다. 우리 동무들—각처에서 우리와 같이 책을 읽는 십수만의 동무들이 한마음같이 이날을 기념하는 기쁨은 참말로 어떻게 형용할● 수 없이 크고 많습니다.

*

햇수로 8년 전, 그야말로 겨울의 벌판같이 쓸쓸한 조선의 소년 소녀에게 어린 사람의 잡지라고 『어린이』가 처음 나올 때, 돈 안 받고 거저 준다 하여도 가져가는 사람이 단 18인밖에 없던 것을 생각하고, 오늘 십수만의 독자와 더불어 이 기쁨을 맞이하는 것을 생각하면 스스로 감격한 생각이 가슴에 넘칩니다.

*

'애녀석' '어린애' '아이놈'이라는 말을 없애 버리고 '늙은이' '젊은이'란 말과 같이 '어린이'라는 새 말이 생긴 것도 그때부터의 일이요, 어린이 보육, 어린이의 정신 지도에 유의하여 여러 가지의 노력이 생기기 시작한 것도 그때부터의 일입니다.

* 발표 당시 목차에서 '권두'라 밝혔다.

● **형용하다** 말이나 글, 몸짓 따위로 사물이나 사람의 모양을 나타내다.

『어린이』! 『어린이』! 『어린이』가 억지의 고집을 쓰고 탄생한 지 8년 동안의 노력 — 이날의 기쁨이 어찌 한이 있겠습니까?

*

『어린이』 창간호부터 읽고 외우고 하면서 『어린이』 책과 함께 웃고 울고 하면서 『어린이』와 함께 자라 온 독자가 지금은 벌써 유치원 선생님, 보통학교 선생님으로 노력하고 있는 이가 많고, 외국에 유학 가거나 청년운동에 활동하고 있는 이가 수없이 많이 있습니다.

그러면서 그이들은 아직까지도 이 『어린이』를 떨어지지 아니하고 동무해 나아가고 있습니다.

*

우리에게 이날의 기쁨은 오직 두 가지가 있으니, 저마다 못 한다고 금하는 노릇을 8년 동안 싸워, 지지 않고 올 수 있었던 동시에 그 괴로운 걸음이 앞일에 많은 도움 될 지식이 된 것이요, 또 한 가지는 단 20명도 못 되는 독자와 함께 걸어온 데 비교하여 이제로부터의 앞길은 10여 만 명의 독자와 힘을 합하여 나아갈 것을 믿는 기쁨입니다.

*

다 같이 『어린이』의 이날을 즐기십시다. 그리하여 한결같은 기쁜 마음으로 걸음을 맞추어 9년째의 새 행진을 시작하십시다. 우리의 동무가 십수만입니다. 『어린이』를 통하여 서로 권고하면서, 서로 붙잡아 가면서 마음 든든히 씩씩한 걸음 맞추어 행진하십시다.

_方, 『어린이』 1930년 3월호

조선 제일 학생 많은 곳

조선 제일 학생 많은 곳은 서울입니다.

서울이 조선의 수도인 만치 학생도 서울이 제일 많습니다. 학생이 많다는 말은 즉 학교가 많다는 말인데, 이것을 학교별로 쪼개서 그 수효를 계산한다면 아래와 같습니다.

서울 안에 사립보통학교는 도합 스물일곱 학교인데 그 수효가 남녀 합하여 7909명이요, 공립보통학교가 열여덟 학교인데 그 수효가 남녀 합하여 1만 4262명이니, 이것을 모두 합치면 보통학교 학생만 2만 2171명이 됩니다.

그리고 서울 안에 남자사립고등보통학교가 도합 다섯 학교에 학생 수효가 3575명이요, 여자사립고등보통학교가 도합 다섯 학교에 학생 수효가 1620명이며, 남자관립고등보통학교가 도합 두 학교에 학생 수효가 1590명이요, 여자관립고등보통학교가 단 한 학교에 그 학생 수효가 386명이니, 이것을 모두 합치면 고등보통학교 학생만 남녀 합하여 7171명이 됩니다.

그리고 서울 안에 남자사립전문학교가 다섯 학교에 그 학생 수효가 977명이요, 여자사립전문학교가 단 한 학교에 그 학생 수효가 112명이며, 관립전문학교가 네 학교에 조선 학생을 대략 600명가량만 치고, 이

것을 모두 합치면 전문학교 학생이 1689명가량이 됩니다.

그리고도 이외에 사범학교·농업학교·도립상업·공업학교, 제국대학 학생이 있으나, 일본 학생과 같이 배우는 관계상 조선 학생의 수효만은 꼭 알기가 어렵습니다. 또 글방(서당) 도령이 있고 또 유치원 아동이 있고 하여, 어쨌든 서울 안에 학생이(조선 학생만) 대략 개산해서● 4만여 명 가까이 되는 것만은 사실일 것 같습니다.

그러나 이것이 다른 나라 수도, 조선과 비등한 조고만 나라에 있는 학교와 학생 수효에 비한다면 참말로 빈약하고 부끄럽기가 이를 데 없습니다.

_三山人,●『어린이』 1930년 3월호

● **개산하다** 대강 계산한다.
● 목차에는 필자 이름이 '編輯局'으로 표기되어 있다.

궁금 풀이 (1)

옷을 입으면 어째 더운가

여러분은 아마 옷이 몸을 덥게 해 주는 것이라고 생각하시겠지요. 그러나 옷을 입고도 햇볕이나 불김●에 닿아야 덥지, 옷 그것만이 더운 것은 아닙니다. 겨울 아츰●에 자리에서 깨어 옷을 입으면 차갑지요? 그러나 좀 지나야만 더워지지요. 그것은 옷이 우리의 체온을 보전해 주는 탓입니다.

뜨거운 여름날에는 옷을 벗고 있는 것보다 입고 있으면 도리어 좀 선선합니다. 그것은 우리의 체온보다 태양열이 더 뜨거우므로 옷은 체온을 보전해 주는 것보다 태양 광선을 막아 주는 때문입니다.

놀랄 때 얼굴이 어째 파래지나

건강한 사람은 살빛이 불그레합니다. 피는 심장을 중심 삼아 전신에 오르내립니다. 그런데 우리가 무엇에 놀랄 때는 머리와 심장 사이에 있는 신경이 심장의 고동을 일시 중지시키는 까닭에 얼굴에 흐르고 있던

* 발표 당시 '일상 과학'이라고 밝혔다.

● **불김** 불의 뜨거운 기운.

● **아츰** '아침'의 사투리.

피가 갑자기 흩어져 혈색을 잃고 얼굴빛이 파래지는 것입니다.

바람은 소리가 있을까 없을까

바람 몹시 부는 날에는 씽씽 하고 소리가 납니다. 그러나 그것은 바람에 부딪혀 문이나 나뭇가지가 떠는 소리요 바람에게 소리가 있는 것은 아닙니다. 전신 기둥에 귀를 대고 들으면 윙윙 하는 소리가 들리지요? 그것은 바람 소리가 아니고 전신줄•이 떠는 소리입니다. 사방에 아무것도 없는 텅 빈 광야 같은 데서는 바람이 아무리 불어도 아무 소리도 들을 수 없습니다. 바람은 공기가 흘러가는 것이요 바람에게는 아무 소리도 없는 것입니다.

고무공은 왜 튀어오르나

고무공이 튀는 것은 탄력이 있는 까닭입니다. 탄력은 있던 형상을 다른 형상으로 변하게 하였을 때 본래의 형상으로 돌아가는 힘을 가리킨 말입니다. 1촌•밖에 안 되는 고무줄은 잡아 늘이면 4, 5배나 늘어났다가 다시 제대로 1촌이 되는 것은 탄력이 있기 때문입니다. 쇠줄은 구부렸다 탁 놓아도 굽힌 채 있고 다시 꼿꼿해지지 못합니다. 그것은 탄력이 없기 때문입니다. 공을 땅에 떨어트리면 땅에 가 닿은 부분이 도로 펴져서 동그랗게 될 때 탄력이 생겨서 공은 튀어 오르는 것입니다.

_三山人, 『어린이』 1930년 4월호

● **전신줄** 전선.

● **촌** 길이의 단위로 1촌은 약 3cm에 해당한다.

『어린이』의 옛 동무들을 맞이하면서

잘 자랄지 못 자랄지 걱정이 그칠 날 없던 우리의 『어린이』 잡지가 이제는 여덟 살이 되었습니다. 같은 여덟 살에도 남달리 충실한 몸으로 우쭐우쭐 커 가는 것을 볼 때에, 더구나 8년째의 기념호를 만들어서 산더미같이 쌓아 놓고 앉아서 그것을 일일이 독자들에게 보내려 할 때에 나의 가슴은 참말로 무어라고 형용할● 수 없는 기쁨과 감격으로 그뜩 찼었습니다. 이것 하나를 살려 오느라고……. 이것 하나를 키워 오느라고 이날까지 얼마나 고생을 하여 왔으며 얼마나 못 참을 일을 참으면서 지내 왔는가.

모든 사람이 '안 될 일이니 시작도 말라.' 하는 것을 못 들은 체하고, 여러 가지 사정이 못 하도록만 된 것을 무릅쓰고 억지의 고집으로 시작했더니, '돈 안 받고 거저 준다.'고 온 조선에 광고를 하여도 청구하는 사람이 단 열여덟 명밖에 안 될 때에는 참말로 눈에 눈물이 고였었습니다. 그리고 그렇게까지 허무하게 안 되는 일을 그래도 낙망하지 않고 계속하여서 지금 10만이 넘는 동무를 얻기까지에는 거의 7년, 8년 동안 두고 한시도 잠시도 마음과 몸이 편히 쉴 날이 없었습니다.

* 발표 당시 목차에서 '감상'이라고 밝혔다.

● **형용하다** 말이나 글, 몸짓 따위로 사물이나 사람의 모양을 나타내다.

그러나 나는 그러한 아프고 쓰라린 기억과 함께 몇 가지의 기쁜 기억도 가지고 있는 것이 있으니 길거리에서 나를 붙잡고 "선생님, 이달 치 『어린이』가 왜 이제껏 못 나옵니까?" 하고 궁금히 묻던 성명 모를 어린 사람들의 얼굴을 지금도 잊지 않고 있으며, 불쌍한 동무의 이야기가 잡지에 날 때마다 50전, 60전씩의 돈을 넣어 그에게 전해 달라고 보내는 어린 독자들의 편지를 지금 기억하고 있습니다.

그리고 그들이 내가 외로이 외로이 고달프게 『어린이』를 가지고 고생할 때의 독자요 동무들이었던 만큼, 내게는 큰 위안이 되고 믿음이 되었고 『어린이』 잡지에는 더할 수 없이 큰 힘이 되었던 것이니, 그만큼 그들은 『어린이』 잡지를 이만큼 크게 충실하게 키워 온 힘 있는 일꾼들이었습니다.

『어린이』 잡지를 에워싸고 『어린이』 속에서 서로 호흡을 같이하고 자라면서 『어린이』를 위하여 오래 두고 같이 힘써 왔으니, 어찌 그들과 나와 『어린이』와의 정이 두텁지 아니할 수가 있습니까. 그들이 각 지방 각곳에 흩어져 있어도 '혹시나 『어린이』가 잘못되면 어쩌나.' '혹시나 『어린이』가 고생을 겪게 되면 어쩌나.' 하고 걱정이 그치지 않는 것과 같이, 나는 『어린이』를 대신하여 『어린이』에서 젖을 먹고 『어린이』에서 자라 가지고 사면팔방으로 흩어져 나아가 갖가지로 활동하고 있는 그들이 한 사람이라도 잘못되면 어쩌나, 병이 들면 어쩌나, 다른 데에 가서 실수를 하면 어쩌나 하고 걱정하는 정이 사실로 떠나는 때가 없습니다.

『어린이』 잡지 창간 적부터 정성 들여 온 사람들이 지금은 시집가서 아기들을 많이 낳았습니다. 또는 벌써 학교 선생님들이 되어 있습니다. 또는 외국 유학을 가거나 조선 안에서 활동들을 하고 있습니다. 우리 『어린이』 잡지에서 자라난 동무들이 지금 각처에서 남달리 활발하고 영리하고 맹렬하게 활동하고 있는 것을 볼 때에 나는 이때까지의 아무런 고생도 다 잊어버리고 또 앞으로 닥뜨려 올 여러 가지 고생도 다 잊어버리고 한없는 기쁨과 가장 미쁜● 힘을 느낍니다.

그러고 그들이 모두 지금도 오히려 옛 보금자리인 『어린이』를 떠나지 못하고 바쁜 활동 중에서도, 또는 자유롭지 못한 시집살이 중에서도 『어린이』를 계속해 읽고 있는 것을 생각할 때에 한이 없는 기쁨과 감격을 느낍니다. 그렇게까지 안타깝게 위하고 생각하는 『어린이』가 충실히 커서 여덟 살이 된 지금, 나는 그들의 손목을 일일이 잡아 보고 싶고 한자리에 모여 앉아서 이야기하고 싶은 정을 금치 못하면서, 그들의 이름을 일일이 불러 보았습니다. 그러고 이러한 정을 가지기는 독자 여러분도 나와 다르지 아니하리라고 믿습니다.

_『어린이』 1930년 5월호

● **미쁘다** 믿음성이 있다.

식물 급• 곤충채집법

차차 날도 더워 가고 여름방학도 머지않았습니다. 이 여름방학을 어떻게 해야 가장 필요하게 이용할까 하는 데 대해서는 그 임시하여 학교에서 따로 말씀이 계시겠으니까 더 말하지 않거니와, 우선 금년 여름방학에는 식물과 곤충 채집을 시험 삼아 해 보십시오. 이것은 단순히 이과•를 공부하는 데 참고만 되는 것이 아닙니다. 자연을 배우고 자연과 친하는 좋은 일이 되는 것입니다. 지면 관계로 상세하게 하지는 못하였으나 대략 참고는 하실 수 있으리라고 믿습니다.

식물채집법

식물채집상 가장 주의할 것은 그날 채집한 것은 반드시 그날로 표본을 만들어야 합니다. 시들면 못쓰니까요.

식물채집에 쓰는 도구는 통(함석으로 타원형으로 만들어서 끈을 달아 어깨에 메도록 하되, 길이는 1척• 2촌,• 폭은 7촌, 깊이는 5촌이면 됩니다. 안은 흰 펭키칠,• 밖은 회색 펭키칠을 하는 것이 좋습니다.), 칼·

• **급(及)** 및. 와/과.
• **이과** 자연계의 원리나 현상을 연구하는 학문.
• **척** 길이의 단위로 1척은 약 30.3cm에 해당한다.
• **촌** 길이의 단위로 1촌은 약 3cm에 해당한다.

가위·뿌리 패는 조고마한 부삽 같은 것들입니다.

채집할 때는 성한 것으로 골라서 소용없는 가지나 잎사귀 같은 것은 따 버리고, 전체 형상을 될 수 있는 대로 미술적으로 벌려서 두터운 양지• 갈피에 끼워 넣습니다.

양지 상하에는 흡습지—신문지나 흡수지—를 대이고 널판을 그 밑과 위에 놓고 돌로 지질러• 놓습니다. 여러 종류 표본을 한꺼번에 만들 때는 양지와 흡수지와 널판을 자꾸 거듭 덮어 놓으면 됩니다. 흡습지는 식물에 수분을 빨아 말리는 것이므로 매일 갈아 내야 하는데, 한 번 쓴 것은 말려서 다시 쓸 수 있습니다. 이렇게 해서 두 주일쯤 지나면 대개 마릅니다. 그때는 양지 사이에 있는 것을 표본지에 붙입니다.

그런데 맨 위에 올려놓는 돌은 맷돌도 괜찮지만 그보다도 귤 상자에 잔돌멩이를 가뜩 담아서 올려놓는 것이 표본을 골고루 마르게 하기에 좋습니다. 또 그렇게 하면 식물의 강약을 보아서 무겁게 올려놓을 수도 있고, 좀 약하여 찢겨뜨려질 염려가 있는 것은 무게를 줄일 수도 있습니다. 그리고 널판은 잘 마른 것으로 쓰되 두텁기는 5, 6분•이면 좋습니다.

표본을 만들 때는 잎사귀를 겉만 내놓지 말고 뒤집어서 속도 내놓는 것이 연구상 필요합니다. 표본지는 도화용지나 제도용 켄트지•가 좋습니다. 표본지에 표본을 올려놓고 미농지•를 1분이나 2분 폭으로 잘라서(길이는 적당하도록) 아라비아풀•로 요처•를 몇 군데 발라서 표본이

• **펭키칠** 페인트칠.
• **양지** 서양에서 들여온 종이. 또는 서양식으로 만든 종이.
• **지지르다** 무거운 물건으로 내리누르다.
• **분** 길이의 단위로 1분은 약 0.3cm에 해당한다.
• **켄트지** 그림이나 제도 따위에 쓰는 빳빳한 흰 종이.
• **미농지** 닥나무 껍질로 만든 질기고 얇은 종이.

떨어지지 않게 하고, 표본지 오른쪽 밑에 붉은 색지를 바르고 표본 번호, 식물 과명,• 종명,• 채집지, 채집 년월일, 기타 중요 사항을 기입합니다.

곤충채집법

곤충채집용 기구는 포충망(눈이 잘은 망포•로 직경 1척, 깊이 2척쯤 되는 주머니를 만들어 주둥이는 쇠줄로 둥그렇게 끼고 적당한 길이의 막대를 달면 이것을 가지고 나비나 기타 나래• 있는 곤충을 잡게 됩니다.) 기타 핀셋과 채집 상자가 필요합니다.

전문가는 큰 유리병 밑에 청산가리라는 독약을 넣고 그 위에 그물을 얹고 곤충을 잡아서 병 속에 넣고 마개로 막아서 죽게 합니다마는, 이것은 좀 위험하니까 여러분은 암모니아를 조고만 병에 넣었다가 곤충을 잡아서 바늘에 암모니아 칠을 해서 주사를 놓아 죽게 하는 것이 좋습니다. 곤충이 죽거든 핀에 꽂아서 채집 상자에 넣습니다.

채집 상자는 나무로 길이 1척 2, 3촌, 폭 7, 8촌, 깊이 2촌쯤 되게 만들어 끈을 달아 어깨에 메도록 하는 것이 편리합니다. 상자 밑에는 연한 판때기를 깔고 핀으로 벌레를 꽂아 놓을 수 있도록 합니다. 나비같이 핀에 끼워서도 나래를 푸득거리는 벌레는 양지로 삼각 주머니를 만들어 나래를 끼워 놓으면 좋습니다.

- **아라비아풀** 아라비아고무로 만든 접착성이 강한 풀.
- **요처** 오목하게 들어간 곳.
- **과명** 동식물 분류에서 쓰는 과(科)의 이름.
- **종명** 생물의 분류학에서 종(種)에 붙인 이름.
- **망포** 그물천.
- **나래** 날개.

무슨 곤충이든지 살아 있는 것처럼 표본을 만들어야 가치가 있지 나래를 푸득거려서 가루가 떨어지면 가치가 없습니다. 삼각 주머니를 씌워 가지고 온 나비는 가만히 주머니를 벗기고 미농지를 오려서 날개를 벌리고 푸득거리지 못하게 한 후에 1주일쯤 지나면 습관이 되어서 미농지를 떼어도 그냥 가만히 있습니다.

갑충● 같은 것은 얼마쯤 시간을 지나면 굳어지기 쉬우니까 굳어지면 뜨거운 물에 담가서 관절을 부드럽게 한 후에 맘대로 표본을 만들 수 있게 됩니다. 곤충도 식물같이 미술적으로 보기 좋게 표본을 만들어야 합니다. 파리같이 조고만 버레●는 바늘로 꽂아 놓습니다만, 발끝에 풀칠을 해서 머물러 있는 것처럼 만들어 놓고 말리우는 법도 있습니다.

나비 같은 것은 표본 보존 상자에 넣기 전에 붓으로 알코올 칠을 해서 소독을 하고, 나무 상자에 넣어서 핀으로 튼튼히 꽂아 놓고 유리로 뚜껑을 해 덮습니다. 그때에 나프탈렌 가루를 상자 밑에 뿌려 두는 것을 잊지 말아야 합니다. 그리고 갑충 같은 것은 내장이 많아 썩을 염려가 있으니까, 놋으로 만든 가는 바늘을 끝을 꼬부려서 홍문●으로부터 넣어서 내장을 빼내고 가는 유리관으로 알코올을 조금 넣으면 좋습니다. 이리하여 표본이 되어 표본 보존 상자에 넣게 되면 표본 번호, 종류, 채집지, 채집 년월일을 기입한 색지를 상자 밑에 바르고 유리(덮개)로 밀봉합니다.

위에 말한 외에도 자기가 생각해서 어떻게든지 새 방식으로 채집할 수가 있습니다.

_무기명,● 『어린이』 1930년 5월호

● **갑충** 딱정벌레목의 곤충을 통틀어 이르는 말.
● **버레** '벌레'의 사투리.
● **홍문** 항문.
● 방정환이 쓴 것으로 보인다.

윤달 이야기

달력을 보시면 아시겠지만 음력으로 이달(6월)은 둘입니다. 같은 6월이 둘이라는 말씀입니다. 이것은 윤달이 꼈기 때문인데, 윤달은 대체 무엇이며 어째서 생겨지는 것인지 그것을 간단히 설명해 드리겠습니다.

그전에도 한번 이야기한 것과 같이 달은 지구의 주위를 돌고 있으며 지구는 해의 주위를 돌고 있습니다. 원래 달은 무광한 것이 햇빛에 반사되어 빛나게 되는 것이기 때문에 그 위치 여하를 따라 여러 가지 모양으로 비치는 것입니다. 마치 테니스공을 등불 앞에다 놓고 그것을 바라볼 때에 보는 사람의 위치를 따라서 불에 비치는 부분이 여러 가지 모양이 되는 것과 꼭 같은 이치입니다.

여러분이 곧 실험하여 본다면 달과 태양과 보는 사람의 위치가 어떻게 된 때에 보름달이 되며, 어떠한 때에 반달이 되며, 어떠한 때에 그믐이 될지를 알 것입니다. 하여간 달이 한 번 만월이 되었다가 그다음 만월이 되는 동안이, 날로 치면 대개 30일이 되는 것을 옛날 사람들도 알았던 것입니다. 삭월●이 되었다가 그다음 삭월이 되기까지도 마찬가지입니다.

* 발표 당시 '필요한 상식'이라고 밝혔다.

● **삭월** 음력 초하룻날의 달.

그래서 옛날 사람들은 그동안을 한 달(1월)이라고 이름하고, 삭월이 된 이튿날을 그달 첫날로 정하였습니다. 또 한편으로는 봄, 여름, 가을, 겨울이 순차로 돌아오는데, 봄이 되었다가 그다음 봄이 되기까지가 달로 치면 대개 열두 달이 되는 것을 알고 그동안을 1년이라고 이름하였습니다.

그러면 해의 시작을 어느 날부터 할까 하는 것이 문제가 될 것입니다. 그것보다도 먼저 달의 이름을 지어 놓아야 하겠습니다. 옛날 로마 사람들이 지어 놓은 것을 보면 그때에 많이 숭상하던 귀신의 이름을 붙여 나가다가 부족하면 번호로 붙였습니다. 그다음에는 어느 달을 첫 달로 할까 하는 것이 문제인데, 이것도 그 시대와 나라를 따라서 각각 다릅니다.

우리가 쓰고 있는 것 '재뉴어리'●라는 말을 첫 달로 정하고 그것을 정월이라고 하였습니다. 자 이렇게 하여 한 달 30일, 1년을 열두 달로 쪼개 놓고, 어느 달에는 비가 오고 어느 달에는 바람이 불고 어느 달부터는 눈이 내리고 하는 것을 알게 되니, 농사일뿐만 아니라 사람의 일상생활에 얼마나 편리하게 되었습니까? 이렇게 하여 만든 역사가 음력입니다.

그러나 달의 모양을 위주 하여 가지고 만든 이 음력은 한 해 두 해 지나는 동안에 차츰차츰 사실과 맞지 않게 되었습니다.

그것은 한 달이 29일 좀 남는 것을 30일로 한 것과 1년(가령 밤과 낮이 꼭 같은 때로부터 그다음 꼭 같이 되는 때까지) 360일이 더 되는 것을 360일로 계산하였기 때문에 전년 어느 달 어느 날의 절후●와 금년 그날의 절후가 맞지 않게 된 것입니다.

● **재뉴어리** '1월'이라는 뜻의 영어.
● **절후** 절기.

그래서 이거 큰일 났다고 임시처변●을 하노라고 달에는 큰 달, 작은 달을 두어서 그럭저럭 맞추고, 해에는 3년 만에 한 번씩 윤달을 두어서 2년 동안에 어그러진 것을 3년 만에는 보태서 틀림없이 만들게 한 것입니다.

_一記者, 『어린이』 1930년 7월호

● **임시처변** 임시변통.

개벽사 창립 10주년 기념을 맞으며

이 책을 읽는 십수만의 독자 여러분, 기뻐해 주십시오. 이해의 이달은 우리 개벽사가 설립된 지 꼭 열 번째 돌이 되는 10주년 기념 달입니다. 우리의 일이 한이 있는 것 아니고, 백년 천년 또 만년 영원한 장래를 향하여 우리 조선 사람의 향상과 또 온 세상 인류의 새로운 진화를 위하여 두고두고 앞길을 헤쳐 나갈 '개벽사'거니 단 10년이 무슨 그리 대단히 기쁘다 할 것이 있겠습니까마는, 조선서 잡지를 경영하기는 참말로 10년이 천년같이 힘들고 어려운 세월 같습니다.

여러분도 보시는 바와 같이 어느 나라든지 그 민중이 깨어 가기에는 신문과 잡지가 많이 나야 하는 것입니다. 깨인 나라일수록 앞선 나라일수록 좋은 잡지와 신문이 수없이 많이 있습니다.

*

학교가 넉넉하고, 가르치고 배우는 것이 자유롭고 흡족한 나라도 그러하거든, 하물며 우리 조선같이 돈이 없고 학교가 부족하고 가르치고 배우기를 마음대로 못 하는 곳에서야 좋은 잡지가 많아야 할 것은 다시 말할 것이 있겠습니까? 그런데 잡지까지도 한 호 하거나 겨우 두 호를

* 발표 당시 목차에서 '인사'라고 밝혔다. 목차의 제목은 '10주년 기념과『어린이』'이다.

간신히 하다가는 힘이 부족하여 거꾸러지고 거꾸러지고 하게 됩니다.

*

그러는 중에서 오직 우리 '개벽사'만이 남보다 더 많이 고초를 겪으면서도, 남보다 돈이 더 없으면서도 거꾸러지지 아니하고, 천신만고하여 오늘까지 11년을 싸워 온 생각을 하면, 자랑도 되고 기쁘기도 한이 없거니와 그동안 지나온 고생을 생각하면 눈물이 저절로 흐르는 것을 금하지 못합니다.

*

첫째, 사원들이 먹을 것을 못 먹고 오래 주리어 왔습니다. 그러다가 병들어 죽은 사람이 두 사람입니다. 그러면서 해 놓은 일이 —12자 약● — 돈이 없어 쫓겨 다니고 그러면서 오늘까지 그래도 모진 악을 쓰고 견디어 온 것은, 개벽사의 자랑인 동시에 독자 여러분께서 오래 두고 개벽사를 위해 주고 붙들어 주고 해 오신 덕이라고, 우리들은 감사하여 마지않는 일입니다.

여러분, 개벽사가 지금 10주년 되었다는 것보다도 이 앞으로 11년째의 새 일을 씩씩하게 시작해 간다 하는 것을 기뻐해 주십시오. 그리하여 전보다 더한 고생이 우리의 앞에 얼마든지 닥뜨려 올 것을 짐작해 주십시오. 우리는 능히 그런 모든 고생을 싸워 이기고 넘어갈 작정을 하고 나섭니다마는 그 고단한 싸움에 우리는 정말 넉넉히 이기고 넘어가도록 전보다 더 가깝게 오셔서 힘 있게 손목 잡아 주실 것을 생각해 주십시오.

● 검열로 삭제된 것을 보인다.

*

이리하여 개벽사라는, 조선의 단 하나 튼튼한 출판 기관이 영구한 생명을 가지고 커 가게 되어 거기서 좋은 양식이, 좋은 군량이 점점 더 많이 제조되어 나오게 해 주셔야 합니다.

개벽사의 독자 중에 『어린이』의 독자가 제일 많은 자리를 차지하고 있습니다. 『어린이』가 더 좋아지고 어린이들을 위하여 좋은 양식이 많이 나오기 위하여도 개벽사가 잘 커 가야 할 것입니다.

10주년 되는 기념을 맞이하여 기쁜 인사를 드리는 한편으로, 이때까지의 많으신 도움을 감사하여 마지않는 동시에, 이 기쁜 소식을 널리 부모와 동무들께도 전해 주시고, 앞으로는 더 많은 힘을 도와주시기를 간절히 간절히 바라는 바입니다.

_編輯人, 『어린이』 1930년 7월호

어부와 해녀의 살림

바다, 바다, 바다라는 말만 들어도 바다를 생각만 하여도 철철 흐르던 땀이 걷히어집니다. 바다를 생각만 하여도 피곤하던 몸이 씩씩하여집니다. 그리고 어부와 해녀의 생활이 그립습니다. 고기 잡는 어부와 전복 따고 산호 캐는 해녀들의 생활이 간절히 그리운 것입니다.

들에는 곡식이 널려 있고 산 위에는 나무와 열매가 열려 있고, 닫는• 짐승과 나는 새들이 사람을 위하여 생기었지만, 바닷속같이 풍성하게 가지가지로 사람을 이롭게 하는 물건만치 많지는 못할 것입니다. 건져내면 건져 낼수록 캐어내면 캐어낼수록 그대로 그대로 한없이 쏟아져 생기는 것은 바다입니다. 그러한 것을 건져 내고 그러한 것을 캐어내는 어부와 해녀의 생활이 그립지 아니합니까?

새벽하늘이 밝아 올 때 잔잔한 물 위에 배를 띄워 순한 바람에 돛을 달고 흐르는 대로 흘러가며 그물을 던졌다가, 붉은 노을이 서편에서 비끼일• 때는 그물에 눈•눈마다 은빛 같은 고기가 걸렸을 것입니다. 때를 맞추어 한 번 던졌던 그물을 거둘 때, 무엇으로 고기를 실어 내며 어느

• **닫다** 빨리 뛰어가다.
• **비끼다** 비스듬이 비치다.
• **눈** 그물 따위에서 코와 코를 이어 이룬 구멍.

곳에 고기를 쌓을까? 이것이 어부의 생활이거니와 바람은 순하고 물결은 잔잔한데, 하늘도 푸르고 물도 맑아 세상에서는 찾아볼 수도 없는 신기루가 물 위인지, 하늘 위인지, 오색이 찬란하게 떠 있는 것도 어부가 아니면 찾아보지 못하는 것입니다. 바람을 따라 자유로 자유로 흘러가며 마음껏 한껏 잡을 수 있는 대로 잡아 낼 수 있는 고기, 이것이 어부의 자유롭고도 시원스런 생활입니다.

*

해녀의 생활을 누가 부러워하지 않으랴? 해녀의 신성한 생활을 누가 부러워하지 않으랴? 저마다 자기의 직업이 신성하다.●

_牧夫,● 『어린이』 1930년 7월호

● 영인본의 낙장으로 다음 내용을 알 수 없다.
● 목차에는 필자 이름이 '牧夫生'으로 표기되어 있다. 방정환으로 추정된다.

소년 용사

지나간 6월 8일이었습니다. 서울 계동 중앙고등보통학교에 운동회가 있어서 골목이 메이게 구경 가는 수없이 많은 사람들 틈에 끼어서 나도 구경을 갔었습니다.

학교 운동장에는 사람이 어찌 많이 모였는지 좌우 옆 산언덕과 소나무 숲 사이에까지 빈틈이 없이 들어찼는데 햇볕 좋은 마당에 씩씩한 음악 소리에 맞추어 여러 가지 활발하고 재미있는 운동 경기가 차례대로 진행되었습니다.

그런데 이날 여러 가지 경기 중에 제일 흥미를 가지고 그 많은 사람이 기다리는 것은 여기서 안팎 20리가 훨씬 넘는 청량리까지 뛰어갔다 오는 장거리 경주하고 200미터나 되는 이 학교 운동장을 스물다섯 바퀴 도는 5천 미터 경주하고 두 가지였습니다.

단 한 바퀴 휘도는 200미터 경주에도 숨이 찬데, 스물다섯 바퀴를 돌려면 굉장히 힘드는 것이라 하여 생각만 하여도 어마어마한 일이라고 수만 명 구경꾼뿐 아니라 이 학교 선생님들과 학생들까지 잔뜩 그것을 기다리고 있었습니다.

* 발표 당시 '사실 미담'이라고 밝혔다.

다른 경기가 거의거의 끝이 나고 마지막 판이 가까웠을 때에 '이번은 5천 미터 경주'라고 쓴 광고판을 멘 사람이 자전거를 타고 돌았습니다.

"5천 미터이다! 스물다섯 바퀴 도는 경주다!" 하면서 그 많은 구경꾼이 입으로 받아 외면서 바짝바짝 다가서고, 앉았던 부인네들까지 일어서고 모두 마음이 바짝바짝 조였습니다.

"5천 미터이니까 엔간한 사람은 처음부터 나서지도 못할걸."

"그렇구말구요. 단 한 바퀴에도 쩔쩔매는데, 스물다섯 바퀴니 여간한 사람이야 꿈도 못 꾸지요."

"이번에는 참 지고 이기는 것은 하여간에● 나서기만 하는 것도 참말 용맹한 사람이지요."

이렇게 수군수군하던 구경꾼들은 깜짝깜짝 놀래었습니다. 보십시오! 이 놀랄 만한 5천 미터 경주에 출전하는 굵직굵직한 용맹한 선수 여섯 사람이 우레같이 울리는 박수 소리에 환영되어 출발점에 씩씩하게 나섰는데, 그중에 한 사람 겨우 열네 살밖에 안 된 어린 소년이 그 굵고 큰 선수 틈에 나섰지 않았겠습니까.

"아니, 조것도 선수인가? 조렇게 어린 것이!"

"무얼 한 바퀴쯤 돌고 떨어질 테지요."

"아니 조렇게 어린 것을 어째 내어세웠을까? 그 굵은 사람 틈에 병아리 같은 것을……."

참말 아무가 보아도 장난으로 웃음거리로 내어세운 것이라고밖에 생각 아니 하게 엄청나게 어린 사람이었습니다.

총소리가 나고 음악 소리가 나면서 선수들은 뛰기 시작하였습니다.

● **하여간에** 어찌하든지 간에. 여하간에.

그들이 내가 서 있는 앞으로 지날 때에 보니, 다른 사람들은 다리와 팔이 굵직하고 모두 20살도 넘어 보이는 장정이요 더구나 아까 장거리 경주에 상을 탄 사람들인데, 그 소년은 거기다 대면 병아리만 하다 하여도 좋을 만큼 어리고 작았습니다.

"야, 꼬맹이 잘 뛴다! 꼬맹이가 제일이구나!"

하고 선수들이 지날 적마다 구경꾼들은 놀림 가락으로 웃음의 소리를 던지고 있었습니다.

그러나 그런 소리는 들은 체도 아니 하면서 어린 선수는 꼭 셋째로 더 뛰지도 않고 덜 뛰지도 않고 태연히 돌고 있었습니다. 큰 선수들에 비하면 워낙 어리니까 다리가 짧아서 남이 한 걸음 성큼 뛰는데 그는 두 번을 뛰어야 그만큼 나아가지는 형편인 고로 실상 같은 한 바퀴를 돌면 어린 선수는 두 바퀴 돈 만큼 힘이 드는 것이었습니다. 그러나 그래도 조곰도 숨찬 기운도 보이지 않고 더 안타깝게 굴지도 않고, 아주 태연히 셋째 차례를 잃지 않으면서 뛰고 있었습니다.

네 바퀴를 돌 때에 벌써 큰 선수 한 사람은 아주 떨어져서 경기장 밖으로 나아가 드러누워 버렸습니다. 그래도 그 어린 선수는 여전히 셋째 차례에 서서 뛰고 있었습니다.

아홉 바퀴, 열 바퀴. 하도 오래 뛰니까 구경하는 사람들이 지루해하는 지경이니 뛰는 사람들의 고생스럼이 어떻겠습니까. 열두 바퀴, 열세 바퀴째 기어코 그는 맨 앞에 선수보다 한 바퀴를 떨어지고 열일곱 바퀴, 열여덟 바퀴가 되어 허덕허덕 늘어지게 될 때는 앞에 큰 선수보다 두 바퀴나 떨어졌습니다.

그래도 그 어린 선수는 퇴장을 하지 않을 뿐 아니라, 조곰도 낙심하는 빛도 없이 그냥 그대로 계속해서 따라갔습니다. 그러나 일은 아주 틀렸습니다. 그가 스물세 바퀴를 간신히 돌고 있을 때 다른 선수는 모두 스물다섯 바퀴를 다 돌고 결승점에 들어가 1등, 2등, 3등의 깃발을 잡았습니다.

가엾게도 그 나어린 소년 선수는 스물네 바퀴도 돌아 보지 못하고 중간에서 경기장 밖으로 물러 나가야 하게 된 것이었습니다. 그러나 뜻밖이었습니다. 그는 뛰기를 중지하지 않고 그냥 계속하여 결승점까지 뛰어갔습니다. 놀라지 마십시오. 그러고도 거기서도 중지하지 않고 그냥 계속하여 다만 혼자 스물네 바퀴째를 또 돌기 시작하지 않습니까.

그때에 수만 명 군중은 일시에 일어나서 손뼉을 쳤습니다. 부인석에서도 직원석에서도 모두 천막 밖으로 튀어나와서 이 넓은 운동장에 다만 혼자 타박타박 돌고 있는 어린 선수를 칭찬하고 있었습니다.

내 눈에는 눈물이 고였습니다. 그리고 가슴이 빼근한 것을 금하지 못했습니다. 말할 수 없는 감격이 내 전신에 가득한 까닭이었습니다. 이때 눈물의—감격의 눈물이 고인 사람이 결코 나 하나뿐만 아니었습니다.

그는 이 눈물 머금은 사람들의 그칠 줄 모르는 손뼉 소리 속에 그 넓은 운동장을 돌아서 결승점에 닿아 가지고 다시 또 스물다섯째의 마지막 바퀴를 또 돌기 시작하였습니다. 손뼉 소리는 다시 더 우레 소리같이 일어났습니다. 그리고 아이스크림 파는 사람까지, 떡을 팔던 어린 사람들까지 장사를 잊어버리고 나서서 손뼉을 치고 있었습니다.

"아이그, 너무 가엾어라!"

"인제 그만 돌고 고만두지 않고……."

"마음대로 하는 것 같았으면 쫓아 들어가서 업고 뛰어갔으면 좋겠다."

이런 말이 여기서 저기서 튀어나왔습니다. 기어코 그가 스물다섯 바퀴를 다 돌고 결승점으로 들어갈 때는 수만 군중이 물 끓듯이 기쁨의 소리를 지르고, 어린 학생들은 소리 높여 만세를 부르고, 부인석에서는 우루루 몰려나와서 그를 떠받쳐 안았습니다. 그리고 시상부●에서까지 뛰어나와 그를 맞아들여서 예산에 없던 특별상을 그에게 주었습니다.

아아 작은 용사! 놀라지 마십시오. 그는 이 학교 2학년에 다니는 ○○○이라는 단 열네 살 된 소년이었습니다.

나는 근래에 구경하던 중에 제일 좋은 일을 구경한 것을 두고두고 기뻐하였습니다. 그것은 구경이라기보다도 그 어린 선수는 그날 거기 모인 수만 명 사람에게 크나큰 교훈을 준 것이었습니다.

그는 5천 미터 경주에 꼴찌를 하였습니다. 1등, 2등, 3등이 다 작정된 후에도 두 바퀴나 떨어졌습니다. 그러나 그는 정신에 있어서 아무도 따르지 못할 장원을 한 것입니다. 그는 자기보다도 갑절이나 긴 다리를 가지고 세 갑절이나 큰 몸과 기운을 가진 선수들 틈에 끼어 나설 때 그 의기가 벌써 훌륭히 이기고 있는 것이었습니다. 단 4, 5바퀴를 돌고 중간에서 물러선 큰 선수가 있었건마는, 그는 그런 자살해 버리는 약한 태도를 가지지 않았습니다. 더구나 아무라도 앞에 간 사람이 상을 다 차지하고 판결이 난 줄 알면 그냥 다 돌아서 버리는데 불구하고, 남이 상을 타건 말건 자기 혼자라도 스물다섯 바퀴를 다 돌고야 마는 태도는 만 냥, 이만 냥 아니 백만 냥, 천만 냥, 억만 냥으로도 따지지 못할 존귀한 것이었습니다.

이것은 결코 운동회에서뿐 아니라 사람이 이 세상에 살아가는 데에는 언제든지 무슨 일에든지 이 정신과 이 태도를 가져야 합니다. 내가

● **시상부** 상장이나 상품, 상금 따위를 주는 부서.

어떻게 그런 일을 할 수 있나 하고 미리부터 물러서는 것은 자살해 버리는 것과 똑같은 비겁한 태도입니다. 칼이 작거든 남보다 한 걸음 더 앞서서 싸우라! 남보다 어리면 한 번만 더 뛰면 된다. 힘이 적으면 한 힘만 더 쓰면 된다!

우리들은 조선의 새로이 자라나는 새 조선 사람이니 우리들은 모두이 같은 정신을 가져야 합니다. 그리하여 조선 어린이란 어린이가 모두이 같은 정신을 가지고 자란다면 어떻게 좋겠습니까. 나는 특별히 이 글을 한 사람에게라도 더 읽히고 싶고 한 사람에게 더 이야기하고 싶은 마음을 금치 못합니다.

_『어린이』 1930년 7월호

가을에 여는 과실 이야기

가을이 되면 맛 좋은 과실 생각이 간절하여집니다. 서울에서 먹는 것보다도 시골에서 먹는 재미와 먹는 맛이 훨씬 맛이 있는 것입니다.

포도와 다래

울타리 위에 저절로 나서 드레드레 열린 포도송이가 시설이 뽀얗게 앉은 것을 한 송이 뚝 따서 한 알씩 입에 들이밀고 씹어 보십시오! 달디달고 새금한• 맛이라니, 누님들 드릴 생각도 동생 먹일 생각도 깜박 잊고 다 먹어 버릴 것입니다.

포도보다도 — 다래, 밤이면 찬 이슬 내리고 아츰저녁•이 산들산들하여 정신이 깨끗할 때, 나무뿌리를 붙잡고 산으로 올라가면 굵다란 덩쿨이 얽히어 있는 곳에 포도보다 조금 굵고 서리 맞아 노랗게 익어 말랑말랑한 다래를 따 먹을 수 있는 것입니다. 다래의 맛이란 달기도 달거니와 — 입에 넣고 씹는 대로 잘디잔 씨가 아작아작 씹히는 맛에 — 여간 많이 열렸더라도 집에 가지고 올 것까지 잊어버릴 것입니다.

• **새금하다** 맛이나 냄새 따위가 맛깔스럽게 조금 시다.
• **아츰저녁** 아침저녁. '아츰'은 '아침'의 사투리.

밤과 대추

서울에도 거리거리 화롯불에 구우면서 “무르고 덥소! 군밤야!” 할 때 그의 냄새만 맡아도 구수하고도 좋습니다. 두서너 동무와 밤나무 있는 동리를 찾아가서 밤송이를 후려 따서 신 뒤꿈치로 비벼 까서는 나뭇잎 주워다가 불살라 놓고 겉껍질째 푹 묻었다가 한입에 다섯, 여섯씩 한꺼번에 넣고 우물우물 씹어 보십시오. 목구녕[•]이 뭉클뭉클하면서 넘어가는 줄도 모르게 저절로 넘어갑니다. 달큼하고도 구수한 맛, 구운 밤도 좋거니와 김이 무럭무럭 나는 삶은 밤을 앞니로 뚝뚝 터쳐서 먹는 맛도 더욱 좋습니다.

가을에 과실도 가지가지요, 맛도 가지가지거니와 가을 한때에 대추 먹는 맛도 좋은 것이거니와 대추에는 재미있는 이야기도 있습니다. 대추라는 과실은 꽃이 세 번을 핀 후에 열린다는 것인데, 복날마다 꽃이 피는데 초복, 중복, 말복마다 세 번을 핀다는 것입니다.

그런데 대추는 충청도 보은 땅에서 많이 난다 하며, 보은 처녀들은 해마다 대추를 따서 그것으로 돈을 만들어 두었다가 이다음 시집갈 때 세간을 장만한다는 것이랍니다. 그리하여 복날 비가 오면 대추가 흉년 든다 하여 복날에 비가 오면 보은 처녀들이 슬퍼한다는 것입니다.

대추는 마른 대추도 좋거니와 한때에 풋대추가 더욱 좋습니다. 풋대추 중에도 발갛게 익은 것이 더욱 좋습니다. 아삭아삭하고 씹히는 재미와 그 달디단 맛이 달다 못하여 짭짤한 맛이 있습니다. 한 주머니 잔뜩 넣고 심심한 대로 씹어 먹으면 점심밥은 먹을 생각도 없이 든든하고 좋습니다. 그리고 마른 대추를 솔잎에다 싸서 먹으면 정신이 깨끗하고 병

● **목구녕** 목구멍. ‘구녕’은 ‘구멍’의 사투리.

이 없다고 합니다.

_牧夫,[•] 『어린이』 1930년 9월호

● 방정환의 필명으로 보인다.

기러기 이야기

기러기의 고향은 춥고 추운 50도 이북의, 풀과 나무도 잘 나지 않는 북극지방입니다. 세계지도를 펴 놓고 보면 구라파● 아세아● 북아메리카 대륙을 포괄한 북극의 지점입니다. 이곳이 기러기의 고향이랍니다.

기러기는 이렇게 추운 지방에서 살지마는 겨울이 오게 되면 먹을 것이 없게 되고 목 적실 물이 없게 되므로, 해마다 제비가 강남으로 돌아가는 9월부터 10월까지 고향을 떠나 반가운 소식도 알릴 겸 따뜻한 남쪽나라를 찾아와서 겨울을 나고, 종달새 우는 봄이 오면 옛 고향을 찾아 북쪽 나라로 다시 갑니다.

기러기가 고향을 떠날 때는 으레이● 북풍이 불 때인데, 달 밝은 밤을 골라서 떠난답니다. 그것은 북풍을 타고 오면 날개가 덜 아프고 멀리 올 수가 있으므로 그런답니다. 이렇게 날고 날다가 피곤하면 땅에 내려서 쉬기도 하고 바다에 떠서 쉬기도 합니다.

기러기의 떼는 보통으로 20마리이고 적을 때는 4, 5마리도 있고 많을

* 발표 당시 '가을 과학'이라고 밝혔다.
● **구라파** '유럽'의 음역어.
● **아세아** '아시아'의 음역어.
● **으레이** '으레'의 사투리.

때는 수천 마리가 시꺼멓게 날 때도 있습니다. 기러기가 떼를 지어 날 때에는 반드시 일렬횡대나 'ㅅ' 자 형상이며 규칙적으로 납니다.

그리고 맨 앞에는 길을 잘 아는 늙은 기러기가 앞서서 길을 안내합니다. 기러기는 다른 새보다는 대단히 영리해서 서로 도와주며 규칙적으로 지냅니다. 땅에 모여서 모이를 먹을 때나 잠을 잘 때나, 꼭 파수● 보는 보초 기러기를 두고서 경호를 합니다.

작은 두 날개를 가진 새로 수만 리 머나먼 길을 때를 어기지 않고 나는 것이 얼마나 씩씩하고 장쾌한 일입니까.

_三山人, 『어린이』 1930년 9월호

● **파수** 경계하여 지킴. 또는 그 일을 하는 사람.

궁금 풀이 (2)

기쁠 때에는 어째서 눈이 영롱하게 빛나나

우리들이 무슨 일에 감동될 때에는 반드시 근육에 변화가 생겨집니다. 또 무엇이나 마음속에 크게 기쁨을 느끼게 될 때에는 특히 눈두덩에 근육이 적으나마 생생하게 운동을 일으킵니다. 그래서 누선•이라고 하는, 눈물을 저축해 두는 곳이 자극을 받아 눈을 깜짝일 때마다 새 눈물이 조금씩 눈방울 위를 적시게 됩니다. 그래서 다른 때와 다르게 두 눈이 영롱하게 빛나는 것이랍니다.

호랑이와 고양이는 어떻게 어둔 데서도 물건을 잘 보나

캄캄한, 다시 말하면 광선이 전혀 없는 곳에서는 누구나 (사람이거나 동물이거나) 아무것도 볼 수 없는 것이 보통 상례입니다. 이것으로 미루어 보면 우리들의 눈은 지극히 희미한 광선 아래에서는 무엇이나 볼 수 없게 된 것이 분명합니다.

그러나 고양이나 호랑이는 이와 반대로 아무리 희미한 광선 아래에서도 무엇이나 잘 볼 수 있는 눈을 가졌습니다. 호랑이는 자주 볼 수가

• **누선** 눈물샘.

없으니까 할 수 없지만 고양이의 눈을 어느 때 자세히 들여다보십시오. 낮에는 광선이 강한 고로 눈방울을 실같이 아주 가늘게 만들어 가지고 있지만, 밤만 되면 눈방울을 늘릴 대로 늘려서 아무리 어둔 곳에서라도 모든 것이 잘 보일 수 있게 된 것이랍니다.

눈도 비도 아닌 진눈깨비는 어째서 오게 되는가

눈하고 비하고 섞여 오는 것을 속칭 진눈깨비라고 합니다. 그러면 이 두 가지가 한데 섞여 오는 것은 무슨 까닭일까? 이것을 얼른 쉽게 설명하면 눈도 비도 죄다 물인데 눈은 공기의 온도가 빙점 이하에 달했을 때에 생겨지는 것이고, 비는 빙점까지 이르지 못했을 때 생겨지는 것입니다. 그래서 공기는 그 고하•에 따라 온도도 다른 것인데, 그 다른 높이의 다른 온도의 공중에 있는 수증기가 눈도 되고 또는 비가 되어서 동시에 오게 되는 것이랍니다.

꿈은 어째서 꾸나

사람의 두뇌는 여러 부분으로 나뉘어 있습니다. 그래서 어느 부분만 잠을 자고 어느 부분은 깨어서 활동을 하는 경우가 있습니다.

이런 때 꿈을 꾸게 되는 것입니다. 사사물물•을 판단하는 역할은 뇌의 제일 위에 부분이 맡았습니다. 그런데 꿈을 꿀 때에는 이 부분은 잠을 자고 다른 부분은 죄다 깨어 있는 것입니다.

그러기 때문에 꿈은 대개가 당치 않은 허황한 것이 많습니다. 가령 공중누각을 쌓는 공상도 그려지고 도무지 앞뒤 경우가 맞지 않는 사건을

• **고하** 높고 낮음.
• **사사물물** 모든 일과 모든 물건. 또는 모든 현상.

생각하게 되기도 합니다.

그래서 아츰• 에 깨면 대개 잊어버리게 되는 것인데, 만약 꿈이 잠을 깬 뒤에도 분명하게 머리에 생각될 때는 이것은 잠을 충분히 자지 못한 증거입니다.

_무기명,• 『어린이』 1930년 10월호

• **아츰** '아침'의 사투리.
• 목차에는 필자 이름이 '三山人'으로 표기되어 있다.

아무나 못 할 일

몰트케● 장군

몰트케 장군은 공훈이 일세●에 높은 원수이면서도 여간 검박하지가● 않았습니다. 그가 가진 의복이라고는 이삼십 년을 넘어 입은 아주 낡은 옷 두 벌밖에 없었습니다. 그는 아무런 장소에라도 그 옷을 입고 갔습니다. 한번은 독일 황태자를 따라 영국 황실을 방문하였는데, 그때에도 그 옷을 입고 가서 영국민을 놀래었답니다.

변호사 링컨●

링컨이 변호사 노릇 할 때입니다.

하로●는 어떤 사람이 찾아와서 소송을 의뢰하였습니다. 링컨은 "대체 사건이란 무슨 일인가요?" 하고 물었습니다. 그 사람은 아주 낮은 소리로 "그것이 말입니다……." 하고 사건의 내용을 설명하였습니다.

* 발표 당시 목차에서 '실익'이라고 밝혔다.
● **몰트케**(1800~1891) 독일의 군인.
● **일세** 한 시대나 한 세대.
● **검박하다** 검소하고 소박하다.
● **링컨**(1809~1865) 미국의 대통령.
● **하로** '하루'의 사투리.

그 말을 듣자 링컨은 노한 얼굴로 "나는 당신의 의뢰를 받을 수 없습니다. 저편이 옳고 당신이 그르니까요." 하고 거절하였습니다.

"아무쪼록 변호를 맡아 주십시오. 예금•은 얼마든지 드릴 터이니요."

"당신의 재산 전부를 준대도 나는 도무지 부정 사건을 변호해 드리지 못하겠습니다."

하고 링컨은 자리를 떠났습니다.

_무기명,• 『어린이』 1930년 11월호

• **예금** 사례금.
• 목차에는 필자 이름이 '三山人'으로 표기되어 있다.

해를 배우자

새해외다, 새해외다! 온 천하 사람이 다 같이 기뻐 축하하는 경사로운 새해외다. 잘잘못 간에 묵은 생각, 묵은 살림을 걷어치우고 온갖 새 생각, 새 결심으로 새로운 살림을 시작할 때인 고로 새해는 누구나 경사롭다 하는 것입니다. 우리 십수만의 독자 동무 여러분! 우리는 오늘부터 새 공부를 시작하십시다. 다 같이 시작하십시다. "해를 배우자! 태양을 배우자!" 우선 이렇게 머리말 벽에 써 붙여 놓고 시작하십시다. 해는 언제든지 씩씩합니다. 무섬을 타지 않습니다. 겁이 없습니다. 그것을 배우십시다.

해는 쉬지 않습니다. 한시잠시도 쉬지 않고 자기 갈 길을 걷고 있습니다. 그것을 배우십시다. 해는 시간을 어기는 법이 없습니다. 약속을 어기는 법이 없습니다. 그것을 배우십시다. 해는 공명정대합니다. 사정에 따라 변개하는● 법이 없습니다. 그것을 배우십시다.

우선 오늘부터 아츰●마다 해보다 먼저 일어날 것을 결심하십시다. 그리고 해보다 먼저 대문 앞에 나서서 해가 떠 오기를 기다려 맞이하십시다. 그 씩씩한 아츰 해를 맞이한 날처럼 온종일 상쾌한 날은 없습니다.

● **변개하다** 변경하다.
● **아츰** '아침'의 사투리.

그리고 저녁에 자리에 누울 때마다 '오늘 하로[•] 동안 해보다 부끄러운 일은 한 일이 없는가?' 생각해 보고 자기로 하십시다. 조선 안의 어린이란 어린이가 해를 배우면서 자라면, 조선에는 수없이 많은 씩씩한 태양이 생겨날 것이니, 기쁘지 않습니까? 새해외다. 기쁜 새해외다! 오늘 아츰부터 다 같이 해를 공부하기 시작하십시다.

_『어린이』 1931년 1월호

● **하로** '하루'의 사투리.

부형께 들려드릴 이야기

술과 담배

『어린이』 잡지에 있는 이야기를 할머니, 할아버지, 아버지, 어머니, 아저씨, 아주머니 누구에게나 하여 드려서 재미없을 것이 하나도 없습니다마는, 이번부터는 특별히 더 어른들께 읽혀 드리고 이야기해 드릴 것을 매달 한 가지씩 알려 드리겠습니다.

그렇다고 어린 사람들께는 아무 소용도 없는 이야기냐 하면, 결단코 그렇지 아니하고 어린 사람이 먼저 자세히 분명히 알아 두어야 할 일이요, 그러고 나서 어른들께도 이야기해 드리라는 것이니, 이것은 두 가지로 유익한 지식입니다. 읽고 나서 반드시 어른들께 보여 드리십시오.

조선에서 없어지는 술값·담뱃값(매년 1억여 원)

조선은 경제적 파멸을 당하였다고 하는데, 이 말은 돈이 말라서 못살게 되었다는 말입니다. 돈이 없어서 있던 학교도 없어지게 되고, 학교가

* 발표 당시 '특별 독물'이라고 밝혔다.

있어도 월사금 낼 돈이 없어서 공부를 못 하고, 신문사도 없어지고 잡지도 못 하게 되고, 회사도 거꾸러지고, 회비를 못 내서 회도 못 하게 되고, 나중에는 먹고살 수도 없어서 부모와 아기들을 데리고 남의 나라 땅으로 얻어먹으러 나가는 사람이 뒤에 뒤를 이어 자꾸 생기게 되지 않았습니까?

그런데, 그런데 말입니다. 이렇게 우리들이 다 살아가는 데에 유익한 일은 하나도 못 하게 되어 산지사방으로 흩어지게 되는 기막힌 형편인데 말입니다. 조선 안에서 해마다 해마다 한 해 동안에 담배 피워 없애고 술 먹어 없애는 돈이, 놀라지 마십시오. 1억만•이 더 넘습니다. 1억만 원이면 1만 원의 1만 갑절입니다.

이제 더 자세하게 분명하게 알기 위하여 재재작년(소화• 3년, 1928년) 한 해 동안에 없어진 것만 자세 조사한 것을 보면,

막걸리 2933만 3166원 소주 2422만 6290원 청주 583만 7416원 약주 501만 1808원

궐련• 2422만 6290원 썬담배• 123만 2398원 어치가 팔렸으니

술값만 6410만 8676원 담뱃값 3654만 6688원 합계 1억 65만 5364원

• **억만** '억'을 틀리게 쓴 것으로 보인다.
• **소화** 일본의 연호.
• **궐련** 얇은 종이로 가늘고 길게 말아 놓은 담배.
• **썬담배** 칼 따위로 썬 담배.

1억 100만이 술과 담배로 없어진 것입니다.

이 속에 맥주란 것은 조선 안에서 만들어진 것이 아니므로 수효에 넣지 않았으나, 여름철에 제일 많이 먹고 또 제일 값비싼 술이니 이것도 넣으면 더욱 굉장한 돈이 될 것이요, 그 외에도 사이다, 라무네•며 위스키니, 브랜디•니, 무어니 무어니 하는 수많은 외국 술값과 외국 담뱃값을 합치면 참말로 굉장한 돈이 되는 것입니다.

이것을 가령 1억 5천만 원이라고 치면 해마다 1억 5천만 원을 담배 피우고 술주정으로 없애면서, 돈이 없어 못 살겠다는 것은 기막히게 딱한 일이 아니겠습니까?

우리가 일심으로 담배와 술은 끊는다면, 1년에 1억 5천만 원을 유익한 데 쓸 수 있고 10년만 끊는다면 15억만 원이라는 굉장한 돈을 유익한 일에 쓸 수 있는 것이 아니겠습니까?

소학교 하나 6학년까지 여섯 반이 있는 학교 하나에 1년, 6천 원이 든다 하니, 1년에 넉넉히 1만 원씩 쓴다 하더라도 1억 5천만 원이면 보통학교 1만5천 학교를 경영해 나갈 수 있고, 한 반에 60명씩 한 학교에 360명씩 540만 명씩은 더 교육해 나갈 수 있는 것입니다. 그 힘이 굉장히 크지 않습니까?

불쌍한 어린 사람들을 위하여 고아원을 세워도 그만 못하지 않을 터이요, 유익한 회사를 세워도 굉장한 사람을 먹이고 굉장한 일을 할 수가 있는 것이 아닙니까?

다시 이것을 땅값으로 치더라도 벌판이나 산기슭은 한 평에 10전, 5전도 못 받고 파는 것이 수두룩하니, '단풍표'• 한 갑, 막걸리 한 잔 값

• **라무네** '유리구슬로 병마개를 한 청량음료'를 이르는 일본어.
• **브랜디** 과실을 증류하여 만든 술을 통틀어 이르는 말.

으로 한 평 땅을 살 수 있는 판이라, 1년 동안에 없애는 술값·담뱃값만으로 15억만 평 또는 30억만 평 땅을 빼앗기지 않을 것입니다. 이것을 논으로 치면 200평, 꼭 차는 한 마지기로 쳐도 1500만 마지기입니다.

그것은 아무것도 심지도 못하고 아무짝에도 쓸 수 없는 땅이니까 그렇지 무슨 소용이냐 하겠지마는, 아무리 기름진 좋은 땅(옥토)이라도 적은 돈에 빚을 잡히고 여러 해 두고 갚지를 못하여 길미(이자)에 길미를 쳐서 빼앗겨 버리는 생각을 하면, 결국 5전, 10전짜리 땅밖에 못 되는 것입니다. 어찌 무섭지 아니합니까.

'중들 상투값 모이는 것 못 보았다.'고 술 안 먹고 담배 안 먹는다고 딴 돈 모이지 않더라고 흔히 어른들이 말씀하시지만, 그것은 잘못 생각입니다. 한 사람씩 한 사람씩 끊기를 시작하고 그것이 의논이 되어 한 동리에 퍼지면, 그것이 또 이웃 동리에 퍼져져서 금시로 온 조선이 그렇게 되는 것입니다.

보십시오. 때가 때인지라 벌써 시골시골마다 금주단연회•가 조직되고, 그것이 신문지상에 보도되어 차차로 퍼져 가는 중에 있지 아니합니까? 일흔 노인이 손수 담뱃대를 꺾어 버리시는 소식을 들을 때에 눈물이 고이지 않습니까?

이것은 돈을 아끼자는 것이 아니라 죽을 지경에서 살아나자는 생명의 부르짖음입니다.

아무라도 크게 깨쳐야 할 일이요, 깨우치면 먼저 나서서 주장할 일입니다. 몇 십만 원 내어놓아 학교 하나 세우는 것보다 더 거룩한 일입니다.

_『어린이』 1931년 2월호

● **단풍표** 담배 상표. 여기서는 담배를 의미한다.

● **금주단연회** 술과 담배를 끊는 모임.

금붕어 기르는 법

날이 점점 따뜻해지니까 연못이나 냇물 깊이 파묻히어 졸연히● 그 자취를 내어보이지 않던 물고기들이 차차 물 밖으로 고개를 내밀기 시작합니다. 잉어·붕어 등 기타 무엇무엇이 입을 딱 벌리고 수초를 싸고 돌며 재미있게 노는 것도 볼만하지만, 특히 울긋불긋한 금붕어의 노는 것은 일층 사랑스럽고 귀엽습니다.

금붕어는 연못 속이나 그렇지 않으면 유리 어항 속이나 어느 곳에다 넣어 놓고 보아도, 그 기려한● 품이 능히 아름다운 꽃을 능가할 만치 고웁습니다. 그러나 한 가지 파●는 이렇게 고웁고 귀여운 금붕어가 좀 오래 살아 주었으면 좋겠는데, 그렇지 않고 곧곧 죽어 버리는 데는 질색을 할 일입니다.

어쩐 일일까요?! 금붕어란 원래 그렇게 쉬 죽는 고기일까요?! 아닙니다. 금붕어도 보통 다른 물고기와 같이 얼마든지 오래 살 수 있는 것입니다. 그렇다면 그 속히 죽는 까닭이 무얼까? 거기에는 이유가 있습니

* 발표 당시 '취미 상식'이라고 밝혔다.
● **졸연히** 갑작스럽게.
● **기려하다** 뛰어나게 아름답다.
● **파** 단점.

다. 먹이만 적당하게 잘 맞추어 주면 한 여름이 무업니까? 2년, 3년 동안도 넉넉히 살 수 있습니다. 그리하여 차차 그 자라 가는 재미를 두고두고 볼 수 있는 것입니다.

*

좋은 먹이를 얻어먹고 자라는 금붕어는 몸뚱이의 빛깔이 퍽 엷습니다. 그러나 먹이를 잘 못 얻어먹는 놈은 이와 반대로 그 빛이 극히 진해지는 것입니다. 그러기 때문에 금붕어 중에도 어린 놈은 그 빛깔의 형태를 따라서 그 품질과 값의 고하•가 작정되는 것입니다.

그러면 먹이는 무엇이 좋을까? 어린 금붕어에게는 동물질의 것으로 진데머리,• 가는 지렁이, 빨간 쟁개비• 등이 좋습니다. 이것들은 대개 개천 속이나 웅덩이 속에 살고 있는 것이라 조고만 그물 같은 것으로 떠내면 얼마든지 잡을 수 있는 것입니다.

그러나 2년이고 3년 동안 크게 자란 놈에게는 식물질의 먹이를 주어야 합니다. 얼른 쉽게 구할 수 있는 것으로는 우선, 보릿가루 같은 것이 좋습니다. 이것을 주되 분량을 적당하게 맞추어 주면 그 몸의 빛깔도 아주 선명하게 변해지는 것입니다. 그리고 때때로 달걀의 노른자위를 잘 떠서 조금씩 넣어 주면 눈에 보이게 성큼성큼 커질 수 있는 것입니다.

*

먹이를 주는 시간은 반드시 오전 중에도, 되도록 아츰•에 주는 것이 좋습니다. 그러지 않고 저녁때에 주거나 또는 일정하게 정해 놓고 주지

• **고하** 높고 낮음.
• **진데머리** 진드기.
• **쟁개비** 장개비. 장구벌레. 모기의 애벌레.
• **아츰** '아침'의 사투리.

를 않으면 10분의 7, 8은 거의 죽고 마는 것입니다. 이것은 우리 사람들이 때 없이 과식을 하거나, 또 제때 먹지를 못하여 병을 일으키는 것과 꼭 같이, 금붕어도 여러 가지의 병을 일으키어 죽어 버리는 것입니다. 먹이의 분량은 금년에 까 난 것이면 그 머리통 부피만큼, 2년 후부터는 그 머리의 반분●씩 주는 것이 표준 분량입니다.

그리고 붕어란 대개 물이 너무 맑기만 해도 살지 못하는 것입니다. 우리들이 생각하기에는 혹시 물을 잘 갈아 넣어 주지 않아서 죽지 않나 하고 물만 자주 갈아 주는 수가 많지 않습니까? 그러나 이것은 그렇지 않습니다. 되도록 과히 추해 보이지 않을 때까지는 그대로 내버려 두는 것이 그의 생명 지속을 위하여 유리한 것입니다.

그러면 이제 기르는 법에 대해서는 위엣 말씀으로 대략 아실 수 있지만, 또 한 가지 중요한 것으로 좋고 그른 놈을 무엇으로 알 수 있는가, 즉 어떻게 분간해 알 수 있을까 하는 문제입니다. 먼저 입이 빨간 놈, 볼이 빨간 놈, 머리가 빨간 놈, 눈 부근이 빨간 놈, 꼬리와 지느러미가 빨간 놈, 빛깔이 과히 찬란하지 않고 그저 수수해 보이는 놈 등이 대개 좋은 놈입니다.

그렇지 않고 어떻게 이상스럽게 하얘 보이는 놈이나, 유난스럽게 그 빛깔이 혼란해 보이는 놈은 그리 좋은 놈이 못 됩니다. 그러나 이것도 수질과 일광·수온 등의 관계로 이것을 잘 분간해 보기가 여간 어렵지 않습니다. 우선 한 가지 예를 든다면, 직사되는 강한 일광 밑에다 놓으면 아무리 진한 빛을 가진 놈이라도 엷게 보이고, 또 이와 반대로 어둔 곳에다 놓고 보면 아무리 엷은 빛을 가진 놈이라도 진해 보일 수가 있는

● **반분** 반. 2분의 1.

것이니, 그때그때의 경우에 따라 분간하는 방법도 이렇게 저렇게 변하지 않으면 낭패를 보기가 쉽습니다.

_三山人, 『어린이』 1931년 6월호

영국의 국가

영국-영국 국가(國歌)는 유명한 「갓 세이브 더 킹」(God Save The King)이라는 곡조입니다. 이 명작의 가사는 누가 지었는지 언제쯤 지었는지 도무지 모릅니다. 「갓 세이브 더 킹」이 비로소 처음 불려지기는 1740년이라고 합니다. 바로 그전 해 즉 1739년 11월 20일에 당시의 명장 브아논 제독이 폴트레트로를 함락시켰는바 그 1주년 축하회가 열렸을 때 헨리 케어리라는 노음악가가 그 석상에서 자기가 지은 이 곡조를 불렀습니다. 모든 사람들은 노음악가의 입으로부터 장중하게 흘러나오는 「갓 세이브 더 킹」의 노래를 엄숙하게 듣고 있다가 노래가 끝나자 박수 소래●가 우레와 같이 일어났습니다. 그때 어여쁜 소녀 하나가 빨간 장미꽃 묶음을 가지고 나와서 노음악가에게 바쳤습니다. 영국 국가의 작곡자 헨리 케어리는 웬일인지 일생을 곤궁하게 지나다가 1743년 1월 4일 다음에 자살을 하였습니다. 그의 일생은 그렇게도 불행하였거니와 그가 남겨 놓은 명곡은 영국의 영예스러운 국가로서 모든 사람의 입에서 불리우고 영국민의 애국심을 돋우고 있습니다.

유명한 천재 음악가 베토벤도 대단히 이 곡을 좋아하여 자기가 작곡

* '세계 국가(國歌) 순례 (1)'로 기획된 글이다.

● 소래 '소리'의 사투리.

한 전장 교향악• 속에다 집어넣었습니다. 그리고 이 곡조는 스웨덴, 와이말, 프로시아,• 한노봐, 삭소니,• 부튼스핑크, 합중국 등 7개 국의 가사에 사용되어 있습니다. 헨리 케어리 자신도 자기 작곡이 이렇게 유명해지리라고는 생각 못 하였을 것이지요.

_三山人, 『어린이세상』 43호(『어린이』 1931년 6월호 부록)

• **전장 교향악** 베토벤이 1813년 6월 작곡한 「웰링턴의 승리」 또는 「비토리아 전투」로 알려진 전쟁 교향곡.
• **프로시아** '프로이센'의 라틴어 이름.
• **삭소니** 작센.

별나라 이야기

빛나는 별, 반사하는 별

청명한 밤한울●에 진주를 뿌린 듯이 무수한 별이 반짝이는 것을 보면 아무 질서도 없고 난잡한 것 같으나, 이제 성좌표●를 손에 들고 본다면 빨간 별, 노란 별, 금강석처럼 반짝반짝하는 별, 달처럼 반짝이지 않고 그냥 빛나는 별 같은 것으로 분류해 둘 수가 있는 고로, 천문학에 대단한 취미를 가지게 됩니다.

반짝거리는 별은 북극을 중심하여 반원을 그리며 동에서 서로 움직이고 있습니다. 예를 들면 8월 저녁에 우리의 바로 머리 위를 우러러보면, 몹시도 빛이 강한 흰 별을 볼 수 있는데, 그 별이 칠석에 까치 다리를 건너 견우성을 만난다는 직녀성이니, 밤이 깊어 가는데 따라서 점점 서쪽으로 기울어져 새벽 2시나 3시쯤 되면 아주 지평선 너머로 숨고 맙니다.

또 요사이 북쪽 한울을 보면 조리를 꺼꾸로 놓은 것처럼 배열된 일곱 개의 별이 보이나니, 그것이 소위 북두칠성입니다. 이것이 밤이면 서북

* 원제목은 「반짝반짝 빛나는 별나라 이야기」이다. 발표 당시 '9월 특집 『어린이』 10대 강좌 제2강'으로 소개되었다.

● **밤한울** 밤하늘. '한울'은 천도교에서 '하늘'을 달리 이르는 말.

● **성좌표** 별자리표.

편 지평선상에 맞닿을 듯이 가라앉자 노인이나 뱃사공 같은 사람은 그 위치를 보고 시간을 짐작하기도 합니다.

이상 말한 별을 '항성'이라 하여 실상인즉 별이 움직이는 것이 아니고 지구가 자전하는 관계상 움직이는 것같이 보이는 것입니다. 항성의 하나 되는 태양도 우리가 보기에는 동하는● 것 같은데 그 길을 '황도'라고 합니다.

황도를 운행하면서 반짝반짝하지도 않고 육안으로 볼 수 있는 다섯 별이 있으니, 즉 금·목·수·화·토의 여러 가지 별로 지구와는 형제 별 되는 '유성'●이며, 태양을 중심 삼고 운행하는 소위 태양계의 별입니다. 항성은 별 자신이 빛나지만, 이러한 유성은 태양의 빛을 반사하는 데 불과한 고로 반짝거리지 못합니다.

밤 명성, 새벽 명성

매년 10월경부터 해 질 때 서쪽 한울에 매일같이 대단히 빛이 강한 별이 나타나 밤 깊기 전에 지평선 하●로 꺼지는 것이 있으니, 이것이 즉 태백성,● 밤의 명성●입니다.

그러나 5, 6월경에는 이 별이 이른 새벽 동쪽 한울에 빛나나니, 새벽별이 즉 이 별입니다. 옛날에는 밤의 명성과 새벽의 명성이 다른 별이라고 생각하였으나, 실상은 같은 금성인 것을 알게 되었으니, 그 증거로는 밤의 명성이 보일 때는 새벽의 명성이 나타나지 않고 새벽 명성이 나올 때는 밤의 명성이 결코 보이지 않는 것을 보아 알 수 있습니다.

● **동하다** 움직이다.
● **유성** 행성.
● **하** 아래.
● **태백성** '금성'을 달리 이르는 말.
● **명성** 샛별.

이 별을 망원경으로 보면 둥글어지기도 하고 사흘달• 모양으로 이지러지기도 하는 바, 달과 마찬가지로 차기도 하고 이지러지기도 하는 것을 알 수 있습니다. 금성이 차게 되면 전에 말한 직녀성 같은 별보다는 그 광채가 약 백배나 더한 고로, 고요한 바다 위에서 보면 그 밝음이 달만 못지않게 보이는 수도 있습니다. 그것은 태양과 지구 간에 궤도를 차지하고 있는 관계상 태양에나 지구에나 모두 가까운 탓도 되고, 또 금성 자신이 태양의 빛을 잘 반사하는 성질을 가지고 있기 때문입니다.

소걸음보다 느린 목성

금성 다음으로 강하게 빛을 반사하는 목성은 누른빛•을 띠고 있습니다. 용적은 지구의 1,345배나 되리만치 큰 별이지만 비중은 지구의 4분지 1밖에 아니 됩니다. 아마 기체와 액체의 중간칙이 되는 물렁물렁한 덩어리라고 말합니다. 이 별은 걸음이 굉장히 느려서 황도•를 일주하고 근본 자리로 돌아오려면 12년이 걸립니다.

황도에는 일정한 간격을 두고 열둘이나 되는 항성의 일단•이 있습니다. 이것을 황도 12성좌라 하여 양, 우, 쌍동, 해, 사자, 처녀, 천칭, 갈, 포수, 산양, 수병, 어• 이렇게 이름을 지었습니다. 걸음이 느린 목성은 이 12성좌를 1년에 하나씩 찾아다니는 셈입니다. 금년에는 해좌 부근에 있으나 내년은 사자좌로 옮겨 갈 모양입니다.

• **사흘달** 초사흘달. 3일째 된 달.
• **누른빛** 황금이나 놋쇠의 빛깔과 같이 다소 밝고 탁한 빛.
• **황도** 태양의 둘레를 도는 지구의 궤도가 천구에 투영된 궤도.
• **일단** 한 집단이나 무리.
• 순서대로 '양, 황소, 쌍둥이, 게, 사자, 처녀, 천칭, 전갈, 궁수, 산양, 물병, 물고기'를 뜻한다.

사람이 산다는 화성

8, 9월 야반●에 동편 한울에 나타나는 화성은 붉은빛을 띠고 지구의 바로 밖에 있는 궤도를 걸어가는 별로, 크기는 지구의 반밖에 아니 되나 공기나 물이 조금밖에 없는 관계로 그 표면을 보기가 편리합니다. 망원경으로 보면 화성의 남북 양극에 백색 점이 보이나니, 그것이 여름과 겨울을 따라 크기가 다른 것을 보아 지구와 같이 양극에 눈과 얼음이 있는 곳일 것입니다.

또 화성의 온대나 열대지방에는 담흑색 무늬가 많은데, 이전에는 그것을 바다라고 말하였으나 지금 와서는 식물이 무성한 삼림지대라고 합니다. 그 삼림지대 사이에 보이는 적갈색 부분은 사막이라고 말합니다. 그 사막이라는 부분에는 많은 흑선이 보입니다. 50년 전 이태리●의 학자 스키아파렐리가 그것을 카나리(운하란 뜻)라고 정하여, 화성에는 운하를 만들 만치 지식이 발달된 인류가 살고 있는 것 같다는 소문이 퍼진 일이 있으며, 혹자는 화성에 사는 인류가 불을 놓아서 지구에 사는 우리에게 신호를 하였다는 둥, 대단히 긴 파장의 음파로 라디오 통신을 하였다는 둥, 가서 보고 온 듯이 공상담을 하였습니다.

그러나 스키아파렐리는 무슨 운하라는 뜻으로 카나리라고 말한 것이 아니요, 다만 가느단 선이 보인다는 의미로 말한 것이었습니다. 그러면 그 가는 선은 무엇일까? 대답은 '모른다'는 데 그칠 것입니다. 혹시 습지에 돋아난 식물이 아닐까 하나 역시 상상에 불과합니다. (다음 호에 끝).●

_三山人, 『어린이』 1931년 9월호

● **야반** 밤중.
● **이태리** '이탈리아'의 음역어.
● '다음 호에 끝'이라고 예고했으나 방정환이 1931년 7월 23일 세상을 떠났기 때문에 이어지지 못했다.

나그네 잡기장 (1)

● 급한 볼일이 생겨서 충청남도 홍성을 향하고 기차로 경성역을 떠나기는 25일 새벽 7시 5분! 밤새도록 비추고 남은 새벽달이 아직도 높은 하늘에 번하게* 달려 있을 때였습니다.

● 땅 위에는 눈이 쌓여 있어서 오히려 밝건마는 하늘은 아직도 채 밝지 않아서 어두컴컴한 때 검은 모자, 검은 외투 입고 길 걷는 사람의 모양이 그윽이 치워* 보이고, 기차가 한강철교 위를 지날 때에는 꽁꽁 얼어붙은 강 위에 시골서 서울 오는 나뭇짐 여럿이 느런히* 보였습니다.

● 그래도 그 새벽에 빨갛게 언 손에 책보를 끼고 짚신 신은 어린 학생 남녀들이 노량진 정거장에서 기다리고 있다가 올라타는 것을 보고 어떻게나 반가운지 몰랐습니다. 그들은 코와 귀와 뺨이 얼고 얼어서 빨갛다 못해 까맸습니다. 그러나 그들은 앉을 생각도 아니 하고 선 채로 웃고 떠들고 하여 차 안을 들먹이었습니다.

● 내가 그들에게 말을 건네니까 그들은 서슴지 않고 말벗이 되어 주었습니다. 사랑스러운 그들의 말소리는 이른 아츰*의 새소리같이 청신

● **번하다** 어두운 가운데 밝은 빛이 비치어 조금 훤하다.
● **칩다** '춥다'의 사투리.
● **느런히** 죽 벌여서.

하였습니다.[•] 손짓, 몸짓까지 새같이 귀여웠습니다.

● 그러나 차가 고다음 정거장에 우뚝 서니까 그들은 사람의 발소리에 놀라 달아나는 새 떼같이 화짝 뛰어들 내려가 버렸습니다. 어떻게 섭섭한지 차창을 열고, 나는 안 뵐 때까지 그들을 바라보았습니다……. 아아, 복스런 동무들이여, 당신네 앞길에 행복이 있으라!

● 천안에서 내려서 바꿔 탈 홍성 차를 기다리는 동안이 두 시간이나 되는 고로, 그곳 거리를 걸어 보았습니다. 퍽 쓸쓸스런 시골 거리였습니다. 그나마 장사라고는 일본 사람이 많고 일본 옷 입은 조선 사람들이 여기저기서 점심 먹고 가라고 자꾸 조르고 섰었습니다.

그곳 소년회를 찾으니까 소년회는 없고, 청년회를 찾아가니까 높다란 둔덕 위에 열 칸통 되는 회관이 지어 있으나 사람은 하나도 만나지 못하고 그냥 돌아와, 파랑 칠하고 소꿉질 같은 홍성 차에 올라탔습니다.

● 햇볕 빤히 쪼이는 널따란 시골을 조꼬만 기차는 찬찬히 정거장, 정거장 쉬어 가서 오후 2시 반쯤 하여 홍성에 닿았습니다. 퍽 조꼬만 정거장이지만 그래도 인력거 한 채가 손님 타기를 기다리고 있었습니다.

● 홍성은 몹시 쓸쓸하게 조용하디조용한 시골이었습니다. 그래도 그 한복판에 서울 동대문 같은 문이 우뚝 서서 무슨 옛날이야기나 할 것 같이 생각되었습니다. 그 옛날 문 밑에는 헌 자동차와 초가집 자동차부[•]가 있었습니다.

● 그 시골 학교가 막 하학했는지[•] 조꼬만 학생들이 좁다란 논길로

● **아침** '아침'의 사투리.
● **청신하다** 맑고 깨끗하다.
● **차부** 자동차의 시발점이나 종착점에 마련한 차의 집합소.
● **하학하다** 학교에서 그날의 수업을 마치다.

이리저리 셋씩, 넷씩 돌아가는 것이 보였습니다. 아무 곳이나 어린 학생들이 많이 보이는 곳, 그곳은 생기가 있고 싹이 보이는 곳 같았습니다.

● 내가 홍성에 간 날, 그날 저녁때부터 커다란 함박눈이 퍽퍽 몹시 쏟아져 내렸습니다. 그날 눈 오는 밤에 나는 그곳에서 『어린이』 잡지들을 보는 어린 독자 여러분을 반갑게 만났습니다. 그들도 오래 못 보던 집안 식구를 만난 것보다도 더 반가워하는 모양이었습니다. 그래서 『어린이』에 대한 여러 가지를 물었습니다. 사진소설 「영호의 사정」은 정말 사실이냐, 우리들이 글 지어 보낸 것 보았느냐, '어린이사'에는 기자가 몇 분 되느냐, 생각나는 대로 가지가지로 묻는 것이었습니다.

● 그리고 그들의 학교에서는 선생님이 『어린이』 잡지를 읽어 주신다고 기뻐하고, 또 졸업식 때 『어린이』 신년호에 났던 「똑같이」 연극을 하기로 작정되어 연습하는 중이라고 그들은 나를 붙들고 한없이 기뻐들 하였습니다.

● 그리고 그들의 한 가지 소원! 그는 이러하였습니다. "여기는 다른 데처럼 소년회가 없어서 아주 심심하여요. 이번에 내려오신 길에 소년회 하나 꼭 설립해 주고 가십시오. 되기만 하면 잘들 모입니다. 동요두 하구, 동화두 하지요, 꼭 설립해 주구 가셔요."

● 아아, 가련한 동무들, 그들의 생활이 어떻게 심심하고 무미하고 지루하랴! 그리고 그것이 어떻게 섧고 애달픈 일이랴! 오오! 쓸쓸하게 심심하게 풀● 죽게 커 가는 그들을 구원하자. 그들을 위하여 일하자.

● 그다음 날 낮에는 눈보라 심히 치는 때, 그곳 보통학교 선생님 김씨가 먼 길에 찾아와 주셔서 감사하였습니다. 그분과는 뜻이 맞아서 저

● **풀** 세찬 기세나 활발한 기운.

녁때까지 말씀하였고, 홍성에 그렇게 소년들을 위하여 많이 힘써 주시는 선생님이 계신 것을 그곳 소년들을 위하여 기뻐하였습니다.

● 일이 바빠서 곧 떠나오기는 하였으나 그 선생님을 믿기도 하고 또 후에 다시 와서 도와 드릴 일을 약속해 두고 나는 섭섭히 돌아왔습니다. (1월 28일 소파)

_『어린이』 1924년 2월호

나그네 잡기장 (2)

1월 18일

경상남도 마산에 갔던 길에 이은상• 씨의 안내로 그곳 창신학교와 의신여학교에 가서 여러분 선생님을 만나 뵈었습니다.

다른 학교 선생님같이 그렇게 완고 같은 고집을 갖지 않으시고 아동들에게 대한 많은 이해를 가지신 이들이어서 퍽 마음이 기뻤습니다. 더구나 동화를 연구하시는 분이 계신 것이 퍽도 반가운 일이었습니다.

하학•을 일찍 하고 학생들이 큰 강당에 모여 있으니 이야기를 해 주어 달라시는 고로 싫다지 아니하고 이야기를 하였습니다. 자리가 모자라서 큰 학생은 모두 서서 있는데 근 300명이나 되어 보였습니다. 「아버지의 병간호」•라는 짤막한 이야기를 하는데, 어린 학생들은 눈물을 흘리면서 조용하게 듣고 있었습니다.

창신학교에서 이야기를 마치고 의신여학교로 가니까 퍽 늦은 때였건만 학생들이 헤어져 가지 않고 기다리고 있었습니다. 200명이 넘는 여

• **이은상**(1903~1982) 시조 시인, 사학자.
• **하학** 학교에서 그날의 수업을 마침.
• **「아버지의 병간호」** 이탈리아 작가 데아미치스의 아동소설 『쿠오레』에 실린 '이 달의 이야기' 가운데 한 편.

학생들에게 「헨젤과 그레텔」•의 이야기를 하니까 울다가 웃다가 퍽 재미있게 듣는 모양이었습니다.

틈이 더 있었으면 거기서 여러 날 있고 싶었습니다. 제일 그 거울 같은 바다가 좋았습니다. 그 크고 깊은 잔잔한 바닷물을 보며 자라는 어린 동무들이 좋을 것같이 생각되었습니다.

3월 18일

색동회 정 씨, 강 씨와 동요의 정 씨와 동행하여 개성에 갔습니다. 개성서는 『샛별』 잡지사 박 선생님과 마 선생님,• 또 우리 고한승 씨와 임 선생님이 마중 나와 주셨습니다.

개성은 우리 『어린이』 애독자가 많이 계신 곳입니다. 그래 그이들을 만나 보고 싶었습니다. 가던 날과 그 이튿날 이틀 동안 북복교 예배당에서 많은 소년들에게 「산드룡」 이야기와 「내어버린 아이」를 이야기하였습니다. 갓 쓴 어른, 트레머리• 여편네들도 눈물 흘리는 것이 보였습니다.

유치원 구경을 여러 곳 하고, 하로• 저녁은 『어린이』 애독자 마완규 씨 댁에서 먹었습니다.

_『어린이』 1924년 4월호

• **「헨젤과 그레텔」** 그림 형제 동화로, 방정환은 『부인』 1923년 1~2월호에 「내어버린 아이」라는 제목으로 번역했다.
• 순서대로 정병기, 강영호, 정순철, 박홍근, 마해송을 가리킨다.
• **트레머리** 신여성을 상징하는 머리 스타일로, 옆 가르마를 타서 갈라 빗어 머리 뒤에다 넓적하게 틀어 붙인 여자의 머리.
• **하로** '하루'의 사투리.

나그네 잡기장 (3)

5월 10일

● 이른 아츰● 7시 15분, 남대문 정거장에서 부산으로 가는 차에 올라탔습니다. 마침 원족● 가는 수백 명 학생들이 자리를 모두 차지해 놓아서 나뿐만 아니라 여러 사람이 좁은 틈에 배집고● 서서 선 채로 가게 되었습니다.

학생들은 경기공립상업학교 학생들이라 대부분이 일본 사람이고 조선 소년은 많지 않았습니다. 일본 학생들의 양복은 대개 무릎이 찢어지고 궁둥이를 갈아대고 하여 보기에 너저분하고 험상한 옷이었으나, 어떤 사람은 가방에서 잡지책을 꺼내 읽고 앉았고 어떤 사람은 장난감을 꺼내 가지고 마주 앉아서 장난을 하고, 어떤 사람은 노래를 부르고 하여 차 안이 떠들썩한 것이 보기에 활기 있어 보여서 좋으나, 한편 구석에 얌전만 하게 쭈그리고 앉아 있는 조선 학생들은 같은 학교 학생이로되 양복들은 조촐하여 보이나 너무 풀●이 죽어 보이는 것이 내 마음을 어

● **아츰** '아침'의 사투리.
● **원족** 소풍.
● **배집다** 매우 좁은 틈을 헤치어 넓히다.
● **풀** 세찬 기세나 활발한 기운.

떻게 섭섭하게 하였는지 모릅니다.

'좀 더 활기 있게, 좀 더 생기 있게 씩씩한 기상을 갖게 되어야 할 것인데…….' 조선의 모든 부형들이 모두 새로운 소년운동자가 되어야겠다—싶었습니다.

● 영등포에 이를 때까지도 나는 서서 갔습니다. 내리는 사람은 없고 오르는 사람뿐이어서 더 복잡하여졌습니다. 차가 시흥 정거장을 지날 때 학생 한 분이 내 옆에 와서 모자를 벗고 인사를 하더니 "방 선생님 아닙니까?"고 묻습니다. 이상하여 "네." 하고 대답하니까 반가운 얼굴을 하면서 인사를 다시 하더니 자기는 『어린이』 애독자라고 하면서 자기 자리로 가자고 하여 간신히 나는 그분의 자리를 얻어 처음 편히 앉았습니다. 그의 소개로 그의 동무 학생 여러분과도 인사하였습니다. 그들은 수원까지 원족 간다 하였습니다. 늘 만나 뵙고 싶어 하는 『어린이』 애독자를 이렇게 기차 속에서 만나니까 더한층 친절하고 정다운 생각이 나서 이런 이야기 저런 이야기 아주 오래간만에 만난 옛 친구끼리처럼 재미있게 이야기하였습니다. 그이들은 나더러 『어린이』 잡지에도 탐정소설을 내게 해 달라고 청하였습니다. 탐정소설을 잘못 내면 나쁜 영향이 미치는 이야기를 여러 가지로 하여 들려 드렸습니다.

● 나더러 어데 가는 길이냐고 묻기에 충청남도 홍성에 간다 하니까 '왜 그렇게 홍성에만 자주 가느냐.' 합니다. 내가 홍성에 가는 것을 언제 또 보았기에 자주 간다 하느냐 하니까 『어린이』 잡지에서 홍성에 가셨었단 말씀을 읽었노라 합니다. 딴은 '나그네 잡기장'에 홍성 갔던 일을 쓴 일이 있었습니다.*

● 『어린이』 1924년 2월호에 실린 글을 가리킨다.

"홍성은 나의 새 고향입니다. 금년 봄에 처음으로 홍성으로 이사(낙향)를 하여서 홍성이 나에게는 새 고향이 되었습니다." 이렇게 대답하였습니다.

● 천안 정거장에서 내려서 홍성 가는 차를 바꿔 타는 동안에 두 시간이나 있는 고로 그동안 천안 거리를 거닐었습니다. 길거리에 어린이날 전단지가 한 장도 붙지 않았어요. 마음에 어떻게 섭섭했는지 모릅니다. 그렇게 많이 박혀서 그렇게 여러 곳에 보냈으니까 온 조선 안에 잊은 곳이 없겠지…… 하였더니 천안에는 한 장도 붙지 않았습니다그려. 천안에는 우리 동무라 할 사람이 한 사람도 없이 몹시 쓸쓸스런 곳 같았습니다.

● 홍성에 도착. 파란 버드나무와 나무에 에워싸인 우리 집에 돌아와 보니까 안방 벽에 '어린이날' 선전지가 붙어 있었습니다. 이곳 유치원에서 나누어 준 것이라고요. 이곳은 일하는 사람이 더러 있는 것 같아서 마음에 기뻤습니다. 그리고 이곳 유치원 어린 학생들이 『어린이』 3월호에 났던 까막잡기• 노래를 부르는 것을 듣고 어떻게·마음에 기꺼웠는지 모릅니다. 『어린이』 잡지를 더 유익하게 더 훌륭하게 잘해 가야만 되겠다고 속으로 생각하는 한편에, 우리의 일이 퍽 힘이 있는 것도 알았습니다.

● 이 동네 어린 학생들이 『어린이』 잡지에서 제비 이야기를 자주 읽었는데, 이때까지 제비 구경을 못 했다고 퍽 섭섭해합니다. 제비가 오지 않는 동네라면 퍽 쓸쓸스런 동네라고 나도 생각했습니다. 그러나 우리 집 대문 앞과 뒤꼍에서 꾀꼬리가 꾀꼴꾀꼴 우는 소리를 듣고 나는 뛰어날 드키 반가워하였습니다.

_『어린이』 1924년 6월호

• **까막잡기** 술래가 수건으로 눈을 가리고 다른 사람을 잡는 놀이. 박팔양(김여수) 노래, 윤극영 작곡의 동요로 『어린이』 1924년 3월호에 실렸다.

나그네 잡기장 (4)
—각지의 소년소녀대회

이번에는 방 선생님의 비밀 잡기장을 발견해 온 독자가 있어서 지금 낭독하겠습니다.(갈채)

● 3월 21일 밤 경성. 대단히 치운• 밤이었는데 소년 소녀가 퍽 많이 모여서 소년소녀대회는 천도교 기념관 안에 성황으로 열리었습니다.

원래의 예정은 이날 경성대회를 마치고 내일 아츰• 차로 대구에 가서 밤에 그곳 대회에 참례하기로• 된 것인데 대구에서 열리는 대회가 밤이 아니고 낮으로 된 고로 오늘 밤차로 가야 내일 낮 대회에 참례하겠는 고로 일이 퍽 급하게 되었습니다. 그래 맨 나중에 할 나의 동화를 맨 첫 번에 하고 곧 정거장으로 뛰어가기로 된 고로 시계를 꺼내 들고 이야기를 하노라니 마음이 조용치 않아서 퍽 힘이 들었습니다. 간신히 끝을 마치고 나니 벌써 9시 40분! 15분밖에 남지 않은 고로 연단에서부터 달음질하여 나와서 가방을 들고 곧 인력거를 잡아타고 살같이• 몰아갔

• **칩다** '춥다'의 사투리.
• **아츰** '아침'의 사투리.
• **참례하다** 예식, 제사, 전쟁 따위에 참여하다.
• **살같이** 쏜살같이.

습니다.

정거장에 닿으니까 공교하게● 전기등이 모조리 꺼지고 촛불 몇 개만 켠 고로 캄캄한 속에서 한참 부대끼다가 간신히 차에 올라 한 자리를 얻어 탔습니다.

차를 놓치지 않은 것이 다행하여 숨을 둘러 쉬게 되니, 이제는 나 나온 후에 경성의 대회가 끝까지 잘되는지 궁금해지기 시작하였습니다.

복잡한 차 중에서 잠을 잘 둥 말 둥 하다가 그냥 밤이 새고 날이 밝아서

● 22일 낮(대구) 새벽 6시 반에 대구에 내리니 이른 새벽이건마는 우리 지사에서 여러분과 김천에서 어저께 차로 와서 기다리신다는 김천 공보의 엄 선생님 외 여러분이 나와 맞이해 주셨습니다.

여기서 『어린이』 선전을 위하여 많이 힘써 주시는 무영당의 이 씨, 여자학교의 조 선생님, 수창학교의 이 선생님을 반갑게 만나 뵙고 새로● 1시에 만경관(활동사진관●)으로 간즉, 날이 흐릿하고 치운 날이건마는 그 큰 집에 소년 소녀와 또 학교 선생님네와 부모 되시는 이로 그뜩 찼었습니다. 이곳에서는 『어린이』 3월호가 부족되어서 할 수 없이 따로 입장권을 만들었다 합니다.

여러 가지 재미있는 음악과 소녀 연설이 있은 후에 내가 소년운동에 관한 몇 가지 이야기를 하고, 뒤이어 동화 두 가지를 퍽 오랫동안 하였습니다. 끝까지 그 많은 어린이가 끝까지 조용하게 듣는 것과 이야기 듣고 눈물 흘리는 사람이 많이 있는 것을 보니 자주 동화를 들어 본 경험이 있는 것 같아서 마음에 기뻤습니다.

● **공교하다** 공교롭다.
● **새로** (12시를 넘긴 시각 앞에 쓰여) 시각이 시작됨을 이르는 말.
● **활동사진관** '영화관'의 옛 용어.

저녁에는 비가 오는데 여러 선생님과 동행하여 이 씨 댁에 가서 훌륭한 대접을 받고, 이튿날 아츰에 마산으로 전화를 걸어 준비하고 아니 한 여부를 물으니까, 예정은 24일 밤인데 동화를 한 번이라도 더 듣기 원하는 터인 고로 23, 24일 이틀 동안으로 광고하였으니 꼭 오늘로 와야 한다는 대답인 고로, 김천서 오신 선생과 신문기자가 김천으로 와 달라 하시는 것을 사절하고 23일 저녁때 여러 선생님의 전별을 받고 대구를 떠나 마산으로 갔습니다.

● 23일 밤 마산. 어두운 9시 10분에 마산 정거장에 내리니까 항상 날더러 오라 하시던 이은상• 선생님과 소년회 대표 몇 분이 나와서 '지금 개회한 후이라 사람이 가뜩 모였으니 회장으로 바로 가자.' 하여 안내대로 노동학교로 가니까, 소년회원들이 한창 동화극을 하고 있는 중이었습니다. 그 연극이 끝나자 내가 간단히 소년운동에 관한 이야기를 하고, 이튿날(24일) 밤에는 장소를 넓혔건만 어저께보다 더 많은 사람이 모여서 못 들어온 이가 많았다는데, 역시 내가 소년운동에 관한 말씀을 하고 나서 동화 세 가지를 이야기하였습니다. 25일에는 부산으로 가려 하니까 부산은 26일에 가도 넉넉하다고 붙잡으면서, 이날은 같이 산에 올라가서 놀고 이야기 듣겠다고 30여 명 소년들이 점심을 싸 가지고 온 고로 함께 산에 올라가서 점심도 같이 먹고 이야기도 하고 유희도 하고, 따뜻한 봄날의 하로•를 어떻게 말할 수 없이 재미있게 유쾌하게 놀았습니다.

이 소년들은 모두 『어린이』 독자인데 내가 마산 오는 것을 기회 삼아 순 『어린이』 독자만 40여 명이 모여서 소년회를 조직하고 이름을 '신화(新化)소년회'라고 지은 것이었는데, 갓 모인 것이건만 퍽 질서 있고 또

• **이은상**(1903~1982) 시조 시인, 사학자.
• **하로** '하루'의 사투리.

원기 있게 모이는 것이 퍽 좋아 보였습니다. 그날 밤에는 그들과 늦도록 소년회에 관한 이야기를 하였고, 이튿날 아츰에는 다시 전별회•를 열고 회원이 모두 모여서 오라 하기에 가 보니까 전별식이 있고, 또 나에게 기념품을 주었습니다. 기왕 만든 것이고 또 이름까지 새긴 것이라 사양할 길이 없어서 받아 가지고 떠나기 섭섭한 마산을 떠났습니다.

● 26일 밤 부산. 이 씨와 동행하여 기차가 부산진에 닿으니까 벌써 3시. 기독소년회의 윤안두 씨가 마중으로 올라와서 초량에서 같이 내렸습니다. 바닷가라 그런지 퍽 치운 밤이었습니다. 여관에 들어가 저녁밥을 먹고 안내를 따라 '삼일(三一) 예배당'으로 가니 벌써 이곳 예배당 앞에서는 취군•의 음악을 불고 있었습니다. 예배당 그 넓은 벽을 오색 줄로 아름답게 장식한 솜씨를 보아, 주선한 이의 용의가 주밀한• 것을 알겠어서 기뻤습니다.

출연하는 이들의 하모니카 잘 부는 것과 연설 잘하는 데는 탄복하였습니다. 맨 나중에 내가 소년 문제에 관한 간단한 이야기와 동화 두 가지를 하고 폐회하였습니다. 밤에는 밤이 깊도록 윤 씨와 소년회에 관한 이야기를 하였습니다. 윤 씨는 퍽 얌전해 보이고 정 붙는 동무였습니다. 그가 어린 몸에 혼자서 소년회 일에 노력하기에 피곤한 모양이 보인 것은 내 마음을 적이 아프게 하였습니다.

● 27일 서울로 오는 길에 김천 잠깐 들러서 28일 아츰에 서울 본사로 왔습니다.

• **전별회** 작별할 때 서운한 마음을 달래고자 보내는 쪽에서 예를 차려 잔치를 베풀며 하는 모임.
• **취군** 군사나 인부 등을 불러 모음.
• **주밀하다** 허술한 구석이 없고 세밀하다.

● 30일 밤 인천. 인천은 새로 열린 지사에서 많이 주선해 주셔서 '내리(內里) 예배당'에 퍽 많은 소년 소녀와 또 많은 부형이 모이셨었습니다. 이곳은 동요의 정순철 씨를 동행한 고로 더욱 마음이 기뻤습니다.

종이가 좁아서 몹시 줄이고 줄여서 너무 간단히 써서 미안합니다.

_『어린이』 1925년 5월호

남은 잉크

● 처음 일이라 꼴이 말 아닐 것입니다. 그러나 고치고 잘 꾸며 가기는 앞날에 얼마든지 할 수 있는 것인 줄 아오며 요만 것이라도 우리의 정성으로 처음 생긴 것만도 기껍습니다.

● 교훈담이나 수양담은 학교에서 많이 듣는 고로 여기서는 그냥 재미있게 읽고 놀자. 그러는 동안에, 모르는 동안에 저절로 깨끗하고 착한 마음이 자라 가게 하자! 이렇게 생각하고 이 책을 꾸몄습니다.

● 적은 수효의 사람보다도 많은 여러분의 뜻에 맞도록 여러분에게 재미있도록만 하려고 하지만 많은 여러분의 생각을 몰라서 못 하겠사오니, 이 첫째 책을 보시고 어떤 것은 재미있었고 어떤 것은 재미없었고 또 어떻게 하면 좋겠다고 적어 보내십시오. 그대로 고쳐 가겠사오며 편지는 책에 내어 드리겠습니다.

● 동화는 물론이려니와 그 외에 모든 것을 읽은 대로 할아버지, 할머니, 어머니, 누님, 동생, 동리 집 동무에게도 이야기하여 들려주십시오. 책을 못 보는 이에게도 좋은 것은 잘 들려주어야 할 것이오며, 또 다른 이에게 이야기를 한번 하면 자기도 그 이야기를 어느 때까지든지 잊어버리지 않게 되는 것입니다. 듣는 사람도 재미있어할 것입니다.

● 세계 각지의 어린이들의 크고 배우고 노는 모양을 차례차례 모두

소개해 드리겠습니다. 이것은 퍽 뜻이 있는 일이오니, 그네의 노는 것과 우리의 노는 것을 잘 비교해 보아 주십시오. 어떤 것이 좋을지.

● 아름다운 꽃, 재미있는 꽃 이야기를 자주자주 내겠습니다. 우리는 누구나 모두 꽃 기르는 취미를 가져야 되겠습니다. 제각기 제 마음대로 저 좋은 꽃을 단 하나씩이라도 기르십시다. 꽃을 사랑하고 또 위하는 사람, 그의 마음은 반드시 깨끗하고 보드랍고 착할 것입니다.

● 욕심대로 하면 책을 크게 만들고 좋은 그림도 많이 내겠사오나, 비싸면 못 사 보시는 이가 많을까 봐서 꿀꺽꿀꺽 참고 5전으로 사 볼 수 있게 하였사오니, 동무에게 널리 권하여, 한 사람이라도 더 보게 하십시다. 그래서 동무를 늘여 가십시다.

● 이 책을 읽으시는 동무 당신의 얼굴을 보고 싶습니다. 사진과 연령, 주소, 학교를 적어 보내시면 책에 내어서 많은 사람이 반갑게 보이겠습니다.

_『어린이』 1923년 3월호(창간호)

남은 잉크

● 여러분 시험공부 잘들 하셨습니까. 좋은 성적으로 진급 또는 졸업을 하고 기껍게 놀 방학이 또 가까워 옵니다.

봄철은 뛰고 노는 철, 기껍게 시원하게 유쾌하게 노십시다. 그것이 우리의 한 가지 큰일입니다.

● 여러분의 동무, 이 『어린이』는 다행히 많은 사람의 사랑을 받게 되었습니다. 책이 나기 전에 지방에서는 주문이 자꾸 오고 모이는 곳마다 『어린이』의 이야기가 퍼져 있습니다. 그렇게 여러분이 위해 주시건마는 허가가 얼른얼른 되지를 않아서 제때제때에 보시도록 못 해 드리는 것이 몹시 미안합니다.

● 2호에는 동화극이 끝까지 났습니다. 모두 실지로 해 보십시오. 퍽 재미있습니다. 서울 우리 소년회에서도 하겠습니다.

● 종이 수효는 한이 있고 내고 싶은 것은 많고, 하는 수 없이 「토끼의 귀」와 실내 유희는 이번에는 쉬이고 다음 호에 내기로 하였고, 꽃 전설도 이번에는 수선화 이야기가 있으니까 빼었습니다.

● 그리고 누구시든지 길거리에서 보고 들은 것을 써 보내 주십시오. '자동전화'란에 내어 드리겠습니다.

● 『어린이』를 사 보도록 한 사람이라도 더 권고하여 주십시오. 그리

고 못 사 볼 형편에 있는 이에게는 당신이 보고 난 것을 빌려주어서 읽혀 주십시오.

● 그리고 당신이 『어린이』를 보시고 생각하신 것, 또는 하고 싶은 말씀과 당신의 사진도 보내 주시면 책에 내어서 여러 사람이 서로 보도록 하겠습니다.

_『어린이』 1923년 4월 1일(통권 2호)

남은 잉크

● 이 3호 꾸미기가 벌써 끝이 났건마는 2호는 아직까지도 허가가 아니 나와서 인쇄를 못 하고 있습니다. 여러분께서 몹시 고대하고 계신 것을 생각하면 한시 한시가 민망하여 견디지 못하겠습니다.

● 2호가 아직 나오지 않았지만 이 3호를 또 디밀어 두겠습니다. 하로•라도 속히 나오기를 바라고요.

● 창간호(첫째 책)는 참말로 놀랍게 잘 팔려서 어떻게 기꺼운지 모릅니다. 그중에도 일본 내지 청국•같이 먼 곳에서도 주문이 자꾸 오는 것을 볼 때에 그렇게 그렇게 먼 곳에 떨어져 있는 이와도 우리가 뜻을 서로 바꾸고 정답게 사귀어 나가게 되는 것을 우리는 어떻게 기뻐하였는지 모릅니다.

● 첫째 책을 읽으시고, 어떻게 생각들 하셨는지 인제 각처에서 여러분의 편지가 모여 오겠지요. 우리는 그것을 기다리고 있습니다. 그 편지 읽고 그 말씀대로 고쳐 보려고요.

● 이번 3호는 한문보다도 언문을 많이 넣었습니다. 한 분이라도 더 잘 보실 수 있게 되기를 바라고 그런 것이오니 언문만 아시거든 누구에

• **하로** '하루'의 사투리.
• **청국** 청나라.

게든지 읽도록 권해 주십시오.

● 한 분이라도 더 읽도록 동무를 늘여 가자, 이것이 우리의 바라고 힘쓰는 일입니다. 여러분께서도 한 분이라도 더 당신의 동무에게 이 책을 보도록 소개해 주시기 바랍니다. 그리고 이 책을 사 보지 못한 동무가 있으면 당신이 보시고 나서 그 책을 그에게 보내 주십시오. 그것이 가장 뜻깊고 착한 일입니다.

● 3호에는 '세계 소년'을 잠깐 쉬었다가 요다음 책에 내기로 하고, '유희하는 법'도 이번에 넣으려다가 요다음 번에 넣기로 미루었습니다. 그것은 자수가 얼마 안 되는 책으로라도 되도록 여러 가지를 내어서 유익하도록 하려는 까닭입니다.

● 3호에 새로 넣은 「귀여운 피」와 「영길의 설움」은 퍽 재미있고 유익한 글입니다. 읽고 또 읽고 두 번 세 번씩 읽어도 좋은 것입니다.

● 지나간 3월 23일 저녁에 우리 『어린이』가 탄생한 것을 축하하는 뜻으로 서울 천도교당에서 동화극과 무도회를 열었습니다. 입장권은 돈 받지 않고 그냥이고, 보신 사람은 어린이들과 또 어린이와 직접 관계를 많이 가지신 부인네께만 한하였었습니다.

아이고 그날 사람이 어떻게 많이 모였던지 시간도 되기 전에 초저녁에 그 넓은 교당이 빽빽하게 차도록 2천 명이나 들어앉고 □□□□ 못 들어가신 이가 문밖에 더 많아서 대문이 깨진다, 유리창이 깨진다, 사람이 밟힌다, 그런 법석이 없었습니다.

● 그날 「토끼의 간」이라는 연극과 아라사● 춤과 여러 가지 재미있는 것이 많이 있어서 처음부터 끝까지 즐겁고 유쾌한 중에 끝을 마쳤습니

● 아라사 '러시아'의 음역어.

다. 『어린이』가 여러 가지 방면으로 그렇게 굉장하게 사랑받고 찬성을 받는 것은 참으로 무엇이라 말할 수 없이 기쁜 일인가 합니다.

● 그러나 그날 너무도 사람이 모여서 다시는 돈 아니 받고는 대회를 열지 않겠습니다.

_『어린이』 1923년 4월 23일(통권 3호)

미진한 말씀

● 여러분께 보내 드리는 귀여운 선물로 정성을 다하여 짜았습니다마는 그래도 마음에 미진한 것이 많은 것 같습니다.

● 다만 이번 여름에 열린 지도자대회가 그 더위와 장마를 무릅쓰고 차근차근히 진행 잘되어 좋은 결과까지 맺은 것과 요마만 한 선물이라도 그 뜨거운 정으로 남겨 두게 된 것을 기뻐하여 주십시오.

● 조선에 이런 회가 처음 생겼고 또 처음 그것이 훌륭한 성공을 한 것은 우리의 소년운동에 크고 무거운 힘이 되는 것임을 생각할 때에 우리는 뛰고 싶게 기껍습니다.

● 이제 이 책을 짜고 손을 떼이게 될 때에 원처•에 계신 지도자의 원고가 날짜 안에 미치지 못해서 넣지 못하게 된 것은 이보다 더 섭섭한 일이 없습니다.

● 그러나 인제 탄식한들 별수 없는 일이고, 이제라도 될 수 있는 대로는 나중에 인쇄할 때에 사진만이라도 구해 넣어서 덜 섭섭하게 할까 하오며, 너무 늦게 온 글은 다음 호에라도 반드시 넣어서 기념되게 할까 합니다.

• **원처** 먼 곳.

● 지도자 여러분 선생님이 보내 주신 글을 그대로 모아 놓기만 하게 되어서 내용이 여러 가지가 고르지 못한 폐는 있을까 합니다마는 퍽 값 있게 된 것을 믿고 있습니다. 여러분은 어떻게 생각하십니까.

● 이 책을 읽으시는 여러분은 아무쪼록 이 글 속에 묻혀 있는 지도자 여러분의 뜻과 정을 잘 받아 주십시오. 그리고 동무들에게도 많이 권고해서 이 선물이 더 널리 가도록 해 주시기 바랍니다.

_『어린이』 1923년 9월호

남은 잉크

● 요전번 책은 참 정말 굉장하게 팔려서 금시에 다 팔리고 책이 모자랐습니다. 그리고 호평, 대호평 각처에서 칭찬이 자자합니다. 마음에 퍽 기껍습니다.

● 이번 책은 다시 5전이 되니까 책장이 적어서 넣고 싶은 것을 못 넣은 것이 많습니다.

● 우선 동요를 하나도 못 넣고 '담화실'도 다음 책에나 내게 되었는데, 여러분에게서 온 재미있는 편지가 산같이 쌓였는데 그것을 모두 내자면 큰일 났습니다.

● '사진소설' 맞히기 말입니다. 이번까지 보고 고다음을 가리켜 내시라 하려 했더니 내용이 길어져서 요다음 번에나 퍽 공교하게[*] 아기자기한 데서 끝나게 되는 고로 부득이 요다음 책까지 미루기로 한 것입니다.

● 자아, 또 작별하게 되었습니다. 요다음 책에는 무엇이나 나오나 그것을 기다리고 안녕히 계십시오. 우리는 요다음 책을 재미있게 꾸며 놓으라고 곧 착수하겠습니다.

_『어린이』 1923년 10월호

● **공교하다** 공교롭다.

남은 잉크

● 기뻐하여 주십시오. 『어린이』 9호는 훨씬 더 많이 발행하였건마는 일주일이 못 되어 한 권도 남지 않고 다 팔리고 책이 없어서 쩔쩔매었습니다.

● 이번 책에는 재미있는 것만 모조리 추려서 넣었는데 그중에도 동화극●과 「낙엽 지는 날」●은 유명하게 재미있는 것입니다. 많이 읽어 주십시오.

● 제11호(12월호)는 다시 5전이 되고 12호 신년호는 특별 배대●호로 굉장하게 꾸밀 예정입니다. 지금부터 기다려 주십시오. 참말 굉장한 것이 나올 것이니…….

_『어린이』 1923년 11월호

● **동화극** 방정환이 각색한 동화극 「토끼의 재판」을 가리킨다.
● **「낙엽 지는 날」** 방정환이 필명 '몽견초'로 발표한 작품이다.
● **배대** 두 배쯤 되는 두꺼운.

금년의 마지막 인사

● '과세•나 안녕히 하십시오.' 벌써 이 인사를 드리게 되었습니다. 그러나 이 인사를 쓰는 지금은 11월 보름날입니다. 이렇게 일찍 드리는 인사가 그래도 허가를 받고 나와서 인쇄하여 여러분께 뵙게 되기는 12월 중이 되겠으니 어찌합니까. 금년의 마지막 인사를 지금 드려야 아니 하겠습니까.

● 호마다 호마다 점점 더 널리 퍼져서 더 박히고 또 더 박혀도 그래도 모자라는 우리 『어린이』는 이번 이 책도 또 더 많이 박힐 요량인데 어떠할는지 내용을 칭찬해 주실런지 그것은 보아야 알 것이오나 우리는 이 책으로써 이해의 마지막 끝을 맺기로 합니다.

● 다가오는 신년은 우리 『어린이』에게는 처음 맞는 신년이라 신년호는 특별나게 훌륭하게 하려고 벌써 계획이 작정되고 지금부터 준비 중입니다. 처음 신년호가 어떻게 굉장하게 나겠는가 기다려 보아 주십시오.

● 그러면 금년 중에는 우리 『어린이』를 비롯하여 여러 가지 소년 잡지가 생기고 5월 1일 운동이 전선•적으로 커졌고 색동회가 생겼고 전

● **과세** 설을 쇰.
● **전선** 전 조선.

선소년지도자대회가 있었음을 기념해 주고 기쁜 마음으로 이해를 보냅시다.

● 자아, 사랑하는 여러분! 과세나 안녕히 하십시오.

_『어린이』 1923년 12월호

남은 말

● 굉장하게 바쁘게 이번 신년호는 편집되었습니다. 산같이 쌓인 글 중에서 추리고 또 추리고 몇 번을 추려서 그야말로 참 정말 고르고 골라 넣었습니다.

● 그런데 보시면 아실 터이지마는 이번 신년호는 내용을 흥미 중심으로 하여서 유익하거나 슬픈 이야기는 모두 빼어 주고 그저 흥미 있는 것만 추렸습니다.

● 특별 부록은 여러분이 하여 보시면 아실 터이지만 몹시 재미있는 것입니다. 되도록 뒤에 조선 백지를 발라서 찢어지지 않도록 오래 보전하십시오.

● 재미있는 이야기 「선물 아닌 선물」은 종이가 모자라서 요다음 책에 넣기로 하였습니다. 2월호에 넣겠습니다.

● 이번 신년호는 부족하지 않도록 굉장히 많이 박혔는데 어떻게 될는지 암만하여도 또 부족될 모양입니다. 얼른얼른 사 두라 하십시오.

● 이 근래에 각지에 '어린이' 지사가 많아지는 데다가 각 학교에서 2백, 3백씩 사 가시니까 박혀도 박혀도 자꾸 부족되는데 이번에는 특별 부록까지 있으니까 더 굉장할 모양입니다.

● 자아 인제는 책 이야기는 그만두고 여러분이 알고 싶어 하시는 것

을 가르쳐 드릴까요.

● 편집실에서는 여러 선생님들이 하로●도 백여 장씩 오는 여러분의 편지와 작문 같은 것을 일일이 정성껏 보시면서 이 소년은 글씨가 얌전하니 예쁘게 생긴 소년인가 보다, 이 소년은 글씨가 나쁘니 장난꾼인가 보다, 이 소년은 자기 집 주소를 안 썼으니 수선쟁인가 보다, 하고 평판을 하십니다. 여러분 숭● 잡히지 말고 주의하십시오. 넌지시 일러 드리는 것이니까요.

● 그리고 정월 음식 중의 식성 다르기로는 소파 방 선생님은 만두와 식혜를 좋아하시고, 고한승 선생님은 떡국, 수정과가 제일이고, 손진태 선생님은 술하고 떡국이 제일이시라고요. 하하하, 이것도 비밀 비밀입니다.

자아, 정말 신년호도 끝났습니다. 사랑하는 독자 여러분! 신년 새해에는 복 많이 받으십시오.

_『어린이』 1924년 1월호

● **하로** '하루'의 사투리.
● **숭** '흉'의 사투리.

남은 잉크

● 2월호도 인제 편집이 끝났습니다. 신년호 때보다도 더 바쁜 중에 여러 날 걸려서 인제야 끝이 났습니다. 읽어 보시고 어떻습니까. 잘잘못을 말씀해 주십시오.

● 이번에도 넣고 싶은 것이 하도 많은데 종이가 모자라서 못 넣고 남겨 둔 것이 많습니다. 그중에도 최인순 선생님이 쓰신 것 재미있는 이야기를 못 넣게 된 것은 섭섭합니다.

● 그리고 장난거리 색 유희를 가르쳐 드리려고 했더니, 그것도 못 넣고 요다음 번으로 미루었습니다.

● 이번에 새로 넣은 「동요 짓는 이에게」• 는 여러분께 퍽 참고될 것일 줄 믿고 스티븐슨 선생 이야기는 대단 유익한 글이라고 믿습니다.

● 처음 모집한 자유화• 는 대단히 성적이 좋아서 단번에 100여 장이 들어왔습니다. 그런데 처음이니까 그렇겠지마는, 자기 의견대로 그린 것이 몇 장 안 되고 남의 것이나 책에 있는 것을 보고 그린 것이 많아서 좀 섭섭하였습니다.

• **「동요 짓는 이에게」** 아동문학가, 언론인 유지영(1896~1947)이 필명 '버들쇠'로 발표한 글이다.

• **자유화** 어린이가 그리고 싶은 대로 자유롭게 그린 그림.

● 그러나 많이 그리어 보는 중에 솜씨가 늘어 갈 것입니다. 책 위에 나지 못한다고 낙심하지 말고 자꾸 그려 보내십시오. 책에 난 것 안 난 것을 모두 모아서 전람회를 크게 열겠습니다. 크게 유익한 일이니까요.

● 담화실도 이번에 들어온 것 중에서 반밖에 넣지 못했습니다. 모두 말이 길어서 어떻게 주체할 수가 없으니 어쩝니까. 간단간단하게 요령만 써 보내 주셔야 되겠습니다.

● 여러분께서도 신년호는 모두 칭찬하시지만 참말 굉장하였습니다. 다른 때보다 굉장하게 더 많이 박혔건마는 그래도 금시에 번쩍 날아가듯 팔려 버려서 나중에 주문하시는 이에게는 한 권도 드리지 못했습니다.

● 요다음 3월은 우리 『어린이』가 처음 난 지 꼭 한 해 되는 첫돌이 올시다. 돌잔치를 크게 하려고 지금부터 준비를 굉장히 하는 중입니다. 3월호가 어떻게 굉장할까, 자아 지금부터 기다려 보십시오.

_『어린이』 1924년 2월호

남은 잉크

● 첫돌 잔채[●] 마련도 이제 끝이 났습니다. 기구(페이지)가 부족하여 생각은 하고도 못 차린 것이 많습니다마는, 잘 차렸거나 못 차렸거나 이제 바랄 것은 귀여운 아가의 돌날 일기[●]가 깨끗하여야겠고, 그날 손님이 많이 오셔야겠고, 또 그날까지 중간에서 잔채 음식이 상하지 않아야 하겠는데…… 그것이 걱정입니다.

● 실상 말씀이지 이번 돌잔치에는 여러 방면 여러 어른께서 좋은 선물 보내 주신 것이 많아서 들어온 선물로만 잔채를 하게 된 셈입니다. 이제 그 바쁘신 중에 선물을 보내 주신 여러 어른께 감사한 인사를 드립니다.

● 스티븐슨 선생 이야기와 「동요 짓는 법」은 어쩔 수 없이 요다음 책에 넣게 되었고, 독자 담화실과 자유화 발표도 자연 요다음 호로 밀리게 되었습니다. 그 대신 이번에 넣은 동화는 모두 영국이나 아라사[●]의 세계적으로 유명한 학자 어른들이 지은 동화를 번역한 것이어서 고상하고 뜻이 깊은 것들입니다.

● **잔채** '잔치'의 사투리.
● **일기** 날씨.
● **아라사** '러시아'의 음역어.

● 그리고 동화극 「메아리」 같은 것도 외국 어느 문학 박사가 꾸민 것을 김 선생님•이 조금 고치셨을 뿐인데, 외국에서는 소학교 같은 데서 많이 하는 것입니다. 여러분도 졸업식 같은 때 반드시 해 보도록 하십시오.

● 이과• 요술도 퍽 하기 쉽고 유익한 실험입니다. 해 보고 해 보고 하면서 곰곰이 생각해 보십시오.

● 이번에 부록으로 넣은 그림 「평화의 봄」은 참으로 조선 잡지계에서 꿈도 못 꾸던 것입니다. 그 대신 돈도 엄청나게 많이 든 것이여요. 첫돌 기념호로 특별히 조선 처음으로 넣은 것이니, 당신의 공부하는 책상 위에 벽에 붙여 놓으십시오. 파란 잔디 위에 노랑꽃 핀 것, 고 보드랍고 어여쁜 얼굴 평화의 사신•인 비둘기! 쳐다만 보면 마음이 좋아지지 않습니까.

● 상품 드리는 법과 대리부까지 새로 특설하였으니 광고란을 주의해 보아 주십시오. 그리고 이 『어린이』 대리부는 대단히 신용 있는 것을 알아주시고 『어린이』 대리부에서 파는 물건은 아무것이라도 조금도 의심하지 말고 주문하십시오. 피차에 이익이 됩니다.

_『어린이』 1924년 3월호

● **김 선생님** 극작가 운정 김정진(1886~1936).
● **이과** 자연계의 원리나 현상을 연구하는 학문.
● **사신** 임금이나 국가의 명령을 받고 외국에 사절로 가는 신하.

남은 잉크

● 『어린이』 이번 책 편집을 바쁘게 그치고 나니 남은 말이 퍽도 많은 것 같습니다. 그러나 철필•을 들고 앉으니 한 마디도 나오지 않습니다 그려.

● 이번 달 치에 관한 말씀은 한 마디도 아니 하겠으니 그 대신 여러분께서 읽으시고 잘되고 못된 것 많이 말씀해 주십시오. 그래야 또 요다음 책이 더 재미있게 될 수 있습니다.

● 『어린이』 첫돌 기념호는 참말로 굉장하게 많이 박혔고 또 그와 같이 몹시 많이 팔려 갔습니다. 참말로 인제는 엔간한 신문만 한 세력을 얻게 되었으니 그만큼 여러분의 동무 『어린이』가 잘된 것을 기뻐해 주십시오.

● 『어린이』 첫돌의 굉장한 잔치가 간신히 끝나고 보니 어느 틈에 벌써 봄이 되었습니다. 사랑하는 우리 동무 여러분 산에도 자주 가시고 들에도 자주 가십시오. 그것이 어린이뿐 아니라 어른에게도 크게 유익한 일입니다. 그리고 꽃놀이 재미있게 하는 법은 『어린이』 제3호 작년 치 첫머리에 있으니 다시 읽어 보시고 고대로 해 보십시오. 퍽 유익하고 고

• **철필** 펜.

상한 유희입니다.

● 『어린이』 잡지가 권고하는 일은 어떤 일이든지 믿고 잘 실행하게 하십시오. 『어린이』 잡지는 끝까지 끝까지 당신들—조선 소년 소녀들—의 장래가 잘되기를 바라고 있는 터이니까, 유익한 일이 아니면 결코 권고하지 아니하니까요.

● 5월이 또 닥뜨려 옵니다. 5월 1일은 **어린이의 날**이니까 어린이 운동도 크게 선전하려니와 『어린이』 잡지는 또 특별 축복호로 굉장하게 꾸밀 터입니다.

● 여러분께 드릴 훈장(메달)은 동경으로 벌써 주문했으니까 이달 보름께 물건이 나옵니다. 그것을 타 가지도록 힘써 주십시오.

● 이번 호에 있는 **정신 검사**에 있는 문제를 풀어 보셨습니까? 그 대답은 (1) 남에게 맞아 죽은 것 (2) 복순이가 제일 일찍 일어나고 복순이가 제일 늦게 일어납니다. (3) 정(丁)으로 가면 다 살 수 있습니다. 어떻습니까 맞았습니까?

_『어린이』 1924년 4월호

남은 잉크

● 아주 여름이 다 되었습니다. 날마다 날마다 푸른 잎이 깊어 가는 철입니다. 푸른 그늘, 푸른 잔디 위에 탁 풀어 헤치고 사지를 벌리고 드러누워 놀고 싶은 때입니다. 사랑하는 우리 독자 여러분, 몸 성히 이 여름을 잘들 놀고 계십니까.

● 철이 바뀔 때마다 내 마음이 기꺼울 때마다 여러분을 생각하는 정이 떠나지 않고 솟아납니다. 때는 좋은 철이건마는 만일 병들어 누워서 방 속에서만 고통하고 있는 동무가 있다 하면 어떻게 하나 하는 불길한 걱정이 항상 그치지 않는 까닭입니다.

사랑하는 어린이 여러분! 새로 온 이 여름을 씩씩하게 잘 놀아 주십시오. 나는 그것만을 빌고 있습니다.

● 4월 보름께부터 5월 열흘께까지 거의 한 달 동안을 '어린이날' 준비와 또 선전으로 하여 한시잠시 앉아 있을 사이 없이 바쁘게 지내었습니다. 허구한 날 이른 아츰•부터 밤중이 지나고 다시 새벽 3시, 4시가 되기까지 일을 하기를 꼭 보름 동안이나 하였습니다. 그동안에 강진동 씨, 정병기 씨 같은 이는 병이 나기를 두 번이나 했습니다.

• **아츰** '아침'의 사투리.

● 5월 엿새 날까지 다 치르고 나니 누구에게 흠씬 두들겨 맞은 사람 같이 온 전신이 아프고 느른하게• 늘어지면서 코피가 자꾸 쏟아졌습니다. 참말이지 처음 당해 본 일이었습니다.

● 그러나 치러 놓고 보니 그렇게 마음에 기껍고 유쾌한 일은 없었습니다. 34만 장의 선전지를 시골마다 보내 놓고 여기저기 시골 소년회에서 전보가 자꾸 오고, 500리, 600리나 되는 먼 시골서 전화로 선전지 어서 보내라는 독촉이 자꾸 오고 할 때에 우리는 우리의 기운이 부쩍 늘어가는 것을 느꼈습니다. 기운이 나고 신이 생겨서 몸이 부서질 뻔하여도, 모르고 그냥 즐거운 마음으로만 일하였습니다.

● 너무 몹시 피곤하여서 한 2, 3일 동안 편히 쉬려고 하니까 큰일 났습니다. 『어린이』 편집이 또 늦지 않았습니까. 그래 한시도 쉬지 못하고 힘없이 늘어진 팔에 철필•을 잡고 모진 악을 써 가면서 이 책을 편집했습니다. 그러나 피곤하였다고 이번 『어린이』에 힘을 덜 쓰지는 결코 않았습니다. 이 귀중한 『어린이』의 한 줄 한 귀라고 소홀히 할 수는 도저히 없었습니다. (5월 14일 方)

_方, 『어린이』 1924년 6월호

• **느른하다** 몸이 고단하여 힘이 없다.
• **철필** 펜.

남은 잉크

● 퍽 더워졌습니다. 6월도 지나고 7월이여요. 이렇게 더운 때 여러분은 1학기 시험 때문에 괴롭게 지내시겠습니다그려. 공부 잘하여 좋은 성적을 얻으십시오.

● 시험은 괴롭지만 치르기만 잘 치르면 뒤미처 오는 방학이 즐겁지 않습니까. 학교에 다닐 때에 방학 되는 것처럼 기꺼운 일은 없으니까요.

● 더운 여름이니까 아무리 책장 적은 잡지일망정 이번 치는 평상시와 좀 다르게 꾸몄습니다. 빽빽하거나 딱딱한 것 또는 슬픈 것 같은 것은 모두 빼고, 그저 우습고 재미있고 서근서근한* 것만 힘들여 추려 모았습니다. 더운 날 서늘하게 읽으시라고요. 더운 때는 다른 것은 속에 잘 들어가지 않는 까닭으로요.

● 그래서 독자 담화실도 네 페이지로 전보다 갑절을 늘였습니다. 될 수 있으면 서늘한 사진도 넣고 싶었으나 도저히 될 수가 없어서 넣지 못했고, 요다음 책에는 넣겠습니다.

● 요전번 6월호 표지 사진은 사진이 흐리게 되어서 『어린이』 표지 사진치고는 그중 잘못되었습니다. 마음에 어떻게 분한지 모르겠습니

● **서근서근하다** 생김새나 성품이 상냥하고 시원스럽다.

다. 그러나 흐린 중에라도 6월 여름다운 맛은 그다지 나쁘지 않게 나타나 있습니다. 한번 보셔요. 5월이 지나고 뜨거워지기 시작하는 6월 볕이 들이쪼이면서 사진 전체에 첫여름 같은 맛이 가득하지 않습니까!

● 사진을 보실 때 그런 것을 보실 줄 알아야 됩니다. 그렇게 하느라고 우리 『어린이』에는 사진 한 장도 아무렇게나 함부로 넣은 일이 없습니다.

● 독자 담화실이 퍽 풍성풍성해질 뿐 아니라 여러분이 이용할 줄을 알게 되어서 인제는 제법 터가 잡히고 판이 어울리게 된 것이 기껍습니다.

● 요다음 달 치는 '여름 특집호'로 굉장하게 꾸미기로 하였습니다. 학교도 쉬고 방학 중에 여러분에게 좋은 동무가 되게 할 터이니 기다려 주십시오.

● 우리 『어린이』 애독자의 방명록을 잘 만들어 두기로 하여, 좋은 책에 일일이 적어 두오니 한 분도 빠지지 마시고 주소와 씨명을 똑똑하게 적어 보내 주십시오.

_『어린이』 1924년 7월호

남은 잉크

● 퍽 덥습니다. 아주 견딜 수 없이 덥습니다. 이렇게 더운 여름에 여러분 몸 편히들 계십니까. 편집실 안에 있어서도 늘 그것이 궁금합니다.

● 이번 책은 보시는 바와 같이 여름 특별호인 고로 고르고 골라서 서늘한 이야기와 서늘한 기사만 추려 모았습니다. 슬픈 이야기, 어려운 이야기는 하나도 넣지 않았습니다. 우습고 시원하고 재미있고 서늘한 것만 추리느라고 힘을 퍽 들였습니다. 어떻습니까? 보시기에 조금이라도 서늘한 맛이 있습니까?

● 각 학교 교장 선생님과 색동회 여러분의 「어렸을 때 여름 기억」은 짤막짤막한 것이지만 여러분께 여름 놀이와 또 여름 자연에 대한 새로운 흥취와 새로운 주의를 이끌어 드리는 데 큰 힘이 있으리라 하여 바쁘신 중에 말씀해 달라 하여 모은 것입니다.

● 그러고 각 학교 생도• 여러분께 모은 의견 「여름에 서늘하게 지낼 법」은 한 웃음거리로만 볼 것은 결코 아닙니다. 하잘것없는 허튼수작같이 보이지마는 그것이 여러분의 상상력과 공상 생활을 충동하여서 거기서 창조성을 꼬아 내는 것이 됩니다. 예전 사람이 새가 날아가는 것을

● **생도** 학생.

보고 '나도 날아다녀 보고 싶다.' 하였을 때 남들은 미친 소리라고 조소하였습니다. 그러나 그 생각이 기어코 비행기, 비행선을 낳아 놓지 않았습니까.

여름에 어떻게 했으면 서늘할까? 그 의견이 널리 원만히 모이지 못한 것이 섭섭할 뿐이지, 결코 우습게 보아 버릴 것은 아닙니다.

● 여름이 되어서 일본서 진장섭 씨, 손진태 씨, 조재호 씨 여러분이 나오셨습니다. 고한승 씨는 개성서 동화극 준비에 바쁘고, 정순철 씨는 석왕사, 원산 여러 곳에서 동요회를 열고, 정병기 씨는 이달부터 『어린이』 편집을 조력해 주시게 되었습니다.

● 이 여러분의 의논과 조력으로 새바람● 나는 9월호 『어린이』가 어떻게 재미있게 꾸며질지 여러분, 지금부터 기다려 보아 주십시오.

_方, 『어린이』 1924년 8월호

● **새바람** 새롭게 변하는 풍조.

남은 잉크

● 그렇게 몹시 덥던 일기[•]도 인제는 아츰저녁[•]으로 바람기가 생겼습니다. 여름도 다 갔다 하는 생각이 납니다.

● 이제 곧 가을이 되고 여러분의 학교도 다시 개학이 되겠지요. 좋은 철입니다. 밤과 감과 포도와 모든 과실이 익고 새 곡식이 수확되고 새 정신 나는 가을이 옵니다.

● 그러나 잠시로 9월호는 보통으로 꾸몄습니다. 가을과 책에 관한 지식도 몇 가지 넣었으나 그것보다도 재미있는 이야기를 이번에는 많이 넣었습니다. 전과 같이 보시고 잘잘못을 많이 말씀하여 주십시오.

● 잡지로 10월호는 가을 특별호로 굉장하게 낼 터이고, 또 10월호에는 굉장한, 참말로 여러분이 놀래실 만한 굉장한 현상 문제를 내이겠으니 기다려 주십시오.

● 그리고 경성을 위시하여 지방에 이르기까지 방 선생님의 동화회를 열어서 여러분을 즐겁게 해 드릴 계획도 하는 중입니다. 날짜와 기타 여러 가지는 작정되는 대로 발표해 드리겠습니다.

● 가을은 책 읽는 철이요 원족[•]하는 철입니다. 원족회를 자주 주최

● **일기** 날씨.
● **아츰저녁** 아침저녁. '아츰'은 '아침'의 사투리.

하시고 들이나 산에 가서 여름이 가을로 변하는 모양과 가을이 또 겨울로 변하는 모양을 자세 보아 두십시오. 거기서 얻는 것이 결코 한두 가지뿐이 아닙니다.

● 본사에서도 어린이 음악회와 원족회 같은 것을 준비하겠으니 발표하거든 많이 와서 참례해• 주시기 바랍니다.

● 새 학기가 열리었으니 여러분 여름 동안 길러 쌓은 원기로 공부 잘하십시오. 어린이사도 이 가을부터 가지가지로 새로운 활동을 시작할 렵니다.

● 끝으로 한 말씀 해 둘 것은, 지난번 책의 현상 문제는 수수께끼가 아니라 의견 보기입니다. 인쇄할 때 잘못되어 수수께끼로 된 것이니 그리 알아주십시오.

_『어린이』 1924년 9월호

• **원족** 소풍.
• **참례하다** 예식, 제사, 전쟁 따위에 참여하다.

남은 잉크

● 아주 투철히 가을이 되었습니다. 몸이 나를 것같이 가뻔해진 것을 알게 되었습니다. 여러분이 건전한 몸으로 산에 들에 시원스럽게 놀고 있는 것이 눈에 보이는 것 같습니다.

● 이번에는 가을 특별호라 여러 가지로 가을에 관한 것을 많이 넣으려 하였더니 책술●이 얇아서 못 넣고 만 것이 많습니다. 그런데 다른 글보다도 여러분이 지어 보내신 글 중에 좋은 것이 많은데, 그것을 많이 내지 못한 것입니다.

● 그 대신 요다음 호에는 독자 여러분의 것을 특별히 많이 내기로 하였습니다. 참고 기다려 주십시오.

● 수수께끼는 달마다 대성황이어서 다달이 들어오는 것 항용 일천 이삼백 매씩 되는데, 그중에 맞는 것만도 많은 때는 700~800매씩이나 됩니다. 그러나 잡지 형편상 도저히 그 여러분에게 모두 상품을 드릴 수가 없는 고로 미안하고 섭섭한 일이나 제비를 뽑아서 뽑힌 이에게만 어여쁜 수첩을 보내 드려 왔습니다.

● 이렇게 제비 뽑는 것은 결코 우리 『어린이』 잡지에서만 그러는 것

● **책술** 책의 두껍고 얇은 정도.

이 아니고 세계 어느 나라 잡지든지 그렇게 하는 것입니다.

● 그러나 『어린이』 잡지 첫 호부터 이태[●] 동안 꼭꼭 애독하는 이로서 수수께끼 문제가 날 적마다 맞혔어도 불행히 제비에 뽑히지 못해서 한 번도 뽑히지 못한 이가 많이 계십니다.

● 아무리 상 타기만 바라고 하는 일은 아니지마는 우리는 그분께 너무도 미안하게 생각하였습니다.

● 그래 이번 한 번만 특별히 500명께 상품을 드리기로 대대적 현상을 하기로 한 것입니다. 이번에는 빠지지 않도록 하십시오. 그래도 빠지시는 이는 어떻게 할 수가 없습니다.

● 우리가 단 10전짜리 잡지로 이렇게 엄청난 짓을 하는 것도 다른 잡지면 도저히 꿈도 못 꿀 일이나, 다행히 우리 『어린이』는 여러분이 널리 선전해 주셔서 퍽 많이 팔리는 고로 이런 일도 해 볼 수 있게 된 것입니다. 많이 기뻐해 주시고 또 더 널리 선전해 주시기 바랍니다.

_『어린이』 1924년 10월호

● 이태 두 해.

남은 잉크

● 퍽 추워졌습니다. 난로는 아직 안 놓고 해는 저물고 어두워 가는 편집실에서 추워서 외투를 입고 손을 비벼 가면서 이것을 씁니다.

● 이번 호는 보시는 바와 같이 어린이 애독자가 써 보내신 글을 제일 많이 실었습니다. 어떻게 생각하면 '독자 작품호'라 하여도 좋을 것입니다.

● 물론 여기에 실어 드린 작품의 작가께는 어여쁜 메달을 보내 드립니다.

● 이번 치에 있는 「영애의 죽음」을 쓰신 권영희 씨는 서울 미동공립보통학교에 10여 년이나 계셔서 어린이 교육에 진력하시다가 금년 봄에 불행히 병으로 세상을 떠나셨습니다.

● 그 어른은 전부터 우리 『어린이』 잡지를 위하여 눈[雪] 이야기와 또 동화를 자주 써 주셨는데 아마 이번에 실은 「영애의 죽음」이 이 세상에서 마지막 쓰신 것인 것 같습니다.

● 그 슬픈 이야기를 이번 책에 넣을 때 돌아가신 권 선생의 생각이 간절함을 금하지 못하겠으며, 더욱 그 어른의 장례 때에 미동학교 학생들이 상여를 붙잡고 울던 것이 눈에 선하게 보여집니다.

● 『어린이』는 다달이 잘 팔리던 것이 지금은 참말 굉장히 많이 팔려

가는 고로 이 판에 좀 더 힘써서 아주 『어린이』의 천하가 되게 할 계획으로 시골, 서울 없이 일시에 크게 선전하기에 착수하였습니다.

● 원컨대 사랑하는 여러분! 우리의 힘을 모으셔서 당신의 동무께(아직 『어린이』를 읽지 않는 동무께) 권고해 주셔서 조선 소년 한 사람도 빼지 않고 우리 같은 동무 되도록 해 주시기 바랍니다. (10월 20일 方)

_方, 『어린이』 1924년 11월호

남은 말씀

● 여러분! 과세[●]나 잘하셨습니까? 신년 새해에는 소원 성취하신다고요? 공부 잘하고 운동 잘하고 『어린이』 금메달 타고…….

● 우리들의 과세는 묻지 않으셔도 신년호를 보시면 아실 것입니다. 보시는 바와 같이 신년호에는 특별한 것만 추리고 추렸습니다. 그 통에 '독자 담화실'과 '글 뽑힌 것'과 '궁금풀이'는 모두 빼어 두었습니다. 2월호에 넣으려고요. 그리고 동화극도 이번에 꼭 넣으려 한 것이 종이가 넘쳐서 못 넣었습니다.

● 신년 새해이니까 공부에 관한 것은 모두 방학하는 셈으로 빼고, 우습고 재미있는 것만 모두 넣습니다. 그 대신 이번에 넣으려다 못 넣은 것은 2월호에 모두 넣게 됩니다.

● 탐정소설은 여러분이 하도 몹시 조르니까 특별히 많이 생각하여 쓰기 시작한 것인데 퍽 재미있는 것입니다. 그치지 말고 계속해 읽으시기 바랍니다.

● 이번 책은 내용도 내용이지만 광고란을 주의해 보시고, 현상 문제 여럿을 모두 자세히 보아 주십시오. 유익한 것이 많을 뿐 아니라 2월호

● 과세 설을 쇰.

부터 넣을 세계 일주 사진은 참말 굉장한 계획입니다. 가만히 앉아서 세계 각국을 구경하게 되고, 다달이 모아 두면 훌륭한 사진첩이 될 것입니다.

● 『어린이』 지난달 치 12월호는 미리부터 많이 박혔건마는 발행한 지 이틀 만에 번개같이 팔려 가고 없어졌는데, 주문은 자꾸 밀려들어 오는 고로 하는 수없이 또다시 재판을 박혔더니 또 닷새 만에 아주 없어져 버렸습니다. 날짜만 있으면 3판 인쇄를 하려 하였습니다. 신년호는 더 더구나 몇 만 부나 팔릴는지 참으로 굉장할 것입니다.

● 그렇게 몹시 잘 팔리게 된 것과 또 신년호에 특별 부록을 붙이게 된 것과 2월호부터 세계 일주 사진을 내이게 되는 것이 모두 여러분이 많이 사랑하시고 도와주신 덕인 줄 압니다. 그리고 여러분이 도와주심으로 이렇게 잘되어 가는 것을 여러분도 퍽 기뻐해 주실 줄 믿습니다.

_『어린이』 1925년 1월호

편집실에서

애독자 여러분 기뻐해 주십시오.

당신들의 잡지 『어린이』가 참말참말 굉장히 몹시 팔려서 신년호가 미리부터 굉장히 많이 박혔던 것이 단 일헤*에 다 팔리고 곧 다시 박힌 재판이 또 단 5일간에 또 다 없어지고 그래도 여기서 저기서 『어린이』 『어린이』 하고 주문이 답지하는 고로 기어코 세 번째 다시 박혀서 3판 발행을 하게 되었습니다. 3판! 3판이란 말에 세상은 깜짝깜짝 놀래었습니다.

여러분! 여러분과 뜻을 같이하고 의사를 바꿀 동무가 이렇게 많이 늘게 된 것을 기뻐해 주십시오. 오로지 여러분이 직접으로 많이 도와주시라고 우리는 믿고 있습니다.

개성 송암 씨와 동(仝) 김병국 씨와 북선 전봉종 씨 이 세 분이 『어린이』를 위하여 써 보내 주신 의견은 많이 참고되었습니다. 길게 의견 대답을 할 수는 없습니다만은 그중의 몇 가지는 곧 시험해 보기로 하겠습니다.

강화 신현국 씨의 편지는 너무 길어서 내어 드리지 못합니다만은 퍽

* **일헤** '이레'(7일)의 사투리.

미안합니다. 그러나 지금 우리로서는 아무 곳에서라도 책을 우리 손으로 들고 가서 전해 드리고 싶으나 편집만에도 손이 부족한 터이니까 어찌할 도리를 얻지 못합니다. 아직 참아 주실밖에 없겠습니다.

용문 노대규 씨 「눈의 시험」• 안 될 리 없으니 책에 있는 대로 다시 해 보십시오.

이다음 달 3월은 『어린이』가 햇수로 3년 꼭 2년 전에 처음 창간되던 달입니다. 생월• 달을 기념하기 위하여 굉장한 편집을 하려고 지금부터 그 준비에 분망합니다.• 어떻게 얼마나 굉장한 기념호를 내일는지 지금부터 동무들을 많이 청해 가지고 기다려 주십시오. 장담해 둡니다.

_『어린이』 1925년 1월호

• **「눈의 시험」** 『어린이』 1924년 12월호에 실린 글이다.
• **생월** 태어난 달.
• **분망하다** 매우 바쁘다.

편집실 이야기

● 양력 과세[•]가 아니라 음력 과세하실 때에 만둣국과 곶감 개나[•] 얻어먹을 요량 대고 여러분에게 편집실 이야기나 해 드릴까요?

● 섣달그믐께 남들은 술 잡수러 다니거나 윷 노느라고 돌아다니는데, 『어린이』 편집실에서만은 밤을 새워 가면서 야단들입니다. 신년호는 자꾸자꾸 박혀도 자꾸자꾸 없어져서 모자라는 고로 재판하려 인쇄소에 가랴, 광고 쓰랴, 2월호 편집하랴, 그야말로 야단법석 시끌소란하였지요. 박달성 선생님은 광고를 쓰시면서 그 바쁜 중에도 글씨 자랑하노라고 더 바쁘지요. 방정환 선생님은 전차 광고 꾸미랴, 2월호 원고 쓰시랴, 전화 앞으로 2층 위로 왔다 갔다 갈팡질팡, 정순철 선생님은 신년호에 곡보가 틀렸다고 야단야단.

● 그러는 판에 또 재판이 또 없어져서 야단났다고 3판, 3판 인쇄한다고 야단야단, 3판 인쇄한다는 소리를 듣고 깜짝깜짝 놀래어 여기서 저기서 우르르 모여들면서 "참말 굉장하이." "참말 조선서 『개벽』 이후에 처음일세." 하고 들썩들썩, 박 선생, 방 선생 누구누구 없이 벙글벙글하면서 각처로 전화하노라고 야단, 민 선생님은 인쇄소로 대급행,[•] 참말

• 과세 설을 쇰.
• 개나 몇 개나.

처음 보는 법석이었습니다. 그러노라니 그 사품●에 내가 어떻게 되었겠습니까? 인쇄소로 신문사로 전기회사로 또 각처 책사●로, 자전거 위에서 왔다 갔다, 갔다 왔다 눈이 뒤집힐 뻔하였습니다.

● 그 이야기는 그만해 두고요, 『어린이』가 점점점점 기세가 커 가니까, 기자 선생님이 또 한 분 새로 들어오셨습니다. 신영철 선생님입니다. 일본 동경에서 동양대학에서 공부하시고 오신 유명한 선생님이십니다. 한 번이라도 심부름을 더하게 될 터이니까 나는 좀 괴롭겠지만, 『어린이』와 『어린이』 독자들께는 잘된 일입니다.

● 그리고 방 선생님이 사진 기계를 새로 사 가지고 열심히 배우십니다. 배워 가지고 시골로 다니면서 독자들의 사진을 박히신다고요.

_『어린이』 1925년 2월호

● **대급행** 매우 급히 감.
● **사품** 어떤 동작이나 일이 진행되는 바람이나 겨를.
● **책사** 서점.

편집을 마치고

● 즐겁고 기쁜 마음으로 이제 기념호 편집을 마쳤습니다. 보시는 바와 같이 『어린이』를 사랑하시는 여러 유명한 어른에게서 돌잔치 선물로 좋은 글이 많이 온 고로 우리들의 글은 요다음 호에 넣기로 하고, 모두 들어온 선물로만 이 책을 짜기로 하였습니다.

● 그래 자연히 여러 가지가 골고루 모이지는 못한 것 같습니다마는 이렇게 사랑하시는 마음으로 보내 주신 좋은 선물로만 가뜩하게 깨끗하게 짜여진 것을 우리 스스로도 퍽 기뻐합니다.

● 2월호가 늦어도 몹시 늦게 된 것은 참말 어떻다 할 수 없이 미안합니다. 신년호 3판이 팔고도 모자라게 되어 2월호는 참말 굉장하게 되니까 인쇄소에서도 시간이 퍽 걸리고 힘이 들게 되었는데, 마침 인쇄소에 동맹파업이 있어서 일을 쉬고 하지 않는 고로 며칠 동안 어쩔 수 없이 늦게 되었었는데, 간신히 인쇄가 끝난 후에 10여 명의 사람이 들이덤비어 피봉●을 싼다 도장을 찍는다 하여, 밤을 새워 해서 구루마●에 실어서 철도국으로 가져간다, 우편국으로 가져간다 하노라고 분비었는데,●

● **피봉** 겉봉투. 편지나 잡지 따위를 싸서 봉하는 종이.
● **구루마** '수레'의 일본어.
● **분비다** '붐비다'의 사투리.

철도국으로 보낸 것은 잘 가고 우편으로 가져간 것은 부록에 호수가 안 씌었다 하여 도로 쫓겨 왔습니다.

● 그러니 어떻게 되겠습니까? 우편국에서 쫓겨 온 것만 거의 만 부나 되는데 그것을 일일이 도로 뜯고 속에 있는 부록 사진을 꺼내고, 한편으로 호수를 인쇄하여 가위로 오려 붙이노라니 10여 명 사람이 밤을 하얗게 새어서 다음 날 다시 보냈더니, 또 발행일자가 없다고 또 쫓겨 왔습니다.

그래 그것을 또 뜯고 다시 또 도장을 새겨서 찍어서 다시 봉해서 보냈으니, 그간에 여러 날 늦게 되어 우리는 안타까워 못 견딜 뻔하였습니다. 사정을 짐작해 주시기 바랍니다.

● 3월호는 일찍 될 것 같습니다. 그런 일이 있을수록 우리의 쓰라린 경험은 늘어 갑니다. 이담에는 그런 일이 없겠으니 안심하고 기다려 주십시오.

_『어린이』 1925년 3월호

편집실에서

퍽 미안한 일이 있습니다. 전번 2월호에 경성 남녀 고등보통학교 입학 안내를 깜빡 잊어버리고 넣지 못했습니다. 2월호는 특별히 말썽스러운 중에 인쇄하느라고 잊었던 것입니다. 용서하십시오.

3월호에는 이미 늦었으니까 안 넣습니다.

세계 일주 사진 화보는 온 조선에 호평이 대단합니다. 그런데 이번 3월호에는 지도 말판이 있는 고로 사진은 4월호에 납니다. 일본은 어떤 곳인지 하관(下關) 대판(大阪) 동경(東京) 아름다운 사진이 모두 4월호에 날 것이니 동무들께도 광고하여 같이 기다려 주십시오.

세계 일주 사진에 관하여는 지방에 계신 여러분에게서 감사한 편지가 많이 오는데 그중에는 사진이 너무 커서 반(半)에 꺾으니까 아깝고 모아 두기도 불편하다고 하시는 이가 많습니다. 그래 우리가 생각해 보아도 그럴 듯싶으니까 4월호부터는 조끄만 종이에 박혀서 꺾기지 않도록 하고 그 대신 사진 수효는 8개 이상 두 장씩 넣겠습니다.

그러면 2월호에 났던 경성서 부산까지의 사진은 어떻게 한데 모을 수가 있겠느냐고 염려하실 터이지만은 그것은 염려 마십시오. 세계 일주 사진이 모두 끝난 후에 경성서 부산까지의 사진은 다시 한번 박혀 드리겠습니다.

그러니 이것도 동무들에게 광고해 주셔서 2월호를 사지 못한 사람이라도 4월부터 잘 모아 두기 시작하게 해 주십시오.

『어린이』가 이렇게 놀랄 만한 일을 여러 가지로 계획하는 것은 『어린이』가 정말 굉장하게 많은 독자를 가지게 되어 그만큼 큰 힘이 생긴 까닭입니다. 이런 때 한 번 더 당신의 동무들 중에 『어린이』를 안 읽는 동무에게 잘 권고해 주셔서 『어린이』 동무가 지금보다 더 많아지면 더욱 훌륭한 일을 할 수 있게 됩니다.

여러분! 우리의 동무를 한 분이라도 더 늘리지 않겠습니까. 『어린이』와 조선 소년 소녀가 함께 더 잘되게 해 주시지 못하겠습니까.

_『어린이』 1925년 3월호

편집을 마치고

● 벌써 4월호를 편집해 놓았으니, 4월은 꽃 피는 달입니다. 이 호도 재미있게 하노라고는 하였습니다마는 채 못 넣고 다음 달에 넣기로 남겨 둔 것이 많았습니다. 보시고 잘잘못을 많이 말씀해 주십시오.

● 『어린이』 2주년 기념호는 참말 굉장한 기세로 팔리어 갔습니다. 이렇게 놀랍게 『어린이』의 기세가 뻗쳐 가는 것을 볼 때마다 우리는 우리의 키가 버쩍버쩍 자라나는 것같이 느껴집니다. 애독자 여러분 당신네와 뜻을 통하는 동무가 이렇게 많이 늘어 가는 것을 기뻐해 주십시오. 우리의 앞에는 희망이 뛰놉니다.

● 봄이 왔습니다. 따뜻한 봄이요, 얼음이 녹고 온갖 움츠렸던 것이 활개를 펴고, 죽었던 것이 다시 살아나는 부활, 재생의 철이 온 것입니다. 어린 동무 여러분, 정히• 기세를 뽐내고 마음을 키울 때가 온 것입니다. 이때에 많이 자람이 있으십시오.

● 나는 이 책의 편집을 마치고 다시 지방으로 갑니다. 몇 군데의 소년소녀대회에 참례하려고,• 나의 사랑하는 어린 동무들 만나 뵈오려고, 기쁘고 즐거운 마음으로 시골 동무들을 찾아갑니다. 만나서 많이 이야

• **정히** 진정으로 꼭.
• **참례하다** 예식, 제사, 전쟁 따위에 참여하다.

기해 주십시오.

● 말씀할 기회가 없으니 지금 여기에 간단히 말씀해 둡니다. 5월 1일! 벌써 아시겠지마는 연중에 제일 즐거운 날, '어린이날'이 가까워 옵니다. 각기 이 어린이날을 더할 수 없이 즐겁고 또 값있게 맞이하기 위하여 다 같이 준비하십시다.

● 소년회에서는 모두 4월부터 미리미리 준비하시기 바랍니다. 소년 문제 강연, 소년 연설, 소년의 운동, 소년 토론, 될 수 있으면 5월 1일부터 여러 날 계속하여서 해도 좋으니, 그 며칠 동안은 일군일촌● 사람이 모두 어린이날의 의의를 잘 알고 어린이, 어린이 하고 지내도록 해야 하는 것입니다.

● 소년회 없는 곳에서는 임시로라도 좋으니 소년들이 모여서 어린이날 축하회를 하여도 좋고 또 소년회 없는 곳에서는 개인으로라도 경성으로 선전 광고지를 청구하여 동리에 뿌려서 소년운동에 힘써 주시는 것이 좋은 일일 것 같습니다.

_方, 『어린이』 1925년 4월호

● **일군일촌** 방방곡곡. 한 고을과 한 마을.

편집을 마치고

● 퍽 뒤숭숭한 속에서 5월호가 간신히 편집되었습니다. 5월 1일의 '어린이날' 준비를 시작하랴, 또 한편으로 기자대회가 있어서 수선스럽고 하여 몹시 수선스런 속에서 짜여졌습니다.

● 그런데 일본 동경에 계신 색동회의 여러분이 특별한 어린이날의 선물로 여러 가지 원고를 보내 주셨는데 그것이 편집이 끝난 후에 도착하였습니다. 그래 보내 주신 뜻을 생각하여 편집된 것을 다시 헤치고 몇 가지를 뺀 후에 그 대신 동경에서 온 것을 몇 가지를 넣었습니다.

● 그래서 이래저래 이번 5월호는 다른 때보다 별다른 맛은 있으나, 내용이 골고루 되지 못한 흠이 없지 아니합니다.

● 그러나 어쨌든지 이번 어린이날 호가 색동회의 특별한 선물과 어린이 여러분의 보내 주신 것만으로 짜여진 것은 기쁜 일입니다.

● 색동회 마상규• 씨가 꾸며 보내 주신 '조선일주말판'은 흥미 많고 빛도 찬란하여 대단히 훌륭한 것이었는데, 『어린이』 부록으로 넣으라고 보내 주신 것이고 우리도 부록으로 넣으려 하였는데 시일 관계와 인쇄 관계상 넣지 못하게 된 것은 섭섭합니다. 잘 두었다가 요다음 기회에 넣

• **마상규** 아동문학가 마해송(1905~1966)의 본명.

어 드리겠습니다.

● 이것을 쓰고 앉았는데 유리창 밖에는 여자보통학교의 새파란 버들가지가 남실남실하고 멀리는 에덴동산의 살구꽃이 보입니다. 아주 투철히 좋은 철이 온 것입니다.

● 좋은 봄, 어린이날이 얼마 안 남았습니다. 편집실 밑에 방에서는 지금 각 단체의 관계자가 모여서 어린이날 준비를 바삐 하고 있습니다.

● 이제 이렇게 뛰노는 마음으로 편집한 이 책이 여러분의 손에 쥐어질 때는 여러분은 어린이날의 선전지와 기를 들고 거리에서 선전에 힘쓰고 계실 것입니다.

● 아아! 기쁨의 날, 어린이날! 이 세상 온갖 것이 새싹을 돋는 때, 얼만큼 여러분에게 귀여운 새 생명이 많이 씨 뿌리기를 빌고 있습니다.

_『어린이』 1925년 5월호

편집을 마치고

● 이번에는 참말 편집이 너무 늦게 되어서 미안스런 생각으로 몹시 마음이 괴롭습니다. 이 적은 잡지가 나기를 하로하로• 기다려 주시는 어린 동무들께 무어라고 미안한 말씀조차 드릴 길이 없습니다.

● 4월 20일부터 5월 1일까지에 어린이날 준비를 위하여 아무것도 없는 빈손으로 여러 가지를 주선하노라 낮에 밤을 잊고 밤에 낮을 대어 일하고, 기어코 5월 1일 밤에는 연단 위에서 말하다가 코피를 쏟아 수치를 당하고, 다시 뒤에 일을 치다꺼리하노라고 5월 10일까지 골몰하고 그리고 어린이날까지 쓴 돈이 부족하여 빚에 졸리다가 기어코 산보 한번 못하고 몸조섭•도 못 하고 그냥 뒤이어 편집을 시작한 꼴이, 하도 피곤한 끝이라 간신간신히 하여 인제야 편집해 놓은 꼴이 애쓴 만큼 그리 산뜻하게도 되지 못하였습니다.

● 그런 사정 저런 사정으로 이번 한 번뿐만은 용서하고 보아 주십시오. 간절히 바랍니다.

● 미안한 말씀을 길게 쓰지는 말기로 하고, 이번 어린이날 축하와 선전 운동은 대단히 규모가 크게 질서 있게 잘되어서 마음이 한없이 유쾌

• **하로하로** 하루하루. '하로'는 '하루'의 사투리.
• **몸조섭** 몸조리. 건강이 회복되도록 몸을 보살피고 병을 다스림.

하였습니다. 그런데 그날 상황을 여러분에게 자상하게 알려 드리려 하였으나 뜻과 같이 되지 못하고 종이도 좁아서 그 많은 이야기를 도저히 쓸 수 없이 되었습니다.

● 다만 그날 온 조선 10만여 명의 동무들이 한마음 한뜻으로 밤을 새워 선전에 노력한 일과 경성에서는 유치원 아기씨들과 맨발 벗은 빈한한 동무들까지도 다 참례하여● 기행렬●에 참가한 것이 특서할● 일이고.

● 동경에서 색동회 여러 어른의 주선으로 어린이날 축하가 가장 찬란하고 가장 감격 많은 중에 성대히 된 것이 더할 수 없이 기쁜 일이었고.

● 특별히 소년회가 없는 지방에는 선전을 부탁할 곳이 없어서 생각다 못하여 '어린이 애독자'에게 부탁하였더니, 개인 개인의 몸으로도 그날 일을 쉬고 훌륭히 힘써 선전해 주신 일은 우리 10만 독자와 같이 기뻐하고 같이 감사하고 싶은 일입니다.

_方, 『어린이』 1925년 6월호

● **참례하다** 예식, 제사, 전쟁 따위에 참여하다.
● **기행렬** 환영하거나 축하할 때에 많은 사람이 기를 들고 열을 지어 돌아다님. 또는 그런 대열.
● **특서하다** 특별히 두드러지게 적다.

편집실에서

● 다시없이 놀라운 '장마'로 인하여 경성은 물론 남쪽 조선의 여러 곳에 참담한 수해가 우리의 많은 생명을 해치고 또 위험한 일은 지금도 오히려 우리의 가슴을 떨리게 합니다.

● 그러한 일을 당하는 때마다 우리는, 그렇지 않아도 늘 내리눌리고 천대받고만 있는 어린 동무들의 세상을 염려하는 마음으로 가슴이 가득하여 일이 손에 잡히지 아니합니다. 다행히 천만다행히 수재지의 어린 동무 여러분의 신상에 별 탈이 없어지이다!고 바랄 뿐이었습니다.

● 참담 대참담! 큰 사람도 길에 나서기 어려운 폭우 중에 각지의 씩씩한 어린이들의 손으로 개천에는 다리를 놓고, 피난민에게는 밥을 드리고, 혹은 길거리에 나서서 위문품을 모으는 등 아름다운 심정과 의협의 마음을 있는껏 다하여 활동한 것은 한없이 한없이 기뻐할 일이었습니다. 이렇게 급한 때 아름다운 생각은 나타나는 것이요, 또 이렇게 비상한 때에 좋은 세련과 기민한 훈련을 얻어 가야 할 것입니다.

● 그리고 이 8월호를 읽으시는 여러분께 가장 미안한 말씀을 드릴 것은, 원래 이 8월호는 여름 특별호로 퍽 서늘한 이야기만 추리고 추려서 특별히 훌륭하게 편집할 계획이었는데 사실은 그렇게 못 된 것입니다.

● 경상도 울산 지방에 소년 문제를 강연하기 위하여 떠날 때는 한

이틀 만에 돌아올 요량이었는데, 떠나 놓고 보니 중간에 기찻길이 끊어지고 자동찻길이 막히고 하여 퍽 곤란한 길을 억지로 갔었고, 또 울산뿐 아니라 그 근처에서도 기왕 온 길이니 강연을 더 하고 가라고 붙잡으시는 한편에, 한강철교가 무너져서 기차가 다니지 못하는 고로 의외에 10여 일이나 강연하게 되어 퍽 늦게 돌아온 까닭입니다.

그래 허둥지둥 급하게 편집하였고, '독자 담화실'과 뽑힌 글도 이다음에나 넣기로 되었고 이 8월 호는 계획대로 되지 못한 것이니, 그렇게 미안 사정을 살펴 주시기 바랍니다.

_『어린이』 1925년 8월호

편집을 마치고

● 투철히 가을이 되었습니다. 아츰저녁•으로는 적이 치워지고• 산기슭과 나무 머리도 차차로 누르러• 갑니다.

하로•쯤은 시외로 놀러 가고 싶은 깨끗하고 따뜻한 날이 며칠째 계속하건마는 여러분이 이 책이 속히 나오기를 고대하시는 생각을 하면 이렇게 철필•을 달음질시키면서도 그래도 마음만 조급합니다.

● 보시는 바와 같이 이번 호는 '가을 호'로 특별나게 편집되었습니다. 낙엽 지고 벌레 우는 가을날 저녁에 저절로 쓸쓸스러워지는 여러분의 가슴에 위안을 드리는 재미있는 책이 되어지라고 재미있는 애화,• 미화•를 많이 모았습니다.

● 그러노라고 '이과• 교실' 같은 것은 이번에는 부득이 빼어지게 되었습니다. 어떻습니까? 가을에는 이렇게 하는 것이 재미있지 않습니

- **아츰저녁** 아침저녁. '아츰'은 '아침'의 사투리.
- **칩다** '춥다'의 사투리.
- **누르다** 황금이나 놋쇠의 빛깔과 같이 조금 밝고 탁하다.
- **하로** '하루'의 사투리.
- **철필** 펜.
- **애화** 슬픈 이야기.
- **미화** 아름다운 이야기.
- **이과** 자연계의 원리나 현상을 연구하는 학문.

까?

● 호평 대호평 중에 계속되던 「동생을 찾으러」는 이번에 아주 시원히 끝이 났습니다. 꼭 열 달 동안 창호와 순희에게 많은 동정과 성원을 하여 주신 여러분 독자께 나로서 감사를 드립니다. 그 대신 요다음에는 더욱더욱 재미있는 것을 내어드리도록 하겠습니다.

● 요다음 호부터는 부록 신문을 따로 발행하여 다달이 한 장씩 책에 껴서 드리기로 되었습니다. 내용이 어떻게 신기하고 재미있고 산뜻할는지 그것은 나는 날까지 비밀이니까 미리 말씀 못 하거니와, 어쨌든지 이것 한 장이면 각 지방의 소년회 소식과 소년운동 상황이 눈으로 보는 듯이 알게 되고, 그 외의 신기한 기사가 가뜩가뜩 날 것이니 소년회 사무실에는 물론이고 각각 집집에 잘 모아 두면 두고두고 참고될 것입니다. 그리하여 미리 이번 호에는 그 신문을 한데 꿰어 맬 껍질(표지)을 한 장씩 드리기로 하였으니, 그것을 잘 두었다가 요다음 달부터 나는 신문을 다달이 거기 꿰어 두십시오.

● '땡땡 신문'도 그 속에 나고, 「어린이 라디오」도 그 속에 날 터이니까 이번에 넣지 않았습니다. 지방 여러분이 아무쪼록 사진과 기사를 많이 보내 주시기를 바랍니다…….

_方, 『어린이』 1925년 10월호

새해 편집을 마치고

● 여러분, 10만 명 독자 여러분! 모두 과세•나 잘들 하셨습니까? 근하신년, 공하신년 이까짓 말쯤으로는 우리의 이 기꺼운 새해 인사도 되지 못합니다. 아아, 기꺼운 새해 우리들 어린이의 새로운 생명과 기운이 또 한 번 새롭게 뻗어 가고 커 가는 것을 생각할 때에, 우리는 우리의 터지는 듯한 가슴속의 기쁨을 무어라고 형용할• 말씀이 없습니다.

● 바라건대 새로운 이해 1년이 우리 수많은 조선 소년들에게 참말로 진정으로 더 새로운 생명과 원기를 주는 복된 해여서, 여러분의 한 몸 한 몸이 가장 충실한 발육을 하는 동시에 우리 조선 소년 전체가 가장 건전하게 커 가고 속 차게 되기를 바랄 뿐입니다.

● 이 기쁜 새해에 『어린이』 잡지도 더 좀 새롭고 더 훌륭하게 커 갈 수 있게 된 기쁨을 여러분께 보고하겠습니다. 그것은 『어린이』를 발행하는 개벽사에 새로이 새로운 사원이 네 분이나 더 오시게 된 것입니다. 그만큼 개벽사의 일이 커진 것을 증명하는 것이요, 또 앞으로 그만큼 새로운 발견이 있을 것을 믿고 계시라 하여도 좋을 만치 살림이 는 것입니다.

● 이번 신년호에는 보시는 바와 같이 동경에 계신 '색동회원' 여러

• **과세** 설을 쇰.
• **형용하다** 말이나 글, 몸짓 따위로 사물이나 사람의 모양을 나타내다.

분과 경성에 계신 색동회 여러분의 글이 모조리 모여 있습니다. 색동회 여러분이 특별한 새해 선물로 바쁘신 중에도 힘써 보내 주신 것을 감사합니다.

이 외에 따로 신영철 씨, 유지영● 씨와 연성흠● 씨의 귀한 원고를 싣지 못하게 되어 미안하기 그지없습니다.

● 이번 신년호에는 여러 가지 재미있는 계획이 많았었건마는 실제에 시작해 보니 페이지가 적어서 못 하고 만 것이 많습니다. 그 대신 이번 부록 말판이야말로 굉장히 재미있는 것입니다. 아무쪼록 설명을 자세 보시고 말판 뒤에 백지를 한 겹 발라서 오래 쓰시도록 하십시오.

자아, 그러면 즐거운 새해 긴긴 밤에 재미있게 노십시오.

_『어린이』 1926년 1월호

● **유지영**(1896~1947) 아동문학가, 언론인.
● **연성흠**(1902~1945) 아동문학가, 아동문화운동가.

편집을 마치고

● 이 기념호는 날짜도 촉박하였거니와 『개벽』 일로 몹시 뒤숭숭한 중에 억지로 억지로 편집하게 되어 마음에 미흡한 점이 많습니다.

● 그러나 이번에는 특별히 각처 여선생님들이 보내 주신 특별 선물이 많아서 재미있게 꾸며졌습니다. 읽으시고 많이 말씀해 주십시오.

● 이번 특별 부록은 참말로 돈도 많이 들었고 정성 들여 만든 것입니다. 이것을 인쇄할 때에 석판 인쇄소 '보진재'에서 특별 기부를 해 준 것을 독자 여러분과 같이 감사하고 싶습니다.

● 이번에는 여러분의 동요와 작문이 빠졌습니다. 요다음다음 5월호에는 여러분의 글만 가뜩 실을 터이니까, 그리 알고 기다려 주십시오.

● 이번 개벽 사건●으로 요란한 까닭에 넣으려다 못 넣은 것, 새로 하려다 못 한 일은 모두 다음 4월호에 날 것이오니 몹시 재미있을 4월호를 기다리십시오. 벼르고 벼르던 것이 모두 4월호에 납니다.

_『어린이』 1926년 3월호

● **개벽 사건** 1925년 8월 잡지 『개벽』이 정간당한 사건. 그 뒤 호마다 지속적으로 압수당했다.

편집을 마치고

● 4월호! 여러 가지 새로운 맵시를 차릴 셈 잡고 이제 편집이 끝났습니다. 새봄 새 학기를 맞는 여러분께 새로운 반김을 얻게 하노라고는 하였습니다마는 여러분의 마음에는 어떨는지요? 보시고 의견을 많이 말씀해 주십시오.

● 처음 몇 페이지뿐 아니라 온통 종이를 좋게 하고 싶은 생각은 전부터 먹어 온 지 오래건마는 원래 나가는 부수가 많으니까 돈이 엄청나게 많이 들게 됩니다. 우선 이번처럼 첫머리 10여 페이지만 이렇게 하기에도 상당히 많은 돈을 더 쓰게 된 것을 살펴 주셔야겠습니다. 지금도 다달이 굉장하게 발전되는 터인 즉 불원[•]에 더 잘할 수 있게 될 것을 믿고, 속히 그렇게 되도록 여러분이 동무를 많이 늘려 주시기를 바랍니다. 한 분이 단 한두 분씩 새 동무를 늘여 주시면 굉장한 수효가 될 것입니다.

● 4월호 이번에 사진소설과 탐정소설이 나기 시작하였습니다. 한동안 계속될 것이니 아무라도 이번부터 보기 시작하여야 재미있습니다. 새로운 동무도 이때에 권고하기 쉬웁고 또 이때를 타서 많이 하여야 좋을 것 같습니다.

● **불원** 시일이 오래지 않음.

● 3월호는 참말로 참말로 굉장한 호평이었습니다. 어찌 굉장히 팔리는지 시골·서울의 책사[●]는 물론이요, 인쇄소에서까지 깜짝깜짝 놀래었습니다. 이 기세로 나아가면 참말로 『어린이』의 천하가 될 날이 멀지 않을 것 같습니다. 사랑하는 독자 여러분, 우리들의 『어린이』가 이렇게 커 가는 것을 같이 기뻐하십시다.

● 3월호 「불쌍한 동무」의 최은희(崔恩喜) 씨는 최은희(崔銀嬉) 씨라 할 것이 인쇄할 때 잘못된 것입니다. 그렇게 알아주십시오.

● 봄, 봄이 되었으니 여러분과 함께 즐겨할 모임을 열었으면 좋겠습니다만 '어린이날'도 다가오고 전람회 준비도 있고 하여 꼼짝 못 하고 있으니 답답합니다.

● 5월호는 '어린이날' 기념 특별호로 또 굉장 찬란하게 편집되오니 지금부터 기다려 주십시오.

_『어린이』 1926년 4월호

● 책사 서점.

편집을 마치고

● 이번 5월호는 '어린이날 기념호'인 고로 다른 때보다 특별히 굉장한 차림을 할 요량이었건만, 어린이날 준비하는 때 이 책도 편집하게 된 고로 몹시 바쁘고 어수선한 중에 편집되어 처음 계획과는 몹시 달라졌습니다.

● 우선 이 호는 '어린이 작품호'로 하려던 것이 작품 선택에 굉장히 많은 시일이 걸리는 고로 부득이 작품호로 못 하게 되었습니다.

● 그 대신 처음에는 생각도 안 하던 것이 많이 실리게 되어 도리어 더 재미있게 되었다고 우리는 믿고 있습니다. 여러분께는 어떠하시는지요?

● 이번에 넣는다던 사진소설도 어쩔 수 없이 또 6월호로 밀리게 되었습니다. 이 바쁜 중에 사진이 마음대로 준비되지 못해서……. 그렇다고 5월호를 또 늦게 발행할 수는 없고 하여……. 이것도 부득이 다음 달로 밀리게 되었습니다. 한 달만 더 참고 기다려 주시기를 바랍니다.

● 어쨌든지 이번 5월호는 몹시 바쁘게 조용치 아니한 속에서 다른 때보다 속히 편집된 것만을 짐작해 주시기 바랍니다. 5월 달 일을 마치어 놓고 그리고 천천히 여러 가지 새로운 좋은 계획을 내어서 6월호를 굉장히 훌륭하게 하려 합니다. 사실 5월 달에는 너무도 일이 많고 너무

도 바쁘니까요. 생각을 더 한 사이도 없습니다.

● 이 책이 여러분의 손에 펴지게 될 날은 5월 1일! 우리의 마음이 다 같이 뛰놀 '어린이날'입니다. 우리는 이 책이 그날 여러분 품에 안김으로써 그날의 기쁨이 조금이라도 여러분께 더하여지기를 바라고 있습니다.

● 여러분 다 같이 재주껏 마음껏 금년의 어린이날을 즐겁게 기쁘게 지내십시다. 그리고 될 수만 있으면 자기 지방의 소년회에 뛰어들거나, 또 맞들어서 선전에 힘을 바치십시다. 그리하여 이 '어린이날'이 완전히 명절이 될 때까지…….

● 우리 '어린이사'에서는 경성에서 일어나는 어린이날 기념과 선전 상황을 일일이 사진으로 박혀 기념 화보를 만들어, 6월호에 넣어 드릴 것을 말씀해 둡니다.

_『어린이』 1926년 5월호

편집을 마치고

● 한동안 난리를 치른 듯한 집에 다시 자리와 마음을 정돈하고 앉아서 간신히 편집한 것이 이 7월호입니다.

● 보시면 아시려니와 이번 이 7월호는 하도 뒤숭숭한 판이라 별로 새로운 기사를 넣지 못하였습니다. 그러나 뒤미처 곧 8월호가 굉장스럽게 하기 특별호로 편집되어 나옵니다. 7월호는 발행된 것만 기뻐해 주십시오.

● 그래도 길동무 씨의 「소년 탐험군」 이야기, 은진미륵, 동화극 같은 것은 다 훌륭한 기사요, 「20년 전 학교 이야기」는 점점 더 재미있어졌습니다. 읽어 보십시오.

● 대호평 대굉장 「칠칠단의 비밀」은 부득이 이달 한 번 쉬고 8월호에 「천일야화」와 함께 재미있게 납니다. 8월호라야 이 책보다 한 열흘 후에 곧 나올 것이니까 그리 오래 기다리게도 안 됩니다.

● 8월호에는 가지가지로 여름철의 취미 있는 것만 가뜩가뜩 모아 내고, 7월호에 넣으려다가 못 넣은 우스운 이야기 다섯 편을 나란히 늘어놓게 되고, 방학 동안에 할 일, 방학 동안에 할 수 있는 유희와 연극, 방학 동안의 위생 이런 것을 넣을 터인데 벌써 반이나 더 모였으니까 8월호는 속히 나올 것입니다.

● 또 한 가지 8월 달에 '현상 문제'가 참말 깜짝 놀라게 굉장한 현상 문제가 발표됩니다. 무얼까 기다려 봅시오.

● 이번에 문제를 낸 '현상 토론'은 퍽 재미도 있고 유익도 한 것입니다. 많이많이 써 보내시되 자꾸 간단하게 똑똑하게 써 보내도록 힘쓰십시오.

● 작년 같으면 장마가 굉장하던 때입니다. 독자 여러분 건강하셔서 8월 달에 즐겁게 만나게 되기를 빕니다.

_『어린이』 1926년 7월호

편집을 마치고

● 지리한 장마, 심한 더위에 여러분 평안히 잘 지내셨습니까? 인사의 말로만이 아니라 우리 독자, 우리 동무들 중에 이 여름에 뜻 아니 한 불행을 닥뜨린 이가 있으면 어쩌나 하여 궁금하고 걱정하는 마음이 그윽합니다.

● 여러분 우리 사•에서 발행하는 큰 잡지 『개벽』이 죽고 말았습니다. 7년 동안 고생고생 싸워 왔었건마는 별안간에 '발행금지'를 당하여 영원히 죽어 버리고 말았습니다.

● 어째야 좋을지……. 여기에 더 쓸 말이 없습니다. 『개벽』이 죽은 후 개벽사 안은 정말정말 사람 죽은 초상집같이 되어 여러 날 동안 소란스럽게 지내었습니다. 그 통에 꼭 12일에 발행한다던 『어린이』가 이렇게 몹시 늦어졌습니다.

● 『어린이』가 늦어지는 것을 생각할 때에는 실로 어떻다 할 수 없이 마음이 괴롭지마는, 그렇다고 '바쁜 때는 바쁜 대로'라고 함부로 할 수도 없고 쩔쩔매기만 하면서 이때까지 늦어져 왔습니다.

● 요전번 7월호에 「10만 명 독자께」라는 글을 다섯 페이지 써서 그

• 사 회사. 여기서는 '개벽사'를 가리킨다.

동안에 지난 이야기 여러분이 궁금해하시는 소식을 써서 넣었더니 고만 허가되지 못하고 빼어 버리라는 명령을 받아서 부득이 거의 인쇄하였던 것을 다 빼어 버렸습니다.

● 우리가 진정으로 우리 속에 생각하는 일, 여러분께 하고 싶은 말을 쓰려도 쓰지 못하게 되는 일이 많습니다.

● 그래서 이번에 넣으려던 「10만 독자 대동원」이라는 글을 넣지 못하고 도로 빼어 버렸습니다. 쓰려도 또 어떤 뜻밖의 명령이 생길는지 몰라서 주저하여 뺀 것입니다.

● 이번 호가 이렇게 늦어진 까닭으로 9월호를 빼고 10월호를 9월 그믐께 발행하기로 하였고 이번에 '독자 담화실' 작문도 모두 10월호에 넣고, 토론 모집한 것도 10월호에 넣기로 되었습니다.

● 이때까지 영업국에서 일을 보던 이정호 씨가 편집실로 옮겨 와서 편집에 손을 늘였으니까, 인제부터는 전보다 갑절의 힘을 쓸 수 있게 되었습니다. 기뻐해 주십시오.

_『어린이』 1926년 8·9월 합호

편집을 마치고

● 가을, 기운 맑은 가을 정히• 좋은 철이 왔습니다. 1년 중에 제일 기운 맑은 철이 우리의 방에도 몸에도 찾아왔습니다.

● 일 없으면 공연히라도 나아가 거닐고 싶은 철이건마는 나는 불행히 병이 들어서 방에 누워서 9월 한 달을 보냈습니다.

● 10여 년 두고 별로 누워서 앓은 적이 없는 몸이 웬일인지 한 병이 나으면 또 딴 병에 걸리고 하여, 기어코 한 달을 내처 앓으면서 억지로 억지로 10월호를 편집하였습니다. 10월호가 재미있을지 없을지……. 나로도 얼떨떨하여 아무 짐작이 나서지 아니합니다.

● 툭하면 제일 먼저 아프고 제일 몹시 아픈 것이 머리입니다. 의사는 진찰을 하더니 한 3, 4개월 한가히 정양•을 하라고 합니다. 나도 좀 쉬고 싶습니다. 그러나 어떻게 쉴 수 있겠습니까. 아무리 아무리 꾀를 내어 보아도 쉴 수 있게 될 도리가 터득되지 않습니다.

● 토론은 참말 대성황입니다. 생기가 발발하여• 자못 없던 기운이 일어나는 듯한 것이 우선 기껍습니다. 우선 이대로 한동안 꾸준히 나아

• **정히** 진정으로 꼭.
• **정양** 몸과 마음을 안정하여 휴양함.
• **발발하다** 기운이나 기세가 끓어오를 듯이 성하다.

가십시다. 대단히 유익한 일이니까요.

● 이 일을 더욱 흥미 있게 하기 위하여 상품 주는 것은 여러분 독자의 투표에 따라서 주기로 하였습니다. 11페이지의 광고 자세 보시고, 바다 편 산 편 중에 어느 편이 말을 잘하였는가 각각 당신이 공평한 심판관이 되어서 좌우편 말을 자세 읽어 보고, 어느 편이 말을 잘했다고 그리로 투표해 주십시오. 당신께도 유익한 일입니다.

● '산술 문제'나 '자습실'은 내년 봄에 고등보통학교에 입학할 이에게 좋은 공부가 될 것입니다. 다른 이도 모두 한번씩 풀어 보십시오.

● 이번 호에 소개한 바와 같이 우리 『어린이』 독자 중에서 그럴듯한 천재 소년 두 분을 내이게 된 일은 한이 없이 기껍습니다. 어쩔 줄 모르게 기껍습니다. 우리 독자 중에서 앞으로 더 많이 그러한 천재가 나올 것을 나는 믿습니다.

_『어린이』 1926년 10월호

편집을 마치고

● 가을, 가을, 가을도 벌써 이울어• 가건마는 금년에는 들 밖에도 나가 보지 못하고 이렇게 개벽사 어린이부의 복잡스런 책상에만 우리는 매달려 있습니다. 가을과 사귀지 못한 설움, 가을과 작별도 못 하는 설움, 내 가슴에는 이 쓸쓸스런 설움이 그윽합니다.

● 개벽사 앞마당에도 가을볕이 쓸쓸합니다. 한옆에서는 테니스공 소리가 중학생들 손끝에서 퐁퐁 나건마는 그래도 버드나무 잎, 은행잎 떨어져 나부끼는 것이 퍽도 쓸쓸스럽습니다.

● 바람이 불 때마다 나뭇잎이 우수수 날마다 떨어지고도 그래도 나뭇잎이 오늘도 떨어지고 있습니다.

● 날마다 저녁때 가까운 때가 되면 동리의 어린 사람들과 보통학교의 귀여운 학생들이 두 사람씩 세 사람씩 들어와서는 나무 밑에서 놀고 있습니다. 무엇을 하는가 하고 유리창에서 내어다보면 그들은 떨어져 나부끼는 은행나무 잎을 줍습니다. 가을 추(秋) 자보다도 더 가을을 말하는 그 노란 은행잎을 귀여운 어린이들은 입으로 헤어• 가면서 고이고이 주워 모으고 있습니다. "가을을 줍는다!!" "가을을 줍는다!!" 이렇

● 이울다 점점 쇠약해지다.
● 헤다 '세다'의 사투리.

게 입 속으로 중얼거릴 때 그들 어린이들이 더할 수 없이 귀엽고 그들의 마음이 더할 수 없이 어여쁘게 생각됩니다. 그리고는 부러운 생각까지 일어나는 것을 느낍니다.

아아 가을을 줍는 어린이! 우리는 좋은 훌륭한 유명한 그림 구경을 하듯이 얼마든지 넋을 잃고 내다보고 있습니다.

● 이제는 책 이야기를 하지요. 이번에는 동화호라 한다 하여 남의 바쁘신 것도 상관 않고 졸라서 퍽 많이 얻어 실게 되었습니다. 바쁘신 중에 또 짧은 시간에 특별히 써 보내 주신 여러분께 독자 동무와 함께 감사를 드립니다.

● 그리고 이번 호는 내가 병 뒤의 한양● 차로 지방에 간 사이 이정호 씨의 힘으로 많이 된 것을 감사히 생각하고 있습니다. 끝으로 이번 호가 뜻밖에 좀 늦어진 것을 사죄하고, 12월호와 신년호가 어떻게 볼만하고 굉장할 것을 미리 자랑하고 싶습니다.

_『어린이』 1926년 11월호

● **한양** 한가로이 몸과 마음을 안정하여 휴양함.

독자 여러분께

● 이번에는 음력 정월이 또 와서 여러분 중에는 양력 과세[●]보다 음력 과세하는 이가 더 많겠으니, 이 책을 읽으실 때에는 세배 다니기에 바쁜 때겠습니다. 그래서 우리 『어린이』에도 '자습실' 같은 것은 빼고 즐겁고 재미있는 것만 많이 넣었습니다.

● 신기한 요술, 정월 연극, 생일 알아내는 법 같은 것은 모두 여러분이 정월에 즐겁게 모여 노실 때에 재미있게 실연할 수 있는 것들입니다. 그리고 부록 말판은 특별히 힘들여 만든 것이니만큼 이때까지 가지고 놀던 말판 중에 가장 재미있는 것입니다. 놀아 보십시오. 어떤가.

● 그러나 아무리 정월이라고 그렇게 놀기만 하여서도 학년 시험 볼 때도 가까웠는데 너무 지나치겠으니까, 특별히 '산술 문제' '어린이 독본' 같은 것을 힘들여 골라 넣었습니다.

● 이번부터 낼 약속이던 색동회 여러분의 연작소설은 부득이 오는 3월부터 내게 되었습니다. 마 선생님[●]이 너무 바쁘셔서 제1회 치를 아직 안 보내 주신 까닭인데, 일본에서 우편으로 보내시는 것이니까 지금은 바다를 건너오는 중인지도 모르겠어서 우리도 안타깝습니다.

● **과세** 설을 쇰.
● **마 선생님** 아동문학가 마해송(1905~1966).

● 요다음은 3월! 『어린이』 네 번째의 생일 달인 고로 굉장한 준비를 하는 중인데 연작소설도 3월호에 나오겠으니까 더욱 굉장할 것입니다.

● 신년호, 이번 신년호야말로 참말 어찌 굉장히 팔리는지 혼이 났습니다. 그러지 않아도 12월호가 책이 모자라서 팔지 못한 고로 신년호는 미리부터 많이 박였는데, 그것이 18일까지에 다 팔리고 없어지고 그래도 시골서 책 보내라고 주문이 자꾸 오는 고로 혼이 났습니다. 어찌 많이 주문이 오는지 곧 재판을 다시 박아 내려고 인쇄소로 뛰어갔으나, 부록 말판하고 껍질 사진이 속히 박일 수 없다 하는 고로 재판도 못 하였습니다.

● 기뻐하십시오. 이렇게 다달이 점점 더 굉장하여지는데, 3월은 창간 기념인 고로 지금부터 또 굉장한 편집을 하고 있습니다. 얼마나 또 굉장할는지 3월 1일을 기다리십시오.

_『어린이』 1927년 2월호

편집실에서

우리 십만의 독자 여러분! 나는 여러분의 앞에 무어라고 인사를 하여야 좋을지 모르겠습니다. 더구나 그동안 나의 일을 소문으로라도 듣고 궁금해하고 염려해 주신 여러분에게 무어라고 미안한 인사를 드릴 길이 없습니다.

잡지에 글을 쓴 것이 말썽이 되어서 잡히고 갇히는 몸이 되어 고생하는 날이 꼭 30일 동안,• 전혀 바깥일을 모르고 지내었습니다.

그동안 신체가 괴롭거나 달리 고생한 일은 없었고 다만 바깥일을 생각하고 염려하노라고 마음이 괴로웠던 것은, 이루 붓으로 기록할 수가 없습니다.

내가 이러고 있노라고 『어린이』가 발행이 못 되거나 몹시 늦어지거나 하면 그 노릇을 어찌하며, 5월 1일 어린이날 일이 기세가 꺾이면 어찌하나……. 오직 그 두 가지 일 때문에 마음이 몹시도 괴로웠고, 밤에도 잠이 편안하지 못하였습니다. 아아, 참말 10만 독자의 기대와 나의 소중한 책임을 생각할 때에 내 가슴은 불에 타는 듯이 아팠습니다.

그러나 불행한 중에서도 어린이날 일에는 소년운동협회의 여러분 동

• 『별건곤』 1927년 2월호에 발표했던 「은파리」로 인해 '백상규, 김명순의 명예훼손 고소 사건'에 휘말려 4월에 차상찬과 함께 구금되었던 일을 가리킨다.

무가 있고, 『어린이』에는 나의 가장 믿는 이정호 씨와 색동회의 여러분이 계시니까 내가 없어도 잘들 보아 주려니 생각할 때에 얼마나 기껍고 다행하였는지 모릅니다. 그 두 가지 믿음으로 나의 괴로운 마음은 적이 적이 구원되었습니다.

그동안에 보고 또 당하고 느낀 일 중에는 참말 눈물겨운 일이 많았습니다. 그러나 그러한 이야기는 지금은 여기에 쓸 재주가 없으니 이다음에 이다음에 하지요. 이다음에 반드시 쓰겠습니다.

『어린이』 이달 치 한 책은 피곤하고 약해진 몸으로, 더구나 아직 가다듬어지지 않은 정신으로 억지로 편집하였습니다. 모든 것은 다음 7월호를 기다려 주십시오. 조금 몸을 쉬어서 머리를 가다듬어 가지고 새로운 편집을 해 보여 드리겠습니다.

_方, 『어린이』 1927년 5·6월 합호

편집실에서

● 벌써 가을입니다. 한울•도 시원스럽게 높아졌지만, 버레•의 우는 소리도 적이 깊어졌지마는, 그보다도 더 유리창을 열어 놓고 앉았기가 선선하게까지 아주 투철히 가을이 되었습니다.

● 가을은 좋은 철! 여름으로부터 가을로 넘어가는 고 사뜻한• 새 철이 오기를 얼마나 오래 두고 기다렸었는지 모르건마는……. 그때가 오기만 하면 가 보고 싶은 곳에 다 가 보고, 해 보고 싶던 일 신나게 해 보고, 놀고 싶은 날 유쾌하게 놀아도 보리라 하건마는……. 정작 그 좋은 철이 온 때에 나는 불행히 병석에 누워서 들창• 너머로만 높아 가는 한울을 보면서 괴롭게 지냈습니다.

● 수십 년 잔병을 모르고 지냈다고 자랑하던 몸이 몹시 피곤해진 모양 같습니다. 한 1주일 동안 지독히 더운 때에 인쇄소에 다니노라고 피곤한 위에 더 피곤하기도 하였지마는, 자연히 찬 음식을 먹게 되어 위장을 상한 모양이어서 즉시 주사도 맞고 약도 여러 가지로 손을 가려 써

● **한울** 천도교에서 '하늘'을 달리 이르는 말.
● **버레** '벌레'의 사투리.
● **사뜻하다** 깨끗하고 말쑥하다.
● **들창** 들어서 여는 창. 벽의 위쪽에 조그맣게 만든 창.

보았으나 이내 효과를 보지 못하고 두 주일이 되도록 누워서 앓게 되었습니다.

● 내나 남이나 2, 3일 앓으면 낫겠지 낫겠지 하면서 2주일이나 앓느라고 『어린이』가 늦어지게 된 것은 몸 아픈 괴로움보다도 더 아픈 괴로움이었습니다.

● 그래서 기다리다 기다리다 못하여 이번 호도 이정호 씨가 많이 애써서 편집하게 되었습니다. 약속과 틀려서 늦기는 늦어졌으나, 이렇게라도 이 씨의 애쓴 힘으로 재미있게 꾸며진 것을 다행히 알아주실밖에 없습니다.

● 모든 것을 이때에 독자 여러분께 사죄합니다. 지금은 앓고 있지마는 앓기 전에는 『별건곤』 잡지 편집에도 관계하게 되어 『어린이』에 쏟은 힘을 나누어 써 온 것이 사실이었습니다. 그러나 이달부터는 다른 것을 관계하지 않고 『어린이』에 전력할 일을 약속하고 일어나는 대로 11월호 편집을 내 손으로 하되, 널리 광고한 바와 같이 편집 방식을 혁신하여 한층의 새로운 길을 열어 보기로 하겠습니다. 11월호 혁신호를 기다려 보아 주십시오.

_『어린이』 1927년 10월호

편집을 마치고

● 개벽사 안의 여러 가지 일을 정리하고 여러 가지 새로운 일을 준비하느라고 『어린이』를 너무 오래 기다리시게 한 것은 대단히 미안합니다.

● 이번 『어린이』부터 내용을 변하기로 하여 전과 달라진 것이 많이 있습니다. 그러나 이달에 검사를 맞을 때에 삭제를 많이 당하여 내지 못한 것이 많이 있어서 뜻대로 못 된 것이 많습니다.

● 모양보다도 더 글의 내용에 달라진 것이 있으니 그것은 읽어 보시면 차차 아실 것이겠고, 특별히 실제에 유익한 글을 많이 넣느라고 힘써 보았는데 보통으로 흔히 보는 학과 기사 같지마는 어렵고 빽빽한 내용을 가장 재미있게 소개하노라고 특별히 고심해 본 것입니다.

● 어른들이 읽어 보고 "그것은 유익하겠다."만으로는 하는 것은 소용이 없습니다. 아무리 좋은 글이요 유익한 말이라도 어린 사람의 머리에 재미있게 들어가지 않는 것이면 헛일인 것을 잊어서는 안 될 것입니다. 아직 마음먹은 대로 다 잘된 것만 꼭 모을 수는 없었습니다. 그러나 이렇게 정말 '재미있으면서 유익한 잡지'를 만들기에 힘써 나가면 한 달 한 달 더 새로워지고 더 좋아질 것을 믿습니다.

● 돈이 없어서 못 보게 되는 동무들을 생각하고 책값을 5전 내려서 10전으로 하였습니다. 책을 줄이지 말고 돈만 내리려고 애썼으나 부득

이 사진 부록 한 가지만은 당분간 쉬기로 하였습니다.

● 이때에 내용은 전 그대로이면서 책값이 싸진 기회에 여러분의 동무에게 권고하여 독자를 늘려 주시면 책값을 안 올리고 곧 사진 부록도 다시 할 수 있게 되겠습니다. 다 각각 자기 일로 아시고 이 책을 받는 날 곧 동리 동무에게 이 책을 광고하시고 권고해 주시기 바랍니다. 단 한 사람이라도 좋습니다.

● 신년호를 굉장히 만들기에 몹시 바빠서 이만 그칩니다. 신년호에 더 새로운 계획이 나올 것을 기다려 주시고, 자아 당신의 동무에게 권고를 시작해 주십시오.

_『어린이』 1927년 12월호

새해호를 마치고

● 새해! 새해입니다! 모든 잘못과 괴로움과 슬픔과 작별을 하고, 오직 새로운 희망을 가지면서 새 걸음을 걸어가는 새해입니다. 아아, 거룩한 새해가 우리를 찾아왔습니다.

● 한울●도 희망에 가득 찼습니다. 닭 소리에도 희망이 가득 찼습니다. 눈 위에 빛나는 햇볕도 희망이 가득합니다.

● 이 새로운 세상에 호흡하는 우리들의 가슴에 어쩐들 희망이 없을 수 있겠습니까. 한 살 더 커지고 한 살 더 내 세상이 가깝게 다가왔다 할 때에 우리는, 우리의 몸에 가득하고도 넘치는 새로운 기운에 스스로 주먹이 떨리는 것을 느낍니다.

● 이 기운! 이 새로운 씩씩한 기운으로 우리는 올해 1년을 걸어 나가야겠습니다. 이 거룩하고 놀라운 기운이 만, 또 10만, 100만인 것을 생각할 때에 우리의 기운은 더욱더욱 커지는 것을 느낍니다.

기쁘지 아니합니까? 당신은 이 기운을 간직해 가지지 못하였습니까? 결코결코 그렇지 아니할 것을 우리는 믿습니다.

● 『어린이』 12월호, 참말로 놀랍게 팔려서 단 8일 동안에 한 권도 안

● **한울** 천도교에서 '하늘'을 달리 이르는 말.

남고 다 팔려서 돈 받고도 보내 드리지 못한 곳이 너무도 많아서 미안하였습니다. 『어린이』가 이렇게 놀랍게 기세가 커 가는 것이 어찌 우리들만의 기쁨뿐이겠습니까?

● 신년호에는 「오인(五人) 동무」를 싣지 못하고 다음 호에 내입니다. 그러고 이정호 씨의 「귀여운 희생」과 최규선 씨의 「소용사(少勇士)의 특명」은 삭제올시다.

_『어린이』 1928년 1월호

편집실에서

● 어린이날이 가까와 옵니다. 여러 가지 풍파로 말썽 중에 하로하로[●]를 맞이하면서 그래도 기쁨과 감격에 가슴이 뛰놉니다. 어린이날, 어린이날! 아아 생명이 춤추면서 뛰노는 거룩한 명절을 다 같이 건강한 몸으로 즐거이 맞으십시다.

● 『어린이』 편집이 끝나는 오늘 지금 이것을 쓰고 앉았는 들창[●] 밖에는 비단결같이 부드럽고 고운 봄비가 옛날이야기 하듯 부실부실 내리고 있습니다. 이 보드라운 비에 나무란 나무의 잎사귀가 한층 더 새파래질 것입니다. 그 새뜨로운[●] 파란빛. 나는 그것이 꽃보다도 더 좋습니다. 어린이날의 기쁨은 거기에도 있는 것입니다.

● 어린이날이 5월 6일[●]이니 5월 5일 밤에 우리들은 마루 끝 처마 끝에 색등에 불을 켜 달고 어린이날을 맞이하십시다. 그 등불 하나로 온 집 안 구석구석이 어린이날 명절이 스며드는 것입니다. 그리고 그 등 밑에 집안 식구 중의 어린 사람 이름을 일일이 딴 종이에 써서 매달아 두

● **하로하로** 하루하루. '하로'는 '하루'의 사투리.
● **들창** 들어서 여는 창. 벽의 위쪽에 조그맣게 만든 창.
● **새뜻하다** 새롭고 산뜻하다.
● 1927년 10월, 어린이날이 5월 1일에서 1927년에 5월 첫번째 일요일로 변경되었다. 1946년 첫 일요일이 5월 5일이라 이때부터 어린이날은 5월 5일로 정해졌다.

십시오. 그들의 생명을 축복하는 의미입니다.

● 어린이날 기념호 『어린이』에는 퍽 좋은 기사가 많이 모였는데 페이지가 넘쳐서 요다음으로 미룬 것이 많습니다. 『어린이』 페이지가 지금의 갑절쯤 될 수 있으면 좋겠습니다.

● 여러분에게 기쁜 소식을 전해 드릴 것이 많이 있는데 그것은 『어린이』가 점점 더 잘되게 되는 일! 기쁜 중에도 여러분이 제일 기뻐해 주실 일입니다. 첫째 『어린이』 내용을 더 잘 추리고 더 속히 하기 위하여 기자의 수효를 늘렸는데, 놀라지 마십시오. 세 분이나 새로 더 오시게 되었습니다. 한 분은 여선생님, 동경 가셔서 여자고등사범을 마치고 돌아오신 이요,• 또 한 분은 금년 봄에 배재고등학교를 졸업하신 이요,• 또 한 분은 여러분과 친한 동무인 안주의 최경화 씨. 『어린이』 독자 중에서 재주 있는 이가 본사에 와서 『어린이』의 일을 보게 된 일은 나의 가장 기뻐하는 일의 하나입니다.

● 이렇게 하여 우리 『어린이』는 이제로부터 정말 여러분이 기뻐할 좋은 솜씨를 보이게 되었습니다. 자아 6월호부터의 『어린이』가 어떻게 훌륭할까 기다려 보십시오.

_方, 『어린이』 1928년 5·6월

• 최의순을 가리킨다.
• 손성엽을 가리킨다.

편집을 마치고

● 즐거운 새해입니다. 누가 기껍지 않은 사람이 있겠습니까마는 특별히 우리는 온 조선 안 십수만의 씩씩한 동무들과 함께 한마음으로 새해를 맞이하는 것을 생각할 때, 다른 이들의 몇 갑절 더욱 기껍습니다. 이렇게 하여 우리들이 튼튼하고 용맹한 일꾼이 되어 가는 데에 새해 1년이 크게 값이 있어지게 될 것을 나는 더욱 기뻐합니다. 다행히 우리 동무들 중에 병들거나 주저하고 앉았는 이가 한 분도 없기를 바라고 있습니다.

● 이번 신년호는 보시는 바와 같이 아주 쉽고 쉬우면서도 재미있고 유익하게 특별히 편집되었습니다. 새로이 『어린이』와 사귀게 된 보통학교 3, 4년급● 학생이라도 곧 재미 붙여 읽게 하려고 그런 것입니다. 여러분도 특별히 이 정성을 짐작하시고 아직 『어린이』를 읽지 않는 어린 동무에게 새로이 많이 권고해 주십시오.

● 이번 부록 '장난감'은 놀아 볼수록 재미있는 것이니, 이 책에 있는 노는 법 설명을 읽고 또 읽고 자세 읽은 후에 놀아 보십시오. 동리 동무들 청해 가지고 노십시오. 그리하여 이번 새해가 우선 여러분에게 즐거

● **연급** 학년. 학생의 학력에 따라 학년별로 갈라놓은 등급.

운 새해가 되게 하고, 복 많은 새해가 되도록 하시기 바랍니다.

_方, 『어린이』 1929년 1월호

편집을 마치고

● 퍽 늦어졌습니다마는 그래도 일곱 살 되는 해의 여섯 번째 맞이하는 생일 기념호라 하는 한없이 기쁜 마음으로 '이번 호야말로 참말 더할 수 없이 유익하게 꾸며 본다.'고 벼르고 별러서 이제야 나오게 되었습니다. 늦어진 것은 미안하지마는 그 대신 내용이 재미있고 유익하게 되었으니 그걸로 용서를 바랄밖에 없습니다.

● 조선 사람은 남에게 뒤떨어진 것이 많고 없는 것이 너무 많아서 제일 고생을 하고 있으니까, 누구든지 조선 사람이라면 아무 하잘것없는, 아무 값없는 몸뚱이로 여기고 있는 사람이 많이 있습니다. 이것처럼 섭섭하고 이것처럼 손해되는 일은 또 없습니다.

● 조선 사람이라고 결코 못생긴 사람뿐만이 아니요, 조선 사람이라고 남에게 뒤떨어지기만 할 법이 없는 것입니다. 우리의 옛날 할아버지 때는 다 남보다 앞섰고 더 잘살았었고, 지금도 남보다 뛰어나는 재주를 가지고 있는 것이 자꾸자꾸 사실로 나타나지 아니합니까. 그러니까 우리들은 우리의 잘못도 잘 알고 있어야 하지마는 그와 꼭 같이 우리들의 자랑, 우리 조선의 자랑을 알고 있어야 합니다.

그리하여 우리의 몸도 닦기만 하면 비싼 몸이거니 귀중한 몸이거니 하는 생각을 가지게 되고, 또 우리의 몸에서 새로운 힘이 솟아 나오는 것입니다. 그리하기 위하여 우리 십수만 명의 『어린이』 독자가 다 그것을 알고 더 굳세게 더 힘차게 나아가게 하기 위하여, 이번 이 기념호에는 조선의 자랑만 모아서 되도록 알기 쉽게 써넣었습니다. 아무쪼록 정성 들여 읽고, 또 두었다가 또 읽고 또 읽도록 하십시오. 모를 것은 어른에게 물어 가면서 자세자세 알아지도록 읽으십시오. 그리고 또 동무들에게 힘써 이야기해 들려주시기 바랍니다. 꼭 그리하십시오.

_方, 『어린이』 1929년 3월호

편집을 마치고

● 여름이 왔습니다. 그래서 방학도 왔습니다. 방학은 아무 때고 좋습니다마는 나는 겨울방학보다 여름방학 때는 기쁜 한편에 염려가 없지 않습니다. 그것은 여름은 여러분이 자라 가는 데에 제일 유익하고 제일 재미있는 철인 까닭으로 기쁜데, 그 대신 여름철에는 조금 잘못하면 병이 나기 쉬운 까닭으로, 우리 『어린이』 독자! 수없이 많은 사람 중에는 이때에 불행해지는 이가 없지 않아서 기쁜 한편으로 걱정이 생기는 것입니다.

● 여름에는 살구, 복사, 능금, 얼음 등 여러분의 속을 상하기 쉬운 음식이 퍽 많이 있는데, 그 위에 방학까지 되어 자고 일어나는 시간이 늦어지고 사지는 느른해지고● 낮잠이 잘 오고 장마가 들어서 공기가 나빠지고, 나빠지려면 한없이 나빠질 수 있는 철입니다. 이런 것들을 이겨 넘기는 사람에게라야 여름은 좋은 철이 되는 것이요, 그것을 이겨 넘기려면 여름에 대해 여러 가지 지식이 있어야 하는 것입니다. 여러분은 이 책을 자세자세 새겨 읽어서 여름을 잘 알고 잘 이겨 넘기는 사람이 되어야 합니다.

_方, 『어린이』 1929년 7월호

● **느른하다** 맥이 풀리거나 고단하여 몹시 기운이 없다.

편집을 마치고

● 뭉게뭉게 솜뭉치 같은 구름이 어데로 가는지 차차차차 없어질 때가 되었습니다. 그리고 한울•이 날마다 점점 더 높아질 때가 되었습니다. 이것은 분명히 가을이 오는 까닭입니다. 그 깨끗하고 말갛고 정신 나는 가을이 시원한 기운을 가지고 여름을 몰면서 우리를 찾아오는 까닭입니다.

● 여름밤 풀밭에 버레•들이 울 때부터 가을은 자라지만, 한울이 높아 가는 것을 보고 나는 가을 소식을 듣습니다. 그리고 그 높아 가는 새파란 한울에서 서늘한 바람이 솔솔 흘러 내려오는 것을 나는 눈으로 봅니다. 아아, 가을, 가을! 우리의 몸이 그 파란 한울로 날아갈 듯이 가뜬해지는 것을 느끼게 됩니다.

● 그렇습니다. 가뜬해지는 철이 왔습니다. 일제히 우리들의 방을 치우십시다. 책상 서랍, 책상 위, 가방 속을 소제하고• 정리하십시다. 그리하여 가뜬해진 몸, 가뜬해진 정신으로 새로운 살림을 시작하십시다. 그렇게 하라는 '가을'입니다.

_方, 『어린이』 1929년 9월호

● **한울** 천도교에서 '하늘'을 달리 이르는 말.
● **버레** '벌레'의 사투리.
● **소제하다** 청소하다.

편집을 마치고

● 인제는 나뭇잎도 아주 누레지고 붉어지고 하였습니다. 포도도 감도 익었습니다. 산보하기 좋고 여행하기 좋은 철이 왔으니 여름내 피곤한 몸을 다시 회복할 때가 온 것입니다. 이때에 더욱 독자 여러분의 건강을 빌어집니다. 내가 아는 여러분의 몸성히 잘 있다 하는 편지조차 기다려집니다. 무슨 탈들이나 나지 않았는가 하고요.

● 가을을 내가 기다리는 재미는 누른• 국화꽃하고 깨끗한 코스모스꽃을 보고 싶은 데에 있고, 시골 여행 가는 것하고 밤에 책 읽는 것하고입니다. 그런데 갈수록 점점 더 일이 많아져서 국화도 코스모스도 구경도 못 하고 이제껏 방 속에서만 일에 파묻혀 있습니다.

어린이사의 앞마당에 있는 은행나무 잎이 조금씩 누르러지기 시작하였으니 그 밑에 누른 잎 주우러 모이는 소년 소녀 들을 기다리는 것밖에 딴 재미가 없습니다.

_方, 『어린이』 1929년 10월호

• **누르다** 황금이나 놋쇠의 빛깔과 같이 조금 밝고 탁하다.

편집을 마치고

● 새해입니다. 여러분 이 새해 머리●에 무슨 결심을 하셨습니까. 새로이 좋은 결심을 한 것이 있으면 그 사람은 과세●를 잘하는 사람이요, 그것이 없으면 떡국을 먹었거나 만두를 먹었거나 과세는 못한 사람입니다.

● 결심이라 하면 무슨 굉장히 큰일을 결단하는 것만 결심인 줄 아는 것은 잘못입니다. 새해부터는 일기를 꼭 쓰겠다 하는 것도 훌륭한 결심이요 소년회에 충실히 다니겠다 하는 것도 훌륭한 결심입니다. 그보다 더 큰 결심을 할 수 있다면 그것은 더 훌륭한 결심입니다. 여러분이 아무쪼록 좋은 결심을 하고 다 장래 좋은 일꾼이 되기를 바라고 이 책을 특별히 소년 진군호로 꾸민 것입니다. 아무쪼록 정성 들여 읽고서 좋은 인물이 되어 주십시오. 나는 그것만을 바라고 있습니다. 그러고 이번 책은 더 힘써서 동무들에게도 읽으라고 한 사람에게라도 더 권고해 주십시오. 간절히 바랍니다.

● 그리고 이번 해는 우리 개벽사가 처음 생긴 지 10주년 되는 해입니다. 잡지마다 몇 호 못 가서 못 해 가게 되는 중에서 우리 개벽사만이

● **머리** 어떤 때가 시작될 무렵.
● **과세** 설을 쇰.

10년을 하로● 같이 굽힘 없이 싸워 온 것을 생각할 때, 참으로 눈물이 나게 감격한 느낌이 있습니다.

우리는 이 10주년을 크게 기념하기 위하여 여러 가지 새로운 계획을 합니다. 여러 가지 새 계획 외에 잡지도 금년 1년을 두고 기념 특집을 하기로 합니다. 그러니까 금년 1년 동안 잡지가 늘 특별호가 되는 것이니, 아직 『어린이』를 읽지 않는 동무에게 금년 신년부터 『어린이』 독자가 되라고 권고해 주십시오.

_方, 『어린이』 1930년 1월호

● **하로** '하루'의 사투리.

편집을 마치고

● 신년호가 굉장한 기세로 환영된 것은 참말로 신년 벽두의 제일 기쁜 일이었습니다. 책이 다 팔리고 모자라니 200부 300부씩 더 보내라고 각처 시골서는 전보가 빗발치듯 쏟아지고, 경성 각 책점[•]에서는 전화질, 자전거질 그야말로 난리 난 집같이 시끄럽게 복잡하였습니다.

● 1월 1일도 쉬지 못하고 2일, 3일도 쉬지 못하고 이내 내처 하로[•]도 쉬지 못하고 내리 부대껴 지내노라니 고단하기도 굉장히 고단합니다. 그러나 아무리 고단하고 괴로워도 그것은 우리들에게 가장 기쁜 일입니다. 우리들의 남달리 정성 쓴 바가 여러분 어린이의 세상에 통해져서 이렇듯 기세를 내는 일은 우리들의 기운을 몇 백 배 돋워 주는 일이니, 금년 1년의 새로운 걸음이 이렇듯 씩씩하게 시작된다는 것이 제일 기껍습니다.

● 금년은 우리 개벽사의 10주년 기념 해! 괴롭게 괴롭게 10년을 하로같이 싸워 얻은 기운과 힘으로 우리는 이 1년 특별한 노력을 할 것을 기약합니다. 우리 독자 여러분! 특별한 뜻으로 우리의 일을 한층 더 도와주십시오. 그리하는 일은 독자를 늘려 주시는 것뿐입니다. 독자가 늘

● **책점** 서점.
● **하로** '하루'의 사투리.

면 같은 정가로 책을 한층 더 좋게 할 수 있는 까닭입니다. 아무쪼록 『어린이』 안 읽는 동무에게 『어린이』 읽기를 권고해 주십시오. 처음에는 당신의 책을 빌려도 주고 『어린이』 책에 났던 이야기도 들려주십시오. 그리하여 그가 독자가 될 때까지 계속해 주시기 바랍니다.

● 끝으로 우리 사•로 또는 나에게로 좋은 말씀을 적어서 연하장을 보내 주신 분에게 감사한 인사를 드려 둡니다. 하도 바쁜 때요 하도 수가 많으니까 일일이 답례를 드릴 겨를이 없었으나, 주신 말씀 깊이깊이 간직하여 잊지 않을 것을 말씀드려 둡니다.

_方, 『어린이』 1930년 2월호

• 사 회사. 여기서는 '개벽사'를 가리킨다.

편집을 마치고

바쁘고 바쁘고 몹시 바쁜 중에 기념 달은 닥쳤습니다. 개벽사 10주년이자 『어린이』 7주년이자 이달에는 일이 퍽 많습니다. 『어린이』 여덟 살 먹는 해이니 다른 해 기념보다도 기쁨이 더욱 많고 큽니다.

『어린이』가 여덟 살이라면 얼른 금년 봄에 학교에 입학하는 소년 소녀 들이 생각납니다. 『어린이』 잡지가 사람과 같다면 지금쯤은 학교에 입학시키려고 학교에 데리고 갈 터인데 하는 생각이 나는 것입니다.

병날 걱정, 집 잃어버릴 걱정, 혼자 가다가 쓰러질 걱정, 모든 걱정 중에서 자라던 아기가 이제는 저 혼자 뚜벅뚜벅 혼자 걸어 다닐 만큼 충실해진 기쁨, 남보다도 더 걱정이 많은 만큼, 참말 진정으로 기쁨도 더 큰 것이 사실입니다.

8년 전 모든 사람이 안 된다고 반대하던 일을 억지의 고집으로 시작하던 그때부터 정 붙여 온 동무들, 그때의 독자들이 지금은 시집가고 학교 선생님도 되고 외국에도 가 있는 동무들, 그 모든 동무들의 이름을 일일이 소리쳐 부르고도 싶습니다. 모두 한자리에 모여 앉아서 무릎을 마주 대고 이야기도 하고 싶습니다. 벌써부터 각처의 묵은 독자 동무들에게서 오는 축하의 편지들이 더욱 내 마음을 충동입니다.

대구 윤복진● 씨도 이런 말씀을 합니다. 우리들 『어린이』에서 함께 자라 온 사람들이 일제히 힘을 합하여 옛 고향인 『어린이』 책을 더욱더 번화하게 하고 싶다고요. 이것도 좋은 말입니다. 아무쪼록 좋은 글을 많이 보내 주시면 우선 한 달 치는 아주 그런 동무들의 것만 모아서 한 호를 꾸며 보고도 싶습니다.

_方, 『어린이』 1930년 3월호

● **윤복진**(1907~1991) 동요 시인.

편집을 마치고

● 봄이라 봄이라고 꽃구경을 간다, 시외 산보를 간다 하건마는 아츰[•]부터 저녁 전기가 켜질 때까지 사무실 속에 들어앉아서 골몰해 지내는 경우이건마는, 그러면서도 이달 치 『어린이』에 아무것도 쓰지를 못하였습니다. 여러 가지 신신치[•] 않고 바쁘기만 한 일에 머리가 조용해지지를 못하여 쓰려도 써지지 않는 까닭입니다.

● 남에게 미안한 일도 많고 내 마음에 편치 못한 일도 많지마는 『어린이』에 글을 쓰지 못하는 것보다 내 마음에 괴로운 일은 없습니다.

● 따뜻한 햇볕 쪼이는 새파란 잔디밭에 드러누워서 단 하로[•]만이라도 쉬어 보았으면 글도 써질 것 같건마는 그것이나마 할 사이가 없으니 이렇게 바빠서는 머리가 미쳐 날 것 같습니다. 미안한 말만 길게 써도 소용없는 것이니 요다음 호에 힘써 많이 써 볼 도리를 하는 수밖에 없습니다. 다음 달 호는 우리 『어린이』 잡지의 창간호 적 옛 동무들이 다 모이는 호이니 여러분 빠지지 말고 좋은 작품을 많이 보내기를 간절히 부탁합니다.

_方, 『어린이』 1930년 4월호

● **아츰** '아침'의 사투리.
● **신신하다** 신선하다. 새로운 데가 있다. 마음에 들게 시원스럽다.
● **하로** '하루'의 사투리.

편집을 마치고

● 이 책을 짤 때의 나의 가장 큰 기쁨은 우리 『어린이』와 함께 자라온 옛 동무들의 힘으로 짜게 된 그것입니다. 날짜가 촉박하여 널리 골고루 통지하지 못한 것과 통지한 곳에서도 다른 사정으로 원고가 미처 오지 못한 것은 섭섭하기 그지없는 일이나, 그러나 이번에 보내지 못한 분은 다시 다른 통지가 없더라도 6월 30일 안으로 많이 보내 주기를 바라고 있습니다.

● 이번 호에 「소년 사천왕」의 엽서질하는 사람 알아내기를 현상 모집하기로 되어서, 6월 25일 안으로 써 보내는 사람 중에서 바로 맞힌 이에게는 상금 10원을 보내 드리기도 하였으니 「소년 사천왕」을 처음부터 끝까지 자세 읽으시고, 어떤 사람이라고 속히 적어 내십시오. 혹시 바로 맞지를 않아서 상금을 못 타더라도 퍽 재미있는 일이니 빠지지 말고 써 보내십시오.

● 내월(7월)은 우리 개벽사가 창립된 지 꼭 만 10년 되는 기념 달인데, 조선서 잡지사로 11년을 계속하여 10주년을 맞이하기는 우리 개벽사뿐입니다. 그래서 우선 세 가지 잡지를 기념호로 특별히 편집하고, 특별 부록까지 만들어 드리고 그 외에도 굉장한 잔치를 하려고 지금부터 몹시 바쁩니다. 여러분도 즐거운 마음으로 7월 1일을 기다려 주십시오.

_方, 『어린이』 1930년 5월호

편집을 마치고

● 벌써 9월이니 여름도 다 지나갔습니다. 그러나 돌이켜 이번 여름을 생각하면 우리 조선에는 가장 불행한 여름이었습니다. 물난리, 바람난리에 사람이 수없이 죽은 것과 또 간신히 죽기는 면하였어도 살 수가 없게 된 참혹한 일을 생각하면 소름이 끼칩니다.

● 이 참혹한 재앙 속에 우리 『어린이』 독자 동무들은 상한 사람이 있지 아니한가 걱정되는 마음과 한가지로, 제발 그렇지 않기를 바라는 마음 간절합니다.

● 전 조선 안 각처에 있는 우리 개벽사의 지사나 분사를 시켜서 수해지에는 각각 조사와 위문을 게을리 않게 하였습니다마는 일일이 미치지 못하였을 것이므로 불안스런 마음이 아직껏 사라지지 아니합니다.

● 그러나 이제는 벌써 가을이니 모든 불행은 지나간 일입니다. 새로운 정신과 마음으로 각각 앞으로 나아가기에 부지런해야 할 때입니다. 우리는 불행을 겪을 때마다 더욱 굳세게 이기고 나아가는 씩씩한 마음을 가져야 할 것입니다. 우리 중의 한 사람도 빠지지 말고 다 같이 용진해야● 합니다.

● 방학호의 부록, 동요 곡보 책은 도처에서 대환영입니다. 좋은 동요

● **용진하다** 용감하게 나아가다.

곡조 열네 가지 책이 어여쁘고 내용이 깨끗하여서 더욱 호평이 대단합니다. 8월 달은 방학 중이라 한 학교에서 100권씩 150권씩 가져가던 것을 못 가져간 곳이 많으니, 지금이라도 그런 곳에서는 속히 찾아가시고 개인으로도 못 본 이는 곧 주문하라고 일러 주시기를 바랍니다.

_方, 『어린이』 1930년 9월호

편집을 마치고

● 인제는 확실히 가을이다, 가을이다! 하는 때, 벌써 북쪽 조선에서는 눈이 왔다는 소식이 들려오기 시작합니다. 눈! 그 희고 깨끗한 눈이 푸득푸득 나부껴 내려오는 모양을 생각만 하고도 가만히 앉았지 못하게 기뻐하는 나는, 오래 기다리던 정다운 동무가 나를 만나러 찾아온다는 소식을 들은 것같이 마음이 조용치 아니합니다.

● 그러나 겨울은 가난한 살림에 가장 무서운 때입니다. 그 무서운 생각이 먼저 우리들의 가슴을 덮고마는 설움, 더욱 금년은 심한 수해와 풍재●를 많이 겪고 난 때이라, 그 설움이 다른 때보다도 더 큰 바 있습니다.

● 그러나 그 설움을 지금 우리로서는 아무렇게 할 재주도 없는 것이니, 그러한 설움이 우리에게 많으면 많을수록 우리가 조금이라도 더 씩씩하게 자라야 하고, 한시라도 더 속히 자라도록 하는 것밖에 없습니다. 겨울을 맞이하여 더욱 씩씩히! 눈보라 치고 폭풍이 날뛰는 그 속에서도 오히려 이겨 가면서 커 가는 사람이 되자, 그렇게 자라는 데에 필요한 동무를 만들어 드리려고 이 『어린이』 잡지는 지금부터 많은 준비를 하고 있습니다. 한 사람도 빠지지 말고 좋은 일동무가 되도록, 당신의 친한 동무도 『어린이』 독자가 되게 하십시오. _方, 『어린이』 1930년 10월호

● **풍재** 바람 때문에 당한 재해.

편집을 마치고

● 벌써 12월이니 이달 치 이 책으로 이해도 마지막입니다. 요다음 다시 만날 때, 그때는 벌써 해가 바뀌인 '새해'이겠습니다. 돌이켜 금년 1년 내가 하여 온 일을 생각하면, 섭섭한 생각밖에 없을 만큼 아무것도 새 일을 한 것이 없었습니다. 조금도 새로운 걸음을 내딛지 못하였으니, 해를 보내는 때를 당하여 내 마음이 금년처럼 쓸쓸한 때는 다시없습니다.

● 우리만 그런 것은 아니지마는 금년 동안 조선의 모든 방면이 나아가기 어렵게만 된 중에 잡지 사업이란 더욱 어려운, 아주 몹시 어려운 해였었는 고로 그 어려운 중에서 더 나아가기는 고사하고 현상대로만 뒤로 물러서지 않기에만도 있는 힘이 다 든 까닭입니다. 생각하면 한없이 섭섭한 일입니다.

● 그러나 금년 1년 현상 유지에만 웅크리고 있던 것은, 오는 새해에 있어서 크게 발전을 하려는 준비라고 하여도 과히 틀리는 말이 아닙니다. 금년 1년 웅크리고 있던 개벽사가 『어린이』가 새해에 있어서 얼마나 큰 힘을 낼 것인가, 그것을 믿고 기다려 줍소사고 힘 있게 소리치면서 이해의 마지막 인사를 드릴밖에 없습니다.

● 참말로 신년호부터 우선 여러분이 놀래시게 굉장한 것을 지금부터 마련하고 있습니다. 개벽사에 찾아오는 이마다 "이건 참말 굉장하구

면!" 하고 놀래십니다. 이 기세로 내년 1년을 씩씩하게 걸어 나갈 것을 개벽사의 여러분이 다 같이 기약하고 있습니다.

_方, 『어린이』 1930년 12월호

2부

『조선일보』 『중외일보』 '어린이난' 연재

아츰 해

아츰[•]마다 해님이 산 위에 처음 올라올 때에는 누구에게든지 인사를 한답니다. 늦게 일어나는 사람은 그것을 모르고 삽니다.

순남이도 아츰마다 늦게 일어나는 고로 해님의 인사를 한 번도 들어보지 못하였습니다. '누구든지 아츰에 해님의 인사를 받은 사람은 그날 재수가 좋아서 어린이는 공부를 잘하고 어른은 일을 잘한다.'는 말을 듣고 순남이는 일찍 일어났습니다. 일어나 곧 해님의 인사를 받으려고 마당으로 나와 보니까 벌써 해님이 산머리 훨씬 위에 올라왔습니다. 그러고 '인제 일어났느냐.' 하고 흉보는 것 같애서 부끄러웠습니다.

그 이튿날은 더 일찍 일어나서 나와 보니까 이날도 또 벌써 해가 산머리를 떠나서 '인제 일어났느냐.' 합니다.

순남이는 그다음 날이야말로 더 일찍이, 참말 일찍이 일어나서 나와 보았습니다. 오늘은 아직 해가 솟지 않고 인제 차차 솟아오르려고 불그레하였습니다.

"오늘은 내가 이겼다." 하고 순남이가 기뻐서 소리칠 때에 그때에 산머리에 해님이 조금 솟으면서 '여러분 안녕히 주무셨습니까?' 하고 인

● 아츰 '아침'의 사투리.

사를 하는 고로 순남이는 또 한 번 두 팔을 벌리고 "오늘은 내가 이겼다!" 하고 소리쳤습니다.

어머니도

"오늘은 순남이가 좋은 사람이 되었고나."

동리 집 또남이 아버지도

"순남이는 퍽 부지런하고나."

하고 칭찬하십니다. 순남이는 기꺼워서 세수도 더 잘하고 싶고 이도 더 잘 닦고 싶습니다. 아츰밥도 더 맛있었습니다.

순남이는 '내일 아츰에도 꼭 해님보다 먼저 일어나야겠다.' 하고 단단히 작정하였습니다.

_『조선일보』 1925년 8월 20일

개아미

땅바닥에 기어 다니는 조꼬만 개아미●를 자세 보면 재미있습니다.

한 마리, 두 마리, 열 마리, 스무 마리, 한이 없이 많은 개아미 떼가 저마다 제각각 먹을 것을 얻어 가려고 이리저리 기어 돌아다닙니다.

그중에 한 마리가 사람들이 먹다가 내어버린 배 한 쪽을 얻었습니다. 그러나 아무리 끌어가려고 애를 써도 배 쪽은 크고 개아미는 작으니까 가져갈 수 없었습니다.

그래 한참 애를 써 보더니 그냥 딴 길로 가서 딴 개아미를 만나서 그 조꼬만 머리를 마주 대고 수군수군 이야기하고 또 다른 개아미를 만나서 또 수군수군하더니 나중에는 열세 마리가 한테● 가서 아까 그 배 쪽을 앞에서 끌고 뒤에서 밀고 하여 끌어가기 시작하였습니다.

한 마리가 끌지 못하던 것도 여러 마리가 끄니까 아주 편하게 쉽게 끌어가게 되었습니다. 개아미들은 작아도 꾀가 많고 퍽 약습니다.

_『조선일보』 1925년 8월 21일

● **개아미** '개미'의 사투리.
● **한테** 한꺼번에.

개학하던 날

추기[●] 개학 날이 되었습니다. 순남이는 아츰[●] 일찍이 학교로 갔습니다.

오랫동안 만나 보지 못한 여러 동무를 만나 본 것이 대단히 기뻤습니다. 그리하여 동무들과 함께 학교 뒤뜰에 있는 포플러나무 그늘 아래에서 여름 동안에 지난 일을 재미스럽게 서로 이야기하였습니다.

순남이 동무 가운데에 복동이라 하는 아이는 여름방학 동안에 키가 훨씬 자랐습니다. 아이들은 누구의 키가 많이 자랐나 서로 대어보았습니다. 역시 복동이가 많이 자랐습니다. 그리하여 여러 아이들은 무엇을 먹고 그렇게 자랐느냐고 물었습니다.

복동이는 밥도 먹고 떡도 먹고 고기도 먹었다고 대답하였습니다. 순남이도 가만히 생각하여 보니 복동이 먹은 것이 자기 먹은 것이나 조금도 다른 것이 없었습니다.

순남은 하도 이상히 생각하고 집에 돌아온 뒤에 그날 저녁밥을 먹을 때에 자기 어머니더러 키 많이 자랄 밥을 달라고 청하였습니다.

어머니는 웃으면서 "키는 억지로 키울 수 없고 밥 잘 먹고 잠 잘 자고 어른의 말을 잘 들으면 키는 저절로 자란다." 하였습니다._『조선일보』 1925년 9월 2일

● **추기** 가을.
● **아츰** '아침'의 사투리.

이사 가는 새

복남이는 날아다니는 새들 중에서 제비가 제일 귀여웠습니다. 그래서 언제든지 아츰•에 일찍 일어나 추녀 끝에 앉은 제비의 재재대는 소리를 듣고 나서야 그날 공부를 잘하였습니다.

그랬는데 복남이는 날이 차차 치워• 갈수록 제비들이 한 마리 두 마리씩 모두 어데로 가 버리고 마는 것을 알았습니다. 그래 하도 이상하여서 자기 어머니를 보고

"어머니! 날이 차차 추워지면 제비들은 모두 어데로 가오?"

하고 물었습니다. 어머니는 웃으시면서 대답하시기를

"제비는 따뜻한 나라를 좋아한단다. 그래서 우리 조선 땅에 겨울이 와서 일기•가 추워지면 제비는 아이들을 데리고 모두 강남이라는 따뜻한 나라로 가 있다가 내년 봄에 조선 땅이 따뜻하여질 때 다시 나온단다."

하셨습니다.

복남이는 새들도 사람처럼 좋은 곳을 찾아 이사 다니는 것을 알았습니다.

_『조선일보』 1925년 10월 20일

• **아츰** '아침'의 사투리.
• **칩다** '춥다'의 사투리.
• **일기** 날씨.

시험이 가까웠다

제2학기 시험이 차차 가까워 옵니다.

그리하여 영희는 이새[●]에 와서는 날마다 밤이 늦도록 이전에 배운 것을 복습하기 시작하였습니다. 그러나 무슨 책을 보든지 잊어버린 데가 많이 있었습니다.

영희는 하도 갑갑하여 모르는 데마다 언니에게 물었습니다. 언니는 영희의 묻는 대로 처음에 몇 번은 잘 가르쳐 주었습니다. 그러다가 나중에는 묻는 것을 잘 가르쳐 주지 않았습니다. 영희는 너무 답답하여 울고 싶었습니다.

이때에 어머니는 영희의 이러한 모양을 보고 하도 민망한 듯이 언니더러 잘 가르쳐 주라고 하고 다시 영희에게는 "네가 날마다 하로[●]에 밥을 세 때씩 먹고 네 키가 자라듯이 너의 공부도 날마다 조금씩 하는 데에서 잘 알게 되는 것이다. 며칠 동안이나 밥을 굶다가 하로에 별안간 밥을 며칠 먹을 것을 한꺼번에 먹으면 어찌 되겠느냐?"고 하셨습니다. 영희는 대답할 말이 없었습니다.

_『조선일보』 1925년 12월 9일

● **이새** 요새. 요즘.
● **하로** '하루'의 사투리.

금동이와 은동이

어떤 집에 아들 형제가 있는데 큰아들의 이름은 금동이니 금년 열한 살이요, 작은아들의 이름은 은동이니 금년 아홉 살이올시다. 금동이는 4학년 은동이는 2학년 둘이 같은 학교에서 공부를 합니다.

형은 부모의 명령을 잘 복종하고 부지런하여 학교에 갔다 오면 잠시도 쉬지 않고 배운 것을 읽고 쓰고 외입니다. 아오•는 인물도 형보다 잘생기고 재간도 형보다 더 좋으나, 게으르고 장난이 심하여 학교에 갔다 오면 책가방은 마루 끝에 집어 던지고 어데로 돌아다니며 실컷 놀다가 그 이튿날 아츰• 학교에 갈 때에야 다시 책가방을 찾아 가지고 갑니다.

어느덧 시험 때가 되었습니다. 금동이는 날마다 집에서 복습을 잘하였는 고로 별로 힘들이지 아니하고 여러 과정에 모든 문제를 다 잘 맞추었습니다마는, 은동이는 시험지를 들고 앉아 땀만 쭐쭐 흘리다가 하나도 못 맞추고 그대로 들어갔습니다.

며칠 후에 그들은 통신부•를 받아 가지고 집으로 돌아갔습니다. 여러분 누가 우등을 하고 누가 낙제를 하였으며, 부모님께 누가 칭찬을 받고 누가 꾸지람을 들었습니까? 금동입니까? 은동입니까? _『조선일보』1925년 12월 28일

• **아오** '아우'의 사투리
• **아츰** '아침'의 사투리.
• **통신부** '생활통지표'의 전 용어.

순희의 결심

순희는 지난 학기에 공부를 잘하여 우등을 하고 선생님과 부모님께 칭찬을 들은 좋은 생도•입니다. 방학 동안에도 배운 것을 열심으로 복습하며 동생을 업어 주고 집 안을 깨끗이 소제하여• 여러 형제들 중에 어머니의 사랑을 가장 많이 받았습니다. 그런데 오늘은 순희의 개학 날이요 또한 순희가 열두 살째 되는 생일이올시다. 순희는 아침 일찍이 일어나서 세수하고 머리 빗고 책보를 싸 놓은 후 이해 일 년 동안에 자기가 어떻게 행할 것을 곰곰이 생각하여 보았습니다.

'옳지, 나는 열한 살 적보다 공부도 더 잘하고 어머니 말씀도 더 잘 듣고 동무들하고 말다툼도 아니 하고 아주 퍽 좋은 사람이 되겠다. 그러면 나는 금년에 행할 것을 잊어버리지 않게 벽에 써서 붙이고 만약 그대로 행하지 못하는 때에는 거기다 검은 점을 찍어 두겠다.'

순희는 책상에 허리를 구부리고 앉아서 자기의 결심한 바를 이렇게 썼습니다.

1. 아침에 일찍 일어날 것

• **생도** 학생.
• **소제하다** 청소하다.

2. 선생님 말씀을 잘 듣고 공부를 부지런히 할 것

3. 부모님 말씀을 잘 듣고 동생들을 사랑할 것

4. 동무들과 싸우지 않고 나쁜 장난을 하지 말 것

5. 군음식•을 사 먹지 말 것

여러분! 순희는 지난 학기에 공부를 잘하여 우등을 하고 부모님과 선생님께 칭찬을 들었건마는 더 좋은 사람이 되고 더 좋은 생도가 되려고 그렇게 큰 결심을 하니, 얼마나 귀엽고 본받을 만한 아이입니까?

_『조선일보』 1926년 1월 10일

• **군음식** 군것질거리. 끼니 외에 더 먹는 음식.

꾀꼬리와 종달새

봄이 되면 제일 먼저 반갑게 달려드는 것이 종달새와 꾀꼬리와 제비입니다. 봄이 되니까 종달새와 꾀꼬리와 제비가 오는지, 종달새와 꾀꼬리와 제비가 오니까 봄이 오는지 모를 만치 봄과 종달새와 꾀꼬리와 제비는 똑같이 한때에 오는 것입니다.

종달새 종달새 우는 종다리
날갯죽지 치면서 어데 가느냐?

이렇게 여러분은 노래를 부르지만 정말 여러분의 눈으로 종달새를 보신 일이 있습니까?

밭에 보리가 파랗게 커 가면 어데서인지 재미로운 소리로 '봄이 왔다! 봄이 왔다!' 하고 지저귀는 종달새 소리가 들려옵니다. 아주 따뜻한 봄날 같은 소리여요. 그 즐거운 소리가 어데서 나는가? 하고 밭을 보아도 거기는 없고 나뭇가지를 보아도 거기는 없습니다.

하늘하늘 높다란 봄 하늘 위에 까맣게 보이는 검은 점 하나 그것이 봄 왔다고 노래 부르는 종달새입니다. 시골 계신 이는 더러 보셨겠지만 종달새는 참새보다 조금 크고 머리와 등덜미가 검고 희끗희끗한 점이 섞여 있습니다.

그리고 집은 보리밭 속이나 그렇지 않으면 냇가나 나무숲 속에 짓고 살지만 원래 영악하고 꾀가 많은 새인 고로 그 집 진 곳을 남이 알까 봐서 집 맞은편에 안표●를 정해 두고 거기 내려앉아서 거기서 우물쭈물하다가 남 못 보는 동안에 휘딱 집으로 들어가 버립니다. 그러나 집에서 하늘로 올라갈 때에는 그만 잊어버리고 그냥 바로 훽 올라가는 고로 남의 눈에 들키고야 만답니다. 첫봄을 노래하는 종달새, 그는 퍽 귀여운 새입니다.

그다음 꾀꼬리는 목소리가 퍽 곱고 어여쁜 새입니다. 꾀꼬리는 봄에 나와서 봄소식을 알리고는 여름 한철은 아주 깊은 산골짜기를 찾아가 숨어서 그 곱고도 어여쁜 소리로 산이 울리게 운답니다. 목소리를 잘 내어서 잘 울어야 암꾀꼬리가 찾아오는 고로 그렇게 정성스럽게 우는 것이랍니다.

집을 짓기는 깊디깊은 산골짜기 풀숲 속이나 그렇지 않으면 나뭇가지 사이에다 짓고 사는데, 어떻게 어여쁘게 묘하게 짓는지 모른답니다.

가끔가끔 두견새●가 꾀꼬리 없는 틈에 그 꾀꼬리 집에다 알을 까 놓는답니다. 그러면 꾀꼬리는 그것이 두견새의 알인 줄은 모르고 따뜻하게 품어서 두견새의 알을 까 놓는답니다.

제비의 이야기는 다음에 따로 할 기회가 있기 때문에 여기에는 쓰지 않습니다.

_『조선일보』 1926년 2월 24~26일

● **안표** 나중에 보아도 알 수 있게 표하는 일. 또는 그런 표.
● **두견새** 뻐꾸기.

한데 합쳐서

동요와 동화를 오래전부터 늘 내어왔습니다. 그러나 어린이를 위해 내면서도 짜장[•] 어린이에게는 너무 글자가 잘고 뜻이 어려웠습니다. 그런데 이제부터는 겨우 국문만 깨친 분이라도 넉넉히 뜯어볼 수 있는 쉽고 재미있는 글만을 될 수 있는 대로 큰 글자로 내겠습니다. 그래서 이것을 대단히 찬성하시는 방정환 선생님의 이야기부터 소개합니다. —편집실

이 세상에 있는 나무란 나무를 모두 한데 합쳐서 나무 하나를 만들면 얼마나 커다란 나무가 될까요.

이 세상 개천 물이란 개천 물을 모두 한데 합쳐 놓으면 얼마나 크고 넓은 바다가 될까요.

이 세상 산이란 산을 모두 한데 합쳐서 산 하나를 만들어 놓으면 참말 참말 얼마나 큰 산이 될까요.

그러구요, 이 세상 사람이란 사람을 모두 한데 합쳐서 사람 하나를 만들면 얼마나 큰 사람이 될까요. 아마 대포로 쏘아도 안 죽고 산으로 눌러도 쓰러지지 않을걸이요.

● **짜장** 과연 정말로.

그렇고말고요. 참말 굉장히 크고 힘센 사람이 됩니다. 우선 생김생김이 똑같고, 하는 말이 똑같고, 먹는 음식이 똑같은 조선 사람만이라도 모두 한데 합해서 한 사람이 된다면, 참말 그야말로 참말 이 세상에 무서울 것이 없고, 하고 싶은 것치고 못 할 것이 없는 굉장한 사람이 될 것입니다.

_『중외일보』 1930년 3월 14일

한 자 앞서라

옛날이야기 하나를 할 터이니 자세히 들으십시오.

옛날 스파르타라는 나라에 남편도 없이 아들 삼 형제만 데리고 사는 어머니가 한 분 있었는데 그때 이웃 나라가 스파르타 나라를 업신여기고 군사를 일으켜 쳐들어오는 고로 이편에서는 집집마다 젊은 남자를 골라내어 쳐들어오는 군사를 막으러 나가게 되었습니다.

군사가 모자란다는 말을 듣고 어머니는 남편도 없는 혼자 몸이면서 한 사람도 남기지 않고 아들 세 사람을 다 내어 보내기로 결심하고 벽장에서 칼 세 자루를 내어다가 각각 하나씩 나누어 주었습니다.

그런데 마침 그중 끝에 동생에게 그중 작고 짧은 칼이 차례 갔습니다. 그래서 "어머니, 저는 나이도 제일 어리고 키도 제일 작은데 좀 큰 칼을 주시지 않고 제일 작은 칼을 주셔서 어쩝니까. 다른 것과 바꾸어 주십시오." 하였더니 어머니 말씀, "정말 용맹한 사람은 칼이 크고 작은 것을 가리지 않는단다. 내 나이가 어리다고 미리부터 마음을 약하게 먹고 나가면 어떻게 남을 막을 수 있겠니……. 칼이 짧거든 남보다 한 자• 만 더 앞에 서서 싸우면 그만 아니냐."

● **자** 길이의 단위로 1자는 약 30.3cm에 해당한다.

고 하였습니다.

말씀이 뼈에까지 새겨져서 막냇동생뿐 아니라 삼 형제가 모두 언제든지 제일 앞장서서 용맹하게 싸운 까닭으로, 다른 사람까지 따라서 용맹해져서 불길같이 쳐들어오던 이웃 군사를 훌륭히 물리쳐 쫓아 버리고 돌아왔습니다.

한 자 앞서라!

한 자 앞서라!

우리들도 언제든지 한 자 앞서서 나가기를 잊지 마십시다.

_『중외일보』 1930년 3월 16일*

* 『어린이』 1927년 1월호에 실린 '어린이 독본' 1과 「한 자 앞서라」를 개작해 수록했다.

3부

『학생』

『학생』 창간호를 내면서 남녀 학생에게 하고 싶은 말씀

호마다 이 2, 3페이지를 '나의 페이지'● 로 차지해 가지고 무어든지 새것 새것을 써 나아가기로 되었으나 이번에는 이 잡지 창간에 제해서● 나로서 몇 마디 하고 싶은 말을 쓰겠습니다.

『학생』 잡지 창간! 이것은 누구든지 기뻐해 주는 일이지만, 특별히 나는 누구보다도 더 몇 갑절 기껍다고 공신하고● 싶습니다.

어떤 기회에 한 중학교의 오륙백 명 전 생도●가 대오를 지어 행진하는 것을 볼 때 나는 걸음을 멈추고 그 끝이 지나갈 때까지 가만히 서서 보는데 그러는 때마다 까닭 모르게 가슴이 울렁거려지는 것을 느낍니다. 아아, 저 오륙백의 '힘'의 일단이 한마음, 한뜻으로 한 일을 기약하면서 한결같이 씨알맹이가 있게 훈련을 받아 나간다면 오죽이나 좋을까……. 그리고 저들이 정말 배우고 싶은 것을 배우게 하고, 정말 나가고 싶은 데로 나가게 한다면 오죽이나 좋을까……. 이런 생각을 할 때는 남모르게 눈물이 고이고 고이고 하였습니다.

● 『학생』의 한 코너로 '나의 페이지'난이 있다.
● **제하다** 어떠한 때나 날을 당하거나 맞다.
● **공신하다** 개인의 믿음이 아니라 공적인 믿음을 가지다.
● **생도** 학생.

방학 때, 개학 때 나는 딴 일만 없으면 틈을 얻어 가지고 일없이 경성역두•에 나아가 섰다가 그냥 오고, 그냥 오고 합니다. 그 수많은 학생들이 몇 만으로 헤일• 학생들이 13도 촌촌•을 찾아가기 위하여 정거장으로 몰려 들어가는 것을 멀리 서서 구경하고 있을 때, 나의 귀는 반드시 진군나팔 소리를 듣습니다. 개학 초가 오기를 기다려서 다시 경성으로 경성으로 모여드는 여러분을 볼 때에, 나의 귀는 더욱 씩씩한 나팔 소리를 듣습니다. 그 소리, 그 나팔 소리를 듣고 싶어서 나는 몇 번이고 아침과 저녁으로 정거장 앞을 왕래하였습니다.

나는 한동안 계동에 살았습니다. 거기서는 아츰•마다 세수하고는 반드시 중앙학교의 철책 밖에 가서 학생 전부가 조회 끝에 웃통을 벗고 함성을 치면서 허공을 향하여 돌격을 하여 내닫는 것을 보고야 사무소로 가고 가고 하였습니다. 지금은 소격동으로 옮겨 와서 아침 공부의 한 가지가 없어진 것을 섭섭해하면서 간신히 화동, 안국동의 좁은 길로 중앙 1고, 2고, 보전• 학생들의 진군을 보는 것으로 참고 지냅니다.

그들의 속에는 나팔 소리를 모르는 둔한 사람도 물론 있을 것입니다. 연애에 무엇에 머리가 약해서 저벅저벅 걸음 하나를 힘차게 걷지 못하는 사람도 있을 것입니다. 그러한 사람이 있을수록 오직 바라지는 것은 보다 더 큰 나팔 소리가 있어 그의 이막•을 두드리기뿐입니다. 나팔 소리를 듣자, 한곳을 향하자!

• **역두** 역전. 역 앞.
• **헤다** '세다'의 사투리.
• **촌촌** 여러 마을. 또는 각각의 마을.
• **아츰** '아침'의 사투리.
• **보전** 보성전문학교.
• **이막** 귀의 고막.

누가 안 그렇겠습니까마는 나는 『학생』 잡지의 창간을 남보다 더 기뻐하는 자입니다.

내가 남보다 더 기뻐하는 이유는 또 한 가지 있습니다. 우리의 소년 운동이 처음 일어난 것이 8년 전이요, 『어린이』 잡지가 창간된 것이 7년 전입니다. 8년 전에 소년회에서 나와 이야기하고 나와 같이 놀고 하던 소년회원, 내가 성의를 다하여 장래 씩씩한 일꾼이 됩시다, 그래서 유위의 인•이 됩시다고 간절히 부탁하고 믿고 하던 시골, 서울의 수많은 소년회원들과 7년 전부터 『어린이』 잡지를 읽어 나와 한마음, 한 생각을 가지고 자라 온 몇 만의 소년 독자가 지금은 벌써 장가도 들고 시집도 갔고, 속한• 이는 벌써 보통학교 훈도•가 된 이도 있으며 보통은 중학생으로 전문학생으로 모두 수학하고 있습니다.

내 입으로, 내 붓으로 있는 힘을 다하여 그이의 장래를 바라고 또 될 수만 있으면 뒤에서라도 등 뒤에서라도 희미한 등불이라도 비추어 드릴 수가 있었으면 하면서 쫓아 따라가지는 못하고 있는 나로서, 이제 그이들을 위하여 『학생』 잡지가 우리 사•에서 창간되게 된 일이 얼마나 기쁜 일이겠습니까?

실로 내가 지금 여기에 쓰는 몇 마디 한담은 그들 옛날부터의 동무들에게 오래간만에 보내는 편지입니다. 어쩐들 마음이 기껍지 않겠습니까. 옛 동무들과 새로 사귀는 동무들의 성명을 일일이 친하게 불러 보고 외쳐 보고 싶습니다.

● **유위의 인** 능력이 있어 쓸모 있는 사람.
● **속하다** 꽤 빠르다.
● **훈도** '초등학교 교사'를 이르던 말.
● **사** 회사. 여기서는 '개벽사'를 가리킨다.

나의 경애하는 학생 동무 여러분! 이렇게 부르기는 내 생각에 비하여 너무 딱딱한 것 같습니다. 여러분! 그냥 여러분이라고 하는 것이 더 친한 것 같습니다. 여러분! 나는 여러분께 이 창간된 『학생』에 대해서 몇 말씀 더 하겠습니다. 조금도 꾸밈이나 보탬이 없이 쓰겠습니다. 편집 여록●으로 알고 읽어 주시기 바랍니다.

지금 조선에서 학생 잡지를 한다는 것은 너무도 무모한 것입니다. 일본서도 학생 잡지는 작년, 재작년 동안에 전부 몰락하였습니다. 조선에서는 말해 볼 것도 없이 안 될 일입니다. 첫째, 편집 편으로 생각해 보십시다. 학생 잡지를 한다 하면 그 내용 설명을 듣지 않고도 누가 하든지 으레이● 나아갈 길이 뻔하지 않습니까? 그러나 누구든지 미리 생각하는 길, 그 길로는 일자● 반구●를 틀지 못하는 것이 조선 잡지 아니겠습니까? 여러분이 알고자 하는 것의 대부분, 우리가 중요하게 취급하여야 할 것은 하나도 쓰지 못하게 됩니다. 쓰기는 우리 마음대로 쓰고 싶은 것을 쓰지마는 책에 싣고 못 싣는 것은 우리 마음대로 하지를 못하는 까닭입니다.

둘째는 경영 편으로 생각해 보십시다. 조선 사람으로 중학 정도와 전문 정도의 학생이 남녀 합 야학 강습까지 합쳐도 5만 명을 넘지 못한다 합니다. 그러니 그야말로 귀신같이 편집하여 학생 한 사람도 빠지지 말고 모두 읽게 한대야 5만 부 미만이 아닙니까? 천하를 뒤흔들 재주가 있어도 한 사람도 빠지지 말고 다 사게는 못 할 것이니, 다른 사는 모르거니

● **편집 여록** 편집후기. '여록'은 어떤 기록에서 빠진 나머지 사실의 기록.
● **으레이** '으레'의 사투리.
● **일자** 한 글자 또는 한 마디 글.
● **반구** 짤막하고 간단한 말.

와 개벽사에서 하는 일로는 아무리 적고 아무리 적게 잡더라도, 일만 부 못 나가는 것은 경영할 재주가 없습니다.

그러나 편집으로나 경영으로나 다 무모한 짓인 줄 잘 알면서 지금의 학생계를 보아, 무모한 대로라도 시작을 꼭 해야겠어서 그냥 시작한 것입니다. 세상이 기대하는 대로 우리의 마음대로 그대로는 못 하더라도, 운만 떼고 말더라도 또는 운도 떼지 못하더라도, 그래도 안 하는 것보다는 낫지 않으냐 하는 성의로 시작한 것입니다.

더구나 창간호마다 10에 7, 8은 원고 압수를 당하기 쉬운 전례가 있어서 압수 아니 당하려고 자삭● 또 자삭한 것인즉, 여러분께 특히 바라고 싶은 일은 창간호가 평범한 데에 너무 놀라시지 말고 낙망도 말고, '하하, 이렇게 부자유로 출생을 하였구나.'고 짐작하면서 천천히 천천히 2호, 3호, 7호, 9호, 차차차차 나아가는 길을 보아 달라 하는 것입니다. 사실 창간호에는 쓰고 싶은 말을 쓴 것보다 못 쓴 것이 많습니다.

학생 아닌 사람도 읽어 주기를 바라지마는 그렇게 선전하려면 지명● 을 『학생』이라 한 것은 부적당한 것이나, 누구보다도 먼저 남녀 학생은 반드시, 정말 반드시 읽도록 하자, 그러자는 욕망으로 좋은 추상적 지명을 다 던지고 그저 『학생』이라 하였습니다. 오늘 처지를 생각하고 학생! 학생! 불러 보면, 여기서 나팔 소리가 들립니다. 여러분께는 들리지 않습니까?

잡지를 잘해 가는 데에는 두 가지 방법이 있습니다. 하나는 독자가 잡지사에 엽서질을 많이 하는 것하고 또 하나는 동무에게 권고하여 잡지를 한 사람이라도 더 보도록, 노골적으로 말하면 한 권이라도 더 팔아

● **자삭** 스스로 삭제함.
● **지명** 잡지 이름.

주는 것입니다. 잡지를 읽고 어느 기사는 재미있었다, 어느 기사는 보기 싫다고 간단히 적어 보내 주어야 그것이 편집자에게 참고가 되어 내용이 점점 독자를 위하여 좋아지는 것이요, 인쇄비는 수가 많을수록 총 인쇄비가 싸지는 것인 고로 잡지가 많이 팔려야 저렴한 인쇄비로 좋은 책을 만들 수 있는 것입니다. 『어린이』와 『별건곤』이 그렇지 않습니까? 우리들의 『학생』을 같은 정가에 더 좋은 책을 만들기 위하여 한 사람에게라도 더 서로서로 권고해 주시기 바랍니다.

그리고 끝으로 한 말씀 특별히 이 지면을 빌어서 남녀 학생 여러분께 부탁하고 싶은 일을 마저 말씀하겠습니다.

『학생』의 동생 『어린이』 잡지는 7년 전 3월에 창간하여 맨 처음에는 주소 성명만 통지하면 무료로 보내 준다고 신문광고를 하여도 전선●에서 18매밖에 청구자●가 없었던 것입니다. 그것이 지금은 십수만의 소년 소녀를 동무해 나가게 되었으니 그간의 분투는 참으로 대단한 것이었습니다.

그런데 『어린이』지는 문자 이외에 전 책을 통하여 편집자가 모아 넣는, 보이지 않는 한 '정'과 '힘'이 있고 또 그것이 3년이고 5년이고 7년을 내리 통하여 있는 고로 한번 읽기 시작한 사람은 곧 그 정과 그 힘과 친해져서 다시는 떨어지지 못하고 나아갑니다. 그래서 7년 전부터 보기 시작한 소년이 지금은 전문학교에 다니고 여교원 노릇도 하면서 그래도 『어린이』는 계속하여 읽고 있습니다.

그래서 편집자도 그 기분에 따라서 7년 전부터 애독해 오는 그들과 함께 기분을 맞추어 서로 떠나지 못하고 나온 까닭에, 독자의 나이가 많

● **전선** 전 조선.
● **청구자** 달라고 하는 사람.

아지고 지식 정도가 높아지는 데 따라서 『어린이』도 차차차차 조금씩 어려워지게 되었습니다. 그래서 새로이 보통학교 3, 4년급● 되는 소년이 처음 따라오기에는 좀 어렵다고 하게 되었습니다.

그래서 이번 『학생』이 창간되는 기회에 『어린이』는 다시 옛날 처음 창간하던 정도로 돌아가서 아주 쉽게, 아주 읽기 쉽게 새롭고 재미있는 신(新) 기사를 취급해 가기로 하였습니다. 『어린이』가 더 쉬워지고 재미있어졌다 하는 것을 알아주십사는 것입니다.

그리고 여러분이 시골 댁이나 서울 댁에 보통학교에 다니는 동생이나 조카가 있으면 고 새 삶의 지도, 늘 새롭고 좋은 정신을 넣어 줄 지도를 집에 계신 노인이나 낡은 구식 신사에게 맡겨 둘 수 있겠습니까. 결코 학교에 보내니까 그만이라든지 집에 부형이 계시니까 하고 믿고 안심하여서는 아니 됩니다. 형 된 의무로, 아저씨 된 의무로 당신들이 자주 편지를 써 보내어 좋은 정신을 넣어 주게 하되, 편지와 함께 『어린이』를 보내 주도록 하시기를 간절히 권고합니다.

어린 사람, 동생이나 조카, 당신과 그들의 사이가 먼 것 같아도 결국은 한 시기에 그들과 같이 일하게 됩니다. 그들을 당신들과 같은 새 사람을 만들기 위하여 지금부터 반드시 편지로 자주 가르치되 『어린이』를 사서 먼저 당신이 읽고 그들에게 보내 주셔야 하겠습니다. 상인의 광고 투로가 아니라 가장 진실한 마음으로 독지한● 학생 동무 여러분께 권고하는 것입니다.

_『학생』 1929년 3월호

● **연급** 학년. 학생의 학력에 따라 학년별로 갈라놓은 등급.
● **독지하다** 마음이 도탑고 친절하면서도 진지하다.

남녀 학교 소사• 대화

1

학교 청지기•의 세월은 방학 때뿐이다. 과부의 설움은 과부가 안다고……. 심부름에 고달픈 하소연도 방학 때나 되어서, 동무 청지기나 만나야 마음 놓고 해 보는 것이 방학 청지기의 설움이다.

겨울방학의 눈 오는 밤, 안주 없는 막걸리나마 마음 놓고 먹어 얼굴을 붉히고 앉아서 남학교 고즈카이•는 오래간만에 찾아온 여학교 고즈카이와 마주 앉아서 이야기가 한창 기탄이 없다.

갑: 글쎄 아무리 잔심부름이 많더라도 여학교는 부드럽고 인정 있는 맛이나 있겠지, 이건 남학교는 10년을 가도 정 붙는 말 한마디 들어 볼 리가 있겠나!

을: 인정? 그따위 인정 그만두라시오. 계집애가 보드랍고 인정이 많

* 발표 당시 '풍자 기사'라고 밝혔다.

• **소사** 관청이나 회사, 학교, 가게 따위에서 잔심부름을 시키기 위하여 고용한 사람.

• **청지기** 양반집에서 잡일을 맡아보거나 시중을 들던 사람.

• **고즈카이** 소사. 사환.

으리라고 누구든지 그렇게 생각하지만, 계집애처럼 얌체없는• 건 없습니다. 남학교에서야 사무실에서 선생들이 고즈카이를 시키지, 학생들이야 어디 별로 고즈카이니 무어니 하고 부르기나 하오? 여학교에서는 계집애들이 사무실 몇 곱절 더 부려 먹는구료.

갑: 아따 이 사람아, 학생 심부름을 더러 해 주어야 가끔가다 담뱃값이나 얻어 쓰지 않나.

을: 어이구, 한우님 맙소사! 담뱃값? 남학생은 선머슴 같아도 그래도 도리어 엽렵하여서• 고즈카이 불쌍한 줄도 알아주고 가끔가다 담배 사 먹으란 말이라도 하지마는, 여학생들이란 참 야멸칩니다.• 어쩌다가 저희 동무가 온 때에 과자나 군고구마나 사다 달래야, 그것도 먹다가 남은 것을 한두 개 주지 원, 그것들은 사람대접이 무언지도 모르고 실례가 무언지도 몰라요. 툭하면 아이그, 비가 오시니 우리 집에 가서 우산하고 덧구두•를 갖다 달라느니, 수틀•을 잊어버리고 왔으니, 그것을 갖다 달라느니 하고 시키기는 염체없이• 잘 시키지요.

갑: 참, 고구마 말이 났으니 말이지만, 남학생들이 저희끼리 떠드는 소리를 들으면 여학생들이 야키이모•를 많이 사 먹는다니, 정말 그럴까?

을: 여보, 말도 마오. 여학생하고 야키이모하고 호떡하고는 그건 천생

- **얌체없다** 얌치없다. 얌치를 아는 마음이 없다.
- **엽렵하다** 분별 있고 의젓하다.
- **야멸치다** 야멸차다. 자기만 생각하고 남의 사정을 돌볼 마음이 없다.
- **덧구두** 구두가 젖거나 더러워지지 않게 하려고 구두 위에 덧신는, 얇은 고무로 만든 씌우개.
- **수틀** 수를 놓을 때 바탕천을 팽팽하게 하기 위하여 가장자리를 잡아당기어 끼우는 틀.
- **염체없이** 염치없이. '염체'는 '염치'의 사투리.
- **야키이모** '군고구마'의 일본어.

배필이니까…….

갑: 원, 저런 호떡도 잘 먹어? 그 깨끗한 체 잘하는 처녀들이!

을: 글쎄, 말도 말라니까 그러시는군……. 천생배필이라면 알 노릇이지.

갑: 그 어째 그럴까? 야키이모하고 호떡만 먹으면 방귀 주체를 어떻게 하려고…….

을: 방귀야 저희들끼리 방 속에서 주체하니까 우리에게는 상관없는 일이지마는, 대체 고구마하고 호떡을 참말 좋아하지……. 어떻게 좋아하는지 한번은 이런 일이 다 있었구료. 밤중에 자다가 호떡 생각이 났던지 몰래 일어나서 추렴•을 거두어 가지고 한 처녀가 기숙사 판장문•을 빗장을 딛고 넘어 나갔더라는구료. 나가서 호떡을 일곱 개하고 마메콩•이라고 있지 않우? 그 마메콩을 10전어치를 사서 신문지에 싸 가지고 들어오는데 그것을 손에 들고는 대문을 넘어올 수가 없으니까, 졸업•은 되어서 호떡과 콩은 미리 대문 밑으로 살그머니 들여놓고 그러고 나서 대문 위로 기어 올라가 넘어 들어왔드라우. 밤 11시쯤 되었었겠지……. 그런데 동리 남학생들이 밤마다 그 눈치를 알았었는지 그 근처에 숨어 있다가 여학생이 대문으로 기어 올라간 사이에 대문 밑으로 손을 넣어서 그 떡과 콩 보퉁이를 슬쩍 집어 갔드라오.

갑: 앗하하하하, 그것 참 재미있는 이야기이다.

을: 그러니 어떻게 되었겠소? 10년 공부가 남의 좋은 일만 하고, 그러

• **추렴** 모임이나 놀이 또는 잔치 따위의 비용으로 여럿이 각각 얼마씩의 돈을 내어 거둠.
• **판장문** 널빤지로 만든 문.
• **마메콩** 콩. 메주콩. 볶은 메주콩.
• **졸업** 어떤 일이나 기술, 학문 따위에 통달하여 익숙해짐.

고도 그것을 집어 간 사람이 만일 기숙 사감이면 어쩌나 하고 그것만 겁이 나서 그 이튿날 넌지시 나를 보고 나더러 가져갔느냐고, 가져갔으면 가져갔다고 그러라고, 그래야 마음을 놓겠다고 야단이로구료…….

갑: 어쨌든지 호떡, 고구마 귀신이로군그래.

을: 그 외에 조금 조촐한 편으로 잘 먹는 것은 바나나, 초콜릿, 도롭스(술사탕), 그다음에는 마메콩, 눈깔사탕이지. 내가 밑천 생기면 고즈카이를 그만두고 학교 앞에다 호떡, 고구마, 마메콩, 바나나, 초콜릿만 전문으로 파는 가게를 내일라오.

갑: 사무실에 말을 하여서 학부형들에게 편지를 하라지. 따님을 시집보낼 때는 잊지 말고 호떡하고 고구마를 함 속에 넣어 보내 주라고…….

을: 그것도 적선이겠지요. 참말 시골구석에서 고생하는 부모들이 학비 대어 주노라고 먹을 것 못 먹고 푼푼이 모아 보내는 돈이 그렇게 호떡집으로 많이 부서져 가는 줄은 모를 것입니다.

갑: 그야 남학생도 그렇지. 밤낮 하학● 시간이면 활동사진● 이야기밖에 하는 것이 없구먼……. 무슨 '파리 너구리'가 잘생겼느니 무슨 나는 '리리린 킷스'가 어여쁘니 무엇 하고 지껄거리는 것을 보면 가관이지. 그리고는 계집애들처럼 당홍 허리띠를 매지 않나, 선생들처럼 값 많은 와이셔츠를 사 입지 않나, 밤낮 비단 수건 싸움만 하고……. 그것들이 졸업은 하고 나가면 무얼 하겠누……. 활동사진 변사나 되라면 그거나 잘할까. 조선서는 학생들밖에 바랄 것이 없다는데, 학생들이 글쎄 모두 그 지경이로구먼. 글쎄 장난으로라도 들음직한 말을 하는 학생을 못 보겠으니 그게 무슨 학생이야! 꿈에라도 저희들의 늙은 부모가 피땀을 짜

● **하학** 학교에서 그날의 수업을 마침.
● **활동사진** '영화'의 옛 용어.

서 학비를 보내 주는 심정을 생각하면 그럴 수가 있단 말인가.

을: 그야 아직 철이 안 나서 그렇겠지.

갑: 철이 안 나서? 여학생 궁둥이만 쫓아다니는 놈들이 철이 안 나? 글쎄 사무실에서 선생들이 그러는데, 3년급• 반에 들어가서 장개석•이가 어떤 인물이냐고 물으니까 바로 대답하는 것이 단 10명밖에 안 되더래요. 지금 장개석이라면 지게 지고 벌어먹는 사람도 소문이라도 들어서 알 터인데, 글쎄 장개석은 새로 나온 비행가라 하는 녀석이 있더라니, 그놈들은 신문 한 장도 안 들여다보는 모양이 아닌가 말이야. 그런 것은 몰라도 활동사진 여배우 이름만 알기에 눈깔이 뒤집혔으니 될 것이 무언가?

을: 남학생이 열 사람밖에 모르면 여학생은 단 세 사람도 모르지요. 글쎄 신문이 무어요. 신문을 보아도 어데서 음악회하는 광고하고 연극장 광고밖에 안 보아요.

갑: 그러니 그것들이 공부는 하면 무엇 한단 말인가? 그래 음악회라니 조선 사람이 지금 돈 들여서 음악 공부하고 앉았을 때란 말인가? 너도 죽네, 나도 죽네 하고 모두 죽게 되는 판에 음악 공부를 한다고 떠드는 녀석을 보면, 이마에 똥만 들어 보여서 화가 나서 못 견디겠데. 글쎄 그렇게 철이 없는 것들이, 그저 그저.

을: 당신은 별로 괴로운 일 없으니까 배포 편하게 그런 말만 하고 계시지만, 여학교에 있는 나 같은 놈은 그런 일은 참견할 겨를조차 없다우.

갑: 개인으로 심부름을 많이 시키면서 담뱃값도 안 주거든 나처럼 취해 달라고 그래요. 급히 쓸 일이 있으니 한 50전이고 60전이고 취해 달

• **연급** 학년. 학생의 학력에 따라 학년별로 갈라놓은 등급.
• **장개석** 중화민국(대만) 초대 총통 장제스(1887~1975).

라고 하란 말이야. 그래서 쓰고 안 주면 고만이지. 고즈카이보고 자꾸 내라고 조를 터인가, 어쩔 터인가.

을: 아이고, 여선생하고 여학생하고 사람 부려 먹기란 참말 사람이 죽을 지경이지요. 못된 것은 생글생글 웃으면서 심부름을 시키지요. 그것들이 기생들처럼 '웃음'도 돈값이 있는 줄 알고 있는 모양이게 그렇지. 생글생글 웃어 주면 그냥 부려 먹어도 되는 줄 알기에 그러는 것이 아니겠소?

갑: 그래도 생글생글 웃기나 한다니 마음이나 덜 언짢겠네. 남학교에서는 학생들이 우리에게 무얼 시키려면, "여보 ○서방 안 되었소. 미안하오." 하면서 미안한 줄을 알아주니까 그건 괜찮은데, 꼭 한 가지 병이 있단 말이야.

을: 무어요?

갑: 다 그러는 것은 아니겠지마는 아무 데나 코 풀어 부치는 것하고 변소에 들어가서 그림 글씨 쓰는 것하고……. 똑 연필로 꼭꼭 박아서 쓰되 선생 욕을 써 놓는구먼. 그야 선생인들 귀신이 아닌 다음에야 잘하는 일뿐일 리가 없지. 학생들은 선생 잘못을 일일이 말할 재주는 없고 하니까 그저 변소에 들어가서 글씨로 그림으로 욕을 써 놓는구먼. 그런데 그리는 그림이란 해괴하기 짝이 없지……. 학교에서 도화•를 가르치지만 그건 배워두 어따가 무엇에 써먹을 것인지 모르겠습디다. 학생들이 저마다 이담에 환쟁이가 될 리 없겠구, 좌우간 월사금 내고 배운 것을 써먹을 데가 없으니까 그러는지 어쩐 일인지, 변소에 들어가서 그리는데 그리기는 잘들 그리거든……. 그러니 선생이 그것을 보고 가만있을 리

• **도화** 미술.

가 있나. 애매한● 놈은 우리뿐이지. "고즈카이!" 하고 불러서는 날더러 그것을 말끔 닦아 놓으라는구먼. 얼른 지워지기나 하나, 그 무서운 구린 내를 맡으면서 온종일 허리가 아프게 닦아 놓으라니 견딜 일인가베.

을: 여보, 여학교에는 가끔 글씨를 쓰는 여자가 있다우.

갑: 무어라구 쓰누? 남자들처럼 흉한 말은 안 쓰겠지, 설마.

을: 그저 아무 선생은 교실에 들어오면 아무개만 본다구 그런 말, 아무 선생은 아무개만 보고 장갑을 짜 달랬다고, 그런 말들이지요.

갑: 그렇겠지……. 선생이 학생들 듣는데 변소에 글씨를 쓰는 것은 야만의 짓이라고, 공동생활이라니 무어라니 굴련●이 없어서 그렇다구, 공중도덕이 있어야 한다구, 별별 말을 다 하지마는 원체 많은 학생이니까 그중에는 금방 또 들어가서 또 쓰는 놈이 있지요. 그러니 고즈카이만 죽어나지 않느냐 말이야.

을: 그런 것 보면 여학교의 변소만은 정한 셈이여요.

갑: 그렇겠지, 허허…….

들창● 밖에는 눈이 벌써 세 치●나 쌓이고 그래도 자꾸 퍼붓고 있다.

2

방학 중이라 마음이 느긋한 때인데 막걸리 몇 잔에 얼굴까지 따뜻한

● **애매하다** 아무 잘못 없이 꾸중을 듣거나 벌을 받아 억울하다.
● **굴련** '훈련'의 일본어 발음으로, '훈육' '덕육'의 의미로 쓰였다.
● **들창** 들어서 여는 창. 벽의 위쪽에 조그맣게 만든 창.
● **치** 길이의 단위로 1치는 약 3cm에 해당한다.

판이라 조용한 밤이 소리 없이 깊어 가는 줄도 모르고 남학교 소사 갑하고 여학교 소사 을하고의 대중없는 이야기는 담배를 피우고 피우고 하면서 쉬엄쉬엄 이어 나간다.

을: 나 그래두 기왕 고즈카이를 해 먹을 바에는 남학교 고즈카이가 한결 나을 것 같습디다. 심부름을 하더래두 엇구수한● 맛이 좀 있어야지.

갑: 흥, 정히● 그러면 나하고 바꾸어 해 보려나? 나두 색시 학교에 좀 있어 보게.

을: 제발 바꾸어 해 봅시다. 당신 같은 이가 여학교에 있다가는 한 달두 못 있다가 예수 아버지 날 살려 달라고 도망을 갈 것이니.

갑: 도망은 왜 하여? 여학교를 싫다고 도망을 해?

을: 글쎄, 직접 당해 보지를 않았으니까 그렇지. 다른 건 다 그만두고…… 첫째 여학교 고즈카이 노릇을 하려면 방이 넓어야 해요, 방이!

갑: 방이라니? 고즈카이 노릇에 방이 무슨 방이야?

을: 방 말이여요. 고즈카이 방이여요.

갑: 그건 어째 방이 넓어야 한단 말인고?

을: 하, 말도 마시오. 우리 학교에서는 무슨 교복이라고 자동차 차장 같은 복장을 맨들어서 그걸 꼭 입고 다니라고 그러지요. 몸이 호리호리하게 보이기 위하여서는 겨울에도 속에는 여름 속옷을 입고 발발 떠는 색시들이 그 모냥● 없는 양복을 입은즉, 궁둥이만 더 커 보이거든. 허리가 예뻐 보이지를 않고……. 그러니까 어쩌겄소. 교복들은 모두 우리 방

● **엇구수하다** 하는 짓이나 차림 또는 어떤 내용이 수수하면서도 은근한 맛이 있어 마음을 끄는 데가 있다.
● **정히** 진정으로 꼭.
● **모냥** '모양'의 사투리.

에다 감추어 두고 아츰•에 올 때는 비단 조선 옷을 입고 와서 고즈카이 방으로 들어와서 넌지시 바꾸어 입고 교실로 들어가는구려. 저녁때 갈 때에는 또 넌지시 벗어 두고 가고…….

갑: 흐흥, 그래 그거 재미있는걸.

을: 여보, 재미고 무어고 간신히 간반방• 속에서 어린 것들 데리고 복작복작 지내는데, 말만큼씩 한 처녀들이 우르르 몰려들어서 그 야단이니 견디어 내는 장사가 있단 말요?

갑: 나 같으면 여학교 공부하는 동안에 궁한 때는 비단옷을 골라다가 전당 잡혀 쓰고 전당표만 부자를 주겠네. 설마 저희들 죄가 있으니까 크게 떠들지는 않겠지…….

을: 허헝, 참말 한번쯤 그렇게 속여 보고 싶은 생각도 나기는 합데다. 고것들이 그래 그렇게까지 행길•로 모냥을 내고 다니고 싶은 고 소가지•가 얄밉지 않소?

갑: 그거야 신랑 구하려고 그러는 것이니까 과히 욕할 일은 못 되겠지.

을: 그러구 그것뿐인가. 공부하다가도 배가 아프다고 꾀병을 하고는 튀어나와서 내 방에 나와서 떡 엎드려 있지요. 아츰에 와서 춥다고 하고는 또 들어와서 시시대고• 있지요. 그러느라니 저희끼리 장난하다가 옷을 터뜨리고도 바늘을 내여라, 가는 실을 내여라 하지요. 자기들은 그까짓 실 조꼼 쓰는 것 우습겠지마는 우리 따위 고즈카이 집에서야 실 한 바람도 어떻게 아껴 써야 하는 줄은 꿈에도 생각이 없지요. 구차한 사람

• **아츰** '아침'의 사투리.
• **간반방** 반 칸 크기의 작은 방.
• **행길** '한길'(사람이나 차가 많이 다니는 넓은 길)의 사투리.
• **소가지** '심성'을 속되게 이르는 말.
• **시시대다** 시시거리다. 실없이 웃으며 가볍게 자꾸 지껄이다.

을 사랑하라고 한다는데 이 학교에서는 그런 것도 가르치지 않는지, 참 하소연할 데도 없고 답답하기라고는……. 엥.

갑: 딴은 듣고 보니 그렇겠네. 그렇지만 나는 말을 아니 하고 있으니까 그렇지, 남학교는 그렇지 않은 줄 아는가? 양복 겨드랑이를 찢거나 또 어떤 녀석은 궁둥이를 찢어 가지고 으레이* 고즈카이 방으로 달겨들지. 실하고 바늘 좀 달라고……. 700명 학생이 그렇게 쓰는 실만 해도 한 달이면 얼마치인 줄 아나? 그렇다고 사무실에서 월급 줄 때 실값이라도 단 10전도 주는 것은 없지! 또 하학종만 치면 우르르하고 고즈카이실로 몰려오네그려……. 선생 몰래 담배 먹느라고 그러지. 아편쟁이처럼 손가락 끝이 노래 가지고 빠는 것을 보면 우습기도 하고 한심하기도 하지…….

을: 그러면 당신은 담배깨나 그저 얻어먹겠구료.

갑: 허허, 그거야 말할 것도 없지. 녀석들이 여자와 달리 능청스러서 으레 담배 하나를 나를 주어 놓고 저희끼리 먹을 줄 알거든……. 그러구 담배 주는 까닭이 또 있느니…… 무언고 하니 선생의 집 가정 내용 이야기 해 달라려고 그러지. 아무 선생의 색시가 예쁘냐 미우냐, 아무 선생은 자기 집에서 부인에게도 그렇게 딱딱하게 굴더냐, 그런 이야기를 듣고 싶어 하거든…….

을: 그래 그런 게 어째서 알고 싶은가…….

갑: 선생이 미우니까 자연히 그래지지. 사실 말이지, 지금 선생에야 학생들에 정말 위엄을 받을 만한 인격자가 얼마 있나? 그러니까 자연.

을: 그래도 당신은 그렇게 담배로 주거니 받거니 하면서 같이 앉아서

* **으레이** '으레'의 사투리.

우스운 이야기라도 하면서 지내니까 좋지 않소? 이건 아는 것도 없이 고즈카이라면 아주 저희들과는 이야기도 할 수 없는 사람으로 깔보고 얕잡아 보면서 바늘 달라, 실 달라 심부름해 달라 하니까 더욱 골이 나지 않는단 말요?

갑: 그렇지만 남학생들이 담배도 주고 서로 구수한 이야기도 한다고 특별히 친한 체했다가는 큰 코 다치지……. 우선 겨울이면 석탄 좀 더 달라고 조르는 데는 혼나네. 그러고 시험 때 되면 시험문제 등사판에 박히는 것 한 장 미리 얻어 달라고 엉뚱한 수작을 하기도 하고……. 우리가 무식하여서 고즈카이 노릇은 할망정 속마음으로야 그 학생들이 공부 더 잘하고 다 좋은 일꾼이 되기를 어떻게 정성스럽게 바라고 있다고……. 그런 협잡을 하게 한단 말인구…….

을: 여보, 그 석탄 말 잘 나왔소. 여학생들처럼 소견 없는 것은 그저 없다니까. 석탄 많이 안 준다고 그러고, 아츰마다 일찍 피워 놓지 않는다고 눈하고 입하고를 뾰죽 내밀고 싸울 드키 덤비는구료. 내야 내 석탄인가, 그저 달라는 대로 피워 주고 싶지……. 그것들이 전날 시대 같으면 대문 밖을 나와 보기나 하겠소? 그럴 사람들이 조선 여자도 깨우쳐서 남자들과 같이 일꾼 노릇을 해야겠다고 추운 때도 쉬지 못하고 공부한다고 나서면, 길에서 학교까지 오는 것을 생각하면, 끔찍이 무던한 일이 아닌가 말이요. 내가 왜 석탄을 왜 아끼겠소?

갑: 그렇지. 그러구 여자는 남자와 다르니까.

을: 그렇지만 사무실에서 일찍 피우게 해야 말이지. 시간 되거든 조금씩 피워 주라는데 그 속은 모르고 여학생들은 날만 보고 욕을 하니 그게 무슨 노릇이겠소.

갑: 그렇지만 여학생들은 석탄을 도적질해 가지는 않겠지. 남학생들

은 석탄이 적어서 춥다고 나를 보고 조르다가 '사무실에 가서 조르라.' 고 내가 그러면 이 녀석들이 몰래 석탄광 문을 어기고 석탄을 훔쳐다가 난로를 빨갛게 달구어 놓는구료. 한편으로 생각하면 사내답고 좋은 장난이야, 사내자식이 이담에 사회에 나가서 이런 일 저런 일 하자면 더러 그래야지. 선생이 석탄 안 준다고 딴 주변•을 못 피우고 담 밑에 가서 팔짱을 끼고 발발 떨고 있으면 그따위 자식들을 가르쳐서 무엇 쓴단 말인가. 석탄을 잃어버리고도 내 속에는 그런 것이 좋거든. 그 기상이 좋단 말이야. 그런데 사무실 선생이 누가 그걸 좋다느냐 말이야. 애매한 나만 보고 왜 그 반에 석탄을 많이 주었느냐 말았느냐 하고 야단야단하니 그것 때문에 질색이란 말이지. 학생들도 더러는 고즈카이의 설움도 알아주어야겠는데 어디 나이 어린 학생들이라 남의 사정을 살필 줄 아는가 말이지.

을: 그래요. 그러게 그런 이야기를 들어 보아두 남학교는 그렇게 구수하다니까. 여학교는 그런 맛도 없고 고즈카이를 불쌍히 알아주는 눈치 하나 없고 하등 인물처럼 얕잡아 보기만 하니 견딜 수가 있소. 그렇게 얕잡아 보는 색시치고 시집가서 시어머니 봉양은 고만두고 하인배 하나 못 거느리지요.

갑: 그렇구말구.

을: 그러면서도 이과• 시간입네 무어네 하고 이담에 서양놈한테로만 시집을 가려는지 된장찌개 하나 못 하는 주제에 서양 요리만 배우지요. 그나마 기왕 공부로 할 바에는 거기 드는 제구•를 말끔 준비해 가지고

• **주변** 일을 주선하거나 변통함. 또는 그런 재주.
• **이과** 자연계의 원리나 현상을 연구하는 학문.
• **제구** 여러 가지의 기구.

올 줄 아는 것도 공부겠지……. 이건 그저 말끔 잊어버리고 오는 것투성이고, 그저 고즈카이 방으로만 달겨드는구료. 냄비 가져오너라, 도마 좀 주오, 삼발이 좀 주어요, 후춧가루 좀 가져와요, 주전자 좀 주어요, 이거야 여간 살림 기구 없이야 여학교 고즈카이 노릇 못 하지요. 그러면서도 만일 "우리 집에는 그런 게 없습니다." 하면 "그까짓 것도 없단 말요?" 하고 흉을 보지요. 어쨌든지 여학생이란 소견이 태평양같이 넓은 게여요.

갑: 태평양같이 넓어?

을: 기왕 이야기하는 바에 다 해 버리지. 여학교에서는 기숙사에는 고즈카이는 위층에를 못 올라가게 하는구려.

갑: 그건 왜 그러노? 아하, 옳지 옳지! 위층에 침실들이 있으니까 고즈카이도 남자니까 못 올라가게 하는 것이겠지……. 그러나 그렇다고 당신이 이렇게 골을 낼 것까지야 무엇 있소.

을: 아니, 아래층에 전화가 오기를 위층에 있는 아무를 불러 달라 하는데 나는 2층에를 못 올라가니까 층계 밑에서 부르자니 목이 터지게 불러도 얼른 못 알아들으니까 사람이 갑갑해 죽을 노릇 아니요? 그러고도 학교에서 연극 연습을 하거나 바자회 준비를 하노라고 밤중에 늦게야 헤어질 때에는 집 먼 여학생은 날더러 바래다주고 오라 하니 2층에도 못 올라가게 하던 놈에게 여학생 하나만 맡겨서 어둔 골목으로 데리고 가게 한단 말요? 어떻게 되는 셈을 모르겠다는 말이야.

갑: 그거 참 우스운 일이로군그래. 그러나 남학교도 그와 비슷한 고통이 또 있지. 하학 후에 학생들이 교실을 일찍 소제해• 놓고 가야지 내가 복도 소제를 끝을 낸단 말이지……. 장난꾼 학생들이 저희 장난에 미쳐

• **소제하다** 청소하다.

서 어데 고즈카이 사정을 생각해 주느냐 말이야. 이리 뛰고 저리 몰리고 하면 해가 지도록 장난만 하면서 교실을 안 치우다가 밤에나 치우게 하는구료. 아무리 선머슴 학생이라도 더러 동정심 있는 학생이면 안 그러련마는…….

을: 아직 나이가 어리니까, 학생들이니까 그야 그렇지.

갑: 여학생은 안 그런가! 다 마찬가지지.

을: 우리끼리 이렇게 하는 이야기라도 듣는다면 좀 동정심이 생겨서 덜해지련마는 그럴 재주는 어데 있소!

_雙S生, 『학생』 1929년 3~4월호

봄이다, 봄이다! 소리 높여 노래하라

봄이다, 봄이다! 하는 단 한마디 말이 어떻게 이렇게 사람의 마음을 움직이게 하는가……. 봄이다, 봄이다! 하고 자꾸 불러 보면 어째서 가슴까지 몸까지 이렇게 들먹거려질까…….

겨우내 쌓였던 눈이 녹고 얼음이 녹고 삼동●에 얼어붙은 대지도 또 녹아 풀어지면서, 물이 움직이고 뿌리가 움직이고 이 세상 모든 것이 움직여 나가기 시작하고 뻗어 나기 시작하는 철이 이 철이니, 봄은 모든 움츠렸던 생명이 다시 뻗어 나는 철인 까닭이다. 봄이라 함은 곧 생명의 새로운 신장을 의미하는 것이니 우리가 젊은 피를 가진 몸이요, 우리 가슴에도 새파란 생명이 약동하고 있거니 어찌 들먹거리지 아니하고 견딜 것이냐. 봄이다, 봄이다! 활개를 힘껏 펴고 소리 높여 노래하라. 그리하여 기운을 키우라. 생명을 키우라.

봄을 배우는 길은, 생명을 배우는 길은 오직 들 밖으로 나가는 데 있나니 지저분한 장식이 없고 갑갑한 구속이 없으니 사지를 마음대로 펼치기 좋고, 소리를 기운껏 지르기가 좋거니와 그보다도 더 배울 것이 많이 있는 까닭이다. 볕 잘 받는 양지의 풀도 솟아오르지마는 응달진 그늘

* 발표 당시 목차에서 '권두언'이라고 밝혔다.

● **삼동** 겨울 석 달.

의 풀도 우쭐우쭐 자라는 것을 배울 것이요, 무거운 돌덩이 밑에 짓눌린 풀이 그래도 낙심하지 않고 고개를 구부리고 몸을 휘어 가면서까지 태양을 바라보고 커 가는 것을 배울 것이다.

봄이다, 봄이다! 누가 방 속에 엎드려 있느냐. 나아가 뛰라. 소리쳐 노래하라. 생명의 봄을 그대의 가슴에 잡아넣어라. 언덕 뒤 꽃나무 그늘에서 작은 소리로 속살대는 놈이 누구냐! 나아가 큰 소리로 외치라! 봄을 외치라. 생명을 외치라!

다 찢어진 옷을 걸치고 점심을 굶었더라도 오히려 크게 외칠 기운을 가져야 한다. 그대의 딛고 섰는 땅이 계림● 삼천리●가 아니냐. 그대가 이 터의 임자일 새파란 젊은이가 아니냐.

들로 나가자. 꽃놀이를 가자. 풀밭에 눕고 꽃가지에 앉아서 소리 높여 외치자. 생명을 외치자.

아아, 봄이다, 봄이다! 새파란 젊은 동무들이여, 소리 높여 생명의 노래를 부르자!

_方, 『학생』 1929년 4월호

● **계림** '신라'의 다른 이름으로, '우리나라'를 이르던 말.
● **삼천리** 우리나라 전체를 비유적으로 이르는 말.

졸업한 이, 신입한 이와 또 재학 중인 남녀 학생들에게

나는 해마다와 같이 금년에도 졸업생들을 많이 만나게 되었습니다. 사무실로도 찾아오고 집으로 찾아오기도 하고 또는 학교 강당으로나 학생회의 회합처로 불리어 가기도 하여 여러 곳에서 퍽 많은 졸업생들을 만났습니다. 남학생도 만나고 여학생도 만나고.

만나는 사람의 거의 전부라고 하여도 좋을 만큼 대부분이 나에게 묻는 말은 "졸업은 하였으나 상급 학교에는 갈 수 없는 형편인즉 아무 데로나 일터로 가야 하겠는데, **어데로, 무엇을, 어떻게 찾아가야 할지** 도무지 눈앞이 캄캄합니다. 어째야 좋을지 말씀을 들려주시기 바랍니다."고 한결같은 요구였습니다.

작년 이때에 들은 것도 이 소리, 재작년, 삼작년●에 들은 것도 이 소리였는데, 금년에도 또 이 소리를 들었습니다.

남자나 여자나 고등보통을 졸업하는 것으로 공부가 끝나는 것은 아니지마는, 학비 넉넉지 못한 조선의 자녀들이 간신히 보통학교밖에 마치지 못할 자력●을 가지고 부모를 울려 가면서 억지의 정성으로 고보

* 발표 당시 '나의 페이지'난에 실렸다.
● **삼작년** 3년 전의 해.
● **자력** 물자나 자산 따위를 낼 수 있는 경제적인 능력.

를 다니기는, 그것만 졸업하면 그래도 무슨 자활의 길이 스스로 열리려니 하는 것이었는데, 졸업은 하였고 상급 학교에는 못 가겠으니 싫어도 자활의 길을 구하여 실사회로 나아가야겠는데, 앞이 캄캄하여 단 한 걸음을 내어놓을 수가 없다는, 애타는 말입니다.

나는 그러한 경우에 어떠한 대답을 해야 하겠습니까……. 하도 갑갑하니까 나 같은 사람이라도 찾아오는 것이지마는, 나 역시 내가 갈 길을 마음대로 나가지 못하고 있는 몸이거든 무어라고 그들에게 지시의 말씀을 할 것이 있겠습니까.

또 있단들 무슨 재주로 처음 만난 자리에 앉아서 잠깐 동안 이야기를 듣고 "당신은 이런 방면으로 이렇게 이렇게 나아가시오." "당신은 저리로 저리저리하여 나아가시오." 하고 속이 시원하게 이를 수가 있으며, 또 그리한단들 잠깐 한마디 말을 듣고 그가 나의 지시하는 방면으로 염려 없이 줄줄 나갈 수가 있겠습니까.

자기의 나갈 길을 위하여는 여러 해를 두고 준비하여도 용이히 나가지지 않는 것을 어떻게 하로● 저녁 이야기로 정할 수 있으며, 하로 잠깐 들은 말로 눈치를 채고 나설 수 있겠습니까……. 묻는 이도 너무 갑갑하여 묻지마는 듣는 사람은 더욱 답답하여 아무 말도 할 말이 없는 것을, 다른 말로 이 말 저 말 하고 말게 됩니다.

그러나 나는 이러한 말쯤은 할 수도 있고, 필요도 한 말이라고 믿고 가끔가끔 이야기하였습니다.

어느 학교든지 어느 학급에든지 첫째(1위) 하는 학생이 있고 꼴찌(말석) 하는 학생이 있지 않습니까? 첫째 하는 학생은 선생님의 말을 가장

● **하로** '하루'의 사투리.

잘 듣고 선생의 말 이외에는 모두 공부에 방해되는 말이라 하여 듣지 않기로 노력하고, 칠판 밑에서 공부한 것만 외어 가지느라고 애쓴 충실한 학생이고, 꼴찌 하는 학생은 평소에 선생의 말 이외에 다른 말도 많이 들을 뿐 아니라 남이 복습할 때 복습도 잘하지 않고 여기저기 돌아다니기나 하다가, 시험 때가 되면 남의 것을 넘겨보거나 어떻게 협잡 시험이나 보려고 하는 학생입니다.

학생들이나 선생들이나 다 같이 생각하기를, '우등만 하는 학생은 졸업 후에 실사회에 나가서 순차 있게 성공해 나갈 사람이요, 한편 불성실한 학생은 학교에서는 억지로 동무들의 동정으로나 어느 교원의 특별한 동정으로 그럭저럭 지낼는지 몰라도, 졸업만 하고 실력으로 경쟁하는 실사회에 나가면 실력이 없어서 아무것도 성공은커녕 발도 붙여 보지 못하고 그냥그냥 미끄러져 낙오할 것이라고' 합니다.

그러나 그렇게 생각하는 대로만 되지 아니하고, 학교를 나서서 실사회에 나가기만 하면 형편이 모두 뒤바뀌어 가지고 발도 못 붙이리라 하던 성적 불량의 학생은 이리저리 바쁘게 수선스럽게 돌아다니면서 안 될 일도 억지의 용기를 내어도 보고, 어떤 경우에는 떼를 쓰기도 하여 얼마 후에는 적으나 크나 한 사회를 세우든지 무슨 기관을 만들든지 하여 자기 손으로 두드려 일으켜 세우는 것을 흔히 봅니다.

그와 반대로, '사회에 나가면 정해 놓고 훌륭한 성공을 하려니' 하고 자타가 다 같이 믿고 있던 우등생은 이야말로 책상물림의 샌님이 되어 여기도 맞지 않고 저 노릇도 틀리고 하여 뱅뱅 돌아 떨어져서 늦도록 취직을 못 하고 있다가, 결국은 회사를 만들어 놓고 앉은 성적 불량한 동창생을 찾아가서 동창의 정분으로 서기라도 한 자리 달라고 애걸하게 되는 것을 또 종종 봅니다.

우등생이 반드시 다 이렇게 되고, 성적 좋지 못하던 불량 학생이 다 성공하라는 법은 없겠지마는 내가 나의 동창생을 놓고 보아도 그런 경우가 많고 또 남의 동기생을 보아도 그런 일이 많다고 합니다. 여러분도 여러분의 아는 범위 내에서 찾아보면 그리 안 된 것보다 그리된 것을 더 많이 발견할 것입니다.

이것은 어찌 된 까닭이겠습니까? 이 사실은 무엇을 말하는 것이겠습니까?

한두 가지의 딴 이유도 없지 않겠지마는 대체의 이유는 학교에서 배우는 것과 실사회 생활과의 그 거리가 멀리 떨어져 있는 까닭입니다. 학교 공부가 곧 실사회 공부여야겠는데 그 간격이 멀리 떨어져 있는 까닭으로, 학생 시대의 공부 성적은 학교 안에서뿐의 일이고 실사회에 나가서는 다른 새삼스런 실력으로 다투게 되어지는 까닭입니다.

여기서 여러분은 무엇을 느낍니까? 공부를 더 좀 더 오래하기보다도 실사회로 나아가야 할 길이 바쁘면 바쁜 만큼 재학 시대에 학교에 있는 때부터 좀 더 실사회의 직접 지식을 더 배워 두었으면! 하는 생각을 누구나 가지게 될 것입니다.

그 말입니다. 갑갑한 대로라도 내가 졸업생들께 대답해서 나아가지는 말이 그 말뿐입니다. 그리고 곧 이 말은 신입생, 재학생 여러분에게 더 필요한 말이라고 믿고 있습니다. 칠판 하나만 보고 있다가 졸업하고 나서는 날 어리둥절하여 쩔쩔매지 말고, 마치 영국이나 미국에 갈 사람이 그곳 지도 한 장 들여다보지 않고 그곳 풍속, 사정 하나 들어 보지 못하고 영어 몇 마디 배워 본 일이 있었다는 것만 믿고 기선에 실리어 미국 땅에 떨어져 가지고 촌보•를 내놓지 못하고 쩔쩔매는 것과 똑같은 꼴을 하지 말고—미리미리 학과 공부하는 여가를 잘 이용하여 실사회, 실생활에 관한 지식을 구하기에 부지런하라는 말입니다.

나는 여기서 내가 하고 싶은 말을 이 이상 더 자세 쓸 재주가 없습니다. 그리할 자유가 없는 것입니다. 그러나 당장 여러분들의 일을 생각하면 갑갑하기 짝이 없어 어찌할 바를 모르겠습니다.

"선생님은 학교에서 가르치는 이외의 것을 많이 알려고 할 필요가 없다고 합니다. 학교 것만 잘 외이고 잘 기억해 두라고 합니다. 그러니까 그것만 믿고 있었는데 졸업장 한 장만 주어서 교문 밖으로 탁 내보내고 그만이니, 꼭 어린애를 소주•에 태워다가 망망대해 한복판에 띄워 놓고 자아, 졸업장을 가졌으니 인제 너 혼자 저어 가라고 하는 것 같습니다. 노질을 배워 보았겠습니까, 헤엄치는 것을 배웠겠습니까? 어리둥절하여 겁밖에 나는 것이 없습니다."
하는 안타까운 하소연이 지금 이것을 쓰는 때에도 내 귀에 쟁쟁하게 돌고 있습니다.

이 이상 더 못 하니까 갑갑한 말뿐이지마는 "그러니까 교문을 나서기 전부터 공부하는 여가에 부지런히 노질하는 것도 배우고 헤엄치는 것도 배워 두라." 하는 말입니다.

실사회 그것은 극렬한 생존경쟁장이라 하여 고해•라고 하는 사람도 있습니다. 고해 아니야 그보다도 더 몇 배 더한 곳이라 하더라도 결국은 그 속에 뛰어 들어가서 그 속에서 살아갈 몸이니 미리부터 거기에 대한 지식을 얻어 두는 것은 결코 잘못하는 일이 아닙니다.

먼저 말씀한 예를 가지고 다시 말씀한다면, 학교에서 간신히 낙제나

● **촌보** 몇 발짝 안 되는 걸음. 아주 가까운 거리를 비유적으로 이르는 말.
● **소주** 작은 배.
● **고해** 고통의 세계라는 뜻으로, 괴로움이 끝이 없는 인간 세상을 이르는 말.

면하기에 급급하던 학생이건마는 졸업 후에 실사회에 나가서는 우등생 — 칠판만 지키던 얼굴 창백한 샌님 — 보다는 미리부터 실사회 공기를 더 쏘이고, 실사회 사람들과 구면이고 더 익숙하여 활동해 볼 단서가 생기고 용기가 나고, 또 활동하는 길 처방, 약방문●을 알고 있는 까닭으로 생소한 사람보다 한결 나은 것입니다.

졸업하고 나서서 취직에 방황하는 이는 반드시 이 뉘우침이 있을 것입니다. 그러나 어느 때까지 후회만 하고 있을 수도 없는 일인즉, 졸업생 여러분은 지금에라도 안 되는 취직에만 초조히 굴지 말고 우선 한동안 잡아서 각 방면의 선진●을 자주 찾고 실사회에 나설 사람으로의 준비를 속성으로라도 맞추도록 노력할 것이요, 한편으로는 당신의 후회를 후진● 학생에게 말씀하여 지금 재학하고 있는 이들로 하여금 후일 졸업의 일(日)에 그 후회를 하게 되지 않도록 해야 할 것입니다.

이제는 신입생·재학생에게 학교에 다니면서 미리부터 실사회 지식을 구하는 길을 말씀해야 할 차례입니다. 그러나 그것은 내가 여기에 쓰지 못할 말입니다. 그것은 학교교육 비판이 되고 제한 초과가 되어 이 글이나마 인쇄도 되지 못하는 까닭입니다.

눈치 빠른 학생의 많은 사려를 바라고 이만 그칠밖에 없습니다.

_『학생』 1929년 4월호

● **약방문** 약을 짓기 위하여 약 이름과 약의 분량을 적은 종이. '해결책'을 비유하는 말.
● **선진** 어느 한 분야에서 연령, 지위, 기량 따위가 앞섬. 또는 그런 사람.
● **후진** 후배.

조선의 학생 기질은 무엇인가

독일의 학생 기질은 지지 않는 혼에 있다 하고, 불국•의 학생 기질은 규율적이요, 숫자적인 데 있다 하고, 영미국의 학생 기질은 모험성에 있다 하고, 일본의 학생 기질은 만용적임에 있다 하면, 조선의 학생 기질은 어떤 것이라 할 것이겠습니까?

이것은 평범한 것 같으면서 대단히 중대한 문제인 것이니, 이것의 건전하고 하지 못한 분간으로써 우리 전체 장래의 사활을 어느 정도까지 점칠 수 있는 까닭입니다.

남의 곳과 같이 자리 잡힌 사회 같으면 20 내외의 학생들의 문제를 가지고 그다지 과중한 기대를 하거나 중대히 취급하지 아니하여도 좋을 것입니다. 그들은 배우는 중에 있는 사람이요, 아직 어린 사람이니 그들이 직접 실사회에 나오기까지는 아직도 오랜 세월이 있는 까닭이요, 아직 성인이 아닌 이유로 나어린 시절이라 하여 제 풀•대로 노는 것을 너그럽게 보아줄 수 있는 까닭입니다. 그러나 그러한 저들에게 있어서도 학생계의 경향, 기풍이 가장 중대시되어 그것을 선도하기에 최선의 노력을 하고 있지 않습니까?

• **불국** '프랑스'를 이르던 말.
• **풀** 세찬 기세나 활발한 기운.

조선의 사회는 자리 잡히지 못했습니다. 옛날의 노력을 가지고 지탱하여 온 사회는 모조리 허물어져 버렸고, 새로이 지어진 것은 아직 완전히 선 것이 없는 세상입니다. 옛날 지식, 옛날 생각밖에 가지지 못한 인물들은 백천 가지 일에 실패하여 실망하였으니, 그들은 재기할 기운도 재주도 없어져 버렸고 오직 새 사람이다, 새 일꾼이다 하고 새 인물이 나와서 새 일을 시작하기를 기다리고 있는 것이 지금 우리 사회가 아닙니까?

이 판에서 새로 자라 나오는 새 일꾼 중에 제일 먼저 제일 앞잡이 서서 맨 먼저 튀어나오는 것이 여러분, 학생군들입니다.

그럴 뿐만 아니라 또 여러분은 다른 나라의 학생과 달라서 학창으로부터 실사회로 튀어나올 날이 멀지를 아니합니다. 대개는 중학만 마치고 곧 튀어나올 사람들이요, 더 간대야 10년, 20년 두고 연구할 사람이 못 되고 간신히 전문쯤 마치고 튀어나올 사람들입니다.

그러한 까닭으로 — 이 위 두 가지 까닭으로 — 우리 사회와 같은 데서는 학생급처럼 중요한 급이 더 없다는 것입니다. 여러분 학생들뿐만이 조선이 기다리고 있는 새 사람이요, 여러분뿐만이 새 일꾼입니다. 잘되어도 여러분의 손으로요, 이보다 더 잘못되어도 여러분의 손으로 되게 모든 형편이 지어져 있습니다.

조선 사람이라면 남이 업신여기고 흉보고 푸대접할 줄을 뻔히 알고 있으면서도, 아무리 싫어도 '나는 조선 사람이요.' 할 수밖에 없는 것과 마찬가지로, 그 책임을 지기 싫어도 아무리 싫어도 잘되게 하거나 잘못되게 하거나 조선의 새 운명의 책임을 미리부터 지고 있는 것이 여러분 청년 학생군입니다.

그러면 갑갑한 우리의 새 운수를 점쳐 보기 위하여 오늘 조선의 학생

기질이 어떤 것인가를 여러분과 함께 생각해 보십시다. 좀 진중한 생각으로 여러분도 각각 학교에서든지 하숙에서든지 이것을 화제로 하여 이야기해 보십시오. 과연 오늘 조선의 학생 기질, 대표적 기질은 과연 어떤 것이라고 할 수 있을까……. 다대수의 학생의 기질, 기풍이 어떠한 것인가……. 이것을 이야기하는 것은 곧 우리 전체의 '명일'을 이야기하는 것입니다.

우선 여기서 이야기해 봅시다. 무엇이 과연 다대수•를 점하는 대표적 기질이겠습니까?

조선 학생들은 거의 반수나 될 만큼 안경을 쓰고 다니니, 독서열이 많은 점에 학생 기풍이 있다 하겠습니까? 그중에도 각테 로이드안경•이 대부분이니 희극가•를 좋아하는 낙천적인 점에 조선 학생 기질이 있다 하겠습니까? 남학생이나 여학생이나 나팔바지니 라디오 머리•니 하고 유행에서 유행으로 눈 감고 따라다니니 유행의 앞을 걸어가는 데에 있다 하겠습니까? 의미 깊은 강연회보다는 그 3, 4배 하는 관람료임에 불구하고 각처 극장이 매일 학생으로 만원이 된다 하니 남다른 애극가•라는 점에 조선 학생 기질이 있다고 자랑하겠습니까? 만일 이 외에 또 있다면 집집마다 월부 풍금이 있고 하숙집마다 바이올린이나 횡적•이 있으며, 가는 곳마다 선생 별명, 선진•의 욕설을 기탄없이 하고 있는 것

• **다대수** 대다수.
• **로이드안경** 둥글고 굵은 셀룰로이드 테의 안경.
• **희극가** 희극 배우. 코미디언.
• **라디오 머리** 1920~30년대에 유행했던 머리 스타일로, 혼자 듣는 라디오의 수화기(헤드폰) 모양으로 두 귀에다가 머리를 가늘게 땋아서 똬리를 만들어 붙인 것.
• **애극가** 연극을 좋아하는 사람.
• **횡적** 플루트를 비롯해 가로로 불게 되어 있는 관악기를 통틀어 이르는 말.

을 보니 음악 기호라는 점이나 선배를 욕하는 데 과감하다는 점에 조선 학생 기질이 있다 하겠습니까? 그런 점에 있다고 하게 되어도 어심•에 편안하겠습니까?

아아, 학생 여러분, 나의 경애하는 학생 여러분! 우리 조선 학생 기질은 다른 아무것보다도 먼저 '내어뻗치는 원기가 있어 씩씩하다.'는 점에 있어야겠습니다. 원기는 아무 때라도 있어야 하지마는 오늘날 조선의 학생군에게 제일 먼저 있어야 할 것이 오직 원기입니다. 만용의 기, 모험의 기상, 의협의 정신, 이 모든 것은 오직 씩씩한 원기에서 나올 것입니다.

나머지 초가삼간이 마저 쓰러진다 하여도 그 집 젊은이에게 남달리 뛰는 원기만이 있다 하면 무엇이 걱정이겠습니까? 오늘날 우리의 고생이 이보다 몇 배 더한 것이 있다 하더라도 새로 일어나는 학생군에게 씩씩한 원기가 넘쳐 뻗치는 바 있다면 무엇이 슬픈 일이겠습니까? 원기외다! 원기외다! 새 사람들까지 늘큰하여서는• 안 됩니다. 최후의 시각이 이마에 부딪더라도 오히려 씩씩한 원기로 휘둘러 기운을 가져야 아니 합니까!

그런데 지금의 학생 생활 그 어느 곳에를 찾아가면 미더운 원기를 구경할 수 있습니까? 체조 시간에는 비단 와이셔츠를 아끼면서 허리를 꾸부리고 머리를 긁으면서 성한 몸을 병중이라 핑계하는 학생이 종종 있다고 합니다. 다른 기자의 말이나 혹은 투서•류에 적혀 오는 말을 듣고

● **선진** 어느 한 분야에서 연령, 지위, 기량 따위가 앞섬. 또는 그런 사람.
● **어심** 마음의 속.
● **늘큰하다** 꽤 물러서 늘어지게 되다.
● **투서** '투고'를 이르던 말.

노상•에서 주의해 보니, 과연 물분•을 바르고 다니는 남학생이 결코 한 두 사람뿐이 아닌 것을 보고 놀랬습니다. 당신은 조선의 아들이외다. 조선의 학생이외다. 싫거나 좋거나 조선의 새 운명을 좌우할 책임을 짊어진 청년치고는 야속하게까지 섭섭한 짓이 아닙니까? 심한 이는 이상한 빛깔의 와이셔츠 소매를 학생복 소매보다 길게 해 내놓고 기생류가 띠는 비단실로 짠 분홍 허리띠를 양복 위에 매고 대활보하는 것을 봅니다.

나이가 젊은 사람이거니, 더러는 젊을 때 모양도 내 보고 싶겠지, 같은 값이면 색깔 고운 물건을 쓰고 싶어 할 나이 때도 있느니……. 그까짓 것을 가지고 과히 책망할 것은 없다고 스스로 돌이켜 생각해 보기도 늘 하였습니다마는, 오늘 우리의 처지를 생각할 때 그런 짓까지는 지나친 타락입니다. 학생 양복에 비단 와이셔츠를 입고 더구나 기생배•류의 허리띠를 사서 남이 보거라고 거죽에 늘이고 다니는 그 심정을 생각하면 실로 기가 막히는 바 있습니다.

오늘날의 조선 청년이 그리해도 좋겠습니까? 오늘날의 조선 학생이 그리하여도 용서될 수가 있겠습니까? 옆에 동무가 그리하는 꼴을 보고도 달겨들어 충고하거나 빼앗아 없애거나 경고 한마디 해 주는 학우가 없을 만큼, 조선 학생들이 모두 원기가 없어도 그다지 없어도 좋겠습니까?

여러분의 학교로 조회 시간을 보러 다녀 보았습니다. 호령•이 떨어져도 10분이나 넘어 꿈적거리는 그 늘큰한 몸뚱이들, 죽지 죽지 못해서 살아 있는 몸뚱이, 움직이기가 지긋지긋한 그 아편쟁이 같은 태도, 조선의

• **노상** 길바닥.
• **물분** 얼굴을 단장할 때 바르는 액체로 된 분.
• **기생배** 기생 무리.
• **호령** 구령.

장래가 너무도 한심하지 않습니까? 만일 그 각자 각자가 자기네의 책무를 자각하고 있는 사람들이라면 당신들의 발소리는 쇳소리 같을 것이요, 당신들의 입김은 그대로 불길 같을 것입니다.

여러분들의 운동회마다 정성스레 쫓아다녀 보았습니다. 번화한 듯하면서 쓸쓸한 그 마당, 타오르는 불길같이 용솟음쳐 뛰어오르는 원기를 보기 어려웠습니다. 여러분의 학교 잡지를 정성 들여 모아 읽어 보았습니다. 기운 하나 없는 늙은 샌님의 하폄• 같은 작문만 모아 놓은 것 외에, 읽는 사람의 조금 남은 기운조차 아주 늘어져 버리게 하는 것 외에 아무것도 없는 데에 놀랬습니다.

조선의 학생들에게는 앞에 보이는 광명이 없습니다. 이렇게 이렇게 해 나가면 어떻게 어떻게 출세하고 성공할 수 있다는 길이 전혀 보이지 않는 고로 아무 노력도 없고 원기도 생길 수가 없습니다고 누구든지 말합니다. 그런 까닭으로 불쌍한 사람 중에도 더욱 불쌍한 사람이 조선의 학생들이라고 합니다.

그러나 어찌하겠습니까? 불쌍한 처지에 있으니까 그것이 싫어서 자살해 버린다면 이커니와,• 불쌍하면 불쌍한 처지에 있을수록 남보다 더한 원기를 길러 갖추어야 아니 합니까? 처지와 환경이 험난하면 할수록 그 험난을 능히 여기고 뚫고 나가서 새 세상을 가져올 기운을 길러 가져야 아니 합니까? 지금 우리에게는 이 기운이 필요하다는 말입니다.

개인 한두 사람의 기운이나 우리 전체의 기운이나가 결코 어느 한 시기에 별안간에 덩어리로 몰켜• 오는 것이 아닙니다. 극히 작은 일

● **하폄** 헐뜯어 비방함.
● **이커니와** 그만일 따름이지만. '이(已)'는 '그치다, 그만이다'라는 뜻이다.
● **몰키다** 한곳에 빽빽하게 모이다.

에서부터 게으름을 일소하고 원기를 진작해 가기에 부지런히 해야 합니다.

화사● 한 데 기울어지는 경향을 일소해 내는 것도 원기요, 문약● 연애에 흐르는 경향을 물리쳐 내는 것도 원기요, 작게는 학교 명예를 위하여 크게는 조선 학생으로의 명예를 위하여 일절의 긴장한 공기를 지어 내고, 새로운 미쁜● 경향을 지어 내는 것도 오직 원기입니다.

이리하여 남자 여자 간에 화사●를 즐기는 자는 학생계에서 천대를 당하게 되고, 일반 집회는 시간을 엄수하는 점으로나 내용이 긴장한 점으로나 엄숙해지고, 조기● 운동, 등산 운동이 성해지면서 전체로 새로운 원기와 패기가 넘쳐흐르면 교원이 또한 이에 자극되고 부형이 자극되고 또 일반 사회가 자극되어, 신흥하는 패기는 이윽고 삼천리 전국에 차고 넘칠 것이니 온갖 모험의 기와 지지 않으려는 기백은 그 속에서 샘솟아 나올 것입니다.

여러분, 학생 여러분! 일은 결코 커다란 데에서만 시작되는 것이 아니니 심사● 또 심사, 당신과 같이 뜻있는 학생 간에 이 일이 여론화하게 힘쓰지 못하겠습니까? 우선 이것이 학생계에 문제가 되어야겠습니다. 의논거리가 되어야겠습니다. 하숙마다 이것이 논의되고 학교마다 학급마다 이것이 논의되어야겠습니다. 그리하여 그 학교마다에 한 힘 있는 여론이 되어 가지고 그것이 상급으로부터 하급에 차차로 퍼져야 하고,

● **화사** 호화롭고 사치스러움.
● **문약** 글에만 열중하여 정신적으로나 신체적으로 나약함. 또는 그러한 상태.
● **미쁘다** 믿음성이 있다.
● **화사** 화려하고 고움.
● **조기** 아침.
● **심사** 깊이 생각함. 또는 깊은 생각.

한 학교 한 학교가 그리되는 동안에 전체가 그리되어야 합니다.

_『학생』 1929년 5월호

권두언

프랭클린•이 젊어서 활판소•와 동시에 한옆으로 책점•을 경영할 때 일이다. 한 객이 와서 책가•를 깎으려는데 점원이 깎아 주지 않는 고로 주인인 프랭클린을 불러내어 깎아 팔기를 청하였더니, 프랭클린은 정가 위에 1할•을 더 비싸게 요구하였다. 객이 어이가 없어서 다만 얼마라도 깎아 주기를 간청한즉 이번에는 정가의 2할을 더 비싸게 요구하고, 그래도 객이 더 조른즉 3할, 4할을 더 요구하면서,

"나는 놀고 있는 사람이 아니외다. 손님께서 이 책을 처음 얼른 사시면 책값만 받고 드렸지만 이렇게 시간을 자꾸 끄시니까 책값 위에 시간값도 더 내주지 않으면 손해가 되니까 더 줍시사 하는 것입니다. 벌써 또 고동안에도 시간이 더 걸렸으니까 지금 곧 사셔도 정가의 5할은 더 주셔야 하게 되었습니다." 하였다.

객은 그 말을 듣고 "일생에 이익 될 말을 들었다."고 기뻐하면서 책값의 반 갑절을 더 내고 사 갔다.

- **프랭클린**(1706~1790) 미국의 정치인, 과학자.
- **활판소** 인쇄소.
- **책점** 서점.
- **책가** 책값.
- **할** 비율을 나타내는 단위로 1할은 전체 수량의 10분의 1이다.

*

하기방학이라는 이름 밑에 남녀 학생 제군에게는 40일 시간으로, 960시간이라는 굉장히 많은 시간이 제군의 자유에 맡겨지려 한다. 묻노니 제군은 각각 자기에게 던져진 이 960시간의 값(가치)을 얼마씩으로 계산하려 하는가?

제군은 조선의 아들이요 딸이다. 제군의 돌아가는 곳은 조선의, 조선 사람의 시골이다. 시대에 뒤늦어진 부로•가 늙은 뼈에 땀을 흘리면서도 쪼들리기만 하고 있는 곳이 그곳이요, 할 수 할 수 없어진 피폐한 사람들이 아무 데서나 새로운 소식이 있기만 바라고 있는 곳이 그곳이다. 그리고 그 어려운 중에서도 주린 배를 참아 가면서 제군의 학비를 뽑아 보내 주면서 한 날이라도 속히 제군이 좋은 일꾼이 되어 돌아오기를 까맣게 기다리고 있는 곳이다. 제군의 일거수일투족 또 단 한마디의 절규가 곧 그곳의 광명이 되고, 생명이 되고, 횃불이 될 것이거늘, 제군이 그 시골에 돌아가는 40일, 960여 시간이 어찌 적은 값으로 계산될 것이냐.

그러나 쉬는 학생이 되지 말고 일하는 역군이 되라. 큰 집을 세우는 대역•에 큰 힘을 쓰는 역군이 되라. 조선의 아들과 딸에게는 편히 쉬는 방학이 있을 수 없는 것이다. 경성역두,• 평양·대구역두에서 흩어져 면면촌촌•이 찾아 돌아가는 반십만•의 남녀 학생군, 제군이 모두 뜻이 있다면 방학은 곧 가장 유위한• 총동원으로 볼 수 있는 것이다. 조선의 일

• **부로** 한 동네에서 나이가 많은 남자 어른을 높여 이르는 말.
• **대역** 큰 공사.
• **역두** 역전. 역 앞.
• **면면촌촌** 방방곡곡.
• **반십만** 5만.
• **유위하다** 능력이 있어 쓸모가 있다.

에 4800만 시간이 가장 유효하게 움직여지는 것이다.

아아, 이것을 간직하자! 4800만 시간, 5만의 학생 총동원! 이것을 생각하는 마음으로 우리는 미리 이 책으로써 방학 준비호를 남다른 심정으로 제군에게 보내는 것이니, 이 책의 문자 밑에 숨어 있는 문자를 새겨 읽기를 바란다.

_方, 『학생』 1929년 7월호

지금부터 시작해야 할 남녀 학생의 방학 준비

나는 학생이 아니니 방학 때라는 말과는 아무 관련이 없는 몸이지마는 해마다 방학 머리●에는 남대문역에를 나갑니다. 내가 학생이 아닐 뿐만 아니라 그리로 모여드는 몇 만 명 학생들이 모두 나와 아는 사람도 아니지마는, 조선 사람 중에 제일 기대 많은 그들이 조선의 장래를 제일 알뜰히 생각하고 커 가는 그들이 온 조선 방방곡곡에 찾아가는 길을 나 혼자만이라도 송별하고 싶은 정으로, 나는 방학 머리마다 정거장에 나가 낯모르는 학생의 떼를 바라보고 섰다가 돌아옵니다.

이러한 생각으로 나가 섰으면 그들이 입은 찢어진 학생복이 군복보다도 비행복보다도 더 씩씩하고 든든해 보여집니다. 그리고 그 저벅저벅하는 구두 소리들, 그 젊은 기운찬 목소리들. 오! 저들이야말로 조선이 믿을 수 있는 일꾼들이요, 저들이 조선의 새 아들들이구나 하고 가슴 속에 외쳐집니다.

그렇습니다. 가난뱅이 조선의 아들들이 가난한 살림을 찾아 돌아가는 길들입니다. 가난뱅이 아들인 까닭에 집에 돌아가도 편히 쉬지는 못할 몸들이요, 편히 놀겠다고는 애초에 생각부터 못 먹는 사람들이니, 생

* 발표 당시 '나의 페이지'난에 실렸다.
● 머리 어떤 때가 시작될 무렵을 비유적으로 이르는 말.

각하면 한이 없이 불쌍한 사람들입니다.

그러나 그들의 얼굴에는 슬픈 빛이 없습니다. 아무런 걱정의 빛도 보이지 않습니다. 오직 펄떡펄떡 뛰는 발자한● 기운밖에는 아무것도 없습니다. 그 기운, 그 새파란 젊은 기운, 그것이 방방곡곡의 슬픔을 걷어치고 거기에 새로운 생명을 낳게 할 기운입니다. 천만 가지의 슬픔이 앞을 막아도 오히려 굽히지 않고 나아가 새로운 기쁨을 가져올 기운입니다. 씩씩하고 거룩한 기운입니다.

이 미쁜● 기운이, 영기로운● 생명수 같은 이 기운이 13도 면면촌촌● 에 스며들어 가는 것이 이때의 조선의 방학기입니다.

그 몇 만의 귀향 학생이 한몫 한몫 저마다 좋은 생명수가 된다 하면, 조선의 민중과 조선은 단 한 번 방학 동안에 몹시 커지고 새로워지고 굳세어질 것입니다.

*

여러분, 학생 여러분!! 여러분은 이번 방학에 어떠한 일을 하고 준비를 가지고 있으며, 어떠한 노력으로 당신의 향리에 새로운 생명을 넣어 놓고 올 작정입니까……? 동원령을 기다리는 출전 군대 모양으로 당신들은 방학이 오기 전에 지금부터 전구●며 군량●을 부지런히 장만해 가지고 귀향의 날을 기다려야 할 것입니다.

그리하기에는 사람마다 그 개성을 따라 준비할 내용이 물론 다를 것

● **발자하다** 성미가 급하다. 또는 꺼리거나 주저함이 없다.
● **미쁘다** 믿음성이 있다.
● **영기롭다** 신령스러운 기운이 있다.
● **면면촌촌** 방방곡곡.
● **전구** 전쟁에서 쓰는 도구.
● **군량** 군대의 양식.

이나, 이제 나는 나로서 여러분의 누구에게든지 이것만은 유의하여 달라고 권고하고 싶은 일을 참고로 여기에 몇 가지 적어 보겠습니다.

*

하기방학 중에 학생들이 향촌을 위하여 일한다 하면 우선 순회강연이나 아니면 순회 연극을 꼽습니다. 그러나 이것은 대체로 보아 그리 큰 이익을 남기지 못하는 일이니, 금년부터는 여간 특별한 경우가 아니면 이것은 그만두는 것이 좋고, 되도록 옆에 동무에게도 그만두도록 권고하는 것이 좋을 것 같습니다.

몇 사람 선출하여 몇몇 지방에만 한하여 막연한 말을 하고 오게 하는 것보다는 고향에 돌아가는 남녀 학생 전원이 저마다 연사가 되고 강사가 되어, 노인을 만나면 이때의 조선 노인의 가질 각오를 말하고 부녀들을 만나면 이때의 조선 부녀로의 각오, 청년을 만나면 청년, 소년을 만나면 소년의 가질 각오를 말하고, 그 나아갈 길을 지시하여야 하고 또 그 할 일을 손수 같이 덤벼 시작해 주어야 합니다.

당신들은 당신 자신이 자진하여 그리하여야 할 것은 물론이거니와 그것을 피하려 하여도 피하지 못할 것이니, 당신의 동리 노인이 당신의 귀향 맞이의 인사를 마치고 가장 궁금해하고 또 신뢰하고 기대하는 마음으로 세계 형편과 조선 사정을 물을 때에, 당신은 그에게 자상한 설명을 드리어 그로 하여금 거기 대한 새로운 각오를 가지게 하여야 할 것이요, 농촌 청년, 또 부녀 들이 따로 그것을 물으면 거기 대하여 자기네들이 어떠한 각오를 가지고 나갈 것인지 어떤 준비를 가질 것인지를 물을 것이니 거기 대한 확실한 대답을 해 주어야 하고, 또 그들이 준비할 일을 같이 덤벼 시작해 보여 주어야 할 것입니다. 더구나 당신들을 한울• 같이 믿으면서 쳐다보고 있는 소년들에게 더욱 그리하여야 할 것입니다. 많은 사람을 만나서는 물론이요, 단 수삼● 인을 대해서도 이러하여야 합니다.

*

당신들이 자진하여 노인들을 만날 기회를 찾아 노인들의 사묘●를 찾고 부녀, 소년 들을 만나는 족족 그리하는 성의를 보인다면 '그저 아무리 어려워도 공부는 시킬 것이라.'는 말이 당장 그들 사이에 퍼질 것이요, 취직을 떠나서 따로 학교 졸업의 고마운 가치를 그들은 새로이 발견할 것입니다. 그리고 당신의 정성과 힘으로 당신의 시골에 없던 기관이 생기고, 없던 깨달음이 생겨서 전에 없던 일이 단 한 가지라도 생겨난다 하면, 그보다 더 훌륭한 일이 또 어데 있겠습니까?

들떠서, 허공에 들떠서 나는 이런 일을 합네 하고 떠들고 다니는 허영 강사가 되지 말고, 침착하게 실지있게 한 사람이라도 마주 잡아 깨우쳐 놓고, 한 가지 일이라도 세우고 시작해야 합니다. 결코 큰일만이 일이 아니니 작은 일이라도 빠지는 것이 없이 한 가지씩 이룩해 놓고 올 것을 결심해야 합니다.

*

그러나 우리는 아직 학생입니다. 아직 아무 체계 잡힌 지식이 없고 세상을 바로 관찰할 힘이 없으니 어찌 남을 지도할 자격이 있습니까? 그리하고 싶은들 그리할 능력이 있어야 안 합니까?

그 말은 옳습니다. 그러기에 당신들더러 곧 향촌의 지도자가 되라고는 아니 합니다. 적어도 우리의 전체 운동의 사령,● 전달의 역임●을 말

● **한울** 천도교에서 '하늘'을 달리 이르는 말.
● **수삼** 두서넛.
● **사묘** 사당. 조상의 신주를 모셔 놓은 집.

으라는 의미로 나는 이러한 일을 권고하고 싶습니다.

늦어도 방학되기 전 2, 3주일 전에 학교의 교우회명으로 학교 안에서 하든지 또는 어느 학생 친목회명으로 학교 밖에서 하든지, 실사회에서 실제로 노력하고 있는 각 방면의 권위 있는 연구가, 활동가를 초대하여 그의 의견을 듣는 것이 좋습니다. 청년운동, 농민운동, 소년운동, 부인운동, 학생운동, 노동운동, 각 방면 운동의 연구가, 지도자로서 자기네가 직접 민중에게 하고 싶은 급한 말을 들어다가 고대로 옮겨 주어도 좋고, 또는 그들이 중간층의 학생들에게 민중에게 가서 이런 일을 해 주고와 달라는 급한 부탁을 들어도 좋습니다.

초청할 기회를 얻지 못할 사정에 있는 학생이면 그들의 사무소로나 사택으로 방문하십시오. 그리하여서라도 우리들이 다 각기 우리의 전체 생명을 위하여 일하는 한몫의 역할을 다하여야 할 것입니다.

—(이하 6행 약●)

가장 안타까운 마음으로 가장 많은 기대를 가지고 학생 여러분에게 호소 또 부탁하는 바입니다. 특별히 이때에 여러분의 많은 사려와 용기를 바랍니다.

_『학생』 1929년 7월호

● **사령** 군대나 함대 따위를 지휘하고 감독하는 일.
● **역임** 임무.
● 검열로 삭제된 것으로 보인다.

남학생, 여학생 방학 중의 두 가지 큰일
—맹세코 이것을 실행하자

정말 뜻있는 학생이라 하면 방학 40여 일을 고향에 가서 어떻게 값있게 쓸까.

학생의 몸과 지식으로 할 수 있는 범위 내에서 소년회를 조직해 주고 오는 것도 좋은 일이요, 청년회, 부인회, 농민회 등 없어서 안 될 것을 일깨워 주고 그 창설을 도와주고 오는 것도 좋은 일이요, 좋은 환등●을 구해 가지고 가서 보여 주고 오는 것도, 좋은 서책을 가지고 가서 읽을 수 있는 이에게 회독●을 시키는 것도 다 좋은 일이다. 먼저 자기의 역량을 살피고 또 돌아가 자기 고향을 보살펴 본 후에 거기 필요한 일을 착수할 것이다.

그러한 모든 필요한 일을 자기 역량에 따라 힘써 노력하되, 하는 한옆으로 잊지 말고 반드시 누구나 하여야 할 두 가지 급한 일을 나는 제의한다.

자기 집을 중심으로 하여 형이거나 아저씨거나 아주머니거나 누이거나 동생이거나 언문을 모르는 이에게 언문을 깨쳐 줄 것이다. 이것이야

● **환등** 환등기. 그림, 사진, 실물 따위에 강한 불빛을 비춰 그 반사광을 렌즈로 확대해 보여 주는 기구.
● **회독** 여러 사람이 돌려 가며 읽음.

말로 만 가지 운동의 기초를 짓는 일이니 한 사람 두 사람이라도 붙잡고 앉아서 하로● 두 시간씩만 가르치면 방학 동안에 훌륭히 깨칠 수 있는 것이다. 옛날에는 일이 있으면 봉화를 들었다. 봉화는 눈만 뜬 사람이면 볼 수 있었거니와 지금은 다른 학문은 다 없더라도 언문 한 가지는 알고 있어서 급한 때 신문 호외 한 장쯤은 읽고 알아야 할 것이 아니냐.

많은 학자가 우리에게는 생겨나야 한다. 그러나 지금 우리에게 그보다 더 급한 것은 전 민중이 모두 한 장의 글발을 다 같이 읽을 수 있게 되는 그것이다. 그리하여 평소에 호흡이 통하고 생각이 같고 걸음이 같아야 한다. 여럿이 일시에!! 이 힘은 오직 한 장의 글발을 일제히 읽을 수 있는 데에서 생겨나는 것이다.

조선을 위하여 생각한다는 사람은 많다. 그러나 흙 한 줌이라도 자기 손으로 집는 사람은 많지 못하다. 조선을 위하여 제일 고귀한 노력을 하는 것으로 알고, 우리는 금년 여름에 일제히 이웃 사람에게 언문을 가르치기로 하자. 학생 한 사람이 한 사람씩만 가르쳐도 10만 가까운 사람이 눈을 뜬다. 다른 일 하는 한옆으로 하로 두 시간씩 일제히 이 일을 하자. 대학생도 전문학생도 이 일을 하고, 남학생도 여학생도 이 일을 하자. 교우회, 친목회, 반회● 등에서 이 일을 결의하고 헤어져도 좋다. 서로서로 권해 가면서 이 일을 정성들여 하자.

(차간● 3행 약●)

집 뒤 밤나무 밑도 좋고 동리 앞 느티나무 밑도 좋다. 7, 8인도 좋다. 3,

● **하로** '하루'의 사투리.
● **반회** 한 반에 속한 사람들의 모임.
● **차간** '이 사이'를 뜻하는 일본식 한자말.
● 검열로 삭제된 것으로 보인다.

4인도 좋고, 없으면 단 한 사람도 좋다. 이 근기•라야 한다. 들뜨지 말고 가라앉아서 실효를 거두어야 한다. 여학생이면 바느질 배우면서 가르쳐도 좋고, 낮잠 잘 시간을 이용하여도 될 수 있는 것이다.

(차간 2행 약•)

둘째는 신문을 읽지 않는 집에 이제부터라도 읽기 시작하기를 권고하자. 농촌에서는 매월 1원 내외의 신문 대금도 곤란할 것이니, 그런 경우에는 한 동리가 모아서 일 매의 신문을 회독하도록이라도• 반드시 이것은 권고해야 하겠다.

(이하 20행 약•)

_『학생』 1929년 7월호

• **근기** 참을성 있게 견뎌 내는 힘.
• 검열로 삭제된 것으로 보인다.
• **회독하다** 여러 사람이 차례로 돌려 가며 읽다.
• 검열로 삭제된 것을 보인다.

노서아 학생들의 하휴• 생활

노서아• 학생들의 생활은 학기 중에서나 휴가 중에서나 늘 통치자들의 지배하에서 그 범위를 벗어나지 못한다. 그들의 하기 생활은 대별하여• 세 가지 방면으로 볼 수 있으니, 첫째 휴양 생활, 둘째 연구 생활, 셋째로 선전 생활 등이다.

첫째, 휴양 생활이란 이러하다. 그들의 학생 생활은 순전한 학과 이외에 하는 일이 많고 머리 쓰는 일이 많다. 그러기 때문에 노서아에서는 학생도 노동자와 같이 육체적 휴양의 필요를 양해하고 각지 각 승지•와 전 노서아 시대의 개인 별장으로 가서 월여• 동안을 노동자와 관리 들과 같이 휴양하게 한다.

둘째, 연구 생활이란 이러하다. 예를 들면 모스크바 각 대학에서는 과학 연구의 목적으로 학생 원정대를 조직하여 백해,• 서백리아,• 원동•

• **하휴** 여름방학.
• **노서아** '러시아'의 음역어.
• **대별하다** 크게 구별하여 나누다.
• **승지** 경승지. 경치가 좋은 곳.
• **월여** 달포. 한 달이 조금 넘는 기간.
• **백해** 러시아 서북부에 있는 북극해의 만.
• **서백리아** '시베리아'의 음역어.

연해주, 이해•와 흑해 연안, 기타 지방에 파견하여 의학, 동식물학, 인종학, 박물학, 인문, 지리 등을 연구케 한다. 대자연에서 많이 놀고 널리 배워 그들은 학식과 건강을 같이 얻게 되는 것이다.

셋째, 선전 생활이란 것은 남녀 학생을 물론하고 각기 향촌에 돌아가서 그 향촌 발전을 위하여 노력하는 것이니 문맹 퇴치, 생활개선도 그것이요, 위생 보급, 미신 타파 운동도 그것이요, 그 외에도 노서아 학생의 특수 사명으로 활동하는 일이 많은 것은 물론인 것이다.

_SS生, 『학생』 1929년 7월호

• **원동** 극동.
• **이해** 카스피해. 러시아 남부에서 이란 북부에 걸쳐 있는 세계에서 가장 큰 호수.

제일의 기쁨

독자 제군이 이 책을 읽기는 학교가 방학 된 후 고향의 풀밭에 돌아갔을 때일 것이다.

방학이 되어 고향에 돌아간 사람에게는 여러 가지의 기쁨이 있을 것을 우리는 짐작한다. 고향 산천을 오래간만에 접하는 기쁨, 부모 친지를 만나는 기쁨, 군대 생활 같은 규칙 생활에서 해방을 얻는 기쁨, 더 세세한 말을 허물없이 하라면 유학생인 것을 촌인의 앞에 자랑하며 활갯짓칠 수 있는 기쁨 등 헤일● 수 없는 기쁨이 있을 것이요, 또 달리 생각하면 전부터 가 보고 싶던 곳을 갈 수 있는 기쁨, 해 보고 싶던 일을 시간 넉넉히 해 볼 수 있는 기쁨 등도 있을 것이다.

그러나 그 여러 가지 기쁨보다도 고향의 흙냄새를 맡고 고향의 땀 냄새를 많이 맡을 수 있는 것이 남녀 제군의 방학 중의 제일 큰 기쁨이어야 한다.

고향의 흙냄새를 많이 맡기에 부지런하라! 고향의 땀 냄새를 많이 맡기에 부지런하라! 제군의 고향의 흙, 그것은 지금 무엇을 바라고 기다리고 있으며 제군의 고향 사람의 땀, 그것은 무엇을 위하여 흘려지고 있

* 발표 당시 '권두언'이라고 밝혔다.

● **헤다** '세다'의 사투리.

는 것인가, 이것을 아는 것은 곧 제군의 생명을 가꾸는 일이며 우리 전체의 생명을 북돋우는 일이 되는 까닭이니, 제군이 학교에서 공부하는 모든 것은 이것을 잘 배운 후에 비로소 생명이 붙어지는 것이다.

고향의 흙을 한 시간이라도 더 친하라. 고향의 흙의 신세 사정을 듣기에 힘쓰라. 그리고 한 사람이라도 더 하로●라도 더 농민과 친하라. 갑갑한 대로라도 그들과 만나 그 땀 냄새를 맡으라. 그리하여 제군의 고향의 소리를 듣고 제군의 고향이 무엇을 요구하는지도 알아야 한다.

밭고랑으로 가라. 무식하여도 농민을 찾아가라. 촌 부인을 만나라. 이것이 방학 중의 제일 큰 공부요, 제일 큰 기쁨이 될 것이며 이 기쁨을 완전히 획득하는 사람이라야 그의 공부하는 모든 것이 장래가 있어지고 희망이 있어질 것이다.

학생의 수가 많으매 그중에는 생각 적은 사람도 없지 아니하다. 자기는 책상과만 관계있는 사람이요, 논밭과 풀밭과는 하등 관계가 없는 줄 알며, 자기는 유학생이라 하여 땅 파는 무지한 농부와는 같이 이야기할 사람이 아니거니 하여 모처럼 산 학교인 고향에 가서도 끝끝내 손님으로만 지내오고 마는 이가 없지 않다.

제군, 적어도 이 책의 독자 제군, 우리는 이 신완고●의 머리를 버리기에 용단●이 있고 흙과 땀을 배워 오기에 충실한 노력이 있어야 한다.

_方, 『학생』 1929년 8월호

● **하로** '하루'의 사투리.
● **신완고** 새로 나타난 융통성 없이 올곧고 고집 센 성질.
● **용단** 용기 있게 결단을 내림. 또는 그 결단.

호랑이 똥과 콩나물

학교생활에 영원히 영원히 없어지지 아니할 거룩한 생명을 가진 것이 두 가지 있다.

하나는 시험 때의 방망이질.

또 하나는 선생의 별명 짓기.

첫째 놈은 여학교보다 남학교에 더 많고 둘째 놈은 남학교보다도 여학교에 더 심하다.

그러나 첫째 놈은 만일 시험…(중략)… 저절로 없어질 운명을 가졌지마는, 둘째 놈이란 이놈은 선생이란 이름 붙는 것이 없어지면 모를까……. 그것이 존재해 있는 이상 영원불멸의 위대한 생명을 가진 놈이다.

대답만 느리게 하여도 얼굴이 파랗게 질려 가지고 바늘 끝같이 콕 찌른다고 '호열자'● 선생이라는 이름을 지어 바치고, 노할 때도 노하지 않고 인심이 너무 좋으면 '팔삭'● 선생이란 별명을 바치고, 술을 몰래 사 먹는다고 '밀매음' 선생, 혼자 먹는다고 '독탕' 선생, 구레나룻이 많으

* 발표 당시 '중학교 만화(漫話, 풍자나 해학으로 즉흥적으로 하는 이야기)'라고 밝혔다. 목차에는 '중학 만담'이라고 밝혔다.

● **호열자** '콜레라'의 음역어.

● **팔삭** 팔삭둥이. 여덟 달 만에 태어난 아이. 똑똑지 못한 사람을 놀림 투로 이르는 말이다.

면 '대학목약'● 선생, 수염을 깎으면 '채플린' 선생, 이 학교 저 학교 옮겨 다니기 잘한다고 '마와리'● 선생, 얼굴이 예쁘고 맵시가 있으면 '기생 서방', 기생 서방에도 선생 소리를 대는지 안 대는지 그것까지는 모르겠으나, 대개 위에 것은 남학생들이 지어 바친 걸작 중의 몇 개요, 여학생들이야말로 참말로 위대하게 민감하여서 별명을 짓되 선생이 처음 온 지 불과 2, 3일 안에 벌써 하나씩 지어 바친다.

둘매기● 동정이 때가 묻었다고 '홀아비' 선생, 모양낸다고 '건달' 선생, 곁눈질한다고 '가자미' 선생, 보통 때는 꾸짖지 않다가 시험 때 끝수 깎는다고 '구렁이' 선생, 여선생이 학생 앞에 떼 잘 쓴다고 '시앗'● 선생, 말하는 것 느리다고 '느슨이' 선생, 까분다고 '촐랑이' 선생, 너무 똑똑하다고 '나막신' 선생, 얼굴에 여드름 자죽● 많다고 '나츠미캉'● 선생, 키가 크다고 '로쿠샤쿠'● 선생이라던 것은 옛날 여학생이요, 해산하기에● 이틀 걸렸겠다고 '2일' 선생이라고 지금은 한다니, 우리 사랑스러운 여학생들이야말로 정히● 이 방면의 천재들이라 할 것이다.

점잖으면 점잖아 별명, 까불면 까불어 별명, 딱딱해 별명, 똑똑해 별명, 그래도 교장 선생에게는 감히 별명을 지을 용기 있는 학생이 없으려니 하면 낭패 본다. 야단을 잘한다고 순사라는 별명을 얻어 가진 교장도

● **대학목약** 일본 제약회사인 삼천당주식회사가 팔았던 안약.
● **마와리** '돌아다니다'의 일본어.
● **둘매기** '두루마기'의 사투리.
● **시앗** 남편의 첩.
● **자죽** '자국'의 사투리.
● **나츠미캉** '여름밀감'의 일본어.
● **로쿠샤쿠** '6척'의 일본어.
● **해산하다** 아이를 낳다.
● **정히** 진정으로 꼭.

있었고, 보통은 무섭다고 어마뜨거라 하여 어데서든지 흔히 교장은 '호랑이 똥'이라고 공통하게 이름을 지어 바친다. "이크, 똥이다, 똥이야!" 하거나, "이크, 도라•다! 도라 도라 도랏!" 하면 오줌을 누다가도 오줌 줄기가 도로 들어가게 무서워서 움찔한다.

설마 때리기 잘하는 체조 선생에게는 감히 별명을 못 짓겠지……. 그것도 모르는 소리. 학생처럼 장난을 좋아하는 점으로 교원실 식구치고는 성질이 학생들과 가까운 점으로 체조 선생이란 어느 학교에든지 학생이 구수해하는• 때가 많지마는, 가끔가다 병문친구•처럼 인정사정 반 푼어치 없이 뺨을 후려 때리는 통에—여선생은 여학생을 꼬집어 뜯는 통에—또는 뙤약볕에 웃통을 벗기고 체조 시키는 통에 미움도 제일 많이 받는 것이요, 미움을 많이 받으니까 별명도 많이 얻어 갖는다.

서울 중앙•에 있던 조철호• 씨는 일찍이 '계산• 호랑이'라는 별명으로 명성이 높았지마는, 다른 학교에서는 체조 선생에게 흔히 '콩나물' 선생이라고 공통한 별명을 바친다.

음악 부호가 콩나물 대가리 같다고 하여 음악 선생이 차지해야 할 '콩나물'이라는 별명이 어찌하여 체조 선생에게로 횡령을 당했느냐고 하면, 체조 선생치고 재미있는 이가 없으니까 콩나물같이 싱겁(무미)다고 콩나물 선생이라고 한다 하지마는, 적어도 콩나물이란 이름이 음악

• **도라** '호랑이'의 일본어.
• **구수하다** 마음을 잡아끄는 은근한 맛이 있다.
• **병문친구** 골목 어귀의 길가에 모여 막벌이를 하는 사람.
• **중앙** 중앙고등보통학교.
• **조철호**(1890~1941) 독립운동가.
• **계산** 계수나무가 있는 산. 서울 종로구 계동에 있는 중앙고등보통학교 일대의 낮은 언덕을 '계산'이라고 했다.

선생에게서 체조 선생에게로 넘어간 데 관하여는 역사 선생님도 모르시는 깊은 역사가 잠겨 있는 것이다.

예전 보성고보에 계시던 '이○상' 선생의 호령 소리가 마치 콩나물 장사가 콩나물 사라고 외치는 소리 같다고 하여 치운● 새벽에 호흡 체조 시키러 나오는 선생의 얼굴이 밉살스러워서 '콩나물 사우!' '콩나물 사료!' 하고 놀리기 시작하여 그것이 각 학교에 퍼졌다고, 그때 보성고보에 다니던 학생들은 누구든지 알고 있다.

그러나 실은 그보다도 더 오래된 옛날부터 콩나물의 역사는 있어 내려온 것이다. 지금으로부터 20여 년 전에 사립 보성소학교가 서대문 안에 지금 경성중학교의 정문 건너편 성경학교 있는 터에 있을 때, '김○근'이라는 체조 선생이 있었다.

그때는 소학교 학생이건마는 지금과 달라서 처음 신학문 배운다고 글방 '서당'에서 넘어온 패이기 때문에 모두 상투를 틀고 갓을 쓰고 수염 난 학생들이 큰기침하면서 양반걸음으로 다닐 때였는데, 상투 틀고 갓 쓴 학생들에게 무슨 정성으로 체조는 가르치겠다고 체조 선생을 두 사람씩 두었는데, 그중에 정교원은 평양 병정 중에 하사 격이나 되는 이였고, 서울 사는 김○근 씨는 부교원으로 조수처럼 있었었다.

그때는 그래도 구한국 시대라 군대식 교련을 한다고 상투 틀고 갓 쓰고 옹기바지● 질질 끄는 학생들에게 무슨 군대식이 그리 필요하든지 그래야만 쓴다고 군인 중에도 강하기로 유명한 평양 병정 중에서 하사 1인을 택해 오고 그것이 부족하여 후일 콩나물 역사를 지어 남길 우리 김○근 씨를 부교원으로 채용한 것이다.

● **칩다** '춥다'의 사투리.
● **옹기바지** 항아리처럼 불룩한 바지.

지금과 달라서 그때는 각 년급•의 체조 시간을 따로따로 정하는 것이 아니라 똑 점심때 뙤약볕이 한창 기승을 피워 모래알이 이글이글 타오를 때에 전교 학생 300명을 모두 마당에 내어세우고 한꺼번에 체조를 시키는데, 정교원이 언덕 위에 높이 서서 기착!• 좌향우, 앞으로 가! 하고 마음대로 호령을 부르면 갓 쓴 학생들이 상투 땋아 늘인 총각머리를 흔들흔들 차면서 호령대로 땀을 흘리면서 움직이고 있는데, 부교원인 우리 김 선생은 호령도 못 불러 보고 심심해서 그랬든지 어쨌든지 기착해 섰는 학생의 열 뒤로 발소리도 없이 살살 다니면서 무릎 오금을 몹시 쿡 찔러 본다. 그러면 무릎이 앞으로 굽실해지지 않는 사람이 없는데 굽실하기만 하면 어느 틈에 뒤에서 귀와 빰을 얼러 때린다. 청천의 벽력•이 아니라 어둔 밤의 벽력도 분수가 있지 아무 소리 없이 뒤에 와서 무릎 오금을 찌르고는 찔러도 쇠말뚝처럼 꼿꼿한 채로 서 있지 않다고 후려때리니 상투잡이 학생은 그만 기절을 해 쓰러진다.

"이놈아, 일어서! 이 송장 같은 놈아!"

하고 소리 질러 일으켜 세워 놓고 하시는 말씀,

"이놈아, 한 번 기착을 한 후에는 휴식을 부를 때까지는 대환구(대포)로 쏘아도 까딱 말아야지. 무릎에 기운을 안 주고 섰으니까 오금을 조금 건드려도 흔들리지, 이 송장 같은 놈아! 너 같은 놈이 전장에 나아갈 테냐? 밥이나 죽이지."

하고는 고다음 사람의 오금을 또 찌른다. 금방 옆에서 당하는 것을 보았으니까 두 무릎에 힘을 잔뜩 주느라고 이를 악물고 기운을 쓰고 섰었건

• **연급** 학년. 학생의 학력에 따라 학년별로 갈라놓은 등급.
• **기착** 기척. 구령어로서의 '차렷'을 이르던 말.
• **벽력** 벼락.

마는 정작 김 선생이 뒤에 와서 오금을 찌를 때는 그만 기운을 너무 주었던 끝이라 안 나와도 좋을 방기•만 뿡 하고 터지고 무릎은 앞으로 굽실하였다. 벽력 호령, 눈이 빠지게 두들기고는 하시는 말씀,

"이놈아, 무릎에 기운을 주랬지, 누가 방기를 뀌랬니? 이놈아, 상투가 부끄럽지 않아?"

"전장에 나가서도 방기를 뀔 터이냐?"

어떻게 우습던지 옆에서 체조하던 학생들이 참지 못하고 픽픽 웃었더니,

"이놈아, 무에 웃어! 앞에서 호령하는 소리가 안 들리니? 누가 웃으라고 호령하디. 웅! 이놈아, 전장에 나가서도……."

벽력은 여기서도 또 내렸다.

"아니여요, 방기 소리가 우스워서 웃었어요."

"이놈아, 방기는 내가 들었으면 그만이지 너 들으라고 뀌었다디?"

또 벽력, 대벽력 맞은 학생의 코에서 코피가 술술.

이렇게 호령하는 선생은 따로 있고 김 선생은 뒤로 다니면서 때리는 것이 위주이니까 한 시간에도 얻어맞는 사람이 10여 명씩이라 미움은 혼자 도맡아 받으면서도 그래도 활갯짓만 치고 다니신다.

어쩌다가 정교원이 병이 나서 못 오는 날이면 그날은 신이 나서 높은 데 올라서서 얼굴이 빨개지도록 소리를 질러 호령을 하는 것이 미워 죽겠는데, 그 대신 호령을 하다가도 눈에 틀리는 학생이 있으면 호령하다 말고 쫓아 내려와서 발로 차고 때리고 또 옆에 사람이 웃었다고 두들기고 하느라고 정신없어서 그 덕에 다른 학생들은 그동안 체조를 안 하고

● **방기** 방귀.

놀게 되니까 그것이 제일 기뻐하는 일이었다.

이러하신지라 학생들, 더구나 상투 달린 수염 난 학생일수록 체조 시간이라면 원수같이 싫어하는 터이라, 학생들이 더러 그 선생의 병들기를 기도하여도 몸이 어찌 튼튼한지 불 속에 집어넣어도 살 한 점 탈 것 같지도 않아서 더욱 미워하였다.

하로•는 박점용이라는 근 삼십 된 학생이 체조 시간이면 정해 놓고 자기를 미워서 두들기는 것이 미워서 체조 시간에 어데로 도망가고 없는 것이 발견되자, 우리 전장 선생 김 선생은 골이 어찌 났던지 300명 상투 학생을 일시에 풀어 내보내면서 어데든지 가서 박점용이를 잡아 오라고 하였다. 수가 300명이라 얼낌덜낌•에 체조 안 하게 된 것만 좋아서 거미 떼같이 좍 헤어져 나가서 동리 동리, 적은 골목마다 들추면서 어떻게 찾았던지 여럿이 덤벼 잡아서 학교로 끌고 가서 김 선생 앞에 바치니까 이번에는, "탈주자는 잡혔으니 찾으러 나간 학생은 다 들어오라."고 하는 군호•로 나팔을 불고 북을 두들기어 소란을 피웠으나 핑계 삼아 달아난 학생들이라 별로 돌아오지 아니하여 그다음 시간도 상학•을 못하고 학교 안에 일대 문제가 되었다.

그러나 그것은 고사하고 잡아 온 박 학생을 동산 위 언덕 위에 높이 있는 밤나무 위로 기어올려 보내어 철봉 틀에 달리듯 대롱대롱 매달리게 해 놓고는 김 선생이 자기 손으로 박의 허리띠를 끌러 놓았다. 그러니 바지는 주루룩 내려 흐르고 사루마타• 모르고 사는 시절이라 맨궁

• **하로** '하루'의 사투리.
• **얼낌덜낌** 얼떨떨한 상태에서 덩달아 하게 되는 상황.
• **군호** 군대에서 나발, 기, 화살 따위를 이용해 신호를 보냄. 또는 그 신호.
• **상학** 학교에서 그날의 공부를 시작함.
• **사루마타** '팬티'의 일본어.

둥이와 맨종아리가 그냥 빨갛게 나온 것을 김 선생이 버드나무 몽둥이로 때렸다.

지금 같으면 크게 문제가 될 터이지만 옛날 옛적이라 맞은 학생만 그 즉시로 퇴학하고 말았다.

김 선생의 행사•가 이런지라 어떻게 미움을 많이 받았을 것은 말할 것도 없으나 그러나 그렇다고 지금처럼 동맹휴학이라는 것도 모르고 사무실이나 교장에게 진정•을 할 줄도 모르고, 그냥 울며 겨자 먹기로 죽기보다 싫은 체조를 배우고 지내는데, 한번 어쩐 기회에 알아보니까 그 미움받이 김 선생의 집이 동대문 밖이라 하는 고로 장난꾼 학생 몇이 동대문 밖에까지 나아가 그 집 근처에 가서 알아본 결과, 잘 알았는지 못 알았는지 그 김 선생의 아버지가 콩나물 장사라 하는 말을 가져다가 전해 놓았다.

이 말을 들은 학생들은 범이나 잡아 온 듯이 좋아하면서 그때부터 먼 데서라도 김 선생의 얼굴만 보면,

"콩나물 서어."

"콩나물 사료."

하고 소리를 지르기 시작한 것이다. 그러나 예민하지 못하신 김 선생은 그것이 자기를 들으라고 하는 소리인 줄을 모르고 태평으로 지내더니, 그 후 두 달이 못 지나서 어느 학생이 변소 벽에다가 그것을 써 놓아서 김 선생이 그것을 보고는 눈치를 채기 시작하였다.

제일 첫 번째 붙들린 학생을 손바닥이 아프게 때려 놓고는,

"이놈아, 콩나물이 어디 있어? 콩나물을 사라고 했으니 콩나물을 내

• **행사** 행동이나 하는 짓.
• **진정** 실정이나 사정을 진술함.

어놓아!"

"아니여요, 장난으로 그랬어요."

"장난? 콩나물이 무슨 장난이야, 이놈아! 내가 모르는 줄 알고 그러니? 이 이놈에, 이놈에 자식아!"

벽력 또 벽력. 학생은 쓰러져서 고개도 쳐들지 못했다.

콩나물 대가리 같은 음보표를 늘어놓아 가지고 목소리 좋지 못한 학생을 괴롭게 구는 음악 선생이 콩나물 선생이란 별명을 받지 않고 체조 선생이 콩나물 호●를 가지게 된 길다란 역사 강의를 하였고 그 제1세 콩나물 선생을 지난 호에 소개하였거니와 소개한 김에 우리 제1세 콩나물 김○근 선생의 무용담을 몇 가지 소개하고 호랑이 똥 이야기로 넘어가자.

물론 이것은 여름철의 독자 제군을 웃기기 위하여 쓰는 것이지마는 꾸며서 쓰는 것이 아니고 사실대로 적어 놓는 것뿐이라, 그다지 맹렬히 웃기지 못하는 것은 쌍●의 죄가 아니요, 사실 그 자체가 과히 우습지 못한 허물이다.

그러나 이 조금쯤 우스운 이야기를 통해서 지금으로부터 20여 년 전의 학교생활이란 것을 엿볼 수 있을 것이니 그걸로나 맛을 부쳐 달라 할 밖에 수가 없겠다. 이렇게 발뺌을 하여 놓고 나서, 자아 콩나물 김 장군이 나옵신다.

지난번 호를 읽은 사람은 알 터이지마는 김○근 선생은 20여 년 전 구한국 시대에 보성소학교가 서대문 안에 있을 때의 체조부 선생이요, 무식무지하고 우락부락하여서 이 자식 저 자식 하면서 학생 때리기만 전

●**호** 별명. 별호.
●**쌍** 필자 '雙S生'.

문인 고로 학생들의 미움이란 미움은 혼자 도맡아 짊어진 끝에 그 아버지가 동대문 밖에서 콩나물 장사를 하는 것까지 학생들의 손에 조사되어 '콩나물 선생'이란 별명까지 얻은 것이다.

그러나 가만히 생각하면 그가 무지한 그만큼 천진스럽고 귀염성스러운 행사가 적지 않았다.

교복 난리 수중 행군

그때의 보성소학교에서는 겨울에는 반드시 검은 두루매기●를 입히는데, 겨울에 검정 옷은 좋지마는 여름에는 반드시 연두(초록) 두루매기를 입으라는 규칙이어서 모시 두루매기에 연두색을 들여 입었다.

신학문을 배운다고 달겨든 학생들이라 선생보다도 나이가 많은 학생더러 새파란 연두 두루매기를 입으라니 입을 리가 있는가. 이 핑계 저 핑계로 입지 않고 흰 두루매기를 입고 온 것을 우리 콩나물 김 선생이 보시고 운동장으로 모아 세우더니,

"이놈들아, 전장에 나갈 군복도 네 마음에 안 든다고 안 입을 터이냐? 이 기생 서방 같은 놈들아!"

"너희 집에서 아니 해 주거든 너희 색시들을 데리고 와. 학교로 끌고 오란 말야."

그러나 그 이튿날도 안 입고 온 학생이 10여 인이나 되었다.

"운동장으로 나와, 운동장으로!"

오늘은 정해 놓고 주먹 벼락이 내릴 것이라 벌벌 떨고 모여 섰는 학생들을 보고, "왜 아니 끌고 왔어! 응, 이놈들아!"

● **두루매기** '두루마기'의 사투리.

맞을 사람이 여럿이니까 때리기가 힘이 들어 그랬는지 때리지는 아니하고, "왜 안 끌고 왔어! 말을 해!"

재차 묻는다. 이번에도 대답을 아니 하면 벽력이 내릴 눈치라 한 학생이,

"끌고 오려 하니까 학교도 미쳤지 왜 남의 집 안사람을 오란단 말이냐고 되려 야단을 해서 못 끌고 왔어요."

하였더니 그 말에 골통이 그냥 터져서,

"무얼 어째? 학교가 미쳤느냐고? 학교에 오기가 싫으면 둘매기를 하라는 대로 지어야지, 전쟁이 싫으면 남편이나 자식을 군인을 들여보내질 말아야지, 무슨 잔소리야!"

얼굴이 시뻘게지고 눈방울이 튀어나올 듯한 품이 금방 벽력이 내릴 것 같은데 이상하게도 손은 들지 않더니,

"네 이놈들, 꼼짝 말고 거기 섰거라!"

하고는 운동장 옆에 있는 2년급 반으로 들어가더니 벼루 두 개와 학생 두 사람을 데리고 나와서 먹을 갈리워 가지고는 한 사람씩 한 사람씩 모시 두루매기의 등덜미에서 시꺼멓게 내리부어 주었다.

"이래도 입고 다니나, 어데 보자!"

10여 명의 옷에다 다 부어 놓고는 정신 빠진 사람처럼 얼굴이 새파래져서는 학생들을 보고, "어서 가앗! 왜들 멀거니 섰어!" 하고는 자기가 먼저 가 버렸다.

그 이튿날부터 다섯 사람은 학교를 퇴학하고, 나머지는 그다음다음 날부터 새파란 연두 둘매기를 입고 왔었다.

어느 해였었던지 늦은 여름이었다. 원족●을 가는 셈이었던지 행군 연

습을 하는 셈이었던지 300여 명 학생을 4열 종대●로 하여 무학재고개(지금 서대문 감옥 앞)를 넘어서 홍제원내●를 끼고 돌아 세검정을 거쳐서 창의문으로 하여 효자동으로 하여 돌아오기로 하고 떠났는데, 다른 선생들은 학감●까지 섞여서 뒤에 떨어져 오고 맨 선두에는 우리 전장 선생 콩나물 김 선생이 서셔서 행군을 하였다.

그런데 나팔 소리를 맞춰서 무학 고개를 넘어가기까지는 좋았으나 마침 장마 뒤끝이라 홍제원 그 큰 시내는 시뻘건 물이 한강 물같이 흘러서 논까지 길까지 물에 덮였다.

누가 호령을 한 것도 아니지만 선두에 선 나팔수는 나팔을 그치고 일동은 딱 전진을 그치고 섰다.

그랬더니 그랬더니 말이다. 선두 지휘가 다른 사람 아닌 콩나물 김 선생이 어찌 되었을까 말이다.

뒤에 떨어져 오는 학감과 다른 선생들을 기다려 의논해 할 것이 당연한 일이건마는 거기가 우리 콩나물 선생의 남다른 점이라 공연히 얼굴을 붉혀 가지고,

"이놈아, 누가 가지 말라고 호령을 하더냐? 왜 이러고 섰어!"

"아니, 물속으로 들어가요?"

"이놈아, 물이거나 불이거나 섰으라는 호령이 없으면 그냥 나아가야지."

"그렇지만 이 물속으로 어떻게 그냥 나갑니까?"

● **원족** 소풍.
● **종대** 세로로 줄을 지어 늘어선 대형.
● **홍제원내** 홍제천.
● **학감** 학사에 관한 사무와 학생을 감독하는 일을 맡은 사람.

"이놈아, 전장에 나가다도 물이 있으면 섰을 터이냐?"

전장이라는 말에는 할 말이 없다. 대답은 못 하고 그렇다고 그냥 나아갈 수는 없고 쩔쩔매고 섰노라니까, 콩나물 선생님 뒤로 10여 보 물러서더니 전군●을 향하여 벽력같이 큰 소리로,

"앞으로 갓!!"

하고 소리를 쳤다. 여름이지만 조선 버선이니까 솜버선을 신었고 거기다 옛날 기름 '중신'●을 신은 학생들은 그냥 철벅철벅 시뻘건 물속으로 행진해 들어갔다.

물이 적기나 한가. 시뻘건 흙물이 거의 정강이까지 오르니 걸음이 잘 걸리지를 않는다.

"나팔을 불어, 나팔을 불어! 왜 안 불어!"

물에 잠겨서 걸음은 아니 걸리고 옷은 몸에 휘감기는데 나팔을 불라니 거의 죽을 지경이다.

뒤에 학생들은 물속으로 철벅철벅 가면서도 모시 둘매기만은 적시지 않으려고 걷어 치켜 쥐고 나아간즉,

"둘매기 붙잡지 말어! 손을 놔, 손을 놔!"

하는 수 없이 300명 학생은 시뻘건 물속으로 그냥 주춤주춤 행진해 나갔다.

학생은 학생으로 이미 물속으로 행진해 들어갔거니와 뒤에 멀리 떨어져 오던 학감 각하와 다른 선생님들이 물가에까지 와 보고 기절하였다.

물이 이렇게 끼었으면 의논할 여부도 없이 도로 회군해 갈 것인데 귀염둥이 콩나물 선생이 벌써 학생들을 끌고 물속으로 멀리 행진을 해 놓

● **전군** 군대 전체.
● **중신** 진신. 비 오는 날이나 흐린 날 신던 가죽신.

았으니 이 노릇을 어쩔고 하여 앙천대곡●할 꼴이었다.

"저런 미친 사람, 미친 사람. 그 사람이 미쳐서, 미쳐서, 미쳤길래 그렇지."

학감 각하께서 발을 동동 구르며 야단이시지만 선생들이 아무리 목소리를 합쳐서,

"여보, 여보!"

하고 소리를 질러 불러도 물소리와 나팔 소리 때문에 벌써 꽤 멀리 수중 행진을 하고 있는 콩나물 선생의 귀에 들릴 까닭이 없었다.

하다 하다 못해 학감 각하는 도로 돌아 들어가고 다른 선생들은 우는 얼굴을 하면서 둘매기만 거들쳐● 들고 물속으로 따라섰다.

무엇이 유쾌한지 콩나물 선생은 신이 나서,

"불어, 불어! 나팔을 쉬지 말고 불어!"

하면서 뒤에서 다른 선생들이 갖은 욕을 다 퍼부으면서 오는 줄은 모르고 그냥 전진을 하였다.

이리하여 세검정을 지나 창의문으로 기어오를 때는 물속에서 나온 쥐 모양으로 휘주근해지고● 중신은 물에 불어서 질척질척해졌는데 그래도 나팔을 불면서 넘어가는데, 그중에는 기왕 젖은 옷이라도 일부러 물속에 앉았다가 일어난 학생도 있어서 그 꼴이 우습기 짝이 없었다.

그러나 그 이튿날 감기가 들어서 못 온다는 학생이 40여 명이나 되어서, 그렇지 않아도 잔뜩 벼르고 있는 학감 영감님께 우리 용감한 콩나물 선생은 적이 기름을 짜이고 나왔다.

● **앙천대곡** 하늘을 우러러 큰 소리를 내어 곡함.
● **거들치다** '걷어붙이다'의 사투리.
● **휘주근하다** 몹시 지쳐서 기운이 없다.

악박골 습격 설중 대접전

그때는 해마다 봄이나 가을에 각 관·사립 학교가 전부 연합하여 대운동회라는 것을 개최하고 우승기 싸움이 있었다.

그래서 이 운동회가 임박하면 각 학교는 미리부터 그야말로 맹연습을 여러 날 두고 한다. 대표 선수에게는 인삼과 계란을 먹인다 하고 수선이 굉장하였는데, 어느 해던가 봄에 그 대운동회가 열리게 되어서 보성소학교에서는 무학재 고개 밑 악박골 들어가는 어귀에 매일 연습을 하러 갔었다.

하로는 마침 음력 삼월삼짇날이라 서울 시내 시외의 부인네들이 아츰• 부터 악박골로 들이꿔었다.• 지금과 달라서 트레머리•나 파라솔은 없지만 장옷• 입은 이, 치마 뒤집어쓴 이, 늙은 부인, 젊은 새색시, 바가지 든 사람, 점심 차려서 하녀에게 이워• 달린 사람, 실로 몇 천 명인지 모르게 악박골로 악박골로 들이밀렸다.

저녁때가 되어 해가 지려 할 때에 연습이 끝나고 학교로 돌아오려 할 때에 학생들이,

"선생님, 악박골 가서 물 좀 먹고 가지요."

"오늘이 삼월삼짇날인데 악박골 물 좀 먹어야지요."

하고 콩나물 선생을 충동였더니 그리하자고 곧 시원스럽게 승낙을 하

- **아츰** 아침'의 사투리.
- **들이뀌다** '들이꿰다'(좁은 길 따위를 갑자기 마구 지나다)의 사투리.
- **트레머리** 신여성을 상징하는 머리 스타일로, 옆 가르마를 타서 갈라 빗어 머리 뒤에다 넓적하게 틀어 붙인 여자의 머리.
- **장옷** 여자들이 나들이할 때에 얼굴을 가리느라고 머리에서부터 길게 내려쓰던 옷.
- **이우다** 물건을 머리 위에 이게 하다.

시고 '좌향좌'를 불러서 악박골로 행진을 하였다. 지금은 자동차도 들어가지마는 그때는 산비탈길이라 길도 있는 듯 없는 듯 한 것을 그냥 열을 지어 들어갔다.

그러나 워낙 부인네들이 많이 몰려들어서 악박골 골 안이 빽빽하게 메듯 하여 단 한두 사람도 들어갈 틈이 없는 터이라, 학생의 행진은 중턱까지도 못 들어가서 더 들어가지 못하고 우뚝 서 버렸다. 좁다란 산비탈길에서 이 지경이 되었으니 300여 명 학생이라 산비탈에 그냥 줄은 뱀 껍질처럼 늘어섰게 되었다.

뒤에 학생들은 영문도 모르고,

"웬일이냐, 왜 더 안 들어가고 산턱에 우뚝 섰느냐?"

고 궁금해하다가 앞에서 영영 나아가지를 않으니까 한 사람씩 두 사람씩 소식을 알려고 선두로 쫓아 나오고 나오고 하여 어느 틈에 열은 저절로 흩어지고 앞으로만 모여들어서 한 뭉텅이가 되었다.

"무어 들어갈 틈이 있어야지."

"그냥 도로 돌아가지요. 어데 들어간들 물이나 얻어먹을 수 있겠습니까?"

"한두 사람도 아니고 300여 명인데."

이러는 판에 한 학생이,

"선생님, 전장에 나온 셈 치고 한번 고함을 치면서 와짝 돌격을 해 들어가 보지요. 선생님께서 호령을 해 주십시오."

하고 콩나물 선생을 충동였다.

전장에 나온 셈이라는 말에 신이 났든지,

"한번 해 볼까?"

하신다.

"해 보지요. 해 보아요. 호령만 하십시오."

기어코 콩나물 선생이 신이 나서 벽력보다도 더 큰 소리로,

"돌겨억!!!"

하고 소리를 쳤는데 자기로도 어찌 신이 나던지 바로 마상•에 높이 앉아 장검이나 빼는 듯한 맵시로 한 팔을 높이 들어 악박골 안쪽을 가리키면서 벽력보다 더 큰 소리를 질렀다.

우아악!!! 소리를 300여 명이 일시에 지르면서 전진해 들어가니 참말 굉장히 큰 소리라 그 안에 있던 수많은 부인네들이 난리가 나는 줄 알고 그만 혼비백산하여 "에그머니" 소리를 지르면서 곡성이 진동하면서 저마다 물바가지며 점심 그릇, 돗자리를 그냥 던지고 산꼭대기로 거미 떼같이 흩어져 기어 올라갔다.

곡성은 한울•에 진동하지마는 악박골 골 안에는 삽시간에 사람 하나 남지 않고 바가지들과 자리와 그릇만 편쌈판•에 돌멩이 떨어져 있듯 여기저기 어지럽게 떨어져 있었다. 300명 학생은 내 집같이 대활보로 들어가서 깔깔거리고 웃으면서 흩어진 바가지를 주워 들고 물을 퍼다가 돌려 가면서 먹었다. 그때 맨 처음 뜬 물을 맨 처음 우리 총사령관인 콩나물 선생께 바치었더니 자못 상쾌한 웃음을 웃으면서 한 바가지를 한숨에 다 잡수었다.

이튿날은 서울 장안에 소문이 쫙 퍼지되 애 떨어진 부인이 많았다고까지 돌았다. 그 덕택에 우리 콩나물 선생은 가엾이도 학감 영감의 초대를 또 받았다.

• **마상** 말의 등 위.
• **한울** 천도교에서 '하늘'을 달리 이르는 말.
• **편쌈판** 편을 갈라 하는 싸움판.

그러나 가끔 이런 재미가 있어서 콩나물 선생은 미움을 받으면서도 때때로 학생들과 구수해지는 것이었다.

겨울이 되면 콩나물 선생은 눈싸움을 잘 시켜서 구수하였다.

눈만 오시면 체조도 그만두고 전교 학생을 두 대•로 나누어 눈싸움을 하는데, 평소에 잘 맞는 학생이 눈으로 콩나물 선생을 후려 때리는 것만은 그때는 성을 내지 않고 눈싸움 시키는 것만 좋아하였다.

그런데 그 눈싸움 때문에 대사건이 하나 생겨났었다.

학교 운동장에 연해• 있는 동산 위 야트막한 벽돌담 너머는 노국• 성교당• 마당이었는데, 이편에서 눈싸움이 한창 어우러져서 폭탄 같은 눈덩이가 공중에서 왔다 갔다 하는 것을 보고 구경하다가도 재미가 났던지 노국 교당으로부터 눈덩이가 자꾸 이리로 넘어왔다.

한 학생이 빨리 쫓아 올라가서 넘겨보고 와서 "노국 아이들이 이리로 자꾸 눈덩이를 던진다."고 보고를 해 놓아서 이편 학생들은 두 편이 모두 합쳐 가지고 눈덩이를 전부 노국 교당으로 던지기 시작하였다.

별안간에 눈벼락을 맞은 저편에서는 새 잡는 공기총을 가지고 나와서 새총질을 하여 응전하였다. 일이 이렇게 되니까 싸움은 정식으로 벌어졌으나 그때 이 모라는 학생이 손바닥에 총을 맞아 총알이 손바닥 살속에 박혔다.

• **대** 편제된 무리를 세는 단위.
• **연하다** 잇닿아 있다.
• **노국** '러시아'를 이르던 말.
• **성교당** 러시아정교회 교회당.

입추가 지났건만 그래도 늦더위가 심하니 콩나물 이야기를 조금 더 하고 호랑이 똥 이야기로 넘어갈밖에 없다.

학생 잘 때리기로, 뙤약볕에 체조 잘 시키기로 유명하여 미움이란 미움은 혼자 도맡아 받는 선생이 동대문 밖 콩나물 장사의 아들인 까닭으로 콩나물이란 별호를 차지한 옛날 보성학교의 '김○근' 선생, 구한국 병정이던 까닭으로 무식은 하나마 말끝마다 "이담에 전장에 나가서도 그럴 터이냐."고 두들기는 김 선생, 부교원인 설움에 정교원이 결석하는 날만 호령을 질러 보는 김 선생.

무지하게 두들기기를 잘하는 까닭으로 미움을 받지마는 학생들처럼 어리광스런 장난을 잘하는 까닭으로 학감에게 꾸지람받는 실패가 많으나 그것이 도리어 학생의 비위에 맞아서 미워하면서도 구수해하는 귀염성 많은 인물이었다.

체조 시간이 싫어서 도망한 학생 하나를 잡아들이라고 체조 시간에 전교 학생 300여 명을 풀어 내보내 놓고 학감에게 기름을 짜인 일, 악박골 물터에 물 한 모금 먹으려고 삼백 명 학생으로 습격을 시켜서 부인네 천여 명을 놀라 달아나게 해 놓고 학감에게 몰린 일, 학생은 전장에 나가는 군인이라고 원족하다가 홍수 진 물속으로 진전시켜서 감기들을 들려 놓고 학감에게 야단맞는 일, 이런 어리광스런 무용담들은 전 호와 전전 호에 이야기하였거니와 이번에는 눈싸움에서 생긴 대사건으로부터 시작해 보자.

우리 사랑스런 콩나물 선생은 입만 벌리면 "전장" "전장"이 쏟아져 나오는 이이라 겨울이 되어 눈만 오시면 강아지처럼 기뻐 날뛴다.

"선생님, 눈이 이렇게 오시니 눈싸움해야지요?" 하고 건드리면 "아무렴 해야지. 단단해 해야지." 하면서 어깨가 으쓱으쓱한다. 눈 많이 오시면 체조 공부도 빼어먹고 전교 학생을 두 편으로 갈라서 눈싸움을 붙여 놓고 자기는 가운데서 겅정겅정 뛴다.

평소에 그에게 얻어맞기 잘하는 학생은 기다리고 기다렸다가 눈싸움 하는 판에 눈덩이를 단단히 뭉쳐 가지고 콩나물 선생만 겨냥하여 때리건마는, 그래도 무엇이 그리 기쁜지 뺨이나 목덜미를 얻어맞으면서도 겅정겅정 뛰면서,

"어서 던져. 어서 던져! 함성을 치면서, 함성을 쳐!"

"전쟁에는 원기가 제일이야!"

하면서 부채질을 해 준다.

그런데 그 눈싸움 때문에 한번은 대사건이 생겼다. 그때의 보성학교는 서대문 안 경성중학교 정문의 맞은짝, 지금 성경학교 자리에 있었는데, 그 학교 운동장에 연해 있는 남편 동산 위 야트막한 벽돌담 너머는 노국 성교당이어서 노국 아이들도 놀고 통역관의 식구들도 놀고 있었다.

마침 이편에서 체조 시간에 대설전●이 벌어져서 폭탄 같은 눈덩이가 공중에서 난무를 하는 판인데, 그것을 담 너머에서 보고 구경하다가도 신이 나던지 노교당 편에서 눈덩이가 서너 개 이리로 넘어왔다.

"야, 저놈의 집에서 이리로 눈을 던진다."

"아라사● 놈들이 그러나 보다."

"우리 그놈들을 혼을 내 주자."

"선생한테 말을 하고 해야지."

"말하면 못 하게 말릴 터인데."

"아니다. 콩나물한테 말하면 신이 나서 좋아할 것이다."

● **대설전** 큰 눈싸움.

● **아라사** '러시아'의 음역어.

학생 중의 몇 사람은 수군거리다가 전장 선생에게로 갔다.

"선생님, 저 담 너머에서 아라사 애 녀석들이 눈을 이리로 자꾸 던지는데 가만두어야 합니까?"

"이것도 전쟁인데 한번 무찔러서 버릇을 가르쳐 놓지요!"

이때에 그 담 너머에서 또 한 덩이가 넘어와서 콩나물 선생의 한 간쯤 앞에 떨어져 굴렀다.

"한노● 접전이올시다. 한번 해보지요. 그까짓 놈들 혼이 나게!"

"그래라! 일제히 함성을 치면서 돌격을 해라!"

한노 접전이란 말에 배 속에 가득 찬 '전장'이란 버러지가 움직이기 시작한 모양이어서 그래라! 하는 소리가 몹시도 쾌하였다.

명령일하!● 양편이 합쳐 가지고 300명 학생이 '이게 웬 땡●이냐.'고 신이 나서 일시에 노국 성당으로 눈덩이를 퍼부으면서 "으악!!" 소리를 치면서 동산 위로 공격해 올라갔다.

의외의 무서운 기세에 깜짝 놀란 노국 아이들은 우박같이 쏟아지는 눈덩이에 견디지 못하여 양관● 속으로 도망해 들어가더니 저마다 손에 총을 하나씩 들고 나와서 쏘기 시작하였다. 총이라야 새 잡는 공기총이지마는 지금 유행하는 것처럼 작고 경편한● 것이 아니고 제법 큰 것이었는데, 새 잡는 총이 무서우랴 하고 그냥 이편에서는 눈덩이만 던지다가 3학년의 이 모가 손바닥에 총알을 맞아 팥알 같은 총알이 살 속에 박혀서 겁결에 죽는 줄 알고 데굴데굴 구른다.

● **한노** 한국과 러시아.
● **명령일하** 명령을 한 번 내림.
● **땡** 뜻밖에 생긴 좋은 수나 우연히 걸려든 복을 속되게 이르는 말.
● **양관** 양옥. 서양 각국의 공사관이나 영사관.
● **경편하다** 가볍고 편하거나 손쉽고 편리하다.

일이 이렇게 되니 우리 콩나물 선생이 얼굴이 시뻘게지고 노기가 머리끝까지 뻗친 것은 물론이요 전군이 격분하였다. 그러나 떨어지면 흩어져 버리는 눈덩이쯤 가지고는 총을 당해 낼 도리가 없고, 그렇다고 지금과 달라서 그때만 해도 옛날이라 온 경성을 다 턴대도 새총을 단 10여 자루라도 얻어 올 길이 없었다.

"얘들아!"

노기충천하게● 된 우리 전장 선생은 입을 열었다.

"이 앞에 청인●들의 가게에 가서 딱총●을 모아 오너라."

"왜 기다란 댓가지 끝에 달린 것인지 불을 그어 대면 활살●같이 튀어 나가는 것 말야. 그놈을 모아!"

"돈이 있어야지요."

콩나물 선생은 화가 나서 자기 주머니를 뒤집어 쏟았다. 거기서 모두 나온 것이 엄청나게 17전! 그러나 이 일에 충동되어 그 많은 학생이 저마다 주머니를 털었다. 모인 돈이 9원 30전. 열 사람의 학생이 달음질해 나가서 겨우 7원어치를 모아 들였다.

학생이 세 패로 나뉘어서 한 패는 돌멩이 한 개씩을 박아서 눈덩이를 뭉쳐 공급하고 또 한 패는 그것을 받아 집어 갈기고 나머지 한 패는 화살 딱총질을 시작하니 돌 박은 눈덩이는 소위 성교당의 유리창을 제격 깨트리고 성냥불만 그어 대면 시뻘건 불덩이가 총알같이 화살같이 적의 얼굴을 향해 닿는다.

● **노기충천하다** 성이 하늘을 찌를 듯이 머리끝까지 치받쳐 있다.
● **청인** 청나라 사람. 또는 중국 사람.
● **딱총** 화약을 종이나 대통 같은 것의 속에 싸 넣고 그 끝에 심지를 달아 불을 댕겨 터지게 만든 총.
● **활살** '화살'의 사투리.

적은 불을 피하여 이리 쫓기고 저리 쫓기어 나무등걸 뒤로만 쫓아다니면서 총질을 하고 이편에서는 총알을 피하느라고 담 밑에 고개를 살짝살짝 감추면서 화총●을 내쏘아 격전 또 격전 정말 실전이 벌어졌다.

격전 30여 분! 저편에서 먼저 탄환이 없어져서 모두 쫓겨서 교당 속으로 들어갔는데 개가●를 부르는 학생들이 미리 서소문● 안으로까지 딱총을 사러 보냈던 것이 와서 그것을 가지고 또 달겨들어 유리창 안으로 쏘고 또 어른이거나 아이거나 눈에 띄는 대로 불살을 쏘아 대었다.

이리하여 우리 콩나물 선생의 호기로 승전을 보기 좋게 하였으나, 단 한 시간이 지나지 못하여 수염 많은 신부의 통역이 학교 정문으로 돌아들어와서 사무실 학감 영감께 엄중 교섭을 한 덕택에 개선장군 콩나물 선생이 학감 앞에 가서 한 시간이나 기름을 짜였다.

화사● 퇴치와 강제 단발 위공●

학감 영감이 아무리 볶는 콩 튀듯 하거나 자기가 아무리 기름을 짜이거나 조금도 풀●이 꺾이는 법 없이 태연히 할 짓을 하는 데에 콩나물 선생의 남다른 감이 있는 것이다.

그렇게 일마다 책망을 들으면서도 그래도 먼저 학감이나 누구에게 의논해 보고 하는 법이 없는 콩나물 선생이 한 해 겨울에,

"어느 때든지 전장에 나갈 군인 격을 갖추자면 제일 먼저 사치하는

● **화총** 화살 딱총을 가리키는 말.
● **개가** 개선가.
● **서소문** 서울 서남쪽에 있던 조선 시대 사소문의 하나.
● **화사** 호화롭고 사치스러움.
● **위공** 훌륭하고 뛰어난 공훈이나 업적.
● **풀** 세찬 기세나 활발한 기운.

나쁜 버릇을 없애야 하는 것이야. 학도들은(그때는 으레 학도라 하였다.) 일체로 비단 것을 몸에 대면 안 되여."

"내일부터는 일체로 입지 말어."

하고 일러 놓고 그 이튿날 체조 시간에 보니 비단 조끼, 비단 토수●를 입은 학생이 하나도 없는 고로 대단히 만족해하였다.

그러나 나중에 알고 보니 체조 시간 전에 비단 것은 모두 벗어서 책상 속에 감추어 두고 나왔던 것이어서 그 시꺼먼 콩나물 선생의 얼굴이 시뻘게져서 사무실에서 혼자 식식하고 있었다.

또 그 이튿날이다. 이날은 아츰밥●도 안 잡수셨는지 새벽부터 나오셔서 학교 문에 딱 버티고 앉아서 들어오는 학생마다 둘매기를 헤치고 조끼를 검사하고 대님 허리띠까지 비단이면 끌러 놓고 벗어 놓고 들어가게 하였다.

이리하여 모본단● 혹은 숙수● 등의 조끼가 30여 벌, 비단 토수가 50여 벌, 대님 허리띠가 130여 개를 거두어서 소사●방에 쌓아 두었다가 오후에 하학● 후에 전교 학생을 돌아가지 못하게 하여 운동장에 모아 놓고 훈화하시는 말씀.

"이놈들아! 내가 너희들 비단옷 입는 것을 시기하여서 입지 말라는 줄 아니? 너희들은 국가의 간성●이야. 우리나라의 울타리가 되고 주춧

● **토수** '토시'를 한자를 빌려서 쓴 말.
● **아츰밥** 아침밥. '아츰'의 '아침'의 사투리.
● **모본단** 비단의 하나. 짜임이 곱고 윤이 나며 무늬가 아름답다.
● **숙수** 날실에는 생명주실, 씨실에는 세리신을 제거한 명주실을 써서 무늬 없이 평직으로 짠 천.
● **소사** 관청이나 회사, 학교, 가게 따위에서 잔심부름을 시키기 위하여 고용한 사람.
● **하학** 학교에서 그날의 수업을 마침.

돌이 될 사람들이야. 세상은 망해 가는데 너희들은 그렇게 철이 없이 고운 옷만 입고 싶단 말이냐. 우리 교장님은 연설을 하시다가 경무청에 잡혀 들어가시지 않았니. 너희들은 그보다 더한 데를 들어가더라도 무서움 없이 국가의 간성 된 책임을 다할 줄 알아야지, 비단옷이나 입고 편하기만 바라는 놈이 나라를 어떻게 구할 용기가 날 터이냐. 이 돼지 같은 놈들아! 그따위는 이 나라 백성이 아니야. 이 나라 학도가 아니야. 교장님처럼 길거리에 나가 연설하든지 연설을 못 하면 돌멩이라도 하나 집어 던지든지 왜 못 한단 말이냐. 너희들까지 오늘내일 오늘내일하는 판을 모르고 철없이 굴면 누가 이 동포들을 살린단 말이냐."

그 검고 뚝뚝한 얼굴에 눈물이 흘러내렸다. 지식이 많지 못한 이라 거칠기는 하나 진정의 말이었다. 그때는 참말 조선의 말년이었던 것이다. 바람 앞에 촛불같이 아주 꺼져 버릴 시간이 눈앞에 아른거려서 전체의 공기가 이상한 때였다. 학생들이 이날처럼 이 선생의 말씀을 근숙•히 들은 때는 없었다.

"너희들이 나를 원망하려면 원망하여라. 나는 욕을 먹을지언정 너희들이 그렇게 더러워지는 꼴을 볼 수 없다."

하고 그는 소사•를 시켜서 그 비단옷을 전부 다섯 개의 난로에 집어넣었다. 옷 타는 누린내가 온 동리 사람의 코를 찌르게 퍼졌다.

"너희들은 이것을 아깝게 생각 말고 이때까지의 사치한 마음과 아주 영구 작별을 하여야 한다."

아무도 섭섭한 생각을 가질 학생이 없었다. 진정으로 진정으로 사과

• **간성** 방패와 성이라는 뜻으로, 나라를 지키는 믿음직한 군대나 인물을 이르는 말.
• **근숙** 삼가 공경함. 삼가 조심함.
• **소사** 관청이나 회사, 학교, 가게 따위에서 잔심부름을 시키기 위하여 고용한 사람.

하는 생각으로 가슴들이 듬뿍하였다.

무식하여도 좋으니 두들겨 주어도 좋으니 이러한 체조 선생이 지금도 더러 있어 주었으면 하는 생각이 난다. 눈물을 흘리면서 때리는 것이라면 그런 선생에게 얻어맞는 학생도 고마운 생각이 있지 않을 것이냐.

이때까지의 이야기는 콩나물 제1세 선생의 귀여운 실패담이었으나 마지막으로 하나 남은 이야기는 체조 선생을 콩나물이라고 부르던 별명이 없어지는 날(이 있을는지) 그날까지 영구히 전하여 찬받을• 일대의 성공담이다.

콩나물 제1세 서울 동대문 밖 콩나물 장사의 아드님 김○근 선생이 이전 시대 군대의 일(一) 병정이던 몸으로 보성학교 체조 부교원으로 가지가지의 무용을 떨치던 그때는 조선에 학교란 것이 처음 생기던 때라, 교원도 망건 감투 갓 속에 커다란 상투를 달고 다녔고 학생도 상투 위에 갓을 쓰고 다니는 것이 대부분이고 지금의 여학교 처녀처럼 편발•을 길다랗게 늘이고 다니는 총각들이 더러 있었고, 머리를 깎은 학생이라고는 교장님(그때는 교장님이라고 불렀다.) 댁 아드님하고 철모르던 필자 나하고 겨우 3, 4인밖에 없었다.

그때는 머리를 깎으면 생명이 없어지는 것으로 알기 때문에 단순히 보기가 싫다든지 부모상에 머리 풀 수가 없어서 안 되었다든지 그만 정도로 싫어하는 것이 아니라, 생명 문제 모가지가 달아나는 큰 무서운 문제였었다.

그래서 구세군에 들고도 머리를 못 깎아서 상투를 모자 속에 쭈구려

• **찬하다** 칭찬하거나 찬양하다.
• **편발** 관례를 하기 전에 머리를 길게 땋아 늘이던 일. 또는 그 머리.

박고 다니었고, 길거리에서 순검(경관)이 가위를 감추어 들고 몰래 쫓아와서 지나가는 지게꾼의 상투를 반 동강 썩둑 잘라 놓고 도망하면 지게꾼은 쫓아가다가 잡지 못하고 그냥 길거리에 앉아서 베인 상투를 붙들고 통곡 통곡하고 있었다.

이러한 판이라 머리를 깎으라면 학교를 퇴학하고 안 다닐 판이니까 학교에서는 감히 학생들을 단발시켜 볼 꿈도 못 꾸고 있었다.

그러니까 학생들도 갓을 쓰고 다니고 선생들도 갓을 쓰고 다니고 하는데, 학교가 다른 곳에도 또 있어서 어느 학교 학생인지 분간을 못 하게 되는 관계상 교표●를 붙일 수 없어 두통을 앓게 되니까 어떤 학생은 궐련갑●을 길다랗게 말뚝처럼 오려서 거기다가 '사립 보성학교'라고 붓으로 써서 갓에다 풀로 붙이고 다니기까지 하였다.

한 해, 또 한 해.

그럭저럭 깎이지 못하고 그냥 지나가는 터인데 하로는 콩나물 김 선생이 무슨 일인지 벙글벙글하면서 운동장으로 나오더니 전교 학생의 총집합 명령을 내리었다.

심술 많은 선생의 명령이라 '체조 시간도 아닌데 또 웬일인가.' 하고 궁금해하면서도 설설 기어서 연급 수대로 늘어섰다.

예에 의하여 기착 좌로 나란히 각 대 번호가 끝난 후에 콩나물 선생 말씀이,

"정초가 되었건만 교주●님 댁에 세배를 못 갔으니까 오늘은 세배를

● **교표** 학교를 상징하는 무늬를 새긴 휘장.
● **궐련갑** 궐련(얇은 종이로 가늘고 길게 말아 놓은 담배)을 넣어서 몸에 지닐 수 있도록 상자처럼 만든 갑.
● **교주** 사립학교를 설립하거나 경영하는 사람.

갈 테야. 가는데 소학교, 중학교, 전문학교까지 일시에 갈 터이니까 일일이 대청에 올라가서 절을 할 수는 없고 내가 호령을 할 터이니, 하거든 일제히 마당에서 예를 하되 고개만 숙이지 말고 허리까지 숙여서 코가 무릎에 닿도록 공손히 하여야 된다. 어데 지금 여기서 두어 번 연습을 할 테야."

하고 무릎에 코가 닿도록 허리 굽히는 법을 연습을 시키고 나서 소학교 1, 2, 3년, 중학교 1, 2, 3년 차례차례 4열 종대로 길거리로 인도하였었다.

우리는 그때 소학생이라 교주님 댁에 세배 간다는 것을 퍽 기뻐하였다. 학생들이 기뻐하는 데에는 세 가지 까닭이 있었다.

첫째는 이날 오후의 공부는 안 하게 된 것이요, 둘째는 오래간만에 행렬을 지어 큰길로 나가니 행인들이 부러워하면서 구경해 줄 것이요, 셋째는 교장님만 한 번 학교에 다니러 와도 반드시 백로지● 두 장에 연필 한 자루씩이나 공책을 몇 권씩 주는 시절이었으니까, 한층 또 올라서 교주님 댁이요 또 정초 세배이니까 약식을 한 그릇씩이거나 과자라도 한 보퉁이씩 줄 것을 믿는 까닭이었다.

그때의 교주는 이용익 씨의 손 이종호 씨였는데, 그 집이 지금의 『매일신보』 바로 뒤에 있었고 그 옆에 평양 병정의 영문●이 있었다.

대오●를 나란히 하여 그 집에 들어가니 마당은 좁은데 소학교, 중학교 따로 딴 집에 있던 전문학교까지 와 놓아서 그야말로 입추의 여지가 없이 빡빡하였다. 조금 있더니 대문으로 중문으로 무언지 흰 보자기를 덮은 물건을 지게에 지어서 산같이 한 짐씩 자꾸 날러 들어오는 고로

● **백로지** '갱지'를 속되게 이르는 말.
● **영문** 병영의 문.
● **대오** 줄을 지어 늘어선 행렬.

'옳다! 저것이 우리에게 노나 줄 과자다, 과자야!' 하고 한없이 기뻐하였다.

그 산 같은 짐이 몇 십 짐인지 들어온 후에 대문을 안으로 잠그고 또 중문을 안으로 잠그고 그 앞에 학감 영감이 딱 섰는다.

이윽고 교주님이 대청에 나왔는지 우리 눈에는(뒤에 선 까닭으로) 보이지도 않는데 목소리 큰 콩나물 선생이 대청 앞 축대에 올라서더니 호령을 크게 하여 3학교 학생이 일시에 허리를 굽혀 코를 무릎에 닿였다.

인제는 과자를 나눠 줄 차례다 하고 기다리고 있노라니까 별안간에 대청 앞에서 폭탄이나 터진 것처럼 "아이그머니, 아이그머니!" 하고 곡성을 치면서 우왁! 하고 학생들이 뒤로 밀려 나왔다.

그러나 뒤로 밀려 나갈 데도 없고 저마다 "어그머니, 어그머니!" 소리를 치면서 살아날 구녁•을 찾아서 이리 덤비고 저리 덤비고 난리가 났으니, 뒤에 섰던 학생은 무언지 까닭도 모르고 돌아서서 어쩌나 어쩌나 하고 도망할 구녁을 찾았다.

그러나 중문, 대문은 모두 잠겼고 변소에까지 평양 병정이 서서 못 나가게 막으면서 태평스럽게 "왜 그래, 가만있지 않고……. 가만히 있어." 한다.

무얼 가만히 있어! 여기서 저기서 자꾸 사람 살리라는 소리가 일어나고 돼지 목 따는 소리 같은, 사람 죽는 소리가 귀가 아프게 일어나는데, 가만히 있어 가 어쩌냐! 500여 명 학생이 갓이 벗겨지고 신발을 잃어버리고 저마다 눈이 뒤집혀서 살 구녁을 찾는데, 우리는 그때 나이가 어리니까 어머니를 부르며 울고만 있었다.

● **구녁** '구멍'의 사투리.

그 소란 중에 한참 후에야 알고 보니 그 집에 있던 평양 병정들과 사무원들이 손에 손에 가위 하나씩을 들고 나서서 하나씩 하나씩 붙잡아서 상투를 자르고 머리채를 자르는데 그것이 무서워서 도망하려고 그 야단이 일어난 것이었다.

나는 기왕부터 머리를 깎고 다니던 터이라 그제야 안심하여서 가위 들고 쫓아가는 꼴을, 이리저리 눈이 뒤집혀 쫓기다가 붙들려서 죽는 소리를 지르는 꼴을 구경하고 있었다.

담은 높고 문은 잠기고 머리만 깎으면 아주 죽는 줄 아는 학생들이 변소 구녁으로라도 달아나려 하다가는 거기서도 지키고 있던 병정에게 붙들리는데, 그중에 몇 학생은 어찌 급하던지 내사●로 뛰어 들어가서 뒤곁 장독대 뒷담을 넘어서 기어코 도망하였다.

그 도망해 달아난 학생의 입으로 금방 소문이 퍼져서 자기 아들 죽인다고 학부형 집에서 어머니, 아주머니, 할아버지 들이 울면서 불면서 큰길로 통곡하면서 모여들었다.

대문이 잠겨서 들어오지는 못하고 행길● 바깥에 몇 백이 모여서,

"무슨 원수가 있어서 내 아들을 죽이느냐."

"남의 집 독자를 왜 너희가 죽이느냐."

고 발악하는 소리, 부르짖는 소리, 통곡하는 소리.

그러니까 대문 안에서는 상투 잘리고 머리 잘린 학생들이 어머니, 아버지를 부르며 통곡하는 소리, 지옥도 그런 지옥은 없었다.

행길에는 기절해 쓰러진 여자가 많다는 소식이 들어오자 학감 영감은 눈이 휘둥그레서,

● **내사** 집의 안채로 주로 부녀자가 거처하는 집채.
● **행길** '한길'(사람이나 차가 많이 다니는 넓은 길)의 사투리.

"나가 보아야겠다."
하고 문을 열려 하는 것을 어데서 알고 튀어온 콩나물 선생님,

"안 됩니다, 안 돼요. 지금 문을 열면 아무 일도 다 틀려요. 으레 이런 소동이 있을 줄 알고 한 일인데 그저 모른 체하고 계셔요."

싸우듯 말렸다.

안팎에 곡성 규호성● 은 더욱 처참해 가고 나중에는 대문을 두들기며,

"이놈들아 그러면 너희들 원수를 안 갚을 줄 아느냐."
하고 노호하는● 사람까지 생겼다.

그러는 동안에 해가 지고 도망하던 학생들까지 거의 모두 머리를 깎아 놓았다. 물론 한 학생을 병정 2, 3인씩이 붙들고 깎아도 안 깎이려고 고개를 이리 흔들고 저리 흔드는 까닭에 가위로만 썩둑썩둑 자른 것이라 쥐가 뜯어 먹은 것처럼 되었지마는 그래도 밤들기까지에 대강은 모두 잘랐다.

아까 흰 보자기를 덮어서 몇 십 번 날아 들여온 짐은 그것이 모두 모자였다. 그 모자를 머리에 맞는 대로 하나씩 골라 씌웠다.

소학교는 그냥 묵색 동근 모자, 중학생은 그 모자에 가느다란 금테 하나, 전문학생은 사각모자.

그런데 이 통에 교원들까지 모두 깎았다. 그리고 소학교 교원은 소학교 모자에 굵다란 금테 하나, 중학교 교원은 그 모자에 가는 금테 하나와 굵은 금테 하나, 전문학교 교원은 사각모에 굵은 금테 하나, 그때의 소학교장이던 이동휘 씨도 똥그란 소학생 모자에 굵다란 금테 하나, 마치 시골로 다니는 약장사와 같은 모자를 썼다.

● **규호성** 큰 목소리로 부르짖는 소리.
● **노호하다** 성내어 소리를 지르다.

밤이 깊어서 9시도 지났을 때에 비로소 중문, 대문을 열어 놓으니 밖에서 온종일 통곡하던 부모들, 안에서 깎인 학생들이 한데 어우러져서 목을 놓고 울기 시작하여 그 근방 일대는 울음의 바다가 되었다.

이리하여 강제 단발은 성공하였다.

그 후에 학교를 퇴학하고만 사람이 퍽 많았으나 그러나 이 일을 애초부터 주장한 우리 콩나물 억척 선생의 공은 큰 것이었다.

아아, 세월은 흐르고 세상은 변하여 김○근 선생은 거처도 모르게 숨어 버리고 나• 젊은 콩나물 선생만 수없이 늘었지마는, 지금 생각하면 그만한 선생도 구해 볼 길이 없구나.

계산 중앙교의 조철호 한 분이 '계산 호랑이'라는 별호를 맞으면서 학생들께 고마운 억척을 쓰더니 그도 외지에 나그네를 짓고 말았으니, 이러한 체조 선생을 가지지 못한 학생은 어느 의미로 불행한 학생 생활이라 할 것이다.

딱딱하여도 좋다. 때려도 좋다. 뚜들겨도 좋다. 학생들을 위하여 눈물을 머금고 때리는 것이라면 맞는 사람도 고마울 것 아니냐.

나는 이 만문•을 쓰면서 콩나물 선생 김○근 선생을 지금의 학생을 대신하여 사모해 마지않는다. (차호 완결)•

_雙S生, 『학생』 1929년 7~10월호

• **나** 나이.

• **만문** 만담처럼 익살스럽게 쓴 글.

• 다음 호에 완결한다고 예고했으나 미완에 그쳤다. 방정환은 『학생』 1929년 11월호 편집후기인 「숙직실」에서 1930년 개벽사 창립 10주년 기념사업 준비로 몹시 바빠 그 호에 기사를 쓰지 못했다고 밝혔다.

권두언

가을의 입김(호흡)이 만 가지 물건에 스치어 빛을 변해 놓기 시작하였다. 나뭇잎도 변하고 풀잎도 변하고……. 얌전하고 가냘픈 빛을 가진 애틋한 꽃들이 피건마는 그래도 가을의 자연은 적막하고 쓸쓸한 생각을 자아낸다.

해가 저물고 저녁 바람이 불어올 때 나무숲에서는 붉은 잎, 누른● 잎들의 애처로운 울음소리가 들리고 거치른 풀숲에서는 명(생명) 짧은 버레●들의 슬픈 노래가 들릴 때 그때에 자연의 가슴속의 울음소리를 듣지 못하는 사람이 누가 있으랴…….

그러나 그 울음소리는 가을의 내성●을 일깨는 소리인 것을 우리는 알아야 한다. 지저분한 성장●을 벗어 버리고 적나라한 몸으로 돌아가는 조용한 자연의 발걸음을 보면서 우리는 조용히 우리의 생활을 내성하여야 한다.

● **누르다** 황금이나 놋쇠의 빛깔과 같이 조금 밝고 탁하다.
● **버레** '벌레'의 사투리.
● **내성** 자신을 돌이켜 살펴봄.
● **성장** 정식으로 잘 갖춰 입은 차림.

*

누르러 가는 산기슭을 보다가도 마당에 쓸쓸히 나부끼는 낙엽을 보다가도 나는 언뜻 "벌써 10월이구나." 하는 소리가 입에서 새어 나와서 스스로 깜짝깜짝 놀란다. 날마다 커 가는 국화의 봉오리를 보다가도 쇠약해 가는 버레 소리를 듣다가도 언뜻 그 소리에 놀란다.

'10월이면 이해도 벌써 다 갔구나.' 하는 생각에 내 가슴은 새삼스레 황망해진다. 금년 10월이 되었구나 하여 갑자기 가슴이 몹시 쫓겨지는 것을 느낀다.

그렇다. 부지런히 부지런히 금년 1년 의의를 요 남은 날짜에 지어 놓아야 안 하는가. 이 생각이 내 몸에 내 머리에 무서운 채찍질을 한다.

*

나는 나의 이 생각을 가지고 나의 경애하는 독자 제군에게 묻고 싶고 또 듣고 싶은 정을 참지 못한다. 제군은 금년 연두●에 생각한 일이 무엇무엇이며 금년에 하여 온 일이 무엇무엇인가. 제군은 다행히 이해가 벌써 10월이 넘은 것을 놀라지 않을 만큼 생각에나 공부에나 또 어떠한 일에나 뉘우침이 없는가.

오늘 우리가 처한 이 '때'를 생각할 때, 우리의 1년은 다른 이의 5년, 10년의 값을 가진 것을 생각게 되나니, 우리의 나이가 결코 어린 것이 아니다. 제군, 제군은 금년 1년에 있어 제군의 생활에 어떤 마디를 어떻게 지어 놓고 넘어가려 하느뇨.

*

나는 지금 이렇게 막연하게밖에 더할 힘을 가지지 못하거니와 이러

● **연두** 새해의 첫머리.

한 말은 연종•에 할 말임을 알면서 미리미리 이야기하고 싶은 데에 피차 뉘우침을 적게 하려는 진정이 있다.

벽에 걸린 나머지 일력•을 헤이자.• 그리고 우리의 모든 것을 다시 한번 고요히 헤아리자.

운동, 여행보다도 이때는 먼저 내성의 철이다.

_方, 『학생』 1929년 10월호

● **연종** 연말. 한 해가 끝날 무렵.
● **일력** 그날의 날짜, 요일, 간지 따위를 각각 한 장에 적어 날마다 한 장씩 떼거나 젖혀 보도록 만든 것.
● **헤다** '세다'의 사투리.

새해
—없는 이의 행복

해가 솟는다. 사람들이 가리켜 새해라 하는 아츰● 해가 솟는다. 금선 은선을 화살같이 쏘면서 바꾸인 해 첫날의 새해가 솟는다.

누리에 덮인 어둠을 서쪽으로 서쪽으로 밀어 치면서 새로운 생명의 새해는 솟는다. 오, 새해다! 새 아츰이다!! 우리의 새 아츰이다!!

어둠 속에 갇힌 만상을 구해 내어 새로운 광명 속에 소생케 하는 것이 아츰 해이니 계림● 강산에 찬연히 비추어 오는 신년 제일의 광명을 맞이할 때 누구라 젊은 가슴의 뛰놂을 금할 자이냐.

새해의 기쁨은 오직 아츰 햇발과 같이 씩씩한 용기를 가진 사람뿐만의 것이니, 만근 천만근의 무게 밑에서도 오히려 절망의 줄을 넘어서려는 이뿐만이, 만 가지 천 가지의 설움 속에서도 오히려 앞을 향하여 내딛는 사람뿐만이 새 생활을 차지할 수 있는 까닭이다. 용기다. 용기 있는 그만큼밖에 기쁨은 더 오지 못하는 것이다. 용기다! 아츰 햇발같이 내뻗을 줄만 아는 용기다.

* 발표 당시 목차에서 '권두언'이라고 밝혔다.

● **아츰** '아침'의 사투리.

● **계림** '신라'의 다른 이름으로, '우리나라'를 이르던 말.

네가 부잣집 자식이니 돈이 있느냐, 양반의 집 자식이니 세력이 있느냐, 네가 태평한 사회에 났으니 정해진 직업이 있느냐, 무엇에 마음이 끌려서 용기를 못 낼 것이냐. 아무것도 없는 사람의 강력은 여기서 나는 것이니 아무런 용기를 내기에도 꺼릴 것이 없고, 얼마만 한 용기를 내어도 아까울 것이 없으며, 내어서 밑질 것이 없지 않느냐.

없는 이의 행복은 여기에 있는 것이다. 한없는 용기밖에 내어놓을 것 없는 데에 있는 것이다. 부자가 돈 쓰듯 용기를 내기에 거침없는 데에 있는 것이다.

용기다. 용기로 맞이할 우리의 새해다. 아츰 햇발보다도 더 씩씩한 용기를 내자! 어두운 구름을 밀쳐 낼 용기를 가지자!

아아, 해가 솟는다. 우리의 새해가 솟는다.

_『학생』 1930년 1월호

권두언

3월이다. 봄이다. 신입 학생군이 늘고 신졸업생이 일터로 달음질해 나오는 봄이다. 포플러의 머리와 맞닿게 키를 펴고 크게 크게 소리치고 싶은 봄이다.

추위와 얼음 밑에 엎드려 자란 새파란 싹이 해빙 후에 첫 소리를 치면서 고개를 들고 나오면 세상은 '봄'이라 한다. 신입 학생 그것도 새파란 싹이다. 신졸업생 그것도 새파란 싹이다. 이 강산의 봄을 가져올 새파란 싹이다.

3월이다. 봄이다. 졸업생이다. 새로 일어나는 집의 잔칫날 같은 봄이다.

졸업하고 나온 이의 갈 길이 없다고 탄식하는 이가 누구냐. 그것은 애초의 생각이 틀렸던 때문이다. 편치 못한 길을 편할 길로 잘못 여기고 있었던 때문이다. 마치고도 할 일이 없는 바닥인 까닭에, 배우고도 먹을 것이 없는 바닥인 까닭에 새파란 용기 많은 새 일꾼을 기다리지 않느냐. 누가 일거리가 없다 하느냐. 일꾼을 기다리는 바닥에 앉아서 누가 일거리 없다 하느냐.

다만 한 가지 우리의 걱정하는 바가 있다. 먼저 나오는 졸업생하고 장차 나올 졸업생하고 어떻게 묘하게 한 끈에 꿰어 맬 수가 있느냐 하는 것뿐이다. 졸업생과 재학생이 어떻게 하여 이날까지 한 학교에서 같이 지내고 같이 걱정하고 같이 의논하던 그 관계를 잃지 않도록 할 것이냐 하는 그것뿐이다.

먼저 나오는 졸업생들은 어떻게 하여 먼저 나와 본바 실사회의 모든 것을 그들 후진●에게 전할 것이며 그와 동시에 어떻게 하여 후진 학생들과 자주 접촉하여 자기의 원기와 생기를 경신해 갈 것인가. 재학생들은 어떻게 하여 졸업생들과 연락하여 앞날에 필요한 사회의 소식과 지식을 구할 것인가. 어떻게 하여 그들을 자기네에게 가장 미더운 응원군이 되게 할까. 피차가 그리함으로써 이윽고는 같은 무대에서 같은 역할을 지고 휴수● 상조하는 전우가 되게 할까, 이것뿐이다. 이것뿐이다.

봄이다, 봄이다. 재학생, 졸업생께 위의 몇 마디 걱정을 드리면서 여러분의 진급 또 졸업을 축복하여 마지않는다.

_무기명,● 『학생』 1930년 3월호

● **후진** 후배.
● **휴수** 손을 마주 잡는다는 뜻으로, 함께 감을 이르는 말.
● 권두언으로, 『학생』의 편집 겸 발행인이었던 방정환이 쓴 것으로 보인다.

진급 또 신입하는 학생들께

매년 하는 말이지만은 이때에 또 한 번 말할 필요를 느낀다.

"상급에 진급하는 학생들은 그대보다 한 해 혹 두 해 먼저 졸업하는 사람들의 가는 길 주시●를 하라."고 제군이 바라고 있는 졸업 그 졸업장을 먼저 쥐고 나간 그들이 어데로 어떻게 괴로운 걸음을 걷고 있는가. 그것을 쫓아다니면서 보는 것이 무엇보다도 큰 공부일 것이요 또 무엇보다도 먼저 해야 할 급한 공부일 것을 나는 확실히 믿는다.

*

졸업만 하면 비어 있는 걸상이 자기를 기다리고 있는 줄 알고 졸업장만 손에 쥐면 언제든지 빵을 구할 수 있는 줄 믿고 있는 나● 어린 학생이 얼마나 많으며 학부형이 얼마나 많은지 모른다. 그러나 제군은 제군보다 먼저 나아가는 졸업생의 발걸음을 주시하는 데에서 그것이 어떻게 허황하고 잘못된 믿음인가를 알게 될 것이다.

최근 신문지가 보도하는 바 총독부 학무국의 조사한 바에 의하면 작년도 각지 각층 학교의 조선인 졸업생의 졸업 후 현업 상황이 아래와 같다.

●원문에는 "시주(視注)"로 되어 있으나 '주시'의 오식으로 보인다.
●나 나이.

	졸업생 수	상급교 입학	취직	잔여
보통교	62,993	14,217	2,868	45,908
고등교	1,752	469	294	989
실업교	959	57	376	526
전문교	256	5	170	81

이것은 물론 관공사립을 다 치고 남녀 학교를 합산한 것이요 실업교라 한 것은 농업, 공업, 상업 등 교를 가리킨 것이다.

*

이로써 보면 63000명밖에 안 되는 공사립보통학교의 졸업생 중에서 48000명이 그냥 떨어지고 겨우 14000명이 상급학교에 입학을 하고 그 특별한 혜택을 받고 특별한 선출을 받아 상급학교(고보와 실업) 공부를 마치고 나오는 사람이 겨우 2700여 명밖에 없는데 그 어려운 졸업장을 받아 쥐고 나온 사람 중에 상급교에 가는 사람이 520여 명이니 10분의 2밖에 되는 것이요 소위 관공서 혹 교원으로 취직한 사람이 670여 명이니 10분의 3도 되지 못하는 것이다. 이렇게 보면 거의 10분의 6이 무직자로 거리에 방황하고 있는 것이다.

*

그러나 결코 이것뿐이 아니다. 위의 숫자는 우선 보통학교 것만 보더라도 공사립보통학교뿐이니 전선을 통하여 보통학교로 지정되지 아니한 사립소학교가 얼마나 많으며 고등보통학교 혹은 여자고등보통학교로 지정되지 아니한 사립중학 여학이 얼마나 많으냐. 그 학교들의 졸업생 수를 여기에 가산하고 그들의 취업률을 보면 한층 놀라운 숫자가 나타날 것이요 그 위에 다시 가까운 일본에서 각 대학 전문을 마치고 나오는 삼사백 명 졸업생을 가산하면 더한층 놀라운 숫자가 나타날 것이다.

*

제군은 이 기막히는 숫자에서 무엇을 배울 것인가 졸업이란 그렇게 제군이 상상하고 있는 그만큼 비싸게 쓰여지는 것이 아니다 하는 점일 것이다. 만 냥짜리라고 믿고 있었던 그것이 천 냥 아니 심하여서는 단 백 냥어치도 되지 않는 것임을 제군을 선진 졸업생에게서 배울 것이다.

*

학교 당국자 아니라도 혹자는 말하리라. 학교 졸업이란 더구나 중학 정도의 졸업이란 월급자리 얻기 위한 것이 아니라 사회 일원으로의 인격적 기초를 갖추기 위한 것이라고……. 그러나 그것은 조선 사람으로서 할 말이 못 된다. 63000명의 보통학교 졸업생 중에 46000명이 밥벌이를 구하러 가는 조선이 아니냐. 1750명의 고보 졸업생 중에 상급교에 가는 사람이 470명밖에 못 되는 조선이 아니냐.

*

상급학교에 입학될 만한 준비 이것을 빼고는 다른 것이 전혀 없다고 하여도 과언이 안 될 것이 지금의 남녀고등보통학교이다. 위에 있는 숫자에 의하여 바꾸어 말하면 상급교에 갈 470명을 위하여 존재해 있는 학교라고 이렇게 말할 수 있는 것이다. 1700명 중의 1300명을 안중에 두지 않고 단 470명을 위하여 필요한 것을 나머지 1300명에게도 그냥 강제하여 주입하고 있는 것이다. 이것은 학교 당국으로서 크게 생각될 문제일 것이어니와 먼저 학생들로서는 어찌해 할 것이겠는가.

수업료를 내지 못하였다 하여 사부하고• 믿는 교원에게 등을 밀리어 내 학교를 쫓겨 나오는 학생들 한 학년 중간에도 몇 번 씩 그 꼴을 당하는 학생들.

대체 얼마나 굉장한 것을 가르치는 것이며 얼마나 고마운 것을 배우기에 저다지 모진 악을 쓰면서 배우겠다는 것인가.

제3자로서 이런 생각을 하게 되는 때가 종종 있다. 그렇다. 대체 무엇을 가르치는 것이며 무엇을 배우려 집 팔아 가면서 덤벼드는 것이냐.

*

상급교에 가려는 사람에게 그 준비를 위한 지금 식의 고등보통학교가 있는 것과 같이 상급교에 못 갈 사람에게는 사회로 바로 뛰어나가는 준비를 위한 학교가 있어야 한다. 공업이니 상업이니 하는 이외에 사회 공민의 일원으로 필요한 일반 상식만을 주는 학교가 있어야 한다. 그러한 학교가 세워지고 제군은 적어도 매년 졸업생이 1700명이라 하면 그 중의 400명 내외(상급교 갈 사람)를 제한 1300명은 여기에 입학하여야 한다.

이런 후라야 비로소 수업료를 받는 것이나 머리를 싸매고 달려드는 일에나 의의가 서는 것이다.

*

그러나 아직 조선에 그러한 학교가 없다. 없어서 너도나도 고마운 것 아니 가르치는 학교에 들어간다. 들어가서는 상급학교에 보낼 지식만 가진 선생이 상급학교에 갈 사람을 가르치고 있는 것을 구경하고 있다. 자기 공부는 잊어버리고.

*

자기 공부란 무엇이냐. 상급학교에 못 갈 사람에게는 상급교 갈 준비

● **사부하다** 합당하지 않은 사람에게 의지하여 섬기며 따르다.

공부가 자기 공부 될 수 없는 것이다. 결국 남의 공부다.

제군이 곧 튀어나올 **사회**라 하는 상급교에는 어떤 식구들이 있는지 몇 갈래의 골목이 있는지 무슨 과목이 어떻게 벌려져 있는지 제군의 학교에서는 그것을 가르치지 않는다. 제군이 나아올 사회에는 밥 굶는 사람이 너무도 많다. 그러나 제군은 학교 선생의 입으로는 그런 소식도 듣지 못한다. 학교 담 밖에는 신문 호외가 요란히 돈다. 그러나 제군의 학교에서는 그것을 설명해 주지 않는다.

*

월급자리 얻는 것만이 교육의 목적이 아니라 하자. 실사회를 모르고 실사회를 떠나서 사회인으로서의 인격적 기초를 운위할 수 있느냐?

*

나는 이 글을 끝을 막아야 하겠는데 붓끝의 나갈 길이 먼저 막혔다. 눈치 있는 독자는 막혀진 붓끝을 더 기다리지 않을 것을 안다. 그러나 억지로라도 몇 말을 구구히 보태여 쓴다하면 상급교에 못 갈 학생 제군은 졸업하는 날이 오기 전에 미리부터 자기 주선으로 사회에 나올 준비를 게을리 말라 하는 일언뿐이다.

상급교 지원자가 그 준비에 부지런한 것이 당연한 것과 같이 사회에 튀어나올 사람이 미리부터 실사회와 친하고 그 길에 밝은 사람이 되라는 것은 당연한 말인 것을 믿는다.

학교에 있을 때에 남의 공부만 골똘히 쫓아가다가 자기 나갈 길에 캄캄하지 말고 미리부터 자기 공부에 충실하라! 그리하기 위하야 실사회와 자주 접촉하라. 학교에서 못 듣는 말을 자기 주선으로라도 듣고 배울 수 있는 길을 열라. 이렇게 나는 간절히 권고한다.

_『학생』 1930년 3월호

내가 여학생이면

전에 한번 '내가 중학생이면' 하고 쓴 일이 있었으니 이번에는 '내가 여학생이면' 하고 잠깐 생각해 보기로 하겠습니다.

내가 여학생이면 첫째, 애를 써서 우등하지 않겠습니다. 밤새움을 안 하고도 안타깝게 애를 쓰지 않고도 우등을 할 수 있으면 애를 써서 피할 까닭은 물론 없으나, 억지로 우등을 꼭 하겠다고 학교 책 읽기에만 몸을 달구지 않겠다는 말입니다. 대단히 말하기 거북하지마는 사실대로 말하면 이 세상에 살아가는 데 필요한 지식은 학교에서 책으로 배우는 것 외에 더 많이 있는 까닭입니다.

더구나 오늘 조선서의 실제 형편으로 보면 학교에서 배우는 그것만 잘 외어 가졌다 하여 그가 반드시 실생활을 우수이 해 나갈 자격자가 되지 못합니다.

그러니 자기 일신●이 늙어 죽는 날까지 학교 울타리 안에서만 학생으로서만 살다가 죽을 사람이 아닌 이상, 학교에서만 우등하는 것보다는 실생활에 우등을 하도록 공부하는 편이 유익하고 영리하겠다 하는 것입니다.

* 기획 '내가 만일 학생이라면'에 포함된 글이다.

● **일신** 한 몸.

자기의 정력이 열 냥어치라 하면 학교 공부에 일곱 냥어치를 쓰고 적어도 적게 잡아도 석 냥어치는 볘러서● 학교에서 못 배우는 좋은 산지식을 구하기에 쓰겠습니다. 몇 가지 예를 들면 신문이나 잡지를 읽어서 실사회, 실생활의 산 기록을 읽고 그 호흡에 젖어 가는 것도 큰 공부요, 강연회, 도서관에 가는 것도 큰 공부요, 좋은 선진●을 찾아가거나 좋은 회합에 들어 좋은 정신을 길러 가는 것도 큰 공부입니다.

그러니 이런 여러 가지를 도무지 못 본 체하여서까지 억지로 우등만 하겠다고는 안 하겠다는 말입니다. 결국 줄여서 말하면 불과 3, 4년 일인 학교 공부에는 보통 급제로만 나아가더라도 정작 한평생의 일인 실생활에 우등을 하도록 하겠다는 것입니다.

_『학생』 1930년 6월호

● **볘르다** 일정한 비례에 맞추어서 여러 몫으로 나누다.
● **선진** 어느 한 분야에서 연령, 지위, 기량 따위가 앞섬. 또는 그런 사람.

권두어*●

하기방학! 나는 언제든지 이 말을 삼천리 향토에의 학생군●의 총동원이란 말로 생각한다.

경성역 청량리역두●에 봇짐을 메고 들고 만 명 수만 명씩 모여드는 씩씩한 학생군!! 아무리 해도 그들이 쉬러 가는 무의한● 때라고는 생각되지 않는다. 신흥○○의 용장한● 진군 그렇다! 삼천리 방방곡곡 이 땅의 임자들에게 새로운 넋을 불러일으키러 향하는 젊은 역군들의 용장한 진군이다.

그대들이 일찍 고함치는 소리를 들었노니 우리는 그대들이 무의한 사람들이 아닌 것을 알며 그대들은 항상 남다른 나팔 소리를 듣고 있는 줄 아노니 그대들이 한때일망정 마음 놓고 놀지 아니할 것을 우리는 믿는다.

나는 그대들이 어느 학교 학생임을 묻지 아니한다. 남학생이고 여학

* 발표 당시 목차에는 제목을 '진군'이라고 밝혔다.

● 한자로 '권두어'라 표기되어 있으나 '권두언'의 오기인 것으로 보인다.

● **학생군** 학생 무리.

● **역두** 역전. 역 앞.

● **무의하다** 뜻이 없다.

● **용장하다** 용감하고 군세다.

생임을 분간치 않는다. 그대들이 오직 조선의 자녀인 것을 알 뿐이요 그대들의 고향의 파산 함락이 가까웠음을 알 뿐이니 그대들이 서로 암암한 중에 묵계가 있어 각각 자기 고향에 일조의 생맥을 잡아 일으키고 옴이 있기를 간절히 믿고 바라고 또 부탁하는 것뿐이다.

방학 귀향! 이것이 그대들에게는 전지•에 가는 출진•이어야 한다. 남의 곳 학생들께는 가장 큰 기쁜 일이 길이 그대들에게는 쉬일 때 쉬지 못하고 더 한 짐 무거운 사명을 지고 전지로 나아가는 비장한 출진인 것이다.

이 눈물겨운 출진을 보내기에 임하여 미미하나마 본 호에 '귀향하는 학생 제군에게' '각종강연자료' '각종기관조직법'과 별책으로 '계몽독본'을 편재한 것은 오로지 비장한 출진의 길에 오르는 그대들의 군량과 무기로 보태자 하는 성의이며 마땅히 사•의 10주년사•를 써야 할 이 란을 이 몇 마디 애정•의 말로 대하는 것도 이상의 탁의•가 간절한 까닭이다.

아아 학생군 총동원! 그대들은 그대들의 힘을 믿으라. 그대들의 진군이 삼천리 아무러한 산간벽지에라도 비추는 것을 믿으라. 7월 중순 경성에서 흩어지는 남녀 학생 전부가 묵묵히 같은 노력을 일시에 행할 것을 믿으라! 이리하는 데서만 그대들의 부로•와 향리를 구할 수가 있고

• **전지** 전쟁터.
• **출진** 싸움터로 나아감.
• **사** 회사. 여기서는 '개벽사'를 가리킨다.
• **10주년사** 10주년을 기념하는 뜻을 나타내는 말이나 글.
• **애정** 불쌍하게 여기는 마음, 또는 구슬픈 심정.
• **탁의** 맡기는 뜻.
• **부로** 한 동네에서 나이가 많은 남자 어른을 높여 이르는 말.

이리 함으로써 그대들의 귀중한 사명을 다할 수 있음을 굳게 믿으라. 총동원 총공격의 나팔 소리가 귀를 뚫지 않느냐.

_무기명,• 『학생』 1930년 7월호

• 권두어로, 『학생』의 편집 겸 발행인이었던 방정환이 쓴 것으로 보인다.

아동 문제 강연 자료

학생 시대에 연단에 나서면 누구든지 자기의 지식 많은 것을 청중에게 알리고 싶어 한다. 그래서 아무나 알아듣기 쉬운 평범한 말보다는 되도록 어려운 문자를 한 마디라도 더 많이 쓰려고 애쓴다. 그래서 모두 실패한다.

먼저 주의할 것은—더구나 농촌에 가서 말하는 사람은 청중 누구나가 다 알아들을 수 있는 쉬운 말만 골라 쓰기에 노력해야 한다. 고상한 내용을 또는 중대한 논란을 가장 평이한 말로 하기를 힘써야 한다. 이하 아동 문제에 관한 강연 자료를 몇 구절 들기로 하는 바 가장 통속적인 구절을 가장 평이한 말로 적어 보기로 한다.

*

남편 없고 여산● 없는 빈한한 과부를 보고, 쓸쓸하고 설움만 많고 또 당장 살기가 구차하기까지 하니 일찍 자살이라도 하지 무슨 재미로 무슨 낙으로 고생살이를 하고 있느냐고 물으면, 아직 젖먹이 유복자를 가리키면서 "참말 자살이라도 하여 일찍 이 고생을 면해 버리는 것이 상팔자지요. 그러나 이것이 자라서 사람 구실을 하게 되면 지금 고생을 옛

* 기획 '귀향하는 이에게의 선물, 3대 문제 강연 자료'에 포함된 글이다.

● 여산 남은 재산.

말 삼아 웃으면서 살아 볼 날이 있겠지 하고 단 하로●라도 그날이 있을 것을 기다리노라고 살지요." 할 것이다.

*

못살게 되었네, 못살게 되었네. 어느 구석을 보아도 못살게 된 형편뿐인 지금 우리의 살림은 참말로 누구나가 하는 말과 같이 살 수 있어서 사는 것이 아니요, 죽기보다도 더 괴로운 생활이다. 만일 어떤 유명한 예언자가 있어서 "너희는 죽는 날까지 조금도 지금보다 나아지지 못하고 지금 요 꼴대로만 살다가 죽으리라." 한다 하면 우리는 지금 곧 자살해 버리는 것이 영리하다. 하로 한 해를 더 살아서 하로 한 해의 고생을 더 계속하는 것보다는 차라리 일찍 죽어 한 해 하로라도 고생을 덜하는 것이 나은 까닭이다.

그러나 이 세상에는 앞일을 예언해 줄 사람은 없다. 우리의 이다지 악착한● 고생도 오늘뿐이요, 내일이나 모레, 내년이나 후년에는 이보다 나은 생활이 오겠지 오겠지 하는 그것 하나 때문에, 그것 하나를 바라고 오늘날 고생이 아무리 악착하더라도 오히려 그것을 참아 이겨 가면서 사는 것이다.

*

그렇다! 우리는 오늘보다 좋게 변할 '명일'을 기다리노라고 오늘의 생활이 아무리 악착하여도 오히려 참아 이겨 가면서 사는 것이다.

*

그러나 '명일'이란 것이, '희망'이란 그것이 우리의 앞에 있는 것이냐, 뒤에 있는 것이냐 하면 시곗바늘이 뒤로 돌지 않는 이상, 아츰● 해

● **하로** '하루'의 사투리.
● **악착하다** 잔인하고 끔찍스럽다.

가 서편에서 솟지 않는 이상 그것은 우리의 뒤에 있을 것이 아니요, 언제든지 앞에 있는 것이다.

*

앞을 보고 살자, 앞을 향하고 나가자.

30살에 아들을 낳았으면 아버지는 벌써 30년 뒤진 사람이요, 아들은 30년 앞사람이다. 아무리 잘났어도 아버지는 발 뒤로 밀리는 사람이요, 과거의 명부●에 들어가는 사람이요, 아무리 아직 코를 흘리고 아무것도 모르는 것 같아도 그는 일찍 이 아버지가 못 하던 모든 일을 할 수 있는 앞사람이다.

어린이는 앞으로 나가는 사람이요, 아버지는 뒤로 밀리는 사람이다. 조부가 아무리 잘났었어도 남폿불밖에 켜지 못하고 자동차, 비행기란 몽상도 못 하고 죽었다. 그러나 그 앞에서 코를 흘리며 자라던 어린이는 전등을 켜고 자동차를 타고 라디오를 듣고 있다. 사람은 어린이를 앞장세우고 어린이를 따라가야 억지로라도 앞으로 나가지, 어른이 어린이를 잡아끌고 가면 앞으로 나갈 사람을 뒤로 끄는 것이다.

*

그런데 이때까지의 조선의 집집에서는 하나도 예외가 없이 모두 늙은이가 새 사람을 끌고 뒤로만 갔었다. 어린이가 가는 곳은 새 세상이요, 새 일터다. 늙은이가 가는 곳은 무덤뿐이다. 아무리 섭섭하여도 이것은 피할 수 없는 사실이다. 그런데 조선에서는 가장 늙은이—가장 무덤으로 앞장서서 가는 이가 호주—즉 인솔자가 되어 가지고 전 가족을 데리고 무덤으로 갔었다. 무덤으로 가기 싫어서 돌아서는 사람이 있으

● **아츰** '아침'의 사투리.
● **명부** 어떤 일에 관련된 사람의 이름, 주소, 직업 따위를 적어 놓은 장부.

면 부명•을 거역하는 불효자라 하여 온 동리가 결속해 가지고 박해하였다. 재하자•는 유구무언 아무 말 말고 무덤으로 따라가는 것이 효의 도였다. 윗사람이 너무 완명할• 때 재하자로서 간할• 수 있다는 것이 용허되어• 있으나, 그러나 세 번 간해서 듣지 않거든 울면서 따라가라고 하였다. 울면서 무덤으로 가라는 말이 되는 것이다.

이리하여 조선 사람은 누천• 년 두고 앞을 안 보고 뒤만 향하여 살았던 것이요, 호주를 따라 무덤으로 걷고 있었던 것이다. 그래서 모두가 완전히 무덤 속에 들어 버린 지도 오래다.

*

조선 사람의 가옥을 보아라. 모두 늙은 호주의 집일 뿐이지 어린 새 사람의 방이라고는 단 한 칸도 없지 않은가. 70칸 혹 100여 칸 집을 보아도 늙은 한 사람이 쓰기 위하여 윗사랑,• 아랫사랑이 있고 안사랑, 바깥사랑이 수십 칸씩 있을 뿐이지 그 집의 사 남매, 오륙 남매들이 거처할 방은 단 한 칸도 없지 않은가. 음식을 장만하여도 늙은이를 위하여서뿐이지 어린 새 인물을 위해서 장만하는 것은 아니다. 이때까지의 조선 부녀들은 시부모를 위하여 조석을 지었지 어린 새 인물을 위해 지은 적이 없었다. 조선 사람처럼 아들딸의 덕을 보려고 욕심내는 사람이 없음에 불구하고 그 덕 보려는 명일의 호주를 조선 사람처럼 냉대, 학대하는 사

• **부명** 아버지의 명령.
• **재하자** 손아랫사람.
• **완명하다** 고집이 세고 사리에 어둡다.
• **간하다** 웃어른이나 임금에게 옳지 못하거나 잘못된 일을 고치도록 말하다.
• **용허되다** 허용되다.
• **누천** 여러 천. 또는 많은 수.
• **사랑** 집의 안채와 떨어져 있는, 바깥주인이 거처하며 손님을 접대하는 곳.

람도 없다. 새로 자라는 어린 인물들뿐만이 우리의 기둥감이요, 들보감이건마는 그들을 위하지 아니하고 아끼지 아니하고 존중하지 아니하고 어떻게 덕만 바라는 것이냐.

*

호주를 바꾸어야 한다. 터주를 바꾸어야 한다. 옛날에 터줏대감을 위하여야 잘산다고 믿고 정성을 바치듯 어린 사람을 터줏대감으로 믿고 거기다 정성을 바쳐야 새 운수가 온다. 늙은이 중심의 살림을 고쳐서 어린이 중심의 살림으로 만들어야 우리에게도 새살림이 온다. 늙은이 중심의 생활이었던 까닭에 이때까지는 어린이가 말썽꾼이요, 귀찮은 것이었고 좋게 보아야 심부름꾼이었었다. 그것이 어린이 중심으로 변하고 어른의 존재가 어린이의 생장에 방해가 되지 말아야 하고 어린이의 심부름꾼이 되어야 한다.

*

낡은 묵은 것으로 새것을 누르지 말자! 어른이 어린이를 내리누르지 말자. 30년, 40년 뒤진 옛사람이 30, 40년 앞사람을 잡아끌지 말자! 낡은 사람은 새 사람을 위하고 떠받쳐서만, 그들의 뒤를 따라서만 밝은 데로 나갈 수가 있고 새로워질 수가 있고 무덤을 피할 수 있는 것이다.

*

부모는 뿌리라 하고 거기서 나온 자녀는 싹이라고 조선 사람도 말해 왔다. 뿌리는 싹을 위하여 땅속에 들어가서 수분과 지기●를 뽑아 올려 보내 주기 위하여 필요한 것이요, 귀중한 것이다. 그러나 조선의 모든 뿌리란 뿌리가 그 사명을 잊어버리고 뿌리가 근본이니까 상좌에 앉아

● **지기** 토양 속의 공기. 땅의 정기.

야 한다고 싹 위에 올라앉았다. 뿌리가 위로 가고 싹이 밑으로 가고 이렇게 거꾸로 서서 뿌리와 싹이 함께 말라 죽었다. 그 시체가 지금 우리의 꼴이다.

싹을 위로 보내고 뿌리는 일제히 밑으로 가자! 새 사람 중심으로 살자. 어린이를 터주로 모시고 정성을 바치자!

*

외국 사람을 보아라. 그들은 완전히 어린이 중심으로 생활을 하고 있다. 집도 어린이를 위하여, 음식도 어린이를 위하여, 정원도 어린이 비위를 맞춰서, 심지어 산보도 놀이도 어린이 중심으로 그리고 그것도 부족하여서 어린이만의 공원이 있고 유원지가 있고 어린이를 위한 책이 수없이 나오고 학교에 부족함이 없고, 그리고도 부족하여서 소년단이 있고 영국에서는 황실의 내친왕●이 반드시 그 총재가 되는 법이요, 미국에서는 현 대통령이 싫어도 총재가 되고 전기● 대통령이 부총재가 되는 법이요, 일본에서는 그 본부 사무소를 내무성 안에 두고 각각 그 새 생명을 기르기에 전력을 기울이고 있다.

*

옛날 스파르타 사람들은 전승국에서 "너희 나라의 어린 사람들을 종으로 부려 먹게 갖다 바쳐라." 하는 것을, "어린 사람 대신 성인이 그 10배라도 가겠으나, 스파르타의 어린 사람은 단 한 사람이라도 남의 나라 사람의 손에 맡기지 못하겠다."고 거부하였으니 이것은 어른은 전패하고 돌아왔으니 장래를 위하여 무용물이로되, 어린 사람들을 갖다 바치는 것은 차기의 전사들을 빼앗기는 것인 고로 우리의 장래까지 멸망

● **내친왕** 왕의 형제나 자식. 친왕은 남성, 내친왕은 여성이다.
● **전기** 앞 시기.

하는 것이라고 생각한 까닭이었다.

어데서 무엇에 의지하여 새 운수를 기다리는가.

*

죽은 사람의 제사에 돈을 쓰고 늙은이 환갑, 진갑에는 돈을 쓰면서 자녀의 월사금을 못 내겠다는 것은 어쩐 까닭이며, 아비 어미는 집에 앉아 있거나 나들이할 옷감을 장만하면서 어린 자녀 먼저 공장에 보내는 것은 어쩐 심사인가.

*

요컨대 일장• 강연의 초안이 아니고 자료 공급에 그치는 일이니까 이만큼에 그친다. 이 말 전후와 중간에 연사가 말하는 목적에 필요한 말을 집어넣거나 혹은 이상의 몇 구절 중에서 단 1, 2구만 갖다가 써도 좋다. 이 외에 아동 문제를 말하려면 실로 다단하여• 혹 경우에는 보육상 실제 방법을 말할 경우도 생기고, 또 혹은 현하• 조선 농촌에 있어서의 아동 생활의 실제를 세술해야• 할 필요도 있을 때가 있을 것이요, 또는 소년회 조직법 기타를 말해야 할 때도 있을 것이나, 그런 것을 여기에 다 쓸 수도 없는 것이요, 또 처음 농촌에 가서 그러한 상세한 것을 말하게도 안 되고 해서 효과도 적을 것인즉, 우선 먼저는 위와 같은 평이한 말로 서설•만을 잘 말하는 것이 도리어 효과 있을 듯싶다. 만일 유치원이나 소년회를 위하는 강연을 하게 될 경우에 한마디 더 참고될 말을 가장 쉬운 말로 간단히 쓴다면, 아래의 두어 구절과 같은 말이 되겠다.

• **일장** 한바탕. 어떤 일이 벌어진 한 판.
• **다단하다** 일이 갈래나 가닥이 많다. 또는 일이 흐트러져 복잡하다.
• **현하** 현재의 형편 아래.
• **세술하다** 자세히 서술하다.
• **서설** 본론에 들어가기에 앞서 쓴 대강의 서론적인 해설.

*

어린 사람의 성장에 제일 필요한 것은 '기쁨'이다. 어린 사람은 기뻐할 때 제일 잘 자라는 것이다. 몸이 크고 생각이 크고 기운이 크고, 세 가지가 일시에 크는 것이다.

그러면 어느 때 어린 사람이 제일 기쁨을 얻느냐. 어린 사람이 제 마음껏 꿈적거릴 수 있는 때, 즉 소호●의 방해가 없이 자유로 활동할 수 있는 때, 그때에 제일 기뻐하는 것이니 그것은 꿈적거린다(활동)는 그것뿐만이 그들의 생명이요, 생활의 전부인 까닭이다.

가만히 주의해 보아라. 갓난아기로부터 십오륙까지의 사람이 잠자는 때를 빼고는 한시반시●라도 꿈적거리지 않는 때가 있는가. 꿈지럭거리지 말고 가만히 있으라는 말은 자살을 하라는 말이다. 그들은 부지런히 꿈적거려야 부지런히 크는 것이다. 그런데 조선의 부모는 어린 사람의 꿈적거림을 장난이라고만 알고, 장난 마라 좀 얌전하라고 꾸짖어 왔다.

*

그런데 꿈적거리는 것은 사지육체에만 그치는 것이 아니라 눈에 보이지 아니하는 생각도 부지런히 꿈적거리는 것이다. 어린 사람들이 달음질을 하고 씨름을 하고 방문을 두드리고 공을 차고 나무에 기어오르고 온갖 꿈적거림은 모두 육체를 활동시키는 노력이다. 그런 때 그의 활동을 도와주어 더욱 부지런히 꿈지럭거리게 하여 더욱 부지런히 자라게 해 주기 위하여 장난감이 필요한 것이다.

*

그와 마찬가지로 눈에 보이지 아니하는 속생각이 활동하노라고 아

● **소호** 작은 털. 아주 적은 분량이나 정도를 이르는 말.
● **한시반시** 아주 짧은 시간.

버지는 누가 낳았소, 할아버지는 누가 낳았소, 맨 나중에 한우님은 누가 낳았소 하고 끝까지 캐어묻는 것이다. 팥은 왜 빨갛고 콩은 왜 노랗소, 강아지는 왜 신발을 안 신고 다니오 하고 묻는 것도 다 속생각이 활동하려는 것이니 그 활동을 더욱 도와주기 위하여 동화며 동요며 그림이 필요한 것이다.

*

그리하여 그 몸과 마음을 우선 충분히 시켜 주려고 애쓰는 곳이 유치원이다.

*

사람이 이 세상에 필요한 사람이 되려면 산술이나 글씨 쓰는 것만 배워 가지고는 안 되는 것이다. 더구나 어린 때는 더욱 그렇다. 학교에서 배우는 것 외에 더 근본적으로 사람 노릇 하는 바탕을 지어 가지지 않으면 안 된다. 그래서 유치원과 같이 그들의 자유로운 심신의 활동을 도모하는 외에 더 근본적이요, 더 실제적인 생각과 지식과 또 훈련까지 주는 것이 소년회다.

*

이만큼으로 그치고 이 자료가 제군의 손에서 다시 요리되어 맛있고 실속 있는 음식이 되기를 바랄밖에 없다. 다시 또 주의하고 싶은 것은 어려운 말을 쓰지 말라는 것이다. 쉽게 쉽게 더한층 또 쉽게 평이한 말만 골라서 쓰도록 용념해야• 한다.

_『학생』 1930년 7월호

● **용념하다** 마음을 쓰다.

하기 농촌 강습회 조직법

하기방학 동안에 자기 고향을 위하여 봉사할 수 있는 노력 중에 단기 강습이라는 좋은 사업이 있다. 그러나 이 일을 이때까지 많이 하여 오지 않은 것은 일을 너무 크게만 생각하는 사대주의 때문이었다.

강습회를 조직하라면 벌써 대학 총장쯤이나 된 듯한 기세로 큼직한 공청•을 생각하고, 종을 살 걱정을 하고, 전기 가설 혹은 대(大)램프등을 생각하고, 회원이 적어도 50명 이상은 되어야겠고, 그러자니 당국의 허가가 있어야겠고, 이렇게 처음부터 되지 못할 꿈만 꾸다가 결국 아무 착수도 못 하고 만다.

크게 버르집지• 말아라. 크게 벌리지 말아라.

그대들이 가는 곳은 농촌이 아니냐. 여름에 한창 바쁜 농가가 아니냐. 그대들이 전문학생이라 하자. 그대들이 배우는 교과서 내용이 곧 농촌인에게 필요한 것이 아니다. 그대들이 학교에서 영어나 기하•를 배운다 하여 농촌인에게 영어·기하를 전하겠느냐? 그대들이 양옥 교사•에서

* 기획 '우리들의 방학 중 사업, 3대 기관 조직법'에 포함된 글이다.

• **공청** 관청 건물.

• **버르집다** 파서 헤치거나 크게 벌려 놓다.

• **기하** 기하학.

• **교사** 학교 건물.

의자에 앉아 배운다 하여 농촌인들을 의자에 앉히고 가르칠 터이냐?

아니다, 아니다! 언문 모르는 부녀가 있거든 그 바느질하는 옆에 쫓아가 앉아서 언문을 가르치라는 것이다. 계산을 할 줄 모르는 청년이 있거든 그에게 주판•을 들고 가서 가감법을 가르치라는 것이다. 신문 잡지를 못 보는 이가 있거든 신문을 들고 가서 그것을 읽어 들려주라는 것이다. 그것만을 충실히 하는 것이 대학교수 이상의 가치 많은 노력이 되는 것이다.

강습회니 무어니 하는 계획이 없어도 그대가 고향 집에 돌아가면 그대의 부형이나 혹은 제질,• 혹은 동리 동무들에게 경성서 보고 들은 것을 이야기하게 되리라. 그것이다. 그것으로 족하다. 다만 그 이야기를,

1. 내용을 차곡차곡 순서를 차리고

2. 하로• 한 시간씩 혹 두 시간씩 7일이면 7일, 10일이면 10일, 며칠 분에 별러서•

3. 동일한 시간에 동일한 장소에서

4. 모을 수 있는 데까지 여러 사람을 모아 놓고 하라 하는 그것뿐이다.

*

내용에 있어서도 억지로 굉장한 것을 가르쳐 보려고 애쓰지 말고(그대가 넉넉히 굉장한 지식을 가르칠 수 있댔자 그 굉장한 지식이란 것이 듣는 이에게 아직 아무 효과가 없는 것이다.) 그대가 넉넉히 이야기할 수 있는 한내•에서 또 거기 모이는 농촌인들이 알아들을 수 있는 한

• **주판** 셈을 놓는 데 쓰는 기구의 하나.
• **제질** 아우와 조카.
• **하로** '하루'의 사투리.
• **벼르다** 일정한 비율에 맞추어서 여러 몫으로 나누다.
• **한내** 한계 안.

내에서 결코 필기를 요하는 어려운 문자를 쓰지 말고 평이한 육담• 으로 구수하게 이야기해야 할 것이다. 가령 몇 가지 예를 들면,

1. 소년회란 어째서 하는 것이냐. 어린이날을 구경한 이야기.

1. 청년회는 어째서 필요한 것이며 무슨 일들을 하는가(할 수 있으면 외국 청년단 이야기도). 혹은 수해나 무슨 재해가 있을 때 모 지방에서 청년회가 어떤 활동을 하였다는 실화. 촌민에게 불리한 문제가 있을 때 청년회란 것이 촌을 대표하여 어떻게 분투하는 등 이야기.

1. 농민운동이 조선에도 생긴 이야기. 농민 잡지가 생겨서 어떤 기사를 취급하는 등 이야기.

1. 소작쟁의란 무엇인가. 신문에서 본 바 모모 지방의 실화와 그 결과 이야기.

1. 신문이나 잡지란 것은 어째서 읽어야 하는가. 신문사 견학한 이야기. 각처 소식이 어떻게 해서 그렇게 속히 신문에 나는가 등 이야기.

(차간• 3행 약•)

1. 소비조합 혹은 물산장려운동 등에 관하여 아는껏의 이야기 등인 바

이상의 제• 화제로만 보아도 정확하게 잘 설명하려면 한이 없이 많은 지식이 필요하고 한이 없이 어려운 이야기지만, 이러한 때의 이러한 운동이란 결코 어느 정도까지 가야만 이야기할 자격이 있고 없다는 표준이 없는 것이다. 열 가지를 아는 자는 열 가지를 설명할 것이요, 같은 제목에 관해서 자기는 단 두 가지 말밖에 더 할 말 지식이 없으면 단 두

● **육담** 저속하고 품격이 낮은 말이나 이야기.
● **차간** '이 사이'를 뜻하는 일본식 한자말.
● 검열로 삭제된 것으로 보인다.
● **제** 여럿.

가지만 잘하여도 훌륭한 것이다. 결국 자기가 아는 데까지만 이야기하라는 것이니 아무 문제에도 불안이나 부족을 느낄 까닭이 없다.

이런 투로 나가면 이상에 열거한 화제 외에도 그대들의 생각나는 필요한 화제가 얼마든지 있을 것이요, 만일 이상의 화제도 간단하게도 이야기할 밑천이 없는 학생이면 '중국에서는 북벌 성공 후에 국법으로 여자의 단발을 시켰다.' 혹은 '경성에서는 여자의 의복이 허리를 졸라매는 것이 해롭다 하여 모두 어깨치마가 되고 지금쯤은 여학생복이 모두 양복으로 변하였다.'는 이야기도 좋고 자기 학교에서 이러이러한 조건으로 동맹휴학이 있었다는 시종●을 이야기해도 좋다.

요컨대 하로에 한 가지 혹은 두어 가지 화제, 예하면 오늘은 신문 잡지 이야기, 내일은 소년회, 청년회 이야기, 모레는 중국 이야기, 그다음 날은 인도 이야기, 그다음 날은 풍속 변천 이야기, 이렇게 일할●과 차서●를 정해서 할 것이요, 한 동리에 동지 학생이 1인 이상이 있으면 상의하여 각각 수제●씩 뜯어 맡아 가지고 할 것이요, 장소는 동리 중에 어느 넓은 방 하나를 교섭해서 써도 좋고, 그것도 없으면 동리 앞이나 뒤의 느티나무 밑에 멍석을 깔고 모깃불 피워 놓고 하여도 좋다. 농사에 피곤한 때라 하여도 저녁밥 먹고 상도 치우기 전에 누워 자는 사람은 없을 것이니 석반● 후마다 곧 모이기로 하면 될 것이다.

그리고 회원 모집도 구구상전●으로 할 것이요, 결코 문자로 써서 광

● **시종** 처음과 끝을 아울러 이르는 말.
● **일할** 날짜를 여럿으로 갈라서 배정함.
● **차서** 차례.
● **수제** 몇 개.
● **석반** 저녁밥.
● **구구상전** 입에서 입으로 서로 전함.

고를 붙이거나 흑판을 걸거나 하지 말 것이며, 회원은 일곱 명도 좋고 열 명도 좋고 20명도 좋으니 모이는 대로 할 것이지 결코 미리 예정 수를 정할 필요가 없는 것이다.

이상은 보통 예를 말한 것뿐이니 이리하는 외에 또 따로 그 동리 형편에 따라서 오전 조반● 후에는 부녀 7, 8인을 모아 언문 강습(여학생이 있으면 학교에서 배운 가사 상식, 부녀 위생 지식 강화●도 가●)을 하고 오후에는 보통학교 졸업 정도만의 청소년만을 따로 모아 주판, 간이한● 조선 역사 또는 새로운 한글 강습, 유행 신어● 등 과목으로 특별 강습을 하는 것이 좋다.

*

이리하여 우리들은 허명●만에 들뜨지 말고, 억지로 신문에 기사 낼 생각을 말고 덮어놓고 크기만 하고 번화한 일만 하려고 말고, 푹 가라앉아서 실지있게 농민 틈에 섞여서 실제 효과를 거두기에 용심하지● 않으면 안 될 것이니, 소문은 안 나도 이렇게 하는 노력의 효과는 절대한 것이다. 나의 친애하는 남녀 학생 제군! 제군은 다 같이 폭 가라앉는 침착한 인물이 되어 이러한 실제 노력으로 제군 금번 귀향의 한 번 길이 제군의 동리에 큰 생광●이 있게 하기를 간절히 바란다.

● **조반** 아침밥.
● **강화** 강의하듯이 쉽게 풀어서 이야기함. 또는 그런 이야기.
● **가** 할 수 있음. 가능함.
● **간이하다** 간단하고 쉽게 줄이다.
● **신어** 새로 생긴 말. 또는 새로 귀화한 외래어.
● **허명** 실속 없는 헛된 명성.
● **용심하다** 마음을 쓰다.
● **생광** 빛이 남. 영광스러워 체면이 섬.

귀향하는 수많은 제군이 다 같이 이러한 노력을 함으로써 조선 전체가 얼마나 깨이고 얼마나 더 밝아질까를 생각하면 참말로 큰일이 아니냐.

_『학생』 1930년 7월호

개학기의 성찰

가을이다. 한울•이 하로•하로 더 맑아 가고 아츰• 저녁으로 서늘한 기운이 도는 것이 벌써 확실히 가을이다.

이 책이 제군의 손에 쥐어질 때는 벌써 추기• 개학이 되는 때일 것이니 방학 중의 모든 하려던 일을 마치고 다시 학창에 근면하기 시작할 때거나 또는 그리하기 위하여 향촌을 떠날 때일 것이다. 이때를 임하여 만일 우리의 심정 그대로 하려면 역두•나 혹은 제군의 학교 문전•에 서서 일일이 제군의 손을 잡고 "동무여 그대의 고향에 무슨 일을 해 놓고 왔는가?"고 묻고 싶다. 그대여 참말 그대는 방학 동안에 그대의 고향에 무슨 일을 하여 놓고 왔는가 참말로 무슨 일을 해놓고 왔는가 우리는 이때의 조선 학생의 한 사람으로서 그대가 그 딱한 꼴뿐인 그대의 향촌에 가서 무의미하게 놀기만 하다가 왔으리라고는—그런 야속한 학생이라고

* 발표 당시 목차에서 '권두언'이라고 밝혔다.
• **한울** 천도교에서 '하늘'을 달리 이르는 말.
• **하로** '하루'의 사투리.
• **아츰** '아침'의 사투리.
• **추기** 가을.
• **역두** 역전. 역 앞.
• **문전** 문의 앞쪽.

는 꿈에라도 생각해지지 않는다. 만일 그대가 뜻은 있으면서 힘이 부족하여서 투철히 하고 온 일이 없다 하면 그 안타까운 심정에 앞으로는 무엇을 배워야겠다는 것을 깨달았는가 그대는 그대에게 당장 급한 공부가 무엇인지를 분명히 깨달았어야 한다.

신학기는 또 시작된다. 이때에 그대가 먼저 해야 할 일은 방학 생활의 정리요 반성이다. 그대가 향촌을 위하여 일하려 할 때에 부족을 느낀 것은 과연 무엇이었으며 그대가 하려 해도 못 하게 된 그 원인은 어데서 생기는 것이며 그대의 향촌이 제일 긴급히 구하는 것은 무엇인가 그것에 필요한 지식은 무엇인가 방학이 끝나고 일터에서 돌아와 앉아서 그대는 이것을 제일 먼저 성찰하여야 한다. 그리하여야 비로소 그대의 공부는 의의가 생기는 것이요 장차 나아갈 길이 정해질 것이다. 그리고 그 공부가 반드시 학교에서 구할 수 없는 것이면 학교 이외에서라도 구하여야 할 것이다.

이러한 성찰이 있고 이러한 성찰에서 얻는 새로운 각오가 있다 하면 그대의 머리는 가을 한울과 같이 맑아질 것이요 또 그대의 앞길이 가을의 햇볕같이 밝아질 것이라 우리는 표정으로 이 성찰을 간권하는• 것이다. 가을은 반성의 철이다. 그대여 책임 중한 이때의 조선학생인 그대여 냉정한 머리로 방학 생활의 결산서를 지으라! (8.12. 방)

_方, 『학생』 1930년 9월호

• **간권하다** 간절히 권하다.

물새

바다 위를 나는 물새도 찾아갈 집은 있다. 끝도 없는 바다의 거칠은 물결 위에서도 그들은 안식의 잠자리를 찾아내인다. 그러면 형제여 낙심을 말아라. 마지막 목숨이 붙어 있을 때까지 희망을 잃지 말고 살 집을 찾아 나가자!

_무기명,* 『학생』 1930년 11월호

* 발표 당시 목차에서 '권두'라고 밝혔다.

● 권두어로, 『학생』의 편집 겸 발행인이었던 방정환이 쓴 것으로 보인다.

『학생』 폐간에 대하여

이제 우리는 지나간 2년 동안 학생 제군의 많은 성원과 지지를 받아오던 잡지 『학생』을 폐간하려 한다.

원래 본사에서 발행하는 『별건곤』이 일반 사회인을 상대로 한 것이고, 『어린이』가 아동을 중심으로 한 것과 같이 『학생』은 순전히 학생 대중을 그 대상으로 하여 그에 준거해 표준을 세웠고 내용을 한정하였던 것이다. 그리하여 우리 학생들의 성정●을 도치하고● 취미를 향상시키는 선량한 동무가 되며, 때로는 손목 잡고 그들의 나아갈 바 향로●를 지시하며 목표를 가르쳐 주는 향도자●까지 되기를 원하였던 것이다.

그러나 우리들의 객관적 허다한 정세에 따라 조선 학생들의 사조는 엄청나게 변하였다. 그들의 취미와 목표와 동향은 학생의 영역에서 안연히● 자적할● 수 없는 형편에 이른 것이었다.

* 발표 당시 '사고'(회사에서 내는 광고)라고 밝혔다.

● **성정** 성질과 심정. 또는 타고난 본성.

● **도치하다** 기르고 가르치다.

● **향로** 향하여 가는 길.

● **향도자** 방향을 인도하는 사람.

● **안연히** 불안해하거나 초조해하지 않고 차분하고 침착하게. 민심이 평화롭고 걱정 없이 편안하게.

● **자적하다** 아무런 속박을 받지 않고 마음껏 즐기다.

그것은 필연적으로 사회인과 학생 간의 경계선을 뛰어넘어서 조선의 모든 사회 실정에 대하여 같은 관심과 사려를 가지게 되어, 학생이라 하여 도외시하고 구분할 아무런 내용적 특수성을 인정할 수 없는 처지에 이르게 된 것이다. 이리하여 취급 내용의 범위가 극히 제한되어 있는 『학생』지로는 도저히 오늘날 조선 학생의 호흡을 맞추어 갈 수 없이 된 것이다.

이러한 학생계의 기미와 동정을 누구보다도 먼저 생각 찰지하는● 우리로서는 보다 더 효과적인 새로운 대책을 강구하지 아니하면 안 되게 되었다.

그렇다. 보다 더 효과적인 노력이 필요하다.

이러한 견지에서 우리는 단연히● 『학생』을 폐간한다.

그리고 그 대신 전일 『학생』에서 취급해 오던 중요한 교육 문제 같은 것은 비교적 전보다 너그럽게 논평을 취급할 수 있게 된 『별건곤』에 학생란을 특설하여 이를 논의하게 하고, 당시에 성가●가 높던 우리 여성 잡지 『신여성』을 부활시키어 점차로 중대시되는 여성 교화 문제에 대하여 일익●적 임무를 분담하는 동시에 일반 독자 제씨의 열렬한 요구와 기망● 부코자● 하는 바이므로, 이에 촌지●로 수언● 앙진하여● 독자

● **찰지하다** 두루 살펴 알다.
● **단연히** 결연한 태도로.
● **성가** 사람이나 물건 따위에 대하여 세상에 드러난 좋은 평판이나 소문.
● **일익** 중요한 구실을 하는 한 부분.
● **기망** 어떠한 일이 이루어지기를 바람.
● **부하다** 부응하다.
● **촌지** 작은 종이쪽지.
● **수언** 몇 마디.
● **앙진하다** 삼가 말씀드리다.

제씨의 양[•]을 구하는 바이다.

_무기명,[•] 『학생』 1930년 11월호

● **양** 양해. 남의 사정을 잘 헤아려 너그러이 받아들임.

● 『학생』의 편집 겸 발행인이었던 방정환의 글로 보인다.

숙직실

이 씨●의 발안●으로 『학생』에는 '숙직실'이 설치되었으니 나도 잠깐 쉬었다 가렵니다. 실상은 이것이 편집 여록●란인데, 학교 교원이 그날 교무를 마치고 명일 상학● 시간까지 학교 안에서 쉬는 곳이 숙직실이니, 교원은 아닐망정 금월 호를 마쳐 놓고 내월 호 시작되기까지에 쉴 겸 지킬 겸, 미비한 말을 허튼수작으로 써 넣자는 모던 — 제명●입니다.

『학생』을 창간한다니까 사회 각 방면으로부터 의미 깊은 찬사가 빗발치듯 들어오고, 각 지방으로서도 격려의 편지가 답지하여 우리의 원기 새삼스레 용약하였습니다.● 그러나 실제로 편집회의실에 모여 앉아 보니 이것도 안 될 것, 저것도 안 될 것, 될 수 있을 것으로 골라 생각해 놓고, 다시 보면 그것도 역시 통과 못 될 것, 이래서 권두 선언 하나도 쓰려다 쓰려다 이내 쓸 재주가 없어서 그만두고 말았습니다.

● **이 씨** 소설가 이태준(1904~?). 『학생』 창간호(1929.3)부터 7호(1929.10)까지 편집을 담당했다.
● **발안** 안을 생각해 냄. 또는 그 안.
● **편집 여록** 편집후기. '여록'은 어떤 기록에서 빠진 나머지 사실의 기록.
● **상학** 학교에서 그날의 공부를 시작함.
● **제명** 책, 시문 따위의 표제나 제목의 이름. 여기서는 꼭지명을 가리킨다.
● **용약하다** 솟구쳐 내달리다.

권두 선언도 못 쓰고 나가는 난산지[●]이니 1호로써 평가해 주지 말기를 간절히 바랍니다. 한평생 한 1년 두고두고 참고 참아 가면서 꾸준히 주시해 보아 주십시오. 여러 호를 두고두고 보는 동안에, 여러 호를 통해서 글자 없는 커다란 선언을 보실 것입니다.

편집은 이대로 하면서 될 수 있는 대로 모던식으로 나가려 합니다. 읽으시고 독후감, 편집인에게의 요구 등을 많이 써 보내 주시기 바랍니다. 그래야 제1호 『학생』의 호흡과 고대로 맞는 『학생』 잡지가 되겠습니다.

편집인이란 나는 이름뿐으로 자주 들여다보지도 못하고, 전혀 새로 입사하신 이태준 씨와 최신복[●] 씨 두 분의 노력으로 창간호는 편집된 것을 고백해 둡니다.

_方, 『학생』 1929년 3월호

● **난산지** 순조롭지 않게 태어난 잡지.
● **최신복** 아동문학가, 편집자인 최영주(1906~1945)의 본명.

숙직실

치워도[•] 이제는 얼마 안 남았다 하던 것이 이제는 아주 확실히 봄이 되었습니다. 아마 이 책이 여러분의 손에 쥐어질 때는 개나리꽃과 버들가지가 양춘[•]의 곡을 부를 것입니다. 이 책 내용도 철을 따라서 백화난만[•]까지는 못 가더라도 더러 양기롭게[•] 하여 본다고 한 꼴이 원래 지수[•]가 부족하여서 뜻대로 못 된 것이 갑갑합니다. 다만 꽃밭에 가더라도 들밭에 누워서 읽기에 마땅한 것을 만드노라고 마음을 쓴 것이니 이 점을 알아주시기 바랍니다.

창간호는 때가 공교히 시험기가 되어서 염려가 없지 않았더니 의외에 속히 다 팔리고 남은 것이 없습니다. 첫 호에 이만한 성적이니 이 기세대로 나아가면 굉장한 부수가 되겠습니다. 그리되면 정가를 더 낮추고라도 책을 더 좋게 만들 수 있습니다. 학우들께 한 분이라도 더 안 보는 이가 없도록 권고해 주십시오.

그러고 독후감을 엽서에 써 보내 주십시오. 어느 기사가 좋고 어떤 기

- **칩다** '춥다'의 사투리.
- **양춘** 따뜻한 봄.
- **백화난만** 온갖 꽃이 활짝 펴 아름답고 흐드러짐.
- **양기롭다** 만물이 살아 움직이는 활발한 기운이 있다.
- **지수** 종이의 수. 지면의 수.

사는 재미없고 앞으로 어떻게 해 주기를 바란다는 희망을 많이 적어 보내 주십시오. 되도록 그대로 따라가게 하겠습니다. 표지 그림도 많이 옵니다. 그러나 아직 썩 좋은 것은 눈에 띄지 않습니다. 많이 그려 보내 주십시오. 지난번 표지에 남학생만 그렸다고 여학교 편의 불평이 많아서 이번은 여학생을 그리게 하였습니다.

_方, 『학생』 1929년 4월호

숙직실

제3호 편집이 끝났습니다. 꽃구경, 꽃구경 하고 야단법석인 세상에서 방문을 굳이 닫고 며칠째의 노력으로 간신히 5월호가 끝이 났습니다.

5월! 1년 열두 달 중에 내가 제일 좋아하는 달이 5월입니다. 1년 두고 꼭 연인을 그리워하듯 나는 5월이 오기를 기다립니다. 지저분한 꽃 세상, 바람 불고 먼지가 날고 수증기로 뿌옇게 흐린 봄날보다도 정말 씻은 드키 깨끗한 햇볕과 한울[●]을 볼 수 있기는 5월이라야 되는 까닭입니다.

물속에 잠겨서 목욕하고 나온 듯싶은, 정신 나는 신록이 태양을 향하고 뻗어 가는 철이 5월인 까닭입니다. 깨끗하고 어여쁜 소년 학생을 대하는 듯싶은 달이 5월입니다. 이래서 우리는 5월호로 학생 기질호로 하고 싶은 생각이 난 것입니다.

그러나 워낙 바쁜 달이요, 또 일자가 없어서 모으고 싶은 대로 모으지 못한 것은 섭섭합니다. 다만 한 구절 글이라도 읽어 주는 이의 눈치에 따라서 효과가 살고 죽고 할 것인 고로 여러분의 남다른 눈치와 정성으로 여기 실린 글들을 살려 읽어 주기를 바랄밖에 없습니다. 다시 말씀할 것도 없지마는 우리가 쓰고 싶은 말을 다 바로 쓰지 못하고 휘어다가 어

● **한울** 천도교에서 '하늘'을 달리 이르는 말.

렴풋하게밖에 못 쓴 것인 까닭입니다.

표지 그림이 퍽 좋은 것이 많이 들어왔습니다. 좀 더 많으면 전람회를 하고 싶습니다.

_方, 『학생』 1929년 5월호

숙직실

5월도 지나고 녹음도 귀여운 때를 지났습니다. 여러분은 시험으로 괴롭고, 우리는 머리가 흐리어 편집이 힘들 때가 온 것입니다. 그러나 방학이 가까워 옵니다. 아무리 더워도 방학이란 별다른 원기를 가져오는 것입니다. 실상은 하휴[●]호나 방학호란 것은 8월에 내는 예이지마는 여러분의 방학 동안에 노력이 가장 많은 효과를 얻게 하기 위하여 미리부터 방학 중 일을 준비하게 하기 위하여 이 호를 방학호로 짰습니다. 놀아야 할 때, 쉬어야 할 때 이런 일을 하자고 제의하기는 참으로 여러분을 생각할 때 눈물 나게까지 마음이 괴로운 것을 느낍니다. 그러나 그럴수록 이것을 씹고 또다시 씹어야 하겠습니다. 본 호를 많이 참고하여 실효 있게 실행하시기를 간절히 바랍니다.

_方, 『학생』 1929년 7월호

● 하휴 여름방학.

숙직실

두 달 전부터 우리가 이야기하던 방학이 이제는 아주 닥쳐왔습니다. 이 방학 동안의 많은 시간이 어떻게 가장 의미 있게 쓰여지게 할까. 이제는 아주 맞닥뜨려 놓았으니 어찌 더 의논할 도리가 없이 되어서 안타깝기 한이 없습니다.

지난달 치 방학 준비호를 방학 중에도 자주 꺼내 보아 주기를 바랍니다. 그리하여 풀어지기 쉬운 우리들의 마음을 자주 간섭해 가야 합니다. 그리고 그 책을 다른 동무에게도 우편으로 보내서 돌려 보아 주었으면 더욱 좋겠습니다.

이번 호는 여름호라 과히 뻑뻑하지 않게 하노라고 마음을 썼습니다. 재미있게 읽을 것만을 힘들여 모아 보기로 하였습니다. 이리하여 이것으로 7, 8월 결쳐 방학호를 삼고 9월호는 한번 새로운 편집 맵시로 여러분을 기껍게 맞이하려 합니다. 방학 때 튼튼히 싸우실 것을 간절히 바라고, 동무 간에 좋은 편지를 많이 바꾸어 서로 독려함이 있기를 바랍니다.

_方, 『학생』 1929년 8월호

숙직실

극심한 더위도 오래인 방학도 지루한 여름도 일시에 다 끝이 났습니다. 한울•이 나날이 높아 가는 까닭이니 가을이 나날이 깊어 가는 까닭이니 우선 우리들의 심신이 소생되는 것입니다. 신학기가 시작되는 때이든 새 노력이 시작되는 때이매 여름내 별 탈 없이 활동하셨을 여러분 한 사람도 불행한 이가 없이 다 같이 건강한 몸으로 새 노력에 들어가는 신추•이기를 간절히 바라집니다.

9월호부터 거의 새 잡지를 대하는 것처럼 새로운 편집을 하기로 자랑한 노릇이 워낙 몹시 더운 더위 중이라 능률도 안 나고 또 집필해 주시는 사우• 제씨가 여행 중이신 탓으로 이루지 못하고 전 꼴 그대로 내놓고 차호 10월호부터 기약하던 대로 새것을 짰기로 하였습니다. 이 뜻을 짐작해 주시고 우선 여름 향촌에서 얻은 생각을 많이 적어 보내 주시기를 바랍니다.

_方, 『학생』 1929년 9월호

• **한울** 천도교에서 '하늘'을 달리 이르는 말.
• **신추** 첫가을.
• **사우** 같은 회사나 같은 결사 단체에서 함께 일하는 동료. 여기서는 개벽사의 기자들을 가리킨다.

숙직실

한울● 높고 기운 맑은 가을, 이 가을이 오기를 나는 얼마나 기다렸는지 모릅니다. 그러나 금년 가을은 내남없이● 시끄럽고 조용치 못하고 불쾌한 날이 많아져서 어데로 도망이라도 가지 않으면 고요히 가을 맛을 볼 수 없을 것 같으니 몹시 섭섭한 가을입니다.

시끄러운 복판에서 편집한 것이라 책이 조금 늦어진 것하고 생각하던 대로 새로운 맵시를 다 내지 못한 것은 대단히 섭섭한 일이나, 그러나 무엇보다도 기쁜 일은 학생소설 릴레이의 성적이 우선 양으로 좋은 그것입니다. 그렇게 바쁜 기한임에 불구하고 이십 학교 것이 모인 것은 본지에 대한 평소의 사랑이 많은 것을 알 수 있는 까닭입니다.

가을은 내성●의 철이니 학생 자신들이 써내는 이십 편의 소설은 학생 생활에의 내성이 가장 좋은 기회와 자극과 재료를 제공하는 것임을 믿고 이 효과가 또한 적지 않을 것을 믿습니다. 많이 권고하여 한 분이라도 더 널리 같이 읽게 도와주시기를 간절히 바랍니다.

_方, 『학생』 1929년 10월호

● **한울** 천도교에서 '하늘'을 달리 이르는 말.
● **내남없이** 나와 다른 사람이나 모두 마찬가지로.
● **내성** 자신을 돌이켜 살펴봄.

숙직실

● '등화초가친'•이라는 가을이 이제는 벌써 깊어 갑니다. 단풍도 국화도 좋건마는 우리는 북데기• 속같이 산더미같이 밀려 쌓인 일 속에 파묻혀서 밖에는 비가 오는지 눈이 오는지 모르고 지내는 형편입니다. 연종•이 다가오는지라 학생 시대에 시험일 다가오는 것처럼, 밀린 공부처럼 정리할 일이 쌓여서 해마다 바쁜 때인데, 명년•은 사•의 창립 10주년 되는 해라 그 기념사업 준비 때문에 그야말로 안비막개•입니다. 이달 호에 아무 기사도 쓰지 못한 변명이 이렇습니다. 용서보다도 많은 동정을 바랍니다.

● 이태준• 씨가 가정 형편으로 사를 그만두게 되어서 이번 호부터는 최신복• 씨가 이 잡지의 모든 일을 맡아보게 되었습니다. 그리고 오

• **등화초가친** '등불을 점점 가까이할 만하다'라는 뜻으로, 당나라 문호 한유의 시 「부독서성남시」에 나오는 구절이다.
• **북데기** 짚이나 풀 따위가 함부로 뒤섞여서 엉클어진 뭉텅이.
• **연종** 연말. 한 해가 끝날 무렵.
• **명년** 내년. 다음 해.
• **사** 회사. 여기서는 '개벽사'를 가리킨다.
• **안비막개** 눈코 뜰 사이가 없다는 뜻으로, 일이 몹시 바쁨을 이르는 말.
• **이태준(1904~?)** 소설가. 『학생』 창간호(1929.3)부터 7호(1929.10)까지 편집을 담당했다.

래 결원 중이던 부인 기자석에 일본서 오신 김원주• 씨가 일을 보시게 되었으니 다음 호부터는 여학교, 여학생을 기껍게 할 기사가 많이 실릴 것입니다. 이제 여러분이 투고를 더욱 많이 주시면 이 잡지는 구비한• 솜씨로 또 한걸음 새로운 편집을 해 가게 될 것을 기뻐하면서 독자의 성원을 다시 또 바랍니다.

_方, 『학생』 1929년 11월호

● **최신복** 아동문학가, 편집자인 최영주(1906~1945)의 본명.
● **김원주** 1929년 11월 개벽사 기자로 입사해 1931년 3월 매일신보사로 옮겼다.
● **구비하다** 있어야 할 것을 빠짐없이 다 갖추다.

숙직실

● 신년 초하로• 격려의 말씀을 보내 주신 독자들께 여기서 감사를 드려 둡니다. 들으니 중간에서 빼앗기게 된 연하장도 불소하였다• 하니 그들 내 손에까지 오지 못하게 된 격려의 말씀들에도 감사를 드립니다. 말씀대로 용감히 용감히 나아갈 일을 스스로 기약합니다.

● 그러나 다만 한 가지 한 곳을 거쳐 나오지 못하면 인쇄도 하지 못하는 규정인 까닭에 여러분의 눈에 보이는 『잡지』 그것으로는 얼마나 마음 있는 만큼 용감히 나아갈 수 있겠느냐가 안타깝게 갑갑한 문제입니다.

"이따위 일이면 붓을 꺾어 버리고 그만두는 것이 낫지 않을까." "이런대로 낫지 않을까." 이렇게 갈래는• 생각이 해결되어야 할 것이면서 도리어 이번 새해에 여러분을 생각하고 앉아서 더욱 더 헷갈래게 된 것이 사실입니다.

하고자 하는 말을 어떻게 여러분의 앞에까지 가도록 묘하게 쓸까 그 꾀가 없어서 쓸 글이 안 나오는 것이 사실입니다. 그렇게 되니 애꿎은

• **초하로** 초하루. '하로'는 '하루'의 사투리.
• **불소하다** 적지 아니하다.
• **갈래다** 혼란하여 갈피를 잡지 못하게 되다.

최영주[●] 씨가 혼자서 이번 책도 도맡아서 고생한 것이 사실이니 이 책을 읽는 이는 그의 수고를 생각해 주기 바랍니다.

_方, 『학생』 1930년 2월호

● **최영주** 아동문학가, 편집자인 최신복(1906~1945)의 본명.

숙직실

벌써 개나리가 피었습니다. 이름 모를 산촌 사람 한 분이 가져다 두고 간 진달래도 편집실 안에 활짝 피었습니다. 온다 온다 하던 봄이 확실히 우리를 찾아온 것입니다.

그러나 입학난, 취직난 듣기에도 처참한 소리가 교문에서 거리에서뿐 아니라 우리 사●의 편집실까지를 흔들어 놓습니다. 봄이 와도 봄을 모르고 산 지가 이해뿐이 아니건마는 변●으로 이해는 더한 것 같습니다.

_方, 『학생』 1930년 4월호

● **사** 회사. 여기서는 '개벽사'를 가리킨다.
● **변** 별난 데가 있음.

숙직실

1년 열두 달 중에 나는 5월 달을 제일 즐겨서 5월 달이 가까워 오면 가슴이 그뿍해지면서[•] 오래 기다리던 반가운 사람이 찾아올 날을 기다리는 것 같습니다. 지저분스러운 꽃들이 다 스러지고 참말 씻어 낸 듯한 신록이 찬란한 햇볕에 우쭐거리는 것은 5월 아니고는 볼 수 없는 씩씩한 경치입니다.

신록뿐이 아닙니다. 구름 한 점 없이 목욕한 한울[•]처럼 다사롭게 깨끗한 한울도, 행복이 그뿍 찬 것 같은 태양도 5월이 아니고는 볼 수 없는 것입니다. 이때에 생각나는 이는 어린 사람, 나어린 걱정 없는 학생들입니다. 그들이 이 대자연과 같이 씩씩하게 우쭐거리는 것이 눈에 보이는 듯싶습니다. 그러한 당신들에게 이 책이 얼마나 걸맞을는지, 우리 딴에는 이러한 때 이러한 심정에 맞는 것을 만들려고 애는 썼지마는…….

_方, 『학생』 1930년 5월호

● **그뿍하다** 그득하게 차 있다.
● **한울** 천도교에서 '하늘'을 달리 이르는 말.

숙직실

● 이것이 6월호, 벌써 여름이니 차차 서늘한 기사를 골라야 할 때가 왔습니다. 이번 호부터도 여러 가지 점에 서늘한 맛을 내 보느라고는 하였습니다마는 실상은 다음 호 7월호가 얼마나 서늘해져 나오는가 기다렸다 보아 주시기 바랍니다.

● 이번 호에 캠핑 기사를 넣었으니 유의해 읽어 주십시오. 따라서 우리 학생들께 등산열이 생겨지기를 바래집니다. 우리 『학생』 주최로 등산대를 조직해 보고 싶습니다. 여러분께서도 의견을 적어 엽서로 알려 주시면 좋겠습니다.

● 내월 7월 1일이 개벽사 창사 10주년 기념일입니다. 이달 이날에 우리의 할 일이 한두 가지가 아니니 지금부터 몹시 바쁩니다마는 그중에도 우선 잡지를 특별 편집하고 책 외에 따로 특별 부록을 첨부하여 여러분께 기념 선물을 골고루 보내 드릴 작정이매 더욱 바쁩니다. 동무들께 널리 선전하셔서 미리미리 주문해 두도록 하여 주시기를 바랍니다. 이런 때는 정해 놓고 책이 부족하여 늦게 주문하시는 이에게 못 보내 드리게 되는 까닭입니다.

_方, 『학생』 1930년 6월호

숙직실

● 7월이외다. 개벽사가 창립된 지 10주년 되는 기념의 7월이외다. 세 가지 잡지의 특별 편집, 부록 제작, 10대 사업 착수, 눈코 뜰 사이 없이 바쁜 중에서 그래도 남이 모를 감격을 금치 못하고 있습니다. 우선 제일 먼저 인쇄된 『별건곤』이 산더미같이 쌓였습니다. 이것을 쌓아 놓고 앉아서 생각하는 것은 개벽 시대에 배를 굶어 가면서 그래도 밤을 새워 가면서 만들어 쌓아 논 책을 (중략●) 그러는 중의 악전고투 더 견디지 못하고 죽어 간 두 동지! 아아, 기쁨을 말하는 얼굴에도 새로이 얽히는 눈물! 참말이외다. 추호도 보탬이 없는 말이외다. 우리의 지난 10년이란 참말 피요, 눈물의 기록이었습니다.

● 그러나 결코 우리 앞길이 평탄하리라고는 믿지 않습니다. 그래도 또 분전,● 고전이 있을 뿐인 것인 동시에 독자 여러분께도 괴로운 싸움을 권고하는 외에 다른 것이 없을 줄로 압니다.

● 이번 호에 강연 자료집, 각종 기관 설치법 등을 실은 것도 여러분에게 더한층의 분전을 권고하는 것에 불외합니다.● 특히 부록으로 계몽

● 검열로 삭제된 것으로 보인다.
● **분전** 있는 힘을 다하여 싸움.
● **불외하다** 어떠한 범위나 한계에서 벗어나지 아니하다.

독본을 첨정• 하는 것도 그것입니다.

● 바쁜 중에 급히 한 것이라 우리의 뜻대로 되지 못한 편이 더 많은 것은 답답한 일입니다. 그러나 우리의 진의만 살피시고 본 호와 본 호의 부록을 살리어 이용하여 주시면 거기서 생기는 기쁨이 결코 우리뿐만의 것이 아닐 것입니다.

_方, 『학생』 1930년 7월호

• 첨정 덧붙여 드림.

숙직실

● 9월이니 벌써 가을이외다. 지루한 여름을 단 하로•도 쉬지 못했건마는 그래도 가장 팔팔한 일꾼들이 다시 경성으로 모여드는 9월인가 하면 정말 눈이 부시게 일하여야 할 활동기에 비로소 들어가는 것 같습니다. 스스로 이 심신에 채찍을 대이면서 여러분의 독려를 바라기 마지아니합니다.

● 심한 수재와 풍재•에 상한 사람이 너무도 많으니 우리 독자의 중에도 참해•를 입은 이가 있지나 않을까 그윽이 걱정됩니다. 전선•의 지사• 분사•로 하여금 조사 또 위문을 하게 하노라 하였으나 그저 불안이 사라지지 아니합니다.

● 그 무서운 더위와 풍수재 중에도 오히려 쉬지 아니하고 남녀 학생 여러분들이 방방곡곡 이 문맹 퇴치 기타 농촌 계발에 노력하시는 양을

● **하로** '하루'의 사투리.
● **풍재** 풍화. 바람으로 인한 재해.
● **참해** 참혹하게 입은 손해.
● **전선** 전 조선.
● **지사** 본사에서 갈려 나가, 본사의 관할 아래 일정한 지역에서 본사의 일을 대신 맡아 하는 곳.
● **분사** 본사에서 갈리어 그 아래에 속하여 있는 하부 기관이나 사업체.

본 것이 이 여름 중의 우리들 기쁨 중에 오직 하나뿐인 큰 기쁨이었습니다. 참말 진정으로 역두•에서 손목마다 휘쳐잡고 기쁜 감사를 드리고 싶은 정을 금하지 못합니다. 우리 학생의 부록 '계몽독본'만 3천 부를 본 발행 수 이 외에 증쇄하여 두었던 것이 다 나가 유용하게 쓰여진 것을 보아도 이 기쁨은 결코 헛기쁨이 아닙니다.

● 이번 실적으로 보아 우리 『학생』지를 단지 남학생들 간에 성히 읽혀지는 만큼 여학생 간에도 읽혀지도록 권고할 필요를 새삼스러이 느낍니다. 여학생 중에는 『학생』을 안 읽는 이가 읽는 이보다 더 많은 것 같습니다. 여러분 당신이 아는 여학생마다에게 『학생』지를 권해 주십시오. 당신이 보고 난 책을 보내서라도 읽혀 주십시오. 그리함으로써 여학생들도 지금보다 더 착실한 일동무가 되게 할 수 있을 것을 믿고 부지런히 권해 주시기 바랍니다.

_方, 『학생』 1930년 9월호

● **역두** 역전. 역 앞.

숙직실

● 어느 남학교 당국의 조사에 의하면 금년 하기방학 중에 경찰서 유치장에 들어갔던 사람이 전 학생의 2할• 강•이 된다 하며 방학 후에 내가 만난 학생 중에만 그 꼴을 당한 사람이 만난 사람 총수의 5할이 넘습니다. 이 사실을 무어라고 보아야 좋을는지…….

● 우리는 오직 그러한 꼴을 당하는 중에 더욱더 우리의 뜻이 굳어지고 기운이 더욱 씩씩해 가는 것을 기뻐할 뿐이외다.

문제의 시험제도가 없어졌습니다. 당연히 없어져야 할 것이 인제야 간신히 없어진 것뿐이외다. 그러나 우리는 속없이 좋다고만 할 일이 못 되는 것이니 우리 자신을 위하여 이롭고 해로운 것은 거기 부수하는• 제• 실제 조건 여하에 있을 것인즉, 냉정히 고찰하여서 정말 완전히 좋은 조건이 되도록 주시하고 또 힘써야 할 것이라, 그 참고에 공하기• 위하여 본 호에 명인•의 의견을 실어 보았습니다. _方, 『학생』 1930년 10월호

• **할** 비율을 나타내는 단위로 1할은 전체 분량의 10분의 1이다.
• **강** (숫자 뒤에 붙어) 나머지가 더 있음을 뜻하는 일본식 한자말.
• **부수하다** 주된 것이나 기본에 붙어서 따르다.
• **제** 여럿.
• **공하다** 이바지하다.
• **명인** 어떤 분야에서 기예가 뛰어나 유명한 사람.

『신여성』은 가장 사랑스러운 조선의 애인이 되기를 자기하오니[•] 많은 응원과 편달을 주셔서 참으로 이 기획이 조선의 일에 좋은 도움이 되게 하여 주시기를 간절히 바랍니다.

_方, 『학생』 1930년 11월호

● **자기하다** 마음속으로 스스로 기약하다.

해설

방정환과 어린이 해방운동

이주영

1. 어린이 해방운동의 시작

방정환이 '어린이날'을 만들고, '어린이'라는 말이 우리 사회에서 널리 퍼지게 했다는 건 많은 사람들이 알고 있다. 그러나 '어린이날'과 '어린이'라는 말이 지향하고 있는 뜻이 '어린이 해방'이라는 건 잘 모른다. 아니, 어쩌면 해방 후 친일 매국노들과 독재자들이 우리 사회를 장악하면서 그 뜻을 거세해 버린 것일 수도 있다.

'어린이 해방'이라는 말은 1923년 5월 1일 제1회 어린이날 선전문에 '어린이를 재래의 윤리적 압박으로부터 해방, 어린이를 재래의 경제적 압박으로부터 해방'하여 어린이들에게 완전한 인격적 예우를 해야 한다고 분명하게 밝혀 놓은 데서 그 유래를 알 수 있다. 어린이날이 처음 제정된 당시에는 매해 어린이날이 돌아올 때마다 당연히 이 선언문을 낭독했을 것이다. 그런데 언제부터인가 어린이날 행사 때 이 선언문은 자취를 감추었고, 지금까지 어린이날 행사 때 이 선언문을 낭독하는 경우를 본 적이 없다.

1920년대 방정환과 김기전을 비롯한 그의 동지들이 지향했던 어린이 운동은 '어린이 해방운동'이었으며, 이를 위해 개벽사에서 잡지 『어린이』를 발행하였고, 전국 곳곳에 소년회를 만들었다. 『어린이』는 소년회 회원들은 물론 어린이 해방운동에 나선 어른들까지 함께 만들고 읽는 잡지였다.

이렇듯 방정환과 그 동지들이 어린이 해방운동에 나선 까닭과 그것이 당시 사회에서 많은 호응을 얻은 까닭은 3·1대혁명, 곧 3·1독립만세운동 때문이었다. 물론 동학을 계승한 천도교에서는 이미 어린이도 어른과 평등한, 아니 더 소중한 '한 사람'이라는 생각이 강했다. 그러나 3·1독립만세운동 시작과 전개 과정에서 당시 보통학교와 중등학교 학생들을 비롯한 소년 소녀의 참여가 많았던 것이 결정적인 계기였다. 우리 역사에서 소년 소녀 들이 집단으로 전면에 나선 첫걸음이었던 것이다.

1919년 3월 1일 독립선언서에 서명한 민족 대표 33인은 선언서 낭독 후에 일경에 자진해서 잡혀갔지만 탑골공원에서 대중 시위를 이끈 주인공들은 나이 어린 학생들이었다. 또 3월 2일 인천의 보통학교 어린이들을 시작으로 전국 곳곳에서 보통학교 어린이들이 단체로 만세운동에 앞장섰고, 유관순의 사례에서 보듯이 서울에서 수학하다 고향으로 내려간 학생들이 앞장서 준비한 곳이 많았다.

3·1독립만세운동에는 우리 민족 모든 연령과 계급, 지역을 망라하는 다수가 참여했는데, 특히 소년 소녀 들이 앞장서서 참여하고 이끌어 나가는 모습에 많은 어른들이 감동하였고, 어린이들을 존중하는 마음을 갖게 되었다. 우리 민족은 3·1독립만세운동으로 민족사에서 최초로 민주공화국을 천명한 대한민국 독립을 선언하고, 대한민국 임시정부를

수립하였다. 군주제에서 민주제로 전환한 대사건이기 때문에 독립운동가들은 이를 3·1대혁명이라고 불렀다. 이를 기점으로 국외에서는 독립군을 만들어 독립전쟁을 시작했고, 국내에서는 각종 사회운동이 일어났다. 노동운동과 농민운동, 여성운동이 일어나기 시작했고, 방정환을 중심으로 어린이 해방운동이 크게 일어났던 것이다.

3·1대혁명을 계기로 천도교는 물론 각 종교 단체와 지역 활동가들 사이에서 어린이에 대한 사회적 자각이 확장되었고, 천도교에서는 김기전과 방정환이 어린이 해방운동에 앞장섰다. 그 힘으로 1922년 5월 1일 천교도에서는 제1회 어린이날 행사를 하였다. 그러나 어린이 해방운동이 천도교를 넘어서 사회 전체로 확산되기를 바라는 마음으로 방정환은 조선소년운동협회 결성에 앞장섰고, 조선소년운동협회 이름으로 1923년 5월 1일에 다시 제1회 어린이날 행사를 하게 된 것이다.

2. 잡지 『어린이』와 소년회

방정환은 어린이 해방운동을 위해서 어린이운동을 연구하고 실천할 수 있는 단체로 색동회를 만들었고, 천도교에서 운영하는 출판사인 개벽사에서 잡지 『어린이』를 발행하도록 하고, 천도교는 물론 각 지역에 소년회를 만들어 나가기에 온 마음을 다 바쳤다. 어린이들이 좋은 문학과 연극과 놀이를 만날 수 있도록 하기 위해서 소년운동 지도자 연수를 했고, 직접 동화와 동요를 쓰기도 했고, 무엇보다 구연동화를 직접 하였다.

방정환은 어린이들이 어른들이 만든 억압에서 벗어나 스스로 용감하고 씩씩하게 자기 삶의 주인이 되어 살아가길 바랐다. 홀로 상여 뒤를 따라가는 어린 상주를 보면서 어른들은 불쌍하다고만 하는데, 소학생 세 사람은 직접 어린 상주와 함께 장지에까지 가 준다.(「제12과 동정」, 『어린이』 1929년 2월호) 또 곰한테 새끼를 빼앗긴 참새를 위해 작은 동물들이 나서서 힘을 모아 그 큰 곰을 죽인다.(「13과 적은 힘도 합치면!」, 『어린이』 1929년 6월호) 방정환이 쓰거나 골라서 실은 글에는 이처럼 어린이들이 스스로 생각하고 직접 정의롭다고 생각하는 일에 행동으로 나서는 이야기가 많다. 이런 이야기를 어린이들이 읽을 수 있도록 하기 위해 잡지 『어린이』를 좀 더 알차게 펴내기 위해 온 힘을 다한다.

● 4월 보름께부터 5월 열흘께까지 거의 한 달 동안을 '어린이날' 준비와 또 선전으로 하여 한시잠시 앉아 있을 사이 없이 바쁘게 지내었습니다. 허구한 날 이른 아츰부터 밤중이 지나고 다시 새벽 3시, 4시가 되기까지 일을 하기를 꼭 보름 동안이나 하였습니다. 그동안 강진동 씨, 정병기 씨 같은 이는 병이 나기를 두 번이나 했습니다.

● 그러나 치러 놓고 보니 그렇게 마음에 기껍고 유쾌한 일은 없었습니다. 34만 장의 선전지를 시골마다 보내 놓고 여기저기 시골 소년회에서 전보가 자꾸 오고, 500리, 600리나 되는 먼 시골서 전화로 선전지 어서 보내라는 독촉이 자꾸 오고 할 때에 우리는 우리의 기운이 부쩍 늘어 가는 것을 느꼈습니다. 기운이 나고 신이 생겨서 몸이 부서질 뻔하여도, 모르고 그냥 즐거운 마음으로만 일하였습니다.

● 너무 몹시 피곤하여서 한 2, 3일 동안 편히 쉬려고 하니까 큰일 났습니다. 『어린이』 편집이 또 늦지 않았습니까. 그래 한시도 쉬지 못하고. 힘없이 늘어진 팔에 철필을 잡고 모진 악을 써 가면서 이 책을 편집했습

니다. 그러나 피곤하였다고 이번 『어린이』에 힘을 덜 쓰지는 결코 않았습니다. 이 귀중한 『어린이』의 한 줄 한 귀라고 소홀히 할 수는 도저히 없었습니다. (「남은 잉크」, 『어린이』 1924년 6월호)

1923년 제1회 때 어린이 해방운동 선전지를 20만 장이나 배포하였고, 이듬해인 1924년 제2회 때는 34만 장을 만들어서 전국에 배포하였다, 어린이날 행사를 준비하느라 병이 두 번이나 난 사람도 있다고 하였다. 방정환 본인도 몸이 부서질 뻔하여도 모르고 그냥 즐거운 마음으로 했다고 한다. 그런 중에도 『어린이』를 편집하기 위해 모질게 몰아쳤다고 한다. 한 줄도 소홀히 할 수 없었다고 한다, 이런 노력으로 처음 펴낼 때 그냥 준다고 해도 18명만 신청했던 『어린이』가 불과 1년 만에 잘 팔리는 잡지가 되었던 것이다.

● 『어린이』는 다달이 잘 팔리던 것이 지금은 참말 굉장히 많이 팔려가는 고로 이 판에 좀 더 힘써서 아주 『어린이』의 천하가 되게 할 계획으로 시골, 서울 없이 일시에 크게 선전하기에 착수하였습니다.

● 원컨대 사랑하는 여러분! 우리의 힘을 모으셔서 당신의 동무께 (아직 『어린이』를 읽지 않는 동무께) 권고해 주셔서 조선 소년 한 사람도 빼지 않고 우리 같은 동무 되도록 해 주시기 바랍니다. (「남은 잉크」, 『어린이』 1924년 11월호)

이런 정성으로 만든 『어린이』는 1925년에는 애독자가 10만 명이 되었다고 한다. 10만 부가 팔렸다는 것이 아니라 10만 명이 본다고 하는 까닭은 개인 독자보다는 소년회 독자가 많기 때문이다. 소년회 한 단위는 보통 40명에서 50명인데 몇 명이 잡지를 구독해서 다 같이 보기 때문이다. 또 학교에서 선생님이 읽어 주거나 천도교나 기독교 교회 주일학교에서도 읽어 주는 곳이 있었기 때문이다.

그런데 이렇게 많은 독자를 거느리고 있어도 개벽사는 때마다 손해를 감수해야 했다. 『어린이』가 워낙 잘 팔리니까 개벽사가 『어린이』로 돈을 많이 벌었다고 생각할 수 있지만, 실제로는 『어린이』를 낼 때마다 개벽사가 2백 원 이상 손해를 봤다고 한다. 책값은 15전인데 그림이나 사진을 넣어서 더 잘 만들고 더 많은 내용을 실으려다 보니까 그렇게 되었다고 한다. 지금 돈으로 환산하면 상당히 큰돈이다. 그럼에도 꾸준히 내는 까닭은 10만 명이나 되는 조선의 어린이들, 장래를 이끌어갈 일꾼들이 같은 책을 읽고 함께 좋은 정신을 길러 가는 거룩한 일이기 때문이라고 했다. 오로지 조선의 어린이들을 위한 일이고, 다 같이 맞이할 조선의 장래를 위한 일이기 때문이라는 것이다.

개벽사가 천도교 재정을 기반으로 하지 않았다면, 방정환이 아니었다면 이렇게까지 출혈을 하면서 『어린이』를 계속 내기는 어려웠을 것이다. 방정환은 전국 곳곳을 다니면서 『어린이』 독자들을 만났고, 그 독자들과 함께 소년회를 만들 수 있었기 때문에 그 가치와 소중함을 너무나 잘 알고 있었다.

● 내가 홍성에 간 날, 그날 저녁때부터 커다란 함박눈이 펵펵 몹시 쏟아져 내렸습니다. 그날 눈 오는 밤에 나는 그곳에서 『어린이』 잡지들을 보는 어린 독자 여러분을 반갑게 만났습니다. (…)

● 그리고 그들의 학교에서는 선생님이 『어린이』 잡지를 읽어 주신다고 기뻐하고, 또 졸업식 때 『어린이』 신년호에 났던 「똑같이」 연극을 하

기로 작정되어 연습하는 중이라고 그들은 나를 붙들고 한없이 기뻐들 하였습니다.

● 그리고 그들의 한 가지 소원! 그는 이러하였습니다. "여기는 다른 데처럼 소년회가 없어서 아주 심심하여요. 이번에 내려오신 길에 소년회 하나 꼭 설립해 주고 가십시오. (「나그네 잡기장」, 『어린이』 1924년 2월호)

방정환은 이렇게 『어린이』를 읽으면서 자라나는 어린이들을 볼 때마다 기쁨을 느꼈고, 힘을 얻었다. 이후 방정환은 1924년 봄에 홍성으로 낙향하였고,(「나그네 잡기장」, 『어린이』 1924년 6월호) 홍성소년회도 만들어서 활동을 하였다.

1925년에도 방정환은 전국 각지에 열린 소년소녀대회에 참석하기 위하여 대구, 부산, 마산, 인천 등 방방곡곡을 다녔다. 간 곳마다 뜻밖의 성황을 보게 된 것은 한없이 기쁜 일이었다고 한다. 소년회 회원들은 물론 『어린이』 애독자 어린이들이 추운 밤에도 멀리까지 와서 참여해 준 것에 감사하는 글을 편집자 말에 써서 알렸다. 1925년 4월호에는 마산 신화소년회, 부산 3·1 기독소년회, 인천 조선소년군을 다녀왔다고 소개하였다. 마산 신화소년회는 이원수가 참여했던 소년회로 이은상이 지도하고 있었다. 부산 3·1 기독소년회는 윤안두가 지도하고 있었는데, '3·1'을 소년회 앞에 붙인 것에서 알 수 있듯이 소년운동 지도자들은 3·1대혁명을 어린이 해방운동의 정신으로 삼고 있었다.

방정환은 소년회 행사가 끝나고 밤이 깊도록 윤안두 씨와 소년회에 대한 이야기를 나누었다고 하면서 "윤 씨는 퍽 얌전해 보이고 정 붙는 동무였습니다. 그가 어린 몸으로 혼자서 소년회 일에 노력하기에 피곤한 모양이 보인 것은 내 마음을 적이 아프게 하였습니다."라고 쓴 것으로 보아 윤안두는 당시 청소년이었던 것 같다.(「나그네 잡기장」, 『어린이』 1925년 5월호) 청소년 가운데서도 소년회를 조직하고 이끌었던 경우가 있었던 것으로 보인다. 충분히 가능한 일이다. 세 단체의 면면으로 미루어 보건대 방정환은 1925년에는 이미 조선의 다양한 소년운동가들과 소년회 회원들한테 절대적인 지지를 받고 있었음을 알 수 있다. 이렇게 천도교 외 다른 종교와 소년운동 단체들까지 하나로 묶을 수 있는 매체가 바로 월간 『어린이』였던 것이다.

소년회가 전국 각지에서 발생하고 성장하는 모습을 보면서 방정환은 "보이지 않는 마음과 마음이 합하는 곳에 무서운 새 힘이 솟는 것을 속 깊이 새겨 알게" 되어 기쁘다고 하였다.(「감사합니다」, 『어린이』 1925년 4월호) 따라서 방정환은 조선의 모든 부형들이 모두 새로운 소년운동자가 되어서 우리 어린이들을 좀 더 활기 있게, 좀 더 생기 있게, 씩씩한 기상을 갖게 되도록 해야 한다고 권유하였다.(「나그네 잡기장」, 『어린이』 1924년 6월호)

짓밟히고 학대받고 쓸쓸스럽게 자라는 어린 혼을 구원하자! 이렇게 외치면서 우리들이 약한 힘으로 일으킨 것이 소년운동이요, 각지에 선전하고 충동하여 소년회를 일으키고 또 소년문제연구회를 조직하고, 한편으로 『어린이』 잡지를 시작한 것이 그 운동을 위하는 몇 가지의 일입니다. 물론 힘이 너무도 약합니다. 그러나 약한 대로라도 시작하자! 한 것입니다.

(…) 촌촌마다 소년회를 골고루 조직하게 하고, 또 온 조선의 모든 소년회가 한결같이 소년회다운 소년회가 되게 하고, 한편으로 소년 문제를 들어 각 부형과 사회에 강연을 할 것이고, 또 한편으로 소년 문제 연구회를 더 크게 더 많이 조직하여 소년운동을 잘 진전시키게 하고, 한편으로

는 동요와 동화를 널리 펴기에 힘을 써야 할 것이고 또 그리하고 싶습니다. (「『어린이』 동무들께」, 『어린이』 1924년 12월호)

조선의 모든 소년회가 한결같이 소년회다운 소년회가 되게 해야 한다고 한 것처럼 소년회가 늘어나면서 소년회답지 않은 소년회들도 생겨났다는 것을 알 수 있다. 방정환이 말하는 소년회다운 소년회란 어떤 것일까?

사랑하는 어린이 여러분! 새로 온 이 여름을 씩씩하게 잘 놀아 주십시오. 나는 그것만을 빌고 있습니다. (「남은 잉크」, 『어린이』 1924년 6월호)

30여 명 소년들이 점심을 싸 가지고 온 고로 함께 산에 올라가서 점심도 같이 먹고 이야기도 하고 유희도 하고, 따뜻한 봄날의 하로를 어떻게 말할 수 없이 재미있게 유쾌하게 놀았습니다. (「나그네 잡기장」, 『어린이』 1925년 5월호)

방정환은 소년회 회원들이 재미있고 씩씩하게 노는 것을 권장했다. 그다음에 토론, 동화, 연극, 미술, 노래, 체육 등을 비롯한 다양한 문예체 활동을 하도록 하였다. 방정환 어린이운동을 어린이 문화운동이라고 이름붙인 까닭이다. 특히 어린이들이 스스로 결정을 내리며 어른보다 씩씩하게 활동하는 모습을 소개한 「씩씩한 동무들, 언양의 조기회」를 보면 언양소년단과 언양불교소년단이 다른 소년회처럼 일요일마다 모여서 토론회도 하고 동화회도 하면서, 매일 새벽마다 다섯 시에 모여서 달리기를 하였다고 한다. 12세 정도 어린이가 새벽 5시에 나팔을 불면 소년회원들이 모두 나와서 함께 달리기를 하고 청년회관이면서 소년회관인 회관 운동장 잡풀을 뽑는 새벽 노동을 한 것이다. 그중에는 7, 8세 어린이들도 있었다. 이렇게 새벽마다 운동과 노동을 하면서 동산에 해가 솟아오르는 것을 맞이하는 언양 어린이들을 보면서 방정환은 "모든 것이 모두 쇠잔한다 하여도 온갖 것이 망한다 하여도, 언양에는 새로운 싹이 잘 큰다 할 것입니다. 새로운 생명이 뛰면서 커 간다 할 것입니다. 언양의 모든 사람에게 새벽마다 새로운 부지런과 새로운 기운을 넣어 주고 격려하면서 씩씩하게 커 가는 두 소년단의 어린 동무들이여, 꾸준히 꾸준히 씩씩하게 장성하소서. 당신네의 5시 나팔은 지금도 내 귀를 울리면서 내 마음을 자주 채찍질해 주는 것을 감사감사히 알고 있습니다."라며 글을 끝맺는다.(『어린이』 1925년 9월호)

방정환은 소년회 활동에 어른들이 함께해야 한다고 하면서도 동시에 어른들이 너무 개입하는 것을 경계하였다. 소년회와 학교 선생님들에게 1박 합숙 활동을 권하는 글을 쓰면서 무엇을 어떻게 할 것인가를 시간표까지 자세히 제시하였다. 그러면서 끝으로 "소년회에 소년들끼리 가더라도 지도자 한 분은 청하여서라도 반드시 모시고 가야 합니다. 소년들끼리만은 질서를 잃어 버리기 쉽습니다. 그렇다고 소년 이외의 연장자가 2인 이상도 도리어 불가합니다."라고 하였다.(「유익하고 재미있는 하룻밤 강습」, 『어린이』 1924년 11월호) 어린이들이 스스로 커 가는 자율성을 침해하기 때문이다. '질서'란 '안전'을 의미한다고 할 수 있다. 곧 최소한의 안전장치로 연장자를 한 명은 모시고라도 가야 하지만 두 명 이상은 오히려 방해가 된다고 본 것이다.

이렇듯 방정환은 소년회가 전국 촌촌마다 만들어지기를 바랐고, 소년회가 소년회다울 수 있는 길을 『어린이』 잡지에 실어서 보급하는 데

온 힘을 다하였다. 그리고 어른들은 어린이 문제를 살피고 연구해서 어린이들이 어른들의 억압으로부터 벗어나, 마침내 어린이가 해방된 세상에서 어린이와 젊은이, 늙은이 모두가 평등하게 살아가기를 바랐던 것이다.

3. 어린이 해방운동을 되살려야

방정환이 주도한 어린이 해방운동은 좌우익 주도권 쟁탈과 일본 제국의 끈질기고 악랄한 탄압으로 방정환 사후에는 지하운동으로 숨어들었다. 조선총독부는 소년회를 해체하고 건아단을 만들어서 체제 선전 도구로 삼았다. 해방 뒤에 미국과 소련이 해방군으로 진주하면서 한반도는 분단되었고, 어린이 해방운동 사상은 남과 북 양쪽에서 거세당했다.

인류 역사를 해방의 역사로 본다면 근현대사는 인류가 자신의 해방 범위와 수준을 높이고자 했던 투쟁사라고 할 수 있다. 15세기 문예부흥은 인간 해방운동의 시작이고, 18세기 미국 독립전쟁과 프랑스혁명은 시민 해방의 시작이고, 19세기 노동자 투쟁은 계급 해방의 시작, 20세기 성 평등 운동은 여성해방의 시작이라고 할 수 있다. 인간 해방, 시민 해방, 노동자 해방, 여성해방 다음으로 시도해야 할 일이 세대 혁명, 곧 어린이 해방이다.

앞에서 살짝 짚었듯이 3·1독립만세운동은 일제로부터의 해방을 선언했다는 의미도 크지만 그보다 더 큰 의미는 대한제국이라는 군주제를 버리고 대한민국이라는 민주공화제를 탄생시킨 혁명이라는 점이다.

군주제를 버리고 민주공화를 지향하는 3·1대혁명에 18세 이하 어린이들이 대거 참여했으며 어른들 앞에 섰다. 즉 대한민국은 어린이 혁명으로 시작한 나라다. 그후 순종 인산(장례)을 기회로 일으킨 6·10만세운동과 광주학생의거, 해방 이후 4·19혁명은 모두 18세 이하 어린이들이 앞장 선 어린이 혁명이었다. 그 밑바탕 힘은 1920년대에서 1930년대 사이에 일어난, 전 세계에서 유래를 찾아보기 어려운, 방정환과 그 동지들이 일으킨 어린이 해방운동이라고 할 수 있다.

이제 대한민국은 다시 어린이 해방운동을 호출해야 한다. 이제 어린이 해방운동으로 세상을 바꾸어야 한다. 어린이들을 '한 사람'이 아닌 미숙하고 어리석은 물적 자원으로 보면서 억압하고 착취하는 사회에서 벗어나야 한다. 그 길은 100여 년 전 방정환과 그 동지들이 밝힌 어린이 해방운동을 다시 이 시대에 불러내고, 어린이들이 '한 사람'의 온전한 민주 시민으로 스스로 자라날 수 있는 삶을 돌려주는 일에서 출발할 수 있을 것이다.

산문에 나타난 교육론

아동·청소년 교육가로서의 방정환

이윤미

1. 산문에 나타난 교육가로서의 방정환

방정환은 뛰어난 교육자였지만 교육학 분야에서는 그에 대한 연구가 활발하지 않은 편이다. 이는 그의 활동이 제도 교육보다는 언론 계몽 활동이나 소년운동 형태로 주로 전개되었기 때문이라고 할 수 있다. 교육을 '의도적이고 계획적 활동'으로 제한하여 정의한다면 교육은 방정환의 주된 관심사가 아니었다고 볼 수도 있다. 그러한 정의에 해당하는 저술은 방대한 저작의 지극히 일부에 해당하기 때문이다. 그러나 인간을 변화시키는 제반 활동을 모두 교육의 범주에 속하는 것으로 정의할 경우 그의 활동은 대부분 교육적인 것으로 간주될 수도 있다.

방정환의 교육론에는 동학적 요소, 신교육운동적(아동중심주의) 요소, 민족주의적 요소 등이 결합되어 있다. 교육론과 관련해서는 그의 문학 작품 외에도 에세이 형태로 존재하는 산문들이 광범하게 존재한다. 방정환의 방대한 저작은 식민지 시기 교육사에 대한 중요한 자료들을 제공할 뿐 아니라, 그 스스로가 아동·청소년에 대한 사회교육자였음을 보여 주고 있다. 특히 여러 매체에 등장하는 그의 산문들을 통해 교육사상가로서의 방정환을 조명해 볼 수 있다. 이러한 산문들 속에는 당시 학교 교육에 대한 다양한 비평들이 담겨져 있고, 청년들의 교육에 대한 애정 어린 비판과 기대가 녹아 있다. 산문을 통해 전해지는 교육론은 아동문학자 및 소년운동 지도자로서의 방정환의 위상과 함께 그가 당시 교육 현실을 비판적으로 조망하고 개혁하고자 하는 공적 지식인이었음을 보여 준다.

2. 방정환이 본 교육의 현실

방정환은 당시의 학교 및 교육 일반, 그리고 학생들의 실태에 대해 자주 언급하였다. 방정환이 묘사한 당시 교육 현실은 구체적이고 상세하여 식민지 시기 교육사에 대한 동시대 증언으로서 교육문화사적 자료의 가치도 크다고 하겠다. 그의 눈에 비친 교육의 현실은 그다지 긍정적이지 않았는데, 그것은 식민지 현실과 직접적으로 연관되어 있기 때문이다.

첫째, 제도 교육의 필요성이 높아짐에 따라 교육에 대한 사람들의 관심도 커지고 있었지만, 식민 치하의 제한적 취업 여건으로 인해 졸업을 해도 직업을 구하기 어려운 현실에 대해 비판적으로 보고 있다. 1920년대에 이르면 상급 학교 졸업장의 필요성과 기대가 높아지고 있었으나 현실은 열악했다.(「권두언」, 『학생』 1930년 3월호) 해마다 졸업철이 되면 학생들이 자신을 찾아오는데, “어데로, 무엇을, 어떻게 찾아가야 할지 도

무지 눈앞이 캄캄합니다."라고 호소하면서 조언을 요청하곤 한다는 것이다.(「졸업한 이, 신입한 이와 또 재학 중인 남녀 학생들에게」, 『학생』 1929년 4월호) 안타까운 것은 이들이 보통학교 정도밖에 다닐 수 없는 자력(資力)으로 '부모를 울려 가며 억지로 졸업한' 고보 졸업생이었다는 것이다. 방정환은 학생들이 힘들게 상급 학교를 진학하고 졸업장까지 받았지만 사회에서 그 졸업장을 쓸 수 없는 현실에 대해 안타까워했다.

둘째, 졸업을 한 학생들이 사회적으로 의미 있는 활동을 하지 못하는 데는 열악한 취업 여건의 문제도 있었지만, 학교에서 실생활을 위한 교육이 이루어지지 못하는 문제도 크다고 보았다. 학교에서 이루어지는 교육이 상급 학교 진학에 필요한 지식 위주로만 이루어져 있다 보니 졸업 후 진학을 포기하게 될 경우 '만 냥짜리라고 믿었던 졸업장이 단 백 냥 어치도 되지 않게' 되는 현상이 나타나게 된 것이다.(「권두언」) 사회에 나가면 성공하리라 믿었던 우등생들도 "책상물림의 샌님이 되어" 사회에 적응하지 못하고 취직에 실패하는 경우도 많았다. 따라서 실사회는 "극렬한 생존경쟁장"이기 때문에 미리부터 실제적 지식을 구할 필요가 있다고 강조한다.(「졸업한 이, 신입한 이와 또 재학 중인 남녀 학생들에게」) 방정환은 학생들에게 졸업한 후 방황하지 말고 '미리부터 실사회 공기를 더 쏘이고 익숙해지도록' 각 방면에서 앞서 나가는 사람들을 많이 만나고 준비하라고 권고한다.

셋째, 다른 나라 학생들의 기질과 비교할 때 조선 학생들의 원기가 부족하다는 점을 지적했다. 그 이유는 무엇보다 식민지 현실 때문이라고 보았다. "이렇게 이렇게 해 나가면 어떻게 어떻게 출세하고 성공할 수 있다는 길이 전혀 보이지 않는 고로" 학생들이 아무 노력도 할 수 없고 원기도 생길 수 없다는 것이다. 방정환은 출세하고 성공할 수 있는 길이

막연하다 보니 학생들이 '원기 없고 하품나는' 생활을 하고 있다고 보았다. 그는 학생들이 '유행을 쫓기를 좋아하고, 멋을 내고, 연예에 관심이 많은 점, 생기 없는 운동회, 하품날 것 같은 작품들을 모아 놓은 작문집을 내고 있는 점' 등을 비판하면서 긴장감을 가지라고 촉구했다. 그는 "불쌍한 사람 중에도 더욱 불쌍한 사람이 조선의 학생들"이라고 지적하면서, "불쌍한 처지에 있으니까 그것이 싫어서 자살해 버린다면 이커니와, 불쌍하면 불쌍한 처지에 있을수록 남보다 더한 원기를 길러 갖추어야" 한다고 주장했다.(「조선의 학생 기질은 무엇인가」, 『학생』 1929년 5월호)

넷째, 학생의 현 실태에 대해 비판적으로 묘사하면서도 조선의 미래는 학생에게 달려 있다는 점을 강조했다. 학생들이 비록 원기 없고 불쌍한 처지에 있지만, "조선서는 학생들밖에 바랄 것이 없다"고 보고 이들의 미래가 개선되기를 기대했다.(「남녀 학교 소사 대화」, 『학생』 1929년 3~4월호) 또한 부모들이 어렵게 학비를 보내 주는 심정을 생각하여 학생들 스스로 미래에 대한 준비를 해야 한다고 강조했다.

이러한 기대는 아동의 생명력과 가능성에 대한 기대 및 인구의 절반인 여성에 대한 교육을 통해서도 살펴볼 수 있다. 방정환은 『신여성』 주간을 맡는 등 여성 계몽에 활발히 관여한 바 있으며, 다수의 관련된 기고를 하는 등 여성 교육에 대한 그의 관심은 매우 컸다. 그에게 있어 어린이와 여성의 교육권은 조선 전체의 진보를 위해 필수적인 것이었다. 그는 "어느 나라든지 그 나라 여자 이상으로 진보하지 못한다"는 말을 강조하면서, 여성에 대한 제대로 된 교육이 이루어져야 한다고 보았다. 여학교들이 늘어나고 있지만, 실생활과는 너무도 동떨어진 교육을 하고 있어 그 효과가 낮다고 지적하면서 신문, 잡지, 부인 강좌 등을 통한 실제적 지식의 보급이 필요하다고 역설하였다.(「여자 이상으로 진보하지 못

한다」, 『시대일보』 1924년 3월 31일자)

3. 산문에 나타난 교육론

방정환의 다양한 산문 속에는 일관되고 깊이 있는 그의 교육론이 녹아 있다. 주요 입장을 중심으로 볼 때, (아동) 학습자 중심 교육론, 실생활 중심 사회 교육론, 민족주의 교육론 등이 주목된다.

첫째, 방정환의 교육관은 철저하게 아동·청소년에 대한 애정에 기초한 것이었고 방법론적으로 학습자 중심적이다. 그는 학습자의 특성에 따라 교육적으로 가치 있게 인정되는 것이 달라져야 한다고 생각했다. 그에 의하면 어린 사람에게는 "어른의 세상과는 전혀 딴판인, 조금도 같지 않고 딴판인 세상 하나가 따로" 있다.

> 어린 사람의 세상에 통용되지 않는 말은 암만 소중한 이야기라도 그 머리에 들어가지 않는 것입니다. 들을 때에는 눈을 깜박깜박 모두 듣고 있는 것 같지마는 하나도 그 머리에는 안 들어가는 것입니다. (…) 어린 사람의 세상의 통어를 배우고 그 세상식으로 꾸며 가서 고쳐 가야 할 것입니다. 쓴 약이 병에 이롭다고 그냥 퍼먹이려면 먹지도 않고, 억지로라도 퍼먹이면 금시 토해 버려서 아무 소용도 없이 됩니다. (「천도교와 유소년 문제」, 『신인간』 1928년 1월호)

그는 성인이 일방적으로 교화의 주체가 되기보다 늘 새로워지도록 노력하며 젊은 세대로부터 배울 수 있는 자세를 길러야 이상적인 가르침을 실현할 수 있다고 보았다.

> 낡은 묵은 것으로 새것을 누르지 말자! 어른이 어린이를 내리누르지 말자. 30년, 40년 뒤진 옛사람이 30, 40년 앞사람을 잡아끌지 말자! 낡은 사람은 새 사람을 위하고 떠받쳐서만, 그들의 뒤를 따라서만 밝은 데로 나갈 수가 있고 새로워질 수가 있고 무덤을 피할 수 있는 것이다. (「아동 문제 강연 자료」, 『학생』 1930년 7월호)

방정환은 철저하게 아동의 인격을 존중하고 그들에게 맞는 학습을 강조하였음을 알 수 있는 글이다. 이러한 학습자 존중은 그의 아동관에서 비롯된 것이다. 그에 의하면 어린이는 순수하고 죄를 모르는 '산 한울'이다.

> 우리가 종래에 생각해 오던 한울님의 얼굴을 여기서 발견하게 된다. 어느 구석에 몬지만큼이나 더러운 티가 있느냐? (…) 죄 많은 세상에 나서 죄를 모르고, 더러운 세상에 나서 더러움을 모르고, 부처보다고 야소보다도 한울 뜻 고대로의 산 한우님이 아니고 무엇이랴. (「어린이 찬미」, 『신여성』 1924년 6월호)

따라서 어른은 복덩어리이자 천사인 아동이 기쁨으로 살고, 뛰노는 생명의 힘을 발휘할 수 있도록 힘써야 하는 것이다. 천도교 소년 교육에서는 아동의 생명의 힘을 존중하고 자신의 한울님됨을 기르는 것이 중요하다.(정혜정 『동학의 한울교육사상』, 모시는사람들 2007, 174면) 생명은 기쁨이고, 어린이들은 마음껏 움직일 때가 가장 기쁜 순간이기 때문에 자유로

하에서 신식 교육에 대한 열의는 높아지고 있지만 정작 학교교육이 길러 내는 것은 실생활 감각이 없는 졸업생뿐이라는 그의 비판은 당시 현실에서 사회개조를 위한 인간 형성이 시급함에 대한 비판이기도 하다. 방정환은 아동 중심 교육론자이면서 민족주의자였다. 그는 당시 가정이나 학교에서 이루어지는 교육에 대해 비판적이었으며, 청소년운동 단체와 같은 사회교육 기관의 역할에 대해 기대했다. 방정환은 조선의 소년운동을 방해하는 두 개의 축이 있다고 하면서 하나는 낡은 인습에 젖은 부형들이며, 다른 하나는 준일본인을 만들려고 하는 총독부 교육 방침이라고 보았다.(「세의 신사 제현과 자제를 두신 부형께 고함」, 『개벽』 1923년 3월호)

실제로 많은 공립학교에서 소년회에 가면 퇴학시킨다거나 어린이 잡지를 읽으면 벌을 준다고 학생들을 위협했을 만큼 아동·청소년 매체 운동의 영향력은 컸다고 할 수 있다. 방정환은 이를 극복하기 위해 부형들을 설득하여 그들로 하여금 항의하게 해야 한다고 주장했다. 아동에 대한 활동은 나아가 부모에 대한 교육으로 이어질 수 있는 중요한 매개라고 보았다. 그는 아동성에 대한 찬미를 통해 민족, 인류가 지향해야 할 미래에 대한 이상까지 말하고 있었던 것이다.(「새로 개척되는 '동화'에 관하여」, 『개벽』 1923년 1월호)

방정환에게 청년 학생은 조선 새 운명의 책임을 미리부터 지고 있는 존재로, 조선 학생은 민족의 명예를 위해 원기를 키워야 한다고 주장했다. 그는 청년 학생이 원기를 회복하면 교원도 자극되고, 부형도 자극되고, 일반 사회도 자극될 것이라 생각했다. 새로 홍하는 패기가 삼천리 전체로 확산되어 모험과 지지 않으려는 기백이 그 속에서 샘솟을 것이라 보았다.(「조선의 학생 기질은 무엇인가」) 청년 학생은 민족 전체의 미래이기 때문이었다.

4. 교육 사상의 교육사적 의의

방정환의 교육 사상은 '산 한울'로서의 아동, 민족의 미래로서의 청년에 대한 기대에 바탕을 두고 있다. 아동의 자연성을 보존하고 그 자연성을 잃지 않음으로써 세계를 변화시켜야 한다고 생각했다.

그에게 교육은 민족·정치와 연관되어 있을 뿐 아니라 그 핵심에 존재하는 것이었다. 아동·청소년 개개인의 성장을 출발점으로 하여 궁극적으로는 그들이 민족의 미래를 책임질 것이라고 보았다. 그에게 당시 식민지 교육 현실은 열악했지만, 아동과 청소년이 패기와 원기를 회복하여 미래로 나아가기를 염원했다.

방정환은 식민지 총독부 제도 교육을 조선 청년의 미래를 보장해 주지 못하고, 특히 실생활에서 주체적 사회인으로 살아갈 수 있는 힘을 제공하지 못하는 취약한 교육이라고 비판하였다. 따라서 그의 관심은 신문 잡지 교육이나 대중적 강좌 등을 통해 산 지식과 산 교훈을 제공하는 사회교육에 있었다. 그가 관여한 매체 중심의 활동은 그 자체가 식민지 제도 교육을 대체하는 대안적이고 공공적 교육 활동이었다고 할 수 있다.

방정환의 교육 사상은 토착적인 동학사상을 출발점으로 하면서, 당시의 세계적 흐름이라고도 할 수 있는 자유주의적 신교육운동의 영향을 받고 있었고, 식민지 제도 교육의 확대 강화에 대응하는 민족 교육의 사회교육적 경향을 대표하고 있었다. 방정환 사상이 지닌 이러한 특수

성과 보편성은 교육사적으로 매우 독보적인 족적을 남긴 것으로 평가할 수 있으며, 해방 이전 우리 교육사에 나타난 진보주의적 요소들을 이해하고 설명하는 데 있어 중요한 자료적 가치 및 시사점을 제공한다.

개벽사의 총리

개벽사 발행 잡지의 편집후기로 본 방정환

정용서

"방정환. 조선서는 잡지 왕국이라 할 개벽사 2층에는 편집실에 북극의 백웅(白熊) 모양으로 혼자 들어앉아서 연(連)해 연방 담배를 피어물고는 『혜성』 『신여성』 『별건곤』 『어린이』들의 매호 편집 목차에 하루 같이 땀을 흘리는 동씨(同氏)는 개벽 잡지왕국의 총리(總理)라는 관(觀)도 없지 아니하거니와 그보다는 몸뚱이가 뚱뚱하고 부지런한 것이 '노력하는 곰'이라는 감을 금할 수 없는 것은 필자만의 특수감이 아닐 것이외다. (…) 개벽 왕국의 잡지들이 꾸준히 달마다 『별건곤』 같은 것은 별문제라 하고라도 그만한 내용을 독자에게 내여 놓게 되는 것은 물론 다른 이들의 노력이 없는 것이 아니외다마는 씨의 '곰'같이 노력만 아는 부지런의 결과에 지내지 않는 것이외다." (김만 「잡지기자만평」, 『동광』 1931년 8월호)

1

개벽사는 1920년 6월 25일 잡지 『개벽』 창간호를 발행한 이래 1935년 3월까지 15년간 9종의 잡지(『개벽』 『부인』 『신여성』 『어린이』 『별건곤』 『학생』 『혜성』 『제일선』 『신경제』)를 총 406호 간행하였다. 개벽사의 잡지 발간에는 발행인·편집인·인쇄인·기자 등 수많은 사람들이 참여하였다. 그 가운데 한 사람이 한국 근대 아동문학의 선구자, 아동교육가, 소년·청년운동가, 동화 구연가, 민족운동가, 언론·출판인 등 다양한 수식어를 가진 소파 방정환이다.

방정환은 개벽사 설립 계획 단계부터 참여하였다. 개벽사는 1919년 9월 2일 설립된 천도교청년교리강연부(이하 교리강연부)의 편술부 사업으로 시작되었다. 교리강연부는 3·1운동으로 핵심 지도자와 많은 교인이 투옥되면서 위기 상황을 맞게 된 천도교에서 이를 타개하기 위한 일환으로 조직한 단체였다. 교리강연부를 이끌어 간 주요 인물은 간의원으로 활동한 방정환을 비롯하여 정도준(부장), 김옥빈, 박달성, 이두성(간무원), 박래홍, 손재기, 이돈화, 황경주, 최혁, 박용준(간의원) 등이었다. 이들은 교리강연부 편술부 사업으로 개벽사를 설립하고, 월간지 『개벽』을 발행하기로 결정하였다. 교리강연부는 1919년 12월 말에서 1920년 1월 초에 월간지 『개벽』의 발행 허가를 조선총독부에 신청하여 1920년 6월 1일에 5월 22일자로 발행 허가 지령을 교부받았다. 그리고 『개벽』 발행 허가가 나오기 전인 1920년 4월 25일 그 명칭을 천도교청년회로 개정하였다. 개벽사 설립과 『개벽』 발행은 천도교청년회의 가장 중요한 사업이었으며, 당시 사회에서는 『개벽』을 천도교청년회의 기관지로 인식하였다.

교리강연부의 주요 간부로 활동하며 개벽사 설립과 『개벽』 발간에 참여한 방정환은 이후 천도교청년회(1923년 9월 천도교청년당으로 변경) 핵심 임원으로 활동하였다. 또한 1931년 사망할 때까지 개벽사에서 일하며 각종 잡지의 편집과 발행에 적극 참여하였다.

2

개벽사 설립부터 참여한 방정환이 개벽사원으로 계속 활동한 행적은 『개벽』 1921년 1월호에 실린 개벽사원들의 '근하신년' 광고를 통해 확인할 수 있다. 이 광고에 등장하는 개벽사원은 방정환을 비롯해 강인택, 김기전, 노수현, 민영순, 박달성, 박용준, 이돈화, 이두성, 최종정, 현희운 등 모두 11명이다. 이들이 아마도 『개벽』 창간 당시 사원일 것이다. 최종정은 사장, 이돈화는 편집인, 이두성은 발행인, 민영순은 인쇄인이었다. 노수현과 현희운을 제외한다면 모두 천도교단이나 천도교청년회의 주요 인물이다. 천도교청년회의 지도자이자 개벽사원인 방정환과 김기전, 박달성, 이돈화 등은 『개벽』을 간행하고, 인내천주의를 비롯한 천도교리에 대한 소개, 신문화 건설에 대한 방안 등 다양한 글을 실었다. 그런데 방정환은 1920년 9월 일본 도쿄로 유학을 가면서부터 『개벽』 편집에 직접 참여하기 어려워졌기에 이후 일본에서 천도교청년회 동경지회를 설립하고, 개벽사 '일본 특파원'으로 활동하였다.

따라서 개벽사 초기 편집국에서 활동하며 잡지 편집에 참여한 사람은 김기전, 이돈화, 박달성, 차상찬 등이 그 핵심이었다. 1922년 7월 퇴사하기 전까지는 현희운도 편집국의 핵심 중 한 사람이었다. 즉 『개벽』

은 처음에 이돈화(편집인)와 김기전(편집국장)을 중심으로 박달성(사회부 주임), 차상찬(정경부 주임), 현희운(학예부 주임) 등이 중심이 되어 편집되었다. 개벽사가 1922년 『부인』을 창간하면서부터 현희운은 『부인』 편집 책임(편집 주임)을 맡았다. 현희운이 개벽사를 떠나자 사회부 주임이던 박달성이 1922년 9월호부터 『부인』 편집 책임을 맡았다. 그렇다고 방정환이 개벽사 편집국 일에서 완전히 손을 뗀 것은 아니었다. 예를 들어 개벽사가 진행한 '전래동화 현상모집'에 응모한 원고의 심사를 맡은 것은 방정환이었다.

방정환이 개벽사 발행 잡지의 편집에 적극적으로 참여한 것은 역시 1923년 3월 『어린이』를 발행하면서부터이다. 방정환, 김기전 등이 설립한 천도교소년회의 기관지로 출발한 『어린이』의 첫 편집 겸 발행인은 김옥빈이었다. 하지만 실제로 창간호부터 『어린이』를 편집한 이는 방정환이었다. 이것은 "곱고 아름답고 보드랍고 깨끗한 사람의 가슴 속을 어떻게 하면 더럽히지 아니하고 더 곱게 더 아름답게 할가 (…) 이것 뿐만을 위하는 고귀한 사업으로 본사에서 발행하는 『어린이』 잡지는 그 길에 연구가 깊은 소파 방정환씨의 손에 곱게 맑게 편집되야 천하 몇 만의 소년 소녀는 물론이요 널리 나 젊은 남녀의 품에까지 반가히 안겨 가게 되야"라는 『신여성』 창간호(1923.9) 광고 등 여러 자료를 통해 확인할 수 있다.

『어린이』 창간호 발간이 순조로웠던 것은 아니다. 『어린이』 창간호를 발간할 당시는 매월 2회(1일과 15일) 발행이 목표였다. 창간호 역시 3월 1일 발행한다고 미리 광고하였지만 일제의 검열로 인해 20일에야 발행할 수 있었다. 『어린이』 창간호는 사고(謝告)를 통해 "원고 검열하는 절차가 어떻게 까다로운지 여기저기 왔다 갔다 하는 동안에 어느덧 20여 일이 휙 지내가고"라며 그간의 사정을 밝혔다. 그리고 검열 과정에서의 원고 삭제로 인해 일부 내용이 "꼬리 뺀 족제비 모양"이 되었다고 지적하였다.

방정환은 『어린이』 창간사라고 할 수 있는 「처음에」라는 글에서 『어린이』를 발행한 이유를 다음과 같이 표현하였다. "죄 없고 허물없는 평화롭고 자유로운 한울나라! 그것은 우리의 어린이의 나라입니다. 우리는 어느 때까지든지 이 한울나라를 더럽히지 말아야 할 것이며 이 세상에 사는 사람 사람이 모두 이 깨끗한 나라에서 살게 되도록 우리의 나라를 넓혀 가야 할 것입니다. 이 두 가지 일을 위하는 생각에서 넘쳐 나오는 모든 깨끗한 것을 거두어 모아 내이는 것이 이 『어린이』입니다. 우리의 뜨거운 정성으로 된 이 『어린이』가 여러분의 따뜻한 품에 안길 때 거기에 깨끗한 영(靈)의 싹이 새로 돋을 것을 우리는 믿습니다." 또한 방정환은 이 목적을 달성하기 위해 "여기서는 그냥 재미있게 읽고 놀자. 그러는 동안에, 모르는 동안에 저절로 깨끗하고 착한 마음이 자라 가게 하자!"(「남은 잉크」)라는 생각으로 『어린이』 창간호를 꾸렸다고 밝혔다.

이처럼 1920년 『개벽』 창간 당시부터 개벽사에서 활동했던 방정환은 1923년 『어린이』 창간호 발행과 함께 본격적으로 잡지 편집에 참여하기 시작했다. 『어린이』 창간호부터 편집을 책임졌던 방정환은 1925년 8월호부터 직접 편집 겸 발행인을 맡아 명실상부한 『어린이』의 편집 책임자가 되었다.

3

방정환은 『어린이』 뿐만 아니라 『신여성』의 편집 겸 발행인도 맡았다. 박달성이 『개벽』 편집 관계로 더 이상 『신여성』을 책임질 수 없게 되고 당시 『신여성』이 1923년 11월호 이후 잡지를 발간하지 못하던 상황에서, 방정환이 1924년 2월호부터 『신여성』의 편집 겸 발행인을 맡게 된 것이다. 그리하여 방정환은 『신여성』 1924년 3월호부터 『어린이』와 함께 두 잡지의 편집을 실질적으로 책임지게 되었다. 방정환은 "이전에라고 『신여성』 편집에 전연 관계 안 한 것은 아니나, 그 책임을 도맡아 나 혼자 편집하기는 이번이 처음입니다. 『어린이』를 혼자 맡은 내가 『어린이』 한 가지에도 힘이 부족한 터에 『신여성』까지 책임을 지기는 너무도 힘에 넘치는 일이요 안 될 일이나, 그러나 사내의 여러 가지 형편상 내가 맡지 아니치 못하게 되어, 어느 시기에 이르기까지 그동안 내 손으로 꾸미게 된 것입니다."(「편집을 마치고」, 『신여성』 1924년 4월호)라고 하며, 자신이 『어린이』와 함께 『신여성』을 편집 책임을 맡게 되었음을 밝혔다.

『어린이』와 『신여성』을 편집하던 방정환은 1925년 1월호부터 『어린이』 편집에만 주력하기로 하였다. 그것은 박영희와 신영철이 개벽사에 새로 입사하여 편집실에서 활동하게 되었기 때문이다. 박영희는 1924년 12월경 입사하여 1925년 1월호부터 『개벽』 문예편을 담당하였고, 비슷한 시기에 입사한 신영철이 『신여성』 편집을 책임지게 되었다. 이것은 "다음 2월호부터는 나는 『어린이』에 전력하게 되어 『신여성』의 편집은 주로 하게 못 되고 다른 이의 힘을 많이 빌게 되었습니다."라는 방정환의 『신여성』 1925년 1월호 편집후기 「신년호 편집을 마치고」를 통해 확인할 수 있다.

그런데 『신여성』 1925년 2월호부터 편집을 맡았던 신영철이 1925년 5월호까지 편집하고 개벽사를 그만두었다. 결국 『신여성』 1925년 6월호는 6·7월 합병호로 발행되었다. "4개월 동안이나 이 편집을 맡아 해 주시던 신 씨가 돌연히 다른 지방에 가시게 되어 이번 6월호는 몹시 창황하게 몰아쳐 편집되었습니다."(「편집을 마치고」)라고 편집후기에 밝혔는데, 신영철이 퇴사하자 방정환이 『어린이』 1925년 6·7월호 편집을 끝내고 『신여성』을 편집하면서 발행이 늦어진 것이다.

이후 방정환이 신영철을 대신해 『신여성』 편집을 계속 담당한 것은 아니다. 다음 호인 『신여성』 1925년 8월호부터 1926년 1월호까지는 허정숙이 편집을 담당하였다. 1925년 11월 개벽사는 편집실을 2층에서 1층의 넓은 방으로 옮겼다. 당시 편집실에서는 "서편 끝에 김 선생님과 방 선생님이 등을 마주 향하고 앉으셨고 그다음에 방 선생님 옆에 차 선생님과 여자 허 선생님이 얼굴을 마주 보고 앉으셨고 그 건너에 이성환 선생님이 나하고 얼굴을 마주 보고 앉으시고 박달성 선생님은 혼자 외따로 동편 끝 책장 옆에 오붓하게 차리고 앉아"(『어린이』 1925년 12월호) 있었다. 즉, 당시 개벽사 편집실 근무자는 방정환을 비롯하여 김기전, 차상찬, 허정숙, 박달성 등이었다. 김기전, 차상찬, 박달성은 『개벽』, 방정환은 『어린이』, 허정숙은 『신여성』의 편집 책임을 맡았고, 김기전이 편집국장으로서 이를 총괄하였다.

하지만 허정숙이 1926년 1월경 개벽사를 떠나게 되자 개벽사는 『신여성』 편집을 담당할 사람으로 신영철의 재입사를 추진한다. 『어린이』 1926년 3월호에는 "지나온 3년의 경험을 밑천하여—앞날의 새로운 경륜과 새로운 활동을 계획함으로써 기념하는 동시에, 그것을 즉시부터 실행하기 위하여 이달 이날에 새로운 기자 두 분을 더 맞아 왔습니다."(「3월 1일 창간 3주년 기념」)라는 글이 있다. 허정숙을 대신해 『신여성』을 편집할 사람으로 개벽사에 신영철과 박경식이 새로 입사한 것이다.

신영철은 개벽사에 다시 합류하게 된 소감을 "내가 시골 있는 동안에 편집인으로부터 다시 와서 이것을 좀 맡아 줄 수 없겠느냐고 완곡하신 뜻의 청탁이 있었습니다. 처음에는 퍽이나 주저하였지만 다시 생각하고 편히 수락했습니다. 작년 5월에 이곳을 떠났다가 금년 4월에 다시 이 편집실의 걸상 하나를 점령하게 되니 그저 시집갔던 새아씨가 친정에 근친 온 것 같아서 수스럼도 없고 미덤직한 생각이 나서 기쁘기도 하지만 앞으로의 일을 생각하면 그저 가슴이 답답만 합니다."(『신여성』 1926년 5월호)라고 밝혔다. 1925년 5월 개벽사를 퇴사했다가 편집인 방정환의 요청으로 1926년 4월 재입사한 신영철이 『신여성』 1926년 5월호부터 다시 편집에 참여한 것이다.

4

조선총독부 경무국은 『개벽』이 안녕질서를 방해한다는 이유로 1926년 8월 1일 발행금지 처분을 내렸다. 『개벽』이 제72호를 끝으로 막을 내리게 된 것이다. 이에 개벽사는 "『신여성』 『어린이』 양지(兩誌)의 계속 발행은 물론이거니와 개벽의 대(代)로 다시 별개 잡지 또는 별개 사업으로 배전 노력하여 우리의 본래 목적을 관철하기로 다시금 결심하오니 여러분 동무도 더 많은 애호를 주시기 바랍니다."(『동아일보』 1926년 8월 4일자)라는 신문 광고를 게재하였다.

그리고 개벽사는 방정환이 혼자 담당하고 있던 『어린이』 편집자를 한 사람 더 늘렸다. "『개벽』이 없어진 대신으로는 곧 두 가지 새로운 잡지를 시작하기로 하였고, 『어린이』 편집실에는 기자를 또 한 분 더 늘려서 일이 속히 되도록 하는 동시에 전보다 더 많은 활동을 하게 되었사오니, 기뻐하여 주시기를 바랍니다."(「독자 여러분께」, 『어린이』 1926년 8·9월 합호) 『어린이』 창간 당시부터 방정환을 도와 제반 업무를 처리하였고, 이전까지 개벽사 영업국에서 일하던 이정호가 편집실로 자리를 옮겨 『어린이』 1926년 8·9월 합호부터 편집에 참여하게 된 것이다. 또한 개벽사는 폐간된 『개벽』을 대신할 잡지 발행을 추진하였다. "개벽 대신의 신문지법에 의한 『혜성』 잡지는 방금 출원 중이고 우선 취미 잡지로 10월 창간호를 낸 것이 『별건곤』이라는 것입니다."(『신여성』 1926년 10월호)

새로운 잡지의 발행에 따라 『신여성』은 『어린이』와 다른 길을 걷게 되었다. 1926년 11월 1일자로 『별건곤』이 새로이 발행되면서 내용 중복 등을 이유로 『신여성』은 휴간하게 된다. 이후 개벽사에서는 1929년 3월 새로운 잡지 『학생』이 나올 때까지 2년여 동안 『어린이』와 『별건곤』 두 종류의 잡지가 간행되었다.

『어린이』의 편집은 방정환과 이정호가 맡았다. "이번 호는 내가(방정환—인용자) 병 뒤의 한양 차로 지방에 간 사이 이정호 씨의 힘으로 많이 된 것을 감사히 생각하고 있습니다."(「편집을 마치고」, 『어린이』 1926년 11월호)라고 밝혔는데, 이 당시 방정환은 『어린이』 편집뿐만 아니라 개벽사 주무로서 『별건곤』 편집에도 계속 관여할 수밖에 없었고, 각종 강연을 위한 지방 출장도 잦았다. 그럴 경우 『어린이』는 이정호가 방정환을 대신하여 편집하였다.

『별건곤』은 신영철이 편집 책임자로 활약하였다. 이는 "많지 않은 기자 중에 반수나 되는 사람이 자유 구속된 중에 편집 책임자인 신영철 군이 또 신병으로 입원해 있게 되어 5월호의 편집이 2주여나 늦어 졌는데"라는 개벽사 사고(謝告)를 통해 확인할 수 있다.(『별건곤』 1927년 7월호) 그리고 신영철이 질병 등의 사정으로 편집을 하지 못할 때는 박달성이나 방정환 등 다른 사람들이 대신하였다.

1928년 4월경 개벽사는 신입 사원 3명을 채용하였다. 배재고보를 졸업한 손성엽과 안주의 최경화, 그리고 여기자 최의순이 개벽사에 입사한 것이다. 이들의 역할은 "여러분을 늘 웃기어 온 차상찬 형, 또 암중비약에 솜씨 익은 신영철 형 두 분이 『별건곤』 편집 전 책임을 지고, 신입 기자 세 분이 뒤를 돕게 된 것이외다."라는 방정환의 글을 통해 확인할 수 있다.(『별건곤』 1928년 7월호) 차상찬과 신영철 두 사람이 『별건곤』의 편집을 책임지고, 신입 기자 최경화, 손성엽, 최의순이 협조하는 체제로 『별건곤』이 간행되었고, 『어린이』는 방정환과 이정호가 그 역할을 했던 것이다.

신영철은 『별건곤』 1928년 8월호를 편집한 이후 개벽사를 떠났다. 1926년 4월경 재입사했던 신영철이 1928년 가을 개벽사를 재차 퇴사한 것이다. 이에 개벽사에는 1928년 11월경 박승진과 백시라를 신입 사원으로 채용하였다.

5

개벽사는 1929년 2월부터 새로운 잡지를 창간할 계획을 세운다. "개벽지 대(代)의 『혜성』은 아직 더 허가되기를 기다리기로 하고 『별건곤』으로 일반 대중을 벗해 가고 『어린이』로 전국 소년 소녀를 지도해 가는 외에 남학생 여학생을 위하여" '학생 잡지'를 창간하기로 한 것이다. 즉, 소년 소녀를 대상으로 한 『어린이』, 남녀 학생을 대상으로 한 『학생』, 일반 대중을 대상으로 한 『별건곤』이라는 체제를 갖추려고 한 것이다. 이에 따라 『어린이』는 1929년 신년호부터 내용을 쉽게 편집하였다.

개벽사는 『학생』 잡지 간행을 위해 1929년 1월 편집실에 최영주와 이태준을 새로 채용하였다. 『학생』 창간호는 방정환을 편집 겸 발행인으로 하여 1929년 2월 20일 인쇄, 3월 1일 발행되었다. 「숙직실」이라는 제목의 편집후기에서 방정환은 "편집인이란 나는 이름뿐으로 자주 들여다보지도 못하고, 전혀 새로 입사하신 이태준 씨와 최신복 씨 두 분의 노력으로 창간호는 편집된 것을 고백해 둡니다."(「숙직실」, 『학생』 1929년 3월호)라고 하여, 『학생』 창간호가 이태준과 최영주(최신복)에 의해 편집되었음을 밝혔다.

1929년 4월경에는 백시라의 후임으로 김순렬이 입사하였다. "내호부터는 여기자의 활동이 있음으로 더욱 여학생 여러분에게 재미있는 페이지를 많이 드릴 줄 믿습니다."라는 『학생』 창간호(1929.3.1) 편집후기를 역으로 생각해 볼 때, 백시라는 1929년 1월 경 개벽사를 그만둔 것으로 짐작된다. 그리고 최영주의 『어린이』 편집후기를 통해 이 시기 개벽사에는 이정호, 최경화, 이태준, 박승진, 김진구, 김순렬, 차상찬, 전준성, 방정환, 최영주 등이 근무하고 있었음을 알 수 있다. 그런데 1929년 여름 제주도에 간 여기자 김순렬은 이후 개벽사로 복귀하지 않았다. 이태준 또한 개인 사정으로 퇴사하게 되었다. 이에 개벽사는 1929년 11월 경 채만식, 박로아, 성선희, 김원주 등 4명을 새로 채용하였다.

한편, 개벽사는 1930년 가을에 『학생』을 폐간하고 "조선의 장래 어머니가 될 여자들을 위하여" 『신여성』을 다시 발간하기로 결정하였다. 『학생』을 폐간하는 대신에 『별건곤』에 학생란과 교육란을 증설하여 관련 기사를 게재하고, 『신여성』을 부활시키기로 한 것이다. 속간하기로 한 『신여성』 편집은 방정환과 최영주가 맡기로 하고, 이정호는 『어린이』, 차상찬, 채만식, 박로아는 『별건곤』을 담당하였다. 그리고 방정환과 차상찬이 각각 개벽사 주무와 편집국장을 맡아 잡지 발간을 총괄하였다.

1926년 10월호를 끝으로 휴간하였던 『신여성』은 1931년 1월호로 속간되었다. 1924년 2월호부터 『신여성』을 책임졌던 방정환이 다시 편집 겸 발행인을 맡고, 종래 『학생』을 편집했던 최영주가 편집을 함께했다. 방정환이 『신여성』 편집에 참여한 것은 "어린 사람의 운동도 크지만 제일에 앞으로 그들을 직접 낳고 기르고 교양해 나갈 어머니들의 문제도 또한 큰 것"이라는 생각에서였다. 방정환과 최영주의 『신여성』 1931년 2월호 편집후기를 보면, 속간된 『신여성』은 세간의 폭발적인 관심을 끌었던 것으로 보인다.

둘은 1931년 1월에 간행된 『신여성』 제32호부터 제37호(1931.7.1)까지의 편집을 함께 맡았다. 그리고 1931년 3월경 개벽사에 들어온 송계월이 『신여성』 1931년 4월호부터 이들과 함께 편집에 참여하였다. 1931년 7월 방정환이 사망한 후에는 최영주와 송계월이 편집 책임을 맡았고, 최영주가 개벽사를 그만둔 9월 이후에는 최영주를 대신해 이정호가 합류하여 송계월과 함께 잡지를 편집하였다.

6

『신여성』을 다시 낸 개벽사는 1931년 1월에 사무실을 옮겼다. 사무가 점점 복잡해지면서 좀 더 넓은 방을 쓰기 위하여 천도교기념관 2층으로 거처를 옮긴 것이다. 그리고 3월에는 "선각적 인테리겐차의 동무가 되기"를 기대하며 또 다른 잡지 『혜성』을 창간하였다. 이로써 개벽사는 『별건곤』 『어린이』 『신여성』 『혜성』 등 4종의 잡지를 간행하게 되었다. 『혜성』을 발간하게 되자 『별건곤』과 『신여성』의 분량은 줄어들고 가격은 인하되었다.

그런데 개벽사 주무로서 업무를 총괄하고 있던 방정환은 1931년 봄부터 자주 병으로 고생하였다. 이에 따라 『어린이』는 이정호가 중심이 되어 편집하였고, 방정환은 새로 복간된 『신여성』에 편집후기를 작성하는 정도로 관여했다. 일례로 『신여성』 1931년 4월호는 원래 예정보다 10일 늦은 20일에야 발행되었다. 방정환이 여러 날 동안 병석에 누워 있었으며, 최영주 또한 건강이 나빠져 편집이 순조롭게 진행되지 못한 까닭이었다. 방정환은 스스로 "이번 책 내용을 전혀 모를 만큼 나는 병으로 누워서 아무 노력도 하지 못하였습니다. 전 호에 쓰기 시작한 것의 계속도 쓰지 못하여서 미안하기 한이 없습니다."(「편집을 마치고」, 『신여성』 1931년 4월호)라고 말할 정도였다. 그리고 『어린이』도 1931년 4월호를 내지 못하는 상황이 벌어졌다. 3월호를 3·4월 합호로 내면서 4월 한 달을 거르게 된 것이다. 그리고 『어린이』 1931년 5월호 발간에도 방정환은 제 역할을 못하였다.

방정환은 1931년 2월경부터 병으로 고생하다가 5월경에 일시 회복하였다. 하지만 6월경부터 다시 병이 깊어져 7월 9일 경성제대 부속병원에 입원하였고, 끝내 7월 23일 별세하였다. 이렇게 보면 방정환은 6월경부터는 사무실에 출근을 못했을 것으로 짐작된다. 또한 3월부터 5월까지는 사무실에 출근하며 편집에 일정 정도 관여했을지 모르지만 이전과 같이 직접적인 일을 하지는 못했을 것이다. 즉, 방정환은 1931년 2월 이래 실질적으로 잡지 편집에 직접 참여하지 못한 것으로 볼 수 있다.

『신여성』 1931년 7월호 편집후기는 방정환이 마지막으로 작성한 편집후기였다.

7

방정환은 사망 전에 개벽사 주무이자 『신여성』 및 『어린이』의 편집 겸 발행인이었으며, 차상찬은 개벽사 편집국장과 『별건곤』 및 『혜성』의 편집 겸 발행인을 맡고 있었다. 그것은 1926년 『개벽』 폐간 이후 개벽사의 잡지 발행이 방정환과 차상찬 두 사람을 중심으로 이루어졌음을 의미한다.

당시 한 필자는 『동광』 1931년 8월호에서 방정환을 '개벽 잡지 왕국의 총리'라고 표현하였다. 아울러 "개벽 왕국의 잡지들이 꾸준히 달마다 (…) 그만한 내용을 독자에게 내여 놓게 되는 것은 물론 다른 이들의 노력이 없는 것이 아니외다마는 씨의 '곰'같이 노력만 아는 부지런의 결과에 지내지 않는 것"이라고 하였다.

방정환이 사망하자 그가 편집 겸 발행인을 맡고 있던 『어린이』와 『신여성』은 1931년 9월호를 이정호와 최영주가 각각 책임을 맡아 '방정환 추도호'로 특별 편집하였다. 방정환을 '참으로 믿음성 있는 성곽' '의지해 버텨 나갈 수 있는 울타리'로 묘사한 최영주는 방정환이 떠난 허전함을 "그를 잃고 나니 지금까지 믿고 있던 터전은 빈들과 같습니다."라고 토로하였다. 또한 차상찬은 "10여 년 동안이나 한 책상머리에서 웃음을 같이 웃고 울음을 같이 울며 잡지를 같이 편집하던 소파군이 꿈과 같이 영원한 길로 떠나고 보니 편집실이 텅 비인 것과 같고 잡지를 편집할 때마다 군의 그 뚱뚱한 자태가 눈앞에 황연히 뵈이는 것 같다."라고 하며, 방정환의 빈자리를 그리워하였다.

이후 방정환이 맡고 있던 역할은 차상찬, 이정호와 다시 입사한 신영철이 나누어 맡게 된다. 차상찬은 자신이 이미 책임지고 있던 『별건곤』과 『혜성』의 편집 겸 발행인 외에 방정환이 담당하였던 개벽사 주무와 『신여성』의 편집 겸 발행인을 추가로 맡게 되었다. 이정호는 방정환이 맡았던 『어린이』의 편집 겸 발행인을 이어받았다. 그리고 차상찬이 맡았던 개벽사 편집국장은 신영철이 담당하였다. 건강 문제와 기타 사정으로 1928년 8월에 개벽사를 떠났던 신영철이 방정환 사망을 전후한 시기에 다시 개벽사에 들어온 것이다.

반면 방정환 사망 이전 개벽사 잡지 편집진의 중심 인물 중 한 사람이었던 최영주는 결국 개벽사를 그만두었다. 『신여성』을 편집하던 최영주가 『신여성』 1931년 9월호를 끝으로 건강상의 문제를 이유로 들어 스스로 개벽사를 퇴사하고 잡지 편집에서 물러난 것이다. 그리고 『별건곤』과 『혜성』 편집에 참여하고 있던 채만식 역시 1931년 10월 말 경 개벽사를 그만두었다.

방정환의 사망과 최영주, 채만식의 퇴사라는 변동 속에서 이후 『신여성』 편집은 이정호와 송계월이 담당하였다. 그리고 이정호가 맡았던 『어린이』는 신영철이 편집하게 되었고, 『혜성』과 『별건곤』 편집에는 차상찬과 1931년 9월경 새로 입사한 김규택이 참여하였다.

| 간행위원 |

최원식(崔元植)	간행위원장, 인하대학교 명예교수, 전 한국작가회의 이사장
강정규(康廷珪)	아동문학가, 『시와 동화』 발행인
김경희(金敬姬)	전 유니세프 한국위원회 사무차장
김영미(金英美)	어린이책시민연대 서울 정책지원부장
김정의(金正義)	한양여자대학교 명예교수
김정인(金正仁)	춘천교육대학교 사회과교육과 교수
노원호(盧源浩)	(사)새싹회 명예이사장
도종환(都鐘煥)	시인, 전 문화체육관광부 장관
박소희(朴少姬)	(사)어린이와작은도서관협회 이사장
안경식(安京植)	부산대학교 교육학과 교수
여을환(呂乙煥)	(사)어린이도서연구회 전 이사장
이상경(李相卿)	(재)한국방정환재단 이사장
이상금(李相琴)	이화여자대학교 명예교수
이재연(李在然)	숙명여자대학교 명예교수
차웅렬(車雄烈)	청오차상찬선생기념사업회 고문
최영희(崔英姬)	(사)탁틴내일 이사장

원종찬(元鍾讚) 편찬위원장, 인하대학교 한국어문학과 교수. 계간 『창비어린이』 편집위원장, 한국아동청소년문학학회 회장, 한국작가회의 이사 역임. 『아동문학과 비평정신』 『동화와 어린이』 『한국 근대문학의 재조명』 『한국 아동문학의 쟁점』 『북한의 아동문학』 『한국 아동문학의 계보와 정전』, 『동아시아 아동문학사』(공저) 등을 냈고, 『권정생의 삶과 문학』 『현덕 전집』 등을 엮었다.

이기훈(李基勳) 연세대학교 사학과 교수, 국학연구원 부원장, 계간 『역사비평』 편집위원. 『청년아 청년아 우리 청년아』 『무한경쟁의 수레바퀴—1960~1970년대 학교와 학생』, 『방정환과 '어린이'의 시대』(공저), 『쟁점 한국사—근대편』(공저) 등을 냈다.

이윤미(李玧美) 홍익대학교 교육학과 교수, 한국교육철학회 운영이사, 『교육비평』 편집위원. 한국교육학회 이사, 한국교육사학회 회장 역임. 『*Modern education, textbooks, and the image of the nation: politics of modernization and nationalism in Korean education 1880-1910*』 『한국의 근대와 교육』 등을 냈다.

이재복(李在馥) 아동문학평론가, 출판놀이 대표. 비평서 『우리 동화 바로 읽기』

『판타지 동화 세계』『아이들은 이야기밥을 먹는다』, 그림책『엄마, 잘 갔다 와』『숲까말은 기죽지 않는다』 등을 냈다.

이주영(李柱映) 어린이문화연대 대표, 한국글쓰기교육연구회 이사. 계간『어린이문학』 발행인, (사)어린이도서연구회 이사장, 한국어린이문학협의회 회장, 한국도서관친구들 회장 역임.『이오덕, 아이들을 살려야 한다』『어린이 문화 운동사』『어린이 해방—그 날로 가는 첫걸음』, 동화『삐삐야 미안해』『아이코, 살았네!』, 시집『비나리시』, 그림책『비』 등을 냈다.

이지원(李智媛) 대림대학교 교수, 동북아역사재단 이사. (재)한국방정환재단 이사, 한국역사연구회 회장 역임.『세계 속의 한국의 역사와 문화』『한국 근대 문화사상사 연구』『미래세대의 동아시아 읽기』, 『일제하 지식인의 파시즘체제인식과 대응』(공저), 『식민지 근대의 뜨거운 만화경』(공저), 『일제 강점 지배사의 재조명』(공저), 『정체성의 경계를 넘어서』(공저), 『한국사, 한 걸음 더』(공저) 등을 냈다.

정용서(鄭用書) 연세대학교 의과대학 동은의학박물관 학예연구실장.『식민지라는 물음』(공저), 『일제하 '조선 역사·문화' 관련 기사 목록 1』(공저), 『연희전문학교의 학문과 동아시아 대학』(공저), 『방정환과 '어린이'의 시대』(공저) 등을 냈다.

조은숙(趙銀淑) 춘천교육대학교 국어교육과 교수, 계간『창비어린이』 기획위원, 한국아동청소년문학학회 부회장.『한국 아동문학의 형성』『대중서사장르의 모든 것 3: 추리물』(공저), 『이원수와 한국 아동문학』(공저), 『한국 아동청소년문학 장르론』(공저), 『대중서사장르의 모든 것 5: 환상물』(공저) 등을 냈다.

염희경(廉喜瓊) 편찬위원회 간사, (재)한국방정환재단 연구부장, 인하대학교·춘천교육대학교 강사, 한국아동청소년문학학회 연구이사.『소파 방정환과 근대 아동문학』, 『동화의 형성과 구조』(공저), 『동아시아 한국문학을 찾아서』(공저), 『방정환과 '어린이'의 시대』(공저) 등을 냈고, 『사랑의 선물』 『사월 그믐날 밤』 등을 엮었다.

신정숙(廉喜瓊) 편집·교열

김세희(金世姬) 편집·교열